LE CŒUR DES FLAMMES

DU MÊME AUTEUR
CHEZ POCKET

L'HOMME QUI MURMURAIT À L'OREILLE DES CHEVAUX
LE CERCLE DES LOUPS

NICHOLAS EVANS

LE CŒUR DES FLAMMES

Traduit de l'anglais par Michel Lederer

Albin Michel

Titre original :

THE SMOKE JUMPER

ISBN 2-266-12430-7

Pour Harry, Max et Lauren

Personne ne réalise son plus cher désir
Qui n'a d'abord bravé la fumée et le feu.

PREMIÈRE PARTIE

1

Dans la vie, les choses importantes arrivent toujours par hasard. A quinze ans, elle était plutôt ignorante, et chaque année qui passait ne faisait qu'accroître son ignorance. Cela, au moins, elle le savait. On a beau essayer de s'améliorer, passer des milliers de nuits à réfléchir sur la manière de mener une existence honnête, établir des plans et s'agenouiller tous les soirs au pied de son lit en assurant qu'on s'y tiendra, juré craché, et puis prononcer des serments à l'église, se signer sept fois en fermant très fort les yeux, s'entailler le pouce et écrire sur une pierre à l'aide de son sang qu'on fera ceci ou cela, et ensuite jeter la pierre dans le fleuve aux douze coups de minuit, rien n'empêchera que, surgie des ténèbres, tel un faucon ou un rat, une catastrophe quelconque s'abatte sur vous qui chamboulera à jamais votre univers.

Skye imaginerait plus tard que le soir en question, un faucon devait en effet être perché sur le toit à observer le rat en train de s'amuser, car tout avait commencé de façon très feutrée au moment où les deux femmes étaient entrées dans le bar, roulant des hanches.

Elle ne les connaissait pas, mais il n'y avait pas à se tromper quant à la nature de leur profession. Elles étaient plus maquillées qu'habillées, et à les voir chanceler sur leurs hauts talons, on ne doutait pas qu'elles étaient déjà sérieusement éméchées. Toutes deux portaient des tops moulants, l'un rouge et l'autre argenté à franges, et celle qui marchait devant, une femme aux longs cheveux noirs et aux seins offerts comme des oranges sur une cheminée, avait une jupe si courte qu'elle aurait pu tout aussi bien s'en passer. La musique était tonitruante, et la brune, esquissant un pas de danse, faillit tomber.

A moitié dissimulés derrière elles suivaient les hommes qui les pilotaient à travers la foule. Tous deux étaient coiffés de chapeaux de cow-boy, et du box en coin que Skye occupait avec ses amis, elle ne distinguait pas leurs visages. De toute manière, cela ne l'intéressait pas. Elle-même était un peu plus qu'éméchée. La salle baignait dans la lueur rouge des lumières tamisées, et au travers du voile de fumée, elle enregistra machinalement qu'il s'agissait de deux types à la triste allure qui, autour de la quarantaine, couraient après leur jeunesse perdue et trompaient à l'évidence leurs femmes. Skye détourna la tête. Elle but une gorgée de bière, puis alluma une nouvelle cigarette.

Elle les avait regardés un instant par ennui surtout, ce qui était tout aussi triste, parce que c'était son anniversaire. Jed et Calvin étaient affalés sur la banquette à côté d'elle, raide défoncés et silencieux, Roxy continuait à pleurer, la figure entre ses mains, à cause d'un truc que Craig lui avait dit, tandis que celui-ci ne cessait de maudire la putain de panne de sa putain de caisse. Encore une belle soirée, se dit Skye, reprenant son verre. Joyeux anniversaire, ma vieille.

C'était un bar paumé, situé si près de la voie de chemin de fer que les bouteilles tremblaient et s'entrechoquaient chaque fois que passait un train. Pour des raisons assez faciles à deviner, les flics n'y mettaient jamais les pieds, et il aurait fallu que les consommateurs portent des couches pour que le personnel s'inquiète de savoir s'ils avaient l'âge de boire de l'alcool. Aussi, à l'exemple de Skye, la clientèle était en général jeune. Plus jeune en tout cas que les quatre qui venaient d'entrer. Installés au comptoir, ils attendaient qu'on les serve. Ils lui tournaient le dos et, malgré elle, Skye se surprit à les observer de nouveau.

Elle vit les mains du plus grand des deux hommes caresser les hanches et les fesses de la femme brune, puis remonter le long du dos jusqu'aux épaules nues. Il se pencha et enfouit son nez dans son cou. Mon Dieu, il la léchait ! Que ces types pouvaient être répugnants ! Et ces femmes ? Comment pouvaient-elles accepter que des connards pareils leurs bavent dessus à grands coups de langue ? Les relations sexuelles et tout le machin, elle ne comprenait pas et doutait qu'elle comprenne un jour. Bien sûr, elle y avait déjà goûté. Comme tout le monde. Mais elle ne pigeait vraiment pas pourquoi on en faisait tout un plat.

L'homme avait dû lui murmurer une obscénité à l'oreille, car la femme rejeta soudain la tête en arrière, partit d'un grand éclat de rire et fit mine de le gifler. L'homme joignit son rire au sien, pivota sur son tabouret pour éviter la main levée. Son chapeau tomba et, pour la première fois, Skye aperçut son visage.

C'était son beau-père.

L'espace de quelques secondes, avant que leurs regards ne se rencontrent, il conserva une expression qu'elle ne lui avait jamais vue, comme un deuxième visage dessiné sous ses traits habituels, celui d'un adolescent encore, détendu et curieusement fragile. Puis il la reconnut, et l'adolescent disparut aussi brusquement qu'il était venu. Son visage se rembrunit, se crispa et redevint celui qu'elle craignait et détestait, celui qu'il avait lorsque, rentrant ivre à l'aube dans la caravane, il traitait sa mère de salope de squaw et la battait jusqu'à ce qu'elle crie grâce, avant de s'intéresser de trop près à Skye.

Il se redressa, posa son chapeau sur le comptoir et dit quelque chose à la femme qui se tourna pour examiner Skye avec un mélange de dédain et d'indifférence. Après quoi, il se dirigea vers leur box. Skye éteignit sa cigarette dans l'espoir qu'il ne l'aurait pas vue fumer. Elle se leva.

« Partons », dit-elle simplement.

Malheureusement, elle était coincée dans le box entre d'une part Roxy, qui sanglotait sur l'épaule de Craig et ne l'avait pas entendue, et d'autre part Calvin et Jed, toujours dans les vapes. Son beau-père arriva à leur table et son regard engloba les bouteilles de bière, les cendriers débordants et les espèces de hippies semi-comateux avec qui elle traînait.

« Qu'est-ce que tu fous là ?

— Ecoute, c'est mon anniversaire. » Tentative pathétique, mais on ne risquait rien à essayer. Un instant, elle avait même songé à l'appeler « papa » comme elle l'avait brièvement fait quand il avait épousé sa mère, avant qu'il ne montre quel abject personnage et quel enfant de salaud il était en réalité. Malgré tous ses efforts, elle n'avait pu s'y résoudre.

« Tu me prends pour un con, ou quoi ? Tu as tout juste quinze ans ! A quoi tu joues ?

— Hé, lâche-la un peu, vieux. On fait pas de mal. » C'était Jed qui venait de refaire surface.

Le beau-père de Skye se pencha au-dessus de la table, saisit Jed au collet et le souleva à moitié de son siège.

« Tu oses me parler sur ce ton, sale petit merdeux ? »

La table bascula et tout ce qui se trouvait dessus atterrit par terre dans un fracas de verre brisé. Craig qui avait bondi sur ses pieds voulut empoigner le bras du beau-père de Skye, mais celui-ci pivota et, sans lâcher Jed qu'il continuait à serrer à la gorge, balança son poing dans la figure du garçon. Roxy poussa un hurlement.

« Bon Dieu ! s'écria Skye. Arrête ! Mais arrête ! »

Tous les clients du bar avaient les yeux fixés sur eux. L'un des serveurs s'avança, suivi de l'homme qui accompagnait l'autre fille.

« Bon, maintenant, tout le monde se calme, d'accord ? » fit le serveur.

Le beau-père de Skye repoussa si violemment Jed sur la banquette que sa tête alla donner contre la cloison du box. Craig, à genoux, saignait de la bouche et Roxy, en pleurs, un bras passé autour de ses épaules, s'efforçait de le réconforter. Le beau-père de Skye, le souffle un peu court, les yeux étrécis et noirs de colère, se tourna vers le serveur.

« Vous avez servi de l'alcool à ces gosses ? »

L'homme eut un geste d'apaisement. « S'il vous plaît, ne nous énervons pas. »

D'apparence frêle, les cheveux longs coiffés en queue de cheval, il mesurait trente bons centimètres de moins que le beau-père de Skye.

« Vous leur avez servi de l'alcool, oui ou non ?

— Ils ont affirmé qu'ils avaient vingt et un ans.

— Et vous l'avez cru ? Vous leur avez demandé une pièce d'identité ?

— Nous pourrions peut-être parler de ça...

— Vous leur avez demandé ou pas ? »

Skye s'extirpa du box.

« Ecoute, on s'en va, d'accord ? On part tout de suite. »

Son beau-père se tourna vers elle d'un bloc et leva la main pour la frapper. Alors que son instinct l'incitait à tenter de se protéger, elle parvint à rester plantée devant lui, affichant un air de défi. Elle sentait les effluves de son eau de toilette dont l'odeur écœurante lui évoqua des images si répugnantes qu'elle fut à deux doigts de vomir.

« Essaye un peu pour voir ! »

C'était à peine plus qu'un murmure, mais qui l'arrêta, à moins que ce ne fût les regards rivés sur eux. En tout cas, il suspendit son geste.

« Rentre tout de suite à la maison, petite pute d'Indienne. On réglera ça plus tard.

— Les seules putes ici, c'est celles avec qui tu es arrivé. »

Il voulut se ruer sur elle, mais elle lui échappa et se précipita vers la porte. Par-dessus son épaule, elle vit que son copain et le serveur avaient réussi à le retenir pour l'empêcher de se lancer à sa poursuite. Elle déboucha dans la nuit et se mit à courir.

Dans l'atmosphère chaude et humide, les larmes ruisselant sur ses joues, elle étouffait de rage impuissante à la pensée que ce salaud pouvait encore la faire pleurer. Un train de marchandises passa et elle courut le long des wagons entre lesquels les lampadaires défilaient avec un effet stroboscopique. Il y en avait également au-dessus d'elle, de son côté des rails, entourés chacun d'un halo d'insectes tourbillonnants. Le convoi semblait interminable, et loin devant, déjà hors de la ville, la locomotive émettait un gémissement plaintif, comme si elle se lamentait sur le sort des pauvres lieux qu'elle venait de traverser. S'il avait roulé un peu plus doucement, elle aurait sauté à bord et se serait laissé emporter jusqu'au bout, n'importe où dans le monde.

Elle courait comme elle avait toujours couru, sans se

soucier de sa destination, car rien ne pourrait être pire que ce qu'elle connaissait et avait connu. Sa première fugue, elle l'avait faite à cinq ans et n'avait jamais cessé ensuite. Cela lui avait valu à chaque fois des ennuis, mais elle s'en moquait. Les ennuis, c'était son lot quotidien.

Elle courut jusqu'à ce que ses poumons en feu, déjà abîmés par le tabac, la contraignent à renoncer. Le dernier wagon passa devant elle et, pliée en deux, les mains plaquées sur les genoux, tâchant de reprendre son souffle, elle regarda les feux arrière s'éloigner puis disparaître dans la nuit comme s'ils n'avaient jamais existé. Quelque part dans les ténèbres, un chien aboyait tandis qu'un homme lui criait en vain de se taire.

« C'est pas grave, t'attraperas le prochain. »

Skye sursauta au son de cette voix masculine, toute proche. Elle scruta l'obscurité. Elle se trouvait dans ce qui semblait être un dépôt de matériel de construction à l'abandon. Elle ne vit personne.

« Par ici. »

Il était assis par terre, adossé à une pile de poteaux de clôture à moitié pourris et dissimulés sous les mauvaises herbes auxquelles il paraissait se fondre avec ses cheveux longs emmêlés et sa barbe broussailleuse. C'était un garçon, un Blanc, un peu plus âgé que Skye. Dix-huit ou dix-neuf ans, peut-être, et très mince. Il portait un jean déchiré et un T-shirt frappé d'un dragon chinois rugissant. A ses pieds était posé un sac de marin couvert de poussière. Il se roulait un joint.

« Pourquoi tu pleures ?

— Je pleure pas. Et puis, qu'est-ce que ça peut te foutre ? »

Il haussa les épaules. Tous deux gardèrent un instant le silence. Skye se tourna comme si elle avait d'autres choses à faire ou à penser. Elle essuya discrètement ses larmes. Elle savait qu'elle ferait mieux de partir. Toutes sortes de paumés et de cinglés rôdaient aux abords de la voie ferrée. Pourtant, quelque chose au fond d'elle-même, le besoin d'un peu de réconfort ou de compagnie, la poussait à rester. Elle observa le garçon. Il lécha le papier à cigarette, le colla, puis alluma le joint et inspira une profonde bouffée avant de le lui tendre.

« Tiens.

— Je ne prends pas de drogue.

— Tu parles. »

Ils volèrent une voiture dont le propriétaire avait manifestement des enfants. A l'arrière, en effet, il y avait des sièges de bébés et le plancher était jonché de jouets, de livres d'images et de papiers de bonbons. Le garçon ne devait pas en être à son coup d'essai, car il ne lui fallut qu'une ou deux minutes pour fracturer la portière et démarrer. Ils s'arrêtèrent au bout de quelques kilomètres pour échanger les plaques avec celles d'une autre voiture.

Pour le moment, ils ne s'étaient dit que leurs prénoms respectifs, Sean et Skye, et n'éprouvaient nul besoin de s'appesantir sur les blessures ou les regrets que chacun devinait chez l'autre. Sinon, rien ne paraissait avoir d'importance. Ils ne savaient ni où ils allaient, ni pourquoi ils y allaient.

Ils roulèrent vers le nord jusqu'à l'autoroute qu'ils prirent en direction de l'ouest, tandis que l'aube qui se levait au-dessus d'une rivière proche dessinait sur les plaines s'étendant à l'infini derrière eux une cicatrice rouge qui s'élargissait. Ils demeurèrent longtemps silencieux. Skye, tournée sur son siège, attendait que le soleil apparaisse, et quand, enfin, il illumina le paysage de pourpre, de violet et d'or, et que, sur les berges de la rivière, les peupliers, les rochers et les vaches noires qui paissaient là projetèrent des ombres allongées, elle songea que c'était le plus beau spectacle qu'elle ait jamais vu.

Elle découvrit sur le plancher un livre d'images qu'elle se rappelait avoir lu à l'école primaire. Il racontait l'histoire d'un petit garçon nommé Bernard à qui ses parents ne prêtent aucune attention. Un jour, un monstre arrive dans le jardin, et Bernard se précipite dans la maison pour le leur dire, mais ses parents ne font toujours pas attention à lui. Le monstre le dévore, entre dans la maison, pousse un rugissement, mais les parents, s'imaginant que c'est Bernard qui fait l'imbécile, continuent à parler comme si de rien n'était. Alors, constatant qu'ils n'ont pas peur, le monstre, décontenancé, perd toute son assurance. Skye tourna la dernière page. La fin du livre la rendait à chaque fois triste. Le pauvre monstre a été envoyé au lit, et tout seul dans le noir, il éprouve le sentiment d'être un raté.

Ils quittèrent l'autoroute pour prendre de l'essence. Dans un petit restaurant qui venait d'ouvrir, ils commandèrent du café et des muffins, puis ils s'installèrent à une table près de la fenêtre cependant qu'une vieille femme balayait autour d'eux. Sean demanda alors son âge à Skye qui mentit, répondant dix-sept ans. Elle dit qu'elle était née dans le Dakota du Sud et qu'elle était à moitié Sioux Oglala par sa mère. Il trouva ça super, mais elle répliqua que ce n'était pas du tout son avis et que, de toute façon, elle ne savait rien de ce peuple ni de son histoire, sauf qu'elle était jalonnée de souffrances et de malheurs et qu'elle avait déjà assez des siens sans en rajouter.

Pour sa part, il venait de Detroit, ses parents et son frère aîné étaient en prison, encore qu'il ne dît pas pourquoi, et Skye ne lui posa pas la question. A quatorze ans, il était parti, et ces trois dernières années, il avait voyagé un peu partout. Au Mexique, au Nicaragua et au Salvador, précisa-t-il, où il avait vu des choses qu'il n'aurait jamais crues ou imaginées.

« Comme quoi ?

— De la magie. Des chamans. Des gens qui traversent un feu sans se brûler. Des gens qui meurent après une malédiction. J'ai vu aussi une femme morte ressusciter. »

Skye lui réclama des détails, mais il refusa d'en donner. Elle lui demanda pourquoi il était venu dans le Montana, et il répondit que c'était pour voir un grizzly. Il avait appris au Mexique que c'était son animal totem et que, dans une vie antérieure, il avait été ours. Elle ne put s'empêcher de rire, car ce Sean maigrichon était aussi différent d'un ours qu'on pouvait l'être. Un phasme ou une girafe peut-être, mais un grizzly ? Certainement pas. Il parut vexé et se tut. Elle s'excusa puis, ayant du mal à garder son sérieux, elle lui demanda comment il comptait s'y prendre pour trouver un grizzly. Il reconnut que ce ne serait pas facile, mais qu'il envisageait d'aller à Glacier Park où, lui avait-on dit, il avait de bonnes chances d'en rencontrer.

Elle hocha la tête, luttant toujours contre son envie de rire.

« Peut-être, dit-elle.

— Tu as une meilleure idée ? »

Elle en avait des centaines.

« De toute manière, répondit-elle, je m'en fous. »

Ils roulèrent toute la journée tandis que le soleil, décrivant sa courbe au-dessus de leurs têtes, se dirigeait comme eux vers les montagnes couronnées de neige qui se dressaient à l'horizon. L'après-midi, la chaleur était devenue telle qu'ils sortirent de l'autoroute pour emprunter de petites routes qui serpentaient au travers d'une forêt bourdonnante d'insectes. Ils trouvèrent une rivière où, nus et sans fausse pudeur, ils se baignèrent dans un plan d'eau avant de s'allonger au milieu d'un pré parsemé de fleurs sauvages pour se sécher au soleil, entourés d'une nuée de papillons. Sean lui dit qu'elle était jolie, et elle pensa qu'il voulait la caresser, ce qu'elle désirait à moitié, mais il se borna à contempler le ciel en fumant un nouveau joint, à peine conscient de sa présence.

Lorsqu'ils rejoignirent l'autoroute, le ciel à l'ouest se couvrait de gros nuages noirs au travers desquels filtraient des rayons de soleil froids et métalliques, cependant que des éclairs zébraient le ciel au-dessus des montagnes.

Elle vit la première la voiture de police. Quelque chose l'avait poussée à se retourner à l'instant où le flic mettait en marche ses gyrophares rouge et bleu. Sean jeta un coup d'œil dans le rétroviseur et ne prononça pas une parole. Il ne paraissait ni inquiet ni même effrayé. Il avait simplement l'air défoncé. Il ralentit, se gara sur le bas-côté, imité par la voiture de police. Le flic resta un instant à l'intérieur, sans doute en train de se renseigner par radio.

« Qu'est-ce qu'on dit ? »

Le garçon haussa les épaules.

Le flic sortit de sa voiture et s'avança vers eux à pas lents. Sean descendit sa vitre et surveilla son approche dans le rétroviseur extérieur. Parvenu à la hauteur de la portière du conducteur, le policier se baissa pour examiner Skye. Il était jeune, vingt-cinq ans peut-être, avec une moustache rousse soigneusement taillée et des yeux bleus très écartés brillant d'une lueur amicale. Il porta la main à sa tempe, et Skye lui sourit de son mieux.

« Bonjour. Vous allez où comme ça ?
— Glacier Park, répondit Sean sans le regarder.
— Très bien. En vacances ?
— Ouais.
— C'est votre véhicule ?
— Celui d'un ami.
— Ah ! ah ! Vous pourriez me présenter les papiers, permis de conduire, carte grise, assurance ? »

Sean se tourna pour prendre son sac. Skye eut soudain l'intuition qu'il y cachait une arme et qu'il s'apprêtait à commettre un acte stupide et irréparable. Mais il parut changer d'avis, et il déclara :

« J'avais oublié. On nous a tout volé. »

L'expression du flic se modifia, se durcit légèrement.

« Voulez-vous descendre de voiture, s'il vous plaît ? »

Il se redressa et tendit la main vers la poignée de la portière au moment où la voiture démarrait en trombe. Le flic réussit néanmoins à ouvrir, voulut empoigner Sean, mais il perdit l'équilibre et dans sa chute, son bras se coinça derrière le siège. Il poussa un cri.

« Arrête ! hurla Skye. Arrête ! »

Un craquement sinistre retentit, et Skye comprit aussitôt que c'était le bruit du bras cassé net. Quant à Sean, soit il n'entendit pas, soit il ne s'en soucia pas. Il écrasa le champignon. Les pneus gémirent sur le bitume tandis que la voiture, zigzaguant, regagnait la chaussée, traînant derrière elle le flic qui hurlait. Skye se mit à crier.

« Tu es complètement cinglé ! Arrête ! Bon Dieu ! Arrête ! »

Il accéléra à fond. Skye tenta de mettre le levier de vitesse automatique au point mort, mais Sean l'écarta si violemment que sa tête rebondit contre la vitre côté passager. De la main gauche, il s'efforça en vain de libérer le bras du pauvre flic sur lequel la portière ne cessait de claquer, et chaque fois qu'elle s'ouvrait, Skye apercevait son visage au niveau du bas de caisse. Il avait tout le côté entaillé d'une balafre sanglante et les yeux fous de terreur.

La voiture effectuait des embardées, et les véhicules autour d'eux commençaient à klaxonner. Ils doublèrent un pick-up. Un grand chien marron debout à l'arrière se mit à aboyer en essayant de garder l'équilibre, cependant que le conducteur, braquant pour les éviter, hurlait en appuyant sur l'avertisseur.

« Espèce de crétin ! cria Skye.

— Ta gueule ! »

Il y eut un horrible bruit de déchirure suivi d'un choc sourd, et quand elle se retourna pour regarder, Skye vit le corps du flic rouler sur la route derrière eux.

« Crétin ! Abruti ! Mais qu'est-ce que tu fais ! »

Le bras arraché du jeune policier était demeuré coincé derrière le siège. Sean réussit à le dégager, puis il le jeta par la portière avant de la refermer. Skye hurla et le martela de ses poings. Il la frappa alors en plein sur la bouche. Elle sentit une de ses dents se briser et le sang couler, ce qui la rendit folle furieuse, au point qu'elle se rua sur Sean pour lui labourer le visage de ses ongles et lui arracher les cheveux par poignées jusqu'à ce qu'il lui assène un coup d'une telle violence que quelque chose céda dans sa tête, comme si on l'avalait de l'intérieur. Elle s'effondra sur son siège et regarda le monde tourbillonner avant de disparaître dans un brouillard rouge et ouaté.

2

Le jour où Edward Tully rencontra l'amour de sa vie débuta sous de fâcheux auspices. Il avait neigé toute la semaine et il comptait sur un agréable week-end de ski. Malheureusement, dès les premières heures du petit matin, la neige se transforma en pluie, et au lever du jour (si toutefois on pouvait appeler ainsi cette transition à peine perceptible), Boston barbotait dans une couche de neige fondue. Et pour faire bonne mesure, il pleuvait également à l'intérieur. Vers le milieu de la matinée, l'immeuble entier fut privé d'eau et de chauffage. Quand Ed sortit voir ce qui se passait, il trouva les ascenseurs en panne, des torrents d'eau qui cascadaient dans l'escalier et le hall bondé de gens qui criaient, les jambes trempées.

L'immeuble était en cours de rénovation, et pendant ces deux derniers mois, les ouvriers avaient surtout démontré leur aptitude à déranger les occupants des lieux. Ce matin, semblait-il, un menuisier aux talents de chirurgien avait d'un seul coup sectionné un câble électrique et percé une conduite d'eau avec sa perceuse. Mr. Solomon, le vieux veuf sinistre qui habitait l'appartement voisin de celui d'Ed, expliqua qu'une ambulance venait d'emporter le responsable de la catastrophe. Il ignorait la gravité de ses blessures, mais il pensait que c'était sérieux.

Ed avait travaillé presque toute la nuit sur le deuxième acte de sa nouvelle comédie musicale, celle qui (il ne se permettait aucun doute à ce sujet) ne manquerait pas de le rendre célèbre. Tout se présentait pour le mieux, encore qu'il eût de plus en plus conscience que les travaux commençaient à s'infiltrer tant dans la musique que dans les paroles pour leur donner un ton plus sombre, plus menaçant qu'il n'en avait eu l'intention. Et lorsque, pataugeant dans ses chaussures, il regagna son appartement, il constata la présence d'une autre infiltration, au sens littéral du terme, cette fois. Il y avait en effet une fuite au plafond, juste au-dessus du piano. Le piano lui-même, un vieux piano droit d'origine indéterminée qui aurait eu besoin d'être si souvent accordé qu'il était devenu inutile de le faire, paraissait ne pas avoir trop souffert, mais les feuilles de papier à musique posées dessus, sa production de la nuit, étaient détrempées. Il y avait également une fuite dans le placard où il rangeait ses équipements d'alpinisme, de ski et de pêche à la mouche, si bien qu'il lui fallut tout sortir pour le mettre sur le lit. Après quoi, épuisé, il se laissa tomber sur le canapé, en plein sur ses nouvelles lunettes design Calvin Klein qu'il n'avait que depuis une semaine et qu'il avait payées une fortune. Elles étaient fichues. Décidément, il devait exister une espèce de conspiration cosmique contre lui.

Et au courrier, il en eut une preuve supplémentaire : on lui retournait, avec des remerciements il est vrai, non pas un mais deux des synopsis et cassettes de démonstration de sa dernière comédie musicale, celle qui, de toute évidence, ne le rendrait pas célèbre. L'une des lettres, signée d'un grand producteur de Broadway et certainement écrite par l'un de ses larbins, débutait par de tièdes éloges avant de conclure que son œuvre « devait peut-être un tout petit peu trop à Sondheim », ce qui, des heures durant, plongea Ed dans des abîmes d'autocritique.

En fin d'après-midi, installé devant un autre piano, celui-ci beaucoup plus beau et beaucoup mieux accordé que le sien, il écoutait l'un de ses élèves, parmi ceux qu'il aimait le moins, massacrer un inoffensif morceau de Chopin pourtant relativement facile. Le gamin, un enfant de dix ans fort désagréable affligé du nom de Dexter Rothwell Jr., était vêtu tout en noir à l'exception de ses baskets doré et argenté qui coûtaient probablement de quoi nourrir une famille entière pendant plusieurs semaines.

Ce qui agaçait le plus Ed, c'était la casquette de base-ball que le gosse portait tout le temps. Noire elle aussi et, bien entendu, coiffée à l'envers, il y avait écrit dessus comme par une araignée atteinte d'hémorragie : DEATH ZONE — CREW MEMBER. Ed n'était pas d'une nature violente, tout au contraire, mais il éprouvait parfois l'envie presque irrésistible d'arracher cette casquette et d'en gifler le jeune Dexter Rothwell.

Depuis qu'il avait quitté l'université trois ans auparavant, Ed gagnait de quoi continuer à composer en donnant des leçons de piano. L'hiver, sa seule autre source de revenu consistait à jouer les vendredis soirs dans un bar du centre-ville, ce qui lui plaisait bien malgré la paye modeste et l'attention plus modeste encore dont il bénéficiait. Quant aux leçons, il semblait avoir sans le vouloir accaparé le marché des enfants gâtés des notables les plus antipathiques de la ville. Et quant à cet insupportable morveux, il l'avait comme élève depuis six mois, et pas une seule fois le garçon ne lui avait seulement souri.

Le regard rivé sur la fenêtre, Ed s'efforçait de détecter quelques accents de Chopin au sein de la cacophonie qui résonnait dans le luxueux salon des Rothwell. Le voile de lumière triste de janvier qui s'était à peine soulevé de la journée retombait déjà, et il pleuvait toujours. La pluie ruisselait sur la carrosserie lustrée de la Mercedes décapotable noire de Mrs. Rothwell qui trônait dans l'allée à côté de la Nissan rouillé d'Ed. Comme d'habitude, la mère du gamin entretenait sa forme dans la salle de gymnastique de l'autre côté du couloir, toute en mèches blondes et tissu élastique, les écouteurs collés aux oreilles, sans doute pour échapper aux horreurs que produisait son fils au piano. C'était une petite femme mince au visage pointu, et chaque fois qu'il l'apercevait par la porte entrouverte en train de s'activer sur le tapis de jogging, Ed ne pouvait s'empêcher de penser à une souris folle cavalant dans sa roue.

Dexter Rothwell Jr. termina le morceau et s'affala sur le tabouret.

« Fais chier Chopin, dit-il.

— Ah bon, vraiment ? » Ed s'efforça de prendre un ton léger, amusé même.

« Ouais.

— Je constate que tu as été trop occupé cette semaine pour travailler ton piano. »

Pour toute réponse, Dexter grogna et entreprit de se curer le nez. Ils restèrent un moment à écouter le petit bruit sourd que faisaient les pieds de madame Souris alignant les kilomètres de l'autre côté du couloir. Ed ôta ses lunettes, les vieilles, rafistolées avec du Scotch, pour les essuyer. Elles ne manquèrent pas de lui rappeler qu'il ne pouvait pas se permettre, au sens financier du terme, de donner ici libre cours à ses pulsions. Il inspira un grand coup et les rechaussa.

« Bon, alors qu'est-ce que tu veux jouer ? Encore un peu de Led Zeppelin ? »

Il ne plaisantait pas. Quinze jours plus tôt, se livrant à une tentative désespérée en vue de susciter l'intérêt du garçon, il lui avait fait jouer « Stairway to Heaven » ainsi que deux ou trois airs des Rolling Stones. Il avait quand même réussi à provoquer une vague réaction.

« Fait chier aussi.

— Ils font tous chier, alors. Chopin, Mozart, Led Zeppelin.

— Ouais. »

Ed laissa le silence se prolonger un moment. Le gosse regardait la pluie d'un œil noir, le doigt toujours fourré dans le nez. Ed, étudiant le profil du garçon à la lippe boudeuse et au menton mou, se livra à de rapides calculs afin d'évaluer l'étendue des dommages qu'il s'apprêtait à infliger à ses finances déjà précaires. Et puis tant pis, se dit-il. Il se leva, récupéra la partition sous le nez du garçon et la glissa dans sa serviette. Dexter le considéra avec surprise.

« Qu'est-ce qui se passe ?

— Rien, Dexter, justement.

— On vient juste de commencer.

— Oui, et ça me suffit. Je m'en vais. »

Il ouvrit la porte et déboucha dans le couloir à l'instant où la mère du gamin sortait de la salle de gymnastique, s'épongeant le visage avec précaution pour ne pas risquer d'étaler son rouge à lèvres. Elle fronça les sourcils.

« Vous avez déjà fini, vous deux ?

— Oui, m'dame, fini et bien fini. »

Il prit son manteau sur le fauteuil du vestibule. Dexter, se dandinant d'un pied sur l'autre, planté sur le seuil du salon, haussait les épaules et grimaçait comme si le monde était soudain devenu fou. Sa mère consulta sa montre.

« Mais il n'est que...

— Le problème, Mrs. Rothwell, c'est que vous perdez votre argent et moi, mon temps.

— Pourquoi ? Dexy ne fait donc pas de progrès ? »

Ed regarda le garçon. Il roulait son T-shirt en boule entre ses poings et, la mine renfrognée, fixait le sol, l'air d'un homme de Néanderthal abandonné de tous. Il offrait un spectacle pathétique et, l'espace d'une seconde, Ed éprouva à son égard un soupçon de pitié.

« Non, madame, il n'en fait pas. Et à la vérité, pour reprendre sa propre expression, Dexy fait chier. »

Son allégresse ne dura pas au-delà de son retour chez lui. Le chauffage ne fonctionnait toujours pas et l'eau gouttait toujours dans la poubelle qu'il avait mise à l'emplacement du piano. Il prit une douche froide, chantant pour éviter de claquer des dents et de trop penser à quel point il avait été idiot de laisser tomber les Rothwell. Il se prépara ensuite un chocolat chaud et mit au micro-ondes un reste de pizza que, emmitouflé dans son manteau, il mangea devant les infos télé qui ne parlaient que de catastrophes et de malheurs à côté desquels les siens faisaient pâle figure, ce qui ne l'empêcha pas de continuer à broyer du noir.

On lui demandait d'être au bar vers huit heures, bien que la foule ne commençât à arriver que beaucoup plus tard. Aussi, à sept heures et demie, il lui fallut de nouveau braver la pluie jusqu'à sa voiture et traverser la ville au milieu de la circulation qui s'écoulait avec une lenteur désespérante.

Le bar s'appelait chez Ralff, et Ed n'avait jamais pu savoir qui était le Ralff en question ni pourquoi son nom s'écrivait ainsi. Il était situé près du front de mer, à la périphérie d'un quartier rénové à la va-vite qui grouillait de touristes en été mais qui, par une soirée d'hiver comme celle-là, évoquait plutôt une regrettable erreur d'urbanisation. En dehors du club, la seule raison d'y venir était le cinéma d'en face, un endroit auquel il était facile d'accéder, mais où il était difficile de se garer. Ce soir, Ed crut avoir de la chance.

Au moment où il tournait le coin, il vit au travers de son pare-brise sale qu'une Jeep s'apprêtait à partir juste devant le bar. Il mit son clignotant et s'arrêta pour lui permettre de se dégager. Une voiture derrière lui klaxonna, alors qu'on voyait bien pourquoi il attendait. Il regarda dans son rétroviseur. C'était une Coccinelle blanche toute cabossée. Elle klaxonna de nouveau.

Ed secoua la tête. Quel abruti ! La Jeep démarra et il s'avança pour se garer en marche arrière. Il supposait que la Coccinelle allait soit le dépasser, soit attendre qu'il ait terminé sa manœuvre, mais au moment où il enclenchait la marche arrière et se retournait sur son siège, la petite voiture se glissa dans l'espace laissé libre. Il ne parvenait pas à le croire. Ah ! non ! pas question d'accepter ça ! Il mit ses feux de détresse et descendit, l'air furieux.

Deux personnes s'extirpèrent de la Volkswagen. Une jeune femme, la conductrice, qui, comme Ed s'avançait vers elle à grandes enjambées, le regarda avec un sourire si éblouissant et si innocent qu'il le crut un instant destiné à quelqu'un derrière lui. Il jeta un coup d'œil par-dessus son épaule, mais le trottoir était désert. La femme portait un blouson de ski rouge à la capuche relevée sur une masse de cheveux bruns. Son passager était un homme, plus grand et plus large qu'Ed, un fait qui aurait peut-être dû amener celui-ci à réfléchir. Tout ce qu'il remarqua à travers ses lunettes dégoulinantes de pluie, c'est que le type affichait un sourire moqueur. Ce qui ne contribua en rien à le lui rendre sympathique. Il pleuvait maintenant à torrents.

« Excusez-moi, dit Ed d'un ton aussi calme que possible. Mais c'est ma place. »

La jeune femme considéra sa voiture, puis Ed, arborant toujours l'expression de celle à qui l'on donnerait le bon Dieu sans confession.

« Non, c'est la nôtre », dit-elle.

Elle ferma la Coccinelle à clé puis remonta la fermeture éclair de son blouson. Bien que fou de rage, Ed s'aperçut qu'il se trouvait devant une femme superbe. Elle avait la peau mate, la bouche large et des dents parfaites. Quant à ses grands yeux sombres, ils pétillaient de malice. Ce qui, finalement, ne fit qu'alimenter sa colère.

« Vous savez très bien ce que je faisais. Je me suis arrêté pour laisser l'autre partir, j'ai mis mon clignotant, je me suis avancé pour me garer en marche arrière, et vous en avez profité pour me piquer la place. Vous ne pouvez pas faire ça. »

Elle haussa les épaules. « Si, nous le pouvons et nous l'avons fait.

— Merde ! Ça ne se passera pas comme ça ! »

Il s'était mis à crier, et afin de compenser et d'adopter l'attitude de virile menace qui convenait, il lança un regard méprisant au pauvre type aux allures de gorille qui s'approchait, le sourire narquois toujours aux lèvres. Ed sentait la pluie détremper les épaules et le dos de son manteau. Un filet glacé lui coulait dans le cou. Quoique ne voyant pratiquement plus rien à travers ses lunettes, il lui sembla distinguer une légère trace d'embarras sur le visage de la jeune femme. Elle se tourna vers son gorille.

« Je vous prie de ne pas commencer à user d'injures à notre égard, dit celui-ci.

— Mais pas du tout !

— Vous venez de dire "merde".

— Bon Dieu...
— Attention, attention. »
Il leva les mains à titre d'avertissement, puis d'un seul coup, son sourire s'élargit et il fronça les sourcils, l'air de compatir.
« Désolé, mon vieux, reprit-il. Mais la vie est une jungle. D'ici quelques milliers d'années, il ne restera plus que les conducteurs dont les ancêtres auront appris à piquer les places de parking des autres. Ça s'appelle la sélection naturelle. C'est dur à avaler, mais c'est la loi de l'évolution. Et maintenant, veuillez nous excuser, mais nous allons être en retard pour le film. »
Et, sur un nouveau sourire, il prit le bras de la femme pour lui faire traverser la rue, abandonnant Ed planté sur le trottoir, trempé jusqu'aux os, abasourdi.
« Espèces de... »
Une voiture passa qui éclaboussa ses jambes de pantalon. Une autre s'arrêta et klaxonna.
« Hé, bougez votre voiture, vous bloquez la circulation.
— Allez... allez vous faire voir ! »
Ed se dirigea à pas lourds vers sa vieille Nissan, se remit au volant et essuya ses lunettes. Il tourna vingt minutes dans le quartier à la recherche d'une place, ne cessant durant tout ce temps de ruminer des plans de vengeance. Il finit par trouver à se garer quelques voitures derrière la Coccinelle, et en arrivant à sa hauteur, il eut une brillante idée. Il allait leur rendre la pareille.
Il entra chez Ralff, s'excusa pour son retard auprès de Bryan, le gérant. Il avait eu une journée pourrie, dit-il. Bryan haussa les épaules, répliquant que c'était le cas pour tout le monde. La salle était presque déserte, aussi Ed n'eut pas trop de scrupules. Il contourna le comptoir, prit un bout de papier et un stylo à côté de la caisse.

« Hé ! arrive ! lui cria Bryan. On veut un peu de musique !

— J'en ai pour deux minutes. »

Il griffonna quelque chose, dénicha un morceau de plastique dans lequel il enveloppa soigneusement le mot pour que la pluie ne risque pas de l'effacer, puis il fila vers la porte, disant qu'il revenait tout de suite.

Les spectateurs étaient maintenant rentrés dans le cinéma et il n'y avait plus personne dans la rue. Quelques voitures passaient dans des gerbes d'éclaboussures. Ed se dirigea droit vers la Volkswagen et, se penchant au-dessus du capot, il enleva sans difficulté les caoutchoucs des essuie-glaces, puis il glissa le mot sous l'un des bras. Après quoi, il se recula avec un sourire satisfait. La vengeance, conclut-il, mettant les raclettes dans sa poche, est un plat qui se mange arrosé. Il regagna le bar.

« D'ici quelques milliers d'années, avait-il écrit, il ne restera plus que les conducteurs dont les ancêtres auront appris à piquer les essuie-glaces des piqueurs de places de parking. Ça s'appelle la sélection naturelle. »

Malgré ses vêtements trempés et la journée de chien qu'il venait de vivre, il joua très bien ce soir-là. Vers dix heures, la salle commença à se remplir. A l'une des tables, on applaudissait tous ses morceaux, en sorte que les autres ne tardèrent pas à suivre l'exemple. Il se creusa la cervelle à la recherche de chansons qui parlaient de pluie, et il les interpréta avec brio. « Stormy Weather » lui valut même un bis. Il n'avait pas une grande voix, mais comme il paraissait avoir attrapé froid, elle était plus rauque que d'habitude et plus sexy, à son avis en tout cas. Leanne, une serveuse pour qui il en pinçait un peu, ne cessait de lui renouveler sa consommation et semblait le regarder avec plus d'intérêt que de coutume, mais peut-être s'agissait-il d'un effet de son imagination.

Chaque fois que la porte s'ouvrait, il constatait avec satisfaction qu'il continuait à pleuvoir. C'était idiot, il le savait, mais il ne pouvait s'empêcher d'imaginer la femme arrivant à sa voiture et trouvant le mot sous l'essuie-glace. Il aurait tellement voulu être là pour voir son expression à cet instant. Le film devait être terminé, et il se demanda ce qu'il ferait si jamais elle entrait dans le bar. Mais Ralff était un endroit pour buveurs, éclairage tamisé et banquettes de velours rouge, et bien que tout ce qu'il sache d'elle, c'est qu'elle fauchait les places de parking, il se figurait qu'elle était plutôt du genre sain, style yaourts et yoga, et que jamais pour un empire elle ne voudrait être vue dans une boîte comme Ralff.

Mais il se trompait.

Il venait de faire une pause d'un quart d'heure avant d'entamer son dernier set. En revenant des toilettes, il s'était fait coincer — sans se faire prier, il faut l'admettre — par Leanne qui lui avait dit combien elle avait aimé son jeu ce soir, et surtout sa nouvelle voix tellement sexy. Aussi, quand il se réinstalla au piano, il se sentait plutôt content de lui. Il tendait la main vers son verre lorsqu'il la vit. C'est le blouson rouge qui avait attiré son attention et peut-être que s'il avait regardé une seconde plus tard il ne l'aurait pas reconnue, car elle était en train de l'enlever. En dessous, elle portait un pull couleur crème. Son petit ami (qui, pour être franc, ne ressemblait pas vraiment à un gorille) commandait à boire et en attendant, assise bien droite sur son tabouret, elle parcourait la salle du regard en s'étirant. Ed l'observa.

Elle rejeta la tête en arrière et se passa la main dans

les cheveux, un geste sans doute machinal, destiné peut-être à les démêler, et qui chez toute autre femme aurait eu un petit côté coquetterie complaisante, mais qui chez elle paraissait tout à fait naturel. Et plus sensuel que tout ce qu'Ed avait jamais vu.

Il s'aperçut soudain qu'elle le dévisageait cependant qu'un sourire naissait sur ses lèvres : elle l'avait reconnu. Et, dans ce qu'il qualifierait plus tard d'inspiration géniale, il joua un morceau de sa dernière (jamais montée et deux fois refusée) comédie musicale, une chanson d'amour langoureuse de fin de soirée qui « devait peut-être un tout petit peu trop » à Tom Waits, intitulée « Chez moi ou chez toi ». Le refrain disait :

On a fini le bourbon,
Alors le vin on le boit.
Je me sens tout fripon,
On va chez moi ou chez toi ?

Il ne la quitta pas des yeux de toute la chanson. Son petit ami ne parut pas s'en offusquer outre mesure. Il appréciait manifestement la plaisanterie et, la chanson finie, il leva son verre et en fit porter un à Ed par Leanne. Ed continua à jouer, cherchant tous les morceaux plus ou moins adaptés à la situation et changeant çà et là les paroles dans l'espoir de la faire rire. Il chanta un air de *West Side Story* où il était question de quelqu'un qui cherche sa place, « Somewhere there's a place for you ». Il se sentait inspiré, irrésistible. Le public réagissait à merveille, appréciant une plaisanterie qu'il ne comprenait pas. Il ne jouait que pour elle, la femme dont les essuie-glaces étaient dans la poche de son manteau. Aussi, il fut très déçu quand, au milieu de « Lovely Rita, Meter Maid », la chanson de la contractuelle, elle se leva et enfila son blouson de ski rouge. Seulement, au lieu de se diriger vers la sortie, ils s'avancèrent vers lui.

Ils attendirent à côté du piano qu'il ait terminé. Elle affectait un air penaud. Ed plaqua le dernier accord et pendant que les applaudissements éclataient, il se tourna vers elle.

« C'était très drôle, dit-elle. Vous avez du talent.

— Je l'avoue, en effet. Merci.

— Ecoutez, je suis sincèrement désolée pour ce qui est arrivé. Je ne sais pas ce qui m'a pris. C'est la première fois de ma vie que je fais une chose pareille.

— C'est de ma faute, intervint son petit ami. Je l'ai poussée à le faire. Vous comprenez, on était en retard pour le film... enfin, bref... on... on s'excuse. »

Ed hocha la tête sans le regarder. Il ne parvenait pas à détacher ses yeux de la jeune femme. Mon Dieu ! qu'elle était belle ! Il se rendit brusquement compte qu'il devait répondre quelque chose.

« Bon, eh bien, merci. Je veux dire, comme ça, j'ai eu droit à une leçon de biologie gratuite. »

Son manteau était drapé sur le dossier de sa chaise. Il pêcha les essuie-glaces dans la poche encore humide et les lui tendit.

« Tenez. »

Elle fronça les sourcils.

« Vous n'avez pas encore été à votre voiture ?

— Non.

— Eh bien, vous vous apercevrez que vous aurez besoin de ça pour rentrer. »

Elle prit les essuie-glaces avec un sourire forcé. Le petit ami éclata de rire.

« Quittes ? » demanda Ed.

Elle le considéra un instant, les yeux plissés. « On verra.

— Je dois dire que si vous n'aviez pas été accompagnée de quelqu'un d'aussi costaud, vous auriez pu avoir de sérieux ennuis.

— Je vous présente mon cousin David. »

Voilà les mots les plus agréables qu'Ed eût entendus depuis le début de la journée. Il tendit la main.

« Edward Tully. Enchanté de faire votre connaissance. »

David aussi était enchanté, et il lui serra la main à lui briser les phalanges. Ed se tourna vers la jeune femme dont il était déjà amoureux et lui tendit la main à son tour.

« Rita », dit-elle en la prenant.

Ed marqua une hésitation, gardant sa main dans la sienne. Elle était fraîche et douce. Rita ? Non, ce n'était pas possible. Elle éclata de rire.

« Bon, c'est Julia. Julia Bishop.

— Hé ! Ed ! cria Bryan de derrière le bar. Si l'amour se nourrit de musique, fais-nous-en donc bouffer un peu !

— Il est tellement romantique », dit Ed.

Elle sourit, s'excusa encore une fois, puis ils se dirent au revoir. Son cousin et elle se dirigèrent vers la sortie. Ed entama les premières notes d'une chanson de John Lennon qu'il n'avait pas jouée depuis des années. Mais si elle la connaissait, ce qui était plus que probable car elle portait son nom, Julia n'en manifesta rien. Elle ouvrit la porte et s'enfonça dans la nuit en compagnie de son cousin sans un regard derrière elle.

Half of what I say is meaningless,
But I say it just to reach you, Julia[1].

Quand, une demi-heure plus tard, Ed regagna sa voi-

1. La moitié de ce que je raconte n'a pas de sens,
Mais c'est juste pour arriver jusqu'à toi, Julia.

ture, se maudissant encore de ne pas avoir eu la présence d'esprit de lui demander son numéro de téléphone ou au moins où elle habitait et travaillait, il constata que ses essuie-glaces avaient à leur tour disparu et qu'un mot était glissé sous l'un des bras. « J'ai retenu la leçon », était-il écrit d'un côté. Ed retourna le bout de papier. Au dos figurait un numéro de téléphone.

Il ne pleuvait plus.

3

Il était presque midi quand les parachutistes du feu sautèrent. Ils s'élançaient deux par deux à chaque passage de l'avion. Leurs corps tressautaient au moment où les parachutes s'ouvraient et se déployaient, puis ils flottaient comme des méduses dans un océan de ciel. De temps en temps, les coupoles masquaient le soleil blanc qui brillait, implacable, au-dessus d'eux, projetant leurs ombres mouvantes sur le voile de fumée qui obscurcissait le flanc de la montagne.

L'équipe était constituée de six hommes et de deux femmes qui, tous, se posèrent sans dommage à l'endroit prévu, une clairière à peine large d'une dizaine de mètres. Ils se débarrassèrent de leurs parachutes et de leurs combinaisons de saut qu'ils rangèrent dans un coin, puis ils sortirent des sacs largués à part les tronçonneuses, les haches, les pioches et les pelles. Ils étaient prêts à établir une ligne coupe-feu.

Le pic qui les dominait pendant qu'ils travaillaient s'appelait Iron Mountain. Le versant ouest était planté d'une forêt touffue, inaccessible par la route. Le feu avait été repéré le matin même par un ranger et, attisé par un vent d'ouest, il avait déjà ravagé plus de cinquante hectares. S'il se propageait vers l'est ou virait vers le nord, il y avait peu de danger, mais si le vent tournait, les nombreux ranches et cabanes en rondins situés au sud et à l'ouest seraient menacés. C'est pourquoi on avait fait appel aux parachutistes du feu.

Ils creusèrent la tranchée le long d'une arête calcaire, sur le versant sud. Elle faisait environ un mètre de large sur huit cents mètres de long. Ils opéraient par vagues successives, veillaient à garder une distance d'au moins trois mètres entre eux, d'abord tronçonnaient, puis dégageaient les arbres et les branches coupés et enfin creusaient. Ils continuaient ainsi jusqu'à ce qu'il ne reste plus que la terre minérale, de sorte que si le feu arrivait, il ne trouverait plus rien pour l'alimenter. Lorsqu'ils eurent terminé, ils étaient en nage. Leurs chemises jaunes et pantalons verts ignifugés, couverts de terre, de cendres et de débris divers évoquaient des tenues de camouflage.

Ils prirent alors un peu de repos, chacun dans son coin, certains accroupis, d'autres debout, échelonnés le long de la crête comme des fantassins épuisés. Personne ne parlait et, hormis le grondement des flammes au-delà de l'arête rocheuse, on n'entendait que le bruit haché de leurs radios à ondes courtes.

Au bout de la file, à cinq ou six mètres en dessous des autres, se tenait un jeune homme aux cheveux couleur paille tout emmêlés et collés par la transpiration. Il était grand et mince, et la sueur avait tracé des sillons noirs sur son visage maculé de cendres, le faisant ressembler à quelque fauve. Ses yeux bleu clair eux-mêmes paraissaient luire d'un éclat sauvage. Son paquetage et son casque posés à côté de lui sur un bloc de pierre, il nettoyait avec soin le fer de sa pioche. Une fois que celui-ci eut retrouvé son brillant, il appuya le manche contre son paquetage, ôta ses gants ignifugés, les posa également sur la pierre, puis il se passa la main dans les cheveux, s'épongea le front et décrocha son bidon.

Il avait vingt-six ans, s'appelait Connor Ford, et bien que fatigué, sale, en sueur et les poumons irrités par la fumée, pour rien au monde il n'aurait voulu être ailleurs. C'était son premier saut de la saison. Quelques heures plus tôt, accroupi devant la porte du Twin Otter DHC-6, regardant quinze cents pieds plus bas la forêt, la montagne et le canyon basculer comme si on les arrachait de la terre, et voyant dériver dans le ciel les voilures bleues, blanches et jaunes de ceux qui avaient sauté avant lui, il avait éprouvé un sentiment proche de l'extase. Et puis, d'une petite tape sur l'épaule, le largueur lui avait signifié que c'était à lui de se lancer dans le bleu infini. Après quoi, il y avait eu la secousse quand le parachute s'était ouvert et les instants merveilleux où il était resté suspendu dans cette sphère de silence, ni homme ni oiseau, mais composé de ciel, de chair et de terre.

L'eau de son bidon était tiède et avait un goût métallique. On était seulement fin mai, mais on avait l'impression d'être déjà au cœur de l'été. Connor se disait que la température frisait sans doute les 35°. Il n'avait presque pas plu de toute l'année et il faisait sec comme dans une tombe. Si ça continuait comme ça, l'été serait un enfer sur le plan des incendies. A la base de Missoula, certains des parachutistes du feu commençaient déjà à rêver à la manière dont ils allaient dépenser leurs heures supplémentaires et leurs primes de risque. Deux soirs auparavant, il avait appelé Ed à Boston afin de lui demander de verser un acompte pour la voiture qu'il s'était promise. Ed et sa fabuleuse petite amie dont il n'arrêtait pas de parler depuis des mois devaient arriver dans le Montana le week-end prochain. C'était la première fois qu'Ed manquait le début de la saison des incendies, preuve des effets néfastes qu'une femme pouvait exercer sur un homme.

Hank Thomas, le responsable des opérations, placé un peu plus haut le long de la pente, donna l'ordre du départ. Connor but une dernière gorgée, puis il reboucha son bidon avant de le raccrocher à sa ceinture. Il allait reprendre son paquetage quand il perçut un bruit étrange. On aurait dit un petit cri étranglé qui semblait provenir de l'autre côté de l'arête où l'incendie faisait rage. Il regarda un moment, mais ne vit rien. Alors qu'il s'apprêtait à suivre les autres, il distingua ce qu'il prit d'abord pour une branche enflammée qui pointait au-dessus de la crête de roche pâle. Il lui fallut quelques secondes pour se rendre compte qu'il s'agissait de tout autre chose.

En effet, un orignal apparut, énorme, tel que Connor n'en avait encore jamais vu. Il avait le poil entièrement roussi et la peau presque carbonisée. Ses immenses ramures en feu brûlaient comme des torches. L'animal réussit à se hisser sur l'arête rocheuse, provoquant un éboulement de pierres, et à l'instant où il reprenait son équilibre, il aperçut Connor.

Longtemps, ils demeurèrent immobiles à se regarder. Connor avait l'impression d'être un païen frappé de stupeur devant l'apparition de quelque demi-dieu ou esprit malfaisant surgi d'un autre monde. Une sueur froide lui glaça le dos.

Alors, avec une lenteur infinie, il glissa la main dans sa poche pour prendre le petit Leica qu'il gardait toujours sur lui. Dans le vent qui s'était mis à tourbillonner, les flammes de la ramure du grand animal dansaient et le feu grondait comme un chœur évoquant une terrible conspiration.

L'orignal, qu'il cadrait maintenant dans son viseur, dressa fièrement la tête comme s'il posait pour un portrait. Connor réalisa brusquement qu'il y avait là comme un message dont il ignorait cependant la teneur et le destinataire. Il appuya sur le déclencheur et, entendant le déclic de l'obturateur, l'animal se retourna et disparut si soudainement que Connor se demanda s'il n'avait pas été le jouet de son imagination. Une voix au loin l'appela :

« Hé ! Connor ! On a un incendie à combattre ! »

Il leva les yeux vers la crête. Ses compagnons avaient rassemblé leur équipement et étaient prêts à repartir. A côté de lui se tenait Jodie Lennox, une grande rousse originaire du Middle West qui, deux ans plus tôt, avait suivi la même formation de débutant qu'Ed et lui.

« Tu as vu ça ? lui demanda Connor à mi-voix.

— Vu quoi ? »

Il ne répondit pas. Il semblait donc que le message, si message il y avait, s'adressait à lui seul. Il prit son paquetage et le balança sur son épaule.

« Vu quoi ? répéta-t-elle.

— Rien, rien. Allez, on y va. »

Le soir, ils parvinrent à prendre quelques heures de repos le long d'un contrefort abrité où l'incendie était déjà passé. Ils se relayèrent pour tâcher de repérer les endroits où le feu couvait encore au milieu des racines, des souches et des fissures. Les rayons des lampes de leurs casques projetaient des ombres déchiquetées sur la terre noircie tandis qu'ils progressaient parmi les enchevêtrements de broussailles carbonisées pareils à des amas de barbelés, scrutant le sol comme des déterreurs de cadavres ou des pilleurs sur un champ de bataille. Pendant tout ce temps, le grondement étouffé de l'incendie qui continuait à faire rage de l'autre côté de la montagne venait leur rappeler que leur tâche était encore loin d'être achevée.

Connor se réveilla vers une heure, frigorifié et affamé. Deux heures auparavant, le ciel était encore couvert de nuages teintés de rouge, mais pendant son sommeil, le vent avait tourné et chassé la fumée, si bien qu'à présent le ciel déroulait son immensité sous ses yeux. Il remonta son sac de couchage sur ses épaules et, étendu sur le dos, s'efforça de repérer les constellations ainsi que son père le lui avait appris.

Il identifia l'étoile Polaire et, dans son sillage, la Petite Ourse. De là, il n'y avait qu'un saut à faire pour arriver à sa grande sœur qui, à son avis, ressemblait davantage à l'autre nom qu'on lui donnait, le Grand Chariot, mais que son père appelait toujours la Grande Ourse. Il suivit son contour jusqu'à la Couronne boréale qui traînait son cerf-volant dont la pointe, Arcturus, flambait comme une torche. Après quoi, il longea la Voie lactée jusqu'à ce qu'il trouve Scorpion qui avait piqué Orion, le grand chasseur, raison pour laquelle on ne pouvait plus le voir. Il était remplacé par un autre chasseur, Sagittaire, mi-homme, mi-cheval qui, debout dans le fleuve, s'apprêtait à décocher une flèche, effrayant l'Aigle qui s'enfuyait à tire-d'aile vers l'aval.

« Le ciel est plein d'histoires, disait son père. De milliers d'histoires. Il suffit de regarder et de les lire. »

Connor se souvenait de sa première leçon alors qu'il n'avait que quatre ans. Son père l'avait réveillé au milieu de la nuit et lui avait dit de s'habiller sans faire de bruit pour ne pas réveiller sa mère. En chaussettes, ils avaient marché sous les étoiles jusqu'au corral où attendait la jument baie de son père qui l'avait soulevé, installé sur la selle en lui recommandant de bien se tenir au pommeau, puis il était monté à son tour. Ils avaient traversé les prés, allant au pas, tandis que les bêtes des troupeaux s'écartaient autour d'eux comme des fantômes et que dans l'air immobile, les peupliers silencieux au bord de la rivière brillaient d'une lueur argentée à la lumière des étoiles.

Son père l'entourait de ses bras afin de tenir les rênes. Connor se sentait bien, en sécurité, et pourtant prêt pour l'aventure. Aujourd'hui encore il s'imaginait respirer l'odeur particulière de son père, mélange de cuir, de foin, de vache, de sueur et de tabac. Ils avaient grimpé ainsi jusqu'au sommet de la butte d'où l'on apercevait leur petit ranch et laissé le cheval paître pendant que, allongés côte à côte sur le dos, ils étudiaient les étoiles au milieu des effluves de sauge sauvage et des hululements d'une chouette cachée quelque part parmi les arbres en contrebas.

Connor avait quatorze ans lorsque son père mourut, ne leur léguant, à sa mère et à lui, que d'énormes dettes. Depuis, cependant, pas un seul jour ne se passait sans qu'il pense à lui avec un sentiment de profond regret, et quand il lui arrivait de regarder ainsi les constellations et de se remémorer leurs histoires, les échos de la voix de son père le guidaient.

L'image de l'orignal en flammes le hanta toute la nuit. Il s'était endormi avec elle, et dès son réveil, elle s'imposa de nouveau à lui, occultant les étoiles. Les bois de l'animal étaient impressionnants, et ce n'était pas normal, car à cette époque de l'année, ils auraient dû avoir cédé la place à de nouveaux, lesquels ne pouvaient en aucun cas avoir déjà atteint une telle taille. Peut-être avait-il été victime d'une illusion d'optique, mais il ne parvenait pas à s'empêcher de s'interroger sur le sens de cette apparition. Du reste, pourquoi voulait-il qu'elle ait un sens ? Son père ne s'était jamais préoccupé de superstitions et Connor n'y croyait guère lui-même. Le présent et le réel lui suffisaient. Sa mère, en revanche, voyait des signes partout. Elle prétendait que cela lui venait de ses ancêtres irlandais et que ses parents, et ses grands-parents avant eux, avaient été bien pires qu'elle.

En son temps, elle avait été une petite célébrité dans le circuit du rodéo féminin, et avant chaque numéro, elle se livrait à une série de rituels et prononçait une litanie d'incantations pour éloigner le mauvais œil. Et aujourd'hui encore, à la seule vue d'une pie solitaire, elle se lançait dans des formules d'exorcisme, priant pour la santé de l'oiseau comme pour celle de son mâle et de ses petits absents. Avant que Connor ne parte pour l'été combattre les incendies, elle faisait toujours brûler un brin de sauge devant lequel il l'avait même une fois entendue réciter une prière. Elle soutenait contre toute évidence que ce n'était pas sérieux. C'est pourquoi sa propre réaction devant cet orignal le tracassait. Peut-être quelque vieux gène celte s'était-il réveillé en lui dont, comme sa mère, il demeurerait esclave sa vie durant.

Le ciel commençait à se couvrir à nouveau de nuages. Ils arrivaient de l'ouest, formant comme une voûte, et les flammes de l'incendie teintaient déjà d'ambre les plus proches. Connor regarda les étoiles s'éteindre une à une. Il se demanda si l'orignal avait survécu et, dans ce cas, où il pouvait bien se trouver. S'injuriant intérieurement, il se reprocha une fois de plus de laisser l'image de l'animal s'insinuer dans ses pensées.

C'est avec soulagement qu'il entendit Hank Thomas réveiller ceux qui dormaient encore. Il s'assit et se frotta les yeux. Il ajusta la lampe sur son casque, l'alluma, puis il s'extirpa de son duvet et rassembla son équipement.

« Comment ça va, cow-boy ? lui lança Hank.

— Très bien. Je prendrais volontiers un steak et une bière.

— Je demande ça tout de suite par radio. »

Chacun, tout en faisant son paquetage, passa ainsi une commande imaginaire. Glaces, pizzas, milk-shakes au chocolat.

« Alors, quand est-ce que ton bon à rien de copain musicien va daigner nous honorer de sa présence ? demanda Hank.

— Il prend l'avion samedi.

— J'ai entendu dire qu'il était amoureux.

— Je suppose, oui. Il vient avec elle.

— Le pauvre garçon.

— La pauvre fille, intervint Jodie, aussitôt soutenue, solidarité féminine oblige, par Donna Kiamoto, une fille du Wisconsin, une « demi-bleue » ainsi qu'on appelait ceux dont c'était la deuxième saison en tant que combattants du feu.

« Elle saute elle aussi ou quoi ?

— Elle a déjà assez de mal à empêcher Ed de la sauter, plaisanta Donna.

— Non, répondit sérieusement Connor. Elle est prof. Elle doit participer à une espèce de camp en pleine nature. Pour des gosses qui ont eu des ennuis avec la justice.

— Je connais, dit Hank. Pas loin d'Helena. C'est une bonne équipe. »

Sa radio grésilla et tout le monde se tut pour écouter. Un hélicoptère avait décollé, qui devait larguer de l'eau sur le flanc de l'incendie le plus proche d'eux. Hank annonça qu'ils allaient creuser une nouvelle tranchée. Ils se préparèrent à repartir. Pendant que chacun vérifiait l'équipement de l'autre, les faisceaux des lampes balayaient autour d'eux la végétation calcinée et les outils qui luisaient dans l'obscurité, accrochant parfois le blanc d'un œil ou l'éclat d'un sourire dans un visage noirci.

« Okay, les filles et les garçons, dit Hank. A moins que vous ayez envie de vous faire doucher par cet hélicoptère, je vous suggère de vous grouiller un peu. J'ai envie d'être rentré pour le petit déjeuner. »

Ils ne regagnèrent pas Missoula à temps pour le petit déjeuner. Ni pour le déjeuner, ni même pour le dîner. Une fois le feu éteint, il leur fallut, chargés comme ils l'étaient, trois heures de marche pour atteindre la route la plus proche où le bus les attendait, si bien qu'ils n'arrivèrent à la base que le vendredi, juste avant minuit. Pour rentrer ensuite en ville, Connor était si fatigué qu'il faillit s'endormir au volant de son pick-up. Il s'écroula sur son lit tout habillé, les bottes aux pieds, puant la fumée, et il dormit douze heures d'affilée d'un sommeil sans rêves.

Ed et lui avaient loué le même appartement que l'été précédent, situé au dernier étage d'une maison de bardeaux délabrée d'une teinte bleu clair délavée. Elle se trouvait à l'est de la ville, juste de l'autre côté de la rivière par rapport à l'université. L'appartement se composait de deux chambres, d'une cuisine et d'une salle de bains, et même un touriste venu d'une autre galaxie aurait deviné que le restant de l'année, il était habité par des étudiants.

Le plancher craquait, les portes ne fermaient pas bien, la plomberie semblait animée d'une volonté propre et les murs, peints de diverses nuances de bleu profond et de violet, à l'exception de la salle de bains peinte entièrement en noir, étaient couverts de traces de Scotch. Lors de l'arrivée de Connor une semaine plus tôt, les seuls occupants de l'antique réfrigérateur aux proportions gigantesques étaient un oignon en état de maturité avancée et un yaourt à l'abricot surmonté d'une mousse verte qui aurait suffi à garnir un petit divan.

Il ouvrit les yeux à midi passé et se retrouva une fois encore soumis aux regards scrutateurs du groupe de rock qu'il détestait le plus, figurant sur un poster qu'il oubliait tout le temps d'enlever. Il n'avait jamais entendu parler du groupe en question, mais il semblait évident qu'il représentait une tendance particulièrement sombre et ésotérique du heavy metal. Les membres du groupe étaient tous à moitié nus et percés à tant d'endroits singuliers d'anneaux, de chaînes, de clous et de vis qu'on tressaillait rien qu'à les regarder. D'ailleurs, eux-mêmes n'en paraissaient pas spécialement heureux.

Connor se leva et se planta devant la fenêtre. C'était une nouvelle journée chaude et sans nuages, mais au moins une brise agitait les peupliers qui bordaient la Clark Fork. A travers une trouée dans le feuillage, il vit un vieil homme qui, debout dans le lit peu profond de la rivière, apprenait à une jeune fille à manier une canne à lancer. Le soleil scintillait sur l'eau derrière eux, et face à ce beau spectacle, Connor alla chercher son nouveau Nikon. Il changea d'optique et mit un zoom de 200 mm, puis il finit le rouleau qui était dans l'appareil. Il se rappela alors que celui qu'il avait pris avec le Leica était resté dans sa poche. Il aurait peut-être le temps de se rendre au studio et de développer les deux avant l'arrivée d'Ed et de Julia.

Il se débarrassa de ses vêtements imprégnés de fumée, se doucha et se rasa, puis il enfila un vieux jean propre et un T-shirt blanc. Il se fit du café, et après qu'il eut avalé un brunch à ranimer un mort, composé de jambon, d'œufs et de pommes de terre, il constata qu'il était déjà près de deux heures.

Dehors, les trottoirs miroitaient sous la chaleur. Il

déposa un paquet de linge sale à la laverie à côté de la station-service. Mrs. Tyler, la vieille femme qui la tenait, possédait un croisement de colley que Connor adorait, et il passa quelques minutes accroupi à caresser le ventre du chien tout en parlant du feu de forêt de Iron Mountain.

« Paraît que ça va être une année à incendies, dit-elle.

— Oui, c'est plutôt sec là-haut.

— Où est Ed ? Il ne saute pas avec vous ?

— Il arrive tout à l'heure.

— Je me disais bien que c'était anormalement calme par ici. Dites-lui bonjour de ma part.

— Je n'y manquerai pas. »

Il longea Front Street en direction de North Higgins, profitant de chaque coin d'ombre. Il se réjouissait d'être de retour à Missoula. C'était un endroit tranquille où on vous laissait vivre votre vie. Une grande partie de cette atmosphère décontractée provenait de l'université située sur l'autre berge de la rivière. Il y avait toujours plein d'étudiants en ville, y compris maintenant, alors que les vacances d'été avaient déjà commencé. Connor se sentait parfois étranger à tout cela, lui qui se rappelait toujours avec un pincement de regret plutôt que de jalousie qu'il n'était pas allé à l'université.

Au cours de ces dernières années, Missoula avait attiré des gens qui ne supportaient plus la vie citadine mais qui n'étaient pas encore prêts pour la cabane en rondins et l'eau à puiser dans un torrent. Ici, ils trouvaient l'équilibre parfait. On était à quelques minutes des montagnes tout en bénéficiant de toutes les commodités — petits centres commerciaux, derniers films de Hollywood et excellents cappuccinos. Il y avait aussi les écologistes : depuis les purs et durs qui bouffaient du bûcheron au petit déjeuner jusqu'aux gentils babas cool, hippies et autres parasites recyclés toujours prêts à embrasser m'importe qui ou quoi. Et puis les papes de la culture et de la contre-culture, les musiciens, les peintres, les sculpteurs et les écrivains en tous genres. Ed, source intarissable d'informations anecdotiques et parfois amusantes, prétendait qu'il y avait à Missoula plus d'écrivains à l'hectare que dans toute autre partie du monde.

Pour développer ses photos, Connor utilisait un local qui se trouvait au milieu des garages dans une petite rue débouchant sur North Higgins. Il se composait d'un studio d'un côté et d'une chambre noire isolée au fond dans un coin. L'un des murs, drapé d'un rideau, était surmonté de rouleaux de papier de différentes couleurs qu'on pouvait abaisser pour servir de toile de fond pour les portraits.

En fait, le studio appartenait à une photographe nommée Trudy Barratt qui travaillait surtout pour le *Missoulian,* le quotidien local. Connor et elle s'étaient rencontrés deux étés auparavant lorsque le journal avait publié certaines de ses photos d'incendies de forêt, et ils avaient eu une liaison qui s'était terminée à l'automne, quand il était reparti comme chaque année passer l'hiver dans le ranch familial, mais ils étaient restés bons amis. Trudy l'avait aidé à obtenir des commandes et lui avait donné la clé du studio pour qu'il s'en serve lorsqu'il en aurait besoin.

Connor entra et alluma la lumière. L'atmosphère chaude et humide était imprégnée d'une odeur de produits chimiques. Il laissa la porte ouverte et brancha le climatiseur. Après quoi, il décrocha une série de photos de mariage que Trudy avait mises à sécher et les posa soigneusement sur le plan de travail. Il y en avait une qu'elle destinait à l'évidence à son « bêtisier », comme elle l'appelait, où elle rangeait les photos que ses clients n'aimeraient pas voir. Sur celle-là, le marié embrassait l'une des demoiselles d'honneur d'une manière qui paraissait laisser la mariée perplexe. Voilà un cliché qui pourrait se révéler utile en cas de procédure de divorce.

Après avoir tout préparé, Connor referma la porte, éteignit les lumières et sortit de sa poche les deux bobines de film. Concentré sur sa tâche, il ne se pressa pas. Il avait toujours aimé cette étape de son travail. L'intimité feutrée, la solitude, la lueur rouge fantomatique de la lampe de chambre noire où le temps semblait comme suspendu.

Il prenait des photos depuis sa plus tendre enfance. Pour ses neuf ans, son père lui avait offert un Pentax SLR d'occasion et, plus tard, il l'avait aidé à installer une chambre noire dans un coin de la grange. A l'époque, il aimait surtout photographier les animaux, et à douze ans, la photo qu'il avait prise d'un ours noir dressé sur ses pattes de derrière dans la rivière avait obtenu un prix décerné par un magazine de nature. Plus tard, et jusqu'à une vingtaine d'années, il avait gagné un peu d'argent par-ci, par-là en vendant des photos de ski et d'alpinisme à une ou deux revues qui appréciaient son travail, mais sa grande chance, il la devait à son statut de combattant du feu.

Cela se passait trois ans auparavant, au cours de leur année de débutants à Ed et à lui. Et ils eurent droit au plus beau baptême dont on puisse rêver. C'était un été sec, et les incendies de forêts, en particulier ceux qui ravageaient le parc naturel de Yellowstone, faisaient la une de tous les journaux du pays. Connor emportait toujours un appareil photo avec lui — juste un petit automatique bon marché. Et un jour, presque par hasard, il prit cette extraordinaire photo d'Ed qui, debout seul sur une crête, levait sa pioche, se découpant contre un mur de flammes qui mesurait au moins soixante mètres de hauteur.

Trudy Barratt le mit en relation avec une agence de New York, et sa photo parut en première page du *New York Times* ainsi que dans des journaux et magazines du monde entier. Elle rapporta à Connor plus d'argent qu'il n'en avait jamais vu, ce qui lui permit de rembourser toutes les dettes qui s'étaient accumulées sur le ranch et lui laissa encore de quoi s'acheter de nouveaux appareils et objectifs. Le *Missoulian* publia un article sur son histoire, illustré par une photo de lui posant, l'air absolument ridicule, dans sa tenue de parachutiste du feu, ce qui ne manqua pas de lui valoir les railleries de ses camarades à la base. Il reçut même deux ou trois lettres de fans qui rendirent Ed vert de jalousie. De retour à Boston cet automne-là, Ed fit faire un agrandissement de la photo qu'il accrocha au mur. Il prétendait qu'elle opérait des merveilles sur sa vie amoureuse.

Tous deux avaient lié connaissance quelques années plus tôt quand Ed venait d'entrer à l'université de Missoula et que Connor se demandait s'il allait passer sa vie entière à travailler dans un ranch. Chaque été dans l'ouest du pays, l'Office des Forêts embauchait des « fantassins » du feu pour lutter contre les incendies. C'était beaucoup moins prestigieux que de sauter en parachute, mais il fallait en passer par là plusieurs saisons de suite avant de pouvoir ne serait-ce que postuler à une formation de parachutiste. Certes, ce n'était pas l'idée que tout le monde se faisait d'un job d'été. Les jeunes gens et jeunes filles intéressés provenaient d'horizons différents, mais que le restant de l'année ils soient vachers, étudiants ou fanas de ski, tous éprouvaient le besoin de quelque chose d'un peu plus aventureux que faire la plonge ou le service dans un restaurant.

Connor et Ed s'étaient retrouvés dans la même équipe à creuser côte à côte des tranchées coupe-feu. Connor, qui avait déjà une saison de « fantassin » derrière lui, ne manqua pas de perpétuer la tradition qui consistait à en faire voir de dures aux petits nouveaux débarquant de l'université.

Dans l'univers macho des combattants du feu, Edward Cavendish Tully était une proie facile. Il venait d'une riche famille de Lexington dans le Kentucky et étudiait la musique, ce qui, ajouté à son léger accent traînant du Sud, ses lunettes rondes cerclées d'or et son physique de bel aristocrate, expliquait qu'il fût au début victime d'incessantes et cruelles plaisanteries. Or, comme d'une part il se révéla bientôt aussi capable et endurant que les meilleurs d'entre eux, et que, d'autre part, il prit les moqueries avec bonne humeur, il ne tarda pas à se gagner la sympathie de toute l'équipe.

Connor fut en outre très impressionné d'apprendre que depuis l'âge de six ans, Ed était diabétique, de sorte qu'il devait se faire lui-même une injection d'insuline avant chaque repas. Et pour couronner le tout, il se trouva que cet étudiant en musique classique était aussi le guitariste solo d'un groupe universitaire et qu'il pouvait imiter de manière plus que convenable tous les chanteurs depuis Van Halen jusqu'à Jimi Hendrix. En apprenant à le connaître, Connor comprit plus que jamais qu'il ne fallait pas juger les gens sur leurs origines, leur richesse ou quelque autre étiquette accrochée à leur cou.

Ils illustraient à merveille ce qu'on appelle l'attirance des contraires : Ed l'intellectuel extraverti, toujours une plaisanterie, une histoire ou une opinion à la bouche, et Connor, le calme, le taciturne. Celui-ci, bien que peu versé dans l'art d'analyser les choses, se rappelait que Trudy Barratt avait dit un jour qu'Ed et lui avaient chacun des traits de caractère que l'autre n'avait pas et rêvait d'avoir, et que si on pouvait fabriquer une seule personne avec eux deux, on obtiendrait un type sensationnel. Se demandant si c'était un compliment, il avait conclu que non, en définitive.

Ce qu'ils partageaient, en revanche, c'était l'amour de la nature. Leurs jours de congé, ils partaient faire de l'escalade, du canoë ou pêcher à la mouche. Les incendies qu'ils combattirent ensemble au cours de ce premier été forgèrent entre eux une profonde et durable amitié. Ils s'inventèrent même une sorte de rituel. Un jour qu'ils creusaient une tranchée, le vent tourna, attisant l'incendie, et tous deux se retrouvèrent soudain cernés par les flammes.

« Hé ! cria Ed. On est au cœur du feu ! »

Alors, sans raison particulière, sans s'être concertés, ils avaient l'un comme l'autre plaqué le poing droit sur la poitrine en lançant d'un ton solennel : « Cœurs de feu ! », avant de se taper dans la main. Ce n'était qu'une espèce de parodie de cérémonial machiste qui les fit rire après coup, mais que, depuis, ils pratiquaient avant chaque incendie qu'ils affrontaient.

Connor avait d'autres amis, bien entendu, principalement dans la région d'Augusta et de Choteau, ainsi que quelques-uns à Great Falls, pour la plupart des types avec qui il avait grandi et avait été au lycée. Il y avait aussi ses copains de ski et d'alpinisme de même que deux ou trois autres pompiers volontaires qu'il voyait de temps en temps, mais aucun n'était ce qu'on pourrait appeler un ami proche. Enfant unique, il avait toujours été assez solitaire. Sa mère le surnommait Monsieur l'Observateur. Un jour, plaisantant à moitié, elle lui avait dit qu'il préférait regarder la vie à travers un appareil photo plutôt que de la vivre. En fait, Ed était le seul véritable ami qu'il ait jamais eu.

Après avoir obtenu son diplôme, Ed était retourné dans l'Est suivre des études de troisième cycle à Boston où il habitait désormais. Tous les étés, cependant, il s'arrangeait pour revenir dans le Montana, et ils passaient ainsi quelques mois ensemble à combattre les incendies et à s'amuser. Ed aimait donner un coup de main sur le ranch. Il n'y avait pas beaucoup de terres, et depuis la mort du père de Connor, la mère et le fils devaient pratiquement tout faire eux-mêmes. C'était la raison majeure pour laquelle Connor n'était pas allé à l'université.

La famille d'Ed élevait des pur-sang, et il se moquait gentiment auprès de la mère de Connor des chevaux du ranch dont il exagérait la lenteur et la lourdeur. Pourquoi, lui suggérait-il, n'irait-elle pas dans le Kentucky en acheter un qui ressemblerait au moins à un cheval ? Elle feignait de se fâcher, mais il était évident qu'elle l'adorait. Un jour, elle avait même fait référence à lui comme à son second fils. La seule chose qu'elle n'arrivait pas à comprendre, c'était quel diable les possédait, Connor et lui, deux garçons par ailleurs sains d'esprit, pour qu'ils consacrent ainsi leurs étés à éteindre des incendies. Connor se rappelait le soir où, au dîner, ils lui avaient annoncé qu'ils s'engageaient comme parachutistes du feu.

« On est pris chez les Zoolies, m'man.

— C'est quoi, les Zoolies ?

— Les parachutistes du feu de Missoula, Mrs. Ford.

— Mais pourquoi les "Zoolies" ?

— A cause de Missoula, expliqua Ed. Ça se prononce "Mizoula", avec un *z*. En tout cas, ils sont super cool. Plus cool que les crâneurs.

— Ah bon ? Et qui sont les crâneurs en question ?

— Ceux qu'on appelle les fantassins du feu, Mrs. Ford. Un peu comme les Marines. En tout cas, c'est ce qu'ils croient. Ils se vantent tout le temps d'être cool, alors que les parachutistes, eux, le sont vraiment et n'ont pas besoin de le crier sans arrêt sur les toits.

— Il n'y a que quatre cents parachutistes du feu dans tous les Etats-Unis, précisa Connor.

— Ça fait donc tant d'idiots que ça ? répliqua Mrs. Ford. Si j'ai bien compris, vous montez dans un petit avion, vous repérez un feu et vous sautez pour atterrir en plein milieu. C'est bien ça ?

— Oui, mais on nous donne quand même un parachute, dit Connor.

— Ah ? Dans ce cas, c'est différent. Enfin, je crois bien que vous avez perdu la tête, les garçons. »

Ed fronça les sourcils. « Mrs Ford, j'ai oublié, combien d'années vous avez passées à faire du rodéo ?

— Ce n'est pas du tout la même chose.

— Non, dit Connor. Dans les rodéos, on ne te donne pas de parachute. »

De fait, Ed eut du mal à persuader les responsables de la sélection de la base de Missoula que son diabète ne constituerait pas un handicap. Il se distingua à l'entraînement et, grâce au concours d'un médecin accommodant (un ami de la famille qui, sans mentir à proprement parler, ne dit pas toute la vérité), il parvint à les en convaincre définitivement. Et maintenant, ils étaient ravis de le compter parmi eux.

Cet hiver, au mois de février, Ed avait téléphoné à Connor pour lui parler de sa nouvelle petite amie. Il paraissait drôlement accroché. Au fil des ans, ils étaient sortis (Ed surtout) avec un certain nombre de filles, dont quelques-unes qu'ils avaient continué à voir après l'été. L'année dernière, Connor s'était épris d'une championne de hockey de Seattle, une fille de un mètre quatre-vingts qui s'appelait Gloria McGrath et qu'Ed surnommait Darth Vader. Quand la situation l'exigeait, ils s'arrangeaient sans problème pour l'appartement. Ed était un romantique congénital, toujours amoureux, toujours prêt à déclarer la main sur le cœur que cette fois, c'était la femme de sa vie. N'empêche qu'à l'entendre énumérer toutes ses qualités, Connor avait eu la nette impression que cette Julia était peut-être bien la bonne.

« Tu te souviens de Natalie Wood dans *West Side Story* ?

— Non.

— Des fois, Connor, vraiment, je désespère de toi. C'est le classique des classiques. Tu l'as sûrement vu à la télé, tu sais cette petite boîte carrée dans un coin de la pièce ?

— Tu voudrais donc dire qu'elle est belle ?

— Ouais, mais tu sais comment certaines belles femmes savent qu'elles sont belles ? Eh bien, Julia n'est pas comme ça. Elle est totalement naturelle. Et tu sais quoi ? Elle adore l'escalade et elle skie comme une déesse. Elle est drôle, intelligente, douée d'un sens artistique...

— L'auréole ne la gêne pas ?

— Non, mais les ailes un peu. D'un autre côté, je les trouve plutôt sexy. En tout cas, je t'assure, ce coup-ci, c'est sérieux. Je veux avoir des enfants avec elle.

— Il me semble qu'en général, c'est plutôt de la façon inverse que ça se passe. »

Il lui en avait tellement rebattu les oreilles que Connor était impatient de faire la connaissance de cette merveille.

Les deux rouleaux de film qu'il était occupé à développer étaient en noir et blanc. Il faisait aussi de la couleur, surtout pour les commandes, mais pour son travail personnel, il préférait en général le noir et blanc. Les photos du vieil homme apprenant à la fille à lancer étaient complètement ratées. Il y en avait peut-être une ou deux de publiables sur la planche-contact, mais il verrait plus tard. La seconde bobine, celle qu'il avait prise sur Iron Mountain, l'intéressait bien davantage. Et l'un des clichés en particulier.

Dès qu'il avait levé le négatif à la lumière et constaté qu'il était bien là, son cœur s'était accéléré. Il n'avait même pas regardé les autres. Une fois le négatif assez sec, il avait fait un tirage 20 × 25, lequel se trouvait à présent dans le bac et, tandis qu'il le remuait pour que le révélateur passe doucement sur tout le papier, il vit l'orignal apparaître petit à petit comme au travers d'un voile de fumée, tel qu'il lui était apparu sur la crête.

A l'instant où il avait appuyé sur le déclencheur, l'animal avait dressé la tête avant de la tourner de profil, de sorte que les flammèches jaillissant de sa ramure avaient été entraînées dans un furieux tourbillon.

Pourtant, ce n'était pas cela, ni les flammes léchant son dos noirci, qui fit de nouveau frissonner Connor. C'était le regard de l'animal. Un cercle blanc soulignait sa paupière inférieure, et dans cet œil, on lisait non pas la peur elle-même, mais plutôt une espèce de terrible avertissement.

4

L'une des choses qu'elle admirait chez Ed — et peut-être la seule qu'elle lui enviait — était sa faculté de s'endormir n'importe où. Quels que soient le bruit ou l'agitation qui régnaient autour de lui, il lui suffisait de fermer les yeux, de poser la tête, et une seconde après, il dormait. Cette fois, c'était l'épaule de Julia qui lui servait d'oreiller. Il avait ôté ses lunettes, l'avait embrassée dans le cou et s'était blotti ainsi contre elle juste après que le steward eut enlevé leurs plateaux auxquels ils n'avaient pratiquement pas touché. Bien qu'étant dans une position peu confortable, elle ne voulait pas le réveiller. Elle aimait sentir sur sa peau son souffle chaud et régulier comme celui d'un enfant.

Ed avait tenu à ce qu'elle prenne le siège hublot pour mieux voir le Montana quand ils le survoleraient. Ils étaient du côté nord de l'avion, et depuis une heure, elle regardait l'ombre de l'appareil glisser sur de vastes étendues de prairies brunes et de *badlands* couturés de cicatrices déchiquetées creusées par les cours d'eau à sec.

Plus de quatre mois s'étaient écoulés depuis qu'Ed avait téléphoné pour réclamer ses essuie-glaces. Et quoiqu'elle aurait volontiers jeté aux oubliettes toute la saga de la place de parking volée et des représailles suivies des contre-représailles (car elle avait encore honte de son acte), l'histoire de leur rencontre faisait quasiment figure de légende. Ed l'avait racontée à tous ses amis, ainsi qu'à ceux de Julia — du moins à ceux à qui elle l'avait présenté. Et pendant qu'il racontait, Julia, quand elle était là, affichait le sourire qui convenait et baissait comiquement la tête, encore qu'au fond d'elle-même elle continuât à se sentir un peu penaude.

Si elle était étonnée par la manière dont elle avait agi ce soir-là devant le cinéma, elle l'était presque autant par la rapidité avec laquelle ils étaient devenus ce que sa mère, sur un ton quelque peu pincé, appelait « un couple ». Après avoir rompu ses fiançailles avec Michael le printemps précédent, elle n'avait plus eu de petit ami et appréciait son existence libre de toute complication amoureuse. Elle se consacrait à son travail à l'institut, se couchait souvent de bonne heure, lisait plus qu'elle n'avait lu depuis des années et s'était même remise à la peinture. Quand elle sortait, c'était toujours avec des copines. Et la seule fois où elle avait enfreint cette règle, c'était pour aller voir cet horrible film en compagnie de son cousin, et vlan ! voilà qu'elle se retrouvait de nouveau prise au piège de l'amour.

Sa mère adorait Michael. Il faisait son droit à Harvard et c'était un pur WASP : blond, beau, brillant, arborant un sourire sorti tout droit de l'un de ces magazines qu'on feuillette dans les salles d'attente des dentistes. Et bien plus important encore, en tout cas selon le point de vue de la mère de Julia, il était riche, ou du moins le serait quand il hériterait. L'argent de la famille, comme souvent dans ce milieu-là, avait des origines douteuses liées, pour autant que Julia le sache, au détournement de fleuves et à l'abattage de millions d'arbres.

Un temps, elle avait été suffisamment aveuglée par tout cela pour ne pas remarquer un autre trait caractéristique de Michael : il était ennuyeux. Pas ennuyeux à l'occasion, comme le sont la plupart des hommes, ce que, dans l'ensemble, on leur pardonne, mais colossalement, stratosphériquement ennuyeux.

Sa meilleure amie avec qui elle partageait son appartement, Linda Rosner, laquelle n'avait pas la réputation de mâcher ses mots, l'avait par contre noté tout de suite, et elle s'était empressée de sabler le champagne le jour où Julia avait rompu ses fiançailles. Voilà qui expliquait sans doute pourquoi le nouvel homme de sa vie ne pouvait être qu'un musicien passionné originaire du Sud dont le passe-temps favori consistait à sauter en parachute au milieu de forêts en flammes. Avec Ed, on courait certes le risque de mourir d'épuisement, de subir de graves blessures et peut-être même de connaître une mort violente, mais, comme elle le savait déjà, pas celui de s'ennuyer. Il pouvait parfois être de mauvaise humeur et même se livrer à des plaisanteries blessantes sans s'en rendre compte, mais il avait la main sur le cœur et, surtout, il la faisait rire.

Avant le soir où ils s'étaient rencontrés, un seul homme lui avait jamais donné la sérénade, et encore était-ce l'un de ces violoneux au crâne dégarni qui hantent les restaurants italiens suspects, et que Michael avait payé pour se débarrasser de lui. Ed avait produit sur elle un effet dévastateur lorsqu'il avait interprété ses chansons rien que pour elle, même si cela comportait une bonne dose d'ironie. Julia était une instinctive. Enfin, presque. Ils avaient couché ensemble à leur troisième rendez-vous, mais s'il avait voulu — et si Linda n'avait pas été là, feignant de lire le journal, tout yeux et tout oreilles — elle aurait volontiers succombé la première fois, quand il était venu chercher ses essuie-glaces.

A l'instar de Julia, Linda était une New-Yorkaise

pure souche, encore qu'issue d'une famille beaucoup plus aisée. Elle roulait ses cigarettes avec du papier réglisse et fumait davantage qu'elle ne mangeait. Avec son mètre cinquante, elle ne portait jamais plus que du 36, mais petite par la taille ne veut pas dire petite par l'esprit. Elles s'étaient connues à l'école des beaux-arts où Linda était l'une des membres fondatrices des Révolutionnaires néogothiques, un concept que Julia ne saisissait pas très bien, mais qui, apparemment, impliquait de se tartiner de rouge à lèvres noir et de s'habiller comme de lointaines cousines de la famille Addams. Au bout de deux ans d'une vie d'artiste maudite, pendant lesquels tout ce qui se référait même de loin à l'idée de gagner de l'argent était considéré comme « une saloperie de putasserie capitaliste », elle avait fini par décider de se rallier à l'ennemi puisqu'elle ne parvenait pas à le vaincre. Elle avait laissé tomber les vêtements bizarres et le rouge à lèvres noir pour faire son droit, avec comme objectif de décrocher un boulot à Wall Street et de s'acheter une BMW noire.

Dès le soir où Ed franchit pour la première fois la porte de l'appartement, Julia sut qu'elle bénéficiait de l'approbation totale de Linda. Ils ouvrirent une bouteille de vin, puis une deuxième, et restèrent à parler jusqu'à deux heures du matin. Ed passa un long moment à regarder les tableaux que Julia avait peints récemment, suite à un voyage de deux mois au Kenya qu'elle avait effectué l'été précédent. Elle était tombée amoureuse de l'essence même de l'Afrique, et bien qu'elle eût pris beaucoup de photos, elle avait constaté à son retour qu'elle ne parvenait pas à recapturer sur la toile l'esprit du pays. Elle considérait ses tableaux comme des clichés, mais Ed ne cessait de répéter qu'ils étaient au contraire formidables. Il lui montra celui qu'il préférait et qui, de fait, se trouvait être le seul qu'elle rattrapait à la rigueur, un zèbre représenté de si près qu'on aurait presque dit une œuvre abstraite.

Il faillit les faire mourir de rire avec le récit de l'inondation de son appartement et son imitation de l'horrible Dexter Rothwell Jr. Il leur raconta ensuite qu'en plus de musicien et de compositeur, il était parachutiste du feu, et là, Linda fut à deux doigts de se pâmer d'admiration. Après son départ, elles se regardèrent, tout étourdies, souriant comme deux collégiennes.

« Eh bien, fit Linda. Tu te rends compte ! Un poète et un guerrier.

— Qu'est-ce que tu en penses ?

— Ce que j'en pense ? Eh bien, ma chérie, si tu ne te décides pas tout de suite, je m'inscris. »

Et maintenant, quatre mois plus tard, Ed et Julia en étaient encore au stade où ils n'arrêtaient pas de s'embrasser et de se caresser, et où ils ne supportaient pas l'idée d'être séparés pour les vacances. Ed lui suggéra donc d'essayer de se trouver un travail pour l'été. Un seul coup de téléphone suffit.

Pendant ses études à l'école des beaux-arts, Julia travaillait de juin à septembre dans le Colorado au sein d'une organisation nommée JEUNE, Jeunesse, Nature et Education, où l'on envoyait les jeunes délinquants à qui la justice offrait une dernière chance. Par groupes de douze maximum, ils passaient deux mois entiers en pleine nature, équipés en tout et pour tout d'une paire de chaussures de marche, d'un sac de couchage, d'un poncho imperméable et d'une bâche. Aidés et accompagnés de quatre adultes — dont Julia — ils devaient apprendre à survivre ainsi.

Avant, Julia avait toujours cru qu'elle s'efforcerait de gagner sa vie avec la peinture, mais elle avait vu au cours de ces trois étés comment certains de ces gosses qualifiés de cas désespérés s'étaient transformés à la stupéfaction de tous en jeunes adultes prêts à s'intégrer dans la société, et cela avait produit sur elle un tel impact qu'elle avait changé d'avis. Elle avait passé une maîtrise de psychopédagogie et depuis, elle était art-thérapeute dans un institut pour inadaptés de Boston.

Deux ans plus tôt, JEUNE avait ouvert un second centre dans le Montana, à Helena. Un simple coup de fil permit à Julia de se faire embaucher pour l'été. L'ancien directeur du centre du Colorado, Glen Nielson, avait été muté là-bas. Julia et lui étaient devenus amis et, sans la présence de Michael à Boston, ils seraient peut-être devenus davantage. Quand elle lui fit part de son désir, il répondit qu'il serait ravi de la reprendre, et il lui proposa de venir s'installer à Helena dans un appartement qu'elle partagerait avec deux autres femmes de l'équipe. Quand elle en parla à Ed, celui-ci parut contrarié. Il voulait qu'elle reste à Missoula avec lui.

« Ecoute, dit-elle. Connor et toi, vous avez vos trucs entre garçons.

— Nos trucs entre garçons ? Ça ne dérangerait pas du tout Connor que tu habites avec nous. Il est super cool.

— Je n'en doute pas. Ça m'a tout l'air d'être un type formidable. N'empêche que je pense qu'il vaudrait mieux que j'aie un endroit à moi. Allez, fais pas la tête ! Tu as dit toi-même qu'Helena n'était qu'à deux heures de route. »

Elle avait néanmoins fini par céder, encore qu'elle s'était demandé s'ils allaient se voir souvent. A JEUNE, on travaillait par roulement. On restait huit jours avec son groupe, après quoi une autre équipe venait prendre le relais pendant qu'on bénéficiait de six jours de congés. Quant à Ed, il aurait soit le vendredi et le samedi, soit le dimanche et le lundi.

Dans l'avion, elle sentit Ed bouger contre elle.

« On est arrivés ? demanda-t-il d'une voix ensommeillée d'enfant.

— A Boston, oui. Tu as dormi tout l'été.

— Tu sens tellement bon.

— Merci. J'ai tout le côté gauche paralysé. Ta tête pèse une tonne.

— Je n'y peux rien. C'est à cause du poids de mon cerveau. »

Il l'embrassa sur la joue, puis remit ses lunettes et se pencha au-dessus d'elle pour regarder par le hublot.

« On survole le Dakota, constata-t-il. D'ici quelques minutes, on va être dans le Montana. C'est pour ça que j'ai dû me réveiller. Je ne plaisante pas. C'est à chaque fois pareil. Dès qu'on approche du Montana, je me réveille. Ça doit être une histoire de vibrations.

— Ah bon ?

— Je t'assure. Un jour, j'ai rencontré une femme qui croyait à l'astrologie, la réincarnation, tout ça. Je lui en ai parlé, et elle m'a expliqué que c'était parce que dans une vie antérieure, j'étais né et j'avais vécu dans le Montana.

— En tant que quoi, cow-boy ?

— Non, Indien blackfeet. Apparemment, je jouais du tambour.

— Tu t'appelais comment ?

— J'ai oublié.

— Tu mens. Allez, dis-moi. »

Ed soupira : « Ours-qui-n'entend-rien. »

Julia éclata de rire. « Ours-qui-n'entend-rien !

— Vas-y, moque-toi. Ça m'est égal. Il ne s'agit que de ma vie antérieure.

— Pourquoi "qui-n'entend-rien" ?

— Comment veux-tu que je le sache ? Peut-être que je tapais sur mon tambour comme un sourd.

— Qu'est-ce qu'elle a dit d'autre ?

— Rien. Quand je lui ai demandé qui est-ce qui jouait de la trompette, elle s'est fâchée et a refusé de m'en dire plus. »

Ils passèrent le reste du voyage à regarder les plaines céder la place à un paysage composé de buttes qui ressemblaient à des dos d'énormes baleines, de crêtes plantées de pins et de larges vallées de fleuves. Ed lui nommait les endroits qu'ils survolaient : les chaînes de montagnes de Rosebud, de Bighorn et de Pryor, puis, plus au nord, l'agglomération de Billings et un coude de la Yellowstone qui coulait dans l'autre sens. Il lui montra au loin le versant est des Rocheuses qui grandissaient, de plus en plus proches, tandis que la neige qui couronnait encore les plus hauts sommets brillait d'une lueur rose dans le soleil couchant. En un quart de seconde, les mêmes montagnes commencèrent à rapetisser en dessous d'eux, cependant que l'avion franchissait la ligne de partage des eaux et entamait un large virage le long du versant occidental qui les amena au-dessus du tapis de forêt tacheté de toute une palette de verts et parsemé de lacs qui étincelaient dans le soir. Et puis ce fut la lente descente vers Missoula. La forêt s'éclaircit, interrompue çà et là par des vallées et des pâturages, et ils aperçurent enfin les ranches, les maisons, les chevaux, le bétail ainsi que les voitures qui sillonnaient les routes. Ed déclara alors qu'il avait toujours l'impression d'être parti depuis hier et que devant ce panorama, quelque chose s'ouvrait en lui, un sentiment de nostalgie, un vide qui allait bientôt être comblé.

Julia lui caressa les cheveux.

« Mon petit Ours-qui-n'entend-rien. »

Lorsqu'ils descendirent de la passerelle, malgré l'odeur de kérosène et de bitume chauffé par le soleil,

Ed gonfla sa poitrine comme s'il respirait l'air le plus pur du monde. Il enlaça Julia et ils se dirigèrent vers la porte des arrivées.

« Ah, le voilà. »

Ed fit un signe de la main, et à travers la vitre qui les séparait du hall, Julia vit un grand jeune homme aux longs cheveux blonds qui agitait un chapeau de cow-boy dans leur direction. La foule des passagers avançait lentement. Devant eux, on poussait un vieil homme sur une chaise roulante, si bien qu'il leur fallut un moment avant d'atteindre la porte. Connor avait recoiffé son chapeau et il les attendait calmement, un large sourire aux lèvres. Ils sortirent enfin.

« Excusez-moi, dit Ed. La route pour le dernier incendie ?

— Trop tard, mon vieux. On les a déjà tous éteints. »

Connor ôta de nouveau son chapeau, puis Ed et lui s'étreignirent de cette curieuse manière qu'ont les hommes et qui semble toujours s'accompagner de grandes claques viriles dans le dos.

« Salut, vieux frère, dit Ed. Comment ça va ?

— Bien. Et mieux de te savoir là. Dis donc, t'as de nouvelles lunettes.

— Ouais. Julia dit que je suis plus sexy avec.

— C'est peut-être parce qu'elle a besoin de lunettes, elle aussi. » Il se tourna vers elle. « Bon, puisque notre sexy-à-lunettes n'estime jamais utile de présenter les gens, je suppose que tu dois être la fameuse Julia. » Il lui tendit la main. « J'ai beaucoup entendu parler de toi.

— Et moi, de toi.

— Bienvenue au Montana.

— Merci. »

Il avait la paume dure et calleuse, et il la fixait de

ses yeux bleu clair de façon si franche et directe qu'elle se sentit presque intimidée, comme s'il pouvait lire dans ses pensées.

« Bon, j'ai déjà trouvé à me garer, aussi je présume que je ne risque plus rien. »

Julia décocha un coup d'œil furieux à Ed. « Est-ce qu'on ne finira pas par oublier un jour cette histoire ? »

Connor et lui se consultèrent du regard, secouèrent la tête d'un air grave, et répondirent en chœur que c'était peu probable. Puis Connor ajouta avec un sourire :

« Julia, excuse-moi, je n'en ferai plus jamais mention.

— Promis ?

— Promis. Maintenant, allons récupérer tes balais... tes bagages, je veux dire. »

Sur le chemin de la livraison des bagages, et pendant qu'ils attendaient devant le tapis roulant, Ed bombarda Connor de questions. Il désirait savoir qui était là cette année, quels incendies ils avaient déjà combattus et où, quel temps il avait fait, quelles étaient les prévisions, et cetera. Connor répondit patiemment, tant à l'intention d'Ed que de Julia.

Après tout ce qu'elle avait entendu raconter sur lui, elle était ravie de faire enfin sa connaissance. En les observant et en les écoutant parler, elle comprenait pourquoi Ed considérait Connor comme son meilleur ami. Il se dégageait de lui une impression de calme, une réserve qui compensait l'exubérance d'Ed. A un moment, Connor surprit son regard et lui adressa un sourire qu'elle lui rendit.

Les bagages arrivèrent. Ed ouvrit son étui à guitare pour vérifier que l'instrument n'avait pas souffert, puis, après avoir empilé tous les sacs sur un chariot, ils se dirigèrent vers le parking. Connor s'arrêta devant un vieux pick-up Chevy bleu clair qui, déclara Julia, s'accordait à son chapeau de cow-boy cabossé et taché de sueur. Il répliqua qu'il avait mis le chapeau uniquement en l'honneur d'Ed, parce que sinon, comme tous les parachutistes du feu, il se promenait en costume-cravate.

« Et bien entendu, vous êtes habillés comme ça quand vous sautez sur les incendies, dit-elle.

— Ah, non, pas du tout. Là, on porte nos smokings ignifugés. On ne sait jamais qui on peut rencontrer. »

Ils mirent les bagages à l'arrière du pick-up et s'installèrent dans la cabine, Julia entre les deux garçons. Sur la route qui menait en ville, Connor questionna la jeune femme sur son travail au sein de JEUNE, et elle lui parla de son expérience au Colorado. Il lui demanda ensuite quand elle devait commencer et elle expliqua qu'on l'attendait à Helena lundi matin à la première heure. Connor réfléchit un instant, puis leur proposa, s'ils n'avaient pas d'autres plans, d'aller dimanche après-midi rendre visite à sa mère sur le ranch familial.

« Je ne devrais peut-être pas te le dire, Julia, continua-t-il. Mais ma mère a toujours eu un faible pour notre ami Ed.

— Et c'est réciproque, dit celui-ci. Je l'avoue. Comment ne pas être amoureux d'une femme qui connaît par cœur toutes les chansons d'*Oklahoma* !

— Ouais, c'est juste, approuva Connor. Je suppose donc, Julia, que toi aussi tu les connais toutes ?

— Qu'est-ce que c'est, *Oklahoma* ? »

Ed se prit la tête entre les mains et poussa un gémissement, tandis que Connor et Julia éclataient de rire.

Le soir, ils dînèrent dans un petit restaurant situé sur l'autre berge, puis ils revinrent à pied par le pont. Il faisait presque nuit, et l'énorme lettre M toute blanche tracée sur le flanc de la colline dominant la ville brillait, l'air de flotter dans le ciel d'encre, comme attachée au bout d'une corde. Dans le parc en dessous du pont se déroulait une espèce de concert impromptu. Une petite foule était assise dans l'herbe à la lueur des lampions, et aux accents plaintifs des guitares, Julia se sentit devenir romantique. Elle glissa son bras sous celui d'Ed, posa la tête sur son épaule, et ainsi enlacés, ils regagnèrent l'appartement.

En arrivant, Connor fit du café et, installés autour de la table de la cuisine, ils bavardèrent encore un moment. Ed demanda à Connor où il en était avec la photo. Celui-ci répondit qu'il avait bien eu quelques commandes ces derniers temps, mais que dans l'ensemble, c'était plutôt calme. Il alla chercher une grande enveloppe de papier kraft d'où il tira une photo que, précisa-t-il, il avait développée cet après-midi seulement. Il la tendit d'abord à Ed qui était assis en face de Julia, de sorte qu'elle ne pouvait pas la voir. Il écarquilla les yeux sous le coup de l'étonnement.

« Waouh ! C'est quoi ? un orignal ?

— Ouais. Il a débouché au milieu des flammes.

— Et ensuite ?

— Je ne sais pas. Il a aussitôt disparu.

— Connor, mon vieux, c'est une sacrée photo. »

Ed la passa à Julia. Il fallut quelques instants à la jeune femme pour comprendre de quoi il s'agissait, puis elle sursauta et s'exclama :

« C'est affreux ! »

Ed éclata de rire. « Connor doit être ravi du compliment. »

Mais celui-ci ne riait pas. Il dévisageait Julia comme s'il savait exactement ce qu'elle avait voulu dire. Elle lui rendit la photo, secouant la tête.

« Excuse-moi, mais je ne peux pas regarder ça. »

Connor la prit sans un mot, puis la remit dans l'enveloppe qu'il alla ranger. Ed dit en plaisantant que Julia le critiquait tout aussi durement sur le plan musical, mais elle était trop secouée par ce qu'elle venait de voir pour relever. Elle repoussa sa chaise. Ed eut soudain l'air inquiet.

« Julia ? Ça va ?

— Pardonnez-moi, je suis morte de fatigue. Je vais vous abandonner. »

Elle déposa un baiser sur le crâne d'Ed qui lui dit qu'il ne tarderait pas à la rejoindre.

« Bonne nuit, Connor.

— Bonne nuit, Julia. »

Elle se brossa les dents dans la salle de bains peinte en noir qu'Ed appelait « la cellule du suicide », puis elle se déshabilla dans leur chambre. Connor leur avait laissé la plus grande et, plein de prévenance, avait rapproché les deux lits d'une personne. La pièce était meublée en outre d'un rocking-chair en bois, d'une table de chevet avec une lampe surmontée d'un abat-jour violet effrangé et d'une grosse armoire ancienne à laquelle manquait une poignée. Les murs étaient couverts de rectangles décolorés et bordés de poussière à l'emplacement des photos et posters qu'on avait enlevés. Des insectes se cognaient à l'écran-moustiquaire de la fenêtre ouverte et quelques-uns, plus entreprenants, ayant repéré une petite déchirure dans un coin, se livraient à une folle sarabande au-dessus de la lampe.

Julia se mit au lit et ouvrit son livre. Elle relisait *Anna Karenine* pour la troisième fois, et le roman l'émouvait plus que jamais. Lorsqu'elle s'aperçut qu'elle recommençait tout le temps le même paragraphe, elle renonça et éteignit la lumière. Elle percevait le murmure de la rivière et les voix assourdies d'Ed et de Connor dans la pièce adjacente. Bien qu'elle se rendît compte qu'il faisait chaud, elle remonta les couvertures sur ses épaules pour se protéger du froid intérieur qu'elle ressentait depuis qu'elle avait regardé la photo prise par Connor. Elle ne parvenait pas à se sortir l'image de la tête. Ed l'avait qualifiée de « sacrée photo », mais elle estimait qu'il s'agissait plutôt d'une « diabolique photo », ce que Connor avait paru comprendre.

Elle avait dû s'endormir, car elle trouva soudain Ed allongé nu à côté d'elle qui l'embrassait dans le cou. Il avait envie de faire l'amour et quand elle lui dit dans un chuchotement qu'elle était trop fatiguée, il sembla vexé et chagriné. Il lui rappela qu'ils n'allaient pas se revoir avant des jours, et peut-être même des semaines, si bien qu'elle se tourna vers lui et se laissa caresser. L'image qui l'avait tant troublée ne tarda à s'estomper et à disparaître. Mais cette nuit-là, la tendre fusion de leurs deux corps se teinta pour la première fois d'un soupçon de tristesse.

5

L'aigle s'élevait en cercles paresseux, porté par le courant ascendant, cependant que son ombre glissait sur la paroi du canyon qui luisait comme de la terre cuite dans le soleil d'après-midi. La face rocheuse était par endroits couverte de plaques plus sombres, d'une teinte rouille, laissées par les eaux d'hiver et les broussailles desséchées qui s'échappaient des anfractuosités, tels les poils des oreilles d'un vieil homme. Lentement, tandis que le soleil descendait derrière la rive opposée du canyon, ce camaïeu de couleurs était englouti par la vague d'ombre qui enflait. De temps en temps, l'aigle lançait son cri dont l'écho résonnait dans le canyon comme une lamentation.

Ce que le grand rapace pensait de la bande d'êtres humains qui marchaient les uns derrière les autres plusieurs centaines de mètres en dessous de lui, nul ne le saurait jamais, mais la tristesse contenue dans son cri semblait parfaitement répondre à la situation. Ils cheminaient le long d'une piste qui serpentait, suivant le lit d'une rivière à sec, la tête baissée, les épaules voûtées, le visage maculé de terre et de sueur. La piste était raide et ils avançaient lentement, péniblement, soulevant des nuages de poussière. On aurait dit des pèlerins ayant perdu et leur chemin et leur foi, ou encore des réfugiés fuyant quelque lointaine atrocité, à qui il ne resterait plus que le chagrin et les larmes. En fait, c'est bien ce qu'ils étaient à des degrés divers, à l'exception de quatre d'entre eux.

Ils progressaient au milieu d'un enchevêtrement de pins arrachés par le torrent de neige fondue qui avait déferlé dans le canyon au début du printemps. Ils s'arrêtèrent soudain au moment où l'un d'entre eux s'écartait de la piste en trébuchant pour aller se cacher derrière un petit bosquet de saules.

« On t'écoute, Skye ! »

Silence. On entendit l'aigle glatir. L'un des garçons ricana.

« Skye, ton numéro ! »

Dissimulée par les buissons, Skye McReedie, métisse, tueuse de flic et ratée absolue, les dents serrées et le pantalon aux chevilles, pissait accroupie dans la terre craquelée. Pas question qu'elle entre dans le jeu de tous ces connards.

« Skye, si tu ne te manifestes pas, on va être obligés de venir voir. »

La jeune fille ferma les yeux très fort pour essayer de contenir sa fureur. C'était si humiliant. On ne pouvait même pas pisser en paix. Et cette sale prétentieuse de sainte-nitouche de Julia, la soi-disant « chef de groupe », celle qui lui gueulait après en ce moment même, c'était bien la pire. Elle jouait tellement les gentilles. Skye avait tenté à de nombreuses reprises de la mettre en colère, de lui faire perdre son calme, mais en vain. On aurait pu croire qu'en tant que femme cette salope comprendrait combien c'était dur pour elle. Cette putain de chaîne de forçats se composait de dix gosses, et elle était la seule fille.

« Bon, désolée, Skye, je viens !

— Va te faire foutre », marmonna Skye, puis elle cria : « Sept !

— Merci, Skye. Encore. »

D'un geste rageur, la jeune fille remonta son pantalon et le boutonna.

« Je t'écoute, Skye.

— Sept ! Sept ! Sept ! Sept ! »

Elle déboucha du buisson à pas lourds, hurlant son numéro jusqu'à ce qu'elle eût rejoint les autres. Elle se planta devant Julia et continua à crier à quelques centimètres de son visage.

« Sept ! Sept ! Sept ! Okay ? Ça va comme ça ?

— Oui, Skye. Parfait. Merci. »

Mitch, la grande gueule du groupe, fit une remarque qui se voulait drôle à propos de Skye qui en avait plein le cul, et elle pivota d'un bloc, lui disant de la fermer, putain, sinon elle allait lui défoncer sa putain de tronche.

« Bon, tout le monde, dit Julia, levant la main. On forme le cercle. »

Il y eut des protestations, mais les autres éducateurs — Scott, Katie et Laura — entreprirent de rassembler les jeunes et bientôt, pour la énième fois de la journée, ils se retrouvèrent debout en cercle à se dévisager en silence. Skye, elle, fixait obstinément le sol.

« Bien, reprit Julia d'un ton calme. Nous savons tous maintenant ce qu'il en coûte d'employer des gros mots. Alors, Skye, quand tu seras disposée, on aimerait entendre vingt formules différentes pour ce que tu viens de dire.

— J'ai dit quoi ? J'ai juste crié mon numéro. Qu'est-ce que tu veux ? Que je compte ? Six, cinq, quatre... ou quoi ?

— Non, tu as prononcé deux fois le mot "p..." en t'adressant à Mitch et puis tu l'as menacé.

— Oh ! là là ! qu'est-ce que j'ai eu peur ! se moqua l'intéressé.

— Et quand Skye aura fini, ce sera au tour de Mitch de nous présenter ses vingt formules. »

Mitch joua les innocents outragés, ce qui déclencha le rire des autres. A dix-sept ans, il était le plus âgé du groupe. Grand, brun et musclé, il se savait malin et beau garçon. Skye ne pouvait pas le souffrir. Le silence revint. Tous les regards étaient braqués sur elle qui continuait à baisser les yeux. Ils attendirent longtemps et s'il n'y avait eu qu'elle, ils auraient pu attendre l'éternité.

« Bon, Skye, finit par dire Julia. Tu sais parfaitement qu'il n'y a pas d'horaire à respecter ici. On n'a pas d'avion à prendre, rien de ce genre. On a tout le temps nécessaire, et si on est en retard, ce sera simplement pour préparer le dîner. »

Skye poussa un soupir et leva la tête. Elle ne voulait regarder personne. Ce putain d'aigle tournait encore en rond, piaillant comme un crétin.

« Bon, se décida-t-elle. J'aurais pu dire, par exemple : "S'il te plaît, cher Mitch, ne fais pas de plaisanteries sur le dos d'une pauvre petite fille comme moi."

— Très bien. Ça fait une. Continue, et essaye d'éviter ce ton sarcastique.

— J'aurais pu dire aussi : "Tu sais, c'est assez dur d'être la seule fille de la bande et d'être obligée de faire ses besoins devant tous ces... ces garçons. C'est embarrassant." D'accord ?

— Oui, je pense que nous le comprenons tous. Bon, ça fait deux. »

Il lui fallut une demi-heure pour décliner les dix-huit autres versions, et presque autant à Mitch pour ses vingt. Après quoi, ils burent tous un peu d'eau de leurs gourdes cependant que certains allaient à leur tour se soulager dans les buissons, hurlant chacun leur numéro comme un disque rayé, puis ils reprirent leurs sacs à dos et repartirent le long de la piste.

Lorsque le juge lui avait annoncé qu'il l'envoyait suivre ce programme, elle n'avait aucune idée de ce qui l'attendait. Elle savait juste que ce serait toujours mieux que d'être mise en prison comme ce cinglé de Sean. Et le premier mois, elle n'avait pas trop souffert.

On les avait logés dans une caserne désaffectée à la périphérie d'Helena, et bien que ce ne soit pas très drôle d'être la seule fille du groupe, de se lever à l'aube, de faire des tas de trucs idiots comme du jogging deux fois par jour, de l'éducation physique et hisser le drapeau tous les matins, le reste du temps, on se contentait de subir des « évaluations », ce qui consistait à répondre à ces mêmes questions que lui avaient déjà posées des millions de fois les contrôleurs judiciaires, les juges pour enfants, les travailleurs sociaux ainsi que des psys en tous genres si nombreux qu'elle en avait perdu le compte. Parfois, elle inventait des réponses destinées à les désorienter ou à les embarquer sur de fausses pistes, mais en général, elle se bornait à débiter la même litanie : son foyer, son enfance, ses parents et, bien sûr, ses sentiments.

Ils voulaient toujours savoir ce qu'on *ressentait* par rapport aux gens, à ceci ou à cela, et ils vous le demandaient si souvent que ça vous donnait envie de hurler. On avait l'impression qu'ils n'avaient appris que ça dans leurs putains d'écoles pour psys. « Et qu'est-ce que tu RESSENTAIS, Skye ? » Quand elle leur racontait comment chaque soir son beau-père rentrait ivre, frappait et violait sa mère avant d'essayer de s'en prendre à elle, tout ce qu'ils trouvaient à dire c'était : « Et qu'est-ce que tu RESSENTAIS ? » « Oh, c'était formidable, j'adorais ça, vous savez. » Et ils avaient toujours ce ton tellement compatissant, comme s'ils comprenaient vraiment ce que c'était, comme s'ils partageaient ses souffrances, comme si ça leur était arrivé à eux aussi. Tu parles ! Ce n'étaient qu'un ramassis de bonnes âmes élevées dans du coton qui ne connaissaient rien du monde réel et n'avaient pas la moindre idée de ce que c'était.

Un soir, sans prévenir, après un mois de ce régime, on leur servit un repas copieux, puis on leur remit un sac à dos et quelques affaires avant de les entasser dans un bus qui, quatre heures plus tard, les abandonna en pleine nature. Pendant le trajet, Skye avait tenté de voir où on les conduisait, mais il faisait trop noir. Deux jours durant, pratiquement sans rien manger, ils avaient parcouru près de cinquante kilomètres à pied dans les montagnes, ce qui, se figurait Skye, était destiné à provoquer un choc en eux, à les briser ou quelque chose de ce genre, de sorte qu'elle s'était contentée de baisser la tête et de marcher en silence. Elle avait parfois l'impression que ses poumons étaient sur le point d'éclater, et elle souffrait terriblement de ses ampoules aux pieds, mais il n'était pas question de le montrer.

Le troisième soir, ils arrivèrent à une clairière où Glen, le directeur du centre, les attendait en compagnie de quelques éducateurs qui, tout sourires et plaisanteries à la bouche, leur assenèrent de grandes claques dans le dos pour les féliciter. Ils avaient enterré des boîtes de pêches au sirop que le groupe devait trouver, comme si on avait envie de jouer à ça quand on s'était crevé le cul pendant quarante-huit heures. Les pêches n'étaient quand même pas mauvaises.

Depuis, les menus ne variaient pas : muesli, flocons d'avoine, riz, le genre de nourriture saine bien dégueulasse. Le soir dans la clairière, alors que tout le monde était assis autour d'un feu de camp, Glen leur expliqua qu'ils allaient devoir apprendre à allumer un feu avec une baguette de bois comme les Indiens (si ce n'est qu'il employa le terme “Américains d'origine”, comme les gens se croient obligés de dire aujourd'hui pour ne pas vous offenser ou ne pas vous pousser à vous sentir fier, un machin comme ça). Glen avait l'air d'un vieux hippie. Il avait de longs cheveux blonds coiffés en queue de cheval, une barbe qu'il ne cessait de caresser et une voix douce. Il accentuait toutes ses fins de phrase, comme si c'étaient toujours des questions. Quand il parla d'allumer un feu, il regarda Skye comme si, étant à moitié Indienne, elle savait le faire. Ouais. Et puis quoi encore !

Le groupe, poursuivit-il, devrait maîtriser cette technique. Chacun allumerait le feu à son tour, et si quelqu'un n'y arrivait pas, personne ne mangerait chaud ce soir-là. Lui, il s'en moquait, car le lendemain matin, il remontait dans son camion pour rentrer chez lui, laissant les commandes à Julia.

Ils durent tous se fabriquer leurs baguettes après avoir cherché dans la forêt les morceaux de bois mort qui convenaient, et maintenant, seuls deux d'entre eux ne savaient pas s'en servir. Il s'agissait de Skye et d'un gamin de Billings au cerveau tellement grillé par le crack qu'il aurait sans doute eu du mal à mettre le feu à un lac d'essence avec une torche. Quant à Skye, elle y serait probablement arrivée, mais pas question qu'elle essaye. Hier soir, c'était son tour, et tout le monde avait bouffé froid. On lui en voulait, mais qu'est-ce qu'elle en avait à foutre ?

Après la marche forcée du début, les choses étaient devenues plus faciles. Ils parcouraient peut-être une quinzaine de kilomètres par jour, mais entrecoupés de nombreuses haltes pour former le cercle chaque fois que l'un d'entre eux jurait ou faisait quelque chose qu'il ne fallait pas. Personne ne leur disait où ils étaient ni vers où ils se dirigeaient, et quand on posait la question, Julia se bornait à afficher son petit sourire, répondant que c'était le voyage et non la destination qui importait. Ce qui était bien la remarque la plus stupide que Skye eût jamais entendue. Comme si les gens sains d'esprit ne se préoccupaient pas de savoir où ils allaient !

Julia était l'éducatrice « principale » de Skye, ce qui signifiait qu'elles étaient censées entretenir une espèce de relation spéciale. Skye était supposée se tourner vers elle en cas de besoin, pleurer sur son épaule, lui confier ses secrets les plus intimes. Tiens, il n'aurait plus manqué que ça ! Julia était juste derrière elle pendant qu'ils remontaient vers la rive du canyon et devant elle marchait Byron, un garçon de Great Falls qui avait poignardé quelqu'un au cours d'un cambriolage.

Il avait des cheveux roux rebelles et un tigre tatoué sur l'épaule gauche qui aurait dû avoir l'air féroce mais qui ne réussissait qu'à être triste. Skye ne pouvait en détacher son regard. La peau de Byron, sous la couche de poussière qui la recouvrait, était aussi blanche que celle d'un albinos. Un cercle rouge marquait sa nuque, à l'endroit où la crème solaire était partie à cause du frottement du sac à dos. Skye l'aimait bien. Il essayait de jouer au dur comme les autres, mais de même que sa peau de bébé transparaissait sous la crasse, on avait parfois un aperçu du brave gamin qu'il était en réalité. C'était le seul garçon du groupe à se montrer amical à son égard. Les autres lui parlaient seulement quand ils ne pouvaient pas faire autrement, sauf Mitch, qui ne manquait jamais une occasion de se moquer d'elle, surtout lorsque les éducateurs se trouvaient hors de portée de voix.

La lumière dans le canyon déclinait, comme aspirée par le ciel rose saumon. Sur près d'un kilomètre, la piste grimpait en pente raide, rendue traîtresse par les pierres qui se détachaient sous leurs pas et déboulaient dans les broussailles en contrebas. Et soudain, alors qu'ils contournaient une corniche, le paysage s'ouvrit devant eux. Sous leurs yeux s'étendait une vaste prairie au centre de laquelle scintillait un lac. Au loin, les montagnes qu'ils avaient entrevues au cours de la journée accrochaient encore les derniers rayons de soleil et se reflétaient, teintées de rose, à la surface immobile du lac. Comme s'ils répondaient à un ordre tacite, tous les membres du groupe s'arrêtèrent et, silencieux, reprenant leur souffle, embrassèrent le paysage du regard. Skye se tenait à côté de Byron.

« Cool, hein ? » dit celui-ci.

Elle se contenta de hocher la tête. Elle savait que c'était beau et aussi que si elle avait été normale, elle aurait dû, à l'exemple de Byron, être émue par ce spectacle. Or, elle ne ressentait rien. C'était comme si, chez elle, les pensées et les sentiments étaient dissociés, séparés par une membrane. Elle prit conscience de la présence de Julia près d'elle.

« On va camper ici ? demanda Byron.

— Oui, répondit Julia.

— Cool.

— Ça te conviendra, Skye ? »

La jeune fille haussa les épaules et tripota sans raison la bretelle de son sac à dos. « Qu'est-ce que j'en ai à fiche ? »

Ils s'assirent en cercle devant le feu et chauffèrent leurs pieds nus ou en chaussettes aux flammes qui s'élevaient hautes et claires dans le ciel nocturne. Les visages et les yeux brillaient à la lueur du feu cependant qu'ils parlaient et riaient. Sur l'autre rive du lac, un croissant de lune se levait lentement au-dessus des arbres.

C'était le feu que Lester avait allumé sans l'aide de personne, avec sa propre baguette, et il en tirait une fierté manifeste. Assis bien droit, la tête dressée, il affichait en permanence un petit sourire satisfait. Julia, installée en face de lui, éprouvait en l'observant un profond sentiment de satisfaction. C'était ce qu'elle aimait le plus dans ce boulot, voir la confiance de ces jeunes déjà abîmés par la vie se construire pierre par pierre grâce à des succès aussi modestes que celui-là.

Lester avait quinze ans et, comme ses parents étaient les trois quarts du temps en prison, il avait été confié au cours de ces dernières années à diverses institutions d'un genre ou d'un autre. Julia avait lu son dossier. Il avait volé et bousillé sa première voiture à dix ans, n'avait pas tardé à se droguer, puis à être entraîné dans une spirale prévisible de vols et d'escroqueries afin de satisfaire son vice. Deux ans auparavant, à la suite d'une overdose, il avait passé trois jours dans le coma, ce qui lui avait laissé des séquelles permanentes. Il bredouillait et, parfois, son esprit semblait se planter comme un ordinateur tandis qu'il accomplissait quelque tâche simple, style lacer ses chaussures, et il demeurait alors figé sur place en attendant qu'on vienne l'aider. Il se dégageait de lui une impression de naïveté empreinte de douceur, encore qu'il lui arrivât de se mettre dans des rages folles. Tout cela faisait qu'il était la cible constante de plaisanteries. Mitch, ainsi qu'on pouvait s'en douter, ne se privait pas. Il agissait cependant avec une telle subtilité qu'en général, Julia ne s'en rendait compte qu'au moment où Lester explosait. Ce soir, néanmoins, tout paraissait aller pour le mieux. Lester Whaley avait allumé le feu avec ses quelques bouts de bois et il trônait, rayonnant de fierté dans la lueur dansante des flammes, tel le Roi du Feu incontesté.

Il était assis entre Mitch et Katie, une étudiante en éducation physique de Billings très dynamique et un peu énervante. C'était la moins expérimentée de l'équipe, mais qui parlait plus que les autres éducateurs réunis. Elle racontait ce qui s'était passé un soir de l'été dernier dans le parc naturel de Yellowstone quand, dans le groupe dont elle faisait partie, on n'avait pas accroché assez haut les sacs de provisions pour les placer hors d'atteinte des ours.

« L'un des gosses était vraiment gros, vous voyez, quelque chose comme cent kilos, peut-être même plus. Il s'appelait Brett. Il avait tout le temps faim et se plaignait sans arrêt qu'il n'y avait pas assez à manger. En tout cas, au milieu de la nuit, je me réveille et j'aperçois une silhouette près des sacs, alors je me dis, tiens, tiens, voilà Brett qui s'offre un petit souper. Je me lève sans bruit et je m'approche sur la pointe des pieds. Arrivée à deux ou trois mètres de lui, je m'apprête à dire quelque chose du genre : "Ah, ah, Brett, te voilà pris sur le fait", quand il pousse une espèce de grognement, se retourne, et je me retrouve face à un énorme grizzly, peut-être trois fois de la taille de Brett.

— Et qu'est-ce que t'as fait ? demanda Byron.

— Je l'ai saisi à bras-le-corps, je l'ai renversé, puis je lui passé un bon savon.

— C'est pas vrai ! » s'écria Lester.

Mitch eut un rire moqueur, et il allait lancer une remarque acerbe lorsqu'il surprit le regard que lui jetait Julia.

« Non, je plaisantais, reprit Katie. J'ai hurlé, et l'ours a eu plus peur que moi et il s'est sauvé. Il avait déchiré tout le sac, mais le plus drôle de l'histoire, c'est qu'il n'avait mangé qu'un tube de dentifrice. »

Tous éclatèrent de rire. Sauf Skye. Assise entre Byron et Scott, elle fixait le feu comme si elle désirait qu'il la consume. Scott, un étudiant en philo de Denver, avait déjà fait trois saisons avec JEUNE au Colorado. Sa sagesse et sa douceur lui attiraient la sympathie des gosses. Pendant le dîner, il avait essayé sans trop insister d'engager la conversation avec Skye, mais il n'était parvenu à rien. A la lueur du feu, elle avait l'air si belle et si triste que Julia dut résister à l'envie de se lever pour la prendre dans ses bras. D'habitude, elle coiffait ses longs cheveux noirs en queue de cheval, mais ce soir, ils retombaient librement sur ses épaules et, éclairés par les flammes, brillaient à l'instar de ses grands yeux noirs. Depuis que Lester avait réussi à allumer le feu, elle n'avait pas prononcé un seul mot. Alors que retentissaient les acclamations saluant l'exploit du garçon, Julia s'était tournée vers Skye et avait lu sur son visage que la jeune fille se rendait compte qu'elle serait à présent la seule à infliger à tout le monde un dîner froid.

On avait maintenant débarrassé pour faire place à la « séance de groupe » autour du feu. Parfois, on discutait tout de suite du déroulement de la journée ou d'un problème concernant l'un d'entre eux. Il arrivait aussi qu'un jeune ou un éducateur raconte une histoire. Ce soir, Julia se lança dans celle de deux amis du nom de Joe et Mo qui vont au restaurant et commandent des steaks.

« Donc, la serveuse va dans la cuisine et revient quelques minutes plus tard avec les steaks. Elle pose devant chacun d'eux une assiette vide, puis le plat avec la viande au centre de la table. Alors, Joe et Mo qui sont tous deux affamés regardent le plat et constatent qu'il y a un gros steak et un petit. Joe se dit : tiens, tiens, je sais ce que je vais faire. Il prend le plat et le présente à Mo pour qu'il se serve, pensant que celui-ci sera trop poli pour prendre le gros. Or, c'est exactement ce que fait Mo. Il prend le plus gros, dit merci beaucoup et commence à manger. »

Lester éclata de rire.

« Joe, lui, ne trouve pas ça drôle du tout. Il est furieux et il mange le petit steak sans prononcer un mot. Vous voyez, il écume carrément de rage. Quand Mo a fini, il lève les yeux, voit l'expression de Joe, et il lui demande : mais qu'est-ce que t'as ? Et Joe répond : eh bien, si tu veux le savoir, je suis en colère contre toi. Pourquoi ? s'étonne Mo. Parce que je t'ai laissé choisir et que tu as pris le plus gros steak. Là-dessus, Mo réplique : et toi, qu'est-ce que tu aurais fait à ma place ? Eh bien, comme je suis poli et bien élevé, répond Joe, j'aurais choisi le petit. Alors, dans ce cas, je ne vois pas où est le problème, dit Mo. Tu as eu le plus petit ! »

Tout le monde rit, sauf Skye.

Julia leur demanda quelle était selon eux la morale de la fable, et ils consacrèrent une demi-heure à parler d'égoïsme et de générosité, s'interrogeant pour savoir si les gens faisaient preuve de bonté les uns envers les autres uniquement parce qu'ils espéraient qu'on leur rendrait la pareille. La discussion fut animée. Seule Skye se refusa à y participer. Ensuite, Julia demanda si quelqu'un désirait aborder un autre point. Comme de coutume, Mitch leva le premier la main.

« Oui, Mitch, nous t'écoutons, dit Julia.

— Je voudrais faire une déclaration.

— Bien.

— Je voudrais féliciter Lester pour avoir réussi à allumer le feu. »

Les autres approuvèrent.

« Encore bravo, mon vieux, reprit Mitch. On sait tous combien c'est difficile et combien tu t'es donné de mal. »

Devant cette feinte sincérité et ce ton condescendant, Julia réprima l'envie d'intervenir. Elle avait tout de suite ressenti une antipathie instinctive pour Mitch. Il était vaniteux, sournois, manipulateur, méchant, et encore n'étaient-ce là que ses moindres défauts. Elle devait parfois faire de grands efforts sur elle-même pour ne pas laisser ses sentiments transparaître. La « déclaration » de Mitch constituait certainement le prélude à autre chose, et elle se doutait de ce qui allait suivre.

« Et je voudrais te remercier, mon vieux, continua-t-il, d'avoir fait ça pour le groupe. Et peut-être qu'un jour prochain, quand quelqu'un d'autre daignera faire comme toi, on pourra manger chaud tous les soirs. »

Deux de ses acolytes, Paul et Wayne, approuvèrent bruyamment.

« Ça ressemble davantage à une critique qu'à une simple déclaration, dit Julia.

— Tu peux en penser ce que tu veux, ma vieille.

— Eh bien, si tu as un reproche à adresser à quelqu'un — et je ne suis pas "ta vieille" —, tu pourrais le faire de manière claire.

— Merde, j'ai pourtant l'impression que c'était très clair.

— Pas pour moi. Et tout à l'heure, tu me donneras vingt autres façons de t'exprimer à la place du mot de cinq lettres. »

Mitch ricana puis se tourna vers Paul et Wayne qui arboraient de larges sourires. Leurs regards se posaient alternativement sur Mitch, Julia et Skye qui continuait à fixer le feu. Quant à Julia, elle avait du mal à contenir sa colère.

« Bon, Mitch, explique-toi, s'il te plaît. »

Il leva les yeux au ciel en soupirant. « Bon. C'est un problème que nous...

— Ici, chacun parle en son nom propre, Mitch. »

Il se tut un instant, ravalant à l'évidence quelque remarque cinglante.

« C'est donc un problème que moi, j'ai. Avec Skye. Tout le monde a allumé le feu comme il fallait sauf elle, et nous commençons... je commence à en avoir marre. »

Il recueillit nombre d'approbations. Mitch se tourna vers Julia, l'air triomphant. Pendant un moment, personne ne dit mot. Les crépitements du feu paraissaient traduire la tension qui régnait.

« Skye ? fit doucement Julia. Tu désires répondre à ça ? »

La jeune fille secoua la tête sans quitter les flammes des yeux. On aurait dit une enfant perdue, et l'instinct de Julia la poussait à vouloir la réconforter et la protéger. Mais elle se devait de résister. L'un des objectifs principaux du programme était de socialiser ces gosses, de leur faire prendre conscience des conséquences de leurs actes. Skye avait commencé à refuser d'allumer le feu par simple bravade, pour attirer l'attention sur elle, et elle mettait maintenant un point d'honneur à persévérer dans cette voie. Malgré toute la pression qui s'exerçait sur elle, elle ne pouvait pas céder, car ce serait perdre la face.

« Quelqu'un a autre chose à dire à ce sujet ? » demanda Julia.

Byron leva la main. Julia lui fit signe de parler.

« Je voudrais faire une dé... dé. » Il s'interrompit. Il lui arrivait rarement de s'exprimer devant les autres, et il était à l'évidence nerveux. Il déglutit péniblement.

« Une déclaration ? dit Julia, volant à son secours.

— Ouais, une déclaration. Skye, tu... tu es la seule fille ici, et comme tu l'as dit tout à l'heure, tu sais, quand tu as dû t'isoler pour... »

Mitch ricana. Julia allait intervenir, mais Scott fut plus rapide :

« Mitch, je pense que tu devrais faire montre d'un peu plus de respect quand quelqu'un est en train de parler. Vas-y, Byron, on t'écoute.

— Eh bien, des fois je me dis qu'on se rend pas tous compte combien c'est dur pour toi, Skye. Et peut-être que toute cette histoire de feu, ton refus de le faire, je sais pas, c'est parce qu'on est tous des garçons et que c'est ta façon de te venger de nous. Enfin, je... je sais plus très bien. »

Sourcils froncés, il contemplait le sol à ses pieds comme s'il allait y trouver les mots qu'il cherchait. Il était devenu écarlate.

« Bon, reprit-il, je voulais juste dire ça pour que tu essayes de nous supporter. Et en tout cas, moi ça m'est égal de manger froid quand c'est ton tour d'allumer le feu, parce que je crois que t'as le droit d'avoir ton opinion, tout ça. Et je crois aussi que t'es une fille bien. Voilà, c'est tout ce que j'avais à dire.

— Merci, Byron », dit Julia.

Il y eut un long silence. Toutes les têtes étaient tournées vers Skye. L'adolescente se mordait si fort la lèvre inférieure que Julia craignit qu'elle ne se mette à saigner. Elle avait les yeux gonflés de larmes. Sans un regard pour personne, elle se leva vivement et s'enfonça dans les ténèbres.

6

A travers le sable rouge de la piste, Connor cadrait dans le viseur la tête et les épaules de sa mère qui dépassaient au-dessus des barrières en bois. Elle était vêtue d'une chemise rose vif à liseré blanc et coiffée du chapeau noir cabossé qui, prétendait-elle, lui avait toujours porté chance. Cadeau de son mari pour leur premier anniversaire de mariage, il était muni d'un bandeau orné de petits clous en argent. Maggie Ford, la tête baissée, concentrée, étudiait le cheval sur lequel elle était déjà en selle, attendant d'entrer en lice.

La lumière d'après-midi était douce, voilée par la poussière et la fumée des barbecues. Les ombres s'allongeaient, et n'eût été la crainte d'assister à la disparition brutale du seul parent qui lui restait, Connor aurait peut-être été davantage séduit par le spectacle. Un rayon de soleil tomba sur le bandeau du chapeau, et l'instinct du photographe l'emporta. Il prit une rapide série de photos, zooma, puis se prépara à déclencher le moteur du Nikon afin de photographier en rafales dès que la barrière s'ouvrirait.

« Je n'arrive pas à croire que ta mère a presque cinquante ans, dit Julia.

— Elle non plus, répondit Connor. Et c'est tout le problème. »

Ils étaient assis au premier rang des gradins, Julia entre Ed et Connor, et pour un minable rodéo comme celui-ci, il y avait bien deux cents spectateurs, peut-être même plus, estimait Connor. Sa mère avait été entraînée dans cette folie par un de ses vieux amis qui faisait partie du comité d'organisation. Il avait affirmé que ce serait la grande attraction du jour : « Le rodéo des seniors ». La mère de Connor n'était guère emballée à l'idée d'être classée parmi les « seniors », mais quand il rappela pour lui annoncer que sa rivale de toujours, originaire de Livingstone, Madeline MacFall, surnommée la Reine du rodéo, serait là, elle donna tout de suite son accord.

« Si cette empotée de corne de cul de vieille peau peut le faire à quarante-sept ans, je veux bien être pendue si je me dégonfle », conclut-elle.

Et quoiqu'elle n'ait pas monté un cheval sauvage depuis des lustres et que l'arthrite commence à gagner tous les os qu'elle s'était fracturés au fil des années, Connor ne réussit pas à la convaincre de renoncer.

« Mon chéri, c'est très gentil de t'inquiéter pour moi, répliqua-t-elle. Mais ça ne durera pas plus de cinq ou six secondes.

— D'une façon ou d'une autre, en effet.

— Tu sais, autant partir comme ça, c'est plus rapide. »

Au fond de lui, Connor était fier de sa mère. La seule condition qu'elle mit, ce fut qu'on remplace « seniors » par « jeunes seniors ». Un peu plus tôt, avant de prendre place parmi les spectateurs, Connor l'avait aidée à se préparer. C'était encore une belle femme en dépit des rides que l'âge et l'excès de soleil avaient creusées sur son visage et de ses épaules voûtées, conséquence d'une ancienne blessure à la nuque. A la voir ainsi équipée, chemise rose et foulard blanc, il se rappelait l'époque où, quand il était encore tout jeune, son père et lui l'accompagnaient sur le circuit des rodéos. Il remarquait comment les hommes la regardaient, alors qu'elle n'avait d'yeux que pour son mari.

Après quoi, accoudés à la barrière, la mère et le fils avaient vu Madeline MacFall, la « Reine du rodéo », tenir à peine deux secondes avant d'être éjectée et d'atterrir sur le sable rouge. A la surprise générale, elle se releva aussitôt et salua de la main, ne souffrant que de contusions aux fesses et d'un ego froissé. Maggie Ford secoua la tête d'un air navré, affichant un petit sourire narquois.

« Eh ben, on peut pas dire qu'elle mérite son nom, la Reine. »

Le haut-parleur se mit à grésiller et une voix tonna :

« Et voici maintenant la candidate suivante. Je n'ai pas besoin de vous la présenter, mais permettez-moi simplement de dire que nous avons l'honneur et le privilège d'accueillir parmi nous cet après-midi l'une des plus grandes vedettes du Montana. Voici donc, venant d'Augusta, la sensationnelle, l'incomparable Maggie Ford !

— C'est l'instant au théâtre où, pour conjurer le sort, on dit chez nous : "Casse-toi une jambe", murmura Ed.

— Voyons, Ed ! » le reprit Julia avec une tape sur le genou.

Il leva les bras au ciel en signe de protestation. « Mais je ne l'ai pas dit !

— Espérons qu'elle ne se cassera rien de plus, dit Connor. Ah, la voilà. »

La barrière s'ouvrit et le cheval jaillit sur la piste comme une bombe. La mère de Connor le maîtrisa à la perfection, les bottes au niveau des épaules du cheval tandis qu'il martelait le sol de ses sabots. Elle tenait les rênes de la main gauche et son bras droit caressait l'air comme celui d'une ballerine cependant qu'elle abaissait les jambes au niveau du garrot, les pieds délicatement pointés vers l'avant. Le moteur de l'appareil photo de Connor tournait à six images seconde. Il y avait de superbes clichés à prendre. La poussière tourbillonnait, les ombres s'étiraient et le cheval, un gris râblé, les yeux fous, donnait la représentation de sa vie. Malgré tous ses efforts, il ne parvenait pas à se débarrasser de sa cavalière, laquelle, en experte, l'éperonnait à présent au rythme de ses ruades, se tenant en selle comme sur un vulgaire cheval de manège.

Ed et Julia, qui s'étaient levés, l'encourageaient à grands cris, imités par la foule. Connor dut résister à l'envie de se joindre à eux, et il continua à mitrailler jusqu'à ce que les hommes de piste pénètrent dans l'arène et aident sa mère à descendre de cheval. Il reposa alors son appareil et applaudit avec tout le monde. Julia sautillait sur place comme une enfant. Elle jeta les bras autour du cou d'Ed, puis de Connor.

« C'était extraordinaire ! s'écria-t-elle.

— Connor, mon vieux, ce n'est pas normal, dit Ed. Les mères ne sont pas censées être comme ça.

— Ouais, je sais. Il faudrait que je l'enferme. Venez, on va la retrouver. »

Trois heures plus tard, ils étaient attablés dans l'arrière-salle de chez Elmer à Choteau. Le trophée occupait la place d'honneur au milieu des steaks et des bières. La mère de Connor avait obtenu un quatre-vingt-cinq sur cent et elle aurait pu espérer quatre-vingt-dix si l'un des juges n'avait pas été aussi idiot. Incapable de faire la différence entre son cul et un taureau, dit-elle, il avait abaissé sa note sous prétexte que le cheval était trop docile.

Elle parla à Julia du bon vieux temps, raconta des histoires que Connor avait souvent entendues et dont, pour certaines, il avait même été témoin, en sorte qu'il savait précisément où finissait la vérité et où commençait la fable. Elle raconta, entre autres, une anecdote impliquant la « Reine du rodéo », celle où la pauvre femme avait été attaquée par un essaim d'abeilles pendant une interview devant les caméras de télévision. Ed, bien qu'il la connût sans doute par cœur, semblait aussi fasciné que Julia. Il avait l'air passionné par tout ce que la mère de Connor disait. Les steaks étaient énormes et personne n'avait réussi à finir le sien à l'exception d'Ed qui s'attaquait maintenant à celui de Julia. Connor repoussa sa chaise et étendit les jambes.

Julia était assise en face de lui, et il avait du mal à détacher son regard d'elle. Et cela depuis le moment même où il avait fait sa connaissance. Quelque chose en elle agissait sur lui comme un aimant. Son rire, ses yeux marron foncé, la manière dont ils se plissaient quand elle souriait... Connor se reprit, honteux d'avoir laissé ses pensées s'égarer ainsi. C'était la petite amie de son meilleur copain, bon sang !

Près d'un mois s'était écoulé depuis l'arrivée d'Ed et de Julia, et ils n'avaient pas eu souvent l'occasion de se retrouver ensemble compte tenu de leurs occupations respectives. Connor avait néanmoins l'impression de bien connaître Julia. Elle était de ces femmes qui aimaient le contact physique, non pas dans le but d'aguicher, mais de façon naturelle, inconsciente. Quand elle intervenait dans la discussion, qu'elle faisait une remarque, elle vous posait la main sur le bras, et tout en sachant que cela ne signifiait rien, que c'était simplement un geste amical, fraternel, Connor ne pouvait s'empêcher de frissonner intérieurement. Et lorsqu'au rodéo, elle avait eu ce mouvement impulsif, il s'était senti rougir.

« Connor ? »

La voix de sa mère le fit sursauter. Tous les regards étaient braqués sur lui.

« Oh, oh, fit Ed. Tu reviens sur terre ?

— Excusez-moi. Qu'y a-t-il ?

— Ta mère voudrait savoir si on va faire de l'escalade demain.

— Je... je pensais qu'on pourrait descendre au Bitterroots.

— Alors, toi aussi, Julia, tu fais de l'escalade ? demanda Maggie Ford.

— J'en ai fait un peu, mais je ne suis pas très douée.

— Mais non, elle est formidable, intervint Ed. On dirait la Femme-Araignée.

— J'aimerais beaucoup.

— En tout cas, sois prudente avec ces deux jeunes cinglés.

— Vous voudrez bien me pardonner, Mrs. Ford, mais après vous avoir vue tout à l'heure, je dirais que c'est dans les gènes.

— Où y a de la gêne... », plaisanta Ed.

La mère de Connor sourit.

« Vous savez, dit-elle, il y les avions, il y a les montagnes et il y a les chevaux. Alors, d'où est-ce qu'on tombe de moins haut ? »

Ils prirent un café, puis réglèrent l'addition. Maggie Ford leur proposa de passer la nuit au ranch, mais Connor pensait qu'ils feraient mieux de rentrer à Missoula afin de partir de bonne heure pour la montagne le lendemain matin. Ils se quittèrent sur le parking. La mère de Connor tendit à Julia la coupe qu'elle avait remportée au rodéo.

« Mrs. Ford, je ne peux pas accepter, protesta la jeune femme.

— Bien sûr que si. Des trucs comme ça, j'en ai déjà plein. »

Julia consulta Connor du regard.

« Prends-la, lui dit-il. Elle est sincère.

— Bon, alors j'accepte. Merci beaucoup. » Elle embrassa Maggie. « Je la garderai précieusement.

— J'espère bien. Si je l'avais estimée tout juste bonne à être fondue, je ne te l'aurais pas donnée. »

Ils partirent cependant que la nuit tombait dans une douce lumière bleutée. Sur leur droite, les montagnes se découpaient contre le ciel éclairé des dernières lueurs de rouge, pareilles aux remparts de quelque redoutable empire. L'odeur de la terre qui se refroidissait et de l'armoise brûlée par le soleil pénétrait par les vitres ouvertes. Le vieux Chevy de Connor bringuebalait sur le bitume, comme lancé à la poursuite des tunnels de lumière que ses propres phares creusaient parmi les bosquets de peupliers et les plissements de terrain des badlands peuplées d'ombres.

Comme à l'accoutumée, ils étaient assis tous les trois de front, Julia entre les deux hommes. Elle tenait le trophée sur ses genoux pendant qu'Ed discourait, célébrant les vertus de la mère de Connor et expliquant qu'il était fermement décidé à composer une comédie musicale sur elle, appelée *La Reine de la terre rouge.* Connor lui demanda s'il comptait le faire avant ou après celles qu'il était tout aussi fermement décidé à composer sur les parachutistes du feu *(Cœurs de feu)* et sur le professeur de piano fou qui assassine ses élèves. Julia fit observer qu'elle n'en avait jamais entendu parler, et Ed commença à expliquer : elle s'intitulerait *Le Massacre du printemps*, et... Il n'alla pas plus loin, car Julia éclata d'un rire si contagieux que les deux garçons l'imitèrent aussitôt. Connor riait tellement qu'il eut bientôt aussi mal aux poumons que cela lui arrivait parfois lorsqu'il combattait un incendie.

Après quoi, épuisés, ils demeurèrent longtemps

silencieux à contempler les insectes qui voletaient, pris dans le faisceau des phares. Ils franchirent la ligne de partage des eaux à Rogers Pass et, à la sortie d'un virage, ils aperçurent un troupeau de grands cerfs, sept mères et leurs petits, plantés au milieu de la route. Connor s'arrêta et les animaux les regardèrent un bon moment, les yeux brillant comme des opales, immobiles à l'exception de leurs longues oreilles qui remuaient. Et puis, lentement, deux par deux, ils s'éloignèrent pour se fondre dans les ténèbres.

Lorsqu'ils traversèrent Lincoln, Ed ronflait doucement, la tête appuyée contre le montant de la portière. Pendant plusieurs kilomètres, Connor et Julia n'échangèrent pas le moindre mot, mais leur silence ne dissimulait aucun malaise. Connor n'aimait pas parler pour ne rien dire, et Julia semblait être comme lui. Quand elle prit enfin la parole, ce fut pour l'interroger sur son père de cette manière franche et directe qui était la sienne. Elle voulait savoir quel souvenir il en avait. Connor lui répondit qu'il gardait celui d'un homme bon, calme, doux et aimant.

« Je suppose que beaucoup de gens s'imaginaient que c'est ma mère qui portait la culotte, parce que, comment dirais-je, elle n'a pas vraiment pour habitude d'user de détours. »

Julia éclata de rire. « Je m'en suis aperçue.

— Ouais. Elle dit toujours ce qu'elle pense, même quand elle ferait mieux de se taire. Mais en dépit des apparences, c'est elle qui dépendait de mon père. Après sa mort, elle a été longtemps perdue. Je me rappelle, le matin de l'enterrement, le médecin lui a prescrit des pilules, des calmants ou je ne sais quoi, pour qu'elle puisse tenir le coup. En tout cas, elle a pris trop de ces cochonneries, si bien qu'à l'église, lorsque tout le monde est venu lui présenter ses condoléances, elle riait, plaisantait et ne cessait de répéter : “C’est la vie, vous savez, quand c’est son heure, c’est son heure.” »

Connor secoua la tête et sourit à ce souvenir. « C’était terrifiant, reprit-il. Tu vois, drôle en un sens, mais terrifiant aussi. Après, elle a été très mal durant des mois et des mois.

— Ça a dû être dur pour toi.

— Oui, pendant quelque temps.

— Tu n’as ni frères ni sœurs, il me semble ?

— Non. Ils ont essayé, je crois. Durant des années. Mais en vain. Et toi ?

— Pareil. Je suis fille unique.

— Et tes parents ?

— Ma mère habite Brooklyn et mon père est parti quand j’avais douze ans. Fichu le camp pratiquement sans prévenir. »

Elle laissa planer un instant de silence, et au ton de sa voix, Connor eut l’impression qu’elle ressentait autant que lui l’absence du père. Il attendit qu’elle poursuive.

« Il vit en Allemagne, remarié à une femme beaucoup plus jeune. Le cliché habituel : plus jeune, plus grande, plus blonde, plus jolie. Elle est probablement très bien. Je ne l’ai jamais rencontrée. Et lui, je ne l’ai pas vu depuis une éternité, cinq ou six ans peut-être. Il téléphone de temps en temps, pour Thanksgiving et pour Noël. Il envoie une carte postale à l’occasion. J’ai le sentiment de ne plus le connaître vraiment.

— Qu’est-ce qu’il fait comme travail ?

— Il est dans la construction, je crois, mais je n’en suis même pas sûre.

— Il a d’autres enfants ?

— Non.

— Et ta mère ?

— Elle est trapéziste dans un cirque. »

Connor lui jeta un bref coup d'œil. « Sérieusement ?

— Oui. Elle fait tous les numéros classiques, tu sais. Plonger à travers des cerceaux en flammes, ce genre de choses. » Elle vit la surprise se peindre sur le visage de Connor. « Dis donc, pourquoi tu serais le seul à avoir une vedette pour mère ? » Elle sourit. « Bon, ce n'est pas vrai. Elle est coiffeuse. Elle tient un petit salon à Brooklyn.

— C'est là que tu as grandi ?

— Ouais. C'est une femme formidable. Très italienne. Un véritable moulin à paroles. Et elle a la vie amoureuse la plus désastreuse que je connaisse. Elle est comme un paratonnerre qui attire les hommes qui ne sont pas faits pour elle. Je l'adore. »

Ils continuèrent à s'entretenir ainsi jusqu'à Missoula. Pendant tout ce temps, Connor ne put s'empêcher de humer son parfum, sentant contre lui la douce pression de son épaule et de sa hanche. Ils parlèrent photo, du travail de Julia à Boston et de son séjour en Afrique au cours de l'été précédent. Elle raconta combien elle avait aimé ces pays et leurs habitants. Elle ajouta qu'elle voulait y retourner un jour et peut-être rester là-bas quelque temps pour y travailler. Connor expliqua que lui aussi, il avait toujours désiré aller en Afrique et en un tas d'autres endroits, et qu'il espérait en avoir bientôt l'occasion.

Il l'interrogea sur le programme Jeunesse et Nature, de sorte qu'elle lui parla de la petite Indienne si repliée sur elle-même que personne ne semblait pouvoir communiquer avec elle. Connor se souvint alors qu'il y avait parmi les parachutistes du feu un Blackfeet de sang pur dont le frère s'occupait d'adolescents à problèmes sur la réserve, à Browning.

« Il affirmait que la plupart du temps, ces gosses ignoraient tout de leurs ancêtres et de leur fabuleuse culture. Son frère essaye de les amener à retrouver certaines de leurs traditions. Et apparemment, ça donne d'excellents résultats. Il pourrait peut-être t'aider pour cette fille. »

Julia parut intéressée, aussi il promit de lui obtenir le numéro de téléphone de l'homme en question. Ils étaient arrivés à Missoula et Connor se surprit à regretter que le voyage n'ait pas duré plus longtemps. Il se gara devant la maison, coupa le moteur et ils restèrent un moment à regarder Ed qui dormait toujours. Julia eut un petit sourire, et Connor lut dans ses yeux tout l'amour qu'elle portait à son meilleur ami. Elle se pencha et embrassa doucement Ed sur la joue pour le réveiller. Et Connor, qui n'aurait souhaité éprouver que de la joie à voir ainsi réunis ces deux êtres qu'il aimait, ne put étouffer tout à fait un pincement né non pas de la jalousie, mais d'une espèce de désir indéfinissable.

Plus tard, une fois qu'ils eurent préparé leur équipement pour l'escalade du lendemain et se furent souhaité bonne nuit, il resta allongé dans le noir, s'efforçant de ne pas écouter le chuchotement de leurs voix dans la chambre contiguë, ni les craquements du lit, chassant de son esprit les images que cela lui évoquait. Longtemps après que le silence fut revenu, troublé seulement par le murmure de la rivière qui lui parvenait par la fenêtre ouverte, il demeura éveillé à contempler le plafond et les ombres mouchetées des arbres.

Ils se mirent en route avant l'aube et roulèrent en direction du sud avec, sur leur gauche, les nappes de brume qui flottaient au-dessus de la Bitterroot River et, sur leur droite, le soleil qui illuminait le sommet des montagnes. Ils se garèrent et marchèrent deux heures vers l'ouest cependant que le soleil qui se levait derrière eux leur chauffait le dos et faisait étinceler le réseau de toiles d'araignées humides de rosée qui recouvraient comme d'un voile les buissons tout autour d'eux. Ils parvinrent enfin au pied d'une paroi de roche grise qui se dressait à pic au milieu de la forêt, sillonnée d'anfractuosités qui semblaient avoir été creusées par des géants. Julia resta plantée devant, les yeux écarquillés.

« Vous plaisantez, ou quoi ? » finit-elle par lancer.

Ed et Connor, qui l'avaient déjà escaladée à plusieurs reprises, eurent beau lui assurer que ce n'était pas aussi difficile qu'on pouvait le croire, elle ne parut guère convaincue. Néanmoins, sans ajouter un mot, elle se débarrassa de son sac à dos et s'assit sur une grosse pierre pour ôter ses chaussures de marche et mettre celles d'escalade, imitée par les deux hommes. Ed prit la petite seringue qui ne le quittait jamais et se fit une piqûre d'insuline, puis ils s'installèrent pour manger des sandwiches au jambon et au fromage que Julia avait préparés avant de partir. Ils cachèrent derrière les rochers tout ce dont ils n'avaient pas besoin pour l'escalade, puis ils bouclèrent leurs harnais et s'encordèrent.

Connor qui grimpait en tête se retourna dès la première longueur de corde pour observer Julia qui venait derrière lui. Il vit tout de suite qu'elle était loin d'être une néophyte. Le corps bien droit, elle montait avec agilité, les mains pile à hauteur des épaules.

A la fin de la matinée, le soleil devint brûlant, et ils s'arrêtèrent sur une corniche au-dessus d'une étroite cheminée qu'ils venaient d'escalader. Ils enlevèrent leurs pulls, burent à leurs bidons d'eau, puis se reposèrent un moment.

« Ecoutez, dit Julia. Ecoutez ce silence. C'est stupéfiant, non ? »

Les cheveux noués en queue de cheval, elle portait un short et un débardeur jaune qui lui dénudait les épaules et le dos et ne parvenait pas tout à fait à masquer les bretelles couleur crème de son soutien-gorge. Elle avait la peau bronzée, lisse et sans défaut, hormis une petite tache de naissance sur la nuque d'une belle teinte chocolat. Elle s'enduisait les bras et les épaules d'écran solaire tout en parlant à Ed d'un passage délicat dans la cheminée. Connor réussit à détacher son regard du renflement de ses seins et se tourna pour contempler la forêt qui s'étendait très loin en dessous d'eux.

Ils grimpèrent une heure encore, escaladèrent une deuxième cheminée, plus large que la première, puis contournèrent avec prudence un imposant surplomb pour déboucher sur un rebord si étroit que seul le bout de leurs orteils trouvait un appui. Après cela, la montagne se révéla moins traîtresse, et bien que leur progression tînt davantage de la randonnée que de la varappe, ils demeurèrent encordés. Ils franchirent une arête rocheuse qui donnait sur un autre versant de la montagne où les corbeaux, poussant des croassements dédaigneux, tourbillonnaient autour et en dessous d'eux. Puis ils montèrent en direction d'un éboulis de rochers qui, bizarrement sculptés par le vent et la pluie, ressemblaient à une colonie de dinosaures endormis.

La dernière partie de l'escalade fut la plus ardue. A un endroit, Julia assura mal sa prise et glissa. Des pierres s'éboulèrent sous elle et elle lâcha un petit cri. Connor s'arc-bouta et hurla « attention » pour prévenir Ed. La corde se tendit brusquement et Connor baissa les yeux pour voir Julia se balancer un instant en l'air au-dessus du visage anxieux d'Ed. Elle n'avait glissé que sur un mètre ou deux, et elle retrouva vite une prise. Tous trois gardèrent le silence jusqu'à ce que s'éteigne le dernier écho des pierres qui dévalaient dans l'abîme.

« Excusez-moi, les garçons, dit-elle.
— Ça va ? s'inquiéta Ed.
— Oui, oui. »

Elle leva les yeux sur Connor et n'ajouta rien. Après qu'elle eut récupéré, ils reprirent l'escalade comme si de rien n'était. Arrivé en haut, Connor se baissa et saisit le poignet de Julia pour la hisser sur la saillie. Elle se détacha et tira sur la corde pour aider Ed. Elle avait le souffle court et la peau luisante de sueur. Devinant le regard de Connor posé sur elle, elle lui adressa un sourire qu'il lui rendit. Alors qu'il ne lui restait plus que cinq ou six mètres à franchir, Ed s'arrêta un instant pour se reposer et, en l'attendant, Connor s'accroupit pour observer la forêt. Il sentit la main de Julia sur son épaule et il dressa la tête. Le soleil brillait derrière elle et il dut plisser les yeux pour distinguer son visage.

« Merci de m'avoir aidée tout à l'heure, dit-elle.
— Tu t'es aidée toute seule. Tu grimpes très bien.
— Merci.
— De rien. »

Ils atteignirent le sommet une heure plus tard. Il y avait un petit pic et, en dessous, une table rocheuse d'environ six mètres de large parsemée de touffes de lichen couleur gris-vert et ambre. La table tombait en à-pic sur trois côtés et certains des grimpeurs qui s'étaient arrêtés là avaient gravé leur nom et la date dans la pierre. Bien qu'entourés de cimes plus élevées, ils avaient l'impression que le monde s'étendait à leurs pieds.

Ed demanda à Connor de prendre des photos, aussi celui-ci sortit son Leica, plaça Julia et Ed au meilleur endroit afin de pouvoir les photographier d'un peu plus haut tout en englobant le panorama. A travers le viseur, il les regarda s'enlacer, presser leurs joues l'une contre l'autre et sourire à l'objectif. Il prit trois photos, modifiant l'angle à chaque fois.

« Vous deux, maintenant », dit Ed.

Connor fit signe que non. « C'est moi le photographe ici. »

Il n'avait jamais aimé être photographié. Mais comme Ed insistait, il lui tendit l'appareil à contrecœur et alla se mettre à côté de Julia. Intimidé, mal à l'aise, il ne pouvait se résoudre à entourer la jeune femme de son bras. Calmement, elle prit la décision pour lui et passa son bras autour de sa taille, si bien qu'il glissa le sien autour de son épaule. Elle se rapprocha de lui de telle manière que sa hanche vint se coller contre la sienne. Il sentit la chaleur de la peau satinée de Julia sur son bras ainsi que sur la paume de sa main posée sur son épaule. L'odeur à la fois douce et brûlante qui émanait du corps de la jeune femme embaumait l'air.

« Allez, mon vieux, déride-toi un peu, lui cria Ed. Tu fais une vraie tête d'enterrement. »

Julia leva les yeux et lui sourit. Il lui sourit à son tour, et Ed appuya sur le bouton.

« Bon, encore une », dit-il. Ils se tournèrent vers l'objectif. « Là, c'est mieux. »

Connor se détendit enfin. Il se disait que ce qu'il ressentait était somme toute normal. C'était une belle femme et n'importe quel homme aurait réagi comme lui. Il ne trompait en rien la confiance d'Ed. Il était simplement conscient de la présence de Julia. Ed prit une troisième photo, puis Julia abandonna Connor pour s'avancer vers Ed, lui demandant d'aller se placer à côté de son ami. Avec son petit appareil à elle, elle photographia les deux hommes qui faisaient les imbéciles, adoptant des poses de machos.

L'appareil était équipé d'un retardateur. Julia leur recommanda de ne pas bouger pendant qu'elle le réglait. Ils se moquèrent d'elle à cause du temps qu'elle mettait et quand, après avoir enfin réussi à disposer l'appareil sur un empilement de pierres, elle se précipita pour les rejoindre, elle riait tant qu'elle faillit basculer dans le vide. Connor et Ed s'écartèrent pour lui faire de la place entre eux. Elle les enlaça et l'appareil se déclencha.

Ils s'installèrent sur la saillie pour manger le reste des sandwiches ainsi que des pommes, des noix et une tablette de chocolat suisse à moitié fondue. Tel un prestidigitateur, Ed produisit une bouteille de vin rouge et trois gobelets en plastique qu'il avait cachés dans son sac à dos. Il ouvrit la bouteille, remplit les gobelets et porta un toast à l'amitié qu'ils reprirent en chœur.

Le repas terminé, ils s'allongèrent sur le dos à même le roc et contemplèrent le ciel. De petits nuages blancs évoquant des sculptures dérivaient vers l'est, et Ed lança un jeu où chacun devait dire ce que leurs formes lui rappelaient. Après quoi, ils gardèrent le silence. Un peu plus tard, Connor s'assit et constata que les deux autres s'étaient endormis. Ed avait ôté son T-shirt et, à part les coups de soleil qui rougissaient ses avant-bras et sa nuque, il avait la peau très blanche. Il s'était tourné sur le côté pour se nicher comme un enfant entre les bras protecteurs de Julia.

Connor les contempla un long moment. Leurs poitrines se soulevaient à l'unisson et leurs visages, détendus dans le sommeil, avaient un air d'innocence qui l'émut et, d'une certaine façon, l'attrista sans qu'il sache bien pourquoi. Un papillon apparut au-dessus du bord et voleta quelques instants autour d'eux avant de se poser sur l'épaule d'Ed. Il avait le dessous des ailes poudreux, couleur chamois, mais quand il les déploya, Connor constata que leurs extrémités étaient d'un rouge si vif qu'on aurait dit une plaie béante. Et puis, emporté par un souffle de vent soudain, il s'envola, et Connor, le regardant s'éloigner et rapetisser, songea tout à coup que l'homme était libre des choix de son cœur.

Longtemps après que le papillon avait disparu, Connor fixait encore du regard l'immensité des forêts et des montagnes qui miroitaient dans la brume de chaleur et s'étendaient jusqu'à la courbure de la terre à l'horizon et au-delà. Il chassa la tristesse qui l'avait envahi, se disant que le monde devant lui était plein de promesses et d'espoir, et que ces merveilleuses journées d'été symbolisaient ce que la vie était et serait toujours.

7

Les nuages dont ils s'étaient moqués cet après-midi-là ne tardèrent pas à prendre leur revanche. Ils s'amoncelèrent, noirs et menaçants, et il plut trois jours sans discontinuer. Les journées chaudes et sèches de mai et juin avaient à ce point durci la terre que presque toute l'eau se déversa droit dans les torrents et les rivières sans laisser aux forêts le temps d'en absorber de grandes quantités. Le sol et l'atmosphère s'imprégnèrent cependant d'assez d'humidité pour que les parachutistes du feu connaissent quelques jours de tranquillité.

Une tranquillité qui, du reste, n'était pas trop bien accueillie. La pluie, en effet, signifiait moins d'incendies, et moins d'incendies signifiait moins d'heures supplémentaires, moins de primes de risque et, encore qu'ils ne l'avouassent pas à n'importe qui, moins de plaisir. Pour un parachutiste du feu, la définition d'un « bon » été ne correspondait pas à celle de tout le monde, et en particulier pas à celle des gens pour qui les feux de forêt pouvaient être synonymes de ruine et de désolation. Au cours d'un été « normal », la base de Missoula recevait cinq à six appels par semaine. Au cours d'un « bon » été, elle en recevait parfois autant chaque jour.

Jusqu'à ce que le ciel déverse des trombes d'eau, l'été s'annonçait pourtant sous des auspices favorables. La pluie avait un peu refroidi l'enthousiasme des parachutistes du feu, et depuis qu'elle avait cessé, ils n'avaient reçu que quatre appels, tous pour de petits incendies qui avaient été rapidement maîtrisés. Par bonheur, la situation ne tarda pas à s'améliorer. Les nuages se dissipèrent, l'humidité commença à s'évaporer et la vague de chaleur parut devoir s'installer pour un moment. Le moral des parachutistes remonta en même temps que le baromètre et les risques d'incendie.

Leur quartier général était situé dans une étroite vallée au sud de l'aéroport de Missoula. Il se composait d'un groupe de bâtiments blancs d'aspect banal entourés de quelques arbres et buissons qui semblaient avoir été plantés plus par principe que par souci d'ornementation. Juste derrière se trouvait la piste d'atterrissage où des avions de différentes tailles et de différentes marques attendaient, prêts à décoller à tout instant. A côté se dressaient, tels d'énormes instruments de torture, les tours et les plates-formes d'entraînement d'où nombre de bleus, le cœur battant, les jambes flageolantes, le teint blême, avaient contemplé le sol en dessous d'eux en se demandant si sauter sur le lieu des incendies était vraiment aussi romantique qu'ils se l'étaient imaginé.

Le cœur de la base, un dédale de pièces communicantes où les parachutistes du feu travaillaient quand ils n'étaient pas en train de combattre les flammes, était surnommé le « loft ». Au milieu il y avait le salon-bar, une salle tout en longueur au sol de lino, meublée de fauteuils alignés le long des murs peints à la chaux. Elle était équipée d'une machine à café et d'un four à micro-ondes où l'on pouvait faire cuire ses repas. C'était là que les soldats du feu se rassemblaient chaque matin pour l'appel. On trouvait ensuite le centre d'opérations couvert de cartes murales sur lesquelles les foyers d'incendie de la région étaient indiqués par de petits drapeaux, puis la réserve où l'on entreposait et triait les équipements, et enfin la salle de briefing où chaque membre de l'équipe possédait son casier. Il y avait aussi l'atelier où l'on fabriquait et réparait les combinaisons et les parachutes, et également la tour où l'on vérifiait ces derniers après chaque saut avant de les suspendre tout en haut où ils claquaient comme les voiles d'un galion fantôme.

Dans un autre bâtiment, à quelques pas de là, se trouvait l'accueil des visiteurs qui pouvaient voir une petite exposition et regarder une vidéo montrant des parachutistes en action. Il y avait aussi deux mannequins grandeur nature, l'un en équipement de saut et l'autre en équipement de combattant du feu. Et comme l'Office des forêts désirait faire passer le message politiquement correct selon quoi la profession était ouverte aux membres des deux sexes, ce mannequin-là était une femme. Le problème, c'est qu'elle paraissait sortie tout droit de la vitrine d'un grand magasin. Elle avait les lèvres peintes, les yeux faits, et avec son chemisier immaculé et impeccablement repassé, elle n'aurait pas pu avoir l'air moins convaincante. Ed l'avait baptisée Barbie-saute-en-parachute, et on avait entendu un jour un visiteur murmurer qu'elle aurait eu du mal à éteindre ne fût-ce que les bougies d'un gâteau d'anniversaire.

Il y avait bien des femmes parmi eux, mais en très petit nombre. Sur quatre cents parachutistes répartis à travers le territoire des Etats-Unis, on ne comptait en effet que vingt-cinq femmes. Ce qui les retenait — hormis, peut-être, un instinct de survie plus développé ou un peu plus de bon sens — c'était en quelque sorte l'environnement, l'impression pas tout à fait infondée que cette profession fonctionnait essentiellement à coups de bières et de testostérone. Tous les soldats du feu, du Bronx à Bora Bora, se situaient à l'extrémité du spectre des machos. Quant aux parachutistes, ils sautaient carrément en dehors.

Certes, en ce matin de juillet, on n'aurait rien deviné de tout cela dans l'atelier. Sous le regard torve de trois énormes têtes d'orignal accrochées au mur de manière surréaliste, comme si les animaux avaient enfoncé la paroi et étaient restés plantés là, plus ou moins intéressés par le spectacle qui s'offrait à leurs yeux, cinq parachutistes du feu de Missoula, cinq hommes, étaient sagement installés devant des machines à coudre. Ed était entre Connor et Hank Thomas. A côté de ce dernier, il y avait un nouveau appelé Phil Wheatley, que Hank avait surnommé Pee-Wee, et Chuck Hamer, un vieux de la vieille qui avait fait trois ans dans l'Idaho et ressemblait à un ours coiffé en brosse.

Par tradition, les parachutistes du feu fabriquaient et réparaient la majeure partie de leurs équipements et de leurs vêtements. Ed, qui se confectionnait une nouvelle veste rouge imperméable, se sentait plus fier de son travail qu'il n'aurait été disposé à l'admettre. Comme plus d'une de ses anciennes petites amies l'avaient fait remarquer, il avait toujours été « en contact avec l'aspect féminin de sa personnalité ». Et quelques-unes savaient aussi ce que cela lui avait coûté.

Le père d'Ed, Jim Tully, était un self-made-man, un multimillionnaire que les habitants du Kentucky connaissaient sous le sobriquet de Big Jim, le Roi de la Tondeuse. Il était l'exemple vivant de ce qu'il se plaisait à appeler une B.G.S — une Bonne Graine du Sud. Quatrième et dernier fils d'un valet d'écurie qui avait abandonné sa famille avant de mourir alcoolique pendant la Grande Dépression, Jim était né avec des prédispositions pour la chance et deux larges mains pour la saisir.

Quand il était petit, il lui fallait porter ses bottes à la main en se rendant à l'école afin d'en économiser les semelles, et il avait juré qu'aucun de ses enfants n'aurait à subir pareille humiliation. Les bottes étaient munies de lanières qui ne devaient servir qu'à aider à les enfiler. Dès l'âge de huit ans, il tondait les pelouses après l'école et donnait à sa mère la moitié de l'argent qu'il gagnait. Lorsqu'une tondeuse tombait en panne, il la réparait, si bien qu'il finit par connaître jusqu'au moindre boulon tous les modèles existants. A dix-sept ans, il entra dans une école de commerce qu'il quitta au bout d'un mois, estimant qu'il en savait déjà plus que ce qu'on pourrait lui enseigner.

Il ne se trompait pas. A vingt-cinq ans, il possédait son propre magasin, les Tondeuses Big Jim — « Satisfaits ou remboursés » —, et à trente-cinq ans, il était à la tête d'une chaîne couvrant le territoire du Kentucky et de l'Ohio où il vendait des tondeuses fabriquées tant aux Etats-Unis qu'à l'étranger, ainsi que du matériel sous sa propre marque « Big Jim », assemblé dans une usine qu'il avait fait construire à Taïwan. Son visage souriant — beau mais pas au point de susciter la méfiance — s'étalait sur les panneaux publicitaires et les écrans de télévision, invitant les gens à venir chez Big Jim où « l'herbe pousse plus verte ». Et les gens venaient.

Il se fit bâtir une splendide demeure sur une colline, munie d'un porche à colonnades, qu'il appela Grassland. Il y avait des fontaines, des paons, des domestiques et des centaines d'hectares de prairies vallonnées où paissaient tranquillement des chevaux à la robe lustrée. Il acheta de nouvelles maisons et de nouvelles voitures à sa mère ainsi qu'à ses frères et sœurs, puis il entreprit de se chercher une femme digne de sa condition.

Dès que Big Jim posa les yeux sur Susan Dufort, il sut qu'elle correspondait au profil désiré. Fille unique de l'une des familles les plus anciennes et les plus respectées du Kentucky, elle était belle, cultivée, sensuelle et spirituelle. Les parents de Susan, Leonard et Ernestine, furent consternés, mais Big Jim parvint à les séduire tout comme il parvint à séduire leur fille, si bien que les trois ne tardèrent pas à succomber. Le mariage fit la une des informations locales, tout comme la naissance de leurs enfants : Jim Junior (Little Jim), Charlie, un an après, et Edward, trois ans après.

Les fils numéros un et deux étaient de la même herbe que leur père. Ils avaient les cheveux blonds, le menton en avant et le large sourire tout en dents de Big Jim. Ils parlaient comme lui, plastronnaient comme lui et faisaient tout ce qu'il aurait fait s'il avait eu lui aussi une enfance privilégiée. A l'université, tous deux furent capitaines de leur équipe de football, travaillèrent dur et jouèrent un jeu plus dur encore. A l'égard de ce que leur mère chérissait, ils montraient par contre peu de patience et moins de talent.

Susan Dufort Tully jouait à peu près de tous les instruments de musique qu'on lui présentait, mais elle portait un amour particulier au piano. Elle avait un jour caressé l'ambition de faire une carrière professionnelle, mais son père lui avait dit que c'était un monde trop cruel, peuplé de toutes sortes de prédateurs et de personnes peu recommandables. Elle se contenta donc de jouer pour le plaisir, bien qu'il lui arrivât parfois de rêver qu'elle donnait un récital à Carnegie Hall, éclairée par un rond de lumière, cependant que les plis de sa robe de velours rouge retombaient autour d'elle sur la scène. Le seul à la comprendre était Ed.

Il se rappelait encore — il devait avoir trois ans, peut-être même moins — la fois où il s'était réveillé au milieu de la nuit au son du piano. Sa mère, qui souffrait d'insomnies, avait l'habitude de se glisser hors du lit et de descendre s'installer devant l'immense Steinway à queue noir qui occupait le centre du salon. Ed se revoyait sortir de sa chambre en pyjama, se frottant les yeux et titubant de sommeil, puis marcher pieds nus sur la moquette crème du palier et regarder en bas au travers des barreaux de la balustrade.

Sa mère avait allumé le chandelier en argent posé sur le piano dont le couvercle brillait ainsi que le parquet ciré en érable du salon. On était à la fin de l'été ou peut-être au début de l'automne, et elle portait un vêtement couleur ivoire qui brillait également, de même que ses cheveux noirs d'ordinaire relevés en chignon, mais qui, cette nuit-là, cascadaient sur ses épaules. Des années plus tard, elle lui dit qu'elle avait joué alors un nocturne de Chopin, et il avait toujours regretté ne pas savoir lequel précisément. Ce qu'il savait, en revanche, c'est que c'était la plus belle musique qu'il eût jamais entendue. Il descendit la moitié de l'escalier sur la pointe des pieds pour mieux voir et resta planté là une éternité avant que sa mère, apparemment sans raison, comme si elle avait eu dès le début conscience de sa présence, ne lève les yeux sur lui et ne lui sourie.

Elle termina le morceau, puis tapota le long tabouret et se déplaça pour en libérer un coin. Ed la rejoignit, et elle le souleva dans ses bras pour l'installer à côté d'elle. Elle joua ensuite un autre nocturne, tandis qu'Ed admirait ses doigts fins qui couraient sur le clavier comme deux gracieux petits animaux doués d'une volonté propre.

Bien qu'il eût bénéficié par la suite de l'enseignement de nombreux professeurs, bons, mauvais ou indifférents, c'est en définitive sa mère qui lui apprit à jouer et qui lui inculqua l'idée que toute forme de musique pouvait être une source d'amusement. Sa grande passion était Mozart, mais elle connaissait aussi par cœur les airs des plus célèbres comédies musicales, en quoi Ed l'imita dès l'âge de six ou sept ans.

Ce fut à peu près vers cette époque qu'on découvrit qu'il était diabétique, ce qui parut inquiéter davantage ses parents que lui. Sa mère faisait une telle histoire chaque fois qu'elle devait lui faire une piqûre, qu'il finit par adopter une espèce d'attitude nonchalante vis-à-vis de sa maladie et se charger lui-même des injections nécessaires. Son père réagit de façon identique devant le diabète et devant l'amour naissant de son fils pour la musique : avec un subtil mélange de pitié, d'indulgence et de vague désapprobation. On avait l'impression que Big Jim considérait que ni la musique ni la maladie ne convenaient à un garçon. En tout cas, pas à un Tully.

Ed se demanderait par la suite si ce n'était pas à cause de la musique que son père s'était senti déçu ou même exclu. Peut-être qu'à ses yeux, cela représentait un obstacle infranchissable sur la voie de son ascension sociale. Ou peut-être qu'il était simplement jaloux parce qu'elle soudait davantage encore le lien entre la mère et le fils que le physique et le tempérament rapprochaient déjà. Quoi qu'il en soit, son attitude déteignit sur les frères d'Ed qui, ni l'un ni l'autre, n'avaient jamais manifesté le moindre intérêt pour la musique. Encore que leurs railleries ne soient en général guère méchantes, ils se gardaient bien de se moquer de lui à ce propos en présence de leur mère, de même qu'à propos de sa vue qui était assez mauvaise pour l'obliger à porter des lunettes dès l'école primaire. Un jour cependant, alors qu'Ed avait dans les douze ans, au cours d'une dispute au sujet de quelque chose de si insignifiant qu'il ne s'en souvenait même plus, Charlie lui cria d'aller se faire voir et d'aller jouer sa « musique de pédé ».

Voilà qui aurait suffi à décourager un enfant moins sûr de lui ou moins têtu, mais Ed se révéla une bien meilleure B.G.S que son père et ses frères ne l'auraient pensé. Encouragé par sa mère, il ne renonça pas à sa passion et travailla assidûment pour devenir un bon pianiste. Dès le début, ils surent l'un comme l'autre qu'il ne posséderait jamais la technique et le doigté de sa mère. Son jeu était robuste, enflammé, mais il n'avait pas le toucher nécessaire pour aborder les morceaux délicats. De toute façon, il était plutôt pop que classique. Plutôt Motown que Mozart comme disait sa mère. Plutôt Hammerstein que Haendel.

Il composa et mit en scène sa première comédie musicale au lycée à l'âge de seize ans. Elle empruntait honteusement (et sans doute en toute illégalité) au film *Alien,* et pour la musique il avait pillé Puccini, ce qui ne l'empêcha pas de remporter un triomphe. Son père lui-même en fut presque impressionné. Quant à ses frères, ils apprécièrent surtout sa deuxième création : un groupe rock baptisé « Péril Réac » pour qui Ed composait les chansons et où il jouait guitare solo, devenant pratiquement du jour au lendemain, à sa grande surprise et à sa grande joie, un modeste objet de rivalité entre les plus jolies parmi les étudiantes de seconde année.

N'ayant jamais entretenu de doutes sur ses inclinations sexuelles, il avait depuis longtemps cessé de se préoccuper des « pédé » dont l'abreuvaient ses frères, mais il devait reconnaître plus tard que cela avait probablement exercé une influence sur le choix de ses loisirs. Rien ne pouvait l'inciter à suivre l'exemple de ses frères, à savoir pratiquer le football américain. De fait, il se tourna vers des sports encore plus dangereux, ceux où l'on affrontait non pas des mastodontes casqués aux épaules rembourrées, mais les éléments eux-mêmes, la neige, la glace et les parois rocheuses.

A l'été de ses dix-sept ans, il participa à un programme de survie dans la nature au Montana, tomba amoureux de l'endroit, et à son retour, il déclara que c'était là qu'il voulait faire ses études. Le département musique de l'Université du Montana à Missoula n'était peut-être pas le meilleur du pays, mais il n'était pas non plus le pire. Son père entra dans une colère noire. La musique comme passe-temps, à la rigueur, dit-il. Mais ce n'était pas une discipline universitaire (« pour un homme », aurait-il pu ajouter, mais il s'en dispensa). Et puis, pas question qu'un de ses fils entre dans une école de seconde zone pour péquenauds et cow-boys semi-illettrés.

Or, Ed adorait maintenant ce genre d'affrontements. Au fil des ans, il avait mis au point une forme de tactique. Il demeurait parfaitement calme, ce qui rendait son père d'autant plus furieux, et plus il devenait furieux, plus la mère d'Ed prenait le parti de son fils. En son for intérieur, elle n'était pas tellement ravie du choix de son cadet. Elle aurait préféré qu'il entre à Ann Arbor où elle avait elle-même fait ses études, mais elle n'en souffla mot devant son mari. Big Jim finit par rendre les armes plus facilement qu'Ed ne s'y serait attendu, se disant sans doute que d'avoir deux fils sur trois qui suivaient les traces de leur père, c'était déjà plus qu'on ne pouvait espérer. Elevé dans du coton par sa mère, ayant trop de ce maudit sang Dufort dans les veines, Ed était désormais considéré comme une cause perdue.

Ce fut un soulagement pour tout le monde. Et depuis, bien que — ou peut-être parce que — le père et le fils ne se voyaient pas très souvent, ils s'entendaient mieux. Ils paraissaient au moins accepter leurs différences. Parfois même, les anciennes alliances se défaisaient, comme le jour où Ed annonça à ses parents qu'il allait s'engager dans les parachutistes du feu. Comme on aurait pu s'en douter, cette perspective horrifia sa mère et enthousiasma son père.

« Ne joue pas les vieilles enquiquineuses, la sermonna Big Jim en assenant une grande claque dans le dos de son fils. C'est un adulte maintenant. »

Cela se passait trois ans auparavant, et jamais Ed n'avait fait mention des machines à coudre. Imaginant ce que son père penserait s'il le voyait, il sourit intérieurement cependant qu'il terminait l'ourlet de sa veste imperméable.

La sirène retentit à l'instant précis où il coupait le fil.

« On signale un incendie dans la forêt domaniale de Lolo. Les parachutistes désignés sont Tully, Ford, Hamer... »

Chuck Hamer poussa un cri de joie qui couvrit la voix jaillissant du haut-parleur. Tous bondirent sur leurs pieds et se précipitèrent vers la porte. Ils n'avaient pas besoin d'écouter, car ils savaient qui d'autre figurait sur la liste.

« ... Schneider, Lennox, Pfeffer... »

La coutume voulait que ceux qui n'étaient pas nommés rejoignent également la salle de briefing pour aider leurs camarades. Ed s'élança derrière Connor vers le salon-bar qui, d'endroit tranquille qu'il était d'ordinaire, ressemblait à présent davantage au pont d'un porte-avions au moment du décollage avec le haut-parleur qui hurlait et les parachutistes du feu qui entraient en courant.

« ... Wheatley, Delaguardia... »

En l'espace de quelques secondes, tous étaient réunis dans la salle de briefing, et quand Ed arriva devant son casier, Donna Kiamoto lui tendait déjà sa combinaison pour qu'il l'enfile. Le cœur d'Ed battait vite. On avait beau avoir sauté des dizaines et des dizaines de fois, on ressentait toujours ce même nœud à l'estomac. Donna l'aida à passer sa combinaison. Fabriquées en kevlar et matelassées, elles étaient munies de hauts cols et de fermetures éclair qui descendaient jusqu'aux chevilles afin qu'on puisse s'en débarrasser facilement.

« Te voilà paré, soldat.

— Merci. »

Donna avait son anniversaire dans deux jours. Elle devait le fêter au Henry's, l'un des bars préférés des parachutistes du feu, situé dans le centre de Missoula. Ed et trois de ses copains avec qui il avait fondé un groupe avaient promis d'y jouer.

« Si tu n'es pas rentré vendredi soir, Tully, tu es un homme mort.

— Tu sais, si ça dure aussi longtemps, ça fera des heures supplémentaires. Je serai au moins un homme mort riche.

— Hé, dans ce cas, je pourrais avoir ta guitare ? lança Hank Thomas.

— Et moi, ta petite amie ? demanda Chuck.

— Désolé mon vieux, elle n'aime que les beaux mecs. »

Tout le monde éclata de rire. Après que Donna l'eut aidé à fermer sa combinaison, Ed prit ses bottes dans son casier. Connor, son harnais déjà bouclé, se penchait en avant pendant qu'on lui attachait son parachute. Il était toujours prêt le premier, et on ne manquait jamais de le plaisanter à ce sujet.

« Hé ! Connor ! ton parachute est à l'envers !

— Ouais, et puis t'as mis ta botte droite au pied gauche. »

Connor eut un sourire las. Il boucla son parachute ventral ainsi que le sac contenant son équipement, puis il saisit son casque.

« Alors, bande de feignants, qu'est-ce que vous avez à traîner comme ça ? On a un avion à prendre. »

Vu par le hublot du Twin Otter, l'incendie ne semblait pas bien méchant. Il devait couvrir une superficie de trois ou quatre hectares tout au plus, estima Ed. Et comme il n'y avait pas beaucoup de vent, il ne risquait guère de s'étendre. Adieu donc les heures supplémentaires. Encore qu'on ne pouvait jamais savoir.

Il promena son regard sur ses camarades assis côte à côte, engoncés dans leurs combinaisons, sur le banc étroit qui courait le long du flanc droit de l'avion. Avec la porte qui restait ouverte en permanence, le bruit rendait les conversations difficiles, et de toute façon, chacun aimait se préparer dans son coin au saut qui l'attendait. Les épaisses combinaisons tenaient chaud, et Ed sentait un filet de sueur couler dans son dos. Connor, comme d'habitude, avait l'air calme et parfaitement à l'aise.

L'appareil effectua un deuxième passage au-dessus du feu pendant que le largueur et son assistant, accroupis devant la porte et attachés pour des raisons de sécurité, s'efforçaient de localiser un point d'atterrissage. Le largueur se nommait Frank Bird, mais tout le monde l'appelait Big Bird ou, plus simplement, Bigs, parce que c'était le plus petit homme de la base. Et c'était aussi, à cinquante-cinq ans, le plus âgé et le plus sage. Il figurait sur la liste de ceux qui avaient participé à la centième mission, et Ed se sentait toujours en sécurité avec lui.

Le pilote entama un virage sur l'aile et Ed, qui mangeait tranquillement une barre chocolatée pour faire remonter son taux de sucre dans le sang, put voir l'incendie qui faisait rage juste en dessous de lui. On aurait dit une grande pointe de flèche lancée contre un nuage de fumée blanche qui s'élevait du versant ouest de la montagne. Le terrain était difficile, semé de profonds ravins, de rochers escarpés et de forêts denses et touffues. Quel que soit l'endroit que Bigs choisirait, ce ne serait pas une partie de plaisir.

Ils volaient à une altitude de mille cinq cents pieds à une vitesse d'environ cent dix miles à l'heure et, au milieu du grondement des moteurs, Bigs dut crier pour se faire entendre lorsqu'il leur désigna le point d'atterrissage. Il s'agissait d'une petite clairière qui formait une cicatrice verte incurvée sur le flanc de la montagne. Bordée de pins de tous côtés, elle ne faisait pas plus d'une dizaine de mètres dans sa partie la plus large. Ils effectuèrent trois nouveaux passages au-dessus d'elle et lâchèrent à chaque fois des banderoles de papier crépon afin de mesurer la force du vent. Les banderoles, lestées de sable, se déployaient, roses, bleues et jaunes, et Ed les regarda descendre doucement vers les arbres en ondulant.

« On a l'air d'avoir dans les trois cents mètres de dérive, hurla Bigs. Tout le monde voit le point de posé ? Okay, on y va. »

Les parachutistes mirent leurs gants et leurs casques, attachèrent leurs sacs de matériel, puis ils vérifièrent l'équipement de leurs partenaires. Ed et Connor constituaient le premier groupe, ce qui signifiait qu'Ed allait sauter le premier. Dès qu'ils auraient atterri, il deviendrait de ce fait le chef des opérations. La dernière fois, il avait raté la cible et fini dans une rivière. Sentant l'adrénaline courir dans ses veines, il prit de profondes inspirations pour calmer les battements de son cœur. Un flash se déclencha. Ed sursauta et pivota d'un bloc. Connor abaissa son appareil photo avec un grand sourire. Ed lui fit un doigt, et Connor s'approcha si près que leurs casques se touchèrent.

« Ça va ?

— Ouais, ouais.

— Tu veux que je passe d'abord ?

— Pas question. Tu ne tiendrais pas le coup. »

Connor lui cogna sur le casque.

« Laisse-moi un peu de place en bas, d'accord ? »

Bigs, à genoux devant la porte, leur demanda s'ils étaient prêts.

« Oui, mon capitaine ! » répondit Ed.

Il se tourna vers Connor. Les yeux dans les yeux, tous deux portèrent le poing à leurs poitrines et s'écrièrent de concert :

« Cœurs de feu ! »

Puis ils se tapèrent dans la main.

« Bonne chance, vieux, dit Connor.

— A toi aussi.

— Okay, les gars, hurla Bigs. On y va. »

Ed accrocha la sangle d'ouverture de son parachute au câble, puis il demanda si tout était en ordre, ce que lui confirma le largueur.

« Bon, on vire pour le dernier passage. A la porte ! »

Ed s'avança, s'accroupit devant le vide, le pied gauche sur la marche, la jambe droite fléchie derrière lui, puis il se tint des deux mains aux montants de la porte. Le souffle du vent le frappa de plein fouet au visage à travers le masque qui le protégeait. Il baissa les yeux sur la pointe de sa botte et vit se dérouler en dessous de lui l'épais tapis vert de la forêt. Il savait qu'il fallait éviter de regarder, aussi parvint-il à s'arracher à ce spectacle pour fixer l'horizon.

Bigs cria pour savoir s'il avait bien repéré les banderoles ainsi que la cible. Ed acquiesça d'un signe de tête. Il sentit l'avion s'incliner sur l'aile et vit la forêt tournoyer en dessous de lui cependant que l'appareil virait avant d'entamer son approche finale.

« Tu vois ce ravin ? Ça risque d'être délicat à cause des turbulences, alors fais gaffe, okay ?

— Bien reçu.

— Attention, on y est ! »

Ed prit de nouveau une série de profondes inspirations. Il ploya les genoux, fit jouer les muscles de sa nuque, puis ferma un instant les yeux afin de se concentrer. Il lui fallait être calme et fort pour mettre toutes les chances de son côté. Il était indispensable de se propulser correctement à l'instant où le largueur donnait l'ordre de sauter. Si on ne jaillissait pas comme il convenait, on risquait de basculer tête la première, les sangles emmêlées autour des chevilles, et lorsque le parachute s'ouvrait, le corps entier claquait comme un fouet et le choc chassait tout l'air des poumons.

« Prêt ! »

Ed se souleva sur la jambe gauche et décolla son genou droit du plancher pour prendre le plus d'élan possible. La forêt semblait l'appeler, l'envoûter comme une sirène qui le séduirait pour le jeter sur les rochers, mais il résista à la tentation et garda les yeux rivés sur l'horizon. L'instant crucial arriva. Une tape sur l'épaule de la part de Bigs, et il se lança de toutes ses forces dans le bleu du ciel.

« Un... »

Il ne savait pas s'il comptait ou non à voix haute, car le vent paraissait lui arracher les mots de la tête.

« Deux... »

Ed s'était propulsé avec tant d'énergie qu'il avait culbuté. Il contempla un instant le ventre blanc de l'avion qui, masquant le soleil, s'éloignait en flottant comme un requin.

« Trois... »

Il vit alors Connor sauter après lui. Le soleil qui apparut soudain derrière la queue de l'appareil l'éblouit et il n'eut plus que la sensation de la terre qui l'attirait cependant qu'il plongeait vers elle à cent cinquante kilomètres à l'heure.

« Quatre... »

Il se prépara. Une seconde plus tard, il perçut un grand souffle suivi d'un claquement, et il se mit à tressauter comme un poisson au bout d'un hameçon. Son corps s'inclina puis se redressa, et la corolle bleue, jaune et blanche s'ouvrit au-dessus de lui. Connor n'était pas loin, légèrement plus haut sur sa droite, qui tombait en chute libre jusqu'à ce que son parachute se déploie à son tour et qu'il se mette à flotter dans l'air. L'avion disparut, le grondement des moteurs se tut, et dans le bleu du ciel, on n'entendit plus que le bruissement de la toile des parachutes.

Ils décrivirent un demi-cercle. Connor poussa un cri de joie, et Ed se sentit sourire comme un idiot à la forêt dont le camaïeu de vert s'étendait sous ses pieds. Il tira sur les commandes de suspentes et se dirigea de manière à se trouver face aux flammes. Connor était maintenant derrière lui, invisible. Entamant une succession de lents virages, Ed continua à descendre vers la cible et le panache de fumée blanche.

Connor lui cria de regarder sur sa gauche. Un troupeau d'orignaux composé d'une douzaine de femelles et de leurs petits franchissait une crête rocheuse. L'animal qui fermait la marche s'arrêta et tourna la tête. Peut-être regarda-t-il un instant dans sa direction, mais Ed n'en était pas sûr, puis il disparut de l'autre côté et il ne resta plus que les ombres presque noires des parachutes qui glissaient sur le toit vert de la forêt.

Ed arriva au-dessus du premier ravin et, comme Bigs l'avait prédit, l'air se mit soudain à tourbillonner, de sorte que son parachute oscilla, l'envoyant se balancer de gauche à droite. Il utilisa de nouveau les poignées pour se stabiliser et rectifier sa trajectoire. Il eut le temps de distinguer l'éclat argenté d'un cours d'eau au fond du ravin, à environ une centaine de mètres en contrebas, avant de passer sur l'autre versant de la crête. Le vent s'était levé et semblait avoir viré au sud. La cible approchait à toute allure, et Ed dut agir sur les suspentes pour ne pas dériver.

Les arbres n'étaient plus qu'à une trentaine de mètres et paraissaient encore plus grands qu'il ne l'avait cru. Il y avait surtout des pins auxquels se mêlaient quelques sapins. Le cœur d'Ed battait à se rompre. Se retrouver coincé au milieu des branches d'un arbre était dans tous les cas embarrassant, mais quand on sautait le premier, ça devenait carrément la honte, et il était bien déterminé à l'éviter. A cette fin, il lui fallait dépasser la cible, puis se tourner contre le vent afin de se poser doucement à l'endroit voulu. Il ne devrait pas rencontrer de problème.

A peine avait-il eu cette pensée que le vent tombait et que son parachute s'affaissait, si bien qu'il chuta de cinq bons mètres qui allaient lui faire cruellement défaut. Merde, se dit-il. Je ne vais pas y arriver.

Le sommet des arbres qui bordaient la clairière approchait maintenant à une vitesse vertigineuse, et Ed, désormais persuadé d'atterrir au milieu d'eux, entreprit de choisir celui qui lui semblait le plus accueillant. Rester accroché dans le feuillage n'était déjà pas drôle sans qu'il faille en plus s'empaler sur une branche. Soudain, le vent se remit à souffler et il parvint à reprendre un peu de hauteur, et, qui sait, peut-être juste assez pour atteindre la clairière qu'il distinguait à présent devant lui. Seulement, quelques arbres se dressaient non loin, plus grands que les autres, et il se dirigeait droit dessus. Il vira à gauche, aperçut une trouée et mit le cap dessus. Il rasa la cime des arbres. Son pied accrocha une branche, puis une deuxième. Il leva les genoux, mais en vain. Il s'enfonça dans le feuillage, commença à crier et à se maudire...

Et puis, soudain dégagé des branches de manière inespérée, il se retrouva au-dessus de la clairière à la végétation vert tendre en direction de laquelle il descendit avec la grâce d'un ange.

Il toucha le sol des deux pieds, fit un roulé-boulé, puis il se releva avant que son parachute ne retombe sur lui, s'attendant presque à entendre la forêt éclater en applaudissements. Il était prêt à saluer.

Il chercha Connor des yeux mais ne vit aucun signe de lui. Il se débarrassa de son harnais, et il s'extirpait de sa combinaison quand il entendit la voix de son ami :

« Merde ! Aïe ! Putain de merde ! »

Un craquement retentit, accompagné d'une pluie de brindilles, et les bottes de Connor apparurent au travers des branches d'un grand pin, suivies du reste de son corps. Le parachute descendit lentement, vint recouvrir l'arbre et l'homme. Puis, après un nouveau craquement, Connor réapparut, tomba et, l'espace d'un terrible instant, Ed crut qu'il allait s'écraser au sol, mais ses suspentes s'emmêlèrent et se prirent dans les branches. Connor demeura accroché là, se balançant doucement à environ vingt mètres du sol.

Le silence était soudain revenu. Connor releva son masque protecteur et baissa les yeux sur Ed qui s'efforçait de garder son sérieux.

« Tiens, salut, fit celui-ci.

— Va te faire foutre.

— Ça va ?

— Ouais, super.

— La vue doit être magnifique de là-haut, non ? Tu sais, j'ai regardé cet arbre, et je me suis demandé si ce ne serait pas un bon endroit pour atterrir. Finalement, j'ai pensé qu'il valait mieux choisir la clairière.

— Va te faire foutre, Tully.

— T'as besoin d'un coup de main ?

— Pas de ta part, ducon. »

Ed éclata de rire et commença à plier son parachute. Connor trouva un point d'appui sur une branche, puis il tira avec précaution sur les suspentes pour vérifier si elles tenaient, après quoi, il prit sa corde de secours dans la poche de son pantalon et s'attacha au tronc de l'arbre. Le Twin Otter passa au-dessus d'eux, et quelques instants plus tard, Chuck Hamer et Phil Wheatley se posaient l'un comme l'autre en douceur dans la clairière.

« Hé ! Connor, fit Chuck. Tu voulais cueillir des pommes ? Tu t'es trompé, mec, c'est des pommes de pin. »

Connor ne répondit pas. Il essayait de dégager son parachute. Chuck et Phil ôtèrent leurs harnais et leurs combinaisons, puis entreprirent de cacher leurs parachutes. Chuck continua sa mise en boîte.

« Un saut hyper facile, hein Ed ?

— Ouais, du gâteau.

— Qu'est-ce que t'en penses, Pee-Wee ? Du velours, pas vrai ?

— Oui, plutôt. » Phil sourit, mais comme c'était un bleu et qu'il ne connaissait pas trop bien Connor, il semblait hésiter à se moquer de lui.

Le temps que Connor soit prêt à descendre de son perchoir et tout son public était réuni. Les sept autres parachutistes du feu avaient atterri sans encombre et, levant les yeux, n'avaient pas manqué de lâcher quelque remarque ironique. Connor répliquait du tac au tac, et Ed, étant son ami, savait que le côté comique de la situation ne lui échappait pas et qu'il feignait d'être plus en colère qu'il ne l'était en réalité. Lorsqu'il commença à faire glisser la corde le long du tronc, tous l'acclamèrent. Il salua de la main.

« Merci. Merci infiniment... bande de salauds. »

Arrivé à un mètre du sol, il lâcha la corde et sauta. Sa jambe droite céda sous lui. Il poussa un cri et tomba par terre. Les autres s'esclaffèrent, pensant qu'il jouait la comédie, mais Ed comprit que c'était sérieux et il se précipita vers lui.

« Qu'est-ce que t'as ?

— Ma cheville. J'ai dû heurter une pierre ou quelque chose. Merde. »

Il s'assit, releva le bas de sa combinaison, puis il délaça sa botte et baissa sa chaussette. Ed constata que sa jambe commençait déjà à enfler.

« Bon Dieu, Connor, toujours à vouloir attirer l'attention sur toi.

— Je sais. Mais je veux seulement qu'on m'aime. »

Ils réclamèrent un hélicoptère par radio. Une fois Connor hissé à bord, les sept soldats du feu restants entrèrent en action. Le combat fut aisé. Ils maîtrisèrent d'abord la queue de l'incendie, puis créèrent une ligne coupe-feu le long des flancs nord et sud. Le vent faiblit et, à la nuit tombée, l'air devint frais et humide, de sorte que les flammes s'apaisèrent, devenues douces comme des agneaux. Le lendemain, ils circonscrivirent le cœur de l'incendie en allumant un contre-feu. Les lignes coupe-feu tinrent bon, et ils passèrent la nuit à débroussailler. A l'aube du deuxième jour, l'affaire était bouclée.

Ainsi, Ed et son groupe purent jouer au Henry's pour l'anniversaire de Donna Kiamoto, et ils jouèrent si bien qu'on les laissa à peine se reposer. « Great Balls of Fire » eut droit à trois bis. Ed n'avait pas compté sur la présence de Julia, mais c'était le jour du changement d'équipe et elle avait réussi à s'éclipser de bonne heure. Il ne la quittait pas des yeux pendant qu'il chantait. Elle dansa avec à peu près tout le monde, hormis le pauvre Connor qui, assis à une table, sa jambe bandée posée sur une chaise et ses béquilles appuyées derrière lui, regardait en buvant trop de bières. Par bonheur, sa cheville était juste foulée, mais assez sérieusement pour l'empêcher de sauter pour quelque temps.

Ed et Julia, le soutenant chacun d'un côté, aidèrent Connor à regagner la maison. Il avait passé un bras autour de leurs épaules, et Ed portait ses béquilles. Le jour allait bientôt se lever et les oiseaux commençaient à chanter dans les peupliers qui bordaient la rivière. Connor, quant à lui, chantait « Great Balls of Fire », répétant sans cesse les mêmes paroles d'une voix pâteuse, tandis qu'Ed et Julia riaient et le taquinaient. Une voiture de police passa, roulant au ralenti. Elle s'arrêta et le flic descendit sa vitre. Julia, usant de tout son charme, expliqua qu'ils étaient des parachutistes du feu et que Connor avait été blessé en mission. Le flic sourit, leur souhaita une bonne nuit, puis repartit.

Ils hissèrent Connor dans l'escalier, cependant qu'il n'arrêtait pas de radoter sur le couple formidable qu'ils formaient. Ils étaient le plus beau couple du monde. Julia riait tant qu'ils faillirent tomber tous les trois.

« C'est vrai, mon vieux, bafouilla Connor. Vous êtes... beaux. Toi, Julia, tu es...

— Belle ?

— Ouais. Vrai de vrai. Tu es belle. Je veux dire... pas à regarder..

— Eh bien, merci beaucoup, Connor.

— Non, je veux pas dire... Bien sûr que si. Et

comment ! Mais, merde, tu vois ce que je veux dire. Ed, mon vieux, t'as drôlement de la chance d'avoir une femme comme elle. Et toi aussi, Julia, t'as de la chance d'avoir ce... ce vilain singe d'enfoiré. »

Ils l'allongèrent sur son lit, puis Ed lui retira sa botte gauche. Connor leva sa jambe bandée et Julia, de nouveau prise de fou rire, dut s'asseoir au bord du lit.

« Tu n'as pas de botte à ce pied-là, dit Ed.

— Hein ? Quoi ? Ah, oui.

— Maintenant, dors. »

Connor tendit soudain les bras pour enlacer Ed et Julia. Il avait dressé la tête, et on lisait dans ses yeux bleu clair une mélancolie empreinte de tristesse dont l'alcool ne semblait pas être la cause et qu'Ed ne lui connaissait pas ni ne comprenait.

« Je vous aime tous les deux, dit-il. Je vous aime de tout mon cœur, vous savez ? »

Ed lui ébouriffa les cheveux et Julia se pencha pour lui déposer un petit baiser sur le front.

« Nous aussi on t'aime, cow-boy. Et maintenant, dodo. »

8

Un jour, au cours d'un séminaire de psychopédagogie, Julia avait entendu quelqu'un raconter à titre de plaisanterie que la moitié de votre vie était gâchée par vos parents et l'autre, par vos enfants. Elle ne pouvait pas encore vérifier personnellement l'exactitude de la seconde partie de la proposition, par contre, après avoir vu dans le cadre de son travail tant d'adolescents traumatisés, elle ne doutait pas de la justesse de la première. On encourageait conseillers et thérapeutes de toutes sortes à se pencher sur eux-mêmes afin de mieux aider ceux dont ils avaient la charge, et sur la plupart des points, Julia avait le sentiment de bien se connaître et d'être capable d'analyser pourquoi elle était ce qu'elle était. La seule exception concernait son père.

Quand Connor l'avait interrogée à ce sujet le soir où ils rentraient du rodéo, elle avait senti les larmes lui monter aux yeux. C'était étrange, car il lui arrivait de rester des mois sans même penser à son père disparu depuis des années, et d'un seul coup, son souvenir lui revenait qui la frappait comme un direct au plexus. Par ailleurs, elle s'était rendu compte depuis peu qu'il y avait quelque chose chez Connor qui lui rappelait son père.

Elle avait des amis dont les parents vivaient en état

de conflit permanent, si bien que lorsqu'ils se séparaient, tout le monde en éprouvait presque du soulagement. Chez elle, en revanche, il n'y avait rien eu de tel. Pour autant qu'elle le sache, ils étaient parfaitement heureux, et même plus qu'heureux. A l'inverse des parents d'un grand nombre de gens de sa connaissance, ils semblaient encore sincèrement amoureux. Et puis un jour, sans prévenir, son père avait annoncé qu'il aimait une autre femme, après quoi, il avait fait sa valise et était parti.

Julia l'avait toujours adoré. C'était son héros, un bel homme, blond, grand, doté d'un remarquable sens de l'humour, le genre de papa que toutes ses copines lui enviaient. Quand on lui racontait quelque chose, même des bêtises, même des anecdotes banales sur la vie à l'école, ou qu'on exprimait une opinion plus ou moins fondée, il s'arrangeait toujours pour vous donner l'impression que tout ce que vous disiez était important et intéressant.

Il rentrait souvent tard du travail (Julia devait en découvrir bientôt la raison) et elle restait éveillée jusqu'à ce qu'elle entende la voiture arriver, la porte d'entrée s'ouvrir et le bruit de ses pas dans l'escalier. Il s'avançait sur la pointe des pieds et entrebâillait sa porte pour voir si elle dormait. « Bonsoir, papa », lui lançait-elle alors, et il venait s'asseoir au bord de son lit pour lui parler et l'interroger sur sa journée.

Et puis, trois jours après le douzième anniversaire de Julia, il avait lâché sa bombe et avait disparu de leur vie. Sa mère avait failli devenir folle de chagrin et ne s'en était jamais tout à fait remise. Elle l'aimait encore aujourd'hui, même si la femme pour qui il l'avait quittée n'était que la dernière d'une longue série remontant à leur première année de mariage. Elle pleurait tellement sa vie brisée que, d'une certaine manière, les rôles entre la mère et la fille parurent s'inverser. Julia passa les deux ou trois années qui suivirent à s'occuper d'elle et à la réconforter, ce qui lui permit d'oublier qu'elle avait également subi une perte tout aussi cruelle.

Quant aux conséquences sur ses rapports avec les hommes en général, elle se refusait à y songer. En tout cas, a priori, elle ne les haïssait pas ni ne se méfiait trop d'eux. Disons qu'elle les plaignait un peu à cause des pulsions primitives dont ils semblaient être l'objet, et en particulier quand ils atteignaient ce que sa mère appelait « un certain âge ». Elle connaissait, de façon théorique, les effets que les désertions paternelles étaient censées produire sur les jeunes filles : elle devrait finir par épouser une image du père, un homme d'une cinquantaine d'années ennuyeux qui s'imaginerait retrouver une seconde jeunesse, qui rentrerait son ventre et s'efforcerait de dissimuler sa calvitie. Par bonheur (elle croisait les doigts), la séduction que pouvaient exercer de tels hommes continuait à lui échapper, encore qu'il lui arrivât de se demander si ses fiançailles avec le prématurément vieilli Michael ne constituaient pas un dangereux symptôme avant-coureur.

Elle pensait beaucoup à son père ces temps-ci, surtout à cause de Skye qui, elle le savait, avait vécu la même chose qu'elle. Elle avait tenté à plusieurs reprises d'aborder le sujet, mais il paraissait tout aussi tabou que les autres. Skye ne voulait parler de rien. Elle avait touché le fond, et il était temps d'essayer de l'en tirer.

Julia, étendue sur le dos dans son duvet, contemplait la lune et tendait l'oreille. Depuis environ une heure, deux chouettes entretenaient une conversation, l'une derrière elle dans la forêt, l'autre quelque part dans la vallée, et leurs hululements commençaient à l'agacer. Un peu plus tôt, elle avait entendu aboyer des coyotes et, quelques minutes auparavant, quelque chose de lourd, un ours peut-être (la nuit, tout ce qui faisait du bruit était un ours) qui se déplaçait dans les broussailles sur la berge de la rivière. Elle avait envisagé de se lever pour vérifier si les sacs de provisions avaient été accrochés assez haut pour être hors de portée des ours, mais elle s'était ravisée. Pour la cinquième fois en une demi-heure, elle consulta sa montre. Trois heures vingt.

Il était en retard.

La lune serait pleine dans trois jours, et l'air était si limpide que Julia distinguait tous les reliefs et toutes les taches à sa surface. Elle jetait une lumière grise sur les branches des sapins qui s'étendaient en contrebas du campement et dont les ombres s'allongeaient sur l'herbe sèche de la clairière où le groupe avait fait halte. Ainsi couchés côte à côte, jeunes comme éducateurs, on aurait dit une rangée de larves géantes. Les duvets étaient enveloppés dans des bâches bleues afin de les préserver de la rosée qui brillait déjà dans le clair de lune. Les chouettes se turent et, comme pour leur donner la réplique, Lester se mit à parler dans son sommeil.

« Vas-y ! disait-il. Allez, à toi ! Allez, mon vieux, c'est ton tour. »

Il parlait ainsi presque toutes les nuits. Les deux premières semaines, il se redressait brusquement et poussait un cri, réveillant tout le monde, mais il semblait à présent faire moins de cauchemars. Parfois, un jeune qui ne dormait pas lui répondait, et on assistait alors à un dialogue surréaliste. Ce soir, personne ne réagit. Son monologue se transforma en un marmonnement incompréhensible, puis il se tut.

Julia était couchée entre Byron et Skye et, au son de leurs respirations, elle estima que tous deux dormaient, encore qu'avec Skye on ne puisse jamais savoir. Il arrivait à Julia de se réveiller au milieu de la nuit et de voir la jeune fille qui, les yeux grands ouverts, regardait dans le vide cependant que des larmes roulaient sur ses joues. La première fois, elle lui avait posé la main sur l'épaule en lui demandant ce qu'elle avait, et Skye s'était empressée de lui tourner le dos sans répondre.

Elle connaissait ce genre de pleurs. C'étaient ceux d'enfants qui avaient subi des sévices. Ils ne sanglotaient pas, ni ne gémissaient ou reniflaient comme les autres enfants, des enfants que leurs parents entendraient et viendraient aussitôt consoler. Eux, ils pleuraient en silence. Parce que sinon, ils ne récoltaient qu'une raclée de plus. On apprenait donc à pleurer dans son coin, dans le noir, au cœur de la nuit quand personne ne pouvait vous voir ou vous entendre. On laissait simplement les larmes couler, flot de chagrin muet.

Au fil de ses années de travail à l'institut de Boston et de ses étés au Colorado au sein de Jeunesse, Nature et Education, Julia avait rencontré des centaines d'enfants. Chacun à sa façon avait eu plus que son lot de malheurs. Et si, en tant qu'éducateur, on se laissait attendrir, si on compatissait trop à leurs souffrances et qu'on les prenne sur soi, on était fichu. Ce qui ne voulait pas dire qu'on ne devait pas s'efforcer de les comprendre et de les réconforter, mais pour les aider véritablement, il fallait se tremper et conserver une certaine distance. Julia y était toujours parvenue. Jusqu'à Skye.

Il y avait quelque chose chez elle qui l'émouvait plus qu'aucun enfant ne l'avait jamais émue. Et elle ne comprenait pas pourquoi. Au Colorado, trois ou quatre jeunes, dont une fille à peu près du même âge que Skye, avaient bien adopté au départ une attitude hostile et peu coopérative, mais pas aussi longtemps. L'une des règles fondamentales du programme consistait à laisser la pression exercée par les autres résoudre ce genre de problème. Ceux qui créaient des difficultés à l'ensemble du groupe ne tardaient pas à se rendre compte des conséquences de leurs actes. Nombre de ces enfants avaient été à ce point meurtris par le monde où ils avaient grandi que simplement pour survivre, ils avaient érigé des murailles autour d'eux et placé sur les remparts toutes sortes d'armes ingénieuses. Et quand on voyait les murailles s'écrouler et les armes se taire pour faire place à un début d'empathie et de confiance, on éprouvait un sentiment presque magique. C'était ce qui semblait se produire avec ce groupe. Mitch lui-même, qui se considérait comme un dur de dur, commençait à s'adoucir.

Mais pas Skye. Alors que plus de six semaines s'étaient écoulées, elle avait conservé l'intégralité de ses défenses, les renforçant même. Elle paraissait avoir déterminé quel était le minimum de coopération nécessaire, et elle s'y tenait. Elle ne parlait que quand elle ne pouvait pas faire autrement. Elle était devenue une sorte d'exilée de l'intérieur, une étrangère. Julia ne l'avait pas vue une seule fois sourire, sauf au début, d'un sourire sarcastique et sans joie. Mais depuis, son visage s'était figé en un masque de hautaine indifférence. Ce n'était qu'en de rares occasions, quand elle ne pouvait éviter de vous regarder dans les yeux, qu'on discernait chez elle une lueur de souffrance.

Le seul moment où les jeunes devaient vous regarder dans les yeux, c'était pour avoir un couteau. La règle le stipulait. Les éducateurs gardaient tous les couteaux, et quand un jeune en avait besoin d'un pour couper une branche ou préparer à manger, il fallait qu'il le demande et qu'il vous regarde dans les yeux en le prenant et en disant merci. La semaine précédente, Skye en avait réclamé un pour fabriquer une cuillère en bois et Julia le lui avait donné. Quelqu'un lui avait alors posé une question et après avoir répondu, Julia avait reporté son attention sur Skye qui, assise par terre à l'écart, commençait à se couper les cheveux.

« Skye ! »

Julia se précipita vers elle et exigea le couteau. Skye le lui tendit d'un geste las, la lorgnant du coin de l'œil.

« Pas la peine d'en faire tout un plat », dit-elle.

L'espace d'un instant, Julia demeura abasourdie, à court de mots. Des touffes de cheveux noirs et brillants jonchaient le sol. Skye avait coupé des mèches sur tout un côté de sa tête, si bien qu'on voyait par endroits son cuir chevelu.

« Qu'est-ce que... pourquoi tu as fait ça ?

— C'est mes cheveux et j'en fais ce que je veux.

— Tu as dit que c'était pour fabriquer une cuillère.

— Si j'avais dit pourquoi, tu ne m'aurais pas donné le couteau.

— Tu m'as menti.

— Fous-moi la paix.

— Non, Skye. C'est important. »

La jeune fille détourna les yeux. Julia s'aperçut que tout le monde les regardait. Elle soupira.

« Tu sais, on a des ciseaux, reprit-elle. Si tu me l'avais demandé, je t'aurais coupé les cheveux.

— Et pourquoi je voudrais que tu me coupes les cheveux ? »

Plus tard dans la journée, elle laissa à contrecœur Julia tenter de réparer les dégâts à l'aide des ciseaux. Penchée au-dessus d'elle, Julia lui raconta en riant que sa mère qui était coiffeuse s'exerçait sur elle quand elle était petite. La jeune fille demeura sans réaction. Elle avait maintenant les cheveux ras, à la garçonne.

Les jeunes tenaient tous un journal dans lequel ils devaient au moins écrire une page par jour. Au début, presque tous se contentèrent de remarques brèves et empruntées, mais à mesure que le temps passait, ils se détendirent et commencèrent à parler de leur vie et de leurs sentiments. Mais pas Skye. Elle se bornait à énumérer les faits sans rien trahir de ses pensées. Julia avait soulevé la question deux jours auparavant lors de leur tête-à-tête quotidien. C'était le soir et elles étaient assises sur des pierres au-dessus d'une petite clairière où ils avaient établi leur campement.

« Tu sais, Skye, finalement, nous faisons tous les jours à peu près la même chose, tu ne trouves pas ? Je parle des choses essentielles.

— Comme quoi ?

— Tu vois, tous les soirs — enfin, presque tous les soirs —, on fait un feu de camp, on se réunit autour et cetera. Et puis on mange, on lave la vaisselle, on se brosse les dents et on boit un peu d'eau. Et tous les jours, c'est ce que tu notes dans ton journal, pourquoi pas, mais tu pourrais peut-être essayer de parler d'une ou deux choses qui ne se reproduisent pas tous les jours. Des choses inhabituelles, intéressantes... »

Skye eut un ricanement méprisant. « Ah, ouais ? Quoi, par exemple ?

— Eh bien, hier, par exemple, quand on a vu cet incroyable coucher de soleil. Ou aujourd'hui, quand on a traversé la rivière grâce à la corde qu'on avait attachée à un arbre. Ou la semaine dernière, quand tu t'es coupé les cheveux.

— C'était pas intéressant. Pourquoi ça serait intéressant ? »

Julia prit une profonde inspiration.

« Bon. Alors, disons que tu pourrais essayer de mettre par écrit pourquoi tu ne trouves rien de tout ça intéressant. Pourquoi tu trouves ça si ennuyeux.

— Je croyais que c'était évident.

— Pas pour moi. Explique-moi. »

Skye ricana de nouveau, puis tourna la tête en haussant les épaules.

« Skye ? »

La jeune fille pivota soudain pour lui faire face, un éclat de colère dans les yeux.

« Je vois bien que tu voudrais être mon amie, mais moi, je n'y tiens pas du tout, d'accord ? Alors, lâche-moi un peu les baskets. »

Elle se leva et s'éloigna. Ce soir, elle aurait dû allumer le feu mais, comme d'habitude, elle avait refusé. Le groupe s'était assis en rond pour en parler pendant deux heures. Sans aucun résultat.

Le feu de camp du soir constituait un élément essentiel du programme. Julia avait vu son charme opérer sur les groupes de jeunes successifs dont elle avait eu la charge. C'était à sa lumière et à sa chaleur qu'ils mangeaient, riaient et racontaient des histoires, et c'était là aussi qu'ils discutaient des événements de la journée et que même les plus endurcis d'entre eux finissaient parfois par ouvrir leur cœur. Mais quand c'était au tour de Skye de l'allumer, le groupe restait dans le noir, mangeait froids son maïs en boîte ou ses flocons d'avoine et se couchait de bonne heure. Ils lui en voulaient tous plus ou moins, mais ils s'étaient lassés de le lui répéter. Le seul ami qu'elle comptait parmi eux était Byron. Bien qu'elle l'eût à de nombreuses reprises repoussé, il demeurait à ses côtés et continuait à la défendre envers et contre tout.

Julia avait passé beaucoup de temps à évoquer le cas

de Skye avec l'équipe de thérapeutes, et pendant ses jours de repos, elle avait eu de longues conversations téléphoniques avec le contrôleur judiciaire de l'adolescente, ainsi qu'avec l'assistante sociale et les différents psychologues et conseillers qui s'étaient occupés de son cas. Elle avait également appelé à plusieurs reprises la mère de Skye qui paraissait à chaque fois déconcertée, comme si elle avait du mal à se souvenir qu'elle avait une fille. Elle était à l'évidence sous traitement. Un jour, elle s'était mise à sangloter, et un autre jour, elle avait raccroché tout de suite. La dernière fois, c'était le beau-père de Skye qui avait répondu. Quand elle s'était présentée, il l'avait envoyée sur les roses, hurlant qu'il n'était pas question qu'elle parle à sa femme et lui reprochant, selon ses propres termes, de « foutre la merde ».

Après l'anniversaire de Donna Kiamoto, Julia avait passé une journée entière en compagnie de Glen Nielson à discuter de Skye. Ils tombèrent d'accord pour décider qu'il fallait employer les grands moyens. Ils allaient soumettre la jeune fille à ce qu'on appelait une « quête ».

Il s'agissait de leur arme ultime, utilisée en dernier recours, quand tout le reste avait échoué. On séparait le jeune du groupe et deux éducateurs l'emmenaient pour une marche de deux jours épuisante tant sur le plan physique que psychologique. Les effets pouvaient en être spectaculaires, aussi était-il nécessaire de soigner la mise en scène. C'est pourquoi Glen venait les rejoindre ainsi au milieu de la nuit.

Ou, du moins, était censé les rejoindre. Il aurait dû arriver à trois heures et il était déjà trois heures et demie. Julia entendit soudain une branche craquer en contrebas, au bord de la rivière, et, plissant les yeux, elle distingua une silhouette dans les ténèbres. Elle s'extirpa en silence de son sac de couchage, enfila ses bottes et se dirigea vers la berge. L'air était doux, imprégné d'une odeur de résine.

« Désolé, je me suis perdu, dit Glen.

— Le directeur du programme Jeunesse et Nature qui se perd. Voilà qui ne manque pas de sel.

— Raconte ça à qui que ce soit, et tu es virée sur-le-champ. »

Ils s'entretinrent quelques instants à voix basse afin de déterminer ce qu'ils allaient dire au groupe. Les chouettes avaient repris leur conversation, et Julia commençait à se sentir nerveuse.

« Mon Dieu, j'espère qu'elle ne va pas trop flipper.

— Si, un peu, au début. Et c'est tant mieux. Bon, tu es prête ? »

Skye galopait. C'était la première fois qu'elle montait à cheval, mais elle filait comme le vent, sans effort, sans éprouver la moindre crainte. Elle chevauchait un étalon noir à la robe brillante. Ils grimpaient une colline ronde plantée de hautes herbes vertes qui ondulaient et bruissaient dans le vent. Le ciel était une immense voûte bleu clair. Elle renversa la tête en arrière et sentit le soleil lui chauffer le visage cependant que ses cheveux cascadaient dans son dos. Elle n'avait ni selle ni rênes et se tenait à la crinière du cheval, mais elle pouvait s'en dispenser, elle le savait, aussi elle écarta les bras. Elle avait l'impression d'être un avion et de pouvoir commander le cheval rien qu'en s'inclinant d'un côté ou de l'autre.

Elle aperçut soudain une silhouette devant elle qui l'attendait à l'endroit où le sommet de la colline rejoignait le ciel. Elle était trop loin pour voir de qui il s'agissait, mais elle savait que c'était un homme. Il paraissait vêtu d'une espèce de long manteau noir. Quand elle approcha, il leva les bras puis les tendit vers elle. C'était son père. Elle ne l'avait pas vu depuis des années et elle se souvenait à peine à quoi il ressemblait, mais elle avait la certitude que c'était lui. Il l'appelait.

« Skye ? Skye ! »

Les traits de son père se modifièrent brusquement et elle se retrouva devant deux visages penchés sur elle. Elle poussa un hurlement.

« Skye ? C'est moi, Julia. Et Glen. Tout va bien. »

La jeune fille s'assit, se frottant les yeux.

« Qu'est-ce qui se passe ?

— Tu rêvais. »

Skye regarda autour d'elle. Les autres s'étaient réveillés et contemplaient la scène.

« Il y a un petit changement de programme, dit Glen. Est-ce qu'on pourrait avoir un peu de lumière ? »

Julia alluma sa lampe électrique, imitée par Katie, Laura et Scott. Skye mit la main devant ses yeux. Elle avait encore les images de son rêve dans la tête et la présence de tous ces gens autour d'elle la déroutait.

« Qu'est-ce qui se passe ? répéta-t-elle. Quelle heure est-il ?

— Bon, dit Glen. J'aimerais que tout le monde forme le cercle. Le plus vite possible. »

Malgré quelques murmures de protestation, les jeunes obéirent. Le soir, ils devaient tous remettre aux éducateurs leurs chaussures et leurs pantalons, ce qui leur évitait la tentation de s'enfuir, si bien que quelques-uns, à l'exemple de Skye, se tenaient debout, le sac de couchage remonté jusqu'à la taille, tandis que d'autres étaient simplement jambes nues. Dès que le silence se fit, Glen reprit :

« Bien. Je suis désolé de vous avoir réveillés ainsi, mais je suis venu pour une raison importante. Quelqu'un peut me dire de quoi il s'agit ? »

Personne ne répondit.

« Pas la moindre idée ? »

Mitch leva la main.

« Oui, Mitch ?

— Skye. Ça doit être en rapport avec elle.

— Très bien. C'est exact. Je suis venu pour Skye. »

L'intéressée garda les yeux au sol. Elle était secouée mais pas question de le montrer !

« Quelqu'un peut-il approfondir ? demanda Glen. Mitch ?

— Parce qu'elle gâche la vie à tout le monde.

— C'est pas vrai ! protesta Byron. Elle refuse juste de jouer le jeu, c'est tout. Les gens ont le droit de faire ce qu'ils veulent, et c'est... c'est à elle de décider. C'est peut-être dur pour nous, des fois, mais c'est encore plus dur pour elle. » A bout de souffle, il s'interrompit un instant avant de reprendre : « En tout cas, à moi, elle me gâche pas la vie.

— C'est pasque tu bandes pour elle.

— Mitch, ce n'est pas bien, intervint Scott.

— Non, pas du tout », approuva Glen.

Il obligea Mitch à s'excuser, puis il remercia Byron et demanda si quelqu'un avait un commentaire à ajouter. Comme personne ne se manifestait, il annonça que Julia et lui allaient emmener Skye pour une « quête ». « Quelqu'un a-t-il une idée de ce que c'est ? » s'enquit-il. Wayne leva la main.

« C'est chercher quelque chose ? Comme dans *La Quête du dragon,* un truc de ce genre ? »

Des rires fusèrent. Wayne se tourna vers Mitch et Paul, un large sourire aux lèvres. « C'est un jeu vidéo, poursuivit-il. Y faut chercher la clé sacrée.

— Oui, oui, dit Glen. C'est exactement ça. Nous allons partir tous les trois pendant deux jours pour aider Skye à trouver la clé. »

La jeune fille leva les yeux au ciel. Bon Dieu, elle n'arrivait pas à le croire ! On ne lui ficherait donc jamais la paix ? C'était tellement embarrassant, et puis tellement idiot.

« Une clé ? s'étonna-t-elle. Une clé pour quoi ?

— D'après toi ? demanda Glen.

— J'en ai aucune idée. Et franchement, pour ne rien vous cacher, j'en ai rien à... » Elle se reprit : « ... à faire. »

Glen hocha pensivement la tête.

« Bien, Skye. Dans ce cas, on va devoir essayer de découvrir cette clé-là aussi. Alors, si Julia et toi, vous voulez bien vous habiller et préparer vos affaires, on part dans cinq minutes. Merci à tous et pardon d'avoir interrompu votre sommeil, mais c'est un moment important pour Skye et nous tenions à le partager avec vous. Vous pourriez peut-être lui souhaiter bonne chance. »

Seuls Byron et les éducateurs le firent. Les autres se contentèrent de se dandiner sur place et de marmonner, ce qui ne dérangea pas outre mesure Skye. Ils pouvaient tous aller se faire voir.

Elle s'habilla, mit ses chaussures de marche et réunit ses affaires. Elle avait le cœur qui battait, et dans sa tête se bousculaient toutes sortes de pensées. Elle se sentait à la fois furieuse, fière, effrayée et prête à relever le défi. S'ils croyaient pouvoir la briser comme ça, ils se fourraient le doigt dans l'œil.

Ils partirent, marchant l'un derrière l'autre. Glen, muni de la lampe qu'il portait attachée sur le front, ouvrait le chemin, suivi de Julia. Skye se demandait où ils la conduisaient ainsi, mais elle ne voulait pas leur donner la satisfaction de lui répondre qu'elle n'avait pas le droit de le savoir, si bien qu'elle ne posa pas la question. A travers une forêt de grands arbres, ils se dirigèrent vers une vallée. Elle percevait le bruit de l'eau quelque part en contrebas au milieu des ténèbres, mais elle avait l'impression qu'on n'arriverait jamais jusque-là. Peu après, ils tournèrent à gauche et longèrent un sentier moins accidenté qui semblait grimper, cependant que l'eau continuait à murmurer en dessous d'eux. Ils avançaient sans parler, et on n'entendait que le crissement de leurs semelles sur les aiguilles de pin. Skye était étonnée de leur silence, car elle avait pensé qu'ils la mettraient tout de suite sur la sellette. Finalement, peut-être que ce n'était pas le but de l'opération.

L'aube ne tarda pas à poindre et, sur sa droite, au travers des arbres, Skye vit apparaître l'autre versant de la vallée dans la lumière grisâtre du petit matin, un mur vert sombre et tout moucheté, haut de plus d'un kilomètre, parsemé de nappes de brume et de pâles rochers. Le ciel passa du bleu profond de la nuit au rose nacré que l'on voit à l'intérieur de certains coquillages.

Skye n'avait pas de montre, mais elle estimait qu'ils marchaient maintenant depuis plusieurs heures. Ils descendirent de nouveau pour déboucher sur une prairie couverte de fleurs sauvages, et ils arrivèrent enfin au bord de l'eau. C'était un torrent tumultueux où des tourbillons noirs semblaient prêts à vous aspirer pour vous précipiter droit en enfer. Près de l'un d'eux, il y avait une saillie rocheuse où ils s'arrêtèrent et posèrent leurs paquetages. Ils ramassèrent du bois et Glen alluma un feu sur lequel il fit cuire des flocons d'avoine et des raisins qu'ils saupoudrèrent de cannelle et de sucre roux. C'était délicieux, chaud et réconfortant.

Ils mangèrent en silence, mais Skye soupçonnait que cette fois, ils n'allaient pas tarder à la bombarder de questions, et elle s'y prépara. Elle contempla la vallée et, au-delà, une montagne en forme de pyramide. Glen, suivant la direction de son regard, lui apprit que c'était là qu'ils se rendaient. La montagne semblait située à des milliers de kilomètres, et la jeune fille crut d'abord qu'il plaisantait avant de s'apercevoir qu'il n'en était rien.

Puis il entreprit de lui raconter l'une de ces stupides histoires dont les éducateurs se croient à chaque fois obligés de vous abreuver quand ils veulent vous administrer une leçon sur vous-même, sur la Vie avec un grand V ou un truc du même genre. Ce coup-ci, c'était une histoire intitulée « Le loup et le rocher » où un louveteau du nom de Nooshka-Lalooshka, pourchassant un écureuil, se cogne dans un rocher et se fait très mal, tandis que tous les autres loups se moquent de lui. Lâche-moi un peu, songea Skye. Est-ce que j'ai l'air d'avoir cinq ans ?

« L'écureuil s'échappe, continua Glen, et Nooshka-Lalooshka se sent à la fois tout bête et furieux. Il raconte aux autres qu'il a fait exprès de rentrer dans le rocher et qu'il n'a pas mal du tout. Bon, font les autres, dans ce cas, tu n'as qu'à recommencer. Aussi, pour ne pas perdre la face, il s'exécute. Cette fois, il se fait encore plus mal et récolte en plein sur la poitrine une jolie plaie toute sanguinolente. Les autres loups hurlent de rire, lui disent combien ils le trouvent drôle et dur à la souffrance. »

Pas difficile de voir où ils veulent en venir, pensa Skye. Glen se tourna vers Julia et lui demanda de poursuivre. La jeune fille se dit qu'ils devaient avoir répété tout ça pour essayer de briser sa volonté. Ce n'était sûrement pas de cette façon qu'ils allaient y arriver, encore qu'elle ait toujours aimé ce genre d'histoires et que, malgré elle, le sort de cet abruti de louveteau commençât à l'intéresser. Julia enchaîna :

« Et à dater de ce jour-là, chaque fois que les loups s'ennuient, ils réclament : Hé, Nooshka-Lalooshka, tu nous fais ton numéro ! Et quand il répond qu'il n'en a pas envie, ils se moquent de lui, le traitent de poule mouillée, aussi pour prouver qu'il n'en est pas une, il s'écrase une fois de plus contre le rocher, de sorte que sa blessure n'a jamais le temps de guérir et à mesure qu'il grandit, elle devient de plus en plus vilaine. L'infection finit par gagner sa patte, si bien qu'il se met à boiter et à devenir de plus en plus maigre parce qu'il n'arrive plus à courir assez vite pour suivre la meute quand ils partent tous chasser. Les autres lui donnent un petit peu de ce qu'ils attrapent, mais à condition qu'il leur refasse le coup du rocher. Pour avoir à manger, il est donc obligé de s'exécuter, et il continue à prétendre qu'il ne ressent rien, jusqu'au jour où, devenu incapable de courir, il ne parvient plus qu'à s'effondrer sur le rocher au lieu de se précipiter dessus. Les autres loups trouvent alors le spectacle sans intérêt et ils passent à autre chose.

« Ils lui disent qu'il ne sert plus à rien au sein de la meute puisqu'il ne peut plus chasser, et que comme il ne les amuse même plus, ils ne voient pas pourquoi ils lui donneraient encore à manger. Ils l'excluent de la meute et Nooshka-Lalooshka, seul et abandonné, s'enfonce dans la forêt en boitant. »

Ce fut au tour de Glen de reprendre :

« Il devient de plus en plus maigre et de plus en plus triste. Il ne tarde pas à renoncer à vivre. Il trouve donc une grotte qui lui semble être un bon endroit pour mourir et il s'y couche en attendant la fin. Chaque fois que le soleil se lève, il se dit que c'est son dernier jour. Et puis, un matin en se réveillant, alors qu'il est moribond, il découvre une pile de noix devant lui, juste sous son nez. Tiens, bizarre, pense-t-il. Il les renifle.

Elles sentent bon et il lui reste tout juste la force de les manger. Elles ont bon goût aussi. Il se sent un peu mieux et il dort toute la journée. A son réveil, il découvre un nouveau tas de noix à côté de lui. Il les mange en se demandant qui a bien pu les apporter. Le miracle se reproduit chaque fois qu'il se réveille, et un matin, feignant de dormir, il garde les yeux entrouverts pour essayer de surprendre son bienfaiteur.

« Et au bout d'un moment, poursuivit Julia, il entend un grattement et voit le petit écureuil qui, en nage, chancelant et soufflant comme un bœuf, porte toute une brassée de noix qu'il laisse tomber devant lui. Nooshka-Lalooshka ouvre alors grands les yeux et s'écrie : Hé ! L'écureuil, à moitié mort de peur, tombe à la renverse en suppliant : S'il te plaît ne me mange pas ! Et Nooshka-Lalooshka répond : Pourquoi je mangerais quelqu'un qui m'a sauvé la vie ? Puis il demande au petit écureuil pourquoi il se montre si gentil envers un loup, alors que tout le monde sait que les loups mangent les écureuils. Et l'écureuil lui explique que c'est parce que, il y a longtemps, un loup a lui-même été gentil avec lui et qu'au lieu de le manger, il l'a laissé s'échapper et s'est écrasé contre un rocher, rien que pour faire rire les autres loups. »

Julia se tut et sourit. Glen et Skye restèrent un moment à la regarder sans prononcer une parole.

« C'est tout ? finit par demander la jeune fille.

— Oui, à moins que tu veuilles ajouter une conclusion, répondit Julia.

— Eh bien, le loup attrape l'écureuil et lui arrache la tête d'un coup de dents.

— Si c'est comme ça que tu vois les choses, pourquoi pas. »

Skye détourna le regard et contempla la montagne. Le silence s'installa de nouveau.

« Je suppose que je suis censée m'identifier, comme vous dites, à l'un des personnages de l'histoire, c'est ça ? reprit Skye au bout de quelques instants.

— Et c'est le cas ? » questionna Glen.

La jeune fille réfléchit puis haussa les épaules.

« Ouais. Je suis une noix. »

Julia éclata de rire, imitée aussitôt par Glen. Skye les considéra un moment, abasourdie. Bon Dieu, ça n'avait rien de drôle ! Pourtant, ils semblaient incapables de s'arrêter. Les épaules de Julia étaient secouées de rire et Glen riait à gorge déployée. Skye s'efforça de garder son sérieux, mais c'était difficile tant l'hilarité de ces deux-là était contagieuse et, malgré elle, ses lèvres esquissèrent un sourire jusqu'à ce que, ne se maîtrisant plus, elle joigne son rire aux leurs. C'était bizarre, comme si un pouvoir inconnu ayant pris possession d'elle venait de faire sauter un verrou au plus profond d'elle-même. Tous trois s'esclaffèrent ainsi pendant de longues secondes.

Il se produisit ensuite un phénomène plus bizarre encore. Bien qu'elle continuât à rire, Skye sentit quelque chose se soulever dans sa poitrine, telles des vagues qui se brisaient et faisaient trembler tout son corps sous le coup d'un sentiment de joie et de tristesse mêlées. Des larmes gonflèrent ses yeux, qui ne tardèrent pas à ruisseler sur ses joues, et elle entendit son rire se muer en une sorte de hurlement animal. Un volcan entra en éruption dans sa poitrine d'où jaillirent des sanglots déchirants. Elle pleurait sur elle-même, sur sa vie dont elle avait fait un désastre, sur sa mère et sur toutes les souffrances qu'elles avaient l'une comme l'autre endurées, et puis sur tous les actes horribles qu'elle avait commis, à l'instar du meurtre de ce jeune policier. Et puis elle se rappela son rêve, son père depuis longtemps disparu qui se dressait au sommet de la colline, les bras tendus vers elle, et elle pleura aussi pour lui. Pensant à tous ces gens, à toutes ses mauvaises actions, elle leva vers le ciel son visage baigné de pleurs et hurla sa détresse.

Aveuglée par son chagrin, elle ne les vit pas s'approcher d'elle, mais elle sentit leurs bras l'entourer. C'était le premier geste affectueux à son égard depuis bien longtemps, et elle n'eut ni la force ni la volonté de résister. Ils l'étreignirent, et elle devina qu'ils pleuraient eux aussi. Il lui parut étrange que ces deux personnes qu'elle connaissait à peine et qu'elle avait traitées avec mépris puissent verser des larmes pour elle, mais elle ne les repoussa pas, ni ne mit leur sincérité en doute. Ils demeurèrent ainsi tous trois enlacés comme les survivants d'une effroyable tempête.

Ils atteignirent le sommet de la montagne le lendemain soir, une heure avant le coucher de soleil ainsi qu'ils l'avaient prévu.

En deux jours, ils avaient parcouru quarante-cinq kilomètres, parlé et échangé des milliers de mots. Julia avait déjà participé à trois « quêtes », mais aucune n'avait ressemblé à celle-là. On avait l'impression qu'un barrage avait cédé à l'intérieur de la jeune fille, libérant seize années de souffrances cachées.

Elle parla de son père disparu et de son rêve de la veille, de l'alcoolisme de sa mère sombrant dans la dépression et le désespoir. Elle parla des hommes que sa mère ramenait dans leur caravane et qui finissaient tous par la tabasser ainsi que, parfois, sa fille, sans que celle-ci comprenne jamais ce que sa mère leur trouvait, et en particulier à celui qu'elle avait épousé et qui la battait davantage encore que tous les autres réunis.

Elle raconta comment elle avait commencé à passer

ses nuits dehors à traîner en ville du côté de la voie de chemin de fer en compagnie de toutes les autres âmes en peine parce qu'elle avait trop peur de rentrer dans la caravane. Et puis comment elle avait commencé à se droguer pour ne pas avoir à penser à tout cela. D'abord la colle, puis l'herbe, les *poppers*, le speed et à peu près tout ce qu'on lui proposait à l'exception du crack et de l'héroïne, des cochonneries qui vous rendaient fou et finissaient par vous tuer. Après quoi, elle s'était mise à voler, seul moyen de se procurer de la drogue, sinon, bien sûr, offrir son corps à de vieux pervers, ce que faisaient certaines filles de son âge ou même plus jeunes qu'elle, mais ce qu'elle n'avait jamais fait ni ne ferait jamais.

Pendant qu'elle se livrait ainsi, ils continuaient à longer d'un bon pas la vallée en suivant les fossés de drainage, escaladant parfois des rochers ou empruntant une piste qui serpentait parmi les arbres. Devant eux se dressait la montagne et, en contrebas, on entendait cascader et murmurer la rivière. Il arrivait néanmoins que la montagne disparaisse derrière une crête rocheuse ou un massif forestier pour ne réapparaître qu'une demi-heure après, plus imposante que jamais. Tandis qu'ils progressaient ainsi, les mots se déversaient comme un torrent de la bouche de Skye, de même que les larmes se déversaient de ses yeux. Julia n'avait jamais vu personne pleurer de la sorte. Les joues de la jeune fille étaient inondées de larmes qui traçaient des sillons au milieu de la poussière dont elles étaient maculées. De temps en temps, elle se mettait à sangloter au point qu'ils devaient s'arrêter. Julia et Glen la serraient alors dans leurs bras jusqu'à ce qu'elle se calme.

Le premier soir, ils avaient campé au bord de la rivière et, pour la première fois, Skye avait allumé le feu. Elle y parvint sans aucune aide, et avec une telle facilité, qu'on aurait cru qu'elle n'avait fait que cela toute sa vie. Lorsque les flammes jaillirent, elle déclara, affichant un large sourire : « Vous voyez, je ne suis pas si bête. J'ai regardé faire les autres, c'est pas plus compliqué que ça. »

Ils préparèrent un repas composé de tofu, de poivrons et de riz, et pendant qu'ils mangeaient, le soleil se coucha derrière la montagne. Skye leva les yeux et tendit soudain le bras. Juste au-dessus d'eux, se dirigeant vers l'ouest, un vol d'oies sauvages formait un V parfait, si haut dans le ciel que le dessous de leurs ailes attrapait encore le soleil et brillait d'un blanc étincelant dans la lumière teintée de pourpre. Une fois la nuit tombée et le feu réduit à des braises rougeoyantes, Julia demanda à Skye ce qui s'était exactement passé le jour de la mort du policier. La jeune fille resta longtemps silencieuse, puis elle prit une profonde inspiration et commença à raconter. Elle parla d'une voix basse et ferme qui se brisa seulement quand elle en arriva à l'épisode où le bras du policier était demeuré coincé derrière le siège de Sean et où elle avait lu dans ses yeux la peur à l'état pur.

Le lendemain en fin d'après-midi, ils se dirigeaient vers le sommet par le versant déjà à l'ombre de la montagne. L'ascension tenait davantage de la randonnée que de l'escalade, et après quelques centaines de mètres, Glen informa Skye que quelqu'un les attendait en haut. La jeune fille était curieuse de savoir qui, mais tout ce qu'elle réussit à apprendre, c'est qu'il s'agissait de quelqu'un qu'elle ne connaissait pas.

Deux ou trois semaines plus tôt, Julia avait téléphoné au numéro que le Blackfeet parachutiste du feu avait communiqué à Connor et dont le titulaire était un certain John Standing Bird. C'était un avocat qui consacrait sa vie à travailler avec les jeunes de la réserve pour essayer de leur inculquer un sentiment d'appartenance et de provoquer en eux un intérêt pour l'histoire et la culture blackfeet. Julia avait évoqué le cas de Skye et, sans même qu'on le lui demande, il avait proposé son aide. Quand ils avaient décidé d'emmener la jeune fille pour une « quête », elle avait repris contact avec lui et, ensemble, ils avaient élaboré un plan. Elle y avait repensé toute la journée, et maintenant que le moment crucial approchait, elle se sentait inquiète à l'idée qu'il puisse échouer.

La dernière partie de la montée se révéla la plus aisée. La piste serpentait le long du versant sud et lorsqu'ils l'eurent contourné, ils virent le soleil qui éclairait d'une lumière orange, rouge et pourpre une silhouette assise sur un rocher, qui regardait vers l'ouest. John Standing Bird les aperçut et se leva pour venir à leur rencontre. Julia le présenta à Skye et tous deux échangèrent une poignée de main. L'homme, grand et large d'épaules, avait ce genre de visage sur lequel il est difficile de mettre un âge. Julia estimait qu'il devait avoir dans les quarante-cinq ans. Ses cheveux tressés en longues nattes étaient striés de gris. Il portait un chapeau noir à large bord, une chemise blanche boutonnée jusqu'au col et une couverture rouge et noire ornée de dessins de bisons au galop drapée autour des épaules. Skye, qui se tenait devant lui, jetait des coups d'œil nerveux en direction de Julia. John Standing Bird souriait, ses yeux noirs fixés sur la jeune fille.

« J'ai entendu dire beaucoup de bien de toi, Skye, dit-il. Je suis content de faire ta connaissance. »

Skye semblait de pas savoir quoi répondre, mais c'était sans importance. John Standing Bird suggéra qu'ils aillent tous s'asseoir sur le rocher admirer le coucher de soleil, et lorsque celui-ci disparut à l'horizon dans une explosion de couleurs, tout le monde paraissait calme. L'Indien avait ramassé du bois, et il demanda à Skye si elle désirait allumer le feu. La jeune fille sortit le matériel nécessaire de son sac et s'exécuta sans marquer la moindre hésitation. Julia et Glen descendirent vers la limite des arbres chercher encore un peu de bois pendant que les deux autres préparaient le dîner, et à leur retour, Skye et John Standing Bird bavardaient comme de vieux amis.

Julia avait donné à l'avocat le nom de la mère de Skye et il avait effectué quelques recherches. Durant le repas, il renseigna la jeune fille sur ses origines. Il lui dit combien les Oglalas avaient été jadis un peuple grand et fier, auquel avait appartenu Crazy Horse, le plus grand de tous les guerriers. Il demanda à Skye si elle avait déjà entendu parler de lui. Bien sûr, répondit-elle, n'importe quel idiot savait qui c'était. Néanmoins, elle ignorait qu'elle faisait partie de la même tribu que lui. Elle se tourna alors vers Julia et Glen, disant que c'était génial. John Standing Bird hocha gravement la tête, déclarant qu'elle avait foutrement raison, à quoi la jeune fille répliqua que ce n'était pas bien de jurer et qu'il devait énoncer vingt autres façons de dire la même chose, ce qu'il fit de bon cœur.

Il raconta ensuite de nombreuses histoires sur les Oglalas, leurs coutumes, puis il évoqua la fin de Crazy Horse, trahi par les siens et assassiné. Personne ne savait à quoi il ressemblait, ajouta-t-il, car il ne s'était jamais laissé prendre en photo. Pendant tout ce temps, Skye garda les yeux rivés sur lui. Elle était suspendue à ses lèvres, le front plissé et la bouche entrouverte, comme fascinée.

Quand il se tut et que le feu s'éteignit, ils regardèrent la lointaine lueur rouge et verte de l'aurore boréale qui zébrait le ciel septentrional. Julia, qui n'avait jamais assisté à ce spectacle, était émue jusqu'aux larmes. Elle avait le sentiment d'avoir été écorchée vive au cours de ces deux derniers jours et Skye, la voyant pleurer, passa un bras autour de ses épaules, ce qui eut pour effet de la faire littéralement éclater en sanglots.

Le lendemain matin, tous quatre regagnèrent la vallée et l'endroit où John Standing Bird avait laissé son camion. Empruntant les sentiers forestiers, il les conduisit à quelques kilomètres de là, près du campement établi par le groupe qu'ils avaient quitté deux jours auparavant. Il descendit de son pick-up pour prendre congé d'eux. Julia et Glen le remercièrent chaleureusement. Il dit qu'il comptait les revoir bientôt, puis il garda longuement la main de Skye entre les siennes, disant que, peut-être, quand elle aurait fini son stage à JEUNE, elle pourrait venir lui rendre visite là-haut dans Glacier Park. Elle répondit que ce serait avec plaisir. Après quoi, il lui remit un livre que, espérait-il, elle trouverait intéressant. Il s'appelait *Elan Noir parle* et il traitait de son peuple, les Oglalas. Skye marmonna des remerciements, détournant soudain la tête. Il était évident qu'elle n'avait guère l'habitude de recevoir des cadeaux.

Tous trois le regardèrent s'éloigner jusqu'à ce qu'il disparaisse dans un nuage de poussière.

« On rejoint les autres ? » proposa alors Glen.

Skye fit signe que oui.

9

Henry's était un bar tout en longueur, guère plus large qu'un couloir, situé à la fin de North Higgins Avenue. C'était l'un de ces endroits mystérieux dont les parties ne formaient pas un tout et dont le tout n'était pas du goût de tout le monde. Ce qui lui manquait sur le plan du décor, il le compensait amplement par ce que d'aucuns appelaient l'atmosphère et d'autres simplement le bruit, lequel bruit, certains soirs d'été, était essentiellement produit par les parachutistes du feu.

Il y avait des photos signées de « Zoolies » légendaires accrochées derrière le comptoir qui courait le long du mur de droite et où l'on servait à peu près toutes les bières artisanales connues. A l'intention de ceux qui, pour une raison ou pour une autre (en général, toujours la même), avaient du mal à tenir debout, le mur opposé offrait une rangée de hautes tables de bois où l'on pouvait s'appuyer ou se percher sur des tabourets à l'équilibre précaire. Et c'est là qu'un de ces soirs d'été, Connor Ford et Chuck Hamer étaient installés, l'air morose, à regarder les informations à la télévision tout en comptant l'argent qu'ils perdaient.

Sur l'écran défilaient des vues prises d'hélicoptère d'une montagne en flammes qu'un avion survolait en lâchant des nuages rouges de retardateur. Chuck Hamer réclama le silence.

« Les pompiers venus de toute la Californie du Nord ont été incapables d'éteindre l'incendie qui fait maintenant rage depuis cinq jours, commentait le journaliste. Aussi, nous avons vu arriver aujourd'hui sur le terrain d'aviation de Redding seize parachutistes du feu de Missoula, Etat du Montana, appelés en renfort. »

Cette dernière phrase fut saluée par un tonnerre d'acclamations. On vit ensuite des images des « Zoolies » qui descendaient d'avion et s'avançaient vers la caméra. Parmi eux se trouvait Ed qui affichait son visage de vedette de cinéma, souligné par un sourire timide mais résolu, et Connor ne put s'empêcher de noter qu'il marchait en bombant le torse, un peu à la manière d'un héros de guerre. Comme ils passaient devant lui, le journaliste les qualifia de « corps d'élite », ce qui déclencha une nouvelle salve d'acclamations. Après quoi, on interviewa Hank Thomas qui tint des propos à la fois modestes et justes au sujet d'un boulot qu'ils avaient à faire et de leur désir d'aider dans la mesure de leurs moyens, paroles qui suscitèrent dans le bar des applaudissements nourris.

« Un homme doit faire ce qu'il a à faire, déclama Chuck.

— Aider dans la mesure de nos moyens, répéta un autre sur un ton moqueur. Et surtout ravis d'empocher des heures supplémentaires. »

Connor s'était efforcé de persuader le responsable du personnel que sa cheville était suffisamment guérie pour lui permettre d'accompagner les autres. Dix jours s'étaient écoulés depuis sa chute et l'enflure avait presque disparu, remplacée par une belle ecchymose d'une superbe couleur jaune et violet. Il avait passé tout ce temps à faire du travail ennuyeux d'entretien, consistant surtout à réparer les parachutes déchirés, si bien qu'il commençait à en avoir plus qu'assez et à ne plus tenir en place. Il avait subi une semaine durant des séances quotidiennes de rééducation et avait réussi à soutirer au médecin un certificat d'aptitude. Mais hier, il avait passé à la base le test obligatoire comportant, entre autres, un deux mille cinq cents mètres à courir en moins de onze minutes, et quand le chef d'équipe l'avait vu s'élancer en boitillant, il l'avait aussitôt rappelé, déclarant qu'il n'était pas question qu'il parte pour Redding dans cet état.

Sur l'écran, le journaliste aborda un autre sujet, et tout le monde dans le bar se remit à parler. Connor but la dernière gorgée de sa bouteille de soda. Depuis l'anniversaire de Donna, il n'avait pas touché à l'alcool et il se sentait encore embarrassé de s'être ainsi offert en spectacle. Il ne se souvenait pas de grand-chose, sinon qu'on l'avait porté dans l'escalier et qu'il avait répété plusieurs fois à Julia combien il la trouvait belle. C'était la vérité, certes, mais il regrettait de ne pas avoir tenu sa langue et espérait ne pas en avoir dit davantage. Chuck Hamer le gratifia d'une bourrade amicale sur l'épaule.

« Déride-toi un peu, mon vieux. C'est un petit feu de rien du tout. Ces pompiers californiens sont des lavettes. Laisse-moi donc te payer un verre digne de ce nom.

— Merci, Chuck, mais je crois que je vais rentrer.

— Cow-boy, tu m'inquiètes. Couché de bonne heure, pas d'alcool. Et en plus, cette année je ne t'ai même pas vu draguer. Qu'est-ce qui t'arrive, mon gars ? Tu es en train de devenir moine, ou quoi ? »

Connor sourit, puis il se leva et coiffa son chapeau.

« Ça s'appelle la sagesse, mon cher. La sagesse qui vient avec l'âge. »

Dehors, l'air de la nuit embaumait. Connor le respira avec délices après l'atmosphère enfumée du bar. Excepté un mendiant qui traînait souvent au coin de Broadway, la rue était déserte. Il traversa en direction de la supérette où il acheta un sandwich au poulet, quelques pommes et un carton de lait, puis il descendit à pas lents vers le pont en léchant les vitrines. Il y avait une petite boutique de livres et de magazines d'occasion qui semblait ne jamais fermer, et sur une impulsion, Connor y entra. Il lui arrivait de temps en temps de découvrir là des ouvrages intéressants sur la photo. L'homme qui tenait le magasin le connaissait et le salua.

Connor passa une dizaine de minutes à parcourir les rayons et, ne trouvant rien, il s'apprêtait à ressortir quand un livre attira son attention. C'était la biographie d'un photographe anglais du nom de Larry Burrows qui avait pris quelques-unes des photos les plus célèbres et les plus saisissantes sur la guerre du Vietnam et qui y avait laissé sa vie. Le livre comportait des photos couleurs plein cadre, dont certaines que Connor n'avait jamais vues. Il le paya cinq dollars, estimant avoir fait une excellente affaire.

Le mendiant sur Broadway était un jeune homme à peu près de son âge. Il était pieds nus, portait des pantalons déchirés, et sa barbe hirsute recelait encore les reliefs de son dernier repas. Connor lui demanda comment il allait, et il se rendit compte aussitôt de l'absurdité de ce qu'il venait de dire. Il lui donna son sandwich au poulet, et le type, qui aurait sans nul doute préféré de l'argent, eut l'air si désappointé que Connor lui donna également les pommes.

L'appartement lui parut étrangement calme en l'absence d'Ed qui était tout le temps en train de jacasser ou de chanter quand il ne jacassait pas. Connor se déshabilla, se versa un verre de lait, puis il se coucha avec le livre sur Burrows.

Il ne savait pas grand-chose au sujet de ce dernier, sinon qu'il avait pris des photos extraordinaires pour le magazine *Life* et qu'il avait péri quand l'hélicoptère à bord duquel il se trouvait en compagnie d'autres photographes et journalistes avait été abattu au Laos. Le livre le décrivait sous les traits d'un homme modeste et brave, un homme intègre que le spectacle des souffrances qu'il montrait au monde à travers ses photos touchait sincèrement. Connor lut l'ouvrage du début à la fin en deux heures, en proie à une violente émotion. Il y avait une photo à laquelle il revenait sans cesse.

Un groupe de soldats sud-vietnamiens entourait un jeune Viet-cong à genoux qui avait une corde nouée autour du cou, les mains liées derrière le dos, et dont la chemise noire déchirée pendait le long de ses flancs. On voyait aux marques sur son visage et son corps ainsi qu'à la manière dont les soldats tenaient leurs fusils qu'il avait déjà été roué de coups. Sur le plan technique, à l'instar de tout le travail de Burrows, la photo était parfaite, de même que la composition. En réalité, c'étaient les yeux du jeune homme qui conféraient à la photo toute sa force. On y lisait la peur, bien sûr, mais aussi le courage, comme s'il était parvenu à transcender tant les souffrances résultant des tortures qu'on lui avait infligées que la certitude de sa mort imminente.

Longtemps après que Connor avait reposé le livre et éteint la lumière, l'image demeura gravée dans son esprit, et il se demanda si lui-même serait capable de trouver la force dont Burrows avait fait preuve pour contempler ainsi l'horreur en face sans jamais flancher. Intuitivement, et pour la première fois, il eut la conviction absolue qu'il la trouverait un jour.

Une nouvelle semaine passa pendant laquelle Connor s'employa à des tâches diverses à la base, s'efforçant de ne pas laisser l'ennui lui saper trop le moral. Ed était encore à Redding en compagnie des autres heureux veinards à gagner des fortunes en heures supplémentaires et primes de risque. Le mardi soir, il appela pour annoncer que l'incendie était maîtrisé et qu'ils seraient sans doute de retour pour le week-end. Il demanda des nouvelles de la cheville de Connor et il se réjouit d'apprendre qu'elle était pratiquement guérie, car il prévoyait une sortie dont il avait dejà parlé à Julia : une descente en canoë dans l'Idaho, sur une partie de la Salmon River — la rivière des saumons —, que Connor et lui connaissaient déjà. Connor estima que c'était en effet une occupation plus intéressante que de recoudre des parachutes, et Ed conclut en disant qu'il tâcherait de se faire ramener par une équipe de pompiers de Boise qui rentrait en principe vendredi.

Lorsque Julia revint à Missoula le jeudi soir, Connor avait tout préparé. Il avait emprunté deux canoës et une seconde tente, réuni le matériel et acheté des provisions. Julia était fatiguée mais de bonne humeur, et il lui servit un verre d'une bouteille de vin rouge qu'il avait achetée spécialement pour l'occasion, puis il lui ordonna de rester assise à le boire tranquillement pendant qu'il se chargeait du repas. Tandis qu'il s'activait dans le minuscule coin cuisine, elle se cala dans le canapé, une jambe passée sur l'accoudoir, et elle lui fit le récit des événements de ces derniers jours, parlant de la quête et de la manière dont Skye avait craqué, puis de la marche jusqu'au sommet de la montagne et du comportement « fantastique » de John Standing Bird.

Julia qui arrivait directement du campement avait le visage bronzé, encore maculé de poussière, et ses cheveux emmêlés étaient maintenus par un bandana vert clair. Connor ne l'avait jamais vue aussi belle et, en dépit de tous ses efforts, il ne put s'empêcher de songer qu'ils avaient l'air d'un couple ainsi, elle qui lui racontait sa journée cependant qu'il préparait le repas pour tous les deux. C'était un véritable tableau de la vie de famille qui, bien entendu, ne signifiait rien, mais qui provoquait en lui des sentiments inconnus. Il se demanda s'il trouverait un jour une femme comme Julia et, quoiqu'il en doutât, il ne permit pas à cette pensée de venir gâcher l'instant présent.

Il avait acheté un filet de saumon qu'il fit cuire à la poêle sur la peau afin qu'il conserve tout son moelleux. Ils l'accompagnèrent de salade et de petites pommes de terre nouvelles. Julia affirma qu'elle n'avait jamais rien mangé d'aussi bon. Ils eurent ensuite droit à des myrtilles à la crème, puis à un café. Après quoi, ils s'installèrent dans les fauteuils et finirent le vin en bavardant. Connor, ne tenant pas à se ridiculiser une fois de plus, but avec modération. Ils parlèrent longtemps, encore que ce fût surtout Julia qui fît les frais de la conversation. Connor, tout au plaisir de la regarder, l'écoutait d'une oreille distraite.

Julia prit le livre sur Larry Burrows posé sur la table basse et commença à interroger Connor à ce sujet. Pendant qu'elle le feuilletait, il se demanda si elle allait faire un commentaire à propos de la photo qui l'avait le plus touché, mais elle se contenta de l'examiner un moment avant de continuer. Elle s'arrêta sur celle où une jeune fille accroupie au-dessus du corps de sa mère hurle sa douleur face à l'objectif.

« Tu crois que c'est faire preuve d'insensibilité que de prendre une photo comme celle-là ? demanda-t-elle.

— Au lieu de l'aider, tu veux dire ? »

Julia fit signe que oui sans détacher son regard de la photo.

« Non, reprit Connor. Une photo ne raconte jamais ce qui survient ensuite. Un tas de photographes secourent les gens quand ils le peuvent. Burrows a pratiquement adopté l'un des gosses qu'il a pris en photo. Mais le plus important, je crois, c'est de montrer au monde ce qui se passe.

— Oui, je suppose. »

Elle demanda si elle pouvait emprunter le livre. Naturellement, répondit Connor. Puis elle le questionna sur son propre travail et voulut savoir quand elle pourrait le voir. La plupart de ses photos se trouvaient au ranch et il n'avait ici que celles de sa mère au rodéo qu'il avait développées seulement la semaine dernière. Il y en avait deux ou trois qui n'étaient pas trop mauvaises, et il les montra à Julia qui les étudia avec soin. Elle parut impressionnée.

« Eh bien, dis donc, tu es vraiment doué. Je ne m'en serais pas doutée.

— Merci infiniment !

— Non, je ne veux pas dire... Excuse-moi si ça t'a semblé offensant, je voulais simplement dire que je n'avais encore rien vu de tel, sauf peut-être cette horrible photo de l'orignal en flammes. Mais quand je dis horrible, je fais référence... enfin tu vois très bien ce que je veux dire. Elle était sensationnelle, c'est juste que... »

Connor la laissa s'enferrer. Elle avait rougi sous son bronzage, et il finit par lui adresser un large sourire, affirmant qu'il n'était pas le moins du monde vexé et qu'il comprenait très bien ce qu'elle avait voulu dire. Le téléphone sonna à ce moment-là et Julia se jeta dessus comme un homme qui se noie sur une bouée. C'était Ed.

Connor se leva et entreprit de débarrasser la table. Il entendit Julia raconter à Ed à peu près la même chose que ce qu'elle lui avait raconté, et il se surprit à essayer de détecter une différence dans le ton de sa voix, une plus grande intimité peut-être, mais il n'en perçut pas.

Julia lui tendit l'appareil, puis annonça qu'elle allait prendre un bain, sa récompense suprême après huit jours à camper en pleine nature. Connor s'assit sur le canapé et écouta Ed lui parler du feu et lui sortir un tas de bobards sur la tonne de fric qu'il avait gagnée, au point qu'il ne parvenait pas à décider s'il allait s'acheter une Mercedes ou une Jaguar. Redevenus sérieux, ils organisèrent la journée du lendemain. Le mieux était de mettre les canoës à l'eau dans une petite ville du nom de Stanley. L'un des pompiers de l'Idaho avec qui Ed avait noué des rapports d'amitié habitait dans le coin et le déposerait là depuis l'aéroport de Boise. Il pensait qu'il devrait être à Stanley vers les deux heures de l'après-midi.

Alors qu'il se déshabillait dans sa chambre, Connor entendait Julia chantonner dans son bain ainsi que le bruit d'éclaboussures qu'elle faisait en se lavant, et il lutta de toutes ses forces pour détourner ses pensées des images que cela lui évoquait. Il l'entendit ensuite se brosser les dents, puis ouvrir la porte de la salle de bains.

« Connor ?

— Ouais ?

— Merci pour cet excellent dîner.

— De rien.

— Bonne nuit.

— Bonne nuit. »

La petite ville de Stanley s'étalait au fond d'une vallée verdoyante située à près de deux mille mètres d'altitude, encadrée au nord par les White Clouds Mountains et au sud par les Sawtooth dont les pics déchiquetés étaient couronnés de neiges éternelles. La rivière serpentait à travers des prairies où le bétail paissait à côté de cerfs et d'orignaux, entouré du bruit des bourdons et des battements d'ailes paresseux des hérons. Çà et là parmi les boutons-d'or murmuraient des sources chaudes au-dessus desquelles planait un nuage de vapeur. Connor avait toujours pensé qu'elles cherchaient ainsi à suggérer qu'il ne fallait pas se fier à l'aspect idyllique des lieux et que la véritable nature de la rivière résidait dans les rapides et les gorges qui attendaient plus loin et faisaient la réputation de la Salmon River.

Stanley était à cinq heures de voiture de Missoula. Julia et Connor arrivèrent une heure en avance, se garèrent au bord de la rivière et déchargèrent les canoës ainsi que l'équipement sur la berge herbeuse qui descendait vers l'eau en pente douce. Les canoës étaient des Old Town de quatre mètres cinquante, tous deux en bon état, l'un rouge, l'autre vert. Le matériel de camping et la nourriture étaient rangés dans des sacs noirs imperméables.

Julia prit le livre sur Burrows qui devait bien peser une tonne, ce qui n'en faisait pas précisément le genre de livre à emporter pour une excursion en canoë. Connor se moqua gentiment d'elle à ce sujet. Elle se contenta d'en rire, puis elle s'installa sur l'herbe pour le lire tandis qu'il repartait au volant du pick-up pour le laisser au parking derrière le magasin « Mountain Village » où ils avaient rendez-vous avec Ed.

Connor était en short et T-shirt gris clair, car dans l'atmosphère raréfiée des montagnes, le soleil de midi tapait dur et le bitume miroitait sous la chaleur. Il se dirigea vers l'entrée de la boutique. Construite en rondins, elle comportait une longue galerie et, en haut des marches, on trouvait une machine à glaçons et un téléphone à pièces. Dès qu'on entrait, on avait l'impression d'être retourné cent ans en arrière. Il y avait, accrochés aux murs, de vieux fusils, une hache et un joug. On y vendait à peu près tout ce dont un homme pouvait avoir besoin, des pantalons aux sandwiches au pastrami. Et ce dont Connor avait besoin pour l'instant, c'était de deux sodas glacés.

La femme derrière le comptoir le servit avec un sourire et lui demanda où il allait. Il lui expliqua qu'ils avaient prévu de descendre en canoë jusqu'à Challis. Est-ce qu'il pouvait garer son pick-up dans le parking de derrière ? s'enquit-il ensuite. Pas de problème, répondit-elle. Elle venait de faire des petits gâteaux aux pépites de chocolat et ils sentaient si bon que Connor en acheta un peu de même que quelques oranges. Après quoi, il prit congé de la femme en la remerciant.

De retour au bord de la rivière, il constata que Julia avait ôté son T-shirt sous lequel elle portait un maillot de bain noir qu'elle avait dû mettre avant de partir. Elle avait chaussé des lunettes de soleil, enlevé ses sandales et roulé son short le plus haut possible. Elle avait de longues jambes bronzées, mais les chevilles pâles à cause des chaussures de marche qu'elle ne quittait pratiquement pas de la journée.

« On dirait que tu aimes le soleil, dit-il.

— Enormément. On prétend que c'est mauvais pour la peau, mais je m'en fiche. Ça doit venir de mes origines italiennes. Ma mère est pareille. Ed dit que je vais finir par ressembler à un vieux sac à main.

— Et ta mère, elle ressemble à un vieux sac à main ?

— Oui, mais un sac à main très classe. »

Connor éclata de rire. Il s'assit à côté d'elle, puis ils

mangèrent les petits gâteaux et burent les sodas en regardant le soleil jouer sur l'eau de la rivière. Connor raconta que pendant sa jeunesse, son père venait pêcher le saumon ici.

« Ils remontaient la rivière pour frayer. Ils étaient alors d'une belle couleur rouge. Je me rappelle, mon père disait qu'ils étaient si nombreux que l'eau avait l'air d'être du sang.

— Il n'y en a plus ?

— Non. On a construit ces maudits barrages en aval pour produire de l'électricité, et bien qu'il y ait des échelles et qu'on aide les saumons, ce n'est plus comme avant.

— Pourquoi les gens laissent faire des choses pareilles ?

— Ils estiment sans doute que l'électricité est plus importante que les saumons. »

Il pela une orange et lui en donna la moitié. Julia s'extasia sur le paysage et Connor lui montra certains des pics qu'Ed et lui avaient escaladés au fil des ans.

« Tu sais comment on appelle cette rivière ?

— En plus de la Salmon River, tu veux dire ?

— Ouais. On la surnomme la Rivière sans retour.

— Parce que les saumons ne sont jamais revenus ? »

Connor sourit. « Non, parce que quand Lewis et Clarke sont arrivés ici, ils se sont retrouvés coincés et ont fini par manger leurs propres chevaux.

— Alors, ce sont les chevaux qui ne sont jamais revenus. »

Il fut bientôt deux heures. Ils restèrent plus de trois quarts d'heure à bavarder ainsi et Ed n'était toujours pas là. Ils pensaient tous deux qu'en cas de problème, il appellerait le Mountain Village. Connor s'y rendit à plusieurs reprises, mais il n'y avait aucun message pour eux. De temps en temps, une voiture apparaissait au loin. Julia et Connor s'arrêtaient alors de parler pour la regarder approcher comme un mirage sur la route ondulant sous la chaleur, espérant que ce serait Ed, mais la voiture passait sans s'arrêter. Peu après trois heures, ils se rendirent tous deux au magasin et patientèrent une heure encore à l'ombre de la galerie tout en discutant et en sirotant d'autres sodas. Toujours aucune nouvelle d'Ed.

Connor voyait bien que Julia, quoique s'efforçant de n'en rien laisser paraître, commençait à s'inquiéter, et lui-même se demandait pourquoi Ed n'avait pas téléphoné ou envoyé quelqu'un le faire à sa place. Il alla à la cabine téléphonique appeler la base des parachutistes du feu à Missoula. On lui apprit qu'en Californie l'incendie s'était rallumé et qu'on avait encore besoin là-bas d'Ed et des autres. Julia écoutait et avait à peu près compris ce qui se passait, mais elle n'eut pas le temps de réclamer des détails, car à peine Connor avait-il raccroché que la propriétaire du magasin sortait pour leur dire qu'il y avait un appel pour eux à l'intérieur.

« Connor ?

— Hé, Ed. Je viens d'avoir la base et je suis au courant.

— Désolé, vieux. J'aurais dû appeler plus tôt, mais c'est de la folie ici.

— Toi, ça va ?

— Ouais, ouais. Je suis simplement furax de ne pas pouvoir vous accompagner.

— Tu sais, la rivière ne s'envolera pas. On remet ça à plus tard, et nous on rentre.

— Tu plaisantes ou quoi ? Allez-y. Ça va être génial. Comment est la rivière ?

— Elle a l'air bien.

— Alors, fonce, mon vieux. Julia va adorer. »

Connor hésitait. Il n'était pas sûr que Julia en aurait envie sans Ed.

« Ecoute, Ed, vois avec Julia. Je te la passe, elle est à côté de moi. »

Il tendit l'appareil à la jeune femme, et pendant qu'elle parlait à Ed, il se promena dans la boutique, feignant de regarder, mais l'oreille tendue. Julia demanda à Ed comment il allait et s'il faisait bien attention à lui. Il dut lui dire combien il était désolé de ne pouvoir les rejoindre à Stanley et combien elle lui manquait. « Toi aussi, tu me manques », répondit-elle.

« Et comment qu'on va y aller ! s'exclama-t-elle ensuite, se tournant vers Connor. Notre copain dit qu'on l'appelle la Rivière sans retour, donc il n'a pas le droit de renoncer. »

Ils se dirent tendrement au revoir, puis Julia fit signe à Connor de reprendre le téléphone.

« Ed ?

— Alors, vous faites la descente, d'accord ?

— Si Julia le veut...

— Bien sûr qu'elle le veut. Qu'est-ce que t'as, mec ? Je sais que c'est moi le roi de la pagaie, mais tu t'en sortiras quand même.

— Pour autant que je m'en souvienne, tu es surtout le roi du chavirage.

— Bon, faut que je te quitte. Amusez-vous bien, tous les deux. Et veille sur Julia, d'accord ? »

Connor promit de le faire.

Une demi-heure plus tard, ils étaient prêts à partir. Connor laissa Julia choisir le canoë, et elle trancha en faveur du rouge. Ils remirent le vert dans le pick-up, ainsi que le matériel dont ils n'avaient plus besoin. La propriétaire du Mountain Village leur assura qu'elle garderait l'œil dessus jusqu'à leur retour en car le dimanche soir. Ils achetèrent des cerises, les quelques petits gâteaux qui restaient, puis ils la remercièrent et descendirent vers la berge.

Ils étaient presque arrivés quand la femme les appela. Connor retourna sur ses pas. Elle tenait quelque chose à la main.

« Votre petite amie a oublié ses lunettes de soleil. »

Connor faillit la détromper, mais il n'en fit rien. Il prit les lunettes et la remercia de nouveau.

Ils enfilèrent leurs gilets de sauvetage, ôtèrent leurs chaussures et casèrent les deux sacs de toile sous les sièges. Ensuite, Julia grimpa à l'intérieur, s'installa sur le siège de devant, puis Connor pointa le canoë vers l'amont, lui donna une légère poussée et sauta dedans. Ils glissèrent lentement sur l'eau et se laissèrent dériver au fil du courant.

L'eau était claire et fraîche, et le courant plus rapide qu'il n'y semblait depuis le bord. Des herbes sombres ondulaient comme des cheveux de sirène, et des poissons paniqués filaient de tous côtés tandis que l'ombre du canoë passait au-dessus d'eux. Le soleil chauffait moins et, déjà bas sur l'horizon, illuminait l'herbe et les fleurs qui parsemaient la berge occidentale et teintait d'or les nuages d'éphémères tout juste écloses qui tourbillonnaient au ras de l'eau. Des vaches en train de boire levaient la tête à leur passage, et des myriades de gouttes d'eau iridescentes tombaient de leurs mufles roses.

Ils avaient parlé des heures durant, de sorte qu'ils étaient maintenant ravis de garder le silence, et on n'entendait plus que les bruits de la nature et des pagaies. A la manière dont Julia les maniait, on voyait qu'elle n'avait rien d'une débutante. Elle avait noué ses cheveux avec son bandana, et Connor avait beau faire, son regard revenait sans cesse sur la nuque de la jeune femme et la petite tache de naissance brune qui apparaissait au-dessus du rouge délavé de son gilet de sauvetage.

Ils laissèrent derrière eux la végétation luxuriante de la vallée et ses pâturages, cependant que la rivière se rétrécissait, que le courant devenait plus rapide et que les berges se faisaient de plus en plus hautes, jusqu'à ce qu'ils se retrouvent entre les parois abruptes d'un canyon surmonté de pins douglas et de sapins au-dessus desquels s'étendait un pan de ciel d'un bleu de plus en plus clair. A présent, le soleil ne se montrait plus que quand la rivière décrivait des méandres vers l'ouest, et l'eau ressemblait alors à de l'or en fusion.

Un balbuzard qui planait au-dessus de la gorge escarpée replia soudain ses ailes et se laissa tomber comme une pierre dans la rivière d'où il rejaillit, tenant entre ses serres un poisson argenté qui frétillait encore, puis il remonta d'un coup d'aile et disparut en aval. A un moment, débouchant d'un coude, ils virent toute une famille de loutres qui s'ébattaient sur les bas-fonds, et lorsque les petits les aperçurent, ils vinrent se réfugier en pataugeant auprès de leur mère qui se borna à lever la tête, dévoilant la fourrure plus claire de son cou, et à regarder passer l'embarcation. Julia se retourna et adressa un sourire à Connor qui le lui rendit sans qu'aucun d'eux n'éprouve le besoin de prononcer une parole.

Ils parvinrent à un endroit où la rivière s'élargissait au milieu de rochers et de trous d'eau. A trois ou quatre mètres au-dessus d'eux s'élevait une plate-forme rocheuse que Connor reconnut aussitôt. Ed et lui avaient déjà campé là. Ils tirèrent le canoë sur les pierres, puis hissèrent les sacs sur la plate-forme. Pendant que Julia ramassait du bois et faisait un feu, Connor prépara sa canne à pêche et quelques mouches, puis il entra dans l'eau.

Des insectes rasaient la surface et les poissons sautaient pour les attraper. Connor ne tarda pas à en prendre un, et Julia qui le regardait de son perchoir poussa un cri de triomphe. Il leva les yeux vers elle et lui sourit, si bien qu'il faillit laisser échapper son poisson. C'était une belle truite d'environ un kilo qu'ils firent cuire à la broche au-dessus des flammes. Sa chair était aussi rose que le ciel du soir et son goût aussi pur que l'eau de la rivière.

Ils finirent les gâteaux et les cerises. Julia organisa alors un concours de crachat de noyaux, se vantant d'être la championne du monde de la spécialité. Elle paria un dollar à Connor qu'il n'arriverait pas à toucher en trois coups un rocher dans la rivière qu'elle lui montra du doigt. Il le manqua à chaque fois. Elle paria ensuite un autre dollar qu'elle y parviendrait trois fois sur trois, et elle gagna. Connor lui désigna une autre cible, et Julia le battit également. Il riait tant qu'il ne réussissait presque plus à cracher. Il la défia cependant de nouveau, jouant quitte ou double, le vainqueur étant celui qui cracherait simplement le plus loin. Elle riait maintenant autant que lui, ce qui ne l'empêcha pas de l'emporter encore une fois. Soulagé de six dollars, Connor jeta l'éponge.

Ensuite, ils s'assirent devant le feu et, silencieux, regardèrent la lumière décroître sur la rivière, cependant que le ciel virait du rose au bleu profond, puis au noir criblé d'étoiles. Connor, après s'être demandé comment ils allaient dormir, avait pris les deux tentes. Il se proposa d'en monter une pour Julia, mais elle refusa. Si quelqu'un était habitué à coucher à la belle étoile, c'était bien elle, et par une nuit pareille, dans un endroit pareil, c'était la seule chose à faire. Ils étendirent donc leurs duvets près du feu, puis Connor alla suspendre les provisions hors de portée des ours un peu plus loin dans les arbres afin de permettre à Julia de se déshabiller.

Les braises rougeoyaient et, allongés sur le dos, tous deux contemplèrent le ciel. Julia demanda à Connor s'il connaissait le nom des constellations, et elle eut la surprise de l'entendre lui nommer la plupart d'entre elles. Il lui parla alors de son père et des histoires qu'il racontait sur les étoiles.

« Ton père aurait fait un excellent professeur, j'ai l'impression.

— Oui, je crois. J'imagine que toi aussi tu dois bien te débrouiller.

— Non. Je m'implique trop. Comme avec Skye.

— Ce n'est pas un défaut.

— Si. Il est indispensable de garder ses distances.

— Tel que je vois les choses, je pense qu'elle n'aurait pas réagi comme ça si tu ne t'étais pas sentie aussi concernée.

— Etre concernée, c'est différent. Et puis, je ne sais plus. »

Deux étoiles filantes illuminèrent le ciel l'une après l'autre, et Julia dit qu'ils devaient prononcer un vœu. Connor ne fit pas celui qu'il caressait dans le secret de son cœur et se contenta de souhaiter que tous trois soient heureux quoi qu'il arrive. Ils demeurèrent un moment silencieux, puis Julia reprit la parole :

« Ce livre, celui sur ce photographe de guerre ?

— Larry Burrows.

— Oui. C'est ce genre de travail que tu aimerais faire ? »

Il se demanda comment elle avait deviné ce qu'il ne s'avouait qu'à peine à lui-même.

« Oui, une partie de moi, peut-être. »

Il y eut une longue pause.

« Connor ? »

Devant le ton sérieux qu'elle avait employé, il tourna la tête pour la regarder et, à la lueur du feu agonisant, il vit que ses yeux sombres étaient fixés sur lui.

« Quoi ? dit-il.

— Ne le fais pas. Je t'en prie, ne le fais pas. »

10

L'incendie de Snake Mountain — la montagne des Serpents — qui devait modifier le cours de tant d'existences eut pour origine un simple éclair qui, par une nuit calme et sans lune, tomba sur une corniche de roche claire semée d'herbe d'un vert encore plus clair où un pin mort, depuis longtemps dépouillé de son écorce et blanchi par le soleil de nombreux étés, se penchait comme un mât de beaupré au-dessus d'une étendue infinie de forêt. Frappé par la foudre, l'arbre demeura un instant baigné dans une violente lumière blanche qui contrastait avec le noir de la nuit. De minuscules langues de flammes coururent le long du tronc, le sol trembla l'espace d'une seconde et des pierres arrachées à la terre dévalèrent parmi les arbres de la forêt.

Il y eut certes des témoins de cette soudaine déchirure de l'atmosphère et de la terre, mais aucun qui fût humain. Peut-être que, au milieu des pins et des sapins, des orignaux frémirent et s'arrêtèrent de paître, ou qu'un hibou donna un coup d'aile de trop et manqua sa proie ou bien qu'un loup se figea dans l'ombre d'un buisson de myrtilles et leva un œil jaune vers le ciel. Les pierres finirent par s'immobiliser et le silence par revenir. La seule trace qui restait, annonciatrice de ce qui allait se produire, c'était la mince volute de fumée qui s'élevait de l'entaille calcinée laissée par la foudre dans le tronc de l'arbre mort.

Le soleil se leva sur un monde qui paraissait inchangé. Il apparut, énorme boule rouge, au-dessus de la montagne et ses premiers rayons éclairèrent deux corbeaux qui, volant vers le nord, allèrent se poser sur le pin tombé comme pour se préparer à assister au spectacle.

La montagne ne devait pas son nom aux serpents à sonnette qu'elle abritait en grand nombre, mais aux zigzags que décrivaient ses arêtes et les ravines creusées sur son flanc occidental une centaine de millions d'années auparavant par les séismes. Son pied et son sommet étaient plantés de forêts de pins et de sapins touffues, tandis qu'entre les deux, on voyait surtout des éboulis et de vastes étendues d'herbe brûlée par le soleil et parsemées de rochers. Les crêtes formaient une ligne ondulante de calcaire blanc, entrecoupée de ravines couvertes de broussailles qui évoquaient des tranchées bordées de barbelés depuis longtemps abandonnées par leurs combattants. A mesure que le groupe descendait, les crêtes et les ravines convergeaient vers une vallée abrupte où, environ mille deux cents mètres plus bas, coulait le bras nord de la Hope River.

C'était elle que les corbeaux regardaient, et une fois que le soleil l'eut illuminée, mettant fin au spectacle, ils déployèrent leurs ailes et s'envolèrent en quelques battements paresseux, cependant que leurs cris rauques se répercutaient au loin dans l'atmosphère immobile du matin. Ils virèrent sur la droite puis, survolant une crête, piquèrent vers un étroit canyon sinueux.

Skye entendit leurs croassements. Elle leva la tête et les regarda passer au-dessus d'elle.

« C'est comme ça que je reviendrai. »

Julia, qui se tenait à ses côtés, les suivit également des yeux.

« En corbeau ?

— Ouais. Ça doit être super de voler comme ça, non ? Dans ma prochaine vie, c'est ça que je serai. »

Julia haussa les épaules. « Je ne sais pas, parce que moi, c'est ce que j'étais avant. Voler, c'est génial, d'accord, mais la nourriture est infecte. Toute cette viande avariée. Beurk. »

Skye éclata de rire et se tourna vers elle. « T'es drôle, toi.

— Eh bien, je te remercie, ma vieille.

— Non, je veux dire que c'est super d'être drôle. »

Le temps avait changé, et il régnait à présent une chaleur implacable comme au début de l'été, de sorte que Julia avait modifié leurs horaires afin de s'y adapter. Maintenant, ils se levaient plus tôt pour marcher quand il y avait encore un peu de fraîcheur. Vers onze heures, alors que le soleil tapait déjà trop pour continuer, ils cherchaient un endroit à l'ombre où s'abriter jusqu'aux environs de quatre heures, moment où la chaleur commençait à diminuer. Ils s'occupaient de manière constructive, à lire et à écrire dans leurs journaux ou bien à élaborer des projets artistiques qui concernaient tout le groupe. La veille, ils s'étaient amusés à se peindre la figure.

L'idée venait de Skye, et si quelqu'un avait fait la même suggestion une semaine plus tôt, elle aurait ricané et lâché d'un ton méprisant que ce n'étaient que des conneries de gosse de maternelle. Ce qui avait été plus ou moins la réaction de Mitch. Au lieu d'attaquer de front, Skye réussit à imposer son idée à force de patience.

« Ça veut pas dire se faire une tête de clown ringard ou un truc de ce genre, expliqua-t-elle. On peint les deux moitiés de son visage, d'un côté ce qu'on était, et de l'autre ce qu'on est ou ce qu'on veut être. »

Lester déclara qu'il ne comprenait pas, aussi Skye répéta lentement, en termes simples, jusqu'à ce que ça entre et que, avec un grand sourire, il s'écrie : « Ouais, super, on le fait ! » Ils ne possédaient qu'une seule glace, si bien qu'ils procédèrent par paires. Skye se fit peindre par Byron le côté gauche du visage en bleu foncé avec des larmes de sang qui coulaient de l'œil et le coin de la paupière ainsi que de la bouche qui tombait. Quant au côté droit, il était jaune, le front et la joue criblés d'étoiles rouges, orange et vertes, tandis que l'autre coin de la bouche était relevé sur un sourire radieux. Ils allèrent se regarder dans la glace seulement quand ils eurent tous finis. Skye trouva que Byron avait effectué de l'excellent boulot.

Installés à l'ombre d'un bosquet de vieux peupliers qui bordaient un cours d'eau à sec, ils prirent un petit déjeuner tardif, puis écrivirent dans leurs journaux durant une demi-heure. Le lit de la rivière était semé de pierres aux formes et aux couleurs bizarres, et les berges, jonchées de bois mort. Skye suggéra qu'ils utilisent le bois, les pierres et tout ce qu'ils trouveraient pour faire une sculpture. Ils discutèrent une demi-heure encore pour tenter de déterminer de quoi il pourrait s'agir, mais ne parvinrent à rien.

Skye avait lu trois fois de bout en bout le livre que John Standing Bird lui avait donné et elle avait la tête pleine des histoires d'Elan Noir et de son peuple, aussi elle suggéra de construire une statue de Crazy Horse. Elle leur parla un peu de lui et, apparemment séduits par sa proposition, ils se mirent au travail, fouillant le lit et les berges de la rivière à la recherche de matériaux divers.

Ils ramassèrent une branche d'arbre mort évoquant

la forme d'un cheval qu'ils posèrent sur quatre piles de pierres qui figuraient les jambes. Julia sortit sa boîte de couleurs et ils se peignirent les paumes des mains pour plaquer leurs empreintes sur les flancs et l'encolure du cheval. Ils prirent ensuite une branche fourchue pour faire les jambes et le tronc du grand guerrier, à laquelle ils attachèrent une autre branche qui représentait les bras. Pendant que certains s'occupaient de l'assemblage de la statue, d'autres continuaient à explorer les environs à la recherche d'éléments exotiques destinés à la décorer.

Skye partit le long de la rivière, espérant tomber sur un objet quelconque qui pourrait faire office de coiffe de guerre. En principe, ils devaient demeurer en permanence sous le regard des éducateurs, mais elle n'y pensa pas et, arrivée à un coude, elle repéra quelque chose juste derrière, au milieu des rochers, et sans plus réfléchir, elle s'avança dans cette direction. C'étaient les restes sanguinolents d'un oiseau, un genre de grouse, qui avait dû être tué durant la nuit, car le sang était encore frais. Elle arracha les plumes d'une aile et de la queue, puis quelques brins d'herbe jaunie, et elle s'assit sur une pierre pour les tresser en une espèce de bandeau permettant de lier les plumes.

« Hé, c'est super ce que t'as déniché ! »

Elle leva les yeux. Mitch était penché au-dessus d'elle, un large sourire aux lèvres.

« Ouais, je viens juste de les trouver.

— Je peux t'aider ? »

Elle faillit dire non, car elle ne pouvait pas souffrir ce garçon, mais depuis la « quête », elle avait résolu de se montrer gentille avec tout le monde. De fait, sans attendre sa réponse, il s'assit à côté d'elle. Il arracha à son tour des brins d'herbe qu'il essaya en vain de tresser.

« Regarde, dit-elle. Je vais te faire voir. »

Elle lui prit les brins des mains et expliqua :

« Il faut que ce soit bien serré, sinon les plumes ne tiendront pas.

— D'accord.

— Comme ça, tu vois ? »

Elle les lui rendit, et comme elle ne voulait pas que la tresse se défasse, elle les garda un instant dans sa main, si bien que leurs doigts se frôlèrent ainsi que l'intérieur de leurs bras. L'instinct de Skye la poussait à lâcher prise, mais Mitch lui agrippa le poignet.

« T'as la peau vachement douce, dit-il.

— Hein ? »

Elle arracha sa main. La tresse se défit et le garçon resta un instant à la contempler, puis il releva lentement la tête, sourit et haussa les épaules.

« Ouais, reprit-il. Vachement douce. »

La fixant droit dans les yeux, il effleura du bout des doigts la peau nue du bras de Skye. La jeune fille se figea. Il dut prendre cela pour une forme de consentement, car il se mit à lui caresser la joue. Elle ne bougeait toujours pas. Elle sentait son cœur cogner dans sa poitrine. Mitch la regardait de la même façon que son beau-père quand il rentrait au milieu de la nuit, puant l'alcool.

« Allez, viens, dit-il d'une voix enjôleuse. Personne le saura, on a qu'à se cacher derrière les rochers. »

Skye se rendait compte que personne ne les voyait. Elle entendait leurs rires, mais qui paraissaient venir de très loin. Mitch lui toucha les seins, et quelque chose explosa alors en elle. D'un revers de main, elle le frappa en plein visage.

« Aïe ! »

Se tenant le nez, il se leva en titubant.

« Petite salope !

— Si tu recommences, je te tue ! » cracha-t-elle.

Elle était maintenant debout elle aussi. Elle ramassa les plumes et revint vers le groupe, longeant le lit à sec de la rivière. Redoutant qu'il se lance à sa poursuite, elle avait envie de courir, mais elle se contraignit à continuer de marcher à pas vifs, sans jeter un seul regard derrière elle.

« Espèce de petite pute ! hurla Mitch. Je toucherais jamais à ta sale chatte de squaw, même avec un bâton de trois mètres de long.

— Alors, t'as de la chance d'avoir une toute petite bite ! »

Plus de deux semaines s'étaient écoulées depuis la descente en canoë et Julia n'avait cessé de repasser les événements dans son esprit tout en se demandant pourquoi elle en était à ce point perturbée. La nuit, elle restait éveillée à s'interroger tandis que tout le monde autour d'elle dormait et que Lester parlait dans son sommeil. Elle analysait ses sentiments et s'efforçait d'y appliquer la logique froide apprise au cours de ses années d'études de psychologie. Et, n'y parvenant guère, elle essayait la colère et se traitait de femme volage et dévergondée, elle qui se laissait aller à de telles pensées au sujet du meilleur ami d'Ed. Le résultat ne se révéla pas beaucoup plus probant.

Pourtant, Connor n'avait rien dit ni fait pour susciter un tel trouble. Il s'était parfaitement conduit. Elle connaissait déjà son sens de l'honneur et de la loyauté, et elle s'imaginait combien il serait choqué d'apprendre qu'elle nourrissait de pareils sentiments à son égard. En vérité, dès le premier jour, dès qu'elle avait posé les yeux sur lui lors de son arrivée à l'aéroport, son cœur avait battu plus vite.

Sa seule présence paraissait affecter ses actes et ses paroles, comme si, d'une certaine manière, tout ce qu'elle faisait et disait lui était destiné. Nul n'avait jamais exercé sur elle un tel effet. Sa mère était ainsi avec les hommes, en adoration devant son nouvel amant qui, inévitablement, se révélait être une crapule encore pire que le précédent. Julia avait toujours considéré cela comme une tare qu'elle avait la chance de ne pas avoir héritée. Mais maintenant, elle commençait à se poser des questions.

Elle n'arrêtait pas de se répéter comme un mantra que c'était Ed qu'elle aimait — ce qui était vrai, absolument vrai. Pourtant, au cours de ce week-end sur la rivière, elle n'avait pas quitté Connor du regard. Elle se souvenait de ses moindres paroles, de ses moindres gestes. Il y avait chez lui une espèce de solidité tranquille qui l'émouvait. Elle l'avait regardé pêcher ce soir-là dans la lumière dorée qui jouait sur l'eau, et elle n'avait pu s'empêcher de remarquer combien il avait l'air beau et séduisant. Plus grave encore, pendant qu'ils étaient allongés côte à côte près du feu, à quelques centimètres l'un de l'autre, elle n'avait cessé d'imaginer sa bouche sur la sienne, ses mains caressant son corps, éprouvant à son endroit un désir qui lui faisait honte.

Ed, revenu par avion à Missoula le dimanche, les attendait à l'appartement à leur retour d'Idaho. Il avait déjà dîné et il les accueillit avec chaleur. Elle était contente, tellement contente de le revoir. Et quand, cette nuit-là, ils firent l'amour, elle lui répéta à de nombreuses reprises combien il lui avait manqué et combien elle l'aimait, encore qu'elle se rendît compte que c'était surtout elle qu'elle s'efforçait ainsi de convaincre. Elle avait beau essayer, elle n'arrivait pas à chasser Connor de ses pensées et elle continuait de se l'imaginer, couché dans la chambre voisine.

Elle avait espéré qu'en rejoignant le groupe, elle trouverait un soulagement à ses tourments, mais c'était tout le contraire qui se produisait, si bien qu'elle risquait de gâcher ce qui aurait dû n'être qu'un sujet de réjouissance. En effet, le changement intervenu chez Skye avait eu des conséquences sur tout le groupe dont, depuis sa « quête », elle était devenue le centre. Elle débordait de joie de vivre et marquait de la considération envers tout le monde, jeunes comme éducateurs. Julia n'avait jamais été témoin d'une transformation aussi radicale. On avait l'impression que la jeune fille renaissait.

Mais lorsqu'elle revint avec les plumes, Julia vit tout de suite qu'il s'était passé quelque chose. Elle avait son visage fermé d'avant, et quand Julia lui demanda si tout allait bien, elle se contenta de faire un petit signe de tête sans prononcer un mot. Deux ou trois minutes plus tard, Mitch arriva à son tour. Julia s'aperçut qu'il avait saigné du nez, et à ses questions, il répondit qu'il s'était cogné contre un arbre. Peu après, elle le vit s'entretenir à voix basse avec Paul et Wayne qui, tout en l'écoutant, ne cessèrent de jeter des coups d'œil en direction de Skye.

La sculpture était magnifique, mais la jeune fille semblait ne plus s'y intéresser. C'était à présent Byron qui dirigeait les opérations, et il s'assura de la participation de l'ensemble du groupe. Chacun apporta un objet coloré, un bandana ou même un simple morceau de papier pour ajouter sa contribution à la statue de Crazy Horse. Lester trouva un crâne de blaireau et Scott un bout de ramure de cerf qui, ajoutés aux plumes, permirent de faire une coiffe d'aspect exotique. Durant tout ce temps, Skye demeura assise à l'écart, le regard souvent fixé dans le vide. De temps en temps, Julia essayait d'engager la conversation avec elle, mais en vain. La sculpture était presque terminée et pendant que les autres y mettaient la dernière touche, elle alla s'asseoir à côté de l'adolescente.

« Alors, qu'est-ce que tu en penses ? Pas mal, hein ? »

Skye jeta un vague coup d'œil vers la sculpture.

« Ouais, pas mal. »

Elle avait une petite voix terne. Julia la dévisagea et vit qu'elle avait les larmes aux yeux.

« Bon, cette fois, tu vas me dire ce qui est arrivé. »

La jeune fille secoua la tête et refusa de la regarder. Les larmes roulèrent sur ses joues et elle les essuya d'un geste furieux. Julia lui passa un bras autour des épaules, s'attendant plus ou moins à ce que Skye la repousse, mais celle-ci posa la tête sur sa poitrine, l'enlaça à son tour et éclata en sanglots. Julia, la serrant contre elle, lui caressa les cheveux.

« Tout va bien, ma chérie, tout va bien. Pleure, ça te soulagera. »

Mitch, Wayne et Paul les observaient, et dès que Julia les regarda, ils détournèrent les yeux. Katie vint voir ce qui se passait, et Julia la rassura. Skye murmura quelque chose.

« Pardon, ma chérie ?

— Je fais tout de travers. »

Julia l'interrogea de nouveau, mais la jeune fille garda le silence puis, se reprenant, elle sécha ses pleurs. Vers quatre heures, après le déjeuner et une longue marche sur la piste, elle parut avoir retrouvé son état normal.

Ce soir-là, ils campèrent dans une cuvette rocheuse sur le versant est de la Snake Mountain. Pendant qu'on préparait le dîner, Julia s'éloigna un instant pour appeler la base par radio comme elle le faisait tous les jours et informer Glen de l'endroit où ils étaient. Elle lui annonça que demain, ils prévoyaient de franchir la crête et de descendre vers la rivière, puis elle lui raconta qu'il avait dû se passer quelque chose entre Skye et Mitch mais que tout semblait être rentré dans l'ordre. Ils abordèrent ensuite des questions de routine, puis Glen lui apprit qu'en raison de la chaleur et de la sécheresse, l'Office des forêts avait averti du risque accru d'incendie et recommandé une grande prudence avec les feux de camp.

Alors qu'ils faisaient cercle autour du feu, Julia guetta des signes de tension entre Mitch et Skye qui était assise à côté d'elle, mais elle ne remarqua rien. Le premier à prendre la parole fut Lester. Il dit combien il avait pris plaisir à la construction de la sculpture de Crazy Horse, puis il félicita Byron qui avait fait la plus grande partie du travail. Scott interrogea Skye sur les noms indiens et demanda comment Crazy Horse avait acquis le sien. Elle répondit qu'elle l'ignorait, mais qu'elle savait par contre qu'il avait eu d'autres noms, entre autres Curly — le Bouclé — et His Horses Looking — Regarde ses chevaux. Byron intervint pour signaler que dans le livre qu'elle lisait tout le temps, il y avait un type qui s'appelait Refuse To Go — Refuse de partir —, un nom plutôt cool. Il ajouta qu'il avait deviné que les Indiens tiraient leurs noms de choses qui leur étaient arrivées ou qu'ils avaient faites. Ils en discutèrent un moment.

« Le tien, c'est quoi ? demanda ensuite Lester à Skye.

— Moi ? dit-elle avec un sourire. Je n'en ai pas.

— Eh bien, je pense qu'on devrait t'en donner un », déclara Lester.

Mitch glissa quelque chose à l'oreille de Paul qui ricana.

« Tu veux bien nous faire part de ce qui vous amuse, Mitch ? demanda Julia.

— Non, merci, c'est personnel.
— Mitch, tu connais les règles. Ici, il n'y a pas de secrets. Répète-nous ce que tu viens de dire.
— C'était juste une blague.
— Eh bien, partage-la avec nous. On t'écoute. »

Mitch échangea un regard avec Paul qui affichait un large sourire, puis il se tourna vers Julia. Une lueur de défi brillait dans ses yeux, et la jeune femme comprit aussitôt qu'elle avait commis une grave erreur en l'obligeant ainsi à répéter.

« Bon, puisque tu y tiens, après vous avoir vues qui vous faisiez des tas de câlins cet après-midi, j'ai dit qu'on devrait appeler Skye "Brouteuse de Gazon". »

Paul et Wayne s'esclaffèrent, tandis que les autres, abasourdis, gardaient le silence. D'abord, Julia n'en crut pas ses oreilles. Tous les regards étaient maintenant braqués sur Skye et elle.

« Mitch, c'est totalement déplacé », finit par dire Scott.

Byron ajouta, approuvé par plusieurs de ses camarades, que c'était méchant et franchement dégueulasse. Skye s'était déjà levée et commençait à s'éloigner.

« Hé, c'était rien qu'une plaisanterie, se défendit Mitch.
— On plaisante pas comme ça, espèce de connard, répliqua Byron.
— Dis, machin, c'est pas pasque tu bandes pour elle... »

Byron voulut se précipiter sur lui et Scott dut le retenir. Julia, qui s'était mise debout à son tour, appela Skye, laquelle ne répondit pas. Elle se tourna alors vers Mitch.

« Toi et moi, Mitch, on va avoir une longue conversation à ce sujet. »

Il leva les mains, jouant les innocents. « Bon, bon, je m'excuse, ça va comme ça ?

— Non, ça ne va pas. »

Sans lui laisser le temps de répondre, elle demanda à Katie de l'accompagner, puis toutes deux partirent à la recherche de Skye.

Elles la rattrapèrent et passèrent une heure à tâcher de la réconforter. Elles finirent par la convaincre de rejoindre les autres. On voyait à l'expression de Mitch qu'il avait subi de sérieuses engueulades durant leur absence. Skye s'assit et garda les yeux rivés sur le feu pendant qu'il leur présentait ses excuses à Julia et à elle, puis Paul et Wayne lui demandèrent à leur tour pardon pour avoir ri. Skye se borna à hocher la tête sans prononcer une parole ni même les regarder. On avait l'impression que la porte qui s'était entrouverte en elle venait de se refermer.

Personne n'était plus d'humeur à parler. Ils éteignirent le feu et, comme tous les soirs, Katie, Laura et Scott ramassèrent les pantalons et les chaussures de tous les jeunes avant de s'installer pour la nuit. Julia et Katie se couchèrent de part et d'autre de Skye qui leur déclara qu'elle était fatiguée et désirait dormir, puis elle adressa à Julia un petit sourire courageux.

« Merci, murmura-t-elle.

— Pour quoi ?

— Pour avoir cru en moi. »

Julia lui caressa les cheveux.

« Tu es une fille formidable, Skye.

— Non. J'ai tout fichu par terre.

— Pas du tout. Ce genre de choses se produit parfois. Ce que les autres peuvent raconter ne change en rien ce que tu es. Tu te rappelles ce qu'on vous répète tout le temps ? Ça fait partie du long voyage. La vie, ce n'est pas ce qui t'arrive, mais la manière dont tu gères ce qui t'arrive. Et la manière dont tu as géré tout ça est géniale.

— Peut-être.

— Si, si, tu peux me croire. »

Elles se souhaitèrent bonne nuit. Julia la regarda longtemps. La jeune fille, allongée sur le dos, demeura un bon moment à contempler les étoiles, puis elle finit par fermer les yeux et se tourner. Et quand Julia fut certaine qu'elle dormait, elle se permit de penser à autre chose, et ce fut, comme d'habitude désormais, avec les images de Connor qu'elle glissa dans le sommeil.

Vers le sommet de la montagne, de l'autre côté de la crête, à moins de deux kilomètres de l'endroit où le groupe campait, la foudre qui avait frappé la nuit précédente était restée nichée dans le cœur desséché du pin tombé, telle une braise qui ne rougeoyait plus ni ne fumait. Et si le vent ne s'était pas levé et ne s'était pas engouffré dans le tronc de l'arbre mort en empruntant les tunnels creusés par les fourmis et autres insectes, le feu qui couvait serait sans doute mort. Mais attisé par la brise, se nourrissant de morceaux de bois résineux, il se ranima et, à l'heure des sorcières, jaillit de son repaire.

L'herbe et les broussailles tout autour étaient sèches et bruissaient dans le vent. Le tronc s'enflamma en quelques secondes et des braises tombèrent sur l'herbe qui prit feu aussitôt. A mesure que les branches de l'arbre mort brûlaient, elles roulaient à flanc de montagne, laissant dans leur sillage des flammes qui s'élevèrent, de plus en plus haut, avant de fusionner et de progresser le long de la pente.

Et si aucun de ces rameaux en flammes n'avait atteint la forêt, peut-être que le feu se serait éteint, faute de combustible, mais l'un des plus grands d'entre eux dévala un à-pic et s'enfonça parmi les arbres dans une pluie d'étincelles. La forêt était tellement assoiffée que chacune de ces étincelles trouva une bouche avide, des bouches qui ensuite se regroupèrent et se mirent à gronder comme si, pour protester contre le manque d'eau, elles étaient contraintes de boire à la place cet élément mortel.

Etait-ce l'odeur de fumée qui la réveilla ce matin-là ou bien quelque mystérieux pressentiment, Julia ne le saurait jamais. Quoi qu'il en soit, dès qu'elle ouvrit les yeux, elle sut qu'il se passait quelque chose. Lorsqu'elle perçut cette odeur, elle crut d'abord qu'on n'avait pas bien éteint le feu la veille au soir et, prise de panique, elle se redressa d'un bond dans son sac de couchage puis, plissant les yeux dans la faible lumière, elle regarda en direction de l'endroit où ils s'étaient tenus à la tombée de la nuit. Tout était calme et immobile. Nulle volute de fumée ne s'élevait, et elle ne sentait plus rien. Elle avait dû rêver, à moins qu'elle n'eût simplement respiré l'odeur de fumée qui imprégnait ses vêtements et ses cheveux. Elle poussa un soupir de soulagement et se rallongea.

Non, décidément, quelque chose n'allait pas.

Un changement dans l'atmosphère, peut-être. Un bruissement parmi les arbres. Depuis plusieurs jours, en effet, il n'y avait pas eu le moindre souffle de vent. Elle s'était presque convaincue que c'était la brise qui venait de se lever quand elle sentit de nouveau la fumée. Elle s'assit. Tous dormaient autour d'elle. Comme presque toujours, Skye disparaissait sous son duvet, le dessus rabattu sur sa tête. Julia consulta sa montre. Cinq heures et demie passées. Elle se glissa hors de son sac de couchage, puis elle prit son short et ses chaussures dans le sac de toile qui lui servait d'oreiller et, après les avoir enfilés, elle grimpa la pente vers la forêt.

Elle longea sur près d'un kilomètre une piste étroite tracée par les cerfs, scrutant de temps en temps les grands pins qui se dressaient autour d'elle et dont la cime oscillait dans le vent. L'odeur de fumée devenait de plus en plus forte. Elle aperçut enfin une clairière devant elle et, débouchant de la forêt, elle eut pour la première fois une vue dégagée sur le ciel et la Snake Mountain. Les rayons du soleil effleuraient déjà son sommet et illuminaient le nuage qui dérivait au-dessus avant de disparaître sur l'autre versant. Julia commença par admirer le spectacle qui s'offrait à ses yeux, puis elle se rendit soudain compte que le ciel était clair partout ailleurs et qu'il ne s'agissait pas d'un nuage normal mais d'une colonne de fumée dispersée par le vent. Un frisson glacé l'envahit.

Elle courut rejoindre le campement. Personne n'avait bougé. Un doigt sur les lèvres, elle secoua doucement Katie, Laura et Scott pour les réveiller, puis elle leur fit signe de la suivre. Ils se blottirent les uns contre les autres hors de portée de voix des jeunes, et Julia leur annonça dans un murmure qu'il y avait un feu de forêt et qu'il fallait faire lever et s'habiller tout le monde sans perdre un instant, et surtout en évitant la panique.

« C'est sur l'autre versant de la montagne et si on reprend le chemin par lequel on est venus, on ne risque rien. Des questions ? Bon. Vous vous occupez des gosses pendant que j'appelle Glen. »

Elle prit la radio et elle s'éloignait en réglant les boutons quand Katie s'élança derrière elle.

« Julia ! Julia ! »

La jeune femme se retourna. Katie portait encore le T-shirt et le slip dans lesquels elle avait dormi.

« Skye a disparu.

— Quoi ?

— Elle a dû filer pendant la nuit. Elle a probablement fourré toutes ses affaires dans son duvet pour qu'on la croie couchée dedans, et elle m'a fauché mes chaussures et mon pantalon. »

11

Ed faisait la planche dans une somptueuse piscine californienne bordée de palmiers. Le soleil dansait sur l'eau et éclairait une vaste demeure blanche avec une terrasse plantée de fleurs exotiques. On entendait le bruit de l'océan tout proche et Ed savait qu'il était devenu un compositeur à succès, car tout cela lui appartenait — pas l'océan, bien sûr, mais tout le reste, y compris la créature de rêve qui se dorait nue au soleil. Il se laissa lentement dériver vers elle sur l'eau qui lui paraissait d'une texture soyeuse et sensuelle. Il ne doutait pas que la jolie femme l'accueillerait ainsi qu'il le méritait. Et puis un téléphone se mit à sonner. Jusqu'à cet instant, il avait eu la certitude que la créature de rêve en question était Julia, mais ce foutu téléphone venait tout gâcher, et lorsqu'elle leva la tête et lui sourit... oh ! là là ! il reconnut sa mère !

Il ouvrit grands les yeux et le téléphone s'arrêta de sonner. Il entendit Connor répondre dans le living.

« Allô ? Ah, salut, Hank. Oui, il est là. » Il y eut un long silence. « Okay, je vais lui dire. On arrive. »

Il raccrocha, et quelques secondes plus tard, il s'encadrait sur le seuil de la chambre d'Ed.

« Ed ?

— Bon Dieu, quelle heure il est ?

— L’heure de boucler ton parachute.
— Où est l’incendie ?
— Dans la forêt Lewis et Clark. La Snake Mountain. »

Ed se redressa d’un bloc.

« C’est là que...
— Je sais. Julia est en sécurité. Ils sont sur l’autre versant et déjà en route. Seulement, une fille du groupe a disparu. »

C’est Katie qui découvrit la première les marques de pas laissées par Skye. Elle repéra l’empreinte de ses chaussures dans un endroit où elle était certaine de ne pas être allée, à savoir dans la poussière au début de la piste que Julia avait suivie au petit matin en direction de la crête. Pendant que Katie passait le pantalon et les boots de Skye, Julia prit un sac à dos dans lequel elle fourra ce dont elles pourraient avoir besoin : de quoi manger et boire, une carte détaillée de la montagne, une boussole et des jumelles. Après quoi, elles s’élancèrent sur les traces de la jeune fille. Ce n’était pas facile, car la piste était presque partout tapissée d’aiguilles de pin, de sorte que les empreintes de pas disparaissaient souvent pour ne réapparaître que vingt ou trente mètres plus loin quand il y avait un peu de poussière.

Grâce à plusieurs liaisons radio, Glen et Julia avaient réussi à établir un plan : Scott et Laura se dirigeraient vers le sud avec le reste des jeunes, tandis que Julia et Katie partiraient à la recherche de Skye. On avait déjà alerté l’Office des forêts et la police. L’incendie avait été détecté juste avant le premier contact radio par deux botanistes qui survolaient la ligne de partage des eaux. Les parachutistes du feu avaient déjà décollé de Missoula.

« Ton petit ami arrive pour te sauver, dit Glen. Belle image romantique ! »

Elle faillit l'envoyer sur les roses, mais elle se retint. Elle se doutait bien qu'il ne pensait pas à mal, mais l'heure n'était pas à la plaisanterie. En outre, elle ignorait si c'était vrai. Elle n'avait pas parlé à Ed depuis plus d'une semaine, aussi elle ne savait pas combien de fois Connor et lui avaient sauté ces derniers jours et quelle place ils occupaient par conséquent sur la liste de service. Après tout, ils pouvaient parfaitement avoir été envoyés combattre des incendies en Californie. Elle espérait presque que c'était le cas.

Katie ne cessait de répéter combien elle s'en voulait de ne pas avoir convenablement rangé son pantalon et ses chaussures, ce qui constituait pourtant l'une des règles fondamentales de JEUNE. Julia lui avait déjà dit à trois reprises qu'elle ne devait pas se sentir trop coupable, que cela pouvait arriver à n'importe lequel d'entre eux. Mais au moment où, suivant les traces de pas de Skye, elles débouchaient dans une clairière, elle perdit patience :

« Ecoute, Katie, tu t'en veux et moi aussi, je m'en veux. J'aurais dû le voir venir, et on aurait dû instaurer un tour de garde pour la surveiller. Alors, admettons que nous sommes toutes deux coupables et occupons-nous uniquement de la retrouver. »

Elle avait adopté un ton plus sec qu'elle ne l'aurait voulu. Katie, l'air d'une enfant réprimandée, se borna à hocher la tête, et elles continuèrent en silence jusqu'au moment où, ayant perdu la trace de Skye, elles se séparèrent en attendant que l'une d'elles la retrouve.

Ce que Julia avait dit à propos de son sentiment de culpabilité cachait une partie de la vérité. Certes, elle ignorait ce qui s'était passé entre Skye et Mitch, mais elle savait que c'était sa faute s'ils avaient pu s'éloigner ainsi du groupe. Si elle avait été plus vigilante, rien de tout cela ne serait arrivé. Elle se reprochait aussi d'avoir laissé une pareille intimité se développer entre Skye et elle. Elles étaient devenues comme deux sœurs presque, souvent à se caresser et à s'enlacer. Elle aurait dû réfléchir, mais cela lui avait semblé si naturel, et c'était sans nul doute ce qui avait provoqué la remarque sarcastique de Mitch les traitant de lesbiennes. Rétrospectivement, la transformation intervenue chez Skye avait paru un tel soulagement après des semaines de tension et de malaise que Julia avait permis qu'un certain relâchement s'installe, oubliant combien les choses pouvaient facilement mal tourner.

Résultat : une fille qui faisait une fugue au milieu d'une montagne en feu. Julia ne se considérait pas comme une personne religieuse. Après s'être attiré les foudres des bonnes sœurs à l'école primaire, elle n'avait plus remis les pieds dans une église, mais levant les yeux vers la crête et voyant le panache de fumée grise qui obscurcissait le ciel, elle se surprit à dire une prière au rythme de ses pas.

Non loin du sommet, les aiguilles de pin firent place à la pierraille et au roc, de sorte que les marques de pas disparurent, mais le terrain de part et d'autre de la piste était si accidenté que Julia doutait que Skye se fût écartée du sentier. Tout dépendait néanmoins de ce que la jeune fille avait en tête. Les gosses qui s'enfuyaient sur les pentes d'une montagne inconnue se trouvaient en général face à deux possibilités : soit ils suivaient un fossé de drainage dans l'espoir qu'il les conduirait jusqu'à une route, soit ils montaient le plus haut possible, espérant pouvoir s'orienter et repérer la meilleure voie d'évasion. A en juger par le chemin emprunté par Skye, elle avait choisi cette dernière solution. Il y avait cependant une autre hypothèse que Julia osait à peine envisager : peut-être que la jeune fille cherchait une autre évasion, définitive celle-là.

Julia repensa à leur dernière conversation et à la façon dont Skye l'avait remerciée, s'accusant ensuite d'avoir tout fichu par terre. Les mots résonnaient maintenant dans sa tête comme une forme d'adieu, et malgré le soleil du matin qui chauffait déjà, elle frissonna, baignée d'une sueur froide.

Elles atteignirent la crête et aperçurent enfin l'autre versant de la montagne. Julia vit alors les ravages que les flammes avaient déjà occasionnés. Sur environ trois cents mètres en dessous d'elles, ce n'était plus qu'arbres carbonisés dont les branches dressées dans le vent fumaient encore. Plus bas, derrière l'une des nombreuses arêtes rocheuses qui barraient la montagne, la forêt était encore intacte. Au-delà, néanmoins, juste avant que les arbres cèdent la place à la prairie et que les ravines couvertes de broussailles se rejoignent, des volutes de fumée blanche s'élevaient là où les étincelles portées par le vent avaient probablement allumé de petits incendies.

Le foyer principal se trouvait à présent plus au nord, et Julia distinguait un mur de flammes qui ondulait parmi les arbres. C'était la première fois qu'elle voyait un feu de forêt et le spectacle exerça sur elle une étrange fascination. L'incendie lui paraissait curieusement vivant, et même les bruits qu'il produisait, mélange de rugissements, de grondements et de craquements, évoquaient ceux de quelque bête insatiable saccageant la végétation. Elle s'arracha à sa contemplation et fouilla du regard la pente devant elle, mais elle ne discerna aucun signe de vie. Elle déplia sa carte et chercha à localiser l'endroit exact où elles étaient.

« Si tu étais Skye et que tu te tiennes ici, qu'est-ce que tu ferais ? » demanda-t-elle.

Katie ne répondit pas tout de suite. Julia se tourna vers elle et constata qu'elle aussi semblait comme hypnotisée par la vue du feu. Elle avait l'air terriblement effrayée.

« Katie, on ne risque rien ici. Ed dit tout le temps que plus c'est noir, moins tu cours de danger. Regarde autour de toi : tout est calciné et déjà brûlé. On est en sécurité. »

Katie hocha lentement la tête.

« Alors, qu'est-ce que tu ferais ? reprit Julia. Vers où tu te dirigerais ?

— On n'est même pas certaines qu'elle soit montée jusque-là.

— En supposant qu'elle le soit, tu irais où ? »

Katie réfléchit un moment. Elle étudia la carte, puis désigna sur sa gauche le flanc sud de la montagne où les ravines intactes et les affleurements de roche blanche descendaient vers la rivière.

« Par là, je pense.

— Oui, moi aussi. J'essayerais d'atteindre la rivière. »

A condition, ajouta-t-elle intérieurement, que je désire survivre. Elles restèrent à contempler le pied de la montagne pendant que Julia s'efforçait de déterminer un chemin. Au contraire du versant est où ils avaient campé, il n'y avait pas de ce côté-ci de piste visible. Elles ignoraient l'heure à laquelle Skye s'était enfuie. Si l'incendie avait déjà éclaté lorsqu'elle était arrivée là, elle avait très bien pu faire demi-tour, mais elles n'avaient pas remarqué de traces de pas allant dans l'autre sens. Elle avait donc probablement atteint la crête avant.

Et puis il vint à l'esprit de Julia que Skye, par désir de vengeance, avait peut-être allumé elle-même l'incendie. Elle en doutait, mais on ne savait jamais. Il y avait des centaines d'autres possibilités. Elles ne pouvaient être sûres de rien. La meilleure chose à faire, décida Julia, c'est de se fier à son instinct. D'autant que Katie pensait comme elle : Skye, longeant les saillies de roche qui traversaient la pente en diagonale, s'était dirigée vers la rivière. Si l'incendie faisait déjà rage, c'était a priori le chemin le moins dangereux. Sinon il restait le plus logique.

« Bon, allons-y. »

Elles suivirent la crête jusqu'à l'endroit où elle surplombait la terre brûlée. Le premier affleurement se trouvait juste en dessous d'elles, et la roche blanche tranchait sur le noir de la végétation calcinée. Pour l'atteindre, il leur fallut dégringoler un éboulis de roches abrupt, puis se laisser tomber du haut d'une petite saillie. Après quoi, la voie se révéla plus facile. La roche était lisse mais ne glissait pas, et la pente était assez douce. Julia avait parfois l'impression de descendre un large escalier blanc, bordé à droite par le tapis noir tissé par les flammes.

« Regarde, qu'est-ce que c'est ? » s'écria soudain Katie, pointant le doigt.

A une cinquantaine de mètres en contrebas, un objet blanc s'agitait dans le vent, et Julia crut d'abord qu'il s'agissait d'un oiseau blessé. Elles dévalèrent la pente et en approchant, elles constatèrent que c'était un livre. Il était ouvert et le vent tournait les pages dans un bruit de claquement. Avant même de l'atteindre, Julia sut à qui il appartenait. C'était un livre de poche dont la couverture était tout écornée tant Skye l'avait lu et relu. La chaleur que dégageait encore la terre après le passage des flammes avait roussi le bord des pages. Julia le ramassa et le feuilleta un instant. Sur la page de titre, John Standing Bird avait écrit :

Pour Skye McReedie
Ceci est ton peuple.
Bienvenue en son sein.

Skye entendit l'avion juste à temps, une fraction de seconde avant de le voir. Arrivant du sud, il rasait la rivière, et quand son nez apparut au détour d'une falaise, la jeune fille plongea pour se mettre à couvert. Si elle avait marché sur la saillie, on l'aurait sûrement repérée, mais par chance, elle venait de descendre dans une ravine, de sorte qu'elle put se dissimuler parmi les broussailles où elle resta immobile jusqu'à ce que le bruit des moteurs se fonde dans le grondement sourd de l'incendie.

Elle roula sur le dos et demeura ainsi, pantelante, le regard fixé sur le ciel au travers des feuilles sèches des saules rabougris. Elle se rendit alors compte qu'elle n'était plus du tout effrayée, ce qui n'avait pas été le cas quand, ayant atteint la crête, elle avait aperçu le feu. Elle l'avait contemplé un long moment en se demandant si elle devait rebrousser chemin pour prévenir les autres, puis elle avait décidé de n'en rien faire, tâchant de se convaincre qu'elle n'avait aucune raison d'avoir peur. Le pire qui pourrait lui arriver, ce serait de mourir, et elle s'en foutait. Complètement. C'était quoi, la mort ? Boum, et puis plus rien. Le néant. Pour elle, ce serait plutôt une bénédiction. Et puis, l'image du jeune flic qu'ils avaient tué lui avait traversé l'esprit, et elle avait revu ses yeux remplis de terreur tandis qu'il était traîné derrière la voiture. Elle s'était empressée de chasser ce souvenir, mais il avait dû produire un effet sur elle car, alors qu'elle avait commencé à descendre, l'incendie avait continué à lui faire peur, en particulier à cause du terrible bruit qu'il faisait.

Maintenant, ça allait. Elle se réjouissait même

d'avoir une nouvelle fois fugué. Au cours de ces deux ou trois dernières semaines, elle s'était figuré avoir trouvé sa place dans le monde, mais comme d'habitude, les choses avaient mal tourné, et le mieux, c'était d'envoyer tout ça au diable.

Elle se redressa et passa prudemment la tête au-dessus des broussailles, tel un lapin surveillant les alentours depuis le seuil de son terrier. L'avion avait disparu, mais elle se doutait qu'il la recherchait et qu'il risquait de revenir. Elle avait soif et elle prit le T-shirt rouge noué qui lui servait de sac. Il ne contenait que sa gourde, son livre et la lampe de Katie. Fouillant dedans, elle s'aperçut que le livre n'était plus là. Elle poussa un petit gémissement et ses épaules se voûtèrent. Elle jura à voix haute, puis elle se dit que ça n'avait aucune importance. Toutes ces histoires d'Elan Noir, ce n'était qu'un tissu de conneries avec lequel on avait essayé de la piéger, de lui faire croire qu'elle avait des raisons d'être fière.

La gourde était presque vide. Elle but d'un trait ce qui restait puis, toujours tenaillée par la soif, elle la jeta. Son T-shirt gris était déchiré et taché de sueur, aussi elle défit le nœud de celui de Katie et l'enfila à la place du sien qu'elle envoya, ainsi que la lampe, rejoindre la gourde dans les buissons. Les chaussures de Katie étaient trop grandes d'une bonne demi-pointure, de sorte qu'elle avait des ampoules aux deux talons, mais elle ne pouvait rien y faire. Elle se leva et examina le flanc de la montagne en dessous d'elle. Elle avait l'impression de marcher depuis une éternité sans que cette foutue rivière paraisse seulement se rapprocher. Là-haut, elle avait pris à gauche pour longer ces espèces de curieuses plate-formes rocheuses, mais à mesure qu'elle descendait, elles formaient des angles bizarres qui l'amenaient trop près des flammes, si bien qu'elle avait décidé de couper tout droit.

Les ravines, quoique de largeurs et de profondeurs différentes, étaient toutes pleines de broussailles qui lui arrivaient jusqu'aux hanches et parfois même jusqu'aux épaules. De temps en temps, elle tombait sur une piste apparemment tracée par des animaux, mais dans l'ensemble, elle devait se frayer un passage au milieu de cet enchevêtrement de buissons épineux. Ses bras ne tardèrent pas à se couvrir d'égratignures et à saigner, ce qui l'obligea à les lever au-dessus de sa tête pour les protéger.

Entendant l'avion revenir, elle s'accroupit et l'observa au travers d'une brèche entre les broussailles. Cette fois, il lâcha deux banderoles, une rose et une jaune, qui ondulèrent dans l'air, juste au-dessus de l'incendie. L'avion disparut de nouveau, mais peu de temps après, il repassa, lâchant deux autres banderoles, une bleue et une rose, ce coup-ci, puis il refit un troisième passage, marqué par deux banderoles bleues. Skye était plus qu'intriguée. Elle avait l'impression qu'ils jouaient à une espèce de jeu et que les banderoles constituaient des signaux, mais de quoi ?

Chaque fois que l'avion s'éloignait, elle se relevait et dévalait la pente. Le sang, à présent, ruisselait sur ses bras, et elle n'avait rien pour l'éponger. Lorsque l'avion revint, il volait plus haut, et cette fois, au lieu de banderoles, ce furent deux parachutistes qui s'échappèrent de ses flancs. Skye se demanda s'ils étaient envoyés à sa recherche ou bien si c'était pour le feu. Le ballet se poursuivit, et bientôt, on aurait dit qu'une armée entière sautait sur la montagne. Elle les regarda descendre lentement, comme s'ils flottaient dans le ciel, tandis que se déployaient au-dessus d'eux des corolles bleues, jaunes et blanches. Le spectacle était vraiment magnifique, mais elle ne doutait pas que ces salauds cherchaient à la repérer avec leurs yeux de fouine, et elle demeura accroupie dans les broussailles jusqu'à ce qu'elle ait la certitude que le dernier s'était posé. Elle ne pouvait pas les voir, mais il semblait évident qu'ils se trouvaient bien plus haut à flanc de montagne, ce qui était une bonne chose dans la mesure où ils ne l'avaient probablement pas vue.

Quand elle se redressa, il faisait plus frais. Le vent qui avait tourné et forci agitait les feuilles sèches des buissons et apaisait la brûlure de son visage et de ses bras. Au loin à l'horizon s'amoncelaient d'étranges nuages. Le ciel paraissait bouillonner.

Elle se remit en route. La rivière avait enfin l'air un peu plus proche. Ce qu'elle ferait en l'atteignant, elle n'en avait pas la moindre idée, mais il ne manquerait pas de se produire quelque chose. Comme toujours.

Ils avaient établi le contact radio avec Julia dès leur premier passage. En raison du rugissement des moteurs, seul Hank Thomas entendait ce qu'elle disait, mais il le répéta aux autres, et Ed éprouva un immense soulagement de la savoir saine et sauve. Connor eut un grand sourire et le gratifia d'une solide tape dans le dos. Julia indiqua à Hank où elle se trouvait, et lors de leur deuxième passage, tous se collèrent aux hublots et distinguèrent deux minuscules silhouettes qui, environ cinq cents mètres plus bas, se tenaient sur une étroite bande de roche blanche et agitaient frénétiquement les bras.

Julia, à qui Hank demanda si elle avait une idée de l'endroit où pouvait être la fugueuse, répondit qu'elle devait sans doute essayer de descendre vers la rivière. Tout le monde à bord de l'avion avait scruté en vain le terrain à chaque passage.

Ils avaient choisi de se poser dans une petite clairière

parsemée de rochers juste en dessous de l'incendie. Ed et Connor faisaient partie du dernier groupe de saut, et quand ils atterrirent, les autres s'étaient déjà débarrassés de leurs parachutes et de leurs combinaisons. Ils firent de même en attendant le parachutage du matériel. Après quoi, tous équipés, ils se regroupèrent autour de Hank Thomas. Celui-ci s'entretenait par radio avec Julia tout en consultant une carte pour tâcher de repérer l'endroit où Katie et elle se trouvaient. Elle communiquait ses coordonnées d'un ton professionnel qui ne manqua pas d'impressionner Ed. Elle ne se perdait pas dans les détails et s'exprimait d'une voix égale où ne perçait nulle trace de peur. Il lui semblait presque entendre une étrangère.

« Comment s'appelle la fille ? s'enquit Hank.

— Skye. Skye McReedie. »

Ed se tourna vers Connor. Ni l'un ni l'autre n'ignorait combien Julia était attachée à l'adolescente et combien sa récente transformation lui avait réjoui le cœur. La manière dont elle répondait à Hank n'en était que plus saisissante. Hank lui demanda ensuite si elle avait vu l'hélicoptère et l'équipe de secours qui devaient arriver sur les lieux, et devant sa réponse négative, il déclara qu'il allait tout de suite les contacter par radio pour savoir ce qui les avait retardés. Pendant ce temps-là, il lui envoyait trois de ses hommes pour l'aider à chercher la fille.

« Julia, une dernière chose, poursuivit-il. Tu vois ces nuages noirs qui s'amoncellent au nord-ouest ? Un front froid se rapproche. Le vent est en train de tourner et il va forcir. Il faut en tenir compte. Les foyers d'incendie peuvent se rallumer un peu partout sans qu'on sache très bien où. Vous ne devez prendre aucun risque. D'accord ?

— D'accord.

— Parfait. Et puis, Julia, il y a quelqu'un ici qui aimerait te dire un petit bonjour. »

Avec un grand sourire, il fourra la radio entre les mains d'Ed.

« Julia ?

— Ed ! Je ne savais pas que tu étais là.

— Tu vas bien ?

— Oui, ça va. Juste inquiète au sujet de Skye.

— Ne t'en fais pas, on va la retrouver.

— Connor est avec toi ?

— Oui. Je te repasse Hank.

— Julia ? reprit celui-ci. Reste où tu es. On arrive. »

Ils coupèrent la communication, et sans laisser à Ed le temps de se porter volontaire, il le désigna ainsi que Connor et Chuck Hamer pour partir à la recherche de la fille. Entre-temps, les quatre autres parachutistes et lui établiraient une ligne coupe-feu sur le flanc est de l'incendie.

Tandis que tous trois s'enfonçaient dans la forêt, Ed entendit Hank appeler pour essayer de savoir ce qui avait retardé l'hélicoptère et l'équipe de secours.

Il leur fallut une vingtaine de minutes pour atteindre l'endroit où les attendait Julia. Ils longèrent les étranges formations de roche blanche qu'ils avaient aperçues du haut des airs. Au-dessus, les arbres carbonisés qui fumaient encore se dressaient comme des totems sur le sol noirci, alors qu'en contrebas, la forêt demeurait intacte. Sans pouvoir en déterminer la raison, Connor éprouvait un sentiment de malaise depuis l'instant même où il avait posé les yeux sur la montagne.

Ils avançaient en file indienne derrière Connor. Grimpant sur une saillie, celui-ci faillit marcher sur un serpent à sonnette, lequel se contenta de filer en ondulant, comme s'il voulait se mettre le plus vite possible à l'abri des flammes. Levant la tête, Connor repéra enfin Julia. Elle était assise sur une plate-forme à côté de Katie. Il les appela et elles agitèrent la main avant de se précipiter à leur rencontre. Julia était en short, et son T-shirt gris clair était tout taché de sueur. Ed courut devant et, ôtant son casque, il serra contre lui la jeune femme qui s'était jetée dans ses bras, pendant que Connor et Chuck restaient quelques pas en arrière.

Julia se tourna vers Connor et l'enlaça à son tour. Il la tint un instant dans ses bras, tout chaviré de sentir ce corps mince et souple contre lui. Puis ils se séparèrent et, tandis qu'elle le fixait droit dans les yeux, il crut distinguer dans son regard une lueur, peut-être un message qu'il ne comprit pas, à moins qu'il n'eût été le jouet de son imagination. Après quoi, elle salua Chuck et leur présenta Katie qui, éclatant en sanglots et désespérément en quête de réconfort, alla le chercher entre les bras de Chuck.

« Eh bien ! s'exclama ce dernier. Dommage que je ne fasse pas toujours cet effet-là sur les femmes ! »

Ils étalèrent la carte sur un rocher et ils durent la tenir à cause du vent qui soufflait maintenant en rafales. Les nuages noirs filaient dans le ciel. Julia leur montra le chemin que Skye avait sans doute pris ainsi que l'endroit où elles avaient découvert le livre. Elle suggéra qu'ils se déploient en éventail et descendent ainsi la montagne en gardant le contact par radio. Katie était la seule à ne pas en être équipée, aussi quand Connor proposa qu'elle fasse équipe avec Chuck, elle parut soulagée. Au moment où ils allaient se mettre en route, Hank les appela pour dire qu'on n'arrivait pas à joindre l'hélicoptère et que personne ne savait où il était. En attendant, ils seraient livrés à eux-mêmes.

Leur intention était de progresser le long du versant de la montagne en ligne aussi droite que le terrain le permettait. Ed resterait au nord, l'endroit le plus proche des flammes, puis viendraient Julia et ensuite Connor, tandis que Chuck et Katie prendraient la partie sud. Ed les regarda partir en leur souhaitant à tous bonne chance.

Chuck et Katie s'éloignèrent, cependant que Connor accompagnait un instant Julia.

« Oh, Connor », murmura-t-elle d'une voix qui tremblait.

Elle inspira profondément, les yeux rivés droit devant elle. Connor se rendait compte qu'elle était sur le point de craquer.

« On la retrouvera, la rassura-t-il.

— S'il lui arrive quelque chose, je ne me le pardonnerai jamais. »

Il lui posa doucement la main sur l'épaule et elle la lui saisit d'un geste instinctif. Elle ne le regardait toujours pas.

« Tout est de ma faute », reprit-elle.

Il se demandait pourquoi Skye s'était enfuie ainsi, mais ce n'était sans doute pas le moment de poser la question. Elle retira sa main et il l'imita.

« Tu sais à quoi je n'arrête pas de penser ? dit-elle quelques secondes plus tard. A cet orignal que tu as pris en photo. Celui avec sa ramure en feu. Je n'arrive pas à me le sortir de la tête. Je ne sais pas pourquoi, mais j'ai tout le temps l'impression qu'il va déboucher devant moi. »

Connor garda le silence. La même image le taraudait, mais il ne servirait à rien de le lui dire. Ils marchèrent un instant côte à côte sans parler. Le vent tourbillonnait autour d'eux et faisait bruire les buissons de myrtilles à la lisière de la forêt en contrebas. Il semblait à Connor que ce bruit provenait d'un coin désert et solitaire de leurs deux cœurs réunis.

« Connor ? » Elle avait tourné la tête et, cette fois, le regardait dans les yeux.

« Oui ?

— Promets-moi que tout se terminera bien.

— Je te le promets. J'en ai l'absolue certitude. »

C'était la première fois qu'il lui mentait, et ce ne serait pas la dernière.

12

Skye regarda les gros nuages en forme d'enclumes qui approchaient. Ils étaient d'une couleur vert-de-gris, bordés d'un jaune malsain, et à mesure qu'ils avançaient vers elle, ils bouillonnaient et fusionnaient, cependant que des éclairs s'échappaient de leur ventre, pareils à des langues de serpents furieux.

Combien de ravines elle avait franchies, elle l'ignorait. Le terrain était devenu plus égal et, devant elle, s'étendait une vallée semée d'herbe et de rochers, encadrée par la forêt que l'incendie ne semblait pas menacer. Par là, le chemin vers la rivière avait l'air bien plus facile. Elle s'arrêta à l'abri d'une saillie pour reprendre son souffle. Ses ampoules lui faisaient mal et elle avait les jambes douloureuses d'avoir si longtemps descendu la pente. Elle avait la bouche râpeuse comme du papier de verre. Que n'aurait-elle donné pour un verre d'eau !

Elle se retourna et scruta la montagne, cherchant à repérer l'un de ces types qui avaient sauté en parachute, mais elle ne vit aucun signe de leur présence. Le vent avait séché le sang sur ses bras qui la démangeaient. Elle se gratta en regardant les rayons de soleil qui, réussissant parfois à percer les nuages, projetaient une flaque de lumière dorée qui dansait sur le paysage moucheté d'ombres.

Le feu était à présent dissimulé par un petit contrefort et, bizarrement, son grondement paraissait amplifié, cependant que pour la première fois depuis un long moment, une odeur de fumée lui parvenait. Promenant son regard sur la forêt en dessous d'elle, Skye aperçut sur sa droite un panache de fumée qui s'enroulait autour du contrefort. Une rafale de vent s'en empara et le propulsa au-dessus des arbres en direction de la vallée. La jeune fille ne pensa pas un instant qu'elle devrait s'en inquiéter, car elle se croyait assez loin pour être hors de danger. Juste devant elle, il y avait un éboulis de roches. Elle envisagea une fraction de seconde de le descendre pour couper par la forêt, ce qui représentait sans nul doute un raccourci, mais le chemin lui sembla trop abrupt et dangereux. Mieux valait traverser au niveau où elle était afin de gagner la vallée par le haut, à l'endroit où les ravines se rejoignaient. Sa décision prise, et comme ragaillardie, elle se mit en route au petit trot.

C'est Ed qui l'aperçut le premier. Il venait d'avoir un contact radio avec Hank qui lui avait appris qu'on était toujours sans nouvelles de l'hélicoptère et qu'on commençait à craindre qu'il n'ait eu un accident. Là où il se trouvait, avait-il ajouté, le vent semblait ne pas savoir ce qu'il voulait. Et si ces foutus nuages se mettaient à cracher des éclairs, l'enfer risquait de se déchaîner, avait-il conclu. Au moment où ils coupaient la communication, Ed avait entrevu un peu plus bas sur sa gauche une petite tache rouge.

Il crut d'abord qu'il s'agissait d'un cerf ou peut-être même d'un grizzly, mais c'était un rouge trop prononcé. Il s'arrêta et prit dans son sac les petites jumelles qu'il emportait toujours, mais quand il regarda, il ne vit que des arbres et de la fumée que le vent poussait vers la large vallée qui ouvrait vers la rivière. Alors qu'il allait repartir, il distingua de nouveau la tache rouge. Cette fois, pas de doute, c'était une silhouette humaine. Il saisit sa radio.

« Julia, ici Ed. »

Après un instant de silence, la voix de Julia s'éleva :

« Je te reçois cinq sur cinq.

— Est-ce que Skye porte du rouge ?

— Non. T-shirt gris et pantalon bleu.

— Ed, ici Chuck.

— A toi, Chuck.

— La gamine a fauché le T-shirt rouge de Katie. Elle l'a peut-être mis. »

Ed n'avait pas de carte, aussi eut-il des difficultés à décrire l'endroit exact où il avait vu Skye. Il demanda à Julia d'essayer de se repérer sur la sienne, et d'après ses indications, il déduisit qu'il était le seul en mesure d'apercevoir la jeune fille. Elle était encore loin, peut-être à deux ou trois kilomètres, mais c'était néanmoins lui qui devait se trouver le plus près d'elle.

Pendant qu'ils parlaient, Skye disparut de nouveau à sa vue, mais Ed était maintenant persuadé qu'elle se dirigeait vers le haut de la vallée. Il pria Julia d'attendre un instant pendant qu'il vérifiait à l'aide de ses jumelles. Peut-être parce que le chemin était plus facile et qu'elle se sentait davantage en sécurité, Skye restait au-dessus de la limite des arbres. S'il coupait par la forêt, il aurait une chance d'atteindre la vallée plus bas qu'elle, de sorte qu'il la rejoindrait en remontant. Julia consulta sa carte et expliqua à Ed qu'il lui faudrait d'abord franchir un torrent avant d'arriver à la vallée, mais que ça paraissait faisable. Pendant ce temps-là, ajouta-t-elle, les autres et elle descendraient le plus vite possible.

Parvenu à la lisière de la forêt, Ed comprit pourquoi Skye n'avait pas choisi le chemin le plus direct. Il était en effet arrivé devant un éboulis à pic semé de plaques d'argile instables, de touffes d'armoise et de pins rabougris. S'il avait un instant levé les yeux vers les nuages menaçants ou l'épaisse fumée qui montait de la forêt, il y aurait peut-être réfléchi à deux fois, mais au cours de sa jeunesse, il avait souvent dévalé des pentes pareilles et il se rappelait l'excitation qu'il éprouvait alors. L'enfant qui était encore en lui prit le dessus et, sans plus hésiter, il se lança.

Aussitôt, tout lui revint. L'astuce, c'était de se laisser porter. Les pierres roulaient sous les semelles, mais il fallait suivre la pente, ne pas lutter contre elle. Il se pencha en avant et bientôt, il avançait à pas de géant, comme chaussé de bottes de sept lieues. Il avait envie de pousser des cris de joie, mais il se retint. Et puis, soudain, son pied buta sur une touffe d'armoise. Il culbuta et finit sa course sur le dos, entraînant dans sa chute une pluie de pierres qui rebondissaient tout autour de lui et lui martelaient le corps et la figure.

Il s'arrêta à quelques mètres des arbres et s'empressa de se relever, s'attendant plus ou moins à souffrir de multiples fractures, mais il semblait s'en être tiré en un seul morceau. Autour de lui, tout était flou. Comprenant qu'il avait perdu ses lunettes, il fouilla dans son sac à la recherche de sa paire de rechange.

Après l'avoir mise, il se retourna pour examiner la pente qu'il venait de dévaler. Elle avait l'air terrifiante. Le voudrait-il qu'il ne pourrait pas rebrousser chemin. Il se sentait un peu secoué et un peu faiblard. Il fallait absolument qu'il mange quelque chose. Il prit une barre énergétique et croqua dedans tout en regardant autour de lui pour tâcher de se repérer. Il était à l'abri du vent qu'il entendait souffler dans la cime des arbres.

Il levait la tête vers les nuages noirs bas dans le ciel quand un coup de tonnerre déchira l'atmosphère, accompagné d'un éclair aveuglant. Se protégeant du mieux possible de ses bras, il plongea au sol et demeura ainsi, en position de fœtus, jusqu'à ce que l'écho du grondement s'éteigne et que son cœur se remette à battre. Il se redressa et s'assit.

« Merde alors ! » s'exclama-t-il.

Il avait été à deux doigts d'être frappé par la foudre. Il rejeta la tête en arrière et éclata d'un rire où perçait un mélange de défi et de soulagement à l'idée d'être encore en vie. Il regarda autour de lui, mais n'arriva pas à voir l'endroit exact où la foudre était tombée. Peut-être un peu plus haut sur la pente.

Il se remettait debout lorsqu'il entendit Julia l'appeler par radio. Il voulut lui répondre, mais elle ne devait pas l'entendre, car elle ne cessait de répéter : *Ed, tu me reçois ? Ed, tu me reçois ?* Peut-être que sa radio avait été endommagée au cours de sa chute, à moins que ce ne soit l'éclair. Il la secoua, tapa dessus, mais rien à faire. En tout cas, ce n'était pas le moment de s'attarder dans le coin. Il mit sa radio en bandoulière, vérifia sa boussole et pénétra dans la forêt.

Sa progression se révéla plus difficile qu'il ne l'aurait cru. Des enchevêtrements d'arbres tombés et de buissons de myrtilles ralentissaient sa marche et, parfois, il devait même faire des détours, cependant que le vent agitait violemment le faîte des arbres. Une odeur de fumée se répandait dans l'atmosphère, mais il pensait toujours qu'elle provenait du feu qui brûlait de l'autre côté de la montagne, jusqu'à ce qu'il perçoive soudain un bruit lui prouvant qu'il se trompait.

Il entendit d'abord un sourd grondement qui se faisait de plus en plus fort, comme si un train fonçait vers lui dans un tunnel. Ed comprit tout de suite ce que c'était, et la peur l'étreignit. Il jeta un coup d'œil sur sa droite au travers des rangées de troncs d'arbres qui se dressaient comme des piliers, mais il ne vit rien, pas même un filet de fumée. Et puis un premier arbre explosa, suivi d'un deuxième, et il sentit la chaleur du feu qui approchait à toute allure. Ed se mit à courir.

Julia ne vit pas la foudre s'abattre, mais elle entendit le craquement effrayant dont l'écho roula sur la montagne comme un grondement de sorcières. Puis, tandis qu'elle escaladait la pente de la ravine qu'elle longeait, elle bénéficia pour la première fois d'une vue dégagée sur la forêt. Elle aperçut au milieu de la cime des arbres un léger rougeoiement qui commença à s'étendre, tel un cancer de flammes. Alors, comme en proie à une espèce d'effet similaire, elle sentit se multiplier en elle des cellules malades de terreur.

Elle dut lutter pour ne pas céder à la panique. Sa raison conservait encore le dessus, mais c'était tangent. Et quand, au spectacle de l'incendie, elle réalisa soudain qu'Ed était quelque part tout près ou même — Dieu fasse qu'elle se trompe — juste en dessous, sa part d'animalité faillit l'emporter. Elle réussit à maîtriser le hurlement silencieux qui montait en elle. Elle n'arrivait pas à en croire ses yeux. Quelques heures plus tôt, elle vivait des moments merveilleux, alors comment le monde pouvait-il ainsi menacer d'un seul coup leur bonheur ?

Elle tenta une nouvelle fois de contacter Ed par radio. Elle entendit que Connor et Chuck faisaient de même de leur côté. Ils n'obtinrent toujours pas de réponse. Elle appela Connor :

« Connor, tu vois l'incendie en bas ?

— Ouais, ouais.

— Ed est là-bas.

— Je sais. Ne t'inquiète pas. Il saura ce qu'il doit faire. »

Sa voix lui parvenait, calme et claire. Il lui demanda à quelle distance elle se trouvait de l'entrée de la vallée. D'où elle était, elle l'apercevait et il lui faudrait environ cinq minutes pour l'atteindre, répondit-elle. « Bien, dit Connor, je te rejoins dans une dizaine de minutes. »

Aucun des deux ne pouvait encore voir ni le fond de la vallée, ni Skye. Julia coupa la communication et partit en courant.

Dès que Connor vit la vallée s'ouvrir en dessous de lui et le feu sur la droite gagner rapidement dans cette direction à travers la forêt, il comprit pourquoi il avait éprouvé un tel sentiment de malaise. Il était sûr que d'autres parmi ses camarades, après avoir observé la vallée de l'avion, avaient eu la même funeste impression que lui, mais qu'ils avaient préféré n'en rien dire. Aucun des parachutistes du feu de Missoula, et peut-être même d'Amérique, n'avait oublié ce qui était arrivé à Mann Gulch des années auparavant.

Le 5 août 1949, à environ cent cinquante kilomètres de l'endroit où ils se trouvaient, treize parachutistes du feu avaient péri lorsque les flammes les avaient obligés à se réfugier dans un fossé de drainage semblable à celui que Connor contemplait à cet instant. Un monument à leur mémoire, depuis longtemps attendu, venait d'être inauguré à la base. Les détails de la tragédie de Mann Gulch étaient gravés dans les esprits de tous les soldats du feu. Comme ici, une rivière coulait au fond du fossé et la topographie des lieux avait concouru à créer un vent soudain, de sorte que la vallée avait été transformée en une immense cheminée, aspirant l'incendie dans une explosion de flammes qui avaient couru plus vite que le sprinter le plus rapide du monde.

Connor avait déjà appelé Hank pour l'informer de la situation, et celui-ci s'était empressé de réclamer le secours d'un hélicoptère pour les évacuer. Il demanda à Connor de prévenir tous les autres de se tenir à l'écart du fossé et de remonter vers la partie calcinée que le feu avait laissée sur son passage ou, en cas d'impossibilité, de gagner un terrain rocailleux où les flammes trouveraient moins de combustible pour s'alimenter. C'était évident, et Connor n'eut pas besoin de le répéter.

Maintenant, il apercevait Julia en contrebas qui se dirigeait vers la vallée et, bien plus en dessous, Skye dont le T-shirt rouge tranchait sur l'herbe jaunie. Le feu était juste à droite de la jeune fille, et il progressait vite. Connor estima qu'il atteindrait la vallée d'ici environ un quart d'heure, peut-être moins. Et quelque part dans la forêt en flammes, il y avait son meilleur ami.

Il dévala la pente, trébuchant sur les pierres et s'égratignant aux broussailles. Il prit sa radio et parla tout en poursuivant son chemin :

« Julia, ici Connor. Il faut que tu fasses demi-tour.

— Quoi ?

— Retourne sur tes pas et éloigne-toi de cette vallée.

— Qu'est-ce que tu racontes ? Je la vois. Elle est juste en dessous de moi.

— Julia, ici Chuck.

— Je te reçois, Chuck.

— Connor a raison. Fais demi-tour. Dès que le feu va atteindre la vallée, il va remonter vers toi à toute allure. Je demande immédiatement à Katie de revenir. »

Julia leva les yeux en direction de Connor qui se tenait au-dessus d'elle à flanc de montagne. Il était trop loin pour qu'elle puisse distinguer son visage, mais elle imaginait l'angoisse qui devait se lire sur ses traits. Puis elle regarda de nouveau la vallée et, au milieu des rugissements du vent, Connor l'entendit qui criait le nom de Skye. Si la jeune fille l'entendit, elle n'en manifesta rien. Elle continua à descendre. Julia se tourna alors vers Connor qui comprit aussitôt quelle décision elle venait de prendre. En effet, elle se précipita à son tour dans la vallée tout en continuant à appeler Skye.

Connor lui hurla de s'arrêter, puis répéta le plus calmement possible son message par radio. En vain. Il courait à présent, bondissant par-dessus les buissons et les rochers, entraînant dans son sillage une avalanche de pierres et de débris de toutes sortes, tandis que son regard allait du sol sous ses pieds à Julia et à Skye, puis à l'incendie qui les menaçait.

A son grand désespoir, il constata que le feu gagnait partout. Le haut d'un pin en flammes jaillit du brasier comme une torche et, emporté par le vent, alluma un nouveau foyer parmi les arbres. Soudain, le soleil perça au travers des nuages et une bande d'ombre produite par la fumée qui dérivait au-dessus d'elle vint couvrir la vallée. Julia se trouvait dans la partie à l'ombre, alors que Skye dans son T-shirt rouge était déjà au-delà et, l'espace d'un instant, comme dans un tableau biblique, elle baigna dans un rayon de lumière dorée.

Se ruant vers ce lieu de ruine et de désolation, Connor pria à haute voix pour que Ed, où qu'il soit, ait trouvé un refuge, et pour que tous s'en tirent vivants.

La première idée d'Ed fut de continuer à descendre pour se mettre à l'abri au-delà de l'incendie. Néanmoins, comme le sol semblait devenir plus égal et que le feu progressait aussi vite dans cette direction qu'ailleurs, il envisagea un instant de rebrousser chemin jusqu'à l'éboulis, mais il finit par conclure que le feu risquait de le devancer. En conséquence, il repartit vers le sud à toutes jambes afin de rejoindre le torrent dont Julia lui avait parlé.

Il entendait les langues de feu siffler derrière lui ainsi que le grondement des arbres qui s'embrasaient l'un après l'autre et le craquement de la sève qui explosait. Par moments, l'incendie paraissait gagner du terrain sur lui, et sans avoir besoin de se retourner, il comprit que c'était en effet le cas chaque fois que le feu trouvait à dévorer sur son passage un amas de buissons de myrtilles desséchés. Le temps qu'il atteigne le cours d'eau, et les flammes n'étaient plus qu'à une cinquantaine de mètres. Il sentait leur chaleur, une chaleur brute et intense, déferler sur lui comme une lame de fond.

C'était à la fois plus et moins qu'un torrent. Son lit rocheux était depuis longtemps à sec, mais sa rive nord formait une falaise à pic d'environ douze mètres de haut, au bord de laquelle Ed se tenait à présent, parfaitement conscient que chaque seconde d'hésitation pouvait lui coûter la vie.

Il pensa d'abord s'échapper par là, mais la face de la falaise semblait instable et traîtresse, et les rochers en bas, impitoyables, d'autant que tout autour d'eux, le sol était jonché d'arbres morts déracinés dont les branches se dressaient comme des lances acérées. Ed avait une corde, et bien qu'elle ne fût pas assez longue pour arriver jusqu'au fond, il espérait être en mesure de dévaler le reste de son mieux ou, si nécessaire, de sauter. Il sortit la corde de son sac et chercha un endroit où l'attacher.

Tous les arbres sauf un étaient trop éloignés du bord. S'il optait pour l'un d'entre eux, il perdrait près de cinq mètres de corde, ce qu'il ne pouvait se permettre. La seule solution, c'était donc l'arbre dangereusement incliné au-dessus de la falaise, comme s'il se préparait à rejoindre en bas ceux qui l'avaient précédé. La moitié de ses racines étaient à nu, mais quand Ed vérifia s'il tenait bon, il lui parut être encore assez solidement ancré, et en tout état de cause, avec le feu qui grondait et crépitait à moins de trente mètres de lui, il n'avait plus guère le choix. Il se dépêcha d'enrouler la corde autour du tronc, puis il se lança dans le vide.

A peine avait-il commencé à descendre en rappel qu'il entendit un craquement juste au-dessus de lui. Il leva les yeux et reçut une avalanche d'étincelles et de tisons. Il rentra la tête dans les épaules et se cramponna pour ne pas lâcher prise. Quand il regarda de nouveau, il constata que le pied de l'arbre était enveloppé de flammes. Le sommet d'un autre arbre, propulsé par le vent, avait atterri au bord de la falaise et la corde commençait à prendre feu. Il ouvrit légèrement les mains et se laissa glisser. Les paumes lui brûlaient tandis qu'il tombait ainsi, entouré de bouts de branches enflammées.

L'arbre auquel il était attaché était sec comme du petit bois, et le feu affamé dévorait la corde plus vite qu'Ed ne pouvait descendre. Il était encore à cinq ou six mètres du sol quand la corde céda. Il tâcha alors de s'agripper à la paroi de la falaise, mais les pierres se détachaient sous ses ongles et tout ce qu'il réussit à faire, c'est à se retourner, de sorte qu'il tombait maintenant sur le ventre comme un parachutiste en chute libre.

Le tout dura à peine deux ou trois secondes, mais chacune d'elles lui sembla une éternité. Il vit le sol tournoyer en dessous de lui. Il entendit la radio grésiller et Connor l'appeler une fois de plus. Il vit les lichens sur les rochers et la fumée jaillie des braises qui s'enroulait autour d'eux. Et la dernière chose qu'il vit et verrait jamais, ce fut un papillon rouge qui s'envolait de la branche pointue d'un arbre mort.

Julia courait à perdre haleine parmi les hautes herbes sèches. Elle criait toujours le nom de Skye et sa voix commençait à se casser. Elle savait pourtant que c'était inutile, car le vent emportait les mots à peine avaient-ils franchi le seuil de ses lèvres. Au-dessus des arbres intacts qui couronnaient le versant de la vallée situé à sa droite, une colonne de fumée s'élevait en serpentant comme un dragon noir dont le ventre rougeoyait à la lueur de l'incendie. Skye, qui se trouvait à moins de quatre cents mètres en dessous d'elle, courait elle aussi, levant les yeux pour suivre la progression du feu. Elle trébucha sur un petit rocher et s'étala de tout son long, mais elle se releva aussitôt et reprit sa course.

« Skye ! Skye ! »

Jusqu'à présent, l'adolescente n'avait pas une seule fois regardé derrière elle, et là non plus, elle ne tourna pas la tête. Peut-être ne savait-elle même pas que Julia était lancée à sa poursuite. Brusquement, elle stoppa net. D'un seul coup, dans un bruit de tonnerre qui ébranla tout le flanc de la montagne, les arbres qui bordaient la saillie sur sa droite s'embrasèrent. Julia s'arrêta également et, l'espace d'un moment, toutes deux restèrent figées sur place. Connor l'appela par radio :

« Julia, ne va pas plus loin ! Fais demi-tour. Tu n'as plus le temps. »

La jeune femme jeta un bref regard au-dessus d'elle. Connor se dirigeait vers elle à grandes enjambées. Il n'était plus qu'à une centaine de mètres et il approchait vite. Elle baissa les yeux et constata que Skye l'avait enfin vue. Julia lui fit signe de revenir en arrière. Skye la regarda un instant, puis elle examina la vallée et les arbres en flammes avant de se tourner de nouveau vers Julia.

« Reviens, Skye ! Pour l'amour du ciel, reviens ! »

Un peu plus bas que les arbres, l'herbe avait pris feu et, attisées par le vent, les flammes se déployaient dans la vallée aussi rapidement que si on avait répandu de l'essence. Et plus haut, deux cimes d'arbres en feu, suivies d'une troisième, filèrent comme des comètes au milieu du rideau de fumée noire qui montait de la vallée, et elles atterrirent dans une gerbe d'étincelles à une vingtaine de mètres de l'endroit où se tenait Skye.

L'adolescente comprit sur-le champ et elle pivota pour se mettre à courir en direction de Julia. Enfin, pensa celle-ci. Enfin, Dieu merci.

Connor se rendait compte qu'elles ne parviendraient jamais à quitter la vallée à temps. Le vent avivait l'incendie allumé par les branches qui volaient partout, et les flammes s'engouffraient maintenant dans cet entonnoir. Exactement comme à Mann Gulch, songea-t-il. Une énorme cheminée. Il sentait sur son visage la chaleur du brasier. La fille allait mourir, mais il restait une chance, une chance infime, de sauver Julia.

Elle n'était plus qu'à vingt mètres de lui quand — bon Dieu ! — elle fit demi-tour et se précipita vers Skye. La pente était raide et la pauvre gosse, trois cents mètres plus bas, ou peut-être un peu plus, trébuchait en essayant de remonter. Derrière elle, les trois foyers d'incendie s'étaient fondus en un seul et, aspirées par le vent, les flammes dévoraient l'herbe et se rapprochaient à toute allure. Connor savait qu'il n'y avait plus d'espoir ni pour elle, ni pour ceux qui tenteraient de venir à son secours.

« Julia ! »

Il la rattrapa enfin et, alors qu'il l'empoignait par l'épaule, elle pivota brusquement pour lui faire face. Elle avait le regard farouche, et son visage en sueur était sillonné de traces de poussière.

« Julia, écoute-moi. Tu ne peux pas descendre.

— Il faut l'aider !

— Non ! Elle n'y arrivera pas. Et si tu vas l'aider, vous êtes perdues toutes les deux »

Elle tenta de se libérer, mais il la saisit par son T-shirt et la retint par la taille.

« Lâche-moi, bon Dieu ! »

Elle voulut le frapper, mais il se baissa et, tandis qu'elle était à moitié penchée au-dessus de lui, il la souleva sur son épaule. Elle se mit à le bourrer de coups de pied et de coups de poing dans le dos tout en criant et en l'insultant. Il réussit néanmoins à la maintenir et commença à remonter avec elle.

« Ne regarde pas derrière toi, lui intima-t-il. Ne regarde surtout pas.

— Salaud ! Espèce de salaud ! »

Connor s'imaginait Skye qui se rendait compte qu'ils l'abandonnaient ainsi à son sort. Les flammes devaient être toutes proches et s'apprêter à la dévorer. Il ferma son esprit à ces images d'horreur et, se concentrant uniquement sur leur salut, il s'efforça d'ignorer les coups et les injures que lui adressait Julia.

« Lâche-moi ! Lâche-moi ! »

Un seul homme avait survécu à l'incendie de Mann Gulch : celui qui n'avait pas tenté de prendre les flammes de vitesse. Connor avait déjà choisi leur refuge. En descendant, il était passé devant un amas de rochers et il s'était dit que c'était le seul endroit qui leur laisserait une chance. Il se trouvait une vingtaine de mètres plus haut, mais Julia se débattait tellement qu'il n'arrivait pas à accélérer le pas. Une épaisse fumée les entourait. Le bras droit passé autour des cuisses de Julia, il la maintenait de la main gauche. Il la lâcha un instant pour prendre dans sa poche une fusée de détresse qu'il allumerait dès qu'ils auraient atteint les rochers.

Plus que quinze mètres. Douze. Dix...

Julia poussa un cri terrifiant qui sembla se prolonger indéfiniment, et Connor comprit que les flammes commençaient à envelopper l'adolescente et que Julia la regardait mourir.

« Ferme les yeux, Julia ! Pour l'amour du ciel, ferme les yeux ! »

Le cri se mua en gémissement, et Connor la sentit se tordre et se convulser, comme si quelque chose en elle mourait aussi.

Ils étaient arrivés. Connor posa la jeune femme par terre, le dos contre le rocher le plus proche. Elle avait les paupières closes et le visage décomposé. De ses lèvres s'échappait maintenant un hurlement silencieux. Elle ne se débattait plus et elle se laissa glisser au sol où elle demeura immobile, tel un pantin désarticulé.

Connor s'éloigna pour allumer la fusée qui s'enflamma dans sa main. Il y avait trois gros rochers, entourés de quelques-uns plus petits, qui formaient un triangle d'environ deux mètres de côté. Entre les rochers poussait un peu d'herbe à laquelle Connor entreprit aussitôt de mettre le feu. Elle s'embrasa en un clin d'œil et, poussées par le vent, les flammes fusèrent entre les rochers, de sorte que toute la pente au-dessus d'eux fut bientôt en feu. Connor regarda l'incendie s'étendre, espérant que Chuck et Katie se trouvaient déjà à l'abri.

A travers le rideau de fumée, il s'aperçut que toute la vallée en contrebas était maintenant embrasée. Un mur de flammes s'avançait vers eux. L'herbe entre les rochers avait fini de brûler, et il piétina les braises fumantes pour les éteindre. Il entendait Julia gémir près du rocher où il l'avait laissée et, tenant toujours la fusée allumée, il se précipita vers elle. Elle n'avait pas bougé et elle sanglotait à présent. Il la saisit par le poignet et la traîna un peu plus haut sur la pente. Il mit le feu à l'herbe derrière eux, puis attendit qu'elle ait entièrement brûlé.

Les rochers étaient maintenant entourés d'un cercle noirci d'une quinzaine de mètres de diamètre. Connor jeta alors la fusée le plus loin possible sur la pente, puis il s'agenouilla à côté de Julia et la prit dans ses bras. Pendant qu'il la soulevait, elle lui martela la figure et la poitrine de ses poings.

« Espèce de salaud ! Tu l'as laissée mourir ! Pourquoi ? Pourquoi tu as fait ça ? »

Connor ne répondit pas. Quand elle fut fatiguée de le frapper, il la porta vers les rochers et la déposa sur la terre calcinée. Il prit sa gourde.

« Bon, dit-il. Je vais t'asperger d'eau.

— Va te faire foutre ! »

Il tira un bandana de sa poche, le mouilla, puis il versa de l'eau sur la tête et les épaules de Julia, et le reste sur lui. Après quoi, il jeta la gourde. La fumée était de plus en plus épaisse, et tous deux se mirent à tousser. Elle piquait les yeux et, à travers ce rideau mouvant, Connor parvenait tout juste à distinguer la lueur des flammes qui, estima-t-il, devaient maintenant se trouver à environ trente mètres d'eux. Leur grondement était plus fort que celui d'une douzaine de réacteurs et l'air si brûlant qu'il sentait sa peau près de rôtir.

Connor prit alors son abri antifeu et le déplia d'un geste. C'était une sorte de petite tente tubulaire constituée d'une feuille d'aluminium. Il n'avait jamais eu l'occasion de l'utiliser et il était sceptique quant au degré de protection qu'elle pouvait offrir au cœur d'un incendie. Les parachutistes du feu les surnommaient « moules à brioches » car, disaient-ils en plaisantant, elles n'étaient bonnes qu'à vous cuire bien dorés comme des brioches. Quoi qu'il en soit, on ne risquait rien à essayer. Connor l'étendit sur le sol et l'ouvrit. La tente claqua dans le vent.

« Julia, debout ! »

Comme elle ne réagissait pas, il la releva et dut la soutenir, car elle paraissait incapable de tenir sur ses jambes. Elle pleurait toujours, silencieusement maintenant. Les abris étaient conçus pour une seule personne, mais Connor espérait qu'ils réussiraient à se caser tous les deux à l'intérieur. Il leva le cylindre d'aluminium au-dessus d'eux, l'enfila sur leurs têtes et le glissa autour de leurs corps, si bien qu'ils se retrouvèrent comme emprisonnés dans un cocon. Après quoi, il passa un bras autour de Julia et la fit doucement basculer jusqu'à ce qu'ils soient allongés sur le sol. Il lui tendit alors le foulard mouillé.

« Colle-toi ça sur la figure », dit-il.

Elle n'esquissa pas un geste, aussi il le lui appliqua lui-même sur le visage. Leurs deux corps étaient étroitement pressés l'un contre l'autre, et Connor sentait que celui de la jeune femme était secoué de sanglots. Et, comme le grondement de l'incendie se faisait de plus en plus proche et de plus en plus intense, il referma ses bras autour de Julia et la tint serrée tout contre lui. Puis il attendit.

DEUXIÈME PARTIE

13

Connor était déjà arrivé à deux reprises dans le Kentucky en avion, la première fois par un épais brouillard, la seconde par un violent blizzard. Cette fois-ci, cependant que l'appareil entamait sa descente, il espérait bien jouir enfin d'une vue dégagée sur ce pays qui, disait-on, était le royaume du cheval. Manque de chance, Lexington était cachée sous une couche de nuages, et quand ils l'eurent traversée, tout ce qu'il réussit à distinguer par le hublot dégoulinant de pluie, ce fut une vague prairie détrempée et une route encombrée de voitures qui roulaient tous phares allumés alors qu'il n'était que trois heures de l'après-midi.

Il se demanda si elle serait là.

On était à la fin février, et durant les six mois qui avaient suivi l'incendie, il ne l'avait pas revue une seule fois. Dès que l'état d'Ed s'était stabilisé, elle l'avait accompagné dans le Kentucky et avait habité chez ses parents le temps de son hospitalisation. Il passait maintenant sa convalescence chez lui. Julia travaillait la semaine à Boston et revenait tous les week-ends — hormis les deux où Connor avait rendu visite à son ami. En ces deux occasions, elle était restée à Boston, prétextant un surcroît de travail. Connor avait fini par comprendre le message.

Au début, il avait essayé de lui téléphoner. A Boston, il tombait toujours sur son répondeur et elle laissait ses messages sans réponse. Deux fois, ce fut elle qui décrocha chez les parents d'Ed et les deux fois, il eut l'impression de s'adresser à une étrangère. Elle se montra polie, distante, se bornant à parler des progrès d'Ed d'une voix dénuée d'émotion. Oui, ses brûlures guérissaient bien ; oui, sa hanche cassée aussi ; de fait, il marchait à présent pratiquement sans boiter, et non, non, rien de neuf du côté de sa vue.

Dans sa chute, Ed avait souffert d'une hémorragie rétinienne aux deux yeux. Selon les médecins, c'était lié à son diabète. Il avait déjà eu des troubles oculaires, mais il les avait dissimulés de crainte qu'on ne lui interdise de sauter en parachute. Pourtant, le risque que cela se produise aux deux yeux en même temps était censé être à peu près nul. Connor ne réclama pas trop de détails. Tout ce qui comptait, c'est que son ami était aveugle et qu'il le demeurerait sans doute.

A ceux qui ne le connaissaient pas bien, la réaction d'Ed aurait paru incroyable. Connor lui téléphonait deux ou trois fois par semaine, et Ed se montrait presque toujours d'humeur enjouée. Sa hanche rétablie, il passa un mois dans un centre de réadaptation pour aveugles d'où il revint avec un tas d'histoires hilarantes, se lançant dans le récit de ses maladresses et de ses mésaventures. Il y avait une jeune éducatrice suédoise avec qui deux ou trois autres non-voyants et lui ne cessaient de flirter.

« Connor, mon vieux, je te jure, elle avait la voix la plus sexy que tu puisses imaginer. Son vrai nom était Trudi, mais on l'appelait tous Greta, parce qu'elle avait la voix de Garbo. Un des trucs qu'on nous apprend, c'est que pour nous y retrouver dans un endroit qu'on ne connaît pas, il faut demander à quelqu'un de nous dessiner un plan dans le dos avec le doigt. Alors, tu parles, on était tous là : “Greta, j’ai oublié le plan, tu peux recommencer ? Non, plus bas, encore plus bas ! Tu sais, ce serait peut-être mieux si tu le traçais sur la cuisse !” »

Il disait qu’en tant qu’aveugle de fraîche date, on pouvait se permettre un tas de choses, mettre la main où on voulait et prétendre qu’on ne l’avait pas fait exprès. La semaine dernière, il avait été intarissable à propos du nouvel ordinateur qui allait l’aider à composer, doté d’un clavier en braille et d’écrans parlants. Les logiciels étaient tellement perfectionnés qu’il suffisait de chantonner un air pour qu’il soit aussitôt enregistré et orchestré et qu’on le réentende une seconde plus tard par l’intermédiaire des haut-parleurs.

« C’est inouï. Dès que j’aurai attrapé le coup, je lui communiquerai l’ébauche d’une chanson — tu sais, le genre chanson d’amour, un peu langoureuse, un peu triste, peut-être — et puis j’irai prendre un café, lire le journal, et quand je reviendrai, elle sera entièrement composée. Et peut-être même toute une comédie musicale. »

Connor ne chercha pas à savoir ce qui se cachait sous cette façade. Encore qu’il se l’imaginât. Il n’ignorait pas qu’Ed et Julia avaient tous deux suivi une espèce de thérapie post-traumatique. A Missoula, on lui avait proposé quelque chose du même genre, mais il avait refusé. Il n’en voyait pas l’utilité. Cela ne pourrait rien changer à ce qui était arrivé, et il assumerait seul.

Bizarrement, Ed et lui n’avaient jamais vraiment parlé de l’incendie. Ed faisait toujours preuve d’un optimisme si résolu que Connor ne se sentait pas le courage d’aborder le sujet. Ce qu’il désirait surtout, c’était avoir des nouvelles de Julia et savoir pourquoi elle l'évitait ainsi, bien qu'il s'en doutât. Il avait échappé un jour à Ed que l'incendie de Snake Mountain avait laissé à Julia des blessures plus graves que les siennes. Il semblait qu'elle se reprochait non seulement la cécité d'Ed et la mort de l'adolescente, mais aussi celle des cinq hommes qui avaient péri quand l'hélicoptère de secours avait heurté une ligne à haute tension.

Ed avait paru tout excité lorsque Connor avait demandé s'il pouvait revenir le voir. Il avait promis que cette fois, il viendrait l'attendre à l'aéroport. Connor ne pensait pas que Julia l'accompagnerait. Elle aurait probablement inventé une nouvelle excuse pour rester à Boston.

Il se trompait. Lorsqu'il franchit la porte des arrivées, son vieux sac de cuir en bandoulière, il la vit tout de suite. A vrai dire, si Ed ne s'était tenu à côté d'elle, un bras passé au-dessus du sien, il ne l'aurait peut-être pas reconnue. Les cheveux coupés court, elle était pâle, beaucoup plus mince, et de larges cernes soulignaient ses yeux. Elle portait des boots, un long manteau noir au col relevé. Elle était belle avec un air tragique, et Connor sentit une main glacée lui étreindre le cœur. Elle l'aperçut et lui fit signe, puis elle murmura quelque chose à l'oreille d'Ed, sans doute pour lui indiquer vers où se tourner, et Ed, affichant un grand sourire, agita consciencieusement la main dans sa direction.

« Hé ! cow-boy ! Par ici ! »

Il avait les yeux dissimulés derrière des lunettes de soleil et était vêtu d'un vieux blouson de ski que Connor l'avait vu porter au cours de nombreuses escalades qu'ils avaient effectuées ensemble. Lui aussi avait maigri, et il y avait quelque chose dans son allure, dans ses épaules légèrement voûtées comme s'il cherchait à se protéger, qui lui donnait une apparence de fragilité. Les brûlures sur son visage étaient guéries et les cicatrices moins visibles. Connor s'avança vers eux.

« Salut, vieux frère, dit-il. Ça arrive qu'il fasse beau dans ton foutu pays ? »

Il posa son sac, prit Ed aux épaules et tous deux s'étreignirent un long moment. Connor eut du mal à refouler ses larmes.

« Ça me fait plaisir de te voir, dit-il doucement.

— Moi aussi, ça me fait plaisir de te voir, dit Ed en riant, les deux mains plaquées sur les épaules de Connor. Tu vois ? J'emploie toujours le mot "voir" et je n'ai pas l'intention d'arrêter. De toute façon, dans ma tête, je te vois. Et tu es toujours aussi moche qu'avant, mon cochon ! »

Connor éclata de rire et se tourna vers Julia.

« Salut, Julia.

— Bonjour, Connor, dit-elle avec un petit signe de tête. Comment vas-tu ?

— Bien. Et toi ?

— Ça va, merci. »

Ni l'un ni l'autre ne sut plus quoi dire ou faire, s'embrasser, s'étreindre ou même se serrer la main ? Connor se jeta à l'eau. Il fit un pas en avant, enlaça Julia et l'embrassa sur la joue. Aussitôt, son odeur, son parfum lui revinrent d'un coup. Elle ne lui rendit pas son étreinte et se contenta de lui effleurer l'épaule. Il eut l'impression que c'était pour lui demander de la lâcher. Il s'exécuta et la regarda droit dans les yeux, mais elle s'empressa de détourner la tête.

« Tu t'es fait couper les cheveux, dit-il stupidement.

— Ouais. Ils étaient tout roussis, tu sais... »

Il se sentit encore plus stupide.

« Ça lui va bien, hein ? » intervint Ed avec un large sourire. Il lui caressa la nuque et lui ébouriffa les cheveux.

Julia sourit.

« Oui », acquiesça Connor.

Un silence gêné s'installa.

« Bon, finit par dire Julia. Tu as des bagages à récupérer ?

— Non, c'est tout, répondit Connor en reprenant son sac.

— Alors, qu'est-ce qu'on attend ? fit Ed. Allons payer une bière à notre cow-boy. »

Ils traversèrent lentement le hall, Ed entre eux deux, le bras passé au-dessus de celui de Julia, tandis que les gens pressaient le pas autour d'eux, comme appelés par une urgence que le trio ignorait encore. Ils débouchèrent dans l'atmosphère sombre et humide de l'après-midi. Julia alla chercher la voiture pendant que Connor et Ed attendaient à l'abri sous l'auvent de la zone de chargement des passagers. La pluie tombait en longs traits verticaux illuminés par le faisceau des phares des voitures qui passaient. A côté d'eux, un jeune couple s'embrassait avec passion, et la femme, entre deux baisers, disait à l'homme combien elle l'aimait et combien il lui avait manqué. A les voir ainsi, Connor, sans véritablement savoir pourquoi, se sentit à la fois triste et mal à l'aise.

« Comment tu la trouves ? demanda Ed, interrompant le cours de ses pensées.

— Très bien. Un peu fatiguée, peut-être.

— Ouais. Elle travaille beaucoup trop. Elle a été formidable. »

Connor avait un tas de questions à poser, mais toutes lui paraissaient soudain déplacées.

« Tu sais, mon vieux, elle regrette tellement ce qu'elle t'a dit », reprit Ed.

Connor se doutait de quoi il s'agissait, mais il jugea qu'il valait mieux feindre de l'ignorer.

« Qu'est-ce que tu veux dire ? »

Ed soupira. « Elle m'a raconté qu'elle t'avait injurié, qu'elle t'avait accusé d'être responsable de... pour la fille... tu sais bien.

— Bon Dieu ! elle ne savait plus ce qu'elle disait. Je n'ai pas cru un seul instant qu'elle le pensait vraiment.

— Tant mieux. Parce qu'elle sait que tu lui as sauvé la vie et que pour la fille, tu n'avais pas le choix.

— Peut-être.

— Non, Connor, il n'y a pas de "peut-être". »

Ed tâtonna autour de lui et prit le bras de Connor qu'il serra fort, tournant le visage vers l'endroit où il estimait que se trouvait celui de son ami, comme s'il voulait le regarder dans les yeux.

« Tu n'avais pas le choix, mon vieux. N'importe lequel d'entre nous aurait agi comme toi. Ou du moins essayé. En fait, la plupart d'entre nous auraient échoué et seraient morts. »

On n'avait pas encore publié le rapport de l'enquête officielle, mais Connor savait que ses conclusions seraient les mêmes. Cela ne le réconfortait pas pour autant.

Après ce qui parut un long moment, une Jaguar noire vint se ranger le long du trottoir et, au travers de la vitre teintée, Connor vit Julia se pencher pour ouvrir la portière côté passager. Elle aussi portait à présent des lunettes de soleil, ce que Connor trouva étrange étant donné qu'il faisait presque nuit.

« La voilà », dit-il, pilotant avec précaution Ed vers la voiture.

Le dîner à Grassland — ou Château Tully comme le surnommait Ed — était servi à sept heures et demie tapantes et l'on considérait tout retard comme un manque de savoir-vivre. Le père d'Ed n'en faisait certes pas une histoire, se contentant de lever un sourcil et de vous adresser un sourire indulgent qui vous donnait envie de rentrer sous terre. Ed, perpétuant la tradition familiale qui consistait à affubler presque tout d'un acronyme, l'appelait le SAMP, le « Sourire Ah, Mon Pauvre » auquel on pouvait ajouter la terminaison que l'on désirait selon la personne à qui il était destiné, par exemple « mon pauvre Garçon » ou « ma pauvre Fille ». Et ce soir, un SAMPF attendait sans nul doute Julia qui, à sept heures vingt, marinait encore dans son bain, s'efforçant de réunir le courage d'affronter de nouveau Connor.

La chambre d'ami lui paraissait aussi éloignée que possible de la réalité de sa vie quotidienne. La salle de bains était tout en marbre crème veiné de sombre, éclairée d'une lumière tamisée, et la baignoire avait la dimension d'une petite piscine. L'appartement de Boston qu'elle partageait avec Linda et qu'elle regagnait tristement tous les dimanches soirs était froid, exigu et rempli de courants d'air, ce qui ne semblait pas décourager pour autant les armées de souris et de cafards qui essayaient eux aussi d'y loger.

Ed l'avait pour la première fois emmenée à Grassland au printemps dernier, avant de partir pour Missoula, afin de la présenter à ses parents. Dès l'instant où ils s'étaient posés à l'aéroport, elle avait subi de plein fouet le choc des cultures. Raoul, le chauffeur du père d'Ed, en costume noir et cravate noire, les attendait pour, un sourire modeste aux lèvres, leur ouvrir la portière arrière d'une Mercedes assez grande pour y donner une réception. Julia ne cessa de glousser sottement jusqu'à ce que la voiture s'engage sur une petite route et que, comme par magie, une immense grille en fer forgée surmontée de piques dorées s'ouvre sans bruit sur une allée qui serpentait au milieu d'un parc pour déboucher devant un véritable palais à colonnades. Là, Julia s'arrêta de rire et demeura bouche bée. Il y avait des fontaines, des paons et une foule de domestiques. Elle dit qu'elle ne se serait jamais doutée qu'elle sortait avec Rhett Butler. Ed se borna à rire et à l'embrasser avant de déclarer que, « franchement, ma chère Scarlett », rien de tout cela ne comptait pour lui.

Depuis que leurs trois fils avaient quitté la maison, Jim et Susan Tully occupaient la totalité de l'aile ouest, tandis que l'aile est était réservée au personnel et aux invités. Il y avait quatre chambres d'ami — qui étaient en réalité de véritables suites — et quand Ed, lors de cette première visite, la conduisit le long des couloirs moquettés de beige clair vers la plus belle d'entre elles, Julia murmura qu'elle aurait intérêt à semer des petits cailloux pour être sûre de retrouver son chemin. Lorsqu'il lui ouvrit la porte de l'appartement, elle demeura sans voix devant le magnifique papier peint jaune aux reflets soyeux, les tentures, les tapis chinois et la vue sur les prairies vallonnées qu'offraient les hautes fenêtres.

En face de la tragédie, Susan montrait un courage presque aussi extraordinaire que celui d'Ed. Voir ainsi son fils préféré aveugle et défiguré par les brûlures devait lui causer un chagrin inimaginable, mais elle réussissait à le cacher. Elle donnait l'impression d'être forte, enjouée et pragmatique. Julia, prenant exemple sur elle, essayait de l'imiter et, la plupart du temps, elle y parvenait. Personne, pas même le psychologue qu'elle avait consulté à Boston, ne se doutait de ce qui se passait en son for intérieur, des cauchemars qu'elle faisait, des démons qui, durant les heures sombres de la nuit, lui oppressaient la poitrine comme s'ils cherchaient à l'étouffer.

Elle avait toujours cru en la psychothérapie et peut-être que si elle avait trouvé quelqu'un en qui elle aurait eu plus confiance, elle aurait continué à y croire. Celui qu'elle alla voir était un certain docteur Schroeder, un petit homme fluet aux mains douces et blanches et aux yeux noirs de fouine qui vous mettaient mal à l'aise. Sa manière de hocher lentement la tête, sans doute destinée à exprimer la compréhension, la sympathie ou à inciter ses patients à se confier davantage, produisit sur elle l'effet inverse. Elle avait été plusieurs fois sur le point de lui dire quelque chose d'important, mais devant son hochement de tête et son regard indéchiffrable, la porte entrouverte s'était aussitôt refermée. Et puis, lors de l'une de leurs séances hebdomadaires, il l'avait appelée Gloria. Qu'il se fût trompé sur son nom aurait peut-être été excusable, mais *Gloria* ! Elle ne reprit pas rendez-vous avec lui.

Le poids de la culpabilité lui pesait tellement qu'au cours de ces sinistres semaines d'hiver, elle craignit parfois que ses jambes ne cèdent sous elle. L'attitude de sa mère ne contribuait pas à l'aider ; celle-ci appartenait en effet à cette école de pensée qui considérait la bonne humeur comme le meilleur moyen d'affronter ce genre de situation. Chaque fois qu'elles se parlaient, que ce soit au téléphone ou lors des rares passages de Julia à New York, sa mère avait toujours prêt une espèce de sermon faussement enjoué. Ce n'était qu'un accident. Personne n'était responsable. Il était temps que Julia se reprenne. Un jour, elle alla jusqu'à dire que cela ne servait à rien de pleurer sur ce qui était fait. Julia n'en crut pas ses oreilles. *Pleurer sur ce qui était fait !*

Son travail à l'institut parvenait cependant à détourner ses pensées de son drame intérieur, mais il y avait toujours un jeune qui disait quelque chose ou la regardait de telle manière que, brusquement, l'image du visage de Skye s'imposait à son esprit. Son cœur se mettait alors à battre la chamade et sa gorge se serrait. Ce fut Linda qui l'aida à traverser ces jours horribles, qui lui fit la cuisine et lui apporta des tasses de chocolat chaud, qui vint s'asseoir sur son lit pour la bercer dans ses bras quand elle l'entendait pleurer au milieu de la nuit. Elle seule semblait comprendre ce qu'était le fardeau de la culpabilité.

Dix jours après l'incendie, tandis qu'Ed se trouvait encore en soins intensifs, Glen conduisit Julia, Katie, Scott et Laura à Billings aux funérailles de Skye. A eux seuls, ils constituaient plus de la moitié de l'assemblée. Le beau-père de Skye ne la quitta pas des yeux de tout le service, et à la sortie de l'église, il se précipita vers elle. Il la traita de salope, criant qu'elle ne manquait pas de culot d'avoir osé venir. Il se fit menaçant au point que deux de ses amis durent le retenir.

« Vous ne nous avez même pas laissé un cadavre décent à enterrer ! »

Durant les jours qui suivirent, Julia demeura prostrée, à peine capable de prononcer un mot.

A Boston, sur le chemin de l'institut, elle passait devant une église catholique et, de temps en temps, après les cours, elle y entrait et s'asseyait au fond. En général, il n'y avait personne, hormis, de temps en temps, quelques vagabonds qui s'abritaient du froid, une silhouette agenouillée sur un banc qui priait ou quelqu'un qui allumait un cierge. Julia envisageait de faire l'un et l'autre, ou même d'aller trouver le prêtre pour se confesser. Mais qu'est-ce qu'elle aurait dit ?

Bénissez-moi, mon père, car j'ai péché. J'ai tué une belle jeune fille sur une montagne et rendu aveugle mon petit ami. Ah oui, et tué aussi cinq personnes dans l'accident survenu à l'hélicoptère de secours.

Combien de Je vous salue Marie faudrait-il dire pour

absoudre de pareils péchés ? se demandait-elle. Chercher le pardon lui paraissait presque obscène. Pour ces péchés-là, il n'y avait pas de pardon. Et même si Dieu, à supposer qu'il existe, lui pardonnait, pourrait-elle se pardonner à elle-même ? Quel droit avait-elle de prier ou de faire brûler un cierge ? Elle se contentait donc de s'asseoir dans la pénombre et de contempler le rond de lumière qui entourait l'autel, la silhouette or, bleu et blanc de la Sainte Vierge au sourire énigmatique et le Christ au-dessus, seul sur sa croix, avec le sang qui coulait de sa plaie au flanc ainsi que sur son visage sous la couronne d'épines. Julia regardait dans l'espoir d'y trouver quelque chose. Non pas le pardon, ni même la pitié, mais peut-être une espèce de réconfort. En vain.

L'eau de son bain commençait à refroidir. Elle renversa la tête en arrière pour mouiller ses cheveux, puis elle les lava rapidement. Après quoi, elle sortit de la baignoire et s'enveloppa dans l'une des épaisses serviettes des Tully. Elle pensa à Connor et regretta de ne pas être restée à Boston ou de ne pas être allée voir sa mère à New York.

Elle avait fait de son mieux pour ne pas montrer combien elle désirait l'éviter. Malgré tout, Ed l'avait plus ou moins deviné la fois où, lors de la dernière visite de Connor dans le Kentucky, elle s'était arrangée une fois de plus pour ne pas venir. Il lui avait demandé pourquoi, et elle avait répondu qu'elle avait honte de la façon dont elle l'avait traité le jour de l'incendie. C'était vrai, mais ce n'était qu'une partie de la vérité.

Au fond d'elle-même, Julia avait surtout honte des sentiments qu'elle avait éprouvés pour lui l'été précédent et que, elle devait se l'avouer, elle éprouvait toujours. Avant l'incendie, elle avait déjà eu l'impression qu'il s'agissait d'une trahison vis-à-vis d'Ed. Et maintenant, ces pensées lui semblaient monstrueuses. Elle savait où se situait son devoir, et tant que Connor se trouvait à des milliers de kilomètres, elle parvenait à faire taire son cœur et à se consacrer à Ed.

A l'aéroport, tout lui était revenu en bloc. Sa démarche, la façon dont il avait fixé sur elle ses yeux bleu clair, le son de sa voix. Elle avait espéré de toute son âme qu'il ne l'étreindrait pas ni ne l'embrasserait, mais quand il l'avait serrée dans ses bras, elle avait senti quelque chose céder en elle et elle avait été à deux doigts de craquer et de pleurer sur son épaule. Elle avait réussi à refouler ses larmes jusqu'à ce qu'elle laisse les deux amis pour aller chercher la voiture. Dans le parking, elle était restée un long moment à sangloter, le front appuyé sur le volant.

Heureusement, elle se sentait maintenant un peu plus forte. Elle se sécha les cheveux et enfila ensuite un pantalon de velours noir et un pull en cashmere vert foncé, cadeau de la mère d'Ed pour Noël. Avant l'incendie, elle ne se maquillait pratiquement jamais, mais depuis, la vue de son visage nu dans la glace l'effrayait trop. Elle avait les joues creuses, les yeux caverneux et, avec ses cheveux courts, elle se trouvait l'air d'une cancéreuse ou d'une rescapée d'un camp. Tandis qu'elle se maquillait devant le miroir de la salle de bains, elle entendit Ed frapper de sa manière caractéristique à la porte de la chambre, celle qu'il adoptait quand il venait la rejoindre après que tout le monde était couché.

« Milady ?

— Je suis là.

— La présence de Milady dans la salle de banquet est vivement souhaitée.

— J'arrive. »

Il tâchait de s'habituer à sa canne blanche, et Julia

l'entendit traverser ainsi la chambre puis, dans la glace, elle le vit s'encadrer sur le seuil de la salle de bains. Il s'était coupé en se rasant et un peu de sang séché marquait sa joue. Julia se retourna et s'avança vers lui. Il posa sa canne contre le mur pour prendre la jeune femme dans ses bras et l'embrasser dans le cou.

« Tu sens si bon que j'ai envie de te dévorer. »

Elle sourit et demeura immobile cependant qu'il faisait lentement remonter ses mains le long de ses cuisses et de ses flancs jusqu'à ses seins qu'il emprisonna dans ses paumes.

« Je vérifie juste que tu es convenablement habillée, dit-il.

— Ah bon ? Et alors ?

— Ça me paraît bien. »

Elle sentit contre son ventre le sexe d'Ed se durcir. Elle tendit le bras derrière elle pour prendre un gant afin de lui essuyer le sang sur sa joue.

« Merde, je me suis coupé ?

— Un tout petit peu. Voilà, c'est réparé. Bon, on y va ?

— Ici, tout de suite ? Avec plaisir.

— Manger, gros malin. Tu as fait ta piqûre ?

— Oui, maman.

— Tu lui as annoncé ?

— Non, pas encore. Je pensais qu'on le lui dirait après dîner. »

Etre aveugle ne semblait pas offrir beaucoup d'avantages, en tout cas jusqu'à présent. Il y avait cependant une chose qu'Ed avait remarquée : il était tout le temps aussi excité qu'un chien en rut. Il avait entendu dire que la perte de la vue s'accompagnait d'un aiguisement des autres sens, et il ne pouvait attribuer qu'à cela son état, à moins qu'il ne s'agisse d'un merveilleux effet secondaire des innombrables pilules qu'il devait désormais ingurgiter, un effet que personne n'avait osé mentionner. Avec tous les efforts qu'il lui fallait consentir pour apprendre à vivre dans cet univers de ténèbres, il était souvent très fatigué, mais jamais au point de ne pas aller rendre visite la nuit à Julia. Il disait même en plaisantant qu'il n'avait pas besoin d'une canne pour trouver le chemin de sa chambre, car il en avait une qui se dressait en permanence devant lui.

Avant sa cécité, ses pulsions sexuelles n'en étaient pas pour autant réduites à la portion congrue. Loin de là. Quand ils étaient ensemble, rares étaient les soirs où ils ne faisaient pas l'amour. Mais maintenant qu'il ne pouvait plus que la toucher, la sentir et la goûter, il avait l'impression d'avoir un turbocompresseur en lui, comme si dans les veines concernées coulait un nouveau combustible à très haut indice d'octane. Non qu'il se considérât comme un amant exceptionnel. Il savait qu'il se montrait parfois trop impatient et souvent trop rapide. Il se plaisait néanmoins à penser qu'il était généreux et que ce qui lui manquait en finesse, il le compensait en ardeur.

A cause de sa hanche brisée et du temps qu'il avait passé à l'hôpital puis au centre de réadaptation, il s'était écoulé des semaines et des semaines avant que Julia et lui puissent de nouveau faire l'amour. Pendant son séjour au centre, l'idée qu'il pourrait ne plus lui plaire n'avait cessé de le tourmenter. Il en avait parlé à l'un des conseillers qui s'était efforcé de le rassurer, déclarant que c'était un sentiment courant chez les hommes qui venaient de perdre la vue et que cela pouvait produire sur eux un effet castrateur. Ce discours ne fit qu'accroître ses angoisses et, à son retour, il doutait plus que jamais de lui-même.

Julia, par bonheur, avait dissipé ses inquiétudes. Le premier soir à Grassland, il avait été aussi maladroit qu'un adolescent à son premier rendez-vous, mais elle l'avait serré dans ses bras et réconforté, de sorte qu'il avait senti combien elle l'aimait, et depuis, tout avait été aussi bien qu'avant, sinon mieux. En plus de ses sensations avivées, il avait également noté un changement chez Julia. Quand elle faisait l'amour, il y avait quelque chose de nouveau en elle, une espèce d'intensité empreinte de tristesse dans laquelle elle semblait parfois se perdre.

Tout le monde était déjà à table lorsque Julia et lui entrèrent dans la salle à manger. Entendant un bruit de chaises, Ed comprit que son père et Connor se levaient pour les accueillir.

« Excusez-nous d'être en retard, dit-il. C'est de ma faute. J'ai presque failli me décapiter en me rasant.

— Pourquoi ne te sers-tu pas du rasoir électrique que je t'ai acheté ? demanda sa mère.

— J'aime vivre dangereusement. »

Il y eut un instant de silence. Julia le conduisit à sa place et s'assit à côté de lui.

« Bon, on peut commencer à manger, dit son père. Notre ami Connor est près de mourir de faim. »

Il appela Annie, la cuisinière philippine qui était à leur service depuis qu'Ed était tout petit. Ils bavardèrent un instant cependant qu'elle apportait l'entrée. Ed huma l'air. C'était devenu un rite : il s'efforçait toujours de deviner ce qu'on servait.

« Bon, Annie, voyons... Saumon fumé et... »

Annie éclata de rire. « Tu ne trouveras jamais.

— ... et ces vieilles chaussettes que tu as jetées la semaine dernière. »

Elle lui donna une petite tape sur la main et posa le plat devant lui.

« Concombre à la menthe.
— Concombre qui sent la vieille chaussette et menthe pourrie. »

Au cours du repas, Jim Tully interrogea Connor sur son voyage en avion depuis le Montana, et il se lança ensuite dans un monologue fastidieux sur les mérites comparés des différentes compagnies aériennes. Il demanda à Julia laquelle elle prenait pour venir de Boston, et elle lui répondit avec toute la politesse requise. C'étaient les premiers mots qu'elle prononçait, et Ed s'étonna de son silence prolongé. Elle devait sans doute trouver cette conversation mortellement ennuyeuse. Il était grand temps de mettre un peu d'animation.

« Hé, fit-il. Vous connaissez l'histoire de l'hôtesse de l'air surprise l'autre jour en train de baiser — pardon, maman — en train d'avoir des "rapports intimes" avec un passager ?

— Non, répondit Connor. Mais j'ai comme l'impression qu'on va la connaître.

— Bon, puisque tu insistes. Elle s'est fait virer, bien entendu, et vous savez quoi ? Les billets se sont arrachés. Tous les vols complets. Et maintenant, on appelle la compagnie "Air Baise".

— Ed, je t'en prie ! s'écria sa mère. Connor, qu'allons-nous faire de ce garçon ?

— Eh bien, Mrs. Tully, il paraît qu'il existe un important marché aux esclaves blancs dans certains coins d'Asie.

— Excellente idée. Nous allons le vendre.

— Oh non, s'il vous plaît, supplia Ed. Et puis, quel prix obtiendriez-vous pour un aveugle diabétique et un compositeur raté ?

— Comment, raté ? protesta sa mère.

— Maman, je plaisantais. »

Tous se turent. Annie vint débarrasser. Le père d'Ed finit par reprendre la parole :

« Alors, Connor, que pensez-vous de nos deux tourtereaux qui vont bientôt convoler ? »

Ed aurait aimé lui décocher un coup de pied sous la table, mais c'était trop tard.

« Pardon, Mr. Tully ? dit Connor.

— Ces deux... Bon sang, Ed, tu ne l'as même pas dit à ton meilleur ami ? »

Ed inspira profondément.

« Vous allez vous marier, c'est ça ? fit Connor.

— C'était censé être une surprise pour plus tard. Merci beaucoup, papa. »

Il tâtonna à la recherche de la main de Julia et fut étonné de sentir la tension qui l'habitait. Peut-être était-elle simplement agacée, tout comme lui, par l'impair que venait de commettre son père. Il lui emprisonna la main entre les deux siennes.

« Oui, reprit-il. J'ai choisi le moment opportun, je l'ai fait boire, puis je lui ai demandé et, aussi incroyable que ça puisse paraître, elle a accepté. »

Il se pencha vers elle et l'embrassa sur les lèvres.

« Eh bien, dit Connor. C'est formidable. Toutes mes félicitations.

— Merci, vieux frère.

— N'est-ce pas merveilleux ? intervint sa mère. Nous sommes tous tellement heureux.

— Julia semble avoir perdu sa langue, dit Jim Tully.

— Excusez-moi. Je ne sais quoi dire. »

Sa voix avait l'air bizarre, mais Ed mit cela sur le compte de l'embarras. Il vola à son secours.

« Eh bien, tu pourrais par exemple dire que tu as beaucoup, beaucoup de chance étant donné les milliers de femmes belles et talentueuses que tu as dû évincer pour mettre le grappin sur un homme comme moi. »

Tout le monde éclata de rire.

« Tu devrais porter un toast, Jim, dit Mrs. Tully. Avant de faire une nouvelle bourde.

— Et comment ! »

Ed les entendit prendre leurs verres.

« A Julia et à Ed. »

Sa mère et Connor répétèrent. Les verres s'entrechoquèrent.

« A leur santé et à leur bonheur. »

Connor la regarda s'installer sur le tapis devant l'immense cheminée. Ed et lui avaient pris place face à l'âtre dans deux profonds fauteuils en cuir munis de hauts dossiers. Ils tenaient chacun à la main un verre ballon rempli du meilleur cognac de Jim Tully. Julia contemplait les flammes, appuyée contre les jambes d'Ed qui lui caressait distraitement la nuque tout en finissant de raconter une histoire. Connor se rendait compte qu'elle n'écoutait pas et il se demandait à quoi elle pouvait bien penser.

Ils se trouvaient dans ce que le père d'Ed appelait son antre, lequel était en fait deux fois plus vaste que la plupart des salles de séjour. Il y avait deux grandes tables recouvertes de cuir sur lesquelles s'empilaient des livres, cependant que des centaines d'autres, dont beaucoup de livres anciens reliés de cuir, s'alignaient sur les étagères qui occupaient les quatre murs. Ed prétendait que son père les avait achetés au mètre et qu'il n'en avait jamais lu un seul. Le plancher était un patchwork de vieux tapis d'Orient sur lesquels quatre lampes de bureau en cuivre munies d'abat-jour en opaline verte jetaient des ronds de lumière. Sinon, la pièce était plongée dans une douce pénombre, et les flammes faisaient naître des ombres dansantes sur le plafond.

Les parents d'Ed étant montés se coucher, ils étaient seuls tous les trois. Dans le brusque silence, Connor réalisa qu'Ed venait de lui poser une question.

« Excuse-moi, vieux, je réfléchissais à quelque chose. Tu peux répéter ?

— Je disais qu'on était désolés que tu l'aies appris de cette manière. On tenait à te l'annoncer nous-mêmes.

— Ce n'est pas grave. Je suis ravi pour vous deux. »

Julia se tourna vers lui. A deux reprises au cours du dîner, il l'avait surprise à le regarder, mais les deux fois, elle s'était empressée de détourner les yeux. Là, elle soutint un instant son regard et il vit qu'elle s'efforçait de déterminer s'il avait dit la vérité. Il essaya en vain de déchiffrer ce qui se lisait dans ces beaux yeux noisette en plus de la tristesse. Cette fois-ci, ce fut lui qui détourna le regard.

« A quand la noce ? demanda-t-il.

— Le dernier samedi de juin. Il faut d'abord que je reprenne des forces. Pour la lune de miel, tu comprends. » Il éclata de rire, tandis que Julia fronçait les sourcils et lui tapait sur le genou comme une maîtresse d'école. « J'ai interrogé tous mes amis, mais aucun ne semble désireux d'être mon garçon d'honneur, aussi je me demandais si par hasard tu accepterais.

— Laisse-moi d'abord consulter mon agenda. Où les épousailles doivent-elles avoir lieu ?

— Ici. Nous avions songé au Montana, mais en attendant d'y trouver une maison, nous avons pensé que ce serait plus simple d'organiser ça ici.

— Y trouver une maison ? Tu veux dire que vous allez vous installer dans le Montana ?

— Dis donc, mon vieux, on est dans un pays libre, non ? »

Connor regarda Julia qui lui adressa un petit sourire souligné d'un léger haussement d'épaules.

« C'est génial, dit Connor, faisant de son mieux pour paraître enthousiaste. Où, exactement ?

— Oh, du côté de Missoula, si on trouve ce qui nous convient. Bon, excusez-moi, les enfants, faut que j'aille pisser un coup. Je reviens tout de suite. »

Il posa son verre, tâtonna pour prendre sa canne et se leva. Julia se mit debout à son tour et se proposa de l'accompagner, mais il refusa d'un ton sec. Il était tout à fait capable d'aller seul aux chiottes, nom de Dieu ! C'était le premier signe d'irritation qu'il manifestait en présence de Connor. Julia se rassit et fixa son regard sur les flammes cependant que le bruit de la canne d'Ed s'éloignait dans le couloir.

« Julia ? » murmura Connor.

Elle se tourna vers lui et il lut une telle détresse sur son visage que, la gorge nouée, il eut du mal à continuer.

« Ça va ? » demanda-t-il enfin.

Elle secoua un peu la tête. « Pas vraiment. Mais je m'en remettrai. »

Il tendit la main. Elle hésita un instant, puis la prit entre les deux siennes. Elle avait la peau glacée.

« Excuse-moi de n'avoir jamais répondu à tes messages.

— Ça n'a pas d'importance.

— Je suppose que je ne savais simplement pas quoi te dire. J'avais tellement honte des paroles que j'avais prononcées. Je ne les pensais pas.

— Je sais.

— Tu m'as sauvé la vie. J'aurais peut-être... »

Elle se tut et contempla de nouveau le feu.

« Tu aurais peut-être...

— Je... parfois, je me dis que j'aurais peut-être préféré mourir aussi. »

Des larmes gonflèrent ses paupières. Connor se pencha vers elle.

« Julia, tu n'es en rien responsable de ce qui est arrivé. »

Dans le couloir, on entendit une porte se refermer, puis le tap-tap de la canne. Julia lâcha la main de Connor et sécha ses pleurs.

« Tu ne dois pas te sentir coupable. Tu as fait tout ce qui était humainement possible », dit Connor d'une voix basse qui se voulait persuasive.

Julia eut un petit sourire teinté d'ironie.

« Mais oui, bien sûr. »

Ed entra dans la pièce et Connor le regarda se diriger sans hésiter vers son fauteuil. Le silence planait au-dessus d'eux comme un linceul.

« Bon, fit Ed. Soit vous dormez tous les deux, soit vous étiez en train de parler de moi, ce qui ne me dérange pas outre mesure. Quel meilleur sujet de conversation auriez-vous pu trouver ?

— Tu te flattes beaucoup ! » lança Julia. Sa voix avait pris un ton étonnamment enjoué. Seule une traînée de mascara sous son œil gauche témoignait de ce qui venait de se passer. « Et de toute façon, on n'a fait que parler de toi toute la soirée. Tu n'as même pas demandé à Connor ce qu'il avait fait ces derniers temps.

— C'est juste. Alors, quelles sont les nouvelles du Montana, cow-boy ? Comment se porte le marché de la photo ?

— Plutôt calme, comme d'habitude. Mais j'en ai malgré tout vendu quelques-unes. Pour ne rien vous cacher, il est temps que je bouge. »

Il but une gorgée de cognac. Quant à Julia et Ed, ils attendaient qu'il s'explique.

« Connor, tu es vraiment pénible, finit par déclarer

Ed. Je te connais, quand tu dis des trucs comme ça, l'air de rien, c'est qu'un changement majeur va se produire dans ta vie. Pour l'amour du ciel, accouche !

— Eh bien, mettons que je compte voyager un peu.

— Génial. Et où ça ?

— D'abord en Europe, et puis peut-être en Afrique.

— Super. Pour prendre des photos ?

— Oui.

— Et où en Europe, exactement ? »

Connor sentit que Julia le dévisageait. Il évita son regard.

« Allez, joue pas les cachottiers !

— Eh bien, je vais en Bosnie.

— Waouh ! Tu as, comment dire, une commande, quelque chose de ce genre ?

— Non, j'ai l'intention d'y aller comme ça.

— Comme ça ? Dans un pays en guerre ? »

Connor haussa les épaules. « Je suppose que je verrai sur place. J'improviserai.

— Bon, eh bien, bravo, mon vieux. Et tu pars quand ?

— Je pensais partir d'ici peu, mais il va sans doute falloir que je poireaute jusqu'à votre foutu mariage. »

Il avait donné l'impression que c'était une décision plus définitive qu'elle ne l'était en réalité, ou du moins qu'elle ne l'avait été. Il y songeait depuis quelque temps et avait commencé à effectuer des recherches, mais c'était seulement maintenant, en apprenant que la femme qu'il aimait allait se marier, qu'il avait pris la résolution de partir. Julia n'avait pas prononcé une parole et ne l'avait pas quitté du regard. Il finit par se tourner vers elle et lui lancer un sourire qu'elle ne lui rendit pas.

S'il avait réfléchi et si Ed n'avait pas été aveugle, il n'aurait jamais fait cela. Saisi d'une impulsion, il se pencha pour essuyer le mascara sur la joue de Julia. Elle ferma les yeux au contact de ses doigts et inclina la tête en silence.

14

La maison qu'ils trouvèrent dans le Montana, située à la lisière de la forêt qui tapissait le versant abrupt de la montagne, dominait un méandre de la Bitterroot River. C'était une maison à un étage en rondins, entourée d'un terrain d'environ un hectare composé essentiellement de prairie plantée de pommiers et de poiriers. La façade donnant sur la rivière possédait de grandes portes vitrées et une terrasse envahie par un rosier grimpant jaune. Construite neuf ans auparavant par un couple de sculpteurs, la propriété comportait une dépendance, une grange tout en longueur qui leur avait servi d'atelier. L'une de leurs réalisations, un totem haut de près de dix mètres sculpté dans le tronc d'un pin, se dressait sur la pelouse, de sorte que l'aigle menaçant perché au sommet semblait veiller sur la rivière comme une sentinelle, éclairé par les rayons du soleil du matin.

Après le mariage, ils avaient passé dix jours à lézarder sur une plage mexicaine. Ed avait emporté une pile de romans sur cassettes mais, ne pouvant souffrir la musique qu'on se croyait obligé de coller dessus, il avait demandé à Julia de lui lire plutôt le livre qu'elle lisait, *Madame Bovary,* et il n'avait pas tardé à en concocter une version comédie musicale, intitulée *Oh,*

Madame ! Il lui arrivait parfois de s'endormir pendant que Julia lui faisait la lecture. Elle s'arrêtait alors et regardait les pélicans patrouiller paresseusement sur le rivage et plonger dans la mer de cette manière comique qui les caractérisait.

Bronzés et reposés, ils se rendirent directement à Missoula pour se mettre en quête d'une maison. Julia pensait qu'il leur faudrait des semaines avant d'en trouver une qui leur conviendrait, mais ils tombèrent dessus dès le troisième jour. Ce fut un soulagement, car les visites avec Ed se révélaient épuisantes. Il voulait qu'on lui décrive le moindre détail. Quelle était la couleur des murs de la cuisine, la vue qu'on avait de la fenêtre de la chambre à coucher ? demanda-t-il. Et puis, est-ce que la rivière était bonne pour la pêche ? Est-ce que Julia apercevait des truites qui crevaient la surface ?

« Des centaines, répondit-elle. De véritables monstres. Elles grouillent. Il y en a même qui se font dorer au soleil sur la berge. »

Le rez-de-chaussée se composait d'une vaste salle de séjour parquetée. Ed se planta au milieu et se mit à chanter pour juger de l'acoustique. L'agent immobilier, une femme joviale d'une cinquantaine d'années portant du rouge à lèvres écarlate et de grosses boucles d'oreilles en or, semblait quelque peu démontée. D'autant plus qu'Ed lui demanda également de chanter.

« Mmmm, très impressionnant, conclut-il. La Maria Callas de Missoula. »

Comme cadeau de mariage, ses parents lui avaient offert un nouveau piano, un demi-queue Yamaha laqué noir. Il interrogea Julia pour savoir où il pourrait le mettre, précisant qu'il fallait que ce soit à un endroit d'où l'on avait une vue sur la rivière. L'agent immobilier lança un regard étonné à Julia, et Ed, l'ayant deviné, expliqua que même s'il ne pouvait pas la voir, il était important pour lui de la sentir là. L'emplacement idéal se situait à côté des portes vitrées qui ouvraient sur la terrasse.

Et c'est bien là que, neuf mois plus tard, il se trouvait. Ed en avait fait le cœur de ce qu'il appelait le centre de contrôle NASA, tout un assortiment complexe de claviers, d'écrans et d'équipement informatique qui paraissait en effet capable d'effectuer le lancement d'une petite fusée. Sur le couvercle du piano, au milieu des piles de partitions en braille, chacune identifiée par un objet différent posé dessus, trônait dans un cadre argenté la photo en noir et blanc que Connor avait prise le jour du mariage. Dessus, Ed riait — sans nul doute à l'une de ses propres plaisanteries — et le soleil du Kentucky se reflétait comme une étoile dans ses lunettes noires, tandis que Julia, jetant un regard de biais vers l'objectif, l'embrassait sur la joue. Aujourd'hui encore, il lui semblait étrange de penser qu'Ed n'avait jamais vu, et ne verrait jamais, comment il était ce jour-là.

Il y avait cependant sur cette photo quelque chose de plus profond qui ne la frappa que plus tard. Ce baiser empreint de dévotion symbolisait en quelque sorte le contrat qu'ils avaient passé ou, du moins, celui qu'elle avait passé avec elle-même. C'était simple : elle était responsable de la cécité d'Ed et elle serait dorénavant ses yeux. Cela ne signifiait pas pour autant qu'elle ne l'avait épousé que par devoir. Ni qu'elle ne l'aimait pas. Bien sûr qu'elle l'aimait. Et son admiration devant son courage, son refus de s'apitoyer sur son sort et son optimisme inébranlable grandissait à mesure qu'elle apprenait à le connaître. Tout cela était présent dans cette photo qui, chaque jour, venait lui rappeler ce qu'était et ce que serait désormais son existence. Le fait que dessus elle soit aussi en train de regarder Connor, elle se refusait à le voir.

Ils avaient emménagé à la fin septembre. Leurs mères à tous les deux vinrent habiter chez eux quelques jours pour leur permettre de s'organiser, et bien qu'elles soient aussi différentes qu'on puisse l'être — la « belle » du Sud et la coiffeuse italienne de Brooklyn —, les deux femmes s'entendirent à merveille, et leurs rires résonnèrent si souvent dans la maison qu'après leur départ, celle-ci parut vide.

Ces premiers mois furent plutôt mouvementés. L'antenne locale de l'Association des Aveugles et Mal-Voyants leur envoya une armée de conseillers pour les aider. Ils adaptèrent la cuisine en apposant sur le four à micro-ondes, la cuisinière et les différentes boîtes d'aliments des petits aimants et des pastilles de caoutchouc afin qu'Ed pût se repérer. Ils taillèrent les rosiers et les arbres fruitiers de façon à ce qu'il ne s'égratigne pas la figure, puis plantèrent des poteaux, reliés ensuite par une corde tout le long du chemin qui descendait de la terrasse à la rivière pour lui permettre de s'y rendre seul sans danger.

Il n'y avait pas qu'Ed qui devait apprendre à vivre autrement. Julia aussi eut à se livrer à des ajustements qui, certes, n'étaient rien en comparaison de ceux auxquels Ed devait procéder. Par exemple, il ne fallait pas qu'elle laisse traîner des objets dans des endroits inhabituels pour éviter qu'il ne bute dedans ou ne les renverse, ni qu'elle oublie de refermer les portes des armoires et des placards afin qu'il ne se cogne pas dedans, de même qu'elle devait toujours remettre les choses à leur place pour qu'il les retrouve en cas de besoin. Le plus difficile, ce fut de déterminer précisément dans quelles circonstances elle devait lui proposer son aide. Elle souffrait parfois le martyre en le regardant s'énerver après lui-même, trébucher ou même tomber, mais elle se rendait compte que c'était parfois nécessaire. A l'approche de l'hiver, ils avaient réussi à surmonter la plupart des obstacles, et ces petits accidents se faisaient de plus en plus rares.

C'était le premier hiver de Julia dans le Montana, et pour être rude, il fut rude. La première neige tomba en octobre et ne cessa ensuite de s'accumuler avec une régularité de métronome. Loin de se sentir prisonnière, isolée ou déprimée comme elle l'avait craint, Julia fut enchantée. Chaudement couverts, ils sortaient pour de longues promenades sous le ciel limpide des montagnes. Ils essayèrent même de faire du ski de fond. Julia restait devant, une guirlande de clochettes accrochée dans le dos, et Ed s'efforçait de la suivre au bruit. Il allait toujours trop vite, si bien qu'il lui rentrait systématiquement dedans. Ils firent des chutes spectaculaires qui leur amenèrent parfois les larmes aux yeux, mais c'étaient des larmes de rire.

Le soir, emmitouflés jusqu'aux oreilles, ils s'installaient sur le canapé devant la cheminée pour lire, écouter de la musique ou, quand Ed insistait, regarder un bon vieux western ou une comédie musicale à la télévision. Il demandait alors à Julia de lui commenter les images, et elle s'amusait parfois à inventer des personnages ou des scènes, mais il connaissait si bien la plupart des films qu'il s'en apercevait tout de suite. Il se jetait alors sur elle pour la bousculer et la chatouiller jusqu'à ce qu'elle le supplie d'arrêter.

Grâce à la générosité du père d'Ed et à l'argent de l'assurance, ils avaient peu de soucis financiers. Julia ne travaillait plus depuis qu'elle avait démissionné de son poste à Boston au printemps dernier et, tout en ayant l'intention de chercher du travail, elle profitait de sa liberté pour lire, et aussi faire de la poterie et se remettre sérieusement à la peinture, occupations auxquelles elle se livrait presque tous les matins dans la grange transformée en atelier. Ed, pour sa part, ne voulait pas vivre de la charité des autres (et en particulier de celle de son père), aussi il tenait à montrer qu'il était capable de subvenir à leurs besoins. Naturellement, il comptait toujours sur une carrière de compositeur, mais en attendant, il était déterminé à continuer à donner des leçons de piano.

A l'automne, il avait passé une annonce dans le *Missoulian,* à la suite de quoi une douzaine de futurs élèves s'étaient présentés. Et puis le bouche-à-oreille avait fonctionné, de sorte qu'il avait eu plus de demandes qu'il ne pouvait en satisfaire. La plupart étaient des enfants qui venaient chez lui après l'école. Et à entendre leurs voix et leurs rires résonner dans la maison, à voir le plaisir qu'Ed prenait à leur compagnie, Julia sut que le jour n'allait pas tarder où il soulèverait la question de leurs propres enfants.

Le lendemain de Thanksgiving, il amena la conversation sur le sujet. C'était le soir. Ils avaient fait l'amour sur le canapé devant le feu et reposaient dans les bras l'un de l'autre. Julia regardait la neige tomber à gros flocons sur la terrasse.

« Alors, qu'est-ce que tu en penses ? demanda-t-il.

— Sur dix, tu veux dire ? Eh bien, mettons que je te donne quatre, à la rigueur cinq. »

Il lui agrippa le poignet. « Non, tu sais très bien de quoi je parle. »

Elle le savait en effet, encore qu'elle se demandât comment. Elle avait souvent l'impression de pouvoir lire les pensées d'Ed, et elle espérait que l'inverse n'était pas vrai.

« Tu ne trouves pas que c'est un peu tôt ? Tu... tu ne crois pas qu'on devrait être un peu plus installés ?

— Je ne sais pas. Moi, je me sens parfaitement installé.

— Oui, moi aussi, mais...

— Ecoute, si tu n'es pas sûre, ce n'est pas grave. On attendra. »

Elle y réfléchit toute la nuit ainsi que le lendemain. Elle désirait autant qu'Ed avoir des enfants. Alors, pourquoi attendre ? Ils avaient toujours utilisé des préservatifs, et quand ils refirent l'amour, au moment où il tendait la main pour en saisir un, elle arrêta son geste en silence. Ni l'un ni l'autre ne parla, comme si le moindre mot risquait de contrarier leurs espérances.

Et quatre mois plus tard, Julia n'était toujours pas enceinte. Certes, elle n'ignorait pas que cela exigeait parfois du temps et qu'il arrivait que des couples consacrent des années à essayer, mais une petite voix irrationnelle lui soufflait qu'il y avait quelque chose d'anormal. Avoir un enfant était maintenant devenu presque une obsession chez elle. Dix jours auparavant, sans le dire à Ed, elle était allée consulter son médecin et lui avait demandé de procéder à des analyses. Elle devait en connaître aujourd'hui les résultats.

En cette matinée de début avril, tout s'annonçait sous les meilleurs auspices. Ed la réveilla avec une tasse de café et elle resta au lit, baignée par les rayons de soleil qui se déversaient par la fenêtre, cependant que Neil Young passait à fond sur la chaîne stéréo du rez-de-chaussée où Ed faisait ses exercices. Après quoi, il prépara de délicieux pancakes aux myrtilles, et ils prirent le petit déjeuner au soleil autour de la longue table de pin en parlant de l'été et de leurs projets de vacances. Ed aimait bien entamer sa journée de travail par un peu de piano, et ce matin, il choisit l'un de ses morceaux préférés de Schubert. Julia débarrassa la table, mit ses bottes et son manteau, puis elle embrassa

Ed, déclarant qu'elle allait à Missoula. On était vendredi, le jour où elle faisait d'ordinaire les courses pour la semaine, aussi il ne lui posa pas de questions. Dehors, elle sentit pour la première fois une odeur de printemps. La neige avait presque fondu et les crocus pointaient au travers de la pelouse gorgée d'eau.

La clinique était un long bâtiment à un étage situé au sud de la ville, non loin du centre commercial. Dans son impatience, elle arriva vingt minutes avant l'heure d'ouverture. Elle alla donc prendre un café et acheter un journal au centre commercial, puis elle retourna attendre dans la voiture.

Comme toujours, elle commença par regarder s'il y avait des informations sur la Bosnie. Tous les soirs, elle priait pour Connor. Depuis le mariage, ils n'avaient reçu pour toutes nouvelles de lui que deux cartes postales, la dernière datée de Sarajevo juste avant Noël. Toutes deux étaient brèves, impersonnelles et ne disaient pratiquement rien. La semaine précédente, Julia avait vu un reportage à la télévision sur ce qu'on appelait maintenant la « purification ethnique » et sur les snipers qui, à Sarajevo, tiraient au hasard sur les civils. Aujourd'hui, il n'y avait rien dans le journal et, tout en sachant que c'était idiot, elle voulut considérer cela comme un bon présage.

Sa mère, entre autres conseils dont elle l'abreuvait, disait qu'une femme devait toujours choisir un médecin femme et que si pour une raison quelconque on était absolument obligé de prendre un homme, il fallait le choisir jeune et beau, parce que les vieux et laids étaient tous des gens frustrés et libidineux. Celui de Julia était beau et doucereux, mais âgé de près de soixante ans, si bien qu'elle ne voyait pas où le classer. Il s'appelait Henry Rumbold, un nom qui, affirmait Ed, lui évoquait l'une de ces anciennes panacées que les charlatans vendaient à l'arrière des chariots à l'époque du Far-West : *Le remède miracle du Dr. Henry T. Rumbold qui guérit absolument tout, y compris les maux de gorge et de ventre et les furoncles.* Depuis, Julia était incapable de le regarder sans que cette image lui vienne à l'esprit.

La salle d'attente avait eu droit à un petit rafraîchissement de printemps et les murs jaune primevère sentaient encore la peinture. Il y avait juste une femme accompagnée d'un petit garçon affligé d'un nez qui coulait et d'une éruption d'assez vilaine allure. Le docteur Rumbold vint chercher Julia et l'introduisit dans son cabinet. Il lui demanda des nouvelles d'Ed puis parla un peu du temps, ravi que, Dieu merci, l'hiver semble enfin sur le point de s'achever. Après quoi, il fit signe à Julia de s'asseoir devant son bureau, tandis qu'il s'installait derrière. Il chaussa des lunettes sans monture puis, pendant ce qui parut une éternité, feuilleta les documents posés devant lui. Julia patienta, songeant que sa mère n'avait pas tort, du moins sur un point. Le docteur Rumbold était à l'évidence frustré, mais en tant que comédien. Il savait sans aucun doute ce qu'il y avait sur ces foutus papiers, et il se plaisait simplement à faire durer le suspense. Il finit par la regarder par-dessus ses lunettes et poser délicatement la main à plat sur le dossier.

« Bon, dit-il. Nous avons reçu les résultats de vos analyses. »

Quel crétin, pensa Julia. « Alors ? » demanda-t-elle d'une voix douce.

« Eh bien, ma chère Julia, vous n'avez rien du tout et vous êtes en pleine forme.

— Vous êtes sûr ?

— Absolument. »

Elle lui pardonna tout sur-le-champ.

Il lui communiqua les détails, mais Julia était trop transportée de joie pour faire attention. Il finit par lui servir le discours classique sur l'angoisse qui pouvait avoir des conséquences néfastes sur la fécondité, et Julia lui répondit, plaisanterie facile, qu'elle tâcherait de ne pas s'angoisser à l'idée d'être angoissée. Après quoi, il se leva pour la reconduire.

« Bien entendu, dit-il, s'arrêtant sur le seuil de son cabinet, il faut s'y mettre à deux pour faire un enfant. » Puis il ajouta, comme si la pensée lui venait après coup : « Et s'il ne se passe toujours rien dans les mois qui suivent, peut-être qu'Ed devrait lui aussi se faire faire des analyses.

— Oh !

— Mais je suis persuadé que ce ne sera pas nécessaire.

— Non, en effet. Si on s'y met suffisamment. »

Elle arpenta à pas lourds les rayons du supermarché, s'efforçant de retrouver son optimisme du début de matinée, mais il semblait s'être envolé. Elle entassa dans son chariot toutes sortes de provisions dont ils n'avaient pas véritablement besoin. Elle n'arrêtait pas de se dire qu'elle aurait dû être heureuse. Bon Dieu ! elle venait de se voir décerner un véritable brevet de féminité !

En arrivant aux caisses, elle se sentit un peu mieux. Dans la queue, elle observa les autres femmes qui, toutes plus âgées qu'elle, attendaient avec patience derrière leurs chariots pleins à ras bord. Il était sans doute temps qu'elle renonce à sa vie de rentière et qu'elle se trouve du travail. Après tout, Ed était maintenant guéri. De plus, il donnait ses cours et connaissait assez bien la maison pour ne pas avoir besoin qu'elle soit toute la journée sur son dos. Il l'avait d'ailleurs dit lui-même. Donc, elle allait commencer à chercher. Sa décision prise, son moral remonta encore d'un cran.

« Julia ? »

Elle tourna la tête. Un adolescent se tenait dans la file, juste derrière elle. Il était grand et plutôt mignon avec ses longs cheveux noirs. Ses traits lui semblèrent vaguement familiers, mais elle ne parvint pas à se rappeler où elle l'avait vu. Il lui souriait.

« Ouais, c'est bien toi. Je me suis pas trompé, dit-il.

— Pardonnez-moi, je...

— Mitch. »

Aussitôt, elle le reconnut, et elle s'efforça de paraître contente de le voir.

« Ah ! Mitch. Excuse-moi, mais tu as changé de coiffure. Tes cheveux sont beaucoup plus longs.

— Pas les tiens, ça c'est sûr.

— Non, en effet. Alors, comment ça va ?

— Bien.

— Tu travailles ?

— Ouais. Je m'emmerde. J'ai formé un groupe. »

D'une certaine manière, cela ne la surprenait pas. Ils bavardèrent quelques instants pendant que Julia arrivait à la caisse. Elle se rappelait la profonde antipathie qu'elle avait éprouvée à son égard. Jusqu'à ce que son groupe soit célèbre, il bossait dans un garage où il était censé apprendre le métier de mécanicien. Tous les autres employés étaient ou des abrutis ou des cons. Julia envisagea une seconde de lui demander vingt autres façons de le formuler. Il l'accompagna vers le parking et la regarda charger les provisions à l'arrière de la Jeep puis s'installer au volant.

« Alors, t'as été en prison, un truc comme ça ? demanda-t-il.

— Quoi ? » Elle n'était pas certaine d'avoir bien entendu.

« Tu sais, à cause de ce qui est arrivé à Skye, tout ça.

— En prison !

— Ben, c'est toi qu'étais supposée être responsable du groupe. »

Julia resta un moment les yeux fixés droit devant elle, puis elle prit une profonde inspiration.

« Non, Mitch, dit-elle d'une voix aussi égale que possible. Personne n'est allé en prison. Au revoir. »

Elle mit le moteur en marche et claqua la portière. Regardant dans le rétroviseur, elle vit que Mitch affichait un grand sourire.

Le silence était parfois agréable.

Comme à présent, quand il se retrouvait seul, au calme, et que le soleil oblique du matin lui chauffait le visage au travers des portes vitrées cependant qu'il restait assis immobile devant son piano en imaginant les particules de poussière qui dansaient dans les rayons dorés.

Naturellement, le silence n'était jamais total. La maison ne cessait de se parler à elle-même en chuchotant. On entendait les craquements de la charpente, les petits bruits de tuyauterie, le tic-tac de la pendule de la cuisine, le réfrigérateur qui démarrait brusquement puis ronronnait. De dehors, lui parvenaient le floc, floc régulier de la neige qui fondait et gouttait du toit ainsi que, de temps en temps, en provenance de la route, le chuintement d'une voiture qui passait ou le grondement d'un camion transportant du bois.

Et puis, il y avait les moments où le silence n'était pas aussi agréable.

Par exemple, quand il semblait s'abattre sur lui comme un assassin qui chercherait à l'étouffer avec un oreiller. Il devait alors agir vite pour le mettre en fuite, et chanter, crier ou marteler le clavier comme un organiste fou dans quelque film d'horreur. Bizarrement, cela se produisait surtout lorsqu'il y avait du monde autour de lui.

Au cours de sa convalescence à Grassland, il lui arrivait souvent d'éprouver un tel sentiment de panique. Ses parents, Julia et lui, ainsi que, parfois, ses frères et leurs épouses, étaient réunis autour de la table du dîner et il y avait soudain un blanc dans la conversation. Pendant ces brefs instants de silence, Ed sentait l'épouvante monter en lui, pareille à un raz-de-marée, et il se mettait à jacasser comme un idiot, sortant un tas d'absurdités et de mauvaises blagues où, par dérision, il se comparait à Job ou à Jude l'Obscur et auxquelles tous riaient poliment, bien que personne — pas même lui — ne les trouvât drôles. C'était néanmoins tout ce qu'il pouvait faire pour éviter de sombrer.

Il savait combien ses parents et Julia s'en inquiétaient. Ils pensaient sans doute qu'il était en train de perdre la raison, mais il n'y pouvait rien. Il avait bien tenté une fois de l'expliquer à Julia, mais il n'avait pas trouvé mieux comme analogie que de comparer cela à une espèce de claustrophobie.

C'était devenu plus rare désormais, au point qu'il n'avait plus eu de véritable crise depuis leur installation dans le Montana. Il n'ignorait cependant pas que ses plaisanteries et son badinage incessant avec Julia constituaient une forme de défense. Il avait toujours trop parlé, mais à présent, il se surprenait parfois à dépasser les bornes. Julia paraissait toujours le deviner. Elle posait alors la main sur son épaule ou le serrait dans ses bras, et lui murmurait : « Du calme, tout va bien, je suis là. »

Il ne s'agissait pas seulement de conjurer ces silences synonymes de mort. Ed savait combien les gens jugeaient « formidable » la manière dont il « assumait » son handicap, combien ils étaient impressionnés par son « courage » et sa constante « bonne humeur ». Certes, il aurait pu s'effondrer, sangloter à longueur de journée ou se tuer. Et Dieu sait le nombre de fois où il avait eu envie de faire l'un et l'autre, mais à vrai dire, il n'en voyait guère l'utilité. Il se rendait compte que son plus grand ennemi n'était pas la cécité. Après tout, il avait appris dès son plus jeune âge, avec le diabète, que son corps pouvait le lâcher. Non. Malgré ses plaisanteries macabres sur Job et Jude, il savait que son plus grand ennemi était l'apitoiement sur son propre sort.

Qu'on lui permette une seconde de s'infiltrer dans vos pensées, et il s'emparait de votre organisme entier. C'était comme l'héroïne ou quelque terrible virus qui se multipliait et vous laissait vidé, infirme, ne désirant plus que mourir. Ou comme un génie malfaisant qui, accroupi dans un coin de la pièce, vous guettait, ses yeux froids rivés sur vous. La seule façon de le tenir à distance, c'était de feindre tout le temps d'être heureux, comme si la cécité n'était qu'un simple désagrément. Et vous savez quoi ? Eh bien, avec tous ces nouveaux jouets, toutes ces nouvelles choses à apprendre, c'était réellement marrant ! Donc, si vous parveniez à le lui faire croire et aussi à lui faire croire que, attendrait-il jusqu'au Jugement dernier, il n'avait aucune chance de s'emparer de votre âme, alors peut-être, et seulement peut-être, ce petit salaud finirait par se lasser et s'en aller.

C'était cette même créature qui, dans ses moments de déprime, lui soufflait à l'oreille que Julia ne l'aimait pas vraiment, qu'elle ne l'avait épousé que par sens du devoir ou parce qu'elle se sentait coupable, ou bien — idée plus absurde encore — pour l'argent dont il hériterait peut-être un jour. Par bonheur, Ed n'était pas assez idiot pour prêter attention à pareilles sornettes. Il avait perdu la vue mais pas sa perspicacité. Ni, miracle des miracles, son amour-propre.

Aurait-il trouvé la force nécessaire sans Julia, il n'en était pas sûr, mais il en doutait. Peut-être qu'une version plus faible de lui-même serait parvenue à mener un semblant de vie, un semblant d'existence triste et étriquée. Heureusement, Julia l'avait pris par la main pour le conduire vers la lumière. Et bien qu'il n'en distinguât qu'une infime lueur, probablement un souvenir résiduel de l'époque où il voyait encore, il sentait sa chaleur sur son visage ainsi que son pouvoir de guérison. Non seulement Julia était ses yeux, mais aussi la source de son inspiration, de son courage et de sa volonté de vivre. Dans les ténèbres de ses jours et de ses nuits, il n'y avait ni fin de lui, ni début d'elle. Ils formaient un tout indivisible.

15

Ils aperçurent de loin la colonne de fumée qui s'élevait comme une tour penchée noire de derrière la crête, près de l'entrée de la vallée. La route qui menait dans cette direction était étroite, sillonnée de profondes ornières creusées par les tanks. Les versants de la vallée se refermaient parfois sur eux, et la route alors ombragée devenait sinueuse et accidentée. La rivière qu'ils longeaient disparaissait dans un entonnoir et, malgré le bruit du moteur de la vieille Coccinelle qui peinait dans la montée, ils entendaient le fracas des chutes en contrebas. Le terrain redevenait ensuite plat et on distinguait de nouveau le ciel bleu de printemps cependant que la rivière s'apaisait et serpentait sur leur droite à travers les prairies d'herbe grasse inondées de soleil au-delà desquelles s'étendait la forêt et ses dizaines de nuances de vert.

Ils roulaient toutes vitres baissées, et le toit ouvrant effrangé qui claquait dans le vent laissait pénétrer un souffle d'air frais et odorant. Les cheveux teints en blond de Sylvie volaient autour de son visage, et elle devait de temps en temps lâcher le volant d'une main pour glisser de nouveau les mèches folles derrière ses oreilles. Pendant tout le chemin, elle n'avait cessé de demander à Connor de lui allumer des cigarettes qu'elle ne fumait que jusqu'à la moitié parce que, disait-elle, c'était la seconde moitié qui vous tuait. Pour quelqu'un qui risquait chaque jour sa vie depuis vingt ans, Connor trouvait cette conception intéressante. Elle avait fourré plusieurs cartouches de Marlboro sous leur matériel de photo et leurs gilets pare-balles de manière à pouvoir les offrir aux barrages si nécessaire. Trois fois au cours de l'heure précédente ils avaient été arrêtés par des miliciens serbes aux visages en lame de couteau. Elle avait plaisanté et flirté avec eux, jouant de sa voix rauque de Parisienne, puis leur avait donné des paquets de cigarettes, si bien qu'ils les avaient aussitôt laissés passer.

Sylvie Guillard ne devait pas avoir loin de quarante ans et elle était déjà photographe de guerre quand Connor usait encore ses fonds de culotte sur les bancs de l'école élémentaire. Elle travaillait pour la célèbre agence Magnum et son intrépidité était aussi légendaire que son talent. On racontait qu'elle avait pénétré dans les zones de combats à califourchon à l'avant de tanks et qu'elle s'était placée au cœur d'un échange de tirs rien que pour vérifier la qualité de la lumière. Combien de ces histoires étaient vraies, Connor l'ignorait. Il avait entendu parler d'elle dès son arrivée en Bosnie à l'automne. Petite et maigre, elle faisait fantasmer tous les journalistes masculins de Sarajevo qui semblaient la trouver à la fois séduisante et terrifiante. Elle avait une réputation de solitaire, ce qui rendait d'autant plus étonnant le fait qu'elle eût pris Connor sous son aile. Jusqu'à présent, il n'avait pas vendu beaucoup de photos, mais sans Sylvie, il n'en aurait vendu aucune.

Pourquoi elle avait décidé ainsi de l'aider, voilà qui demeurait un mystère. Les photographes de guerre qu'il avait rencontrés en Bosnie étaient pour la plupart des gens amicaux et corrects, mais quand il s'agissait du boulot, ils devenaient secrets, et l'esprit de compétition prenait le pas sur tout. Partager ce qui aurait pu être une exclusivité, cela ne se faisait pas, sinon par stupidité. Et pourtant, à trois heures ce matin-là, Sylvie avait frappé à la porte de sa chambre du Holiday Inn en lui disant de prendre son matériel et de venir avec elle. Un de ses mystérieux contacts l'avait appelée sur son téléphone satellite pour l'informer que les Red Cobras, l'un des groupes paramilitaires serbes les plus redoutés, se dirigeaient vers une enclave musulmane dans ces collines où ils roulaient à présent. Si elle voulait s'y rendre, il ne fallait pas qu'elle perde un instant, avait conclu son informateur.

Avec les barrages et les déviations, le trajet depuis Sarajevo avait pris près de cinq heures, et durant tout ce temps, Sylvie lui avait parlé des Cobras. Leur chef était un fasciste charismatique du nom de Grujo, un grossiste en viande ayant un penchant pour les voitures de luxe et les armes primitives. Apparemment, il se plaisait à exécuter ses ennemis musulmans à l'arbalète avant de les scalper lui-même. On racontait que ses trophées sanglants ornaient l'antenne de sa Range Rover noire blindée. Connor déclara que ce type lui faisait l'effet d'un cinglé, mais Sylvie n'était pas d'accord.

« Les types de cet acabit sont rarement fous. C'est une explication trop facile. Elle sert à excuser le reste d'entre nous. »

Comme ils approchaient du bout de la vallée, ils passèrent devant une rangée de maisons incendiées où l'on ne distinguait ni cadavres ni signes de vie. Ensuite, la route montait et, par une succession de virages, ils s'enfoncèrent dans la forêt, frappés soudain par la fraîcheur de l'air, tandis que le rugissement du moteur se répercutait sur les parois des falaises de roche grise et humide qui en renvoyaient l'écho parmi les arbres.

Ils sentirent ce qui les attendait avant de le voir. Alors que la route redevenait plate et qu'ils débouchaient dans le soleil, ils comprirent à l'odeur qu'on n'avait pas brûlé que des maisons.

C'était — ou ç'avait été — plutôt un hameau qu'un village, un groupe d'une douzaine de petites maisons et de granges dispersées dans un creux au milieu d'un pré parsemé de fleurs printanières dont les couleurs roses, blanches et jaunes étincelaient dans le soleil. La colonne de fumée qu'ils avaient aperçue depuis la vallée était à présent plus mince et semblait provenir surtout de la carcasse noircie d'un tracteur renversé sur le flanc.

Sylvie arrêta la voiture à une centaine de mètres du premier bâtiment et coupa le moteur. Ils demeurèrent assis, silencieux, le regard fixé droit devant eux et l'oreille tendue. Ils n'entendirent que le bourdonnement des insectes parmi les fleurs. Un chien blanc traversa la route, occupé à quelque dessein connu de lui seul, puis il les vit, s'immobilisa un instant et lâcha un aboiement de principe avant de disparaître derrière un mur de pierres entourant un petit verger. On distinguait deux formes sombres dans les branches et, bien qu'elles fussent à demi dissimulées, Connor sut tout de suite ce que c'était.

Toujours sans prononcer une parole, ils saisirent leurs fourre-tout contenant les appareils photo. Connor ouvrit sa portière qui grinça et ils sortirent de la Coccinelle puis, côte à côte, marchèrent lentement au bord de la route en direction des maisons incendiées sans cesser de prendre des photos. Leurs pas crissaient sur le gravier.

Des masses carbonisées gisaient dans l'herbe, au-dessus desquelles les mouches grouillaient déjà, et Connor mit un moment à réaliser qu'il s'agissait de cadavres de bovins qui portaient encore autour du cou les restes des pneus qu'on avait enflammés.

Les premiers cadavres humains, ils les découvrirent un peu plus loin, sur le seuil de ce qui avait été leurs maisons. Tandis que Sylvie les photographiait, Connor traversa la route en direction du petit verger.

Il y avait deux corps, pendus par les poignets aux branches d'un pommier. Une mère et sa fille adolescente, supposa Connor. La fille était nue et la femme ne portait plus qu'un corsage déchiré maculé de sang. Toutes deux avaient subi des mutilations si épouvantables que Connor, alors qu'il fixait les cadavres sur la pellicule, aurait préféré se trouver n'importe où ailleurs.

Au cours des mois passés, il avait photographié assez de cadavres pour ouvrir une petite galerie des horreurs, et il était fatigué de se sentir malade à chaque fois qu'il les cadrait dans le viseur. Il éprouvait encore des sentiments de pitié et de révulsion, et il espérait qu'il en serait toujours ainsi. Cependant, à mesure qu'il avançait dans la profession, sans pour autant se fermer comme un diaphragme à ces sentiments, il s'efforçait au moins de les filtrer. Et ce qu'à présent il ressentait surtout, c'était un étonnement grandissant à l'idée que des êtres humains fussent capables de commettre de pareilles atrocités avec autant de désinvolture ou même de jubilation.

Au début, il avait été plutôt atterré de constater que devant ces terribles spectacles, il parvenait malgré tout à penser à la manière dont la lumière jouait sur la peau d'un mort, brillait dans un œil qui ne voyait plus ou sur une mare de sang. Tout comme il pouvait regarder le cadavre encore chaud d'un enfant en se livrant aux milliers de calculs dont dépendrait la qualité de l'image : le choix de l'objectif, l'exposition, la composition. Il s'était alors demandé s'il n'existait pas une partie de lui-même qui ne fonctionnait plus, qui aurait été comme cautérisée. Puis, il avait conclu que, à l'instar de tant d'autres avant lui, il avait intuitivement compris que c'étaient précisément ces diversions qui lui permettaient de témoigner des abominations qui s'offraient à son regard.

Le soleil tachetait les fleurs roses qui entouraient la tête de la femme, et il se dégageait de ce tableau une effroyable beauté qui poussa Connor à prendre peut-être plus de photos qu'il n'aurait dû. Sylvie le rejoignit. Elle se limita à quelques clichés, puis elle s'éloigna. Connor se demanda si c'était une façon de reconnaître que ces images en quelque sorte lui appartenaient ou bien de lui reprocher tacitement de trop s'attarder.

Ils comptèrent quinze cadavres, la plupart à peine identifiables. Cinq d'entre eux avaient été scalpés. Il y en avait sans doute d'autres parmi les décombres fumants des maisons. Les deux derniers étaient assis côte à côte, un petit garçon et un vieil homme frêle et tout ridé à la barbe grise clairsemée. Adossés au mur extérieur blanchi à la chaux d'une grange à moitié incendiée, on aurait cru de loin qu'ils s'étaient installés là pour bavarder. Au-dessus d'eux, on avait tracé à la peinture rouge le mot *BALIJE*, un terme injurieux pour désigner les musulmans, et dessiné un cobra lové qui, la tête dressée, s'apprêtait à frapper.

Connor et Sylvie étaient occupés à les photographier quand ils entendirent les camions.

« Donne-moi tes films », ordonna Sylvie.

Elle dévissa le capuchon de la colonne coulissante du trépied télescopique en aluminium qu'elle emportait toujours.

« Tous, vite, dépêche-toi. »

Il lui tendit les rouleaux qu'il avait pris, dont celui

qui était encore dans son appareil, et elle les glissa un à un, ainsi que les siens, dans le tube creux. Elle revissa le capuchon, puis s'empressa de pêcher dans son sac une douzaine d'autres rouleaux qu'elle lui remit. Ils avaient tous l'air d'avoir été exposés.

« Mets-les dans ton sac. »

Ils distinguaient à présent les véhicules qui se dirigeaient vers eux à travers les prés. Tous deux chargèrent leurs appareils et se prirent mutuellement en photo. Le convoi se composait de deux jeeps, d'une voiture blindée et d'un gros camion à ridelles à bord desquels se trouvaient une vingtaine, ou peut-être même une trentaine d'hommes armés jusqu'aux dents d'AK-47, de RPG ainsi que d'autres fusils automatiques plus courts, plus trapus, que Connor ne connaissait pas. Dès que les soldats aperçurent les appareils photo, ils pointèrent le doigt en criant.

Le convoi s'immobilisa à environ vingt mètres d'eux, et les miliciens sautèrent aussitôt à terre. La plupart étaient vêtus de treillis noirs ou de blousons de cuir. Quelques-uns avaient des calots et des casques avec le sigle des Red Cobras peint dessus, d'autres juste des foulards rouges, et tous portaient des cartouchières en bandoulière, et puis des pistolets, des poignards et des grenades à la ceinture. Cinq ou six d'entre eux se détachèrent et s'avancèrent à grands pas vers Sylvie et Connor.

« N'oublie pas, murmura la jeune femme. Ce sont nos frères en Jésus-Christ. »

Connor sentit son cœur se mettre à battre plus vite, mais davantage à cause de l'excitation que de la peur, ce qui, une fois de plus, ne manqua pas de l'inquiéter.

A son allure et à sa démarche, il était clair que celui qui marchait devant était le chef. C'était un homme de haute taille, à peu près de l'âge de Connor, et doté d'une puissante musculature. Il avait les cheveux ras, portait des lunettes noires et un T-shirt noir moulant barré du mot NIRVANA écrit en lettres argentées. Peut-être l'état spirituel auquel il aspirait, ou simplement son groupe préféré, impossible de le savoir. Il avait une mitraillette collée à une hanche et un long couteau de chasse à l'autre. Lorsqu'il ne fut plus qu'à quelques pas d'eux, Sylvie le salua en serbo-croate. Il s'arrêta, la considéra un instant avec mépris, puis il prit la parole, en anglais.

« Qui êtes-vous ? Que faites-vous ici ? »

Elle répondit en serbo-croate, sortit un paquet de cigarettes et lui en offrit une qu'il refusa d'un bref mouvement de tête. Il lui demanda, toujours en anglais, et sans doute pour prouver qu'il n'avait nullement l'intention de se laisser amadouer, qui leur avait donné l'autorisation de venir ici. Il avait une voix grave et un accent de gangster américain, comme s'il avait regardé trop de vieux films noirs. Sylvie persista à employer le serbo-croate, et bien qu'elle parlât trop vite pour Connor, il l'entendit à plusieurs reprises prononcer négligemment le nom de Grujo, comme s'il s'agissait de l'un de ses amis. L'homme demeura impassible.

« Donnez-moi vos papiers », se borna-t-il à exiger.

Ils lui tendirent leurs passeports, puis Connor prit également sa carte de presse de l'ONU, le seul autre document officiel qu'il possédât et qui paraissait à peu près aussi utile qu'un billet pour un match de football annulé.

« Excellent groupe », dit-il en la montrant.

L'homme lui décocha un regard perçant. « Pardon ? »

Connor désigna le T-shirt. Le milicien le considéra une seconde, mais garda le silence. Derrière lui, Connor voyait les autres soldats occupés à charger les cadavres dans le camion.

« Vous êtes américain ? finit par demander le chef.
— Oui.
— Quel journal ? »

Connor savait qu'il pourrait fort bien prétendre être, comme Sylvie, un important photographe de l'agence Magnum, mais il ne pouvait se résoudre à ce mensonge. Il haussa les épaules.

« Ceux que ça peut intéresser. C'est-à-dire pratiquement aucun. »

Sylvie voulut dire quelque chose, mais l'homme lui coupa la parole et, montrant les corps du vieil homme et de l'enfant, il demanda :

« Les Américains s'intéressent à ces saloperies de *balije* ?
— Je ne sais pas. Mais moi, oui.
— Vraiment ?
— Oui, vraiment.
— Et qu'est-ce que vous trouvez intéressant ? »

Connor sentit Sylvie se raidir à côté de lui. Il soutint sans broncher le regard de l'homme et haussa de nouveau les épaules.

« Ce qui m'intéresse le plus, je pense, c'est de savoir quel genre d'homme est capable d'assassiner et de torturer des femmes, des enfants et des vieillards sans défense. »

Le chef le dévisagea et Connor chercha son regard derrière les lunettes de soleil qui se bornèrent à lui renvoyer son image. Sylvie reprit la parole, toujours en serbo-croate, mais d'une voix plus basse et plus pressante, mentionnant une fois de plus le nom de Grujo. L'homme, tout en l'écoutant, ne quittait pas Connor des yeux.

« Remettez-moi vos films. »

Sylvie expliqua calmement mais fermement pourquoi elle refusait. Il répéta son exigence à plusieurs reprises et finit par vouloir s'emparer du sac de Sylvie qui explosa alors en injures dans différentes langues. L'homme hurla un ordre, et l'enfer se déchaîna.

Sous la menace des pistolets, on les empoigna, on leur immobilisa les bras derrière le dos, puis on leur arracha leurs sacs et leurs appareils photo. Les miliciens leur prirent tous les rouleaux de film, écrasèrent les boîtiers sous la semelle de leurs bottes et déroulèrent la pellicule à la lumière, après quoi, ils ouvrirent les appareils et firent de même avec les films qui se trouvaient à l'intérieur. Pendant tout ce temps, Sylvie ne cessa de crier et de lancer des insultes.

Ensuite, sur l'ordre du chef, on les poussa sur la route et, le canon d'un pistolet appuyé sur la nuque, ils dépassèrent le camion où s'empilaient maintenant les cadavres, puis le verger où les fleurs ornaient à présent innocemment les branches du pommier, et à chaque pas, Connor était de plus en plus convaincu qu'on allait les emmener derrière un bâtiment pour les abattre.

En réalité, on les reconduisait à la Coccinelle.

Les miliciens fouillèrent la voiture à la recherche d'autres films, mais ne trouvèrent rien. Ils raflèrent les cartouches de cigarettes, puis leur rendirent leurs papiers et leur matériel, y compris le trépied, avant de leur ordonner de monter et de ficher le camp. Sylvie fit demi-tour, proférant un torrent d'injures par la vitre. Les hommes répondirent par des quolibets.

Lorsqu'ils furent dans la forêt, hors de vue, la jeune femme assena une grande claque sur le volant, rejeta la tête en arrière et éclata de rire. Elle se tourna vers Connor qui lui sourit sans rien dire. Il aurait aimé partager son euphorie, mais il ne le pouvait pas. Il était comme en état de choc.

Dans sa tête, il continuait à longer cette route, le verger, les maisons incendiées et les corps mutilés, persuadé qu'il allait mourir d'un instant à l'autre. Et ce qui le bouleversait, c'est qu'il s'était rendu compte que cela lui était égal.

Ils regagnèrent Sarajevo par un autre chemin, mais le trajet prit encore plus longtemps. Ils croisèrent des camions remplis de réfugiés aux regards vides, passèrent devant les décombres de villages bombardés, incendiés et abandonnés. Il y avait davantage de barrages qu'au matin, et une fois, il leur fallut attendre trois heures pendant qu'on vérifiait leurs papiers. Plus loin, ils restèrent coincés derrière un convoi alimentaire des Nations Unies, engagé dans une espèce de dialogue de sourds avec des membres de la JNA, l'Armée fédérale yougoslave. Les soldats de l'ONU étaient des Anglais. Sylvie et Connor demandèrent à s'entretenir avec un responsable à qui ils racontèrent ce dont ils avaient été témoins.

Lorsqu'ils arrivèrent enfin au Holiday Inn, il était tard. Ils garèrent la voiture au parking en sous-sol de l'hôtel. Dans le hall et le bar, on ne parlait que de Grujo et des Cobras et de leurs dernières exactions dans le domaine de la « purification ethnique ». Un type d'une agence de presse, ayant sérieusement tâté de la bouteille de whisky, racontait à tue-tête que l'endroit où ça s'était passé était bouclé et que personne ne pouvait s'y rendre. Connor et Sylvie ne dirent mot. Ils commandèrent deux bières, puis ils montèrent dans leurs chambres déposer leur matériel.

Le laboratoire utilisé par la jeune femme se trouvait à une courte distance de l'hôtel ou, plutôt, si l'on peut dire, à une courte prière, car il s'agissait, plié en deux, de traverser en courant trois rues sous le feu des snipers serbes qui, à cette heure-là, étaient sans doute tous trop saouls pour tirer droit, mais on ne savait jamais. Ils développèrent d'abord les photos en couleurs, puis celles en noir et blanc. L'endroit était exigu et Connor se casa dans un coin avec sa bière, laissant Sylvie effectuer presque tout le travail. Il faisait chaud et ils avaient tous deux ôté leurs vestes. La jeune femme était en débardeur, et Connor ne put s'empêcher de noter qu'elle ne portait pas de soutien-gorge. Elle le surprit une fois à la regarder et, sans même un sourire, elle se remit à sa tâche.

Elle sécha les négatifs à l'aide d'un sèche-cheveux qu'elle avait apporté, puis elle les posa sur la table lumineuse et, pressés l'un contre l'autre, ils se penchèrent pour les examiner. La majorité des images étaient trop explicites, trop horribles, pour que la plupart des journaux les publient, et Sylvie semblait capable de juger du premier coup d'œil lesquelles étaient bonnes et lesquelles ne l'étaient pas. Connor constata avec étonnement que le spectacle de ces images était plus difficile à supporter que ne l'avait été la réalité. Il en fit la remarque à la jeune femme qui haussa les épaules et répondit que ce n'était qu'une question d'adrénaline.

Les photos qu'elle avait prises du vieil homme et de l'enfant avec le Cobra sur le mur au-dessus d'eux étaient bien meilleures que les siennes, de même que presque toutes les autres. Par contre, quand ils en arrivèrent aux rouleaux en noir et blanc qu'il avait pris dans le verger, Sylvie émit un petit sifflement.

« Laquelle ? demanda-t-elle. Montre-moi.

— La meilleure, tu veux dire ? »

Elle acquiesça d'un signe de tête et s'écarta pour lui permettre de les étudier. Il y avait une série de cinq photos sur lesquelles les deux suppliciées figuraient en partie en silhouette. Il déclara qu'il devait s'agir de l'une de celles-là. Oui, répondit-elle, et elle lui demanda de nouveau laquelle était la meilleure. Connor estimait qu'elles se valaient toutes. Il se trompait, dit-elle, et elle l'engagea à en tirer des épreuves de lecture.

Alors que l'image commençait tout juste à apparaître sur le papier, Connor comprit à laquelle Sylvie pensait. On voyait que la fille était nue, mais hormis le visage et les bras, tout son corps, de même que celui de la femme, était légèrement voilé par l'ombre, ce qui rendait les souffrances qu'elles avaient à l'évidence endurées d'autant plus horribles. L'image du soleil qui jouait sur les fleurs derrière elles et au-dessus de leurs poignets liés était à la fois superbe et épouvantable.

« C'est la photo du jour, dit Sylvie. Et peut-être même de l'année.

— Je... je ne sais pas.

— Ne va surtout pas penser que je m'amuserais à te flatter. »

Il leva les yeux vers elle et sourit. Elle finit sa bière. Il sentait son regard posé sur lui tandis qu'il plaçait l'épreuve dans le bac à fixateur, puis qu'il commençait à ranger.

« Bon, reprit Sylvie. Maintenant, allons te faire gagner un peu d'argent. »

Ils rassemblèrent les négatifs et, après avoir fermé à clé derrière eux, ils se dirigèrent vers le coin de la première des trois rues qu'il leur faudrait traverser pour retourner à l'hôtel.

« Cette fois, on ne court pas, okay ? »

Connor haussa les épaules. « Comme tu voudras. »

Elle lui prit le bras et ils se mirent lentement en route. Le bruit de leurs pas résonna dans l'obscurité, et Connor imagina un jeune Serbe qui le visait à l'aide de sa lunette à infrarouge et, une fois de plus, il constata avec un certain trouble qu'il s'en moquait. Ils traversèrent ainsi la deuxième puis la troisième rue, marchant à pas de plus en plus lents.

« Tu n'as pas peur ? demanda Sylvie.

— Peut-être que je devrais, mais je ne suis sans doute pas assez intelligent pour me rendre compte du danger.

— Il y a des jours où on sait qu'on ne va pas mourir.

— Tu crois ?

— J'en suis sûre. Tiens, regarde. »

Elle s'arrêta au milieu de la chaussée et, tournant le dos aux éventuels snipers, elle embrassa Connor sur la bouche avec fougue, puis elle éclata de rire.

« Tu vois ? »

Arrivés à l'hôtel, ils montèrent directement dans la chambre de la jeune femme. Elle se débarrassa de sa veste et de ses boots, puis elle prit une bouteille de whisky et en versa deux verres. Assise jambes croisées sur le lit, elle alluma une cigarette et interrogea Connor sur son agence de New York. C'était celle qui lui avait vendu sa photo de l'incendie de Yellowstone, mais depuis qu'il était en Bosnie, elle n'avait pas fait grand-chose pour lui. « Ce sont des nuls », déclara Sylvie. Elle lui conseilla de les laisser tomber. Après quoi, elle saisit son téléphone satellite et appela d'abord un numéro à Paris, puis deux autres à New York. Lorsqu'elle reposa l'appareil, l'affaire était conclue.

Installés côte à côte sur le lit, ils scannèrent les négatifs — choisis tant parmi ceux de Sylvie que parmi ceux de Connor — pour l'ordinateur portable de la jeune femme puis, comme par magie, les expédièrent par l'intermédiaire du téléphone. Une fois l'opération terminée, elle leur servit un nouveau whisky. Ils trinquèrent et, comme Connor la remerciait, elle haussa les épaules de sa manière rigolote pour signifier que ce n'était rien du tout.

A cet instant, il y eut une panne de courant et toutes les lumières de l'hôtel s'éteignirent. Sylvie alluma les trois bougies posées sur la table de chevet. Connor et elle sirotèrent leurs whiskies en silence. On entendait au loin les détonations des obus qui tombaient quelque part de l'autre côté de la ville ainsi que la plainte d'une sirène d'ambulance.

Sylvie était adossée à la tête de lit, et Connor lut dans son regard ce qu'elle attendait de lui. Elle avança le bras pour lui caresser la nuque et, l'espace d'un moment, ils restèrent ainsi, les yeux dans les yeux. Connor portait maintenant les cheveux longs, et elle en enroula une mèche autour de ses doigts et tira un peu, presque au point de lui faire mal.

« J'essaye tout le temps d'avoir des cheveux de cette couleur-là, mais ça ne marche jamais.

— Tu as de très beaux cheveux comme ça.

— Toi et moi, on dirait deux jumeaux. »

Il sourit. Elle posa son verre sur la table de nuit et il l'imita. Elle se pencha alors pour l'embrasser. Sa bouche avait un goût de whisky et de cigarette, et il y avait dans son baiser une sorte de violence qui le surprit. Elle leva les bras et il lui fit passer son débardeur par-dessus la tête, puis il lui emprisonna les poignets cependant qu'il lui embrassait les épaules et le cou, pénétré de son parfum et de son odeur sauvage, et ensuite ses lèvres descendirent vers ses petits seins aux tétons durcis.

La respiration de la jeune femme s'était accélérée. Elle baissa les bras et s'attaqua aussitôt à la boucle de la ceinture de Connor. Il se mit à genoux, tandis qu'elle lui descendait son pantalon et prenait dans sa bouche son sexe dressé. Cela faisait si longtemps que Connor n'avait plus connu cette sensation que, par crainte de jouir, il dut bientôt saisir la tête de Sylvie afin de réfréner ses ardeurs.

Elle se rallongea sur le lit, et il lui ôta son pantalon et son slip avant de se débarrasser de sa chemise. Il contempla le corps nu de la jeune femme, sa peau pâle et translucide tendue sur sa poitrine qui se soulevait à un rythme de plus en plus rapide, ses hanches qui surplombaient comme des falaises son ventre plat ombré par le triangle de sa toison. Il commençait à enlever ses boots quand elle lui murmura de la prendre tout de suite, là comme ça, de la prendre comme une bête, sans plus perdre de temps.

Quand il pénétra en elle, elle poussa un tel cri qu'il faillit sursauter. Puis, tandis qu'il allait et venait en elle, son cri se mua en un gémissement rauque, et, d'une voix basse et haletante, elle lui demanda de la baiser plus fort, encore plus fort, et de lui faire mal, mal, très mal. Connor, bien qu'il n'eût jamais fait l'amour ainsi, s'exécuta de son mieux, lui-même étonné d'en être capable.

C'est seulement plus tard qu'il comprit, alors que, épuisé, en sueur, il gisait près de Sylvie endormie et pelotonnée comme une enfant perdue au milieu du lit dévasté, éclairée par l'aube grise qui filtrait au travers des rideaux.

Ils n'avaient pas fait l'amour, ni même une forme déviante de l'amour. C'était plutôt une façon désespérée de s'affirmer, la satisfaction d'un besoin animal. Il l'avait très bien senti chez Sylvie, mais il prenait conscience que le germe existait aussi en lui et qu'il ne pourrait que se développer. Après avoir frôlé la mort, il devenait nécessaire de l'exorciser, de se prouver qu'on était vivant. La douleur était du domaine de la vie et faisait donc partie du processus. Ils avaient soumis leur chair à la torture, mais il savait que quelque part au cœur des mutilations et des horreurs, il y avait un noyau d'humanité brut, violent, une sorte de matière originelle.

La photo des femmes parmi les fleurs fit la une de tous les journaux de la planète. Sylvie, rentrée à Paris la semaine suivante, fut aussitôt envoyée en Afrique. Elle manquait à Connor. Il ne la revit qu'en août, quand elle revint à Sarajevo, mais ce n'était plus pareil. Elle se montra froide, distante, et il se demanda s'il avait commis un impair. Peut-être qu'elle lui en voulait du succès dont elle était à la source.

Huit jours plus tard, il reçut un éclat d'obus dans le mollet droit et on le transporta à bord d'un Hercules des Nations Unies dans un hôpital situé sur la côte de Croatie. Sylvie était partie dans le Nord et il n'eut pas l'occasion de la revoir. Ce n'était qu'une blessure superficielle, mais les médecins lui conseillèrent néanmoins de rentrer passer sa convalescence chez lui, et il s'aperçut que cette perspective, en définitive, le réjouissait. Il prit un vol pour Francfort, et pendant qu'il attendait sa correspondance dans les limbes de la salle de transit, il essaya d'appeler Sylvie d'un téléphone public, mais n'obtint pas de réponse.

New York était chaud et humide, et les gens lui parurent tous soit fous, soit horriblement tristes. Quand il entra en claudiquant dans les bureaux de sa nouvelle agence, on le fêta comme un héros de guerre. Il aurait bien voulu se sentir un héros, mais il se sentait seulement vide. L'un des directeurs, Harry Turney, l'emmena déjeuner dans le restaurant le plus chic où il avait jamais mangé. Harry était un homme grand au regard doux qui lui rappelait un peu son père. Connor dévora son repas sans réussir à apaiser sa faim. Au café, Turney dit combien il était désolé pour Sylvie. « A propos de quoi ? s'étonna Connor.

— Vous n'êtes pas au courant ?

— Au courant de quoi ?

— C'était dans le *Times* d'hier. Elle était quelque part dans le Nord, près de la frontière, en compagnie d'un reporter de Reuters. Ils ont sauté sur une mine. Morts tous les deux sur le coup. »

16

Julia sortit les steaks et les cuisses de poulet de la marinade pour les poser sur un grand plateau en bois à côté de la salade et des divers condiments. Donna Kiamoto avait déjà porté les autres plats sur la terrasse où elles avaient mis la table. De la cuisine, Julia entendait qu'elle avait du mal à empêcher les parachutistes du feu qui semblaient en permanence affamés de se jeter sur la nourriture. Elle entendait aussi Ed qui s'assurait que chacun avait bien retenu le plan. Il l'avait déjà revu avec eux à deux reprises, mais il préférait le répéter une dernière fois pour plus de sûreté :

« Bon, on se cache tous sur la terrasse, sauf Donna derrière les rideaux. La porte s'ouvre, il entre et il trouve la maison vide. Et surtout, Donna, fais bien attention à ce qu'il ne te voie pas dans la glace, d'accord ? Quand il arrive dans le séjour, Donna me donne le signal et je commence à jouer. Et vous, les gars, pas un bruit, c'est bien clair ? Le premier qui pouffe de rire ou lâche un pet, il est privé de bière. “Nous afons les moyens dé fous empêcher dé parler.” Hank et... qui, déjà ? Ah oui, excuse-moi, Phil. Tous les deux, vous déployez la banderole — et vérifiez qu'elle soit bien à l'endroit, vu ? Il est peut-être idiot, mais il sait quand même lire.

— Julia, comment tu peux vivre avec un type pareil ? demanda Hank Thomas comme elle débouchait sur la terrasse avec le plateau.

— Je mets des boules Quies. »

Elle distinguait à peine la table à travers la fumée. Chuck Hamer censé s'occuper du barbecue se débrouillait manifestement comme un pied.

« Hé ! Chuck, je croyais que tu étais supposé être pompier ! Qu'est-ce que tu fabriques ?

— Ma chérie, je suis payé pour éteindre les feux, pas pour les allumer.

« Baby, you can light my fire », chantonna Ed.

Après avoir instruit ses troupes, Ed régla l'ampli de sa guitare électrique. Julia, un sourire aux lèvres, le regarda faire pendant un moment. Il s'éclatait, heureux comme un jeune chiot, et avec son short ample et sa chemise hawaïenne jaune et noire qu'elle lui avait achetée pour son anniversaire, on aurait dit un adolescent. Il avait voulu se coiffer à l'afro comme Jimi Hendrix, mais Julia avait réussi à l'en dissuader. Il s'était finalement contenté de lunettes violettes et d'un bandana.

Pauvre Connor. Lui qui s'imaginait venir dîner tranquillement avec eux deux ! Julia regrettait qu'il n'en soit pas ainsi, mais Ed avait insisté pour organiser cette soirée surprise. Elle avait eu beau faire valoir qu'étant encore convalescent, c'était certainement la dernière chose dont il aurait envie. Il l'avait appelé chez sa mère et il lui avait semblé en pleine forme, avait répliqué Ed. On comptait une vingtaine d'invités, surtout des vieux copains de Connor, des parachutistes du feu, accompagnés de leurs époux et épouses ou petits et petites amies. Ed leur avait recommandé à tous d'arriver de bonne heure et de garer leurs voitures à côté chez les Robertson afin que Connor ne se doute de rien.

Au moins, il verrait ainsi la maison sous son meilleur jour. C'était une parfaite soirée de septembre, claire et embaumée, avec juste une pointe d'automne dans l'air. Les branches des pommiers croulaient sous les pommes et la terrasse explosait du jaune des roses qui venaient de refleurir. En tout cas, avait songé Julia, c'était le genre de fête qui ne lui demanderait guère de travail. Pour recevoir les parachutistes du feu, il fallait s'attacher davantage à la quantité qu'à la qualité : des steaks bien épais, de la bière à profusion, voilà qui en général leur suffisait.

Pourtant, Julia s'était mise dans tous ses états. Elle désirait que tout soit parfait jusqu'au moindre détail. Elle avait fait le ménage de fond en comble, mis des fleurs dans chaque pièce et consacré beaucoup trop de temps et d'argent pour la nourriture et la boisson. Elle avait même acheté du champagne et préparé un gâteau décoré d'un appareil photo miniature.

Des jours durant, elle s'était inquiétée de ce qu'elle allait porter, puis elle s'était inquiétée de la raison qui la poussait à s'inquiéter. Pourquoi en faisait-elle une telle histoire ? Ce n'était que Connor, bon sang ! Il y avait de fortes chances pour que la plupart des femmes soient en jeans et T-shirts comme les hommes. Cependant, et pour des motifs qu'elle ne tenait pas à approfondir, elle voulut mettre une robe. Rien de ce qu'elle avait dans ses placards ne lui paraissant convenir, elle finit par se rendre à Missoula pour voir si elle trouverait quelque chose.

Et elle trouva tout de suite, dans une boutique de North Higgins. C'était une simple robe droite d'une couleur bleu clair qui rehaussait l'éclat de son teint hâlé. Elle l'essaya et retint un petit cri en voyant combien elle lui allait à merveille. De fait, il fallait bien l'avouer, elle se trouvait extraordinaire dedans.

Seulement, elle coûtait cent vingt dollars ! C'était hors de question. Ridicule. Elle n'en avait pas besoin. Elle remercia la vendeuse, sortit, remonta dans la Jeep où elle resta un moment assise, puis elle descendit, rentra de nouveau dans le magasin, hésita dix minutes comme une idiote et finit par l'acheter après s'être persuadée que c'était un investissement, une robe qui lui servirait en toutes sortes d'occasions, comme... comme il y en avait tant. Et puis zut ! ça faisait longtemps qu'elle ne s'était pas offert un petit plaisir.

Toujours est-il qu'elle ne l'avait pas encore dit à Ed. Non qu'il le lui aurait reproché. Au contraire, il l'incitait souvent à s'acheter de nouvelles choses. Un peu plus tôt dans la soirée, pendant qu'ils se préparaient, il lui avait demandé comment elle comptait s'habiller, et elle avait raconté qu'elle pensait mettre une vieille robe dont elle avait oublié l'existence et qu'elle avait retrouvée au fond de son placard. Lui qui aimait toucher, il n'avait pas manqué de remarquer qu'elle avait été chez le coiffeur et qu'elle s'était épilé les jambes à la cire.

Il restait encore un plateau dans la cuisine, et alors que Julia allait le chercher, Donna accourut. Ed l'avait postée devant la porte d'entrée pour surveiller l'allée.

« Il a toujours ce vieux Chevy ? demanda-t-elle, essoufflée.

— Je suppose. Un pick-up, bleu clair.

— C'est bien ça. Le voilà. »

Donna se précipita ensuite sur la terrasse pour prévenir tout le monde, puis Julia l'aida à se dissimuler derrière les rideaux. Après quoi, elle se plaça à côté d'Ed.

« Où est ma guitare ? Julia ?

— Ne t'affole pas. Je suis là.

— Je ne m'affole pas. »

Elle lui tendit sa guitare. Il passa la bretelle autour de son épaule et effleura les cordes pour vérifier que l'ampli fonctionnait correctement.

« Hank ? La banderole est prête ?

— Oui, mon commandant !

— Très bien. Soldats, garde-à-vous ! »

Ils s'immobilisèrent. On entendit le pick-up de Connor remonter l'allée, puis la portière claquer et enfin, des pas crisser sur le gravier.

« Bon Dieu, Hank, on s'est trompés, c'est ta belle-mère ! » murmura Chuck, et tout le monde lui souffla de la fermer.

On frappa à la porte d'entrée. Puis il y eut un long silence.

« Y a quelqu'un ? »

Au son de sa voix, Julia sentit son cœur battre plus vite.

« Oui, juste ton ex-petite amie qui t'attend avec un fusil.

— Chut ! »

Julia l'entendit entrer dans le séjour.

« Ed ? Julia ? »

Donna lui adressa un petit signe, et Julia effleura l'épaule d'Ed qui, aussitôt, saisit sa guitare et se lança dans une version endiablée de « The Star-Spangled Banner » de Jimi Hendrix (la raison de ce choix, Julia l'ignorait). Hank et Phil, montés sur des chaises de part et d'autre de la porte, déployèrent alors la banderole sur laquelle Julia avait écrit « Bienvenue au pays, Connor » en lettres rouges et bleues constellées d'étoiles argentées. Il s'approcha, coiffé de son vieux chapeau de cow-boy, et son visage s'éclaira de ce lent sourire qui était le sien, tandis qu'il secouait la tête. Ses yeux bleus se promenèrent sur les visages qui l'entouraient et s'arrêtèrent sur celui de Julia.

Ed cessa de jouer. Tous applaudirent et se groupèrent autour de Connor.

« Seigneur, gémit-il. Qu'est-ce que vous pouvez être pots de colle !

— C'est toi qui as du pot qu'on soit là, cow-boy, rétorqua Chuck.

— Tiens, salut, Chuck, comment vas-tu, vieille peau ? Hank... Donna... »

Il serra des mains et étreignit tout le monde, gardant Ed et Julia pour la fin. Il s'avança alors vers eux en souriant. Julia nota qu'il boitait un peu.

« Julia, c'est qui ce drôle de type à côté de toi ? Serait-ce le fantôme de Jimi Hendrix en personne ?

— Lui-même, dit Ed, portant le poing à sa poitrine.

— Cœurs de feu ! »

Ils se tapèrent dans la main. Connor ôta son chapeau et serra son ami dans ses bras.

« Mon beau salaud, dit-il. Moi qui comptais sur un petit dîner intime ! »

Il planta son chapeau sur la tête d'Ed et se tourna enfin vers Julia qui constata aussitôt qu'il y avait quelque chose de changé en lui. Il était plus mince et ses yeux semblaient plus profondément enfoncés dans leurs orbites.

« Salut, Connor. Contente que tu sois de retour.

— Je ne suis pas parti depuis si longtemps !

— A nous, ça nous a paru long. »

Il la prit dans ses bras, elle sentit ses mains dans son dos la maintenir fermement contre lui un court instant, et elle eut l'impression de ne plus pouvoir respirer. Elle savait qu'elle aurait dû dire quelque chose, lancer une petite plaisanterie, mais même si elle avait trouvé les mots qui convenaient, elle aurait été incapable de les prononcer. Elle craignait que tout le monde ne lise ses sentiments sur son visage. Elle s'empressa de lâcher Connor et de passer le bras autour de celui d'Ed.

« Eh bien, dit Connor. Regardez-moi ça ! » Il engloba le panorama d'un geste. « La rivière en bas, les pommiers, les roses et tout le reste. Vous avez déniché votre petit paradis ici.

— Julia comme Eve, je veux bien, dit Hank Thomas. Mais si lui, c'est Adam, moi je suis la mère de Bambi.

— Avec ses lunettes, il ressemblerait plutôt au serpent, dit Donna.

— Tiens, Donna, répliqua Ed. Croque donc une pomme. »

Ils poursuivirent sur ce ton, de plus en plus crûment, jusqu'à ce que Julia entraîne Chuck vers le barbecue et lui ordonne de s'occuper de la viande pendant qu'elle allait chercher le champagne. Lorsqu'elle revint, ils étaient tous en train de se moquer de Connor et de sa « blessure de guerre ». Quant à lui, s'amusant à en rajouter, il se lança dans une histoire dont Julia ne saisit que quelques bribes, mais d'où il ressortait qu'il avait à lui tout seul tenu en respect l'armée serbe. Ed déboucha le champagne et, après avoir rempli les coupes, il proposa un toast. Et, comme Julia buvait à sa santé à l'exemple des autres, Connor posa longuement les yeux sur elle, et elle dut détourner le regard.

Connor la suivit dans l'escalier, admirant le balancement de ses hanches sous le mince tissu de sa robe ainsi que la manière aristocratique dont elle laissait traîner sur la rampe sa main ornée d'une alliance en or. Dehors, le soir tombait, et la peau bronzée de son épaule nue tranchait sur le bleu clair de sa robe. Elle était plus belle que jamais, plus belle encore que dans son imagination quand, au cours de ces longues nuits solitaires, ne parvenant pas à dormir, il entendait éclater les obus autour de lui, tout empli de son souvenir. Et même plus belle que sur la photo qu'il gardait précieusement dans son portefeuille, celle prise par Ed le jour de l'escalade et qui les montrait tous les deux souriant, l'air d'un vrai couple.

Ed avait mis un disque de Bob Marley dans l'espoir que les invités se mettraient à danser, mais tout le monde semblait prendre plaisir à rester simplement assis pour bavarder sur la terrasse ou sur la pelouse en dessous. Julia avait allumé un peu partout des bougies dans des photophores, y compris au milieu des arbres, ce qui créait une atmosphère magique. Connor avait demandé s'il pouvait voir la maison et Julia s'était offerte à l'accompagner pour la lui faire visiter. Ils avaient commencé par son atelier dans la grange et elle s'était sentie gênée lorsqu'il avait dit combien il aimait ses nouveaux tableaux. Ils étaient de retour dans la maison, tandis que tout le monde se trouvait encore dehors.

Arrivée en haut des marches, elle se retourna. Connor espérait qu'elle ne l'avait pas surpris à s'attarder ainsi sur ses hanches.

« C'est... c'est magnifique, dit-il avec embarras.

— Oui. Nous nous y sentons très bien. Mais ce serait quand même plus pratique pour Ed d'habiter en ville.

— Pourquoi ?

— Oh, tu sais, il pourrait être plus indépendant, se débrouiller seul plus facilement. Il a le plan de Missoula dans la tête, alors qu'ici, tout est nouveau pour lui et... présente peut-être plus de risques. Encore que ça ne l'empêche pas de se livrer à un tas d'activités.

— J'imagine.

— Tiens, l'autre jour, par exemple. Cet été, on a fait un peu de jogging ensemble. Les pistes sont plutôt bonnes et maintenant il les connaît bien. Quand je suis avec lui, il n'y a pas de danger. Bon, un soir de la semaine dernière, je vais en ville et à mon retour, alors que je monte la route gravillonnée, voilà que, à la sortie d'un virage, débouche en plein milieu de la chaussée une espèce d'apparition en gilet de chasse orange. Tu devines de qui il s'agit. Sa canne à la main, il balaye l'air autour de lui et, crois-moi, ce n'est pas du jogging qu'il fait. Non, il court comme un dératé ! »

Connor éclata de rire. Il adorait sa façon d'illustrer ses récits par de grands gestes. Cela devait lui venir de ses origines italiennes.

« Donc, je m'arrête et il fonce droit sur moi, heurte le devant de la Jeep avec sa canne, s'affale à moitié sur le capot, et tu sais ce qu'il dit ? Eh bien, il s'écrie tout simplement : “Ce n'est pas un endroit pour se garer !” Tu te rends compte, Connor, qu'est-ce qu'on va faire d'un type pareil ?

— Je ne sais pas, le mettre en cage, peut-être ?

— Je t'assure qu'un jour, je vais finir par le faire. Il t'a parlé de son dernier projet ?

— Non.

— Refaire de l'escalade. Il suit un cours dans le Colorado où l'on apprend aux aveugles à grimper. Quand ta jambe ira mieux, il veut que tous les trois, on refasse ce même pic, tu te souviens ? Celui où on a pris un tas de photos ?

— Génial ! Accorde-moi une semaine et je suis partant. »

Elle inclina la tête et, les mains sur les hanches, le considéra un instant.

« Tu sais quoi, Connor ? Tu es aussi cinglé que lui. »

Ils se sourirent cependant qu'en bas, Bob Marley continuait à chanter, disant à tout le monde de ne pas s'en faire, que tout irait bien. Julia alluma la lumière sur le palier. Connor, lui, aurait préféré demeurer dans la pénombre qui lui paraissait plus intime.

« Suis-moi, reprit la jeune femme. Je vais te montrer le reste. »

Il y avait trois chambres et une salle de bains. L'une

des chambres était encombrée par des tas de cartons, des haltères et un tapis de sol où, précisa Julia, Ed faisait tous les matins ses exercices. La deuxième chambre était tapissée d'un joli papier peint jaune et, sur la courtepointe bleu foncé du lit, était posée une serviette soigneusement pliée. Julia lui annonça que, s'il n'y voyait pas d'inconvénient, ce serait là qu'il dormirait cette nuit. Il expliqua qu'il avait eu l'intention de repartir en fin de soirée, mais comme elle parut froissée, il s'empressa d'ajouter qu'il se ferait un plaisir de coucher chez eux si elle était certaine que ça ne les dérangerait pas. Elle lui adressa son regard de maîtresse d'école.

« Connor, ça ne nous dérange absolument pas, d'accord ? »

Elle lui montra la salle de bains, puis le conduisit dans la chambre principale, laquelle était imprégnée de l'odeur de Julia. Le lit se trouvait sous la fenêtre et était recouvert d'un dessus-de-lit en coton blanc. Connor se représentra Julia allongée dessus et il grava cette image dans son esprit. A la pile de livres et à l'assortiment de crèmes et de lotions diverses posés sur la table de chevet, il n'eut pas de mal à deviner de quel côté elle dormait. Il y avait des chevilles au mur où elle accrochait ses colliers et autres bijoux ainsi qu'un grand tableau dont il sut intuitivement qu'elle était l'auteur, bien qu'il eût jusqu'à présent vu très peu de ses œuvres. On aurait dit une peinture rupestre figurant des cerfs qui couraient et des hommes stylisés à cheval, armés de lances, d'arcs et de flèches qui les poursuivaient. Les couleurs dominantes étaient minérales, le rouge, le noir et l'ocre.

« C'est toi qui l'as peint, je présume ?

— Ah, ça ? Oui, oui. »

Elle sembla de nouveau gênée, et Connor se demanda si c'était à cause du tableau ou du fait qu'ils étaient dans sa chambre.

« C'était juste une période, reprit-elle. Une idée que j'avais en tête. Mais ça n'a pas marché.

— Moi, je trouve ça très bien.

— Non. Je te remercie, mais ce n'est pas bon. Je le sais.

— Ed m'a dit que tu avais recommencé à enseigner.

— Oui. C'est formidable. Seulement à mi-temps. Je travaille trois jours par semaine à la petite école primaire de Missoula.

— Tu enseignes l'art ?

— Si on veut. En réalité, je leur apprends surtout à se moucher et à se laver une fois qu'ils se sont flanqué de la peinture partout.

— Ça doit être sympa.

— Oui. »

Ils restèrent un moment silencieux, le regard rivé sur le tableau.

« Il était vraiment inquiet pour toi, finit par dire Julia. On entendait parler de toutes ces horreurs qui avaient lieu là-bas et on ne savait pas où tu étais et si... enfin, Ed se faisait un peu de souci. C'est bête, je sais, mais...

— Vous n'avez pas reçu mes cartes ? »

Elle éclata de rire. « Si, si. "Temps épouvantable. Je vous embrasse."

— Excuse-moi.

— En tout cas, tu es là.

— Oui, je suis là. »

Ils se regardèrent longuement et, soudain, elle eut un petit sourire, une sorte de sourire distant, comme un obturateur qui se ferme.

« Bon, je ferais mieux de descendre voir si tout se passe bien », dit-elle.

« Alors, ces snipers, ils sont tout le temps là ? demanda Ed. A attendre que quelqu'un passe dans leur ligne de tir ?

— On ne le sait pas avant de recevoir la balle. Dans certaines rues latérales qui donnent sur celle qu'on appelle "Snipers Alley", il s'écoule parfois des jours sans qu'on entende le moindre coup de feu. Et puis, boum, quelqu'un se fait tuer. Je suppose que les tireurs considèrent ça comme une espèce de jeu.

— De tuer des inconnus ?

— Bien pire. Il leur arrive de tirer sur des gens qui étaient leurs amis ou leurs voisins avant la guerre. Maintenant, ce ne sont plus que des musulmans, des proies. Comme s'il ne s'agissait plus d'êtres humains. »

Ils étaient tous les deux seuls, allongés dans l'herbe au bord de la rivière. Bercés par le murmure de l'eau, ils entendaient les autres parler et rire dans la maison. Quelqu'un avait mis un vieil album des Doors qu'Ed conservait précieusement. Pendant toute la soirée, il avait cherché à s'entretenir en tête-à-tête avec Connor, et avait fini par l'entraîner ici, à l'écart. Une demi-heure durant, il avait posé des questions sur la Bosnie, s'efforçant d'imaginer les paysages que Connor lui décrivait.

« Tu portais un gilet pare-balles, un machin comme ça ?

— Au début, oui. Mais après, j'ai renoncé. Tu sais, c'est plutôt lourd et encombrant. »

Quelque part parmi les peupliers, un canard poussa comme un cri d'alarme.

« Un renard qui rôde dans les parages, dit Connor.

— Ou un coyote. Certains soirs, on les entend aboyer dans la forêt. »

Ils dressèrent l'oreille, mais n'entendirent plus rien.

« Vous avez déniché un endroit de rêve.

— Ouais, on a beaucoup de chance.

— Tu as essayé de pêcher ? Ça devrait mordre dans le coin.

— Oui, quelquefois. J'ai fait tailler un peu les arbres pour ne pas trop me prendre dans les branches. Mais tu sais, quand on ne peut pas les observer et leur poser une mouche juste au-dessus de la tête, ça ôte une bonne partie du plaisir. Tout ce que je peux faire, c'est lancer dans les eaux agitées, laisser la ligne traîner et espérer qu'un poisson sera assez bête pour l'avaler. Il y en a plein. Des truites brunes, des cutthroat. Bill Robertson, notre voisin, a attrapé l'autre jour une superbe arc-en-ciel de trois livres. »

Et, comme pour souligner ses paroles, un poisson jaillit dans une grande éclaboussure.

Les deux amis éclatèrent de rire.

« Et comment va la musique ? demanda ensuite Connor.

— Oh, tu sais...

— Si je savais, je ne te poserais pas la question. »

Ed sourit. Il ne désirait pas en parler, mais il lui semblait injuste de ne pas répondre après avoir lui-même soumis Connor à un véritable interrogatoire. Il soupira.

« Eh bien, pour être franc, elle ne va pas du tout.

— Julia dit pourtant que tu joues tout le temps.

— Oui, bien sûr. Je joue. J'ai même joué deux ou trois fois dans un bar en ville. Mais je n'ai rien écrit depuis plus d'un an. Du moins, rien qui mérite d'être gardé. J'ai l'impression d'avoir... je ne sais pas... perdu le truc.

— Ça te reviendra. Il faut que tu t'adaptes, j'imagine.

— Oui, mais ce n'est pas ça. J'ai le meilleur équipement qu'on puisse avoir et j'arrive très bien à m'en servir. Il y a autre chose. Je crois qu'il faut que je me résigne à admettre que je n'ai pas de... de talent.

— Mon vieux, tu as plus de talent que tous les gens de ma connaissance.

— C'est gentil de dire ça, mais tu t'y connais à peu près autant en musique que moi en photographie.

— N'empêche que je suis certain que tu es bon.

— Connor, est-ce que tu sais combien de comédies musicales j'ai composées ?

— Non.

— Onze. Et Dieu sait combien d'autres morceaux. Tous ont été refusés. Pas seulement une ou deux fois, mais une multitude de fois. Aucune musique de ma composition n'a plus été jouée depuis que j'ai quitté l'université. Il y a un moment où on doit s'avouer la vérité, et la vérité, c'est que je n'arriverai jamais à rien. Et tu sais ce qu'il y a dans les lettres de refus que je reçois maintenant ? De la gêne. Et c'est pareil avec mon agent, mon non-agent, je devrais plutôt dire. Il ne me prend même plus au téléphone. Et les rares fois où je parviens malgré tout à lui parler, je perçois la même chose. Il est gêné. Je t'assure, je suis devenu une gêne pour tout le monde. »

Au silence de Connor, il devina que le pauvre ne savait quoi dire. Il tendit le bras et, trouvant l'épaule de son ami, il la serra un instant.

« Tu sais que j'ai été fier de toi ? reprit-il. Aller là-bas et faire ce que tu as fait ! Qu'est-ce que j'étais fier, mon vieux ! Cette photo des femmes ? Je la connais. Julia me l'a décrite dans les moindres détails, et je sais combien elle est extraordinaire. Et puis, je vais te dire, j'étais vert de jalousie.

— Ed, c'est un simple coup de chance. Comme à Yellowstone. Je suis tombé par hasard au bon moment et j'ai pris une photo correcte, rien de plus. Ce que toi, tu t'efforces de faire, c'est foutrement plus difficile.

— S'il te plaît, ne commence pas à me traiter avec condescendance.

— Te traiter avec condescendance ? Jamais de la vie ! »

Ils gardèrent le silence. Ed se représentait Connor en train de secouer la tête, le regard fixé sur la rivière. Il avait envie de se gifler d'avoir laissé échapper ça. C'était la première fois depuis une éternité qu'il s'apitoyait un tant soit peu sur son sort. Là-haut dans la maison, Chuck Hamer finit de raconter une blague, et tout le monde poussa un gémissement atterré. Ed prit de nouveau Connor par l'épaule et, un instant plus tard, celui-ci posa la main sur la sienne.

« Excuse-moi. Je suis désolé que tu aies pu penser ça, dit-il.

— Non, non, c'est moi qui m'excuse. Tu sais, ce n'est pas toujours facile. Bon sang, j'ai toutes les raisons d'être heureux. J'ai Julia, j'ai cette magnifique maison. Et puis, tu vois, je suis devenu un grand professeur de piano. Avant, c'était pour moi une véritable corvée, un truc que j'étais obligé de faire en attendant que mes comédies musicales marchent. Mais maintenant, ça me plaît, ça me plaît même beaucoup.

— C'est formidable.

— Ouais, formidable. »

Il se tut. Il ne comptait pas confier à qui que ce soit la raison de son coup de cafard. Mais là, assis à côté de son meilleur ami, il eut soudain envie d'ouvrir son cœur. La gorge nouée, il demanda :

« Julia t'a dit qu'on essayait d'avoir un enfant ?

— Non. Mais c'est super !

— En théorie, oui. Ça fait presque un an, et toujours rien.

— Tu sais, je ne suis pas un spécialiste, mais ça ne me paraît pas si exceptionnel.

— Peut-être. En tout cas, le mois dernier, j'ai eu un petit problème avec mon diabète. Rien de grave, il a juste fallu que j'augmente un peu ma dose d'insuline. Mais pendant que je me faisais examiner, le médecin, un type vraiment bien, tu vois, au courant des dernières recherches, tout ça, m'a demandé si nous avions l'intention d'avoir des enfants. J'ai répondu qu'en fait on essayait mais jusqu'à présent sans résultat. Et j'ai fait une petite plaisanterie stupide du genre : Peut-être que mes spermatozoïdes commencent à se fatiguer que je les mette autant à contribution, parce que tu sais, quand je dis essayer, tu peux me croire, on essaye. On utilise toute la panoplie : thermomètre, calendrier et cetera.

« Après, il m'a interrogé pour savoir quand on avait diagnostiqué mon diabète et si j'avais subi des traitements immunodépresseurs. J'ai répondu que je ne savais pas exactement, que j'étais tout môme à l'époque. Et puis pourquoi il me demandait ça ? Comme je sentais qu'il cherchait à éviter de me répondre, je l'ai forcé à me dire la vérité. Il semblerait qu'on ait découvert qu'un des médicaments employés à l'époque avait des effets néfastes sur la fertilité.

« Tu imagines ma réaction. J'ai tout de suite appelé ma mère, et elle m'a confirmé que j'avais bien suivi le traitement en question. On m'avait en effet bourré d'immunodépresseurs. Comme si les médecins croyaient qu'ils arriveraient ainsi à tuer le diabète. Je suis donc retourné voir celui de Missoula qui m'a demandé de me branler un petit coup pour pouvoir regarder tous ces futurs petits Ed se tortiller sous un microscope, et tu sais quoi, mon vieux ? Eh bien, je tire à chaque fois à blanc. Voilà.

— Tu es sûr ?

— Oh ! oui !

— On ne peut rien faire ?

— Absolument rien. »

Un nouveau silence plana entre eux.

« Tu l'as dit à Julia ? finit par demander Connor.

— Pas encore. Je ne l'ai appris qu'à la fin de la semaine dernière. Je n'ai pas eu les couilles de le faire. Façon de parler. »

Il eut un petit rire et sentit la main de Connor lui empoigner l'épaule.

« Tu comprends, je sais qu'on pourrait en adopter, mais... ce doit être le choc. » Il s'interrompit. « Eh ben, quel rabat-joie je fais ! Excuse-moi, vieux, je n'aurais pas dû...

— Tu n'as pas à t'excuser. Je suis content que tu me l'aies dit. »

Ed tâtonna à la recherche de sa montre, pressa le bouton, et une petite voix électronique lui annonça qu'il était vingt-deux heures vingt-siiiix.

« Pardon, Hal, tu peux répéter ? »

C'était un truc idiot mais qui faisait rire à chaque fois. Il pressa de nouveau le bouton.

« Vingt-deux heures vingt-siiiix.

— C'est marrant, dit Connor.

— Ouais, tous les gosses à qui je donne des leçons en veulent une. Dis-moi, Connor, tu vois la lune ?

— Ouais, juste un petit croissant.

— Bien, et maintenant, mesdames et messieurs, Tully le grand magicien va vous faire son nouveau tour et pointer le doigt dessus. »

Il tendit le bras droit, posa la main sur le dernier poteau avec la corde pour se repérer, puis se tourna dans la bonne direction et montra la lune.

« Elle est là. Je me trompe ?

— Non, pas du tout. Bravo. Comment tu fais ? »

Ed prit une expression mystérieuse. « Ah, mon cher ami, il y a des pouvoirs qui ne sont accordés qu'aux seuls élus. Tu veux bien me dessiner une carte du ciel ?

— Bien sûr. Où ça ?

— Sur mon dos. »

Connor s'accroupit derrière lui et, face à la rivière qui coulait, il traça du doigt toutes les étoiles et planètes qu'il connaissait. Il aperçut une étoile filante qu'il décrivit à Ed et dont il dessina l'arc sur son omoplate. Dans les ténèbres où il vivait, Ed la vit ainsi que toutes les autres étoiles qui brillaient et scintillaient, et il leur vola en secret un petit éclat de lumière qu'il serra dans son cœur.

17

Julia se recula d'un pas pour les regarder, étonnée qu'un si petit nombre d'enfants de six ans puissent faire autant de bruit. Ils étaient devant le mur au fond de la cour de récréation, tous vêtus de leurs blouses de peinture rouges et bleues. Il y avait davantage de craie sur leurs figures et leurs blouses que sur le mur. Ce n'était pas tous les jours que de jeunes citoyens respectueux des lois recevaient la permission de dégrader la propriété de l'Etat, et ils s'en donnaient à cœur joie.

L'idée lui en était venue en parlant avec Connor de la peinture rupestre de sa chambre. On devait repeindre l'extérieur de l'école et Julia avait demandé à la directrice, Mrs. Leitner, si sa classe du cours préparatoire pouvait se livrer à quelques travaux de décoration de son cru avant l'arrivée des peintres. Ils avaient passé une semaine à parler de peinture rupestre et à consulter des ouvrages de référence que Julia avait dénichés à la bibliothèque. Elle avait fait circuler des photocopies de pictogrammes, œuvres d'Indiens de l'Idaho, ainsi que d'extraordinaires peintures rupestres récemment découvertes en France.

Aujourd'hui, ils avaient leur récompense : l'autorisation de barbouiller le mur de la cour. Julia l'avait divisé en huit « cavernes » et les enfants, en huit « familles des cavernes ». Ils devaient penser à ce qu'ils avaient fait pendant la journée et essayer de le représenter avec des craies de couleur sur leur portion de mur.

Mrs. Leitner avait trouvé l'idée formidable, mais elle n'avait pas réalisé que cela se déroulerait sous les fenêtres de la classe où elle enseignait les mathématiques aux élèves du cours moyen. Julia lui avait expliqué que les enfants des cavernes ne communiqueraient entre eux qu'en langage préhistorique, lequel semblait se composer surtout de cris et de grognements. Elle commençait à regretter de s'être lancée dans cette aventure, et à en juger par les regards que la directrice lui lançait par la fenêtre, elle n'était pas la seule.

Certains dessins étaient très impressionnants. La plupart des enfants avaient choisi des scènes de chasse avec des cerfs, des loups, des ours et des mammouths laineux poursuivis par un tas de petits êtres humains, encore qu'il fût parfois difficile de déterminer qui chassait qui. D'autres étaient un peu plus surréalistes. Julia dut faire remarquer à Lucy Kravitz que Batman et Robin n'existaient sans doute pas à l'époque, et qu'on faisait en général cuire les aliments sur un feu de bois et non pas dans un four à micro-ondes.

Le bruit avait maintenant atteint son niveau d'alerte pour les oreilles de Mrs. Leitner. Julia tapa dans ses mains et demanda à tous les enfants de se rassembler autour d'elle. Elle mit un doigt sur ses lèvres et s'adressa à eux à voix basse sur un ton pressant :

« Bon, écoutez-moi. Voici la suite de l'histoire. Je viens de monter en haut de la colline et j'ai vu un énorme tigre à dents de sabre tout poilu. Et il a l'air très, très affamé.

— Tu devrais nous le dire en langage des cavernes.

— Lucy, je sais, mais c'est un cas d'urgence, d'accord ?

— Ah non, parce que ça non plus tu pourrais pas le dire.

— Eh bien, mettons que je sois un peu plus évoluée.

— Qu'est-ce que ça veut dire ?

— Plus intelligente. Bon, alors maintenant, on continue à dessiner, mais il ne faut pas faire de bruit. On doit entendre une souris des cavernes trotter, parce que je crois bien qu'il rôde près de l'entrée, et je vous assure, il a une faim de tigre. »

Naturellement, elle n'avait pas pensé à Kane Feldman. C'était un gamin taciturne et sensible affligé d'un nez qui coulait tout le temps. Comme d'habitude, il fondit aussitôt en larmes. Julia lui demanda s'il aimerait faire le tigre et, avec un petit reniflement, il fit oui de la tête et cessa de pleurer.

« Parfait. Oh ! là là ! mais ces enfants me paraissent bien dodus, alors moi aussi je vais faire le tigre. »

Les autres retournèrent à leurs craies. Julia prit la petite main molle de Kane dans la sienne, et ils se mirent à rôder devant le mur.

Julia repensa alors à ce qui l'avait préoccupée toute la nuit et toute la matinée, à savoir la surprenante suggestion émise par Ed.

Ils avaient passé la soirée avec Connor au Karmic Moose où Ed jouait et chantait parfois, un bar à peine moins minable que Henry's et encore. On était jeudi et il n'y avait pas grand monde. La soirée débuta plutôt mal quand Ed se présenta comme le Stevie Wonder de Missoula.

C'était le genre de comique d'autodérision auquel il se livrait de plus en plus souvent ces temps-ci et qui tombait toujours à plat. Julia était assise au bar en compagnie de Connor, et ils entendirent quelqu'un à côté d'eux murmurer que si ce n'était pas une blague raciste, elle était en tout cas de fort mauvais goût. Ensuite, les choses s'arrangèrent un peu. Ed interpréta ses morceaux préférés, depuis Cole Porter jusqu'à Dolly Parton, et à la fin du premier set, les clients maintenant plus nombreux réclamèrent un bis.

Les deux semaines qui s'étaient écoulées depuis la soirée en l'honneur de Connor avaient été pleines d'émotions. Le dimanche, juste après le départ de son ami, Ed avait annoncé à Julia la nouvelle de sa stérilité. Depuis, ils n'avaient cessé d'en parler pratiquement jour et nuit. Ils étaient allés voir le médecin d'Ed qui avait confirmé son diagnostic, et en rentrant à la maison, Ed avait craqué et éclaté en sanglots. Ensuite, il s'était heureusement repris. C'était triste, songeait Julia, très triste, mais on n'y pouvait rien. Et puis, il y avait une solution toute simple. Ils adopteraient un enfant. Chaque jour après l'école, elle se renseignait. Le Dr. Rumbold lui communiqua les coordonnées d'un organisme à Helena qui s'occupait de ces problèmes. Elle s'empressa de téléphoner pour prendre rendez-vous.

Ed avait eu l'intention d'annuler son engagement au Karmic Moose, mais comme ils s'étaient tous deux un peu calmés, ils avaient pensé qu'une soirée hors de la maison contribuerait à leur remonter le moral. Ils avaient téléphoné à Connor qui était venu en voiture d'Augusta.

Après le Karmic Moose, Connor les emmena dîner au Dépôt. Il était d'excellente humeur et ils avaient l'impression de se retrouver comme au bon vieux temps. Connor semblait moins fatigué et sa jambe était quasiment guérie. Il avait déjà recommencé à monter à cheval et se sentait prêt à faire cette escalade dès qu'ils voudraient. Ed, encore euphorique après son concert, fit rire tout le monde, y compris les serveuses et les clients des tables voisines. Heureux et repus, ils prirent congé de Connor sur le parking après s'être donné rendez-vous le samedi suivant pour leur excursion en montagne.

Sur le chemin du retour, Ed resta un long moment silencieux, et Julia crut qu'il s'était endormi. Et puis, d'un seul coup, il sortit ce qu'il avait sur le cœur :

« Qu'est-ce que tu en penserais si on demandait à Connor ?

— Si on lui demandait quoi ? »

Ed marqua une hésitation. « Si... s'il accepterait d'être le père de notre enfant. »

Julia faillit en quitter la route.

« Quoi ? C'est une plaisanterie ! Tu ne peux pas être sérieux ! »

Il lui suffit de jeter un regard sur lui pour constater qu'il ne s'agissait nullement d'une blague.

« Mon Dieu, Ed !

— Non, attends une seconde. Ecoute-moi. Gare-toi sur le bas-côté.

— Ed, tu as perdu la tête !

— S'il te plaît, Julia, arrête-toi.

— En effet, je crois qu'il vaudrait mieux. »

Elle se rangea sur l'accotement, coupa le moteur, mais laissa les phares allumés. Ed lui prit la main qu'il serra entre les deux siennes.

« Ed, je ne peux pas imaginer que tu aies dit ça sérieusement.

— Ecoute, je vais t'expliquer.

— Mais enfin, Ed !

— Ecoute-moi donc ! Tu sais, j'y ai beaucoup réfléchi...

— Très bien. Et maintenant, inutile d'y réfléchir davantage, d'accord ? »

Elle retira sa main et croisa les bras.

« Julia, est-ce que tu veux bien me laisser parler ? Nous sommes placés devant un choix. On veut tous les deux un enfant, vrai ou pas ? Bon. Alors soit on en adopte un, l'enfant de deux inconnus. Et, comprends-moi bien, si c'est ce que tu désires, je n'ai absolument rien contre. Soit on a un enfant qui sera un peu plus à nous, qui aura au moins les gènes de l'un d'entre nous. » Il leva la main pour lui caresser le visage. « Les tiens. »

Julia poussa un soupir et contempla le pinceau des phares qui éclairait la route déserte.

« Et ce sera un enfant qui grandira en toi, reprit Ed. On pourra partager ça, toi et moi, le regarder pousser. Partager tout ce que les autres couples partagent. Ce sera notre enfant, Julia. Plus qu'aucun enfant adopté ne pourra jamais l'être. Tu ne le vois donc pas ? »

Elle ne répondit pas. Elle était trop troublée pour penser clairement. Une voiture les doubla, et elle regarda ses feux rouges disparaître dans la nuit. Ed continua d'une voix calme :

« Dans cette hypothèse, la seule question qui se pose, c'est qui sera le père biologique.

— Et tu veux que ce soit Connor ? Mais enfin, Ed ! qu'est-ce qui te donne le droit de choisir ? Est-ce que je n'ai pas mon mot à dire ? Ou alors, c'est quelque chose que vous avez combiné entre copains, Connor et toi ?

— Je n'ai pas dit que c'était un choix définitif. Si l'idée te déplaît à ce point, on peut aller dans une banque de sperme, si c'est bien comme ça qu'on les appelle, et puis tu prends un flacon au hasard. Celui d'un joueur de football bien baraqué, si tu préfères. Et puis, merde, adoptons un gosse si tu y tiens !

— Vous en avez parlé, Connor et toi ?

— Bien sûr que non.

— Tu le jures ?

— Julia, pour l'amour du ciel, pour qui tu me prends ?

— Ed, abandonne cette idée, s'il te plaît. Ma réponse est non, okay ? »

Elle remit le moteur en marche.

« Comme tu voudras. »

Elle s'engagea sur la chaussée.

« Tu sais, reprit-elle, présenté comme ça, on dirait un coup arrangé entre copains après une fête bien arrosée, tu vois, le genre, ouais, pas la peine de s'emmerder avec les banques de sperme et toutes ces conneries, tu débarques, tu sautes ma bonne femme et le tour est joué. »

Ed garda le silence pendant que Julia, abasourdie, se demandait quelle folie l'avait poussée à dire des choses pareilles.

« Je te demande pardon, murmura-t-elle enfin. Je ne pensais pas ce que j'ai dit.

— Moi aussi, je te demande pardon. Oublions ça, c'était une mauvaise idée. »

Ils ne prononcèrent plus un mot de tout le trajet. Ils arrivèrent à la maison et, se taisant toujours, montèrent se coucher sans même se dire bonne nuit. Julia dut dormir un peu, ou du moins somnoler, plongée dans un demi-sommeil où les visages de Connor et d'Ed ainsi que ceux de fœtus grimaçants flottaient devant ses yeux comme des fantômes.

Ils étaient encore là lorsqu'elle partit pour l'école et ils étaient toujours là à présent, dans la cour, malgré le vacarme que faisaient de nouveau les enfants.

Heureusement, la cloche ne tarda pas à sonner.

Après que les enfants eurent ôté leurs blouses et furent partis, Julia retourna dans la cour effacer les dessins à la craie. Voyant Mrs. Leitner se diriger vers elle,

elle se prépara à subir une réprimande. Sally Leitner était une petite femme soignée d'une cinquantaine d'années qui portait des lunettes à monture d'acier et que l'on disait d'un caractère irascible, ce que Julia s'apprêtait à vérifier sur-le-champ.

« Désolée pour le bruit, dit-elle.

— Ce n'est pas grave. Je constate qu'ils se sont bien amusés. »

Elles s'approchèrent ensemble du mur, et Mrs. Leitner examina par-dessus ses lunettes les dessins des enfants des cavernes.

« Hmmm, conclut-elle enfin. Pas mal du tout. Je crois qu'on va les laisser. »

Sur le chemin de la maison, cependant que le soleil se couchait derrière les montagnes, Julia repassa tout cela dans sa tête pour la énième fois.

Ce qu'elle s'efforçait de comprendre, c'est pourquoi elle avait réagi avec une telle violence à la suggestion d'Ed. C'était sans nul doute lié aux sentiments qu'elle entretenait en secret pour Connor et qui semblaient se renforcer chaque fois qu'elle le voyait, des sentiments qu'elle considérait toujours comme une trahison vis-à-vis de son mari. Sans que rien ne le justifie, elle avait pris cela pour une accusation, comme s'il était au courant de ses pensées et, pour se défendre, elle avait répliqué avec la véhémence instinctive d'une femme accusée d'adultère.

Mon Dieu ! porter l'enfant de Connor...

Est-ce que ce ne serait pas sceller la trahison par le sang, la rendre mille fois pire ? Ou bien serait-ce qu'elle n'avait pas confiance en elle, qu'elle craignait que son univers bascule une fois qu'elle aurait la semence de Connor en elle, qu'elle la sentirait bouger, naître à la vie pour qu'elle la nourrisse et la protège ? Julia se mit à trembler.

Elle arrivait à l'endroit où elle s'était arrêtée la nuit dernière pour parler avec Ed, et elle se gara de nouveau là. Elle descendit de voiture, traversa la route et resta longtemps à contempler la rivière en contrebas. Les arbres commençaient à prendre leurs teintes automnales. Et là, petit à petit, dans le soir qui tombait, la lumière se fit en elle. Tous les doutes et toutes les peurs qui l'avaient si longtemps agitée se dissipèrent et, envahie d'un calme soudain, comme après la tempête, elle sut ce qu'elle voulait.

Elle ne pouvait pas avoir Connor, mais elle pouvait, s'il était d'accord, avoir son enfant. Un enfant qui serait une part de lui et une part d'elle et, pour Ed, le plus beau cadeau du monde.

Au moment où Connor débouchait dans le soleil sur la saillie, il perçut un croassement suivi d'un battement d'ailes et vit le corbeau qu'il avait dérangé s'élancer dans le vide. Il assura sa prise sur le piton déjà planté dans une fissure de la paroi.

« A toi ! » cria-t-il.

Il regarda en contrebas la cheminée plongée dans l'ombre. Ed, qui se trouvait sur une étroite corniche environ dix mètres plus bas, attrapa la corde et la bloqua à l'aide du frein. Julia, un peu en dessous de lui, l'observait. Connor tira doucement sur la corde jusqu'à ce qu'elle se tende.

« C'est bon ! cria Ed.

— Quand tu voudras ! »

Il y eut un court silence pendant lequel Ed se prépara. Puis il dit quelque chose à Julia que Connor n'entendit pas et leva le visage vers celui-ci.

« J'y vais ! lança-t-il.

— Okay ! »

Connor entreprit de donner du mou, surveillant Ed en proie à un sentiment d'angoisse. Personne n'aurait pu deviner qu'il était aveugle. Il avait effectué cette escalade à plusieurs reprises, mais il y avait tant de passages délicats qu'il était impossible de se les rappeler tous. Il progressait à tâtons et deux fois seulement il dut réclamer de l'aide pour trouver la bonne prise. Bizarrement, la partie de l'escalade qui avait posé le plus de problèmes était la partie la moins abrupte, cet amas de roches qui évoquaient des dinosaures. Pourtant, même là, Ed s'était débrouillé seul, s'ouvrant le chemin à l'aide d'une canne pliante spéciale, une sorte de long bâton de ski en fibre de carbone flexible. Il avait trébuché et lourdement chuté à une occasion, mais il avait réussi à passer seul l'éboulis. L'escalade avait certes duré plus longtemps que lorsqu'il voyait encore, mais à peine. Il ne leur restait plus qu'une dernière longueur de corde avant d'atteindre le sommet.

C'était l'une de ces belles journées de début d'automne où Connor prenait parfois des photos pour des dépliants touristiques. Le ciel limpide et sans nuages était d'un bleu d'azur. Nul souffle de vent n'agitait l'air et il régnait une chaleur presque estivale. L'océan vert de la forêt était parsemé d'îlots de toutes les nuances d'ambre ainsi que, par-ci, par-là, de traînées jaunes que faisaient les feuillages des peupliers ou des trembles. Sur les pics les plus élevés étincelaient les premiers cristaux de neige.

Connor avait couché chez Ed et Julia afin qu'ils puissent se mettre en route de bonne heure. Il avait senti tout de suite qu'il régnait une certaine tension dans le couple, et il pensa un instant qu'il était tombé au milieu d'une dispute. Ed était plus silencieux que d'habitude, et pendant le dîner, il y eut même des moments où personne ne semblait plus savoir quoi dire. Connor mit cela sur le compte de l'approche du week-end après une longue semaine de travail. Peut-être qu'ils étaient tout simplement fatigués. Ou inquiets à la perspective de l'escalade.

Julia monta se coucher la première, laissant Connor et Ed finir leurs verres de vin devant la cheminée. Ils parlèrent de tout et de rien. Connor avait cependant envie de lui demander s'il avait annoncé à Julia le résultat de ses analyses, mais le moment ne lui paraissait pas particulièrement bien choisi.

Il se figurait que le lendemain ils seraient de meilleure humeur, mais il n'en fut rien. Pendant le trajet, puis la marche jusqu'à la paroi rocheuse, et même pendant l'escalade, ils n'échangèrent pratiquement pas un mot, sinon pour les questions de routine. Connor ne s'en offusquait pas outre mesure. Le silence entre amis avait parfois un côté apaisant, surtout par une journée comme celle-ci. Il espérait juste qu'il ne s'était rien passé de grave entre Ed et Julia.

Une demi-heure plus tard, ils atteignaient le sommet. En arrivant sur la plate-forme rocheuse, Ed avait un visage si rayonnant que Connor se sentit profondément ému. Il l'étreignit et le félicita, puis ils lancèrent leur « Cœurs de feu » traditionnel. Ed lui demanda de le conduire vers le petit pic sur lequel il plaqua les paumes avant de se retourner comme pour balayer l'horizon du regard. Connor jeta un coup d'œil sur Julia. Souriant et essuyant ses larmes en même temps, elle avait les yeux rivés sur son mari. Puis elle se tourna vers Connor. Elle lui sourit et fit une petite grimace. On voyait qu'elle était en colère contre elle-même pour s'être ainsi abandonnée à l'émotion.

« Des photos ! s'écria Ed. Il faut qu'on prenne des photos ! »

Il dit en plaisantant combien ils étaient honorés de se trouver en compagnie d'un si célèbre photographe et, jouant le jeu, Connor le houspilla comme s'il était en effet une vedette capricieuse et se livra à des observations présomptueuses sur la lumière. Après quoi, comme la fois précédente, Julia prit des photos avec son propre appareil, puis elle le posa sur un rocher, régla le déclencheur et courut rejoindre les deux hommes. Elle se plaça à côté d'Ed, mais celui-ci estima qu'elle devait plutôt se mettre entre eux deux, ce qu'elle eut juste le temps de faire.

« Maintenant, je vais vous prendre tous les deux », dit Ed.

Connor lui donna le Leica et l'aida à se placer. Julia le regarda revenir vers elle. Elle affichait un sourire cachant un message qu'il aurait bien voulu déchiffrer. Elle le prit par la taille, l'attira contre elle et, tandis qu'il passait le bras autour de son épaule, elle leva le visage sur lui et il lut dans ses yeux le même message énigmatique que dans son sourire.

« C'est bien, comme ça ? demanda Ed.

— Un peu plus bas, répondit Connor. Et un peu plus à droite.

— Là ?

— Oui, parfait.

— Mon vieux, tu vas piquer une de ces crises quand tu t'apercevras que ma photo est meilleure que la tienne. Bon, et maintenant, attention, le petit oiseau... »

Comme la dernière fois, ils pique-niquèrent au soleil, puis Ed demanda à Julia de lui décrire le panorama dans tous ses détails, les couleurs de l'automne, quelles montagnes étaient déjà couronnées de neige, l'emplacement exact du soleil, l'angle des ombres, et cetera. Après quoi, il demeura silencieux, s'efforçant de se représenter le paysage dans son esprit. Connor aurait été curieux de savoir à quel point l'image était fidèle. Il porta son regard vers l'horizon et repensa au jour lointain où ils s'étaient tenus à ce même endroit, le cœur gonflé d'espoir.

« Connor ? »

La voix d'Ed le tira de sa rêverie. Il se tourna vers lui et constata qu'il avait passé le bras autour de l'épaule de Julia.

« Oui ?

— Julia et moi avons quelque chose à te demander. »

Il se rendit compte à leurs expressions qu'il s'agissait d'une requête importante et il attendit. Ed déglutit. Il paraissait très nerveux et il se mit à parler d'une manière décousue qui lui ressemblait si peu que Connor commença à se sentir lui-même nerveux. Il dit combien Julia et lui l'aimaient bien, qu'il était — enfin, il le savait — leur meilleur ami, sans oublier qu'il avait été son témoin au mariage, tout ça, et puis, ils avaient tant de choses en commun.

Plus il discourait ainsi et plus Connor se demandait où il voulait en venir. Il observa Julia. Elle avait l'air aussi mal à l'aise que son mari et elle détournait le regard chaque fois qu'il posait les yeux sur elle.

Ed racontait maintenant qu'ils avaient en vain essayé d'avoir un enfant pour découvrir finalement qu'ils ne pourraient jamais en avoir, et qu'ils avaient donc pensé en adopter un, ce qu'ils allaient sans doute se décider à faire, à moins que... A moins qu'il n'y ait une autre possibilité, pas une possibilité à vrai dire, plutôt une idée un peu folle, mais...

Connor comprit alors. Vingt bonnes secondes avant qu'Ed ne parvienne à le formuler. Et pendant ce temps-là, il eut l'impression d'entendre un train qui se précipitait vers lui dans un tunnel, dont le bruit résonnait de plus en plus fort sous son crâne.

« Aussi on se demandait si tu... enfin, c'est assez délicat à dire, plus que délicat même. Tu sais, si tu trouves que c'est aberrant, on ne t'en voudra pas. On tient à ton amitié plus qu'à tout. Tu le sais très bien. Alors, voilà, on voudrait... est-ce que tu pourrais envisager d'être... comment dirais-je... d'être le... le père biologique de... de notre enfant ? »

Le train le percuta de plein fouet et, un long moment, les paroles d'Ed flottèrent dans l'air au ralenti comme autant de débris. De très loin en dessous d'eux, des profondeurs de la forêt, s'éleva un bruit qu'il mit un certain temps à identifier comme le brame d'un orignal.

Connor respira un grand coup. « Tu vois, je...

— Ecoute, mon vieux, vraiment, c'est pas grave. C'est une drôle de requête et on comprendra... N'est-ce pas, ma chérie ?

— Absolument. »

Ed embrassa Julia sur la joue, et elle eut un sourire embarrassé. Connor ne l'avait pas quittée des yeux et elle continuait à éviter son regard. Elle sembla enfin trouver le courage de tourner la tête vers lui, et il crut que son cœur allait s'arrêter de battre.

« Tu sais, c'était juste une idée en l'air, reprit Ed. Tu comprends...

— Ed, le coupa Connor. Est-ce que tu veux bien me laisser parler ? »

Au début, il ne sut pas réellement quoi dire. Il était trop stupéfait pour penser avec lucidité. Il commença par faire remarquer que pour causer un choc à quelqu'un, Ed se posait là. Un peu soulagés, tous trois eurent un rire nerveux. Après quoi, Connor leur dit qu'il était ému et honoré qu'ils lui demandent cela, car ils étaient les deux personnes au monde qu'il aimait le plus, mais donner la vie à un enfant, poursuivit-il, était une chose trop sérieuse pour qu'on ne prenne pas la peine d'y réfléchir. Ils déclarèrent à l'unisson qu'ils lui laissaient tout le temps qu'il voudrait.

Descendre la cheminée se révéla presque aussi difficile que l'escalader. Ils durent se concentrer sur les rappels et guider Ed avec précision pour ne pas qu'il se blesse. Connor était plutôt content qu'ils n'aient pas le loisir de bavarder après ce qui venait d'être dit. Même en regagnant la Jeep, ils parlèrent peu, et durant le trajet de retour, Ed tenta bien de détendre l'atmosphère, mais pour la première fois depuis qu'ils se connaissaient, il régnait un léger malaise entre eux. Connor aurait aimé leur donner tout de suite sa réponse, mais trop d'idées se bousculaient dans sa tête.

Ils l'invitèrent à passer la nuit chez eux, mais il inventa une plate excuse pour refuser, prétendant que sa mère avait besoin de lui. Il chargea son équipement à l'arrière du Chevy et tous trois restèrent un instant à contempler le ciel, cependant que leurs haleines formaient de petits nuages dans la fraîcheur du crépuscule.

« On dirait qu'il va geler », constata Connor.

Julia l'embrassa en lui disant au revoir, puis elle rentra. Il comprit que c'était pour les laisser tous deux seuls un moment. Il s'installa au volant et baissa sa vitre. Ed plaqua les mains sur la portière.

« Je tiens à te le répéter, dit-il. Quelle que soit ta décision, on l'acceptera. Je t'assure. C'est une sacrée responsabilité qu'on te colle sur le dos.

— Il y a une chose que je voudrais savoir : est-ce que Julia est aussi déterminée que toi ?

— Oui, tout à fait. »

Connor garda le silence. Ed passa le bras dans la voiture et posa la main sur l'épaule de Connor.

« Prends tout ton temps, d'accord ?

— Je t’appellerai. »

Il mit le moteur en marche, effectua un demi-tour et souhaita bonne nuit à Ed. Jetant un coup d’œil dans le rétroviseur, il vit son ami qui, au milieu du nuage de gaz d’échappement, agitait le bras, entouré d’un halo de lumière provenant de la maison.

18

La première fois, il avait cru que c'était de la fumée, mais maintenant, il parvenait en principe à faire la différence. On apercevait d'abord un nuage noir qui tourbillonnait au-dessus des palmiers et des eucalyptus puis, quand on s'approchait, on entendait les cris et on se rendait compte que le nuage était vivant, composé d'une multitude d'oiseaux. Des vautours, des milans et des corbeaux surtout, auxquels venaient s'ajouter d'autres oiseaux que Connor ne connaissait pas, plus petits, moins entreprenants, conscients du rang qu'ils occupaient dans l'ordre des préséances. Et une fois qu'on était arrivé là, on n'avait plus besoin ni de regarder ni de prêter l'oreille, car on savait à la seule odeur où se trouvaient les cadavres.

Comme ce matin. Les autres journalistes et lui avaient suivi les soldats sur la piste de terre rouge défoncée qui serpentait en direction du village à travers les plantations de bananes et d'avocats. Il était encore tôt et la brume flottait au-dessus des collines en terrasses qui se dressaient de part et d'autre de la piste. De temps en temps, l'officier ayant pris place dans le véhicule de tête levait la main pour faire stopper le convoi pendant qu'il envoyait un détachement dégager une mine terrestre. Connor et ses compagnons attendaient dans les Land Rover sous la chaleur qui montait et écoutaient la radio cracher son venin et inciter les tueurs hutus à combler tous les charniers sans laisser vivante une seule de ces larves de Tutsis.

Ils abandonnèrent les véhicules à l'orée du village et continuèrent à pied. Un petit garçon se tenait au milieu de la rue vêtu d'un T-shirt taché de sang et, immobile comme une statue, il les regardait approcher. L'officier s'accroupit devant lui et lui posa quelques questions, mais l'enfant semblait frappé de mutisme. Il fit demi-tour et se mit en route. Ils lui emboîtèrent le pas. L'odeur se faisait de plus en plus forte.

Ils s'avancèrent lentement entre les maisons éventrées, criblées d'impacts de balles et vidées de tout hormis de leurs fantômes. Quelques objets négligés par les pilleurs jonchaient le sol, ici un vélo tordu, une chaussure de femme, là une trompette d'enfant jaune. L'église se dressait au bout de la rue avec son clocher blanchi à la chaux surmonté d'une tour vivante d'oiseaux. Tous sauf le petit garçon se couvrirent la bouche d'un foulard ou de ce qui pouvait en faire office.

Dans l'herbe et la poussière devant l'église il y avait une statue du Christ en ciment qui, les bras en croix, les accueillit. Le garçon s'arrêta à côté et refusa d'aller plus loin. Connor le photographia, puis il prit les chiens et les vautours qui s'échappaient en se bousculant par les portes ouvertes de l'église et, ensuite, les soldats qui les poursuivaient en criant et en leur tirant dessus sans grand résultat.

A l'intérieur de l'église, l'atmosphère était brûlante et putride, bourdonnante de mouches. Connor s'efforça de ne pas laisser trop d'air pénétrer dans ses poumons, ni trop d'images dans sa tête cependant qu'il photographiait les cadavres. Ils s'entassaient parmi les bancs, dans l'allée centrale et le long des murs aspergés de sang et criblés de balles. Il semblait y avoir plus de femmes que d'hommes, encore qu'il fût parfois difficile de faire la différence tellement les corps étaient mutilés. Il y avait également des enfants et des bébés. Au milieu des monceaux de cadavres, on distinguait aussi des bras et des jambes coupés.

Le soleil se déversait par un haut vitrail qui, bien que brisé, tenait encore, et éclairait les corps des sacrifiés gisant devant l'autel. Kendrick, le correspondant d'une télévision anglaise, demanda à tout le monde de s'écarter pour qu'il puisse filmer la scène avant que le soleil tourne, mais Connor l'ignora et finit tranquillement de prendre ses photos avant de ressortir.

Dehors, un soldat vomissait et Connor le tint un instant par l'épaule sans prononcer un mot, puis il s'éloigna en empruntant la rue. Des villageois étaient apparus qui s'entretenaient à voix basse avec les soldats et, regardant autour de lui, il en vit d'autres émerger comme des fantômes de derrière les maisons et les arbres.

Connor les photographia pendant que les soldats, debout dans les camions garés dans la cour de l'école incendiée, leur distribuaient de la nourriture et de l'eau. Il y avait un immense baobab, cet arbre dont certains disaient que Dieu l'avait planté par erreur à l'envers, les racines en l'air. Connor lui, étant donné la marche du monde, ne croyait guère qu'il s'agissait d'une erreur.

Il s'assit sur un muret de boue séchée et demeura un long moment à contempler les collines qui entouraient le village. Le brouillard s'était maintenant dissipé et on apercevait les arbres qui se dressaient comme des mains tendues au sommet des collines. Au-delà, les nuages commençaient à s'amonceler en vue de la pluie qui, immanquablement, tombait tous les après-midi.

C'était l'une des régions les plus vertes que Connor connaisse et ici, le moindre arpent de terre semblait cultivé. Pourtant, les bananes et les avocats pourrissaient sur les arbres. Seuls les hommes avaient été fauchés.

Depuis trois jours, il accompagnait ce détachement du Front patriotique rwandais. Tout en continuant à photographier les cadavres qu'ils rencontraient sur leur chemin, il avait depuis longtemps cessé de les compter. Il avait vu des corps gonflés amassés comme des troncs d'arbres le long des berges des fleuves, tandis que d'autres tourbillonnaient lentement au fil du courant, comme dans quelque ballet aquatique qu'ils étaient les seuls à même d'entendre. Il en avait vu par centaines entassés n'importe comment dans les fossés, les cours d'eau, les marais de papyrus et autour de leurs maisons saccagées, et il en avait vu soigneusement empilés au bord des routes. A Bysenguye, la ville qu'ils avaient traversée hier, on les ramassait dans des camions à ordures. Il avait tout photographié et envoyé les photos scannées à son agence par la voie des airs, le Jardin d'Eden où se trouvaient peut-être certaines de ces âmes assassinées.

Il faisait nuit à présent et le village grouillait d'une nouvelle population constituée de membres d'organisations humanitaires, de journalistes, de représentants des droits de l'homme et autres bureaucrates, tous venus chercher les preuves de la mort de l'ancienne population. Ils n'avaient cessé d'arriver de tout l'après-midi, et sous la pluie, les camions avaient transformé la rue en un torrent de boue rouge. Certains s'occupaient des survivants tandis que d'autres se réunissaient en petits groupes pour fumer et s'entretenir à voix basse, comme s'ils craignaient de réveiller les morts. La chaleur avait diminué, et les fumées dégagées par les générateurs et les pots d'échappement des camions avaient chassé l'odeur de mort. Des enquêteurs en combinaisons blanches, masques, gants et bottes de caoutchouc étaient entrés dans l'église où ils travaillaient à la lueur des projecteurs. De sous le baobab où il se tenait, Connor distinguait par les fenêtres leurs ombres qui jouaient, gigantesques, sur les murs rouges de sang pendant qu'ils répertoriaient les cadavres.

Quelques journalistes et lui entouraient le jeune lieutenant du Front patriotique rwandais qui avait pour mission de les informer de ce qui s'était passé, encore que presque tous le savaient déjà.

Il leur annonça qu'ils avaient jusqu'à présent dénombré deux cent neuf corps, tous des Tutsis. Nombre d'entre eux venaient de Bysenguye, la ville voisine où Connor avait vu les bennes à ordures à l'œuvre. Quand les *interahamwe,* les escadrons de la mort hutus, avaient commencé leurs exactions, ces gens-là s'étaient placés sous la protection du maire, Emmanuel Kabugi, un homme cultivé et respecté, un Hutu, mais que tous les Tutsis considéraient depuis toujours comme leur ami.

Sur son conseil, ils avaient éloigné leurs familles et s'étaient réfugiés ici. L'un des jeunes prêtres, leur avait-il assuré, était un ami personnel qui veillerait à ce qu'il ne leur arrive rien. Le lendemain, alors qu'ils se croyaient en sécurité à l'intérieur de l'église, Emmanuel Kabugi était entré dans le village avec les *interahamwe,* certains armés de fusils, mais la plupart de machettes. Le prêtre qui leur avait ouvert les portes ainsi que Kabugi avaient eux-mêmes pris part au massacre.

Le soir, la majorité des journalistes regagnèrent leur hôtel à Bysenguye, mais Connor et quelques autres qui étaient venus avec le FPR restèrent dans le village. Ils établirent leur campement dans deux maisons éventrées qui, néanmoins, possédaient encore un toit, et avant qu'ils se couchent, Kendrick sortit de son sac une bouteille de cognac ainsi que de petits gobelets de métal. Quelqu'un alluma une lampe à gaz et ils s'assirent autour à même le sol de ciment pour boire. Kendrick, un homme rondouillard de près de cinquante ans au teint fleuri et aux cheveux roux qui s'éclaircissaient, s'imaginait que, étant le plus âgé des « Africains », cela lui donnait le droit de leur faire la leçon. Son réalisateur et son assistant étaient plus jeunes que lui, et moins bavards. Connor s'entendait bien avec eux, de même qu'avec les deux autres, Anna et Reiner, des correspondants d'une agence de presse.

Durant le peu de temps qu'il avait passé dans le milieu des journalistes, Connor en avait rencontré des sympathiques et beaucoup d'antipathiques, mais c'était les pompeux qu'il détestait le plus, ceux qui avaient tout vu et tout fait et qui n'arrêtaient pas de le dire. Il avait appris à garder ses opinions pour soi et à écouter, ce qui lui valait la réputation d'un solitaire. La plupart des reporters — du moins la plupart de ceux qui se servaient de leur plume plutôt que de leur appareil photo — avaient fréquenté l'université. Au début, Connor s'était demandé si c'était cela qui le différenciait des autres, puis il avait compris que c'était plutôt sa nature. Finalement, le surnom de Monsieur l'Observateur dont l'avait affublé sa mère lui convenait bien.

Et là, il observait Kendrick. La pellicule de sueur qui couvrait ses joues roses luisait dans la lumière froide de la lampe à gaz. Il expliquait d'un ton sentencieux pourquoi la démocratie ne pouvait pas fonctionner en Afrique et combien les gouvernements occidentaux étaient stupides de l'avoir cru. Pour « l'Africain moyen », poursuivit-il, la démocratie était une abstraction étrangère. Tout l'argent qu'on leur donnait pour lutter contre la famine et autres finissait dans la poche des ministres et fonctionnaires qui détenaient tous des comptes en Suisse. Il en avait été témoin dans toute l'Afrique et avait même évoqué le sujet avec Nelson Mandela qu'il avait interviewé de nombreuses fois et dont il parlait comme s'il s'agissait d'un ami personnel, ce qui était plutôt difficile à croire. Connor ne put supporter d'en entendre davantage. Il se leva discrètement et se dirigea vers la porte.

« Notre cousin d'Amérique n'est pas d'accord ? »

Connor s'immobilisa sur le seuil et se retourna.

« Qu'est-ce que j'en sais, moi ? dit-il. Vous devriez peut-être le demander aux Africains moyens qui se trouvent dans l'église. »

Il alla se promener à l'extérieur du village où campaient les soldats. Certains avaient allumé des feux autour desquels ils chantaient en marquant le rythme. Une sentinelle lui conseilla de ne pas s'aventurer trop loin. Il n'en avait nullement l'intention. Il voulait juste s'éloigner un peu des projecteurs, de la fumée et du grondement des générateurs.

Il prit un chemin de terre qui serpentait parmi les bananiers puis s'élargissait pour déboucher dans une clairière herbeuse. Il s'assit sur une pierre, écouta la clameur vibrante des insectes et des grenouilles et s'emplit les poumons de l'odeur riche de la terre rouge après la pluie. Les nuages s'étaient dispersés mais il n'y avait pas de lune, et il passa un long moment à essayer en vain de retrouver les étoiles dans cet hémisphère nouveau pour lui. Il aurait eu besoin d'une carte, pareille à celle qu'il avait tracée sur le dos d'Ed l'automne dernier. Ce qui, comme tous les jours et toutes les nuits, ramena ses pensées vers Julia et l'enfant de lui qu'elle portait.

Il ne leur avait pas parlé depuis Noël. Il avait téléphoné de Nairobi où il s'était rendu après que la situation en Somalie était devenue trop dangereuse. Ed lui apprit alors que Julia était enceinte de deux mois. Le bébé avait été conçu dès la première insémination artificielle pratiquée à partir du dépôt que Connor avait laissé à la clinique avant de s'envoler pour l'Afrique.

« C'est comme si le destin en avait décidé ainsi », dit Ed, manifestement ravi.

Ils lui avaient envoyé une lettre via son agence pour le lui annoncer, mais comme la plupart du courrier qu'on lui faisait suivre, il ne l'avait jamais reçue. Julia vint ensuite à l'appareil. Elle lui souhaita un joyeux Noël et il entendit à son ton combien elle aussi était heureuse. Il aurait bien voulu partager leur joie et dire les mots qui convenaient, mais il put seulement espérer que sa voix leur paraîtrait plus convaincante qu'à ses propres oreilles. En vérité, il ne savait quoi penser. Il avait passé des mois à y réfléchir et il n'arrivait toujours pas à analyser ses sentiments.

Il était content, sincèrement content de leur avoir apporté un tel bonheur et, par moments, il y puisait la force de continuer. Lorsqu'il marchait au milieu des morts, comme aujourd'hui dans l'église et comme presque tous les jours, il se contraignait à penser à cette nouvelle vie qui poussait à des milliers de kilomètres de là, cette petite flamme d'avenir parmi les ténèbres obscurantistes qui lui redonnait courage et espoir.

Au fond de son cœur, il éprouvait cependant un sentiment de vide dont, malgré tous ses efforts, il ne parvenait pas à se débarrasser. Il avait parfois l'impression que le don de sa semence l'avait laissé tari, inutile et encore plus seul qu'avant.

Lorsqu'il repassa près du campement des soldats, il vit une silhouette émerger d'entre les camions et se diriger vers lui. C'était le jeune homme qu'il avait soutenu un instant pendant qu'il vomissait devant l'église. Il tendit à Connor le bout de papier qu'il avait à la main.

« Il paraît qu'il s'est enfui à Goma avec les autres, dit-il. Si vous y allez, ça vous aidera peut-être à le retrouver. »

Connor voulu lui demander des explications, mais le jeune soldat tourna aussitôt les talons et disparut derrière les camions. Connor sortit sa lampe de poche. L'homme lui avait remis une page de journal arrachée montrant la photo d'un personnage en chemise blanche qui, apparemment, remettait un prix à une écolière d'une surprenante beauté. La légende indiquait qu'il s'agissait du *bourgmestre* de Bysenguye, Emmanuel Kabugi.

Julia, immobile, contemplait avec émerveillement son ventre rond qui se balançait d'un côté à l'autre de la baignoire. Bien sûr, elle avait entendu parler des coups de pied que les bébés donnaient dans le ventre de leur mère, mais elle s'était toujours imaginé que c'était plutôt une espèce de chatouillis, quelque chose qu'on sentait à peine. En tout cas, rien de comparable à cela. Boum, boum. Et voilà qu'elle recommençait. La petite friponne ne voulait décidément pas se tenir tranquille. Bon sang ! elle devait nager le crawl !

« Holà ! un peu de calme ! »

Ed, nu devant le lavabo, se rasait. Il continuait à employer un rasoir mécanique et, curieusement, alors qu'il faisait tout au toucher — et sans se couper —, il persistait à se placer devant la glace. Les rayons du soleil de printemps se déversaient droit sur ses reins à travers la fenêtre ouverte de la salle de bains.

« Ça recommence ?
— Et comment. Ce matin, on s'entraîne pour les Jeux olympiques. »

Il posa son rasoir et vint s'agenouiller à côté de la baignoire. Il avait encore la moitié du visage couvert de mousse. Il posa les mains sur le ventre de Julia et attendit le prochain mouvement. Dehors, les oiseaux chantaient à tue-tête.

« Il est devenu tout timide, dit Ed.
— Attends, elle va te montrer.
— Allez, têtard, encore une fois pour papa. »

A sa dernière échographie, on lui avait montré une image du fœtus en lui demandant si elle désirait savoir ce que c'était, et elle avait répondu qu'elle le savait déjà, que ce serait un bébé. Tout le monde avait éclaté de rire. On n'avait pas insisté, mais en fait, elle savait. Elle n'en avait jamais douté. Ce serait une fille.

D'où lui venait cette certitude, elle ne le savait pas vraiment, sinon que c'était lié à Skye. Elle ne pensait plus à elle autant qu'avant. Dans l'année qui avait suivi l'incendie, l'adolescente avait toujours été présente dans un coin de son esprit, non pas pour la menacer ou l'accuser, ni même comme figure de douleur, mais juste là, tranquillement. Avec le temps, l'image était devenue floue et apparaissait uniquement quand Julia l'invoquait dans ses prières et aussi, malheureusement, quand elle s'imposait à elle au cours des heures sombres et traîtresses des nuits d'insomnie.

De temps en temps, bien sûr, elle surgissait par hasard, quand elle croisait quelqu'un qui lui rappelait Skye, par exemple. L'une de ses élèves du cours élémentaire avait une sœur aînée qui lui ressemblait tant que la première fois qu'elle la vit, Julia faillit s'évanouir. Dans l'ensemble, elle estimait néanmoins qu'elle maîtrisait la situation.

Non que son sentiment de culpabilité eût diminué. Elle était arrivée à la conclusion qu'il était fait d'une matière indestructible sur laquelle le temps et le bonheur n'avaient aucune prise. Elle avait lu dans un magazine (un parmi les nombreux qu'elle achetait désormais pour voir s'il y avait des photos de Connor) un article à propos d'un policier qui, ayant reçu dans la tête une balle en titane ou autre matière bizarre, était toujours en vie, sans problèmes majeurs, si bien que les médecins, plutôt que de prendre le risque d'une opération, avaient préféré la laisser là. Malgré quelques migraines et une légère distorsion de la vue, il menait une existence parfaitement normale.

A la suite de quoi, Julia avait décrété qu'il en serait de même pour elle. Sauf que, bien entendu, elle avait deux balles en titane en elle : une pour Ed, l'autre pour Skye. Logées en permanence dans sa tête, elles modifiaient sa vision du monde et lui faisaient mal. Mais c'était une souffrance à laquelle elle s'habituait.

La culpabilité, ce n'était parfois pas plus compliqué que cela. Inutile de pleurnicher ou de s'apitoyer sur son sort. On vivait avec et on en acceptait les conséquences, comme une espèce de contrat dont on assumait les clauses et les obligations. Celles vis-à-vis d'Ed, elle les remplissait en lui consacrant sa vie. Et maintenant, elle devait remplir celles qu'elle avait vis-à-vis de Skye. Julia était responsable de la disparition d'une jeune vie et il lui incombait donc de la remplacer. Certes, elle se rendait compte du côté irrationnel de son raisonnement, et c'est pourquoi elle avait réussi à se convaincre que le bébé, qu'elle portait maintenant depuis presque sept mois, était une fille.

Ed, naturellement, ne partageait pas ses idées. La branche du Montana de la dynastie des Tully, déclarait-il d'un ton pompeux, devait avoir — et aurait, nom de

Dieu ! — un héritier mâle. Il avait même déjà choisi son nom. En l'honneur de l'empire des tondeuses créé par son grand-père, l'enfant recevrait le nom de Gazon. Au cas où ce serait effectivement un garçon, Julia espérait de tout cœur que ce n'était qu'une plaisanterie. Têtard suffisait.

Il avait toujours les mains sur son ventre.

« Il s'est endormi, dit-il.

— Non... elle recommence.

— Waouh ! Regarde-moi ça ! Vas-y mon Gazon ! Quelle impression ça fait ? Ça doit être étrange. Un petit tortillement, non ?

— Pas vraiment. Plutôt comme... comme un papillonnage.

— Un papillonnage ?

— Ouais. Une nage papillon.

— Mais pas un tortillement ?

— Non, non.

— Ça y est, il remet ça ! »

Ed affichait un grand sourire et ses yeux cillaient un peu comme souvent à présent. Quand il plaquait ainsi les mains sur son ventre et sentait le bébé bouger, Julia se demandait parfois si le bonheur qu'il ressentait à l'évidence n'était pas un peu terni par le fait que l'enfant n'était pas biologiquement le sien. Pourtant, sous tous les autres aspects, c'était bien le sien. Et Julia faisait tout ce qu'elle pouvait pour qu'il ait ce sentiment. Néanmoins, se disait-elle, il devait éprouver une pointe, non pas de doute et sûrement pas de jalousie, mais de regret, peut-être.

Ils n'en avaient jamais parlé. Dès le début, Ed avait été extraordinaire. Après que Connor leur avait annoncé sa décision et pendant qu'ils attendaient le moment de la première insémination qu'il fallait faire à l'heure la plus propice du jour le plus propice, Ed avait paru préoccupé et inquiet, au point que Julia avait pensé qu'il pourrait changer d'avis. Mais quand elle lui avait demandé s'il était toujours aussi certain de le vouloir, il lui avait répondu que oui, naturellement, de sorte qu'elle ne lui avait plus posé la question.

Le jour où elle lui apprit qu'elle était enceinte commença plutôt mal. Elle avait oublié un tube de crème dépilatoire sur l'étagère où ils rangeaient leurs brosses à dents, et Ed le confondit avec son dentifrice, ce qui ne contribua pas à le mettre dans les meilleures dispositions. Il s'habilla, descendit d'un pas bruyant prendre son petit déjeuner, et pendant qu'elle pratiquait son test de grossesse dans la salle de bains, elle l'entendit rouspéter parce que son muesli avait maintenant un drôle de goût.

Debout à côté des toilettes, elle vit la bande de papier changer de couleur, ce qui ne faisait que confirmer ce qu'elle savait déjà, si bien qu'elle ne poussa même pas une exclamation. Elle descendit dans la cuisine en peignoir, prit les petites lettres adhésives qu'ils utilisaient pour identifier les objets et écrivit « bébé » sur son ventre. Ed lui demanda d'un ton grognon ce qu'elle fabriquait.

« Rien. Je marque juste quelque chose.

— C'est un peu tard, non ? Tu n'as qu'à écrire napalm, c'est à peu près ce que sent cette saloperie. »

Elle colla la dernière lettre puis s'approcha de lui qui, l'air maussade, était penché au-dessus de son bol de muesli. Elle s'assit sur la table et lui prit la main.

« Arrête, Julia. Fiche-moi donc la paix.

— Pose ta cuillère.

— Je n'ai pas du tout envie de plaisanter. J'ai l'impression d'avoir reçu une bombe atomique dans la bouche.

— Mon pauvre chéri. »

Elle entrouvrit son peignoir et guida la main d'Ed vers son ventre.

« Julia, je ne suis vraiment pas d'humeur à... mais qu'est-ce que c'est ? »

Il avait les doigts sur les lettres.

« Tu n'as qu'à lire », dit-elle.

Elle vit son expression se modifier à mesure qu'il déchiffrait.

« Oh ! mon Dieu ! tu es sûre ?

— Oui, je suis sûre. »

Il se leva, l'enlaça et ils s'étreignirent un long moment. Quand enfin il la lâcha, elle constata qu'il avait les joues mouillées de larmes.

« Pardon pour le dentifrice », murmura-t-elle.

Il glissa les bras sous son peignoir et, la tenant par les hanches, l'embrassa passionnément, puis il descendit, lui embrassa les seins et le ventre avec les lettres toujours collées dessus. Après quoi, il lui ouvrit les jambes et lui fit l'amour là, sur la table de la cuisine. Peut-être qu'elle se trompait, mais ce jour-là — ainsi que les nombreux jours qui suivirent — elle eut l'impression qu'outre le simple désir, il était mû par une pulsion plus profonde, peut-être le besoin inconscient d'affirmer sa présence en elle à côté de celle de Connor.

Ils parlaient souvent de leur ami, se demandant où il était et ce qu'il faisait. Sur les instances d'Ed, ils avaient fait agrandir une photo qui les représentait tous les trois — celle prise au déclencheur lors de l'escalade de l'automne dernier — et qui, encadrée, ornait l'un des murs du séjour. Ed voulait que Têtard/Gazon puisse la voir dès qu'il ouvrirait les yeux afin qu'il comprenne tout de suite la situation : maman, papa et bio-papa. Il enviait Connor, dit-il, car il héritait du meilleur nom : bio-papa sonnait comme le nom d'un superhéros. Plutôt comme celui d'un détergent, répliqua Julia.

Il y avait tout un réseau d'amis et de parents (les Ford, les Tully et les Bishop) qui épluchaient les journaux et les magazines à la recherche des photos de Connor, et quand ils en découvraient une, ils répandaient la nouvelle sur-le-champ. La mère de Connor avait téléphoné l'autre jour pour leur dire d'acheter *Newsweek,* les avertissant en même temps de se préparer à un spectacle insoutenable.

Mrs. Ford avait raison. C'était encore une de ses photos du Rwanda, en l'occurrence le sol d'une église jonché de cadavres de femmes et d'enfants éclairés par la lumière qui se déversait d'une fenêtre brisée. Julia n'y jeta qu'un simple coup d'œil. Elle arriva à peine à lire l'article. Un million de morts en un mois. Un présentateur de télévision, certainement afin de prouver qu'il était assez intelligent pour se servir d'une calculatrice, déclara que cela signifiait qu'on tuait vingt-trois personnes par minute, soit près de mille quatre cents par heure. Tout cela pendant que les troupes de l'ONU assistaient impuissantes au massacre et que les hommes de Washington discutaient pour savoir si, compte tenu du nombre de morts, il s'agissait ou non d'un génocide.

Julia et Ed n'avaient pas revu la mère de Connor depuis l'été dernier, ni ne l'avaient eue au téléphone, et ils furent ravis d'entendre de nouveau sa voix rocailleuse. Ils parlèrent un moment de Connor, se plaignant qu'il ne donnait pas de nouvelles. Soudain, Julia réalisa qu'elle ignorait si Mrs. Ford était au courant de sa grossesse et, surtout, du rôle que son fils y avait joué.

Elle leva tout de suite une partie de ses doutes.

« Alors, ma chérie, dit-elle. Comment ça va ? Ça fait quoi, six mois ?

— Sept, pratiquement. Et je vais plutôt bien, je vous remercie. En tout cas, depuis que j'ai cessé de vomir à longueur de journée.

— Ouais, c'est pas marrant. Je me rappelle, j'ai été malade comme une coyote avec Connor. »

Il y eut un court silence. Lourd de sens. Julia ne savait quoi dire.

« J'aurais dû t'appeler ou t'écrire, reprit Mrs. Ford. Je ne savais pas trop ce que je devais faire. »

Elle n'en avait pas encore assez dit pour qu'on puisse déterminer si elle connaissait ou non toute l'histoire.

« C'est Connor qui vous l'a appris ?

— Bien sûr. Pour ne rien te cacher, j'étais contre.

— Ah ?

— Ouais. Bon Dieu, je viens à peine d'avoir cinquante ans et c'est pas un âge pour être grand-mère. Même grand-mère de soumission.

— De substitution.

— Ouais, c'est ça. Tu comprends, ça va nuire à mon image. »

Julia, soulagée, éclata de rire.

« Ma chérie, je suis tellement heureuse pour toi.

— Merci beaucoup.

— De rien. Et maintenant, cours acheter ce magazine. »

L'eau du bain commençait à refroidir et le bébé avait terminé ses exercices, à moins qu'il n'ait fini par se lasser. Les mains d'Ed aussi devenaient froides. Elles remontaient vers ses seins qui étaient maintenant énormes, avec des mamelons de la taille de petits frisbees. Ed les appelait les « Seins des Seins » et paraissait s'imaginer qu'il pouvait y accéder en permanence. Elle lui donna une tape sur la main.

« Hé. J'aimerais bien les récupérer, dit-elle. Je vais être en retard à l'école. »

19

Les avions-cargos atterrissaient nuit et jour, débouchant des nuages comme d'immenses oiseaux vengeurs et survolant le lac en direction du rivage d'un noir de jais où un million d'âmes perdues avaient établi leur campement. La nuit, en approche de la piste, on voyait les pinceaux lumineux de leurs phares crever l'obscurité et l'on entendait le rugissement des moteurs. Parfois, les nuages se déchiraient et l'on apercevait le cône volcanique du Nyiragongo qui, du haut de ses trois mille mètres, grondait et rougeoyait comme dans l'attente du Jugement dernier.

Ils apportaient du blé pour les vivants et de la chaux vive pour les morts. Et pour les centaines de milliers qui erraient entre les deux mondes, ils apportaient des vêtements, des médicaments, des couvertures, des tentes, des camions et toute une armée de bons Samaritains chargés de les distribuer. Il y avait des médecins, des infirmières, des membres d'organisations humanitaires et bien d'autres représentants de centaines d'organisations différentes. Et il y avait aussi l'autre armée, la horde des médias qui s'était précipitée ici pour bousculer et interviewer afin d'expédier leurs mots et leurs photos à travers l'éther comme autant de lances destinées à percer la carapace de la conscience d'un monde qui regardait, perplexe.

Connor aussi était perplexe, à l'instar de la plupart des gens qu'il rencontrait ici, à Goma, qu'ils soient médecins, membres d'une ONG ou journalistes. Le million de Hutus rassemblés sur cette vaste plaine de lave noire étaient des réfugiés. Le mot lui-même appelait la pitié, laquelle se justifiait. Leurs malheurs étaient inscrits sur leurs visages tandis qu'ils faisaient la queue pour recevoir un peu de nourriture ou que, accroupis près d'un pauvre feu à l'odeur nauséabonde, ils regardaient leurs enfants mourir du choléra. Parmi eux, cependant, il y avait ceux — personne n'en connaissait le nombre — qui ne méritaient aucune pitié car ils n'en avaient manifesté aucune ; il s'agissait de ceux-là mêmes qui, au Rwanda, s'étaient livrés au génocide.

Tout le monde savait qu'ils étaient là. Connor avait photographié les piles de machettes et de massues hérissées de clous confisquées à la frontière, et il n'ignorait pas que beaucoup avaient réussi à passer avec leurs armes. Ceux-là ne se donnaient pas la peine de se cacher. Au contraire, ils s'en servaient ouvertement pour s'octroyer la meilleure part du butin. Et c'était pourquoi Connor se figurait qu'il y avait une chance, infime certes, pour qu'il trouve parmi eux le *bourgmestre* de Bysenguye.

Il le cherchait depuis maintenant près d'une semaine. Il conservait la coupure de journal avec la photo de Kabugi dans la poche de sa veste, sous une pochette en plastique, afin de la montrer partout où il allait. Jusqu'à présent, personne n'avait semblé le connaître, et même le nom de la ville ne leur évoquait rien.

Dans les yeux de certains, il lisait qu'ils se demandaient quel idiot pouvait se lancer dans une quête pareille, question qu'il lui arrivait de se poser lui-même. En quoi les meurtres commis par cet homme comptaient-ils plus que la multitude des autres ? Etait-ce simplement parce qu'il avait un nom et un visage et que Connor avait photographié les cadavres anonymes de ses victimes ? Et si jamais il le retrouvait, que ferait-il ?

Il ne le savait pas. Mais maintenant qu'il avait commencé, il voulait finir. Il y avait six camps de réfugiés, il les avait tous passés au peigne fin sauf un et il s'y rendait à présent.

On était en fin d'après-midi, et du lac Kivu soufflait une brise chaude et humide qui rabattait la fumée des feux en un voile gris et qui, l'espace d'un instant, dissipait l'odeur fétide de l'air. Connor longeait la piste de lave noire qui serpentait parmi les camps de réfugiés. Entendant un bruit de moteur derrière lui, il s'écarta du chemin. C'était une Land Cruiser blanche, l'une parmi tant d'autres dans lesquelles se déplaçaient les médecins et les infirmiers. A sa grande surprise, la voiture s'arrêta à sa hauteur et le chauffeur, un jeune barbu aux cheveux blonds, lui offrit de monter, ce que Connor accepta avec reconnaissance. Il s'installa à l'arrière du véhicule.

Une jeune femme assise devant se tourna pour lui parler. Elle était hollandaise et le conducteur, norvégien. Infirmiers tous les deux, ils travaillaient pour une organisation humanitaire basée à Stockholm. Ils lui demandèrent par quel journal il était envoyé et où il allait. Connor répondit qu'il était free-lance et qu'il recherchait des réfugiés en provenance d'un village appelé Bysenguye. Ce nom ne leur disait rien, ni celui de Kabugi. Il leur montra la photo de ce dernier, mais ni l'un ni l'autre ne l'avaient jamais vu.

La femme, qui s'appelait Marijke, allait lui rendre la

photo quand elle fronça soudain les sourcils et l'examina de plus près. Elle désigna l'écolière à qui Kabugi remettait son prix.

« J'ai aperçu cette fille ce matin, dit-elle.

— Vous êtes sûre ?

— Oui. Je me souviens avoir pensé qu'elle était vraiment très jolie. »

Elle raconta qu'ils avaient vacciné une foule d'enfants dans un camp — l'un de ceux où Connor était déjà allé —, parmi lesquels se trouvait la fillette. Le Norvégien lui demanda pourquoi il recherchait cet homme, et Connor le lui expliqua. Marijke intervint pour dire que s'il pouvait attendre une demi-heure, le temps qu'ils livrent des médicaments, elle l'emmènerait au camp où elle avait vu l'enfant.

Il dut patienter plus longtemps, et ils y arrivèrent alors que le soir tombait. Ils se garèrent à côté d'un dépôt de vivres et se dirigèrent à pied vers une tente improvisée faite de caisses recouvertes de feuilles de plastique et qui servait de quartier général aux chefs des réfugiés pour cette partie du camp. Connor y était venu deux jours auparavant, et il se souvenait du regard glacial dont on l'avait gratifié quand il s'était enquis de Kabugi. Aucun des hommes ne parlait anglais et comme Connor ne parlait pas français, la rencontre avait été des plus brèves.

Les visages de ceux qui les accueillirent à l'intérieur étaient différents, moins hostiles. Marijke les salua en français et reçut une réponse presque amicale. Apparemment, ils l'avaient reconnue. Connor ne comprit pas ce qu'elle disait, mais il l'entendit prononcer le nom du village qu'il avait mentionné. L'homme qui semblait être le chef leva le bras et répondit. Marijke traduisit :

« Il dit que les gens de Bysenguye sont dans un camp à moins d'un kilomètre d'ici.

— Il peut nous y conduire ? »

La jeune femme posa la question à l'homme qui haussa les épaules et fit signe que oui.

Ils le suivirent à travers le labyrinthe des chemins au-dessus desquels planait un voile de fumée, des chemins bordés de cadavres soigneusement enveloppés dans des nattes de jonc avant d'être ramassés et pleins d'enfants nus qui fouillaient parmi les ordures à la recherche de quelque chose à manger, des scènes que Connor avait photographiées tout au long de la semaine et dont le monde commençait sans nul doute à se lasser. Ils arrivèrent enfin devant une grande tente en plastique bleu clair. L'homme les laissa après leur avoir dit que c'était là qu'ils trouveraient les responsables des réfugiés de Bysenguye. Connor prit son flash et l'enclencha sur l'un des Nikon qu'il portait autour du cou.

A l'intérieur, il n'y avait personne. Une table occupait le centre de la tente. Dessus étaient posés une lampe à gaz, une pile de papiers maintenus par des pierres et un bol servant de cendrier dans lequel se consumait un mégot. La tente était encombrée de caisses, de sacs et de boîtes dont bon nombre avaient l'air de ne pas avoir été ouverts. Au fond, il y avait un rabat de plastique derrière lequel on entendait des rires ponctués d'un étrange bruit métallique.

Marijke lança un grand bonjour, mais comme personne ne se manifestait, Connor s'avança et écarta le rabat. Le premier visage qui se tourna vers lui était celui d'Emmanuel Kabugi.

Il se tenait dans une espèce de cour étroite, délimitée par des murs de caisses et éclairée par une deuxième lampe à gaz. On aurait dit qu'il venait de faire un golf. Il portait un pantalon bien repassé et un polo blanc impeccable orné d'un crocodile. Il était plus grand et plus imposant que sur la photo.

Quatre hommes se trouvaient avec lui, tous plus jeunes et plus pauvrement vêtus que lui, ainsi que deux femmes, toutes deux jeunes et jolies. L'un des hommes affûtait une machette en plaisantant avec l'une des femmes, mais dès qu'il vit Connor, il s'immobilisa et se tut. Un brusque silence s'abattit tandis que tous les regards se braquaient sur Connor et ses appareils photo. Le visage de Kabugi s'éclaira soudain d'un sourire et il dit quelque chose en français. Alors que Connor se tournait vers Marijke pour lui demander de traduire, Kabugi reprit la parole, cette fois en anglais :

« Puis-je vous être utile ?

— Vous êtes Emmanuel Kabugi ?

— Oui. »

Connor se présenta et produisit sa carte de presse de l'ONU. L'homme à la machette prononça une phrase en kinyarwanda, et Kabugi se tourna vivement vers lui en aboyant quelque chose qui sonnait clairement comme une réprimande. Connor s'était un moment demandé s'il ne devait pas raconter qu'il désirait s'entretenir avec lui de la distribution de la nourriture ou des conditions sanitaires dans le camp. Mais il n'avait jamais été doué pour le mensonge, aussi, quand Kabugi lui redemanda s'il pouvait lui être utile, il tira de son sac la photo des cadavres jonchant le sol de l'église qu'il avait arrachée dans un magazine et la lui tendit.

Kabugi l'examina un instant cependant que les autres se penchaient par-dessus son épaule pour regarder à leur tour. Quand l'homme à la machette vit de quoi il s'agissait, il se mit à crier après Connor. Kabugi lui ordonna d'un geste de se taire, puis il étudia de nouveau la photo en secouant la tête avec tristesse.

« Pourquoi me montrez-vous ça ? demanda-t-il d'une voix douce.

— Vous ne vous rappelez pas ?

— Ce sont des gens de mon village, et un grand nombre d'entre eux étaient mes amis. Comment pourrais-je ne pas me rappeler ? »

Il rendit la photo à Connor qui refusa de la prendre.

« Lesquels parmi eux avez-vous tués ? Personnellement, j'entends. »

Kabugi fronça les sourcils. « Pardon ?

— Je suppose que c'est assez difficile à dire étant donné que les mutilations rendent ces corps méconnaissables. »

Connor avait conscience que Marijke se dandinait nerveusement à côté de lui.

« Vous savez fort bien de quoi je parle, reprit-il. Vous y étiez. Vous les avez envoyés se réfugier dans l'église et vous êtes arrivé avec les autres pour les massacrer.

— Vous vous trompez, monsieur.

— Non, je ne me trompe pas. Il y a des témoins. Je leur ai parlé. Vous avez fait du bon travail, mais quelques-uns ont réussi à s'échapper. Ils vous ont vu.

— Alors, eux aussi se trompent. Naturellement, je sais ce qui est arrivé, et je suis très triste et très en colère. Ces malheureux ont été assassinés par le FPR pour nous salir et pour amener les journalistes étrangers comme vous à les soutenir. Pourquoi ferais-je une chose pareille ? Pourquoi tuerais-je des gens de mon propre village ?

— Je ne sais pas. A vous de me l'apprendre. »

Kabugi dévisagea longuement Connor, puis il froissa la photo et en fit une boule qu'il jeta par terre. Bombant un peu le torse, il demanda :

« Vous savez qui je suis ?

— Bien sûr.

— Je suis le *bourgmestre* de Bysenguye. Je suis un homme cultivé. J'ai fait des études de littérature, d'art et de philosophie à la Sorbonne à Paris. Je vais à la messe. Je prie pour mes ennemis. J'ai voué mon existence à servir mon peuple. Si je vous dis cela, ce n'est pas pour m'en vanter, mais pour que vous sachiez à qui vous vous adressez. Est-ce clair ? »

Connor se contenta de hausser les épaules.

« Quand mes administrés ont été chassés de leurs maisons par ces sales cafards, je les ai aidés, je les ai protégés et je les ai conduits vers un endroit sûr. Nombre d'entre eux sont morts en route, des enfants, des bébés, piétinés dans la panique. Et maintenant, nous sommes là, aux avant-postes de l'enfer, privés de tout, y compris de notre dignité. »

Il s'était exprimé d'une voix calme et précise, avec une intensité croissante. Il y avait maintenant une lueur glacée dans son regard que Connor avait du mal à soutenir.

« Et vous osez vous présenter devant moi pour m'accuser ainsi, armé de votre indignation morale, pendant que dehors, nos femmes et nos enfants gisent dans la poussière, mourant de faim et du choléra ?

— Je me présente armé de la seule vérité.

— La vérité ? Que savez-vous de la vérité ? Que savez-vous de mon pays ? de mon peuple ? Depuis combien de temps êtes-vous ici ? Une semaine ? un mois ? Si la vérité était une miche de pain et que vous en preniez une miette, est-ce que vous détiendriez la vérité ? Et si vous ne possédez pas la vérité entière, tout ce que vous direz aura aussi peu de valeur qu'un mensonge. Vous êtes américain, je suppose ? »

Connor fit signe que oui.

« Alors dites-moi, quelle est la "vérité" sur votre pays ? Sur votre peuple ? Sur les millions de gens que vous avez assassinés, sur les millions de gens de mon peuple que vous avez réduits en esclavage ? Et que vous continuez à traiter en esclaves. J'attends votre vérité à leur sujet.

— Vous avez envie de faire un discours ? Ne vous en privez surtout pas. Moi, je suis simplement venu prendre votre photo. »

Kabugi ne parut pas avoir entendu. Sa colère se déchaînait et ne s'apaiserait pas.

« La vérité, c'est qu'il n'y a pas de vérité, poursuivit-il. Il n'y a que des miettes. Vous avez les vôtres et j'ai les miennes. Seulement, j'en ai davantage que vous et les miennes sont soudées par la connaissance et l'expérience, et non par un faux étendard de piété et de préjugés. J'accepte cependant de la partager avec vous. Les Belges et leurs valets, ces larves de Tutsis, ont voulu faire de nouveau de nous des esclaves, restaurer sur mon peuple leur domination féodale. Face à cela, qu'étions-nous censés faire ? Dites-le-moi, j'attends. »

Connor désigna la machette et répondit :

« Eh bien, tous les tailler en pièces. C'est de celle-là que vous vous êtes servi ? Ou d'une autre ? Je pense qu'il vous en a fallu un certain nombre. »

L'homme qui la serrait dans son poing avait-il compris ? En tout cas, il fit un pas vers eux. Kabugi leva la main pour l'arrêter, et Marijke effleura le bras de Connor.

« Je crois que nous ferions mieux de partir, dit-elle.

— Je crois qu'elle a raison, approuva Kabugi.

— Oui, bien sûr », dit Connor.

Il leva son appareil photo et aussitôt, deux des hommes se précipitèrent sur lui. Connor écarta l'un du bras et repoussa violemment l'autre. Ils se ruèrent de nouveau vers lui, mais Kabugi cria quelque chose et ils s'immobilisèrent. Connor braqua son Nikon.

« En tant que héros, défenseur des pauvres et des orphelins, je présume que vous ne verrez pas d'inconvénient à ce que je prenne votre photo, n'est-ce pas ? »

Il n'attendit pas la réponse et appuya sur le bouton. Le flash sembla les surprendre au point qu'ils demeurèrent figés sur place, ce qui permit à Connor de prendre deux autres photos avant que Kabugi n'aboie un ordre. Ses hommes saisirent Connor et Marijke et les poussèrent sans ménagement vers le rabat de la tente. L'un d'eux voulut s'emparer de l'appareil de Connor, mais celui-ci se débattit et réussit même à se retourner pour prendre une dernière photo. Une seconde plus tard, Marijke et lui s'étalaient dans la poussière devant l'entrée de la tente sous les regards ébahis de la petite foule qui s'était rassemblée.

Pendant qu'elle le reconduisait au quartier général de l'ONU, Marijke fit remarquer qu'avec lui, au moins, on ne s'ennuyait pas. Il s'excusa et, soudain, ils furent tous deux pris de fou rire. Les objectifs et le flash du Nikon étaient cassés, mais le boîtier n'avait pas été ouvert, si bien que la pellicule ne devait pas avoir été exposée.

Il quitta Goma pour Nairobi le lendemain à bord d'un avion d'une ONG. Alors qu'il virait au-dessus du lac Kivu, les nuages se déchirèrent, et Connor se pencha par le hublot pour regarder les camps en bas. Le soleil et les ombres se pourchassaient au-dessus de cette mer vivante de victimes et de tueurs ainsi que sur les flancs du volcan qui couvait dans l'attente de prononcer son jugement. Il repensa à ce que Kabugi avait dit à propos de la vérité. Peut-être avait-il raison, peut-être que la vérité n'existait pas.

Lorsqu'il arriva au Norfolk Hotel, on lui remit le courrier qu'on lui avait gardé durant son absence. Il le regarda tout en suivant le boy qui le conduisait à sa chambre, et il trouva aussitôt ce qu'il cherchait, une enveloppe blanche en provenance de Missoula sur laquelle il reconnut l'écriture élégante de Julia. Sans qu'il sache bien pourquoi, il préféra ne pas l'ouvrir tout de suite. Il prit une douche et se lava les cheveux pour se débarrasser de l'odeur de mort dont il était imprégné.

C'est seulement après avoir mis des vêtements propres et s'être installé dans un fauteuil près de la fenêtre, cependant que le ciel se teintait de rose et d'orange au-dessus des palmiers, qu'il se décida à l'ouvrir.

Elle contenait une lettre et une photo de Julia souriante, assise dans un lit d'hôpital, avec Ed installé à côté d'elle, tout aussi souriant, tandis qu'elle tenait dans ses bras un nouveau-né rose au visage fripé.

La lettre disait qu'elle était née le cinq juillet, qu'elle pesait trois kilos cinq cents, et qu'après une discussion qui avait failli se terminer par un divorce, ils avaient décidé de l'appeler Amy. Son deuxième prénom était Constance, le plus proche de Connor qu'ils avaient trouvé. Julia espérait qu'il serait d'accord. Ils voulaient naturellement qu'il soit le parrain, et ils attendraient son retour pour la faire baptiser.

20

Malgré un salaire à six chiffres et une vie de luxe dans Manhattan, Linda Rosner n'avait pas le moins du monde changé. De fait, à en juger par les différentes associations de vêtements noirs qu'elle avait portés au cours du week-end, la marraine d'Amy semblait revisiter le pays du néogothique. De même, ses qualifications juridiques ne paraissaient pas lui avoir insufflé un tant soit peu de retenue dans le domaine du verbe. Hier, à l'église, après avoir jeté un simple coup d'œil sur Connor, elle avait déclaré à mi-voix à Julia que ce type était vraiment le plus beau coup qu'elle ait vu depuis des années. Le seul changement notable, c'était qu'au lieu de rouler ses cigarettes, elle les achetait désormais toutes faites, des cigarettes longues et minces, mais toujours avec du papier réglisse. L'une d'elles pendait en ce moment au coin de ses lèvres tandis qu'elle chargeait le lave-vaisselle. De l'autre côté du comptoir, Julia faisait du café.

Le baptême, pour lequel Linda était arrivée vendredi par avion, s'était prolongé par une fête qui avait duré tout le week-end, et on en était à la dernière étape : le dîner du dimanche soir réservé à ce qu'Ed appelait le cercle des intimes d'Amy : parents, grands-parents, parrain et marraine. Réunis autour de la table installée sur la terrasse et éclairée par des bougies se trouvaient Ed et ses parents, Connor et sa mère ainsi que Maria, la mère de Julia. A en croire le silence qui régnait, on avait, pour le moment en tout cas, épuisé les sujets de conversation.

Le père d'Ed s'était entiché de Mrs. Ford et l'avait toute la soirée bombardée de questions sur sa grande époque au sein du circuit des rodéos. Susan Tully et la mère de Julia n'avaient cessé de bavarder de tout le week-end. Et maintenant que Linda avait quitté la table pour aider Julia dans la cuisine, Ed se voyait enfin offrir la possibilité d'échanger quelques mots avec Connor. Quant à Amy, elle dormait en haut dans son berceau.

« Il n'a même pas de petite amie ? » demanda Linda.

Julia haussa les épaules. « A ma connaissance, non.

— Pourquoi ?

— Je ne sais pas. Demande-lui. Dis-lui que tu es disponible.

— Ouais, mais le problème, c'est que les activités de plein air et moi... Et puis les chevaux ? Tu me vois sur un cheval ?

— Je comprends ce que tu veux dire. Attention, tu fais tomber de la cendre dans le lave-vaisselle.

— Mais ma chérie, un lave-vaisselle, c'est fait pour laver.

— Mets les verres en haut, ça laissera un peu plus de place. De toute façon, il n'est jamais là. Il est tout le temps en Afrique ou je ne sais où.

— Il a dit qu'il envisageait d'acheter un appartement à New York.

— Ah bon ?

— Oui, oui. Alors peut-être que je n'aurai pas à venir ici jouer les Annie du Far West. Je pourrais être sa souris des villes.

— Sa quoi ?

— Sa souris, sa petite fiancée.

— Si tu les mets comme ça, ça ne va pas aller. Laisse-moi faire. Là, comme ça. Tu sais, il doit entendre tout ce que tu dis.

— Tant mieux, ça gagnera du temps. »

Linda s'appuya contre le comptoir et fuma sa cigarette tout en sirotant un verre de vin pendant que Julia finissait de ranger le lave-vaisselle.

« En tout cas, reprit-elle, baissant cette fois la voix, on peut dire que tu as sélectionné de bons gènes. »

Julia la fusilla du regard. Quand Linda était lancée sur ce terrain, nul ne savait où elle s'arrêterait.

« Moi, à ta place, poursuivit celle-ci comme si de rien n'était, je ne me serais pas embarrassée de toutes ces conneries de banque de machin et tout ça. J'aurais réclamé une livraison directe.

— Linda, je crois que là, tu dépasses les bornes.

— Tu as raison. Excuse-moi. Je ne sais pas ce qui m'a pris. Ça doit être lui qui me fait perdre la tête.

— Linda, je ne plaisante pas. »

Elles se turent. Le café finit de passer dans un gargouillis. Julia prit le pot et le posa sur le plateau avec les tasses.

« Tu n'y as jamais songé ? lança soudain Linda. Réponds-moi franchement.

— Linda !

— Pardon, pardon. »

Julia se sentit rougir et vit que son amie le remarquait. Elle se maudit d'être incapable de mieux dissimuler ses sentiments. Heureusement, comme pour venir à son secours, Amy se mit à pleurer. Julia demanda à Linda de porter le plateau sur la terrasse, puis elle se précipita dans l'escalier.

Amy avait sa propre chambre, mais on l'en avait

chassée pour le week-end. Seuls son parrain et sa marraine couchaient à la maison, Linda dans la chambre du bébé, Connor dans la chambre d'ami. Les autres étaient descendus au Red Lion, un motel situé en ville, sauf la mère de Connor qui devait rentrer au ranch. Le berceau d'Amy avait été installé provisoirement dans un coin de la chambre d'Ed et de Julia. Dès que sa mère se pencha au-dessus d'elle, le bébé cessa de pleurer et sourit de toutes ses gencives.

« Alors, vilaine petite guenon, on voulait juste un peu de compagnie, hein ? »

Julia souleva Amy dans ses bras et enfouit son visage dans son cou, humant la délicieuse odeur de bébé qui se dégageait d'elle. Elle la porta jusqu'à la fenêtre et, plantée devant dans l'obscurité, elle regarda la table sur la terrasse où les conversations avaient repris tandis que Linda servait le café. Jim Tully parlait encore avec la mère de Connor, et Susan avec celle de Julia. Connor avait pris la place de Linda à côté d'Ed qui présidait et semblait raconter une histoire. La lueur de la bougie se reflétait dans ses lunettes noires. Il les portait maintenant pratiquement tout le temps, car il ne tenait pas à ce que les gens voient la manière étrange dont ses yeux cillaient.

Elle n'entendait pas ce qui se disait. Son regard s'attarda sur Connor. Cela faisait exactement un an qu'elle ne l'avait pas vu. Il paraissait changé. Il était bronzé, et ses cheveux, qu'il portait plus courts, étaient décolorés par le soleil, presque blancs. Mais il y avait autre chose. Il avait l'air plus âgé, ou peut-être simplement plus sérieux, ou plus triste. Il avait de petites rides autour des yeux, et Julia se demanda si elles étaient dues uniquement au soleil de l'Afrique.

Comme s'il venait de surprendre ses pensées, il dressa soudain la tête et, alors qu'elle s'était crue invisible dans la pénombre, il l'aperçut et lui sourit. Elle seule le vit et, l'espace d'un instant, ils furent ainsi réunis. Elle lui rendit son sourire et, une fois de plus depuis le début du week-end, elle sentit monter en elle un sentiment qu'elle se hâta de réprimer. Elle s'écarta de la fenêtre, alla s'asseoir sur le lit et donna le sein à sa fille. Aussitôt, dans la profonde intimité de ce moment, elle retrouva le calme et la sérénité.

Linda, qui avait de nouveau accaparé Connor, l'interrogeait sur son travail. Au ton de sa voix, Ed imaginait très bien l'expression de son visage, ses grands yeux gris rivés sur lui, il la voyait penchée en avant, buvant chacune de ses paroles, y allant de ses : *Aaaah ! Ooooh ! Vraiment ? Comme c'est fascinant ! Oh ! là là ! mais ce devait être dangereux ! Waouh ! quel courage !* et cetera. Alors qu'il se levait pour rejoindre Julia, il ne put résister :

« Hé ! Linda, il me semble me rappeler qu'il t'arrivait de poser nue quand tu étais à l'université. Tu devrais demander à Connor de prendre quelques photos de toi.

— Edward ! s'écria sa mère. Tu es monstrueux.

— Je sais, et il ne me reste que ça. Est-ce qu'elle a rougi ?

— En fait, oui, répondit Linda.

— Eh bien, c'est une première. »

Il entra dans la maison et appela Julia qui répondit qu'elle était en haut. Il la retrouva dans leur chambre, qui essayait de recoucher Amy, laquelle ne paraissait pas le moins du monde disposée à se laisser faire.

« Tu lui as déjà donné le sein ?

— Oui. Elle est bien réveillée maintenant.

— Descendons avec elle.

— Tu crois ?

— Mais oui. C'est sa fête, après tout. »

Ed amena le bébé sur la terrasse et toutes les femmes s'extasièrent, demandant à la prendre dans leurs bras, si bien qu'Ed déclara qu'il allait devoir distribuer des tickets. Il colla le visage d'Amy contre son oreille comme si elle lui murmurait quelque chose.

« Ah bon ? D'accord, c'est toi la patronne. Vous savez sur quels genoux elle désire s'asseoir ? » Il chantonna le thème du *Parrain* et la tendit à Connor.

« J'y ai fait une proposition qu'elle peut pas refuser, la gosse », dit celui-ci.

Ed lui donna une tape sur la tête, plus fort qu'il n'en avait eu l'intention. « Attention, mon gars, c'est ma poupée. Gaffe, ou tu pourrais bien te retrouver à nourrir les poissons ! »

Cette plaisanterie aussi tomba à plat. Le ton d'Ed avait été un peu trop tranchant. Il se rassit à sa place et tâtonna à la recherche de son verre. Il n'était pas où il l'avait posé.

« Hé, quelqu'un a pris mon verre ? »

Personne ne l'entendit. Il s'efforçait de ne pas se laisser agacer par ce genre de choses, mais là, il sentait l'irritation monter. C'était peut-être le vin. Il avait déjà pas mal bu et peut-être qu'on lui avait ôté son verre pour l'empêcher de continuer. Sa mère ne se serait pas privée de le faire. Il répéta sa question, plus fort cette fois, et Linda, qui avait été très occupée à bêtifier avec Amy, répondit que c'était elle qui l'avait déplacé. Elle s'excusa, le remplit et le lui tendit avant de se remettre à parler avec Connor.

En réalité, tout le monde parlait, mais personne avec lui. Il eut tout à coup l'impression d'être délaissé. C'était idiot et déraisonnable, il le savait. Ils s'amusaient tous et il ne voulait pas jouer les rabat-joie. Il vida son verre en deux gorgées.

Linda, qui devait sûrement lui tourner le dos, se trouvait sur sa droite et Maria sur sa gauche, qui racontait à Susan Tully ses récentes vacances dans l'île d'Aruba où la nourriture, disait-elle, était infecte. La mère de Julia était adorable, et Ed l'aimait bien, mais qu'est-ce qu'elle pouvait être bavarde, parfois. Elle était capable de caser plus de mots à la minute qu'un bonimenteur de foire.

« Tout ce qu'il y avait, c'étaient des hamburgers, des hamburgers et encore des hamburgers, dit-elle. Coke et hamburgers.

— Il fallait sniffer la coke et les hamburgers auraient paru excellents », plaisanta Ed.

Maria ne sembla pas avoir entendu. Les autres non plus. Ou peut-être avaient-ils jugé sa blague de si mauvais goût qu'il valait mieux prétendre ne pas avoir entendu. Et puis merde ! Il trouva la bouteille et se resservit.

Il sentit soudain les bras de Julia se nouer autour de son cou et son visage se nicher contre son épaule. Elle l'embrassa sur la joue et lui demanda doucement :

« Ça va ?

— Moi ? Ouais, très bien. Pourquoi ?

— Rien. Je m'interrogeais, c'est tout.

— Je n'ai pas l'air d'aller bien ?

— Mais si, naturellement.

— Alors pourquoi me poser la question ?

— Pour rien. Excuse-moi. »

Elle le lâcha et il entendit ses pas s'éloigner. Il se reprocha aussitôt de s'être montré à ce point désagréable. Connor parlait gentiment à Amy et, de nouveau, il ne put s'empêcher d'éprouver un sentiment de... de quoi ? De colère ? Non, pas exactement, plutôt de... mon Dieu qu'est-ce qui lui arrivait ?

Oui, de jalousie.

Inutile de se mentir plus longtemps. Oui, il était jaloux. Et, pour être franc, cela durait depuis le début du week-end, et surtout lorsque Connor était avec Amy. Il lui en voulait parce que lui, il pouvait la *voir*. Et *voir* Julia aussi. C'était idiot, mais il avait l'impression d'être exclu et que Connor, d'une certaine manière, profitait d'elles davantage que lui. En ce moment même, il imaginait Amy assise tout sourires sur les genoux de Connor pendant que les regards des autres, qui savaient qu'il était le véritable père de l'enfant, étaient braqués sur eux. Sauf quand, de temps en temps, ils se portaient sur ce pauvre Ed assis seul dans son coin en train de se soûler. Et ils devaient se dire : *Pauvre garçon, quel dommage qu'il ait dû en passer par là, mais c'est tout de même une belle histoire.* Eh bien, non. Il s'en voulait terriblement de ses pensées, mais non, ce n'était pas une belle histoire.

Il se rendit soudain compte que Maria lui parlait.

« Alors, Ed, dites-moi... »

Elle avait remarqué qu'il se morfondait et s'adressait ainsi à lui par charité.

« Dites-moi quoi ? la coupa-t-il d'un ton plus brusque qu'il ne l'aurait voulu.

— Vous ne trouvez pas qu'Amy ressemble beaucoup à Julia ? »

Il y eut un long silence choqué. Ed les imaginait tous qui, atterrés, guettaient sa réaction. On pouvait dire qu'elle avait fait d'une pierre deux coups : mettre l'accent et sur sa cécité et sur sa stérilité. Il se représentait l'expression mortifiée de la pauvre femme qui réalisait ce qu'elle venait de dire. Ed se mit à rire.

« Oh, murmura Maria. Je vous demande infiniment pardon. »

Ed tendit le bras et, trouvant sa main, la lui serra tendrement, sans cesser de rire.

« Excusez-moi, je ne voulais pas...
— Maria, ce n'est pas grave, je vous assure.
— Je suis parfois si bête.
— Vous n'êtes jamais bête. Vous êtes belle et je vous aime. »

Il se pencha et l'embrassa sur la joue. Il constata qu'elle pleurait et il l'étreignit.

« Allez, Maria, tout va bien. De toute façon, je sais qu'elle ressemble à Julia. Elle a le même petit bidon. »

Tout le monde rit, et Ed sentit l'atmosphère se détendre.

« Et je suis bien content qu'elle ne ressemble pas à cette espèce de fils de pute, ce vilain gorille qui la tient sur ses genoux.
— Attention, jeune homme, intervint la mère de Connor. Fils de qui ?
— Pardon, Maggie. Je voulais dire fils de put...ain de championne de rodéo.
— Ah, j'aime mieux ça. »

Et tous de s'esclaffer de nouveau. Les conversations reprirent, jusqu'à ce qu'Amy se mette à pleurer. Connor la redonna à Julia et, comme toujours, une fois dans ses bras, le bébé se calma. Après deux autres verres de vin (plus un troisième renversé sur la table), Ed cessa de s'apitoyer sur son sort, mais aux voix confuses qui lui parvenaient, il devina une certaine crispation, qui régna pendant le reste de la soirée.

Ensuite, sans qu'il se souvienne de rien, il se retrouva dans sa chambre tandis que Julia le déshabillait pour le mettre au lit. Elle tapota son oreiller, penchée au-dessus de lui, et ses beaux seins lui effleuraient le visage. Il tenta sans grande conviction de les embrasser, mais il était trop fatigué et trop soûl pour insister. La dernière chose qu'il se rappela avant de sombrer dans le sommeil, c'est qu'elle lui déposa un baiser sur le front, lui souhaita bonne nuit et lui murmura qu'elle l'aimait.

Connor demeura longtemps éveillé, des heures durant sans doute. Il n'aimait pas regarder sa montre quand il ne parvenait pas à dormir, car le temps lui paraissait passer plus lentement encore. On finissait par compter les minutes, puis les heures, et la nuit entière s'égrenait ainsi. Avant, il ne connaissait pas ni ne comprenait l'insomnie. Quand il entendait des gens raconter qu'ils en souffraient, il pensait qu'ils exagéraient et qu'en réalité, ils voulaient dire qu'ils n'arrivaient simplement pas à trouver tout de suite le sommeil. Maintenant, il savait. Il restait rarement toute une nuit sans dormir, mais il faisait tout aussi rarement des nuits complètes.

Après le départ des autres, il avait aidé Julia à soulever Ed de la chaise sur laquelle il s'était endormi et à le porter dans son lit. Après quoi, ils avaient fini de ranger la cuisine pendant que Linda, perchée sur le plan de travail, fumait une de ses nombreuses cigarettes et s'efforçait de les faire rire. Mais ils étaient tous fatigués et ils n'avaient pas tardé à monter chacun dans sa chambre.

Un peu plus tôt, il avait entendu Amy pleurer, mais la maison était de nouveau silencieuse et, allongé sur le dos, les mains croisées derrière la nuque, il regardait les rideaux luire dans le clair de lune. Une douleur sourde lui étreignait la poitrine depuis l'instant où il s'était couché. Il avait essayé de la repousser, de ne pas y penser, ni à ce qui pouvait l'avoir provoquée, mais elle continuait à le harceler comme une rage de dents tenace.

Il avait repassé les événements du week-end dans sa

tête et ne réussissait toujours pas à comprendre pourquoi des heures aussi heureuses le laissaient dans un tel état d'abattement. Peut-être ne voulait-il pas connaître la réponse parce qu'elle ne ferait que le déprimer davantage. En tout cas, il savait que quelque chose avait changé entre eux trois et que rien ne serait plus jamais pareil.

Il le pressentait surtout en ce qui concernait Ed. Ils n'avaient pas eu une seule véritable conversation de tout le week-end, et quand ils avaient pu s'entretenir un instant, ils s'étaient bornés à échanger des paroles banales et contraintes. C'était, bien entendu, à cause d'Amy. Avant de venir, Connor avait tâché de se préparer en vue du moment où il poserait pour la première fois les yeux sur elle. Seulement, il n'aurait jamais pu prévoir l'effet que cela produirait sur lui. La chair de sa chair unie à celle de Julia qui respirait et gazouillait dans son berceau en le regardant. Il avait eu la révélation fulgurante que ni l'enfant ni la mère ne seraient jamais à lui. Et, comme foudroyé sur place, il s'était demandé comment il avait pu être stupide au point d'accepter. Et pourtant, s'émerveillant devant l'enfant, il ne le regrettait pas. Comment, en effet, aurait-il pu souhaiter qu'une si jolie petite chose n'ait pas existé ?

Jusqu'alors, Connor ne l'avait prise dans ses bras que deux fois, brièvement, et les deux fois, il n'avait pas manqué de remarquer qu'Ed avait paru mal à l'aise. Aussi, quand ce dernier lui avait tendu Amy après le dîner, Connor avait-il été plutôt surpris. Il avait eu l'impression qu'il s'agissait d'une espèce de défi, comme si Ed voulait montrer à tout le monde qu'il acceptait le lien entre Connor et Amy, mais que, dans le même temps, il y avait une limite à ne pas franchir. Lorsqu'il lui avait tapé sur la tête, peut-être était-ce par accident qu'il avait frappé si fort. Ce devait être difficile de doser ses coups quand on était aveugle. Toujours est-il que Connor était presque sûr que derrière ce qui se voulait une plaisanterie se cachait une sorte d'avertissement.

Il se disait néanmoins que c'était normal, qu'il fallait une période d'adaptation face à une situation aussi délicate. Bon sang, ce n'était facile pour personne ! Connor lui-même ne savait pas trop quoi en penser. Le bébé faisait naître d'étranges sentiments en lui, lesquels devenaient plus étranges encore quand il la voyait dans les bras de Julia qui était plus belle que jamais. Elle semblait radieuse, épanouie. Elle avait gardé les cheveux courts, et sa peau hâlée avait un aspect velouté.

Hier soir, Connor était entré à l'improviste dans le séjour pendant qu'elle nourrissait Amy, et à la vue de son beau sein blanc, il avait cru que son cœur allait s'arrêter. Elle avait souri, pas le moins du monde gênée, et il avait souri à son tour, prenant un air nonchalant. Feignant de venir chercher un verre, il s'était dirigé vers la cuisine, en avait pris un au hasard et avait battu rapidement en retraite.

Même après le dîner, avec l'enfant sur les genoux, il avait tenté de se convaincre que ce n'était pas le sien mais bien celui d'Ed et de Julia, que sa contribution n'était qu'un geste et que les gènes qu'il leur avait offerts ne représentaient rien de plus que les cadeaux qu'il avait rapportés d'Afrique, des colliers pour Julia et Amy, un djembé pour Ed.

Il lui fallait cependant envisager l'autre hypothèse : et s'il s'agissait d'une terrible erreur ? Il n'aurait peut-être jamais dû accepter et leur amitié risquait d'en être pour toujours affectée. Pourtant, chaque fois qu'il se laissait aller à de pareilles pensées et qu'il voyait Amy entourée de tout ce bonheur, il se reprochait son égoïsme. Tout était pour le mieux et il ne pouvait en être autrement. Les choses finiraient par se calmer et par sembler normales. Tout irait bien. Tout finirait bien.

Il enfreignit sa règle et consulta sa montre. Il était trois heures du matin. Il se leva, alla à la fenêtre et écarta les rideaux. La pièce, située sur le côté, donnait sur le verger. Dans le clair de lune, les feuilles des arbres et l'herbe en dessous luisaient comme de l'étain. Il enfila son jean et son T-shirt, puis ouvrit doucement la porte de sa chambre. Ed ronflait de l'autre côté du palier, sinon tout était silencieux. Pieds nus, il commença à descendre l'escalier.

En traversant le séjour, il la vit de profil qui, assise sur les marches de la terrasse, fumait une cigarette. Vêtue d'une chemise de nuit blanche, elle contemplait la rivière, tandis que les volutes de fumée s'élevaient au-dessus d'elle dans l'air immobile, éclairées par les rayons de lune. Elle l'entendit et tourna la tête comme il débouchait sur la terrasse.

« Je n'ai pas de chance, dit-elle à mi-voix. Ma première cigarette en dix ans et je me fais pincer.

— Ne crains rien. Ton secret sera bien gardé.

— J'en ai fauché une à Linda.

— Alors, on fume et en plus on vole !

— Ça a un mauvais goût. C'est drôle, j'ai toujours davantage aimé l'idée de fumer que de fumer. Toi, tu as déjà fumé ?

— Je n'ai jamais eu envie. »

Elle écrasa sa cigarette sur la marche. Connor lui demanda s'il pouvait lui tenir compagnie un moment, puis il s'assit près d'elle.

« C'est Amy qui t'a réveillé ? s'enquit-elle.

— Non, non.

— J'attends avec impatience qu'elle fasse ses nuits.

Je ne suis pas faite pour me lever trois fois par nuit. Après, la journée, j'ai l'air d'une zombie.

— Oui, mais d'une belle zombie.

— J'aimerais bien. Je me sens grosse, moche et crevée. »

Il aurait voulu lui dire combien, au contraire, il la trouvait jolie, même en ce moment, mais comme il ne se faisait pas confiance, il préféra s'en abstenir, et ils restèrent un instant silencieux à scruter la nuit à l'instar de l'aigle sculpté perché en haut du totem.

« Je suis désolée pour Ed, finit par dire Julia.

— Il a juste bu un petit verre de trop, c'est tout.

— Non, tu sais très bien de quoi je parle. Je suppose que c'est un peu plus dur pour lui qu'il ne s'y attendait.

— Oui, c'est vrai, avoir une maison pleine de monde et...

— Connor, tu sais parfaitement ce que je veux dire. C'est la première fois que tu es là, avec Amy et... enfin, tu comprends. »

Il comprenait en effet, mais il ne savait quoi dire.

« Tu sais, elle est superbe, déclara-t-il simplement.

— Bien sûr qu'elle est superbe.

— Et Ed, avec elle, il est formidable.

— En effet. »

Ils se turent de nouveau. Julia contempla ses pieds nus.

« Mon Dieu », soupira-t-elle après un moment. Elle se leva brusquement et étira les bras au-dessus de sa tête. « Tu viens avec moi au bord de la rivière ?

— Avec plaisir. »

Ils descendirent côte à côte dans l'herbe humide en suivant la corde tendue entre les poteaux. A l'endroit où le chemin se rétrécissait, Julia passa devant et, marchant derrière elle, Connor admira ses épaules bronzées qui tranchaient sur le blanc de sa chemise de nuit au travers de laquelle, dans le clair de lune, se dessinaient les contours de son corps. Il y avait maintenant un banc en bois là où Ed et lui avaient eu une longue conversation un an auparavant, allongés dans l'herbe. Julia s'assit à un bout, Connor à l'autre, et ils regardèrent longtemps la rivière sans prononcer un mot.

« Alors, qu'est-ce que tu ressens ? demanda doucement Julia.

— A propos d'Amy ?

— Oui. »

Que répondre ? Que cela lui brisait le cœur ? Qu'il regrettait presque de l'avoir rencontrée, parce que sinon, il serait aujourd'hui un être de chair et de sang et non pas l'enveloppe vide d'un homme, pareille à la silhouette d'un cadavre dessinée à la craie sur un trottoir ?

« Ne te crois pas obligé de répondre, dit-elle devant son hésitation. Ce n'est pas grave.

— Je suis heureux pour vous deux, voilà tout. »

Elle le considéra longuement.

« Mais ?

— Il n'y a pas de mais. C'est la vérité.

— Connor, tu mens si mal. »

Il sourit. Elle continuait à le dévisager, et il soutint un instant son regard avant de détourner les yeux.

« Je repensais à la première fois que nous nous sommes rencontrés, reprit-elle. Tu te souviens ? Quand tu es venu nous chercher à l'aéroport ?

— Je me souviens.

— C'est bizarre, ce n'était pas comme si je faisais ta connaissance. Plutôt comme si, en quelque sorte, je te revoyais. Comme si on se connaissait déjà.

— J'ai eu la même impression.

— Tu sais, comme on dit "ça devait arriver". Ta mère, par exemple. Elle dit tout le temps que ceci ou cela “devait arriver”, comme si c’était inscrit dans les astres ou je ne sais quoi. Tu ne trouves pas ?

— Je ne sais pas. Je n’ai jamais pensé de cette manière, mais maintenant, je ne sais plus.

— Moi, c’est l’inverse. Je me figurais que tout était prédestiné, mais maintenant, je suis comme toi, je ne sais plus. » Elle s’interrompit un instant et porta son regard au loin. « Je me rappelle que Skye a dit un jour que dans la vie, les choses importantes arrivaient par hasard. Et j’ai répondu que je ne partageais pas son opinion, que selon moi, tout dans la vie était tracé et décidé par avance pour nous être révélé au fur et à mesure. A présent, j’en doute.

— Tu crois qu’elle avait raison ?

— Non. Je crois qu’il y a en effet des hasards, mais qu’il nous appartient de faire des choix. »

Connor garda le silence.

« Toi, tu penses que tout est tracé d’avance ? reprit-elle.

— Non. Je pense que tu as raison. Qu’il y a des choix à faire, mais que, parfois, ce n’est pas nous qui faisons les plus importants.

— Eh bien, tu en as pourtant fait qui me semblent plutôt importants ces derniers temps. Prends Amy. Prends ta nouvelle carrière. Partir pour tous ces endroits dangereux, risquer ta vie à longueur de journée. Tu sais, je n’ai pas l’impression qu’il y en ait beaucoup qui soient plus importants. »

Il éclata de rire.

« Qu’est-ce qu’il y a de si drôle ?

— Je... je ne sais pas.

— Allez, dis-moi.

— Eh bien, c’est juste que je ne vois pas les choses ainsi. Je fais tout ça parce quelqu’un d’autre a fait un choix. Pas moi. »

Elle le considéra, sourcils froncés. « Quel choix ? Et qui ? »

Il sourit, secoua la tête et détourna le regard. Il en avait déjà trop dit.

« Allez, Connor, tu ne peux pas t'en tirer comme ça. Explique-toi. De qui s'agit-il ? »

Il la fixa d'un air grave. Les sourcils toujours froncés, elle attendait sa réponse. Peut-être parce qu'au fond de son cœur, il savait qu'il la voyait pour la dernière fois, il osa déclarer :

« De toi. Tu as choisi Ed. »

Elle le dévisagea sans rien dire et, dans la pénombre, il vit se peindre sur ses traits une expression de tristesse tandis que la vérité lui apparaissait.

« Oh, Connor, murmura-t-elle. Je ne m'en doutais pas.

— Tu aurais dû.

— Pas un instant.

— Alors, c'est que je mens mieux que toi et moi le pensions.

— Oh, Connor. »

Il eut un pauvre sourire, espérant sans y croire qu'elle poursuivrait, car si jamais elle éprouvait quelque sentiment pour lui, c'était le moment ou jamais de le dire. Mais elle resta silencieuse, se bornant à le regarder en secouant la tête.

« Je t'ai aimée dès que je t'ai vue, confessa-t-il alors.

— Tais-toi. N'en dis pas davantage.

— Pardonne-moi, je n'aurais jamais dû te l'avouer. Je te promets de ne plus jamais t'en parler. Mais c'est comme ça. Et puis, bon sang, j'ai beaucoup de chance. Amy a une part de moi et une part de toi. Et quoi qu'il puisse m'arriver, elle t'aura toujours. »

Julia le regarda, porta lentement ses mains à ses tempes, et Connor vit que sa bouche tremblait.

« Oh, Connor ! Oh ! mon Dieu ! »

Elle ferma les yeux et se mit à sangloter si fort, avec un bruit si déchirant qu'il ne semblait pas provenir d'elle mais de quelque enfer peuplé de chagrins enfouis depuis une éternité. Les paupières toujours closes, elle lui ouvrit les bras. Il s'y jeta, la prit contre lui, serra sa tête sur son cœur et sentit ses joues se mouiller de larmes. Elle leva vers lui son visage et l'embrassa en lui murmurant qu'elle aussi elle l'aimait, qu'elle l'avait toujours aimé, et puis elle l'embrassa encore et encore.

Combien de temps ils demeurèrent ainsi enlacés à s'embrasser et à pleurer dans les bras l'un de l'autre, il l'ignorait. Il ne parvenait à penser qu'à une chose : ces quelques moments si précieux seraient tout ce qu'il aurait jamais d'elle et il lui faudrait ensuite toutes deux les quitter en s'emplissant de chaque atome de leurs êtres. Après quoi, il les conserverait dans un coin de sa mémoire et les chérirait jusqu'au dernier jour de sa vie.

TROISIÈME PARTIE

21

Amy Constance Tully était un ange, et elle avait même des ailes pour le prouver. L'une des deux, cependant, semblait pour le moment un peu de guingois et ne s'harmonisait pas trop avec le T-shirt noir de l'équipe des Yankees que sa marraine lui avait envoyé pour son anniversaire. A dire vrai, son comportement, alors que, debout sur la table de cuisine, l'air boudeur, elle ne cessait de distribuer des coups de pied, n'avait rien d'angélique

« Amy, tu veux enfin te tenir tranquille ? dit Julia, la bouche pleine d'épingles.

— C'est moche !

— Non, c'est pas moche. Je trouve ça très beau. Si tu voulais bien arrêter de bouger et me laisser finir !

— Je le mettrai jamais !

— Tu es censée être un ange. Et les anges sont habillés comme ça. S'il te plaît, ma chérie. C'est plein d'épingles, et toi ou moi, on risque de se piquer.

— M'en fiche.

— Moi, pas. »

Julia s'efforçait d'épingler l'ourlet de la jupe argentée qu'Amy avait décidé de détester. En tant que fille du compositeur et directeur musical du spectacle de Noël de son école, elle avait réussi à décrocher un rôle, du moins un petit, car les vedettes du cours moyen, dotées de meilleurs agents, avaient monopolisé les premiers rôles. Six semaines auparavant, elle avait catégoriquement décrété qu'elle voulait être un ange. Pas un écureuil, ni un elfe, ni même la tête de l'orque (quant à savoir ce qu'un orque faisait dans le spectacle, Julia n'en avait aucune idée). Non, un ange, et rien d'autre.

Naturellement, compte tenu du fait que l'école était un lieu multiculturel et politiquement correct, il ne s'agissait pas d'un ange comme ceux qui veillaient au-dessus de l'enfant Jésus dans la crèche, du genre de ceux que Julia avait été contrainte de jouer quand elle était petite. Non, le spectacle en question, ainsi qu'Ed l'avait précisé à Mrs. Leitner lorsqu'il en avait lancé l'idée à l'automne, serait plus panthéiste : une célébration de la nature et de ses merveilles.

En privé, il en parlait à Julia comme d'une pure œuvre de propagande écolo-anarchiste. Aussi, les anges étaient plutôt du style rebelle et vengeur, et bien qu'Ed eût hésité à les armer de mitraillettes Uzi, à la fin du spectacle, ils devaient avoir tué plusieurs méchants bûcherons ainsi qu'une méchante marée noire baptisée Mrs. Gloup. Et c'était cela qui, selon toute vraisemblance, provoquait la crise de rage d'Amy, car cette jeune demoiselle de sept ans, qui croyait en avoir dix-sept, trouvait son costume bien trop gnangnan.

« Qu'est-ce qui se passe ? » cria Ed. Il s'était installé au piano dans la pièce d'à côté pour apporter quelques modifications au finale. « Ton costume ne te plaît pas ?

— Il est dégueu.

— Amy ! la réprimanda Julia. Je ne veux pas que tu emploies ce mot, tu entends ?

— Kevin Lucas le dit tout le temps.

— Eh bien, tu n'es pas Kevin Lucas. Ed, tu veux bien venir lui parler ?

— J'arrive. Bon, Amy, explique-moi pourquoi tu ne l'aimes pas.

— Il est moche.

— Bon, d'accord, mais pourquoi tu le trouves moche ?

— Il est ridicule et... fifille.

— Fifille ?

— J'ai l'air d'une Barbie », dit-elle avec une moue dégoûtée. Amy n'avait jamais apprécié les poupées. La seule Barbie qu'on lui avait offerte, elle l'avait promptement décapitée.

« De quelle couleur est la jupe ? demanda Ed d'un ton patient.

— Blanche, argentée et... et bête. » Elle la froissa entre ses mains et on entendit un bruit de déchirure.

« Bon, ça suffit, maintenant », dit Julia.

Elle ôta les épingles qu'elle serrait entre ses lèvres et les remit dans la boîte, puis elle souleva Amy pour la poser par terre. Après quoi, sans plus de cérémonie, elle lui enleva sa jupe et ses ailes.

« Je croyais qu'elle devait être un peu plus... un peu plus foncée, intervint calmement Ed. Tu sais, bronze, quelque chose de ce genre.

— Exactement ! s'écria la fillette, réfugiée derrière Ed.

— Mais elle sera comme ça, expliqua Julia. Je le lui ai répété des dizaines de fois. D'abord, on la bâtit et ensuite on la peint. C'est clair, bon Dieu ! »

Ed leva les mains. « Bon, bon, excuse-moi.

— On dit pas bon Dieu, marmonna Amy.

— Vraiment ? Et pourquoi pas ? Kevin Lucas le dit tout le temps. »

Une heure plus tard, Amy était bordée dans son lit, tout à fait l'air d'un ange, et heureuse de l'être. Elle avait les joues roses après son bain et sa tignasse de cheveux blonds bouclés était aussi bien coiffée que possible. La couleur blonde lui venait indiscutablement de Connor, mais personne ne voyait de qui elle pouvait tenir les boucles. Ed lui racontait en plaisantant que dans une vie antérieure, elle avait dû être hérisson. Elle avait les yeux marron de Julia et le même teint olivâtre. De l'avis tout ce qu'il y avait de plus objectif de sa mère, c'était le plus bel enfant que la terre eût jamais porté. Et quand on lui demandait auquel de ses parents Amy ressemblait le plus sur le plan du caractère, Julia répondait sans la moindre hésitation que c'était à Ed.

Elle était turbulente, drôle et vive, et cela parfois un peu trop pour son propre bien. De même qu'Ed, elle pouvait vous clouer le bec d'une repartie jaillie comme un coup de fouet, ce qui lui valait de temps en temps des ennuis à l'école, et en particulier avec les garçons les plus stupides dont la seule arme face à ses attaques verbales était la violence.

Et puis il y avait la musique. Alors que Julia était à peine capable de produire une note juste — quant à Connor, personne ne se rappelait l'avoir seulement entendu siffler un air à son cheval —, Amy semblait avoir la musique dans le sang. Elle avait pris l'habitude d'Ed de chantonner pendant qu'elle s'occupait dans son coin, et quand elle s'y mettait pour de bon, elle avait une voix merveilleuse. Elle portait encore des couches qu'Ed lui apprenait déjà des chansons, la tenant sur ses genoux devant le piano dont elle jouait maintenant aussi bien que certains de ses élèves ayant deux ou trois ans de plus qu'elle.

Pendant les longs trajets en voiture, ils rendaient Julia folle à force de chanter toutes les maudites chansons du *Livre de la jungle* ou du *Magicien d'Oz,* ou pire encore, celles des vieilles comédies musicales préférées d'Ed comme *Kiss Me, Kate* ou *Oliver !* Et Julia, au volant, devait demander pitié, réclamer des boules Quies ou, cédant au chantage, finir par promettre un tas de faveurs pour qu'ils arrêtent. Ed se plaisait à dire en blaguant que certains de ses gènes avaient dû réussir malgré tout à se glisser en elle. Et si ce n'était pas le cas, Amy Tully était la preuve vivante peut-être pas du triomphe de l'éducation sur la nature, mais au moins du rôle qu'elle jouait.

Julia était allongée sur les couvertures à côté de sa fille. Sa chambre était une véritable caverne d'Ali Baba. Le papier peint multicolore à motifs d'animaux disparaissait presque entièrement sous ses peintures, ses dessins et ses photos de famille, ainsi que sous les colliers et rubans que, à l'instar de sa mère avec ses bijoux, elle suspendait à des crochets. Il y avait des petits animaux de verre et de céramique, des pots débordant de plumes ramassées sur les berges de la rivière, des livres entassés sur les étagères et par terre au milieu d'un fouillis de jouets, de vêtements et de tout un bric-à-brac. Cette pagaille représentait un danger pour Ed, mais Julia et lui, fatigués de répéter tout le temps à Amy de ranger, avaient fini par se convaincre que c'était une preuve de caractère, ce qui valait toujours mieux que d'avoir un enfant obsédé par l'ordre. Ed, tel un soldat s'aventurant en terrain miné, s'était habitué à se frayer un chemin jusqu'au lit. La lampe de chevet, une grande oie illuminée, cadeau de la mère de Julia, diffusait une lumière douce et confortable.

Toutes deux lisaient l'histoire favorite d'Amy, *La Bataille du beurre*, par le Dr. Seuss. Elles étaient redevenues les meilleures amies du monde. En effet, pendant qu'Amy, furieuse, montait prendre son bain, Julia avait été chercher la bombe de peinture bronze et un peu de doré pour transformer la jupe et les ailes en un costume que même Linda à sa grande époque néo-gothique aurait été fière de porter. Avec un sourire penaud, Amy, plongée dans son bain, avait dû reconnaître qu'elle le trouvait formidable.

« Pardon, maman.

— Peut-être que d'ici vingt ans, je te pardonnerai. »

Comme à l'accoutumée, c'était surtout Julia qui lisait. Par contre, avec Ed, c'était toujours la fillette qui faisait la lecture et décrivait les images dans leurs moindres détails. Elle lisait aussi à Julia, mais pour ce livre-là, bien qu'elle le connût par cœur, elle préférait écouter. Elle aimait bien les drôles de voix que prenait sa mère pour les Zooks et les Yooks lancés dans leur folle guerre destinée à déterminer de quel côté il fallait manger une tartine de pain : avec le beurre au-dessus ou en dessous.

Julia était curieuse de savoir pourquoi Amy avait une prédilection pour cette histoire, car c'était loin d'être la plus amusante. En fait, elle donnait même carrément la chair de poule à évoquer ainsi un monde au bord de l'apocalypse à cause d'un aussi stupide désaccord. Toutes deux, d'une certaine manière, l'avaient associée à Connor.

Après avoir acheté le livre deux ans auparavant, elles avaient eu une longue discussion au sujet de la guerre et des raisons qui poussaient parfois les gens à se haïr au point de s'entre-tuer. Julia s'empressa de rassurer sa fille en lui disant que presque plus personne aujourd'hui ne tenterait de déclencher le genre de guerre planétaire décrite dans le livre. Par contre, ajouta-t-elle, il y avait quand même des guerres, des petites, qui se déroulaient dans différentes parties du monde. Elle avait alors parlé à Amy de son père biologique (Dieu merci, l'appellation « bio-papa » n'avait pas eu grand succès) qui se rendait souvent dans ces endroits pour prendre des photos.

« De gens qui se font la guerre ?
— Oui.
— Et qui se tirent dessus ?
— Des fois, oui.
— Et sur lui aussi, ils tirent ?
— Non, ma chérie. Il n'est pas soldat, mais photographe. Il faut tout de même qu'il soit prudent.
— Il ne lui arrivera rien parce qu'il est très courageux, hein ?
— Oui, très.
— Comme le jour où il t'a sauvé la vie ?
— Oui, c'est vrai. »

Quand Amy était encore bébé, Ed et Julia avaient passé une soirée entière à discuter pour savoir à quel âge ils devraient lui dire telle et telle chose. Ils désiraient qu'elle sache tout de suite, avant de se poser des questions, qu'elle avait en quelque sorte deux pères. En revanche, pour l'incendie, ils préféraient attendre, craignant de traumatiser l'enfant. Ils tombèrent d'accord pour ne pas le lui dire avant l'âge de douze ans, mettons. C'est le genre de résolution que prennent les parents avant d'être confrontés à la réalité, lorsqu'ils s'imaginent encore que jamais, au grand jamais, ils ne donneraient un bonbon à leur enfant pour qu'il reste tranquille, ni ne lui ordonneraient de se taire.

Et, bien entendu, ils ne s'y tinrent pas. Quand à quatre ans et demi Amy demanda comment Ed était devenu aveugle, on lui débita toute l'histoire — du moins une version censurée. Et au lieu de la traumatiser, cela la rendit fière d'eux, et en particulier de ses deux superhéros de papas qui avaient sauté du ciel pour venir au secours de sa pauvre godiche de maman.

Amy ne parlait plus autant de Connor. C'était difficile de conserver vivant le souvenir de quelqu'un quand on n'avait pour le nourrir que des photos, des histoires et une lettre de temps en temps. Il continuait à lui écrire et lui envoyait des cadeaux exotiques des quatre coins du monde, mais depuis le baptême, il n'était jamais revenu la voir. Cette absence ne paraissait pas l'attrister ni la fâcher, et Julia présumait que c'était parce qu'il en avait toujours été ainsi. Il n'était qu'une abstraction, pareil à un personnage dans un vieux film : fascinant, plein de panache et, comme ses photos, en noir et blanc. On les lui montrait parfois dans les magazines — celles qu'un enfant pouvait voir —, et elle posait sur lui des questions auxquelles Julia et Ed répondaient de leur mieux, s'efforçant de parler de lui avec chaleur sans jamais rien révéler de leurs blessures.

Parmi les photos punaisées sur les murs de sa chambre, il y en avait plusieurs de Connor, dont la seule qui le représentait avec elle, prise par Julia le jour du baptême. Il était debout sur la terrasse et tenait dans ses bras ce drôle de petit bébé joufflu à qui il souriait, tandis qu'Amy, jouant déjà les vedettes, fixait l'objectif.

Longtemps, Julia et Ed étaient restés en contact avec la mère de Connor à qui ils avaient quelquefois amené Amy dans son ranch d'Augusta. Mais à mesure que les années passaient et que Connor continuait à ne pas se manifester, ils avaient fini par y renoncer. Comme le fantôme d'*Hamlet*, avait dit Ed la dernière fois. Maggie Ford prétendait qu'il ne venait pas non plus la voir, mais Julia savait qu'elle mentait. De son côté, Maggie ne leur donnait plus de nouvelles de Connor ni ne les appelait pour leur dire d'acheter tel journal ou magazine qui publiait des photos de lui. Peut-être lui avait-il demandé de ne pas le faire ou peut-être connaissait-elle la raison pour laquelle il ne leur rendait plus visite. Les mères sont comme ça, et Julia ne l'ignorait pas.

Même les monstres ont des mères prêtes à les défendre bec et ongles. En tout cas, il y avait maintenant plus de deux ans qu'ils n'avaient pas vu Maggie ni ne lui avaient parlé.

Et pour Connor, cela en faisait plus de sept. L'âge d'Amy, toute sa vie. Et toute la sienne, songeait parfois Julia. Ils étaient tous différents, vivaient tous dans un univers différent, et Connor, leur homme de douleur, avait orbité autour d'eux comme le soleil. Il s'était levé, brûlant et violent, pour les éblouir de ses rayons qu'on ne pouvait regarder qu'en se protégeant les yeux. Et maintenant, devenu moins chaud, il descendait dans un ciel apaisé, projetant des ombres plus étirées et moins aveuglantes.

La première année, Julia lui avait écrit plusieurs lettres qu'elle avait toutes déchirées. Elle avait commencé par croire que c'était uniquement parce qu'elle ne trouvait pas les mots qui convenaient, puis elle avait compris qu'en réalité, il n'y avait tout simplement pas de mots à trouver. A l'époque, elle pensait tout le temps à lui. Il ne se passait pas une heure qu'elle ne revoie la dernière image qu'elle conservait de lui, assis à côté d'elle dans le froid clair de lune, confessant son amour, la serrant dans ses bras et embrassant ses joues mouillées de larmes.

Avant son départ le lendemain matin, elle avait glissé sans le lui dire une photo dans son sac, celle qu'Ed avait prise et qui les représentait tous les deux le jour de l'escalade, quand ils lui avaient demandé d'être le père de leur enfant.

Elle tâchait de se tenir au courant de ses faits et gestes. D'une manière ou d'une autre — surtout par l'intermédiaire de Linda aux yeux de lynx — elle entendait parler d'un magazine où étaient parues ses dernières photos. Elle remarquait qu'à présent, il lui arrivait souvent d'écrire les textes qui les accompagnaient. Son style était direct, sans fioritures, et elle croyait entendre sa voix derrière les mots. Les reportages qui l'émurent le plus traitaient d'une guerre peu médiatisée qui se déroulait dans le nord de l'Ouganda. Connor semblait y retourner fréquemment. Son dernier reportage montrait un centre de réadaptation pour des enfants qui avaient été enlevés à leurs parents et contraints de servir comme soldats dans l'armée rebelle. A la vue des photos, Julia fut bouleversé.

En une seule occasion, Ed et elle avaient failli parler de la véritable raison pour laquelle Connor ne venait plus les voir. Un colis, expédié de Kampala, était arrivé pile pour le quatrième anniversaire d'Amy. Il contenait une petite robe — exactement de la bonne taille — et un foulard, tous deux coupés dans un tissu africain de couleurs vives, un mélange de vert, de jaune, de rouge et de violet. Avec la carte d'anniversaire, il y avait la photo d'une superbe Ougandaise portant le même vêtement, et il expliquait dessus, dessins à l'appui, comment nouer le foulard pour en faire une coiffe. Amy, ravie, s'habilla ainsi toute la semaine.

Ed était furieux. Une fois Amy hors de portée de voix, il explosa :

« Putains de cadeaux ! Qu'est-ce qu'il écrit sur la carte ? "Dis bonjour pour moi à ta maman et à ton papa" ? Formidable ! Peut-être qu'un jour il daignera venir le dire en personne. Ou peut-être consentira-t-il à décrocher le téléphone. Bon Dieu ! elle n'a jamais entendu le son de sa voix ! Je suppose qu'il est trop célèbre et trop occupé pour se soucier de ce genre de choses.

— Calme-toi, Ed. Ne sois pas comme ça.

— Comme quoi ? On est devenus des pestiférés, ou quoi ? C'était mon meilleur ami, nom de Dieu ! "Dis bonjour pour moi à ta maman et à ton papa" ! Qu'il aille se faire foutre.

— Il pense peut-être qu'il est plus honnête de ne pas venir.

— Plus honnête ? D'où tu sors ça ? Qu'est-ce que ça veut dire ?

— Rien, rien. C'est sans importance.

— Maintenant que tu l'as dit, explique-toi.

— Je... je ne sais pas. Peut-être qu'il s'imagine que c'est dur pour toi.

— Dur ? Recevoir la visite de mon meilleur ami ?

— Peut-être que je me trompe. Oublions ça.

— Parce que je pourrais être jaloux de lui et Amy, un truc comme ça ?

— Non, pas exactement. S'il te plaît, Ed, n'en parlons plus.

— Non, je tiens à savoir. C'est ce que tu as l'air de sous-entendre. Qu'il ne vient plus parce qu'il croit que je lui en veux d'être le père biologique d'Amy. C'est ça ?

— Un peu, peut-être. Ton comportement le jour du baptême...

— Qu'est-ce que tu veux dire ? J'ai été agressif ?

— Un petit peu, oui. »

Il demeura un instant silencieux, le visage impénétrable derrière ses lunettes noires. Julia avait l'impression déroutante qu'il fouillait dans sa tête et l'examinait avec quelque chose de plus puissant que le regard.

« Et c'est maintenant que tu me le dis ? Quatre ans plus tard ? Ce serait donc à cause de moi qu'il ne viendrait plus nous voir ?

— Ed, comment le saurais-je ?

— Eh bien, fit-il doucement, secouant la tête avec tristesse. Eh bien ! »

Julia regretta sur-le-champ ses paroles et s'efforça de les atténuer. Peut-être que, finalement, ce n'était pas cela du tout, dit-elle, mais que Connor pensait qu'il valait mieux qu'il garde ses distances vis-à-vis d'Amy pour qu'elle ne s'attache pas trop à lui. Elle continua ainsi pendant un moment, mais elle se rendit compte qu'Ed ne l'écoutait plus. Pendant des jours et des jours, il resta silencieux et pensif, et après, il ne critiqua plus jamais Connor.

Quand Julia réfléchissait au comportement de celui-ci, ce qu'elle pouvait dorénavant se permettre, quoiqu'elle n'y tînt pas trop car cela remuait encore en elle des sentiments qui agitaient la surface calme de son existence, elle se disait qu'il était sans doute plus ou moins motivé par les deux raisons qu'elle avait évoquées. D'un côté, il avait probablement perçu la jalousie latente d'Ed et conclu que pour le bien de son ami, il valait mieux qu'il se tienne à l'écart. Et d'un autre, il devait trouver trop pénible la perspective de voir sa fille grandir comme la fille d'un autre. Puisqu'il ne pouvait avoir Amy toute à lui, il préférait peut-être ne pas l'avoir du tout. Et c'était également, Julia en avait l'intime conviction, ce qu'il pensait à son endroit. Bien qu'il fît partie d'elle-même et en ferait toujours partie, bien qu'il fût toujours présent dans ses pensées, elle devait s'avouer qu'elle partageait son point de vue. Puisqu'elle ne pouvait l'avoir tout à elle, elle ne l'aurait pas du tout.

Julia et Amy terminaient toujours en chœur la lecture de *La Bataille du beurre,* adoptant des voix à faire froid dans le dos tandis que les Yooks et les Zooks manipulaient leurs nouvelles bombes, celles capables d'anéantir la planète entière. Qui allait la lâcher d'abord ? *Nous verrons, nous verrons...* Julia referma le livre.

« Les Zooks sont idiots, déclara Amy.
— Et pourquoi donc ?
— C'est évident. Qui est-ce qui mange ses tartines avec le beurre en dessous ?
— Moi.
— C'est pas vrai.
— Si. Seulement, tu ne m'as jamais vue.
— Bon, demain, je regarderai et si tu es vraiment une Zook, tu vas avoir de sérieux ennuis.
— Dans ce cas, je ferais bien d'aller tout de suite fabriquer ma bombe. »

Julia se leva, éteignit la lampe et se pencha pour embrasser sa fille.

« Et toi, tu ne m'embrasses pas ? Ah, j'aime mieux ça.
— Merci pour le costume, et pardon d'avoir été méchante.
— D'après toi, à quoi servent les mamans ?
— Je t'aime, maman.
— Moi aussi, je t'aime, ma chérie. »

Kay Neumark demanda pour la troisième fois aux écureuils et aux elfes de se taire. S'ils n'arrêtaient pas de faire les imbéciles et d'essayer de faire des croche-pieds aux anges, elle allait les remplacer par d'autres qui prendraient leurs rôles plus au sérieux. Elle bluffait, naturellement. Aussi bien Ed qu'elle savaient que tous les enfants plus ou moins intéressés avaient déjà été embauchés, de même qu'un certain nombre qui auraient préféré être ailleurs. Quoi qu'il en soit, une répétition en costumes représentait toujours une épreuve pour les nerfs, et jusqu'à présent, elle se déroulait sans trop d'anicroches.

Kay était à la fois metteur en scène et co-auteur du

spectacle avec Ed, mais elle remplissait un tas d'autres fonctions. Quand elle n'aidait pas Julia à peindre les décors, à confectionner les costumes, à moucher les nez ou, d'une façon générale, à menacer, cajoler ou encourager les acteurs, elle enseignait l'histoire et la littérature avec le même enthousiasme et la même bonne humeur qu'elle mettait à s'occuper du spectacle. Ed l'avait rencontrée à deux ou trois reprises lors des fêtes de l'école, et il l'avait invitée ainsi que son amie et de jeunes enseignants à l'occasion d'un barbecue qu'il avait organisé à l'époque où Julia travaillait à mi-temps, avant la naissance d'Amy, mais il n'avait appris à véritablement la connaître que depuis le début des répétitions.

C'était une femme de Chicago dynamique qui possédait son franc-parler. D'après la description que Julia lui en avait faite, Ed savait qu'elle avait dans les trente-cinq ans, des rides expressives, des cheveux courts à reflets argentés et un penchant pour les salopettes et les pulls amples à rayures. Ed l'identifiait à sa voix forte et à son odeur qui lui rappelait celle des boutiques New Age où l'on brûlait de l'encens à longueur de journée et où l'on pouvait acheter des cadeaux indonésiens bon marché pour des gens en espérant qu'ils ne connaissaient pas eux-mêmes la recette.

« Bon, cria-t-elle. On recommence une dernière fois. Et ce coup-ci, Mrs. Gloup, un ton un peu plus menaçant, s'il vous plaît. Tu vois ce que je veux dire ? Montre à Orque de quel bois tu te chauffes. Là ! très bien ! Allez, on reprend. Mettez-vous en place. Julia, tu es prête ? »

Julia avait été nommée assistante à la mise en scène et, à moitié dissimulée derrière le décor peint, elle rassembla ses troupes et répondit qu'elle l'était. Ed décela une note de désespoir dans sa voix.

« A vous, maestro », lança alors Kay.

Ed était assis au piano qui, à part quelques effets sonores enregistrés, constituerait le seul accompagnement musical. Au départ, ils avaient caressé l'ambition de réunir un petit orchestre, mais Kay et lui s'étaient vite rendu compte qu'ils avaient déjà assez de problèmes sans avoir besoin d'en rajouter. Telles que les choses se présentaient, à deux semaines de la première, il semblait rester encore une chance infime d'éviter le désastre, à condition qu'il ne s'endorme pas.

Le spectacle lui donnait beaucoup plus de travail qu'il ne l'aurait imaginé, et maintenant qu'il était sous dialyse, il n'avait plus le même tonus qu'avant. De fait, ces derniers temps, il se sentait presque toujours fatigué. Peut-être qu'il vieillissait, tout simplement. Il prit une profonde inspiration.

« Bien, on recommence, dit-il. Gloup et les bûcherons, depuis le début. »

Et la répétition reprit.

Ed était sous dialyse depuis un peu plus de deux ans. Son bilan annuel avait montré qu'il avait un taux anormalement élevé de potassium et d'impuretés protéiques dans le sang. Ses reins ne les éliminaient plus assez. Aussi, trois jours par semaine, il devait se rendre à Missoula où on le branchait à une maudite machine qui faisait le travail à leur place. Ce matin, il y avait passé quatre heures qu'il aurait volontiers consacrées à un tas d'autres choses.

La salle de dialyse se trouvait au rez-de-chaussée de l'hôpital Saint-Patrick. Il y avait treize fauteuils disposés en cercle, flanqués chacun d'un dialyseur et d'un téléviseur muni d'écouteurs. Ed n'avait jamais particulièrement apprécié les feuilletons télé, même quand il pouvait les voir, aussi il emportait toujours un peu de travail ou des cassettes à écouter pendant que la machine lui suçait le sang. Les infirmières étaient formidables et il les connaissait maintenant assez pour plaisanter avec elles. Il les appelait les Fiancées de Dracula. Ce matin, il leur avait même fait chanter l'un des airs de son spectacle. Ce qui ne l'empêchait pas de détester ces séances.

Il n'avait jamais été de ces diabétiques qui s'inquiètent et se surveillent sans arrêt. Au contraire, son attitude avait parfois frisé l'insouciance, surtout depuis son mariage avec Julia. Elle se faisait assez de souci pour deux, constamment derrière lui à lui rappeler de ne pas oublier sa piqûre d'insuline, toujours prête à lui tendre une barre chocolatée au premier signe d'hypoglycémie. A mesure qu'elle grandissait, Amy menaçait de devenir comme elle, si bien qu'elles étaient maintenant deux à lui casser les pieds. Bien entendu, c'était très gentil de leur part, mais parfois, il en concevait une certaine irritation et les envoyait promener. Et ces derniers temps, cela lui arrivait de plus en plus souvent à cause du stress que lui causait le spectacle. Julia l'avait bien prévenu que ce serait peut-être trop pour lui, et elle avait sans doute eu raison.

Dans l'ensemble, la répétition se passa bien. Encouragée par Kay Neumark, Mrs. Gloup révéla des talents insoupçonnés, et tout le monde se sépara dans les meilleures dispositions. Du moins presque tout le monde. Sur le chemin du retour, Amy lui parla en effet d'un drame qui s'était déroulé en coulisses quand l'un des elfes avait fait pipi dans son pantalon. L'écureuil en chef s'était moqué de lui et tous deux avaient fini par se battre à coups de pied et de dent.

Ed l'écouta distraitement. Toujours attentive à ses humeurs, Julia se tourna vers lui.

« Ça va ? demanda-t-elle.

— Mais oui, laisse-moi tranquille, je suis juste un peu fatigué, c'est tout. »

Il ferma les yeux, se cala dans son siège et repensa au spectacle dont il avait encore la musique en tête.

Voilà donc où ses grandes ambitions l'avaient mené ! Dix ans plus tôt, tout était clair. Ne doutant pas un instant de son talent, il avait tracé d'avance sa carrière. Il se souvenait de l'avoir résumée à Connor un soir d'été pendant qu'ils se reposaient après avoir combattu un incendie. D'abord le petit bijou off-Broadway qui bénéficie de critiques enthousiastes, puis Broadway et enfin Hollywood — pas seulement les musiques de film, mais quelque chose de plus ambitieux : il revisiterait la comédie musicale hollywoodienne pour toute une nouvelle génération. Et aujourd'hui, à près de trente-six ans, il n'était qu'un professeur de piano aveugle dans une petite ville de l'Ouest, qui s'échinait à mettre au point le spectacle de l'école primaire que fréquentait sa fille.

Bizarrement, il n'en concevait aucune amertume. Tout au plus éprouvait-il parfois une pointe de regret. Lorsqu'il analysait ses sentiments, comme il se faisait un devoir de le faire régulièrement, il pouvait constater qu'il n'y avait chez lui nulle trace d'apitoiement sur son sort. Quand on est jeune, on entretient des rêves de célébrité et de richesse, et quand on vieillit, on devient réaliste et on se contente de moins. Ou alors, on découvre qu'il y a dans la vie des choses plus importantes. Et à ce qu'il en savait, ceux qui accédaient au faîte de leur carrière — dans le domaine de la musique et du spectacle en tout cas — n'en étaient pas toujours plus heureux pour autant. Plus riches, certes, mais pas plus heureux.

L'ironie de l'histoire, c'est que c'était Connor et non lui qui était devenu célèbre. L'autre jour, Julia avait lu qu'il venait de se voir récompensé d'un prix important pour l'un de ses photoreportages. On annonçait même une exposition de ses œuvres dans une galerie chic de New York. Et pourtant, il n'avait jamais paru motivé par l'ambition. C'était toujours Ed qui parlait de ses grands projets pendant que Connor se contentait de l'écouter en souriant. Finalement, peut-être que sous sa placidité de cow-boy, il cachait quand même des ambitions. Quoi qu'il en soit, Ed n'était pas envieux. A la rigueur un peu... un peu perplexe, disons.

Connor lui manquait beaucoup. Jamais il n'avait eu, et n'aurait, sans doute, d'ami plus proche. S'il n'y avait eu Julia, Amy et tant d'autres choses, il aurait pu se sentir malheureux, mais il refusait de se laisser aller ainsi.

Au début, il avait été furieux contre Connor, jusqu'à ce que, trois ans auparavant, Julia lui explique pourquoi, selon elle, il s'était éloigné d'eux. Ed lui avait envoyé une longue lettre par l'intermédiaire de son agence, dans laquelle il s'excusait pour son comportement le jour du baptême. Connor n'avait jamais répondu. Ed s'était demandé si sa lettre ne se serait pas égarée, et il avait un instant envisagé de lui en écrire une autre.

Seulement, il ne l'avait pas fait, et à mesure que le temps passait, il commençait à se dire que c'était peut-être mieux ainsi. Dans sa lettre, il n'avait pas tout à fait reconnu qu'il était jaloux, mais plus il y songeait, plus il avait la certitude que Connor s'en était rendu compte. Ed s'en voulait terriblement d'éprouver de pareils sentiments. C'était absurde, injuste et surtout — à supposer que Connor le sache — tellement avilissant. Pourtant, il ne pouvait s'en empêcher. Quand le ver était dans le fruit, il pourrissait tout. La vérité, aussi difficile à admettre fût-elle, c'était qu'il redoutait que Connor soit plus un père pour Amy que lui-même ne l'était et ne le serait jamais, et que peut-être — mon

Dieu, c'était cela le pire — Julia pensait la même chose. Si Connor n'avait pas été absent durant toutes ces années, la paranoïa aurait sans nul doute pointé son vilain nez, et Ed ne s'en serait senti que plus torturé et amer. C'était triste à avouer, mais la séparation semblait la meilleure solution.

C'était un vrai gâchis, comme disait la grand-mère Tully. Mais la vie aussi pouvait parfois l'être. On menait une existence de chien et puis on mourait. Eh bien, songea-t-il, écoutez-moi le grand philosophe ! Il entendait vaguement Julia et Amy bavarder, mais il était trop épuisé pour se concentrer sur ce qu'elles disaient. Son esprit papillonnait d'une pensée à l'autre.

Pauvre vieux Connor. Le succès le rendait-il heureux ? Ed en doutait parfois. Pouvait-on faire ce genre de travail et être heureux ? Ils devraient peut-être tous les trois prendre l'avion pour New York et débarquer sans prévenir au vernissage de son exposition. Ménager une surprise au grand photographe. Lui donner l'avis d'un aveugle sur ses photos. J'adore le grain de celle-là. Et puis, oh ! tu sens l'odeur de ces cadavres ? Tiens, à propos, je te présente ta filleule. Elle a changé, hein ?

Pauvre vieux Connor. Comme il lui manquait. Quel gâchis que tout ça ! Oui, un vrai gâchis !

22

Connor demanda au chauffeur de taxi de l'arrêter e
face de la galerie, puis il lui tendit un billet de ving
dollars par la fente de la vitre de séparation. Le chauf
feur, un Nigérien, était emmitouflé comme une momi
dans une longue écharpe, des gants et un gros bonne
de laine muni d'oreillettes qui pendaient comme le
oreilles d'un épagneul. Durant le trajet jusqu'à SoH
dans le froid, le brouillard et la neige fondue corrosive
il n'avait cessé de répéter combien il était heureux d
vivre à New York. Connor n'était allé qu'une fois
Lagos et il n'avait pas trop aimé cette ville, mais pa
un soir pareil, s'il avait eu le choix entre New York e
la capitale nigérienne, il n'aurait pas hésité un
seconde. Il dit au Noir de garder la monnaie, lui sou
haita bonne chance et sortit de la voiture dans l'air gla
cial de la nuit.

La rue était étroite, et les hauts immeubles qui l
bordaient de chaque côté semblaient se refermer sinis
trement sur elle comme les parois d'une crevasse noir
Peut-être qu'il la voyait ainsi parce qu'il était d'hu
meur morose. Il resta un instant dans l'ombre, frisson
nant, puis remonta le col de son manteau pour s
protéger du froid et se tourna vers la vitrine illuminé
de la galerie qui projetait une lumière lugubre sur le

tas de neige grisâtre qui s'amoncelaient sur le trottoir. Il y avait peut-être vingt ou trente personnes à l'intérieur qui sirotaient du champagne en bavardant. Une ou deux parmi elles regardaient même ses photos.

Il était en retard d'une heure et avait failli ne pas venir du tout. Il n'arrivait pas à comprendre comment il avait pu se laisser convaincre d'assister au vernissage. Eloïse, la propriétaire de la galerie, était une amie de son directeur, ce cher vieux Harry Turney, et il n'était pas facile de déterminer qui faisait une faveur à qui. Mettons qu'ils se faisaient tous les trois une faveur réciproque. Eloïse avait de nombreuses relations dans le milieu des médias, dont certaines seraient présentes ce soir. Il était même censé y avoir une équipe de télévision d'une chaîne câblée spécialisée dans l'art dont Connor ignorait l'existence. Il constata avec plaisir qu'elle ne semblait pas être là.

Il avait déjà une petite idée de ce qui l'attendait. Eloïse avait organisé quelque temps auparavant une interview pour un nouveau magazine de luxe qui, affirmait-elle, adorerait publier ses photos. Le rédacteur en chef était un excellent ami à elle.

« Crois-moi, mon chéri, avait-elle dit. Ça sera *Life,* mais en mieux. Ils te considèrent comme le nouveau Robert Capa. Tu feras probablement la couverture. »

La jeune femme venue l'interviewer avait l'air d'avoir dix-sept ans et n'avait jamais entendu parler ni de Robert Capa ni du magazine *Life.* Elle lui demanda s'il photographiait des gens célèbres, et après sa réponse négative, sembla perdre tout intérêt. Le magazine était paru ce matin. Connor ne faisait pas la couverture, laquelle montrait un jeune homme en chemise noire, un sourire avantageux aux lèvres et un tas de Canon autour du cou. La manchette proclamait : *En zone de guerre avec Dino Tornari.*

Connor était intrigué. Il connaissait la plupart des photographes de guerre, mais ce nom ne lui disait rien. Il feuilleta le magazine pour découvrir que la zone de guerre en question se trouvait autour des clubs et restaurants chics de Manhattan où Dino « le roi incontesté des paparazzis » rôdait afin de prendre des photos indiscrètes de gens riches et célèbres, ce qui lui valait de se faire régulièrement corriger.

L'interview de Connor était rejetée dans les dernières pages, ramenée à six paragraphes, chacun agrémenté d'une erreur. Ils avaient réussi à mettre la main sur une vieille photo qui le représentait coiffé d'un Stetson, et l'article parlait de « son faux air de cow-boy Marlboro » et de ses « poignantes photos arrachées du cœur des ténèbres ». La seule qu'ils publiaient était celle d'un membre de la tribu des Dayak de Bornéo. La légende indiquait qu'il s'agissait d'un chasseur de têtes rwandais. Ce n'était pas bien grave. La photo était si petite et si mal reproduite que même la propre mère de cet homme ne l'aurait pas reconnu.

C'était la première fois que Connor se rendait compte qu'il se situait à l'opposé de ce qui intéressait les médias. Et maintenant, contre tout ce que lui dictait son instinct, il s'apprêtait à en faire une deuxième fois l'expérience. Il soupira et traversa la rue.

Eloïse Martin était de ces New-Yorkaises toujours vêtues de noir, si mince, élégante et anguleuse qu'on avait l'impression qu'on risquait de se couper rien qu'en la regardant. Harry Turney tenait de source autorisée qu'elle approchait des soixante ans, mais à la voir, on ne l'aurait jamais deviné. Ses yeux étaient maquillés à la manière d'une fan de jazz des années 50, et elle avait des cheveux noirs sans aucune trace de gris coupés au carré qu'elle se plaisait à faire voler autour de sa tête quand elle riait. Comme disait Harry, elle était tout le temps en révision, un véritable travail en cours, et disparaissait chaque printemps à Rio pour se faire refaire ceci ou cela. Son mari, un trader milliardaire, avait raconté un jour en plaisantant que, venu la chercher à l'aéroport, il n'avait pas réussi à la reconnaître et avait dû brandir une pancarte avec son nom inscrit dessus. Eloïse partageait le reste de son temps, toujours selon Harry, entre l'art et la philanthropie.

L'exposition de Connor relevait heureusement de la seconde catégorie. Plusieurs photos provenaient de son récent voyage dans le nord de l'Ouganda où il avait passé deux semaines à Sainte-Marie des Anges, un centre de réadaptation pour enfants soldats. Il s'y était déjà rendu à plusieurs reprises et leur envoyait régulièrement de l'argent. Le produit de la vente éventuelle des photos leur reviendrait de même.

Eloïse s'avança pour l'accueillir alors qu'il déposait son manteau au vestiaire.

« Connor, mon chéri, tu es un très vilain garçon. Il y a tellement de gens qui meurent d'envie de te rencontrer. L'équipe de télévision a dû repartir, mais elle reviendra.

— Je suis désolé, mais il y avait des embouteillages partout.

— Oui, bien sûr. Prends un peu de champagne, ça te donnera l'air moins triste. Les photos sont merveilleuses, n'est-ce pas ?

— Ouais, vous avez fait du bon boulot. »

Elle fit signe à l'un des serveurs qui s'approcha avec son plateau. Connor prit une coupe dont il vida la moitié d'une seule gorgée. Il eut soudain conscience que tous les regards étaient braqués sur lui et il s'efforça de se détendre. Il avait l'impression d'assister à son propre enterrement. Eloïse s'éloigna à la recherche de « quelqu'un d'important » qu'elle tenait à lui présenter.

Son moral baissa encore d'un cran. Harry se glissa vers lui et posa une main consolatrice sur son épaule.

« Ne t'en fais pas, murmura-t-il. Tu n'as pas besoin de rester longtemps. »

Eloïse revint en compagnie d'une grande jeune femme d'une beauté si fascinante que Connor entendit à peine Eloïse effectuer les présentations. Il retint seulement qu'elle s'appelait Béatrice et travaillait pour *Vanity Fair*. Eloïse entraîna Harry pour les laisser tous les deux seuls et, avant de s'éloigner, elle adressa à Connor un regard signifiant sans l'ombre d'un doute qu'elle comptait sur lui pour faire bonne impression.

Béatrice ne semblait pas davantage que lui portée sur les menus propos, si bien qu'il régna entre eux un certain malaise. Connor s'attendait plus ou moins à ce qu'elle lui demande s'il photographiait les célébrités, aussi fut-il assez surpris lorsqu'elle l'interrogea simplement sur ses photographes préférés, et il se trouva qu'elle connaissait le travail de tous ceux qu'il mentionna. Il exprima son étonnement et, haussant les épaules, elle se contenta d'expliquer que la photo l'intéressait depuis toujours. Elle avait rencontré et interviewé certains des dieux de Connor, tels Don McCullin et quelques-uns de ses aînés comme Eve Arnold et Henri Cartier-Bresson.

Elle lui demanda s'il voulait bien lui faire faire la visite guidée de son exposition et, quoiqu'il n'y tînt pas particulièrement, surtout maintenant qu'il n'ignorait plus rien de sa compétence, il accepta.

Il n'avait déjà pas été facile de choisir les photos et de les tirer, aussi il avait laissé Eloïse s'occuper de l'accrochage, et c'était la première fois qu'il les voyait ainsi rassemblées. Elles couvraient à peu près toute sa carrière et étaient exposées par ordre chronologique, en commençant par celle d'Ed qui se profilait contre le rideau de flammes lors de l'incendie de Yellowstone. Il avait également sélectionné la photo de l'orignal à la ramure en feu, celle qui avait tant impressionné Julia. Il ne l'avait pas regardée depuis des années et, peut-être par superstition, ne l'avait jamais publiée. Béatrice resta un long moment plantée devant.

« Il a survécu ? demanda-t-elle enfin.

— Je ne sais pas. Une seconde après, il avait disparu.

— Vous étiez donc pompier ?

— Parachutiste du feu. »

Elle hocha la tête comme si cela expliquait tout, puis elle passa à la photo suivante. Elle s'arrêtait parfois pour poser une question, mais dans l'ensemble, elle se contentait de regarder, et Connor ne cessait de s'interroger pour savoir s'il devait lui fournir des détails sur le contexte, les raisons qui l'avaient poussé à prendre telle ou telle photo. Finalement, il préféra n'en rien faire.

Marchant derrière elle et étudiant ses photos à la suite l'une de l'autre, il avait l'impression de revoir toute sa vie, et pour la première fois peut-être avec un regard lucide. A mesure qu'il avançait et lisait la souffrance, le deuil et l'horreur dans les yeux de ceux devant qui il s'était tenu, il sentait son cœur se glacer. Les femmes pendues au milieu des fleurs ; la petite fille dans « Sniper's Alley » qui sanglotait sur le corps de sa mère ; le petit Rwandais avec ses yeux qui lui mangeaient la figure, l'air d'un squelette après être resté deux semaines caché sous un monceau de cadavres ; un vautour perché sur l'un des bras en croix d'une statue du Christ ; le regard à faire froid dans le dos du maire assassin, Emmanuel Kabugi, photographié dans son repaire de Goma ; un jeune rebelle libérien agenouillé pieds et poings liés devant ses bourreaux. Tous ces visages, l'un après l'autre, regardaient passer en silence Connor qui visitait ses propres catacombes, les morts, les agonisants et les tueurs impitoyables de toutes couleurs et de toutes croyances, apôtres interchangeables d'hommes anonymes avec leurs dieux de haine et de cupidité.

Ils arrivèrent à la dernière photo, celle de Thomas, l'un des enfants que Connor avait photographiés à Sainte-Marie des Anges. A l'âge de dix ans, son frère jumeau et lui avaient été enlevés par des rebelles qui se baptisaient eux-mêmes les Guerriers de Dieu. Pour s'assurer de la loyauté des enfants, ils les avaient obligés à participer à l'incendie de leur propre village et au massacre de leur propre peuple. Des mois plus tard, Thomas s'était échappé, à moins qu'on l'ait abandonné pour le laisser mourir. Une patrouille frontalière gouvernementale l'avait découvert qui errait dans la brousse. Il était tout ratatiné, décharné, et avait perdu l'usage de la parole.

Connor demeura longtemps devant cette photo, contemplant à travers elle l'image de lui qu'elle renvoyait, à l'instar de chacune de ses œuvres exposées ici. Il avait l'impression que quelque chose se dilatait dans sa poitrine et lui comprimait les poumons, l'empêchant de respirer. Il se sentit vaciller, ses épaules se mirent à trembler.

« Qu'est-ce que vous cherchiez ? »

Il se retourna. Béatrice aussi contemplait la photo, comme si c'était au garçon qu'elle adressait la question. La gorge nouée, Connor hésita un instant à répondre de peur que sa voix le trahisse.

« Dans cette photo, vous voulez dire ?

— Dans toutes. »

C'était une question si étrangement proche de ses propres interrogations que sa première réaction fut de l'esquiver, de donner la réponse classique, à savoir que ce n'étaient que des images, des instants capturés, fruit d'un mélange indéfinissable de chance et d'instinct qui, sans que l'on comprenne bien comment, finissait par raconter une histoire. Mais comme si elle lui échappait, il fournit une réponse bien différente :

« L'espoir. »

Il éprouva un choc à entendre ce mot jaillir de ses propres lèvres. Mon Dieu, il se sentait bizarre. Il n'arrêtait pas de trembler. Béatrice le regardait, réfléchissant à ce qu'il venait de dire. Avec un haussement d'épaules, et comme pour effacer le côté mélodramatique de sa réponse, il reprit :

« Peut-être pas. Qui sait ? Et puis, je ne pense pas que je cherchais quoi que ce soit.

— Ah bon ? Moi, je crois que si, mais que ce n'est pas l'espoir.

— Non ? Eh bien, vous êtes libre de vos opinions. »

Il eut un petit rire contraint. Peut-être qu'il était malade, après tout. Il n'avait rien mangé de la journée et c'était sans doute l'effet du champagne sur son estomac vide. Et puis, pour qui elle se prenait à poser des questions pareilles ? Elle le connaissait depuis à peine dix minutes. Malgré tout, il tenait à savoir ce qu'elle pensait.

« Alors, qu'est-ce que je cherchais selon vous ? » lança-t-il d'un ton sec.

Elle le considéra un instant et perçut sa mauvaise humeur. Elle sourit.

« Excusez-moi, dit-elle. Je sais que cela ne me regarde pas.

— Si, si, j'insiste. Puisque vous connaissez tous ces photographes célèbres et que vous savez sans doute ce qui les motive, vous me rendriez service. Je vous en prie, dites-le-moi franchement. Alors, qu'est-ce que je cherche ? »

Elle fronça les sourcils. « Pourquoi êtes-vous si agressif ?

— Bon sang ! allez-y, dites-le ! »

Du coin de l'œil, il vit des têtes se tourner vers eux. Béatrice, après un instant de silence, déclara tranquillement, calmement :

« Je pense que vous cherchez un miroir de votre propre tristesse. »

Connor la dévisagea longuement, puis il hocha la tête.

« Eh bien, merci. Maintenant, je sais. Béatrice, j'ai été ravi de faire votre connaissance. »

Il pivota d'un bloc et se dirigea vers la porte comme à travers un brouillard. Des larmes gonflaient ses yeux. Bon Dieu ! qu'est-ce qu'il était venu foutre ici ? Il entendit Eloïse l'appeler, mais il ne se retourna pas. Il prit son manteau.

« Connor ? Où vas-tu ? Qu'est-ce qui s'est passé ?

— Mille excuses, Eloïse. Je dois partir. »

Il déboucha sur le trottoir, inspira profondément l'air froid et vif de la nuit et, les mains devant les yeux, paupières closes, il s'efforça de rassembler ses esprits. Son cœur battait à se rompre et il avait le souffle court, de sorte qu'il se demanda l'espace d'une seconde s'il ne faisait pas une crise cardiaque. Mais non, ce n'était rien. Rien du tout.

Il enfila son manteau, baissa la tête pour se protéger du vent et s'éloigna à grands pas.

Combien de temps il marcha et dans quelle direction, il ne le sut jamais. Lorsqu'il regagna son appartement, le ciel de l'East Side se teintait de traînées roses. Dans l'entrée, le portier le salua, puis l'observant un instant, lui demanda s'il se sentait bien. Oui, répondit Connor, très bien, juste un peu fatigué. Il prit l'ascenseur jusqu'au cinquième étage sans oser se regarder dans la glace.

Dans l'appartement, il faisait aussi froid que dehors. Le chauffage ne fonctionnait pas et il ne s'était pas soucié de le faire réparer. Il avait acheté ce deux-pièces six ans plus tôt et depuis, il n'avait dépensé d'argent que pour transformer l'ancienne chambre en une chambre noire dotée de l'équipement le plus moderne. Il couchait dans le séjour qui, avec tout le matériel photo rangé dans des boîtes et des étuis, ressemblait davantage à une consigne qu'à autre chose. Le plancher était nu, les murs gris s'écaillaient et les stores vénitiens noirs des trois hautes fenêtres étaient cassés et pleins de poussière. A un bout se trouvait le lit, et à l'autre, une grande table jonchée de papiers, de photos et de vieux magazines. Il y avait une petite salle de bains sinistre et une cuisine encore plus petite et plus sinistre. Le réfrigérateur contenait davantage de films que de nourriture. Hormis un téléviseur, un téléphone et un fauteuil défoncé, les seuls objets utiles ou vaguement décoratifs étaient deux petits tapis et quelques figurines sculptées qu'il avait rapportées de ses divers voyages. Il détestait cet endroit qui le lui rendait bien.

Il n'alluma pas la lumière et, gardant son manteau, alla s'allonger sur le lit. Son haleine formait de petits nuages au-dessus de lui. Les yeux grands ouverts, il contempla le plafond sur lequel défilaient les lumières jaunes et rouges des voitures qui passaient dans la rue. Lentement, elles commencèrent à disparaître cependant qu'un jour gris filtrait au travers des stores.

Un miroir de sa propre tristesse.

Peut-être était-ce un truc qu'elle utilisait avec tous les photographes qu'elle rencontrait, du moins ceux qui s'intéressaient aux souffrances des autres. C'était le genre de brillante remarque à laquelle on ne pouvait opposer aucun véritable argument. Les gens devaient en général penser qu'il s'était embarqué dans une sorte de croisade personnelle au nom de l'humanité, déterminé à imposer aux privilégiés des images qu'ils auraient préféré ne pas voir. Il est vrai qu'à une époque, Connor avait eu le sentiment d'agir ainsi, persuadé que même dans un monde saturé d'informations et d'images de destruction et de misère, il était encore possible de changer quelque chose avec une photo. Et même si cela ne devait amener qu'une seule personne à signer un chèque, voter ou seulement en parler à quelqu'un, il avait l'impression de faire œuvre utile.

Mais il n'y croyait plus. Certes, il y avait une part d'altruisme dans ce qu'il faisait, mais ce n'était qu'un vernis destiné à cacher des motivations purement personnelles. Il réalisait à présent que s'il avait réagi avec tant de violence à l'observation de Béatrice, c'était parce qu'elle avait raison. Elle avait perçu en lui quelque chose de dissimulé, quelque chose de logé au plus profond de son être comme un locataire discret qu'il ne voyait jamais et qu'il hébergeait depuis si longtemps qu'il avait presque oublié son existence.

Est-ce qu'il aurait suivi la même voie si, sept ans auparavant, à la naissance d'Amy, il avait effectué un autre choix ? Sur le moment, il n'avait d'ailleurs pas considéré cela comme un choix. C'était la seule solution capable d'assurer leur salut à tous. Il se souvenait que son père avait coutume de dire qu'il y avait toujours une manière simple de savoir si ce qu'on envisageait de faire était bien ou mal.

« Tu prends une balance, et tu mets le bonheur sur le plateau, disait-il. Si elle penche de ce côté-là, il y a des chances pour tu fasses le bon choix. »

Après la mort de son père, Connor s'était longtemps interrogé là-dessus. Ed et lui avaient eu une discussion animée à ce sujet. Ed, qui avait fait des études de philosophie à l'université, affirmait, un peu pompeusement, que la recette du père de Connor avait un nom et correspondait en réalité à toute une école de pensée appelée « utilitarisme ». Le principe de base, c'était qu'une chose était bien quand elle causait le maximum de bonheur à un maximum de gens. Connor avait répliqué que s'il avait été alors plus âgé, il aurait aimé demander à son père comment on pouvait mesurer le bonheur. Tout le monde, après tout, s'en faisait sa propre idée. Et à supposer qu'on veuille faire quelque chose qui rende une personne formidablement heureuse et une centaine d'autres un tout petit peu malheureuses ? Est-ce que ce serait bien ou mal ? Ed avait continué à étaler sa science, essayant d'embrouiller Connor qui avait fini par perdre patience et déclarer que cette théorie n'était en définitive qu'un tissu de conneries et qu'il ne voulait plus en parler.

Or, c'était exactement ce qu'il avait fait pour Ed et Julia. Il avait pris une balance et pesé le bonheur de chacun. Quel bonheur en retireraient-ils tous, y compris Amy et lui, d'une part s'il venait leur rendre visite régulièrement et, d'autre part, s'il s'en abstenait et se contentait de rester en contact avec Amy par courrier pour lui dire qu'il l'aimait et pensait à elle ? La balance avait penché de façon claire et nette du côté de la séparation.

Sa décision prise, il aurait dû passer à autre chose. Après tout, il avait toujours cru que le bonheur n'était qu'une question de choix. On pouvait soit se vautrer dans les regrets, et même s'y noyer, soit décider d'oublier. Seulement, il avait sous-estimé le pouvoir de l'habitude. Une fois qu'on avait commencé de se vautrer dedans comme dans la boue, on n'était plus bon qu'à ça. On se vautrait à pleins poils dedans. Et, en vérité, on finissait même par aimer ça. Et quand on estimait enfin qu'il était temps de se sortir de là, on s'apercevait qu'on ne pouvait pas, qu'on était devenu une espèce de créature des marais fangeux qui avait oublié comment vivre ailleurs. Et c'était cette terrible vérité que Béatrice avait entrevue à la galerie.

Les deux ou trois premières années, il avait plusieurs fois envisagé de revenir les voir, mais lorsque la lettre était arrivée où Ed s'excusait pour son comportement lors du baptême, il était déjà trop tard. Il avait hérité du caractère entêté de sa mère. Sa décision était arrêtée et il s'y tiendrait.

Seules les lettres que lui envoyait Amy deux ou trois fois par an lui procuraient un semblant de bonheur. Il avait sa photo sur sa table de nuit, à côté de celle qui le représentait en compagnie de Julia et qu'elle avait glissée dans son sac sept ans auparavant. Il en avait tiré des réductions qu'il avait fait plastifier afin de pouvoir les emporter avec lui dans ses voyages. Sur celle où il figurait avec Julia, leurs visages se frôlaient et quiconque ne les aurait pas connus aurait supposé qu'ils formaient un couple. Et Connor, la contemplant, rêvait d'un monde plus clément où ils auraient pu l'être.

23

Sur le moment, l'idée avait paru bonne et comme, malheureusement, c'était la sienne, il ne pouvait s'en prendre qu'à lui. Quelques semaines plus tôt, au cours de l'un des rares moments où le spectacle s'annonçait sous des auspices favorables, Ed avait suggéré à Julia d'inviter leurs mères à tous les deux pour qu'elles y assistent. Elles n'étaient pas venues depuis longtemps, avait-il argué. Et puis Noël approchait, c'étaient les débuts sur scène d'Amy et, de toute façon, les deux femmes s'étaient toujours entendues à merveille. En réalité, devait-il s'avouer, c'était surtout sa vanité qui parlait. Ce qu'il voulait, c'est qu'elles voient *son* spectacle.

Elles étaient arrivées par avion trois jours auparavant, et il fallait bien reconnaître qu'elles leur avaient donné un sérieux coup de main. Elles avaient fait la cuisine, le ménage, s'étaient occupées d'Amy et avaient même aidé Julia à faire quelques retouches de dernière minute sur les costumes, puis à transporter quand nécessaire parents et accessoires. Mais Dieu ! quelle épreuve !

La mère de Julia prenait à peine le temps de respirer entre deux phrases. Il avait toujours trouvé drôle et même attachant son perpétuel bavardage, mais maintenant il le rendait fou. Naturellement, il aurait dû le prévoir, car Julia et Amy étant toute la journée à l'école, c'était sur lui que cela retombait. Maria avait le don de l'interrompre en plein travail, et surtout, pour quelque raison incompréhensible, elle s'était mise à l'appeler Eddie, un nom qui l'avait toujours horripilé et qui, lorsqu'il était jeune, valait immanquablement un nez en sang à celui qui avait l'audace de l'employer.

« Eddie, vous voulez une tasse de café ?

— Non, merci, Maria.

— Vous êtes sûr ?

— Oui, Maria, merci. J'en ai pris une il n'y a pas longtemps.

— Votre travail avance ? »

Serrer les dents, compter jusqu'à trois, respirer à fond. « Oui, Maria, merci beaucoup.

— Alors, je vais vous laisser.

— Merci, Maria. »

Seigneur Dieu ! Même Amy savait quand ne pas le déranger.

Sa propre mère parvenait à peine à placer un mot. Par conséquent, sa conversation se résumait à des *Je sais. Vraiment ? Ah bon ? Pourquoi ?* Ed s'apercevait qu'elle aussi commençait à souffrir. La situation aurait été plus tenable en été où ils auraient pu s'installer dehors ou partir se promener, mais elles étaient arrivées en même temps que la neige et tout le monde était confiné à l'intérieur.

Aujourd'hui, l'énervement était à son comble. En effet, le spectacle ne devait se donner que deux fois, et ce soir, c'était la première. Ed espérait qu'après une représentation, les choses se calmeraient un peu et qu'il pourrait retrouver une vie normale ainsi que tout son amour pour sa belle-mère. En ce moment, celle-ci, assise sur le canapé du séjour, parlait à Susan Tully de quelqu'un de sa connaissance qui connaissait quelqu'un ayant passé une nuit avec Frank Sinatra. Ed avait déjà entendu cette histoire qui, comme Frank Sinatra cette nuit-là, promettait plus qu'elle ne donnait. Il s'efforça en vain de ne pas écouter et de se concentrer sur son travail.

Il ne restait plus que trois heures et demie avant le lever de rideau et il avait encore des centaines de choses à faire. Il avait même sauté son rendez-vous avec les Fiancées de Dracula. Ce n'était pas grave. Il lui était déjà arrivé de manquer une séance de dialyse sans que cela porte à conséquence. Tout irait bien. Les médecins prenaient toujours trop de précautions, et se faire purifier le sang deux fois par semaine était sans doute plus que suffisant. Il priait simplement pour que Julia ne l'apprenne pas comme la dernière fois où elle lui avait mené une vie infernale pendant des jours. Ce matin, une des Fiancées de Saint-Patrick lui avait téléphoné, étonnée de son absence, et elle l'avait presque engueulé, elle aussi. Ed lui avait assuré qu'il se sentait parfaitement bien (ce qui n'était pas tout à fait vrai) et qu'il viendrait sans faute demain. Une fois le spectacle terminé, avait-il promis, on retrouverait le gentil petit garçon qu'il avait toujours été.

Kay Neumark devait venir le chercher à quatre heures et il n'avait pas encore fini la moitié de ce qu'il avait eu l'intention de faire. Sur le canapé, Frank Sinatra en était encore à siroter son premier martini. Ed allait coiffer ses écouteurs pour ne plus entendre la voix de Maria quand le téléphone sonna. C'était Julia qui appelait de l'école pour annoncer de mauvaises nouvelles. Le chef des bûcherons, prenant au pied de la lettre la phrase traditionnelle en vigueur au théâtre — où pour se souhaiter bonne chance, on disait « casse-toi la jambe » — était tombé dans la neige et s'était effectivement cassé la jambe. Kay voulait donc passer prendre Ed plus tôt que prévu pour qu'ils tâchent de trouver une solution. Elle était déjà en route.

« Ça a été, ta dialyse, ce matin ? demanda ensuite Julia.

— Oui, oui.

— Les résultats de tes analyses étaient corrects ?

— Julia, je suis occupé. Ne t'en fais pas, je vais très bien, d'accord ? »

Pour une fois, Maria avait écouté. Lorsqu'il eut raccroché, elle lui demanda ce qui se passait et, tout en préparant ses affaires, Ed le lui expliqua. Il ajouta qu'il commanderait un taxi qui viendrait les prendre à six heures pour les conduire à l'école.

« J'espère que ça vous laissera le temps de finir l'histoire de Frank Sinatra. »

Maria eut un petit rire embarrassé.

« Je suis un vrai moulin à paroles, c'est ça ? »

Alors qu'il enfilait ses bottes, il entendit la voiture de Kay s'arrêter dans un crissement de graviers. Il prit quelques barres chocolatées dans la cuisine et les glissa dans son sac, après quoi, il mit son manteau, trouva sa canne et embrassa les deux femmes en leur disant à tout à l'heure. Sa mère lui prit le bras et l'accompagna jusqu'à la porte.

« Bonne chance, mon chéri, murmura-t-elle.

— Merci, mais je crois que c'est surtout toi qui en as besoin », souffla-t-il.

Mrs. Tully sourit. « Tu sais, elle a un cœur d'or.

— Et une langue de platine.

— Chut. Et n'oublie pas, doucement avec la main gauche.

— Ne t'inquiète pas, je ne suis pas si gauche que ça.

— Souhaitez bonne chance à Amy ! cria Maria depuis le séjour.

— Je n'y manquerai pas.
— Et à Julia !
— Bien sûr. Allez, au revoir. »

Des coulisses, Julia regardait Amy qui chantait, plantée au milieu de la scène dans la lumière des projecteurs, les chaussettes enroulées autour des chevilles. Les chaussettes, en effet, de même que la jupe à carreaux rouges et noirs et tout le reste du costume de chef des bûcherons, étaient de plusieurs tailles trop grandes pour elle, mais ce qu'elle manquait en stature, elle faisait plus que le rattraper en dynamisme. C'était le grand air des bûcherons : « Oh ! ayez pitié ! oh ! ayez pitié ! Ce ne sont que des peupliers ! », et elle y mettait toute son âme.

Julia était étonnée que la gamine ait accepté. L'idée venait d'Ed et elle était logique, car Amy avait été immergée dans le spectacle durant près de quatre mois et connaissait tous les airs par cœur. Mais comme elle avait insisté avec un tel entêtement pour être un ange et avait fait une telle histoire pour son costume, Julia était persuadée qu'elle refuserait.

Munis de l'autorisation de Mrs. Leitner, ils avaient été la chercher en classe pour l'amener dans la salle où se trouvait la scène. Kay lui expliqua le problème qui se posait avec le chef des bûcherons. Amy écouta sans broncher, et Julia vit que la fillette avait deviné tout de suite ce qu'on attendait d'elle.

« Aussi, poursuivit Kay, on se demandait, Amy, comme tu es la seule autre à savoir le rôle, si tu accepterais d'être le chef des bûcherons au lieu d'un ange. »

Amy haussa les épaules. « Ouais, bien sûr.
— Bravo, ma fille ! s'écria Ed.
— Je pourrai porter mon costume d'ange ?

— Non, ma chérie, répondit Kay. Je ne pense pas que ça irait.

— Personne d'autre le portera ?

— Non, personne.

— Alors, d'accord. »

Après une demi-heure de répétition où on lui avait surtout montré comment se déplacer sur scène, elle chantait les airs du chef des bûcherons comme si elle avait travaillé le rôle depuis le début. Julia n'avait jamais été plus fière de sa fille, et à voir le sourire qu'Ed affichait devant son piano, on comprenait qu'il en était de même pour lui, ainsi que pour les deux grands-mères assises au premier rang.

La salle était comble. Aux alentours de deux cents personnes, estima Julia, sans compter les gens debout au fond. Kay, installée à côté d'Ed afin de lui donner le signal, avait annoncé avant le début de la représentation que le rôle du chef des bûcherons serait interprété par « Miss Amy Tully » qui « avait accepté de remplacer le titulaire au pied levé ». Naturellement, le public avait éclaté en applaudissements. A la fin de son air, la salle croula sous les acclamations au point que la neige dut probablement glisser du toit. On réclama un bis, et Ed s'exécuta.

« Maintenant, c'est fichu, dit Julia à l'un des professeurs qui l'assistaient en coulisses. Cette pauvre enfant va avoir le théâtre dans le sang. »

Une heure plus tard, le spectacle était terminé. En dehors de quelques petites anicroches — et d'un incident un peu plus grave lorsqu'une toile du décor était tombée sur les écureuils — ce fut de l'avis général un brillant succès. Amy eut droit à une ovation debout tandis que, sur la scène, plissant les yeux dans la lumière aveuglante des projecteurs, elle s'inclinait, l'air un peu étourdie. Kay Neumark alla chercher Ed qui reçut à son tour une ovation.

Julia le regardait depuis les coulisses. Les larmes aux yeux, elle applaudissait à s'en faire mal aux mains. Vêtu de sa belle chemise noire boutonnée jusqu'au cou, souriant, il saluait, les bras écartés afin d'englober toute la troupe dans son triomphe. Les flashes des appareils photo se reflétaient dans ses lunettes noires. Les enfants aussi l'applaudissaient.

Quel homme formidable j'ai épousé, songea alors Julia.

Ce n'est peut-être pas Broadway, se disait Ed, mais c'est quand même fantastique. Les applaudissements semblaient ne devoir jamais s'arrêter. Il tendit le bras, appela Amy et sentit sa petite main se glisser dans la sienne. Les applaudissements redoublèrent, et il se pencha pour embrasser sa fille.

« Tu es une vraie star, lui murmura-t-il.

— J'ai été bien ?

— Tu as été parfaite. »

Une heure s'écoula avant qu'ils ne pensent au retour. Ed avait l'impression qu'il allait étouffer sous les baisers mais, après tout, il y avait pire façon de mourir. Chacun tenait à le féliciter. On lui remit un bouquet de fleurs, et Mrs. Leitner en personne vint l'embrasser. La mère de Julia sympathisa avec tout le monde, et Mrs. Tully dut la traîner dans le taxi qu'Ed avait appelé, sinon, elle serait restée là toute la nuit.

La salle était enfin presque vide, et pendant que Julia aidait les derniers enfants à enfiler leurs manteaux et à rejoindre leurs parents, Ed et Kay, assis au bord de la scène, buvant un peu d'eau dans des gobelets en plastique, passaient en revue les détails qu'il faudrait modifier pour la représentation du lendemain.

Maintenant qu'il pouvait se le permettre, Ed se laissa

gagner par la fatigue. Avant le spectacle, Julia avait veillé à ce qu'il se fasse sa piqûre d'insuline et avait commandé quelques hamburgers et milk-shakes. Durant la représentation, il avait ressenti une étrange douleur sourde à la poitrine qui n'avait toujours pas disparu. C'était sans doute provoqué par les rondelles d'oignon qu'il n'avait pas digérées, ce qui lui arrivait souvent ces derniers temps. Le spectacle avait pompé beaucoup de son énergie et il comprit qu'il devait manger quelque chose, parce qu'il avait du mal à se concentrer sur ce que disait Kay à propos de dispositions à prendre pour éviter un nouvel incident avec les écureuils. Il pêcha une barre chocolatée dans son sac mais éprouva des difficultés à défaire le papier qui l'enveloppait.

« Vous voulez que je vous aide ? finit par demander Kay.

— Avec plaisir. Merci. Je suis vraiment très maladroit.

— Vous vous sentez bien ?

— Juste un peu fatigué.

— Bon, on pourra revoir tout ça demain matin.

— Ce serait peut-être mieux. »

Elle alla lui chercher son manteau. Ed se leva pour le passer. Il avait les jambes molles et il vacilla un peu.

« Attention, fit Kay, le soutenant. Vous êtes sûr que vous vous sentez bien ?

— Oui, oui. La journée a été longue.

— Ça, on peut le dire. »

Kay éclata de rire. Quand Julia et Amy le rejoignirent, Ed se sentait déjà mieux.

Dehors, il neigeait de nouveau. Julia déclara que le parking étant verglacé et la neige traîtresse, il serait préférable qu'Amy et lui attendent à l'intérieur. Elle viendrait les prendre avec la Jeep. Main dans la main, ils attendirent dans le hall, saluant les derniers parents et enfants qui sortaient. L'indigestion continuait à lui peser sur la poitrine et l'estomac, et même après la barre chocolatée, il éprouvait encore cette sensation bizarre. L'impression d'être un peu désorienté, détaché de tout. Il avait peut-être attrapé la grippe. Peu importe, dans quelques minutes il serait à la maison, et après une bonne nuit de sommeil, il n'y paraîtrait plus.

« Papa, tu as la main froide ! s'exclama soudain Amy.

— Tu sais ce qu'on dit — à main froide, cœur chaud.

— La mienne est chaude. Ça veut dire que j'ai le cœur froid ?

— Non. Ça ne marche que dans un sens. Tu sais, tu as été drôlement bonne ce soir.

— Tu m'as entendue ?

— Non, pas du tout.

— C'est pas vrai !

— Tu as chanté comme un ange. Comme l'ange des bûcherons.

— Viens, voilà maman. »

La neige était en effet traîtresse. Ed glissa et faillit tomber pendant qu'Amy le guidait pour franchir les quelques mètres qui les séparaient de la voiture. Julia descendit et se précipita pour l'aider. Il n'arrivait pas souvent à Julia de le traiter comme un invalide, mais les rares fois où elle le faisait, il ne pouvait maîtriser sa mauvaise humeur.

« Je n'ai pas besoin qu'on m'aide !

— Ça glisse et tu as été à deux doigts de tomber. Ed ? Regarde-moi.

— Je me sens très bien.

— Tu n'en as pas l'air. Qu'est-ce que tu as ? Ed, réponds-moi ?

— Cesse donc de t'inquiéter comme ça. Je suis crevé, c'est tout. Dépêchons-nous de coucher notre petite Shirley Temple.

— Qui c'est, Shirley Temple ? » demanda Amy.

Il s'apprêtait à lui répondre quand la douleur dans sa poitrine explosa littéralement, comme s'il venait de recevoir une balle ou un coup de poignard. Il bascula en arrière et entendit Amy pousser un hurlement.

Il avait dû s'évanouir, car il se rendit compte ensuite que Julia, l'agrippant par les revers de son manteau, le secouait et le giflait en criant son nom. La douleur dans sa poitrine avait diminué. Il était sans doute couché sur le dos dans la neige. En effet, il avait froid à l'arrière du crâne et aux paumes de ses mains plaquées le long de son corps, et puis il sentait les flocons mouillés se poser doucement sur son visage. Il se les représentait qui flottaient dans le ciel pour descendre vers lui, ce qui lui rappela le jour où, quand il était enfant, il avait roulé avec son père en pleine tempête de neige. A la vue des flocons qui dansaient à la lueur des phares, il s'était imaginé qu'il voyageait dans l'espace au milieu des étoiles, des planètes et des astéroïdes qui tournoyaient lentement... Mon Dieu qu'il avait sommeil ! La neige le recouvrait petit à petit, l'ensevelissait...

Julia l'appelait de si loin que sa voix lui parvenait à peine. Il entendait juste Amy pleurer et Julia lui crier d'aller chercher du secours. Et puis, il sentit des mains qui l'empoignaient, le prenaient par les épaules et le tiraient, tandis que ses pieds traînaient dans la neige. Il perdit une chaussure et le froid s'insinua dans son talon à travers la chaussette. Personne ne paraissait l'avoir remarqué. Bon Dieu ! c'étaient ses meilleures chaussures, en plus ! Il voulut le leur dire, mais les mots refusèrent de franchir le seuil de ses lèvres. Mais à quoi ils jouaient tous ces gens-là ? Ils ne pouvaient pas lui foutre la paix ? Tout ce qu'il voulait, c'était dormir. Qu'on le laisse donc tranquille, et demain tout irait bien.

On n'eut pas besoin de le lui dire. Julia savait déjà. Elle l'avait su avant même que l'ambulance arrive à l'hôpital et que les médecins du service des urgences se précipitent pour l'amener à l'intérieur. Tassée dans un coin, elle les avait regardés qui essayaient de faire repartir son cœur, lui cognant sur la poitrine, lui faisant des injections et hurlant des instructions au-dessus de son corps inerte et de son visage qui prenait une teinte grisâtre sous le masque à oxygène. Elle leur avait parlé de son diabète et de ses dialyses dès qu'ils l'avaient allongé sur la civière, et pendant le trajet jusqu'à l'hôpital, ils lui avaient posé quelques questions auxquelles elle s'était efforcée de répondre d'une voix ferme. Et durant tout ce temps, elle avait prié :

Mon Dieu, je vous en supplie, assez. N'a-t-il pas déjà assez souffert ? Je vous en supplie, accordez-lui le repos. Job lui-même a eu droit au repos.

Kay Neumark arriva avec Amy au moment où on le transportait à l'intérieur de l'hôpital. Julia se précipita et prit sa fille dans ses bras en lui disant, stupidement, de ne pas s'inquiéter, que ce n'était pas grave, que son papa irait bien...

Julia voulut accompagner Ed dans la salle des urgences, mais une infirmière l'arrêta et lui dit qu'il serait préférable qu'elle attende avec Amy et Kay dans la froide lumière des néons parmi quelques inconnus. Se tenant par la main, elles regardèrent les silhouettes vêtues de vert s'agiter derrière les portes de verre dépoli où l'on avait conduit Ed.

Et puis l'un des médecins apparut, échangea

quelques mots avec l'infirmière de service qui désigna Julia et Amy de la tête. Il se retourna et se dirigea vers elles. Julia pensa alors : *Comment vais-je faire ? Personne ne m'a appris comment on agissait devant une telle situation.* Elle se leva, demanda à Amy de rester auprès de Kay et, la gorge nouée, s'avança vers le médecin.

« Désolé, dit-il. On a fait tout ce qu'on pouvait. » Il était navré, infiniment navré.

On l'enterra le mardi d'avant Noël par un matin froid et clair où les branches des peupliers entourant le cimetière ployaient sous la neige fraîche. Plus de deux cents personnes assistèrent aux funérailles, entassées dans la petite église de bardeaux blancs dont l'intérieur était éclairé par le soleil qui se déversait à travers les fenêtres. A côté de la chaire se dressait un grand sapin de Noël décoré de guirlandes argentées au milieu desquelles scintillaient des centaines de petites lumières blanches.

Le père et les frères d'Ed accompagnés de leurs épouses et de leurs enfants étaient venus du Kentucky. Il y avait aussi des médecins, des infirmières, des parachutistes du feu, d'anciens amis de l'université, des élèves et leurs parents ainsi qu'un tas d'autres gens que Julia ne connaissait pas. Tous ceux qui l'avaient aimé étaient là. Sauf Connor.

Elle avait essayé de le joindre et avait laissé des messages partout, demandant qu'il appelle. Personne ne semblait savoir où il était ni comment le contacter, pas même sa propre mère qui était là, elle aussi, assise à côté des parents d'Ed. Julia avait téléphoné à son agence de photos et on lui avait passé un homme qui, d'une voix douce, lui avait dit qu'il n'avait aucune idée de l'endroit où se trouvait Connor. Il se comportait de manière imprévisible ces derniers temps, ajouta l'homme avec un soupir. Faisant un secret de ses projets. On ne pouvait plus le joindre, car il avait depuis longtemps balancé son téléphone satellite et son scanner, et il ne possédait même pas d'adresse e-mail. Il lui arrivait bien d'envoyer un film ou d'appeler, mais rarement. Il disparaissait souvent pendant des mois entiers.

Entendant cela, Julia éprouva un mélange de colère et de sentiment de culpabilité. Comment Connor avait-il pu devenir ainsi ? Et elle, comment avait-elle pu — elle, et eux tous — permettre que les choses en arrivent là ? Et quand l'homme finit par demander si elle avait un message à transmettre au cas où il se manifesterait, elle répondit :

« Dites-lui simplement que son meilleur ami est mort. »

L'office commença par « Mon beau sapin », le chant de Noël préféré d'Ed, repris en chœur par toute l'assistance. Ensuite, Amy et d'autres enfants qui avaient participé au spectacle chantèrent a cappella la chanson des anges sous la direction de Kay Neumark.

Julia ne quitta pas sa fille des yeux, émerveillée par son courage et sa volonté, elle qui n'avait plus ni l'un ni l'autre. Linda, assise à ses côtés, lui serrait la main très fort et toutes deux luttaient pour retenir leurs larmes, alors que presque tout le monde pleurait. Julia savait que si elle se laissait aller, elle ne pourrait plus s'arrêter. Elle avait déjà versé suffisamment de pleurs, et dans sa lettre, Ed avait bien spécifié qu'il voulait que son enterrement soit un moment de joie et non de tristesse.

Ladite lettre était arrivée trois jours auparavant par le biais de son notaire de Missoula. Ce dernier avait expliqué qu'Ed l'avait déposée chez lui à l'automne dernier en précisant qu'elle serait à remettre à sa femme en cas de décès. Julia avait attendu d'être seule pour l'ouvrir :

Julia chérie,

Ma démarche te paraîtra peut-être étrange, mais comme aurait pu le dire Forrest Gump, la vie est une corde raide et on ne sait jamais quand on va en tomber. Aussi, je ne voulais pas en tomber avant d'avoir dit ce que j'avais à dire. Et bien que ça puisse sembler idiot, ce que j'ai surtout besoin de dire, c'est : Merci.

Depuis cette nuit pluvieuse où, il y a si longtemps, tu m'as volé ma place de parking — et mon cœur —, je n'ai jamais cessé de penser à la chance extraordinaire que j'avais eue de rencontrer une femme aussi exceptionnelle que toi. Enumérer les millions de choses dont je te suis reconnaissant prendrait trop longtemps, aussi je me contenterai des principales.

Merci d'être mes yeux, mon ange gardien, la lumière de ma vie et l'inspiratrice de toutes mes bonnes pensées. Merci d'être la merveilleuse mère d'une merveilleuse enfant. Merci d'être belle, aimante, séduisante. Merci de sentir si bon et de... (un instant de réflexion... non, mieux vaut s'arrêter là !) Merci d'avoir si bon cœur, d'être si généreuse, indulgente, patiente, positive et si pleine d'énergie... J'espère que tu ne rougis pas. Ou plutôt si, tu es tellement jolie quand tu rougis.

Je suppose que ce que je veux dire, en conclusion, c'est simplement merci d'être ce que tu es et de m'avoir permis de partager ta vie.

Voilà pour les merci.

Restent les choses pour lesquelles j'ai à te demander pardon. Alors, voici :

Pardon de ne pas avoir fait la carrière que tu aurais peut-être espéré que je fasse. J'avais tout prévu : la fastueuse demeure dans les collines de Hollywood, la montée des marches en smoking pour recevoir mon Oscar avec toi à mon bras, vêtue d'une magnifique création d'Armani ou je ne sais qui, le visage éclairé d'un sourire glamour destiné aux caméras. Et tout ça pour finir dans une petite cabane en rondins, chaussée de bottes boueuses. Hêtre ou ne pas hêtre, comme dit l'arbre.

Pardon d'être justement un tel emmerdeur, impatient, exigeant, grognon. Pardon pour m'être mis en colère contre toi alors que tu fais tout ton possible pour maintenir en vie ce pauvre type rempli d'ingratitude. Pardon d'être maniaque et de raconter tant de mauvaises blagues que tu as déjà entendues des centaines de fois. Pardon pour toutes ces lamentables idées de comédies musicales — mais maintenant que j'y pense, celle qui... non, je plaisante. Et pardon de n'avoir pu faire davantage avec toi, davantage de voyages, davantage d'escalades, davantage de descentes de rivière en canoë et davantage de ski dans la poudreuse. D'accord, compte tenu des circonstances, nous en avons fait pas mal, mais pas autant que tu l'aurais désiré, je le sais.

Et surtout, pardon de n'avoir pu te donner tous les enfants qu'on aurait dû avoir. J'en voulais au moins une douzaine. Bon, mettons trois ou quatre. Mais peut-être que c'est grâce à ça qu'Amy est si extraordinaire. (Mieux qu'elle, impossible !)

Et pendant qu'on y est, pardon aussi de t'avoir privée de Connor. Je sais que tu l'aimais et que tu l'aimes sans doute encore. Je suis peut-être aveugle, mais pas à ce point. Je l'ai toujours su. J'ai essayé de toutes mes forces de ne pas être jaloux, mais la jalousie est une créature foutrement tenace, le genre fox-terrier qui te chope à la cheville et que tu n'arrives pas à faire lâcher prise. Alors pardon de ne pas avoir été un plus grand homme et de ne pas avoir été capable de passer outre, car son absence dont je suis la cause nous a fait du mal à tous.

S'il n'est pas trop tard et si cela doit vous rendre heureuses, Amy et toi, peut-être que Connor et toi vous vous retrouverez un jour. Dans ce cas, vous avez ma bénédiction. Votre bonheur et celui d'Amy sont les seules choses qui comptent et pour lesquelles je prie.

Je t'aime, je t'aime tant, Julia.

Ed

Amy avait maintenant fini de chanter, et lorsqu'elle revint, Julia l'embrassa et l'installa entre Linda et elle. Elles se tinrent toutes trois la main pendant que le pasteur parlait d'Ed. C'était un homme de haute taille âgé d'environ cinquante-cinq ans aux cheveux blancs et au front creusé de rides qui lui donnaient l'air d'un prophète de l'Ancien Testament. Ed l'avait de temps en temps aidé pour la musique à jouer pendant les offices, et tous deux s'entendaient très bien et avaient même fait quelques randonnées ensemble. Il conclut en disant qu'Ed était l'une des personnes les plus admirables et les plus courageuses qu'il ait eu l'honneur de connaître et qu'il avait apporté lumière et joie dans la vie de tous ceux qu'il avait approchés.

Après quoi, l'un des élèves d'Ed interpréta un morceau qu'Ed avait composé pour lui comme cadeau d'anniversaire. Et puis, ce fut au tour de Julia. Le bruit de ses pas résonnant dans l'église, elle s'avança vers le lutrin dressé devant l'autel et déplia la feuille de papier qui accompagnait la lettre d'Ed.

Le poème s'intitulait « Promenade en toi ». Impossible de savoir si Ed l'avait écrit ou trouvé quelque part pour le recopier. Ce pouvait être son ton et sa sensibilité, mais d'un autre côté, certains passages semblaient suggérer que son auteur n'était pas aveugle. Julia s'était longuement interrogée avant de décider si elle devait le lire, mais Amy avait insisté et elle avait donc accepté d'essayer. Elle leva la tête et s'attarda un instant sur les visages de l'assistance, éclairés par les rayons obliques du soleil. Il régnait un silence total. Elle s'éclaircit la voix et commença :

Si je suis le premier à mourir,
Que le chagrin n'obscurcisse pas ton ciel.
Sois fière mais modérée dans ton deuil.
C'est un changement et non une absence.
Comme la mort fait partie de la vie,
Le mort vit éternellement dans le vivant.
Et toutes les richesses de notre voyage,
Les moments partagés, les mystères explorés,
Les instants de bonheur emmagasinés,
Tout ce qui nous a fait rire, pleurer ou chanter,
La neige illuminée par le soleil ou les premiers bourgeons du printemps,
Le langage muet des regards et des caresses,
Le savoir,
Ce qu'on donne et ce qu'on reçoit,
Ne sont pas des fleurs qui se fanent,
Ni des arbres qui s'abattent et pourrissent,
Ni des pierres,
Même si les pierres ne peuvent résister au vent et à la pluie
Qui avec le temps réduisent en sable les pics puissants des montagnes.
Ce que nous étions, nous le sommes.
Ce que nous avions, nous l'avons.
Un passé conjoint devenu présent impérissable.
Aussi quand tu te promèneras dans les forêts où nous nous promenions
Et que tu chercheras en vain mon ombre sur la berge tachetée,
Ou que tu t'arrêteras sur la colline comme nous le faisions pour regarder le paysage

Et que tu repéreras quelque chose, cherche ma main,
Et ne la trouvant pas, laisse le chagrin s'insinuer en toi,
Ne bouge pas.
Ferme les yeux.
Respire.
Ecoute mes pas dans ton cœur.
Je ne suis pas parti, je me promène en toi.

24

Ils ramassèrent du bois flotté tout le long du rivage qu'ils portèrent ou traînèrent vers le trou qu'ils avaient creusé pour y construire un feu. Les bouts de bois, dépourvus de leur écorce, blanchis par le soleil et le sel, ressemblaient à des ossements, et Connor, se baissant pour prendre ce qu'il croyait être une branche, se retrouva avec un morceau du squelette de quelque énorme créature à moitié enfouie dans le sable. Il demanda à Kocha ce que c'était, et le vieil homme répondit qu'il s'agissait d'une baleine. Il leur arrivait parfois de se perdre et de s'échouer, expliqua-t-il. Ou encore de mourir en mer et d'être rejetées sur la grève. Mais, ajouta-t-il, ce n'était pas à cause de ces ossements-là, mais de ceux des marins naufragés qu'on appelait cet endroit la côte des Squelettes.

Ils préparèrent le feu, mais ne l'allumèrent pas tout de suite. Assis sur le sable avec les hautes dunes qui se dressaient derrière eux, embrasées par le crépuscule, ils regardèrent le soleil, immense et tremblant, s'enfoncer dans la brume saline puis dans l'océan gris ardoise. La lumière à l'horizon faiblissait tandis que, une à une, les étoiles perçaient le ciel bleu indigo. La nuit apporta un vent frais de l'océan et Kocha, cette fois, alluma le feu. Le bois était sec et flamba avec de grandes flammes qui dansaient, crépitaient et projetaient des gerbes d'étincelles. Ils attendirent qu'il y ait assez de braises, puis firent cuire à la broche les poissons que Kocha avait pêchés et qu'ils mangèrent accompagnés du restant de riz.

Connor avait rencontré Kocha il y avait à peine une semaine, mais il lui semblait le connaître depuis bien plus longtemps. Roulant vers le nord dans la voiture qu'il avait louée au Cap, il s'était arrêté acheter de l'eau dans un petit magasin en bordure de route. C'était son premier séjour en Namibie, mais il avait déjà beaucoup entendu parler de la côte des Squelettes et désirait s'y rendre. Pour des raisons qu'il ne s'était pas donné la peine d'approfondir, il tenait à y arriver à pied. Il demanda au propriétaire du magasin s'il pouvait lui indiquer quelqu'un susceptible de lui servir de guide, et l'homme l'invita à revenir le lendemain.

Et le lendemain matin, à l'aube, Kocha l'attendait sur la galerie devant la boutique, équipé d'un petit sac à dos et d'un vieux fusil Lee-Enfield. Il mesurait moins d'un mètre cinquante et était vêtu d'une chemise et d'un short kaki en loques qui pendaient sur son corps maigre de petit échassier. Il avait une masse de cheveux gris, un visage buriné couleur brou de noix et des petits yeux vifs qui disparaissaient presque complètement quand il souriait. Il serra la main de Connor, le considéra un long moment en hochant la tête comme s'il savait et comprenait quelque chose. Pendant que Connor achetait des provisions, le propriétaire du magasin lui expliqua que Kocha était un Bochiman qui, des années auparavant, avait été traqueur pour des chasseurs blancs. Il parlait bien anglais et connaissait le pays mieux que quiconque.

L'homme les conduisit à travers le désert dans son propre camion et les déposa au bord d'une luxuriante vallée qui serpentait en contrebas. Il leur souhaita bonne chance, puis repartit, tandis que Connor et Kocha regardaient le nuage de poussière rouge soulevé par les roues monter à la rencontre du soleil avant de se disperser. Le camion une fois disparu, il régna un silence si profond qu'il semblait irréel.

La fraîcheur de l'aube s'était dissipée, et à mesure que le soleil poursuivait son ascension, l'immense plaine de cailloux rouges qui s'étendait aux quatre coins de l'horizon commençait à onduler sous l'effet des vagues de chaleur. Dans la vallée, cependant, des volutes de brume s'enroulaient encore autour des arbres. Les deux hommes chargèrent leurs sacs sur leurs épaules, et Kocha son fusil avec sa bretelle effrangée, puis ils entreprirent de descendre.

La vallée s'étirait d'est en ouest aussi loin que portait le regard. Kocha lui apprit qu'elle suivait le cours d'une rivière souterraine qui prenait sa source là-haut dans les montagnes mais qui, devenue timide, se cachait ensuite sous une couche de gypse et de graviers recouverts de lichen. De temps en temps, comme pour vérifier qu'elle allait dans la bonne direction, elle apparaissait parmi les arbres et les buissons sur quelques centaines de mètres où elle coulait, claire et fraîche, sûre d'elle-même, sur un lit de roche brune, avant de replonger dans le sable.

Nombre d'animaux peuplaient la vallée de la rivière invisible. Au cours des jours et des nuits qu'ils passèrent là, ils eurent l'occasion d'apercevoir des koudous, des gemsboks, des girafes et des zèbres. Le troisième soir, alors qu'ils établissaient leur campement, Kocha, tendant l'oreille, fit signe à Connor de le suivre en silence. Ils se faufilèrent parmi les arbres et, dissimulés derrière des rochers, sous le vent, ils regardèrent un petit troupeau d'éléphants qui buvaient et s'arrosaient autour d'une mare.

Parfois, assis près du feu après la tombée de la nuit, ils voyaient des hyènes se glisser dans l'ombre, dont les yeux brillaient, pâles et fantomatiques, à la lueur des braises. Un soir, ils entendirent la toux rauque d'un léopard et au matin, ils découvrirent ses traces à moins de vingt mètres de l'endroit où ils s'étaient couchés. Kocha, qui dormait — si toutefois il dormait vraiment — avec son fusil à côté de lui, expliqua qu'il avait vu le fauve et qu'après avoir rencontré son regard, il avait su qu'il ne leur voulait pas de mal.

Le vieil homme savait le nom de toutes les bêtes sauvages, de tous les oiseaux, de tous les insectes et de toutes les plantes, même si, pour certains, il ne connaissait que le nom que les Bochimans leur donnaient. Le langage de son peuple ne ressemblait à rien de ce que Connor avait entendu, composé d'étranges sonorités métalliques qu'il s'efforçait en vain d'imiter, à la grande joie de Kocha. Ce dernier lui apprit comment ces créatures parvenaient à survivre dans la sécheresse et la chaleur impitoyables. Comment le ganga arrosait ses plumes d'eau et parcourait ensuite plusieurs kilomètres pour en distribuer à ses petits, comment cet insecte des sables restait des heures à attendre que la brume se condense sur son dos, puis se mettait à danser pour que les gouttes tombent dans sa bouche. Il lui montra comment un homme pouvait lui aussi survivre en cherchant de l'eau dans les tubercules des plantes et au fond des puits secrets enfouis sous la terre craquelée où l'on buvait à l'aide de longues herbes creuses.

Le soir, autour du feu, Connor lui demandait de raconter les histoires qui circulaient au sein de son peuple. Comment Kaang le Créateur, qui adoptait souvent la forme d'une mante religieuse, avait créé la lune en lançant une vieille chaussure dans le ciel, comment la Voie lactée avait été créée après qu'on avait projeté en l'air les cendres d'un feu pour éclairer le chemin du retour des chasseurs et comment, jadis, les animaux étaient les amis de l'homme dont ils parlaient le langage jusqu'à ce que l'homme les effraie tant avec le feu qu'ils en étaient devenus muets et avaient fui.

Connor avait le sentiment qu'au-delà de tout ce qu'il apprenait ainsi, il y avait quelque chose de plus grand, un dessein plus vaste qu'il ne parvenait pas encore à saisir.

Il voyageait ainsi depuis de nombreux mois. Il s'était enfui de New York au bord de la folie. Il était parti sans avoir établi le moindre plan, poussé par le seul besoin d'échapper à quelque chose qu'il ne pouvait nommer mais qu'il savait être en rapport avec ce que cette Béatrice lui avait dit ce soir-là à la galerie et avec la vision de lui-même qu'elle lui avait révélée au travers de ses photos. Simplement parce que c'était à l'autre bout du monde, il avait pris l'avion pour l'Australie. De là, il avait voyagé vers le nord, puis vers l'ouest, en Asie du Sud-Est et en Inde. Et enfin, après avoir traversé par bateau l'océan Indien, il avait retrouvé ce continent africain vers lequel il semblait toujours revenir.

Il vivait simplement, couchant à la belle étoile chaque fois que possible et se laissant guider par son inspiration du moment, mais toujours vers des endroits qu'il ne connaissait pas. Il ne recherchait ni ne fuyait la compagnie, sauf celle des gens qui proclamaient haut et fort leurs opinions. Et bizarrement, il rencontrait souvent des gens comme Kocha qui, liés de manière ancestrale à la terre où ils vivaient, paraissaient comprendre le temps et l'espace ainsi que la place occupée par l'homme dans l'un et l'autre, comme s'ils étaient doués d'un sixième sens.

En quoi ces rencontres et ce périple l'avaient changé, Connor était incapable de le dire, mais il savait qu'il n'était plus tout à fait le même. On le voyait à son visage. Les rares fois où il se donnait la peine de se raser, l'image que lui renvoyait la glace le faisait sursauter. Il était devenu mince et anguleux, et ses cheveux étaient longs et ébouriffés, décolorés par le soleil. Sa peau bronzée était tirée sur ses pommettes saillantes au-dessus desquelles ses yeux clairs contemplaient son image comme s'il s'agissait de celle d'un inconnu. Il aurait peut-être dû être troublé, mais il ne l'était pas, car cela correspondait à sa transformation intérieure. Il évacuait petit à petit une sorte de besoin organique qui, demeuré des années tapi en lui, l'avait rongé. A sa place, l'espace se dégageait. Et bien que la cicatrice fût encore à vif, il se savait en voie de guérison. Certes, il y avait encore des moments où les horreurs dont il avait été témoin revenaient le hanter, et d'autres où il ressentait la douleur d'avoir perdu ceux qu'il aimait. Mais il savait que ce n'étaient que des nuages qui passaient et que l'enveloppe contenant ce que, à défaut d'un autre mot, il ne pouvait qu'appeler son âme, était maintenant saine.

En quittant New York, il avait emporté un sac avec un peu de matériel photo, mais malgré tout ce qu'il avait vu d'extraordinaire, il ne l'avait que rarement ouvert. Comme n'importe quel touriste, il avait pris quelques photos de paysages et de temples, mais pas un seul visage humain.

Ce que Kocha percevait de ce voyage intérieur qu'il accomplissait, Connor l'ignorait. Ils vivaient au jour le jour et n'évoquaient pratiquement jamais le passé ni leurs vies personnelles. Kocha lui avait juste parlé d'une épouse, morte depuis longtemps, et de leurs nombreux enfants qui habitaient quelque part au loin,

Connor lui avait montré les photos plastifiées de Julia et d'Amy, mais sans entrer dans des détails que Kocha n'avait d'ailleurs pas réclamés. Pourtant, il soupçonnait que le vieil homme connaissait beaucoup de vérités sans qu'on eût besoin de les lui dire.

Deux jours plus tôt, il l'avait réveillé avant l'aurore pour le conduire hors de la vallée. Il ne fournit aucune explication et Connor n'en demanda pas. Dans la lumière froide de l'aube naissante, ils traversèrent la plaine de cailloux en direction d'une haute tour déchiquetée qui dominait le désert, pareille à quelque ancienne citadelle. Il leur fallut une heure pour l'atteindre, et lorsqu'ils arrivèrent, le soleil embrasait déjà ses flancs. Debout à son pied, le regard levé vers deux aigles noirs qui montaient en flèche au-dessus des créneaux, Connor devina qu'un secret allait lui être révélé.

Ils grimpèrent longtemps le long d'un sentier tortueux, franchissant de nombreuses ravines, dérangeant des lézards qui, réfugiés dans l'ombre, les observaient de leurs yeux ronds qui ne cillaient pas. Ils escaladèrent un dernier couloir à pic, et la montagne s'ouvrit soudain devant eux comme une fleur. Ils se trouvaient dans une salle circulaire dont une partie était dans l'ombre et l'autre illuminée ainsi que du fer en fusion par les rayons obliques du soleil.

Les parois de roc faisaient environ trois mètres de haut et le sol était jonché de pierres. Connor pensait qu'il devait s'agir d'une ancienne salle souterraine dont le toit s'était effondré. Dans l'air chaud et immobile, il n'entendait que le bruit de sa respiration pénible. Kocha désigna les murs et Connor ne comprit pas tout de suite pourquoi. Se protégeant les yeux de l'éclat du soleil, il s'approcha.

Les parois étaient couvertes de peintures en noir, rouge et blanc. Il y avait des animaux de toutes sortes, éléphants, girafes et zèbres poursuivis par des lions, des guépards et des léopards, ainsi que par des hommes armés de lances, d'arcs et de flèches. Et au milieu, on voyait des dessins et des symboles, certains à l'évidence inspirés par les traces des différents animaux, d'autres plus difficiles à déchiffrer. Connor demanda à Kocha ce que ces derniers signifiaient. Le vieil homme sourit et expliqua que c'étaient d'anciennes cartes du désert, datant de plusieurs siècles, et qu'elles décrivaient des endroits où l'on trouvait certains animaux et certaines plantes, de même que les fleuves, les points d'eau et autres repères géographiques, dont un grand nombre depuis longtemps engloutis par les sables.

Connor fit le tour de la salle, de plus en plus émerveillé. Le soleil projetait son ombre mouvante sur les parois peintes qui se révélaient à lui comme si un rideau se levait au fur et à mesure. Et puis, à la limite entre la lumière et l'ombre, il aperçut une image devant laquelle il se figea, le cœur battant. Un long frisson le parcourut.

Le dessin représentait un incendie. On distinguait un bosquet d'arbres et de broussailles en feu et, juste devant, comme s'il venait d'en émerger, un animal à cornes. C'était sans nul doute censé figurer une espèce de grande antilope, un gemsbok peut-être, ou encore un koudou, mais cela aurait pu tout aussi bien être un orignal, car ses cornes et son poil étaient en flammes.

Connor contemplait le dessin, incrédule. Il voulait interroger Kocha, mais il avait la gorge si serrée qu'il n'arrivait pas à parler.

« Vous savez ce que c'est ? » finit-il par demander au bout d'un moment.

Le vieil homme répondit dans sa propre langue, un seul mot à la sonorité métallique que, cette fois, Connor ne tenta pas de répéter. Kocha poursuivit :

« On pourrait l'appeler l'Esprit de la Flamme.
— C'est un esprit bienfaisant ou malfaisant ?
— Il n'est ni l'un ni l'autre. Comme le feu lui-même. Il y a une légende à ce sujet que je vous raconterai. Mais maintenant, il va faire chaud et il faut regagner la fraîcheur de la vallée. »

Kocha ne lui raconta pas l'histoire ce soir-là comme Connor l'avait espéré. Ni le soir suivant. Il se demandait si le vieil homme n'avait pas oublié, mais il préféra ne pas le lui rappeler, car au fond de lui, il craignait qu'il ne s'agisse d'une histoire qu'il regretterait ensuite d'avoir entendue.

A présent, ils étaient arrivés à l'océan et le voyage s'achevait. La lune-chaussure créée par une mante religieuse se découpait dans la nuit fraîche emplie du fracas régulier des vagues. Kocha se pencha soudain en avant et, ses yeux noirs brillant à la lueur du feu, il commença :

— Il y a longtemps, après avoir créé le monde et toutes les créatures qui y vivaient, Kaang a fait à l'homme le don du feu, mais les hommes, devenus cupides et désobéissants, se sont battus entre eux. Aussi, pour les punir, Kaang a décidé de reprendre le feu, et il a envoyé l'Esprit de la Flamme sous forme d'un grand koudou rassembler tous les feux dans ses cornes pour les lui rapporter.

« Tchue, un grand chasseur et chef de son peuple, a vu Koudou accomplir sa mission et lui a décoché une flèche en plein cœur. Kaang était très en colère et il a exigé que Tchue se rachète en donnant son propre cœur à Koudou. “Mais comment vais-je vivre sans cœur ?” a demandé Tchue. Kaang a ramassé une pierre par terre et répondu : “Ce sera ton cœur.” Tchue a donc donné son cœur, mis la pierre à la place, puis est revenu auprès de son peuple.

« Mais comme la pierre était très lourde, il ne pouvait plus chasser et nourrir son peuple qui s'est alors retourné contre lui et l'a banni. Pendant de nombreuses années, il a erré seul, ne mangeant que des mouches et ce que laissaient les corbeaux et les chacals. Un jour, Kaang l'a vu qui buvait l'eau d'une rivière et, toujours furieux contre lui, lui a lancé un éclair. La brousse tout autour de lui s'est enflammée, et l'unique voie de salut était la rivière. Le courant était rapide et dangereux, et il y avait bien quelques pierres de gué, mais la plus proche avait été emportée. Tchue s'est dit qu'en y mettant toutes ses forces il devrait arriver à sauter assez loin pour atteindre la suivante.

« Au moment où il allait prendre son élan, il a entendu un horrible gémissement. Baissant les yeux, il a vu une mante religieuse qui se tenait au bord de l'eau. "Aide-moi ! aide-moi ! criait-elle. Sinon je vais me noyer ou périr dans les flammes !" Tchue lui a proposé de la porter, mais il l'a avertie qu'avec ce supplément de poids, aussi léger soit-il, il risquait de ne pas atteindre la pierre. "Alors, trouves-en une autre, espèce d'idiot !" lui a répliqué l'ingrate mante religieuse (qui, bien sûr, était en réalité Kaang).

« Tchue a regardé autour de lui, mais il n'y avait pas la moindre pierre en vue et le feu était maintenant tout proche. Il s'est souvenu alors de la pierre qui lui tenait lieu de cœur. Il l'a arrachée de sa poitrine et l'a jetée dans la rivière pour faire la première pierre de gué. Sans même un remerciement, la mante a sauté dessus et a détalé sur les autres pierres jusqu'à la berge opposée avant de disparaître dans la brousse.

« Tchue a voulu l'imiter, mais comme il n'avait plus de cœur, il n'a même pas eu la force d'atteindre la première pierre, à savoir son propre cœur. Il est tombé à genoux, prêt à mourir dans les flammes. Soudain, il a entendu un bruit derrière lui, au milieu des broussailles en feu. Il a tourné la tête et vu l'Esprit de la Flamme, avec ses cornes embrasées, qui se dressait au-dessus de lui. Il avait été envoyé par Kaang. Il a soulevé Tchue, l'a installé sur son dos et lui a fait traverser ainsi la rivière pour le sauver.

« Et comme Tchue avait montré tant de courage et de générosité, Kaang lui a pardonné. Il a cassé un bout de la corne en feu de Koudou et l'a mis dans la poitrine de Tchue pour remplacer son cœur. Tchue est ensuite retourné vers son peuple qui l'a accueilli en héros. Et, avec la bénédiction de Kaang, il a rallumé les feux avec son cœur.

« C'est pour cela que les koudous ont les cornes tordues par la chaleur et des marques de feu sur les flancs. »

Kocha s'interrompit et, un sourire aux lèvres, regarda Connor droit dans les yeux.

« Mais vous connaissiez peut-être cette histoire », dit-il.

Connor secoua la tête.

« Pas jusqu'à aujourd'hui. Merci beaucoup. »

Ils demeurèrent un long moment à fixer les braises en silence. Avant de se coucher, ils rajoutèrent dans le feu le reste du bois flotté. Le vent était tombé et les flammes s'élevèrent hautes et claires dans la nuit. Les deux hommes se reculèrent et attendirent. Alors que le feu commençait à brûler régulièrement, Kocha effleura le coude de Connor avec un petit geste du menton. Connor se retourna et regarda dans la direction indiquée. Il lui fallut un moment pour s'accoutumer à l'obscurité. Et puis il le vit. A une trentaine de mètres au bord du rivage, derrière la coque de bateau renversée éclairée par la lune que formait le squelette de la baleine, se tenait un lion.

C'était un vieux mâle, car même à la faible lueur de la lune et du feu, Connor se rendait compte que sa crinière et sa fourrure n'étaient plus de la prime jeunesse. Mais son allure compensait largement son poil miteux et, fouaillant de la queue, il les examinait avec un dédain royal. Tout trois restèrent ainsi figés pendant ce qui parut une éternité, car le temps semblait comme suspendu. Après quoi, sur un dernier coup de queue, le lion se retourna et, d'une démarche majestueuse, s'éloigna le long du rivage vers les dunes.

Arrivé à la lisière des ténèbres, il s'arrêta et tourna la tête pour leur jeter un ultime regard avant de disparaître.

25

Julia enfila les gants de cuir, abaissa la visière de son casque, puis empoigna la tronçonneuse.

« A toi, ma vieille. Tends bien la corde, okay ? »

Amy acquiesça. Elle se tenait à trois ou quatre mètres de sa mère et serrait dans son poing l'extrémité de la corde attachée au poteau que Julia s'apprêtait à scier. Elle tira dessus et eut un large sourire.

« Pourquoi tu souris comme ça ? demanda Julia.

— A cause de toi. Tu as l'air tellement drôle.

— Je croyais avoir l'air d'une vraie pro.

— Tu as surtout l'air d'avoir chaud. Tu es toute sale et tu transpires.

— Eh bien, merci beaucoup, mademoiselle. Bon, on y va, maintenant ? »

Amy tendit la corde, et la tronçonneuse toussa avant de démarrer dans un gémissement aigu. En cet après-midi d'août, il régnait une chaleur torride, et Julia était effectivement en nage. Ce travail qu'elle avait pensé régler en deux ou trois heures lui avait déjà demandé presque toute la journée. Elles avaient entrepris d'enlever les poteaux entre lesquels on avait mis la corde qui permettait à Ed de descendre jusqu'à la rivière. Ils étaient si bien coulés dans le ciment qu'il aurait fallu creuser un grand trou pour les arracher, aussi Amy avait suggéré de les couper au ras du sol, mais Julia voulait à tout prix les déterrer, car elle craignait qu'on bute sur ce qui ne manquerait pas de dépasser.

Elles avaient commencé au bord de la rivière et remontaient vers la maison, affinant leur technique au fur et à mesure. Le poteau que Julia allait scier était le dernier, et l'aspect symbolique de l'opération n'échappait à aucune des deux.

Les gens ont toujours un avis à donner sur la conduite à tenir à la suite de la mort d'un être aimé. Il y a des tas de livres traitant de l'importance du deuil et de la nécessité d'exprimer son chagrin, sa colère ou son sentiment de culpabilité. Mais ce furent les petites choses, les détails insignifiants qui perturbèrent le plus Julia. Quand fallait-il enlever les affaires d'Ed suspendues au portemanteau près de la porte ? Et puis ses bottes encore pleines de boue et sa canne posées dans un coin ? Et devait-elle en parler avec Amy ou bien le faire si discrètement qu'elles auraient pu toutes deux feindre de n'avoir rien remarqué ? Peut-être que seul le temps permettait d'en juger.

Les six premiers mois, elles s'occupèrent surtout de survivre. Une fois passé le choc provoqué par la mort d'Ed, Julia se sentit bizarrement détachée de tout et de tous, sauf d'Amy. Elles s'accrochèrent l'une à l'autre comme deux oisillons abandonnés dans un nid, et chaque fois que Julia dressait la tête pour jeter un regard sur le monde, elle le percevait au travers d'un brouillard glacé. Bien entendu, elle avait toujours su que la vie d'Ed tenait par des fils plus ténus que la plupart et qu'avec son diabète, il n'était pas à l'abri d'un pépin pouvant entraîner des conséquences fatales, mais elle se rendait maintenant compte qu'elle avait toujours considéré cela comme une probabilité lointaine, presque théorique, aussi peu vraisemblable que la découverte d'une vie extraterrestre. Peut-être avait-elle agi ainsi pour se protéger et pour protéger Amy. Ou peut-être était-ce parce que l'appétit de vivre d'Ed, son dynamisme et son optimisme étaient si grands qu'ils masquaient la réalité. Comment, en effet, imaginer qu'un homme aussi plein de vie pourrait disparaître aussi brutalement ?

Au cours de ces longues et mornes semaines, il ne lui vint même pas à l'idée de se débarrasser de ses affaires. C'était idiot, elle le savait, mais elle ne parvenait pas à s'empêcher de penser qu'un jour il pourrait revenir comme s'il n'était rien arrivé, qu'en rentrant un après-midi, elle le trouverait à son piano et que, un grand sourire aux lèvres, il lui demanderait en improvisant une chanson, ainsi qu'il le faisait parfois, comment s'était passée sa journée. De toute façon, envisager de seulement toucher à ses affaires lui paraissait sacrilège.

Ses vêtements restèrent donc dans les placards, son nécessaire de rasage dans l'armoire de toilette, ses partitions empilées sur le piano dont Amy ne jouait pratiquement plus. Julia comprenait pourquoi et ne la poussait pas, dans l'espoir qu'elle reprendrait un jour d'elle-même. En attendant, le piano se dressait au milieu de la pièce comme un mausolée et accumulait la poussière des souvenirs sur son couvercle fermé. A mesure que les mois s'écoulaient, l'écho de son silence devenait de plus en plus assourdissant.

Le soir de la mort d'Ed, Amy avait couché dans le lit de Julia et avait continué depuis. Julia, bien sûr, se demandait si c'était bien, si cela ne risquait pas de rendre la fillette trop dépendante d'elle. De fait, toutes deux étaient ravies de dormir ensemble, d'avoir quelqu'un à serrer dans ses bras au milieu d'une nuit froide quand elles se sentaient seules et tristes. Les week-ends, elles prenaient le petit déjeuner au lit et traînaient parfois ainsi jusqu'au milieu de la matinée à lire et à bavarder. Et c'est lors d'une de ces matinées que Julia avança l'idée d'enlever le garde-fou de corde. C'était un boulot de rien du tout, ajouta-t-elle, et ça leur ménagerait un peu plus d'espace, pour jouer au frisbee ou autres jeux de ballon.

« Il faudra demander à un homme de le faire ?

— Un *homme ?* Tu plaisantes ! Ce n'est pas un travail d'homme. Toi et moi, ma vieille. Nous les filles, on va s'en charger. »

Amy sourit. « Super.

— Ça ne te gêne pas que ç'ait été, tu sais bien, pour papa ?

— Et toi ?

— Non.

— Moi non plus. Il aurait dit lui-même qu'il fallait le faire. »

Et six heures plus tard, la tronçonneuse attaquait le dernier poteau.

« Okay ! cria Julia. Prépare-toi. Le voilà !

— Attention ! »

Le poteau bascula lentement, et quand il atterrit sur l'herbe avec un choc sourd, toutes deux applaudirent. Julia arrêta la tronçonneuse, et dans le silence revenu, on entendit le téléphone sonner.

« Chérie, tu vas répondre ? »

Amy se précipita sur la terrasse et pénétra en trombe dans la maison pendant que Julia se débarrassait de son casque et, saisissant la bêche, commençait à creuser autour du pied du poteau afin de le desceller.

« Maman, c'est pour toi. »

A la voix de sa fille, Julia devina qu'il ne s'agissait pas d'un coup de téléphone ordinaire. Elle enleva ses gants et grimpa sur la terrasse.

« Qui est-ce ?

— Il a dit qu'il était ton père, je crois.

— Eh bien, ça, c'est la dernière ! »

Elle fit une grimace comique, ébouriffa au passage les cheveux d'Amy et s'avança dans la maison en s'efforçant de paraître calme, alors qu'en réalité, son cœur battait la chamade. Elle n'avait pas eu de nouvelles de lui depuis cinq ans et il y en avait bien quinze qu'elle ne l'avait pas vu. Ils l'avaient invité au mariage et il avait répondu en invoquant quelque piètre excuse pour ne pas venir. Il n'avait jamais vu Ed ni Amy, son unique petite-fille. Le temps d'arriver au téléphone, elle bouillait de rage.

« Allô ?

— Julia ?

— Oui. Qui est à l'appareil ? » C'était méchant, mais elle n'avait pu résister.

« Ton père.

— Ah ? Bonjour.

— Bonjour. Comment vas-tu ? »

Julia éclata de rire. « Eh bien, je... je vais très bien, merci. Et toi ?

— Ça va. C'était Amy, j'imagine ? »

Il imagine ! Naturellement, il ne pouvait rien faire d'autre puisqu'il ne l'avait jamais vue !

« Oui, c'était ta petite-fille. »

Il y eut un silence. Julia n'allait pas lui faciliter les choses en le remplissant.

« Ecoute, reprit-il enfin. J'appelle de Seattle.

— Je suis ravie de l'apprendre.

— C'est-à-dire que je suis là pour deux jours, pour affaires, et je... je me demandais si je ne pourrais pas sauter dans un avion et venir vous rendre visite. »

Elle en demeura muette de stupéfaction. Elle regarda autour d'elle. Amy se tenait sur le pas de la porte et écoutait.

« Bien sûr, poursuivit son père, si ça te dérange ou que tu n'y tiennes pas, je comprendrai parfaitement.

— Non. Enfin, tu... tu... ça fait si longtemps !

— Je sais. Pardonne-moi. »

Un nouveau silence s'installa pendant lequel Julia s'efforça d'analyser le tourbillon d'émotions contradictoires qu'il avait déclenché en elle.

« Bon, reprit-il. Je sais ce que tu dois ressentir...

— S'il te plaît, ne sois pas présomptueux. Tu ne sais rien de ce que je pense, le coupa-t-elle sèchement.

— Excuse-moi. Je ne voulais pas dire ça. Ce n'était peut-être pas une bonne idée de t'appeler.

— Tu aurais peut-être pu te poser la question plus tôt !

— Oui, je sais.

— Est-ce que tu te rends compte ! »

Elle s'apprêtait à lui demander pour qui il se prenait, appeler comme ça après tant d'années et se figurer qu'il pouvait débarquer dans leur existence quand ça lui chantait ! Seulement, elle se tourna de nouveau vers Amy et constata combien l'enfant paraissait inquiète et troublée après avoir entendu une partie de cette conversation. Elle tendit le bras et Amy vint se blottir contre elle. Julia prit une profonde inspiration puis, d'une voix calme, elle dit dans l'appareil :

« Nous t'attendons.

— Tu es sûre ?

— Oui. Viens nous voir. Ça nous fera plaisir. »

Il arriva le lendemain soir.

Ses cheveux étaient tout blancs, et il était plus petit et plus mince que dans le souvenir de Julia. Elle avait calculé qu'il devait approcher de la soixantaine et il avait encore belle allure. Elle se rappelait surtout son sourire contraint et ses yeux bleus un peu mélancoliques. Il la reconnut dès qu'il franchit la porte des arrivées et se dirigea droit vers elle et Amy serrée contre elle.

Sur le trajet de l'aéroport et pendant qu'elles attendaient, Julia s'était répété à plusieurs reprises qu'il ne fallait pas qu'elle pleure, et comme il s'avançait vers elle, elle constata qu'il luttait pour refouler ses larmes. Il avait sans doute pris la même résolution qu'elle et avait du mal à la tenir. Il l'étreignit longuement sans prononcer un mot, et tous deux réussirent à ne pas pleurer.

Elle le présenta à Amy qui, se tortillant sur place, le gratifia d'un sourire timide. Il était évident qu'il ne savait pas s'il devait ou non l'embrasser, aussi il prit sa main entre les deux siennes et Amy, dont la capacité à analyser et résoudre ce genre de problème ne manquait jamais de stupéfier Julia, se dressa sur la pointe des pieds et lui déposa un baiser sur la joue.

Sur le chemin de la maison, tourné dans son siège, il parla surtout à Amy assise à l'arrière. Il lui raconta son voyage, son récent séjour à Vancouver où il avait vu une baleine blanche dans un zoo marin. Il l'interrogea sur son école et elle répondit qu'elle avait commencé à apprendre à monter à cheval et à galoper, après quoi, elle lui décrivit tous les chevaux de l'écurie. Lorsqu'ils arrivèrent, ils étaient déjà de vieux amis, et pendant que Julia préparait le dîner, Amy lui fit visiter la maison, puis l'emmena au bord de la rivière.

Julia les regarda de la terrasse où elle mettait la table. Amy, tenant la main de son grand-père, n'arrêtait pas de jacasser, tandis que celui-ci, en chemise de jean délavée, penché vers elle, buvait ses paroles. A ce spectacle, Julia se revit à l'âge d'Amy qui se promenait avec lui dans le parc, en sécurité, fière de son père et fière d'elle-même parce qu'il la traitait comme une adulte et non comme une enfant ignorante.

Les bases en ciment des poteaux étaient toujours là, et Julia entendit Amy expliquer à son grand-père qu'elles étaient trop lourdes pour être déplacées et que maman avait bien été forcée d'admettre qu'elles avaient « besoin d'un homme » pour les enlever. L'appel du pied, bien que non intentionnel, était clair, et le père de Julia déclara qu'il s'en occuperait demain matin.

Alors que, installés autour de la table sur la terrasse, ils mangeaient leurs steaks à la lueur des bougies, Julia songea que c'était la première fois qu'elle faisait à manger à son père et, bizarrement, elle eut l'impression d'être à la fois sa mère et sa fille.

A l'heure du coucher, Amy lui demanda de venir lui lire une histoire. Julia, entre-temps, débarrassa la table. Et lorsqu'elle monta à son tour, son père venait de finir et souhaitait bonne nuit à sa petite-fille.

« Il est très gentil, murmura Amy après son départ.

— Oui. Et toi aussi, tu es très gentille. »

Lorsqu'elle redescendit, il avait repris sa place à table et fumait une cigarette.

« J'espère que ça ne te dérange pas, dit-il.

— Non, à condition que tu m'en donnes une. »

Il lui tendit une cigarette et lui présenta la flamme de son briquet.

« C'est une gamine sensationnelle, dit-il.

— N'est-ce pas ? »

Ils demeurèrent un moment sans rien dire. Il finit par briser le silence :

« Julia, j'ai tant à me faire pardonner que je ne sais par où commencer.

— Pourquoi ne pas en rester là ? Tu sais, après toutes ces années, je suis un peu perdue, moi aussi. »

Il baissa les yeux et fixa longuement la table. Julia trouva infect le goût du tabac et écrasa sa cigarette.

« L'année dernière, j'ai eu un cancer, dit-il alors. Un cancer de la peau, un mélanome malin. »

Oh, mon Dieu, pria-t-elle. Je vous en supplie. Pas une nouvelle mort. Il dut lire dans ses pensées car, éteignant à son tour sa cigarette, il s'empressa d'ajouter :

« Non, non, tout va bien. Il a été pris au début. En fait, c'est Claudia, ma femme...

— Je sais qui c'est, papa.

— Bien sûr. En tout cas, c'est elle qui s'en est aperçue. On me l'a enlevé et je me porte très bien. Parfaitement bien. Mais, tu vois, ça fait réfléchir. Aux choses importantes. Et pour nous deux, j'ai réalisé à quel point j'avais été idiot de laisser les choses aller si loin. De laisser passer tout ce temps. Parce que, plus il passe, plus il est difficile à rattraper. Bon Dieu ! je ne m'exprime pas bien, mais... »

Julia posa sa main sur la sienne.

« Je comprends, mais ce n'est pas grave...

— Si, Julia, c'est grave. Bon sang ! je n'ai jamais rencontré ton mari. Je n'ai jamais été présent quand tu as traversé des périodes difficiles. Je ne peux même pas prétendre ne pas avoir été au courant, parce que ta mère me racontait tout. Elle m'a dit quel type formidable était Ed et elle m'a supplié de venir à votre mariage et au baptême d'Amy, et même à... à l'enterrement d'Ed. Mais j'avais laissé les choses aller si loin que j'étais trop... je ne sais pas... que j'avais trop honte peut-être, oui, trop honte pour oser reprendre contact. Que Dieu me pardonne. Je suis tellement désolé et je me sens tellement bête. Je te vois là, si belle, si intelligente, et Amy aussi... Mon Dieu, je te demande pardon. »

Il tourna la tête et essuya furtivement un pleur. Julia se leva, s'agenouilla à côté de sa chaise et jeta les bras autour de lui. Ainsi enlacés, blottis dans les bras l'un de l'autre, ils pleurèrent à chaudes larmes.

« Je voudrais tant pouvoir repartir de zéro », murmura-t-il au bout d'un instant.

Le lendemain, il les aida à enlever les blocs de ciment, puis à combler les trous et à scier les poteaux pour en faire du bois à brûler qu'ils empilèrent dans la grange. Il reprenait l'avion pour Seattle dans l'après-midi et de là, pour l'Europe. Julia et lui eurent encore quelques moments à eux avant son départ. Amy avait insisté pour leur préparer des sandwiches, et pendant qu'elle s'activait dans la cuisine, Julia et son père buvaient du thé glacé sur la terrasse.

« Tu as une superbe maison, dit-il. Tu envisages de rester ?

— Je ne sais pas.

— Tu devrais peut-être voyager un peu. Ça te changerait les idées.

— Oui, peut-être.

— Vous pourriez venir nous voir. Visiter l'Europe. »

Amy arriva avec les sandwiches.

« Moi, je veux faire le tour du monde », dit-elle.

Elles le conduisirent à l'aéroport. Il leur fit promettre de réfléchir à sa proposition de venir les voir, Claudia et lui, en Allemagne. C'était très gentil de sa part, mais Julia savait que cela ne se ferait jamais, et elle soupçonnait son père de le savoir également.

Ces brèves retrouvailles affectèrent profondément Julia. Elle avait l'impression d'avoir bouclé la boucle. Et d'une certaine manière, elle se sentait mystérieusement libérée, consciente qu'il était temps d'aller de l'avant. Une semaine plus tard, elle rassembla les vêtements et les chaussures d'Ed pour les donner à une organisation caritative. Elle enleva ses affaires de l'armoire de toilette et mit les partitions dans des coffrets afin de les ranger sur les étagères. Et enfin, elle fit cadeau de son équipement informatique spécial à l'antenne locale de l'Association des aveugles.

L'école recommença pour la mère comme pour la fille, et Julia s'efforça de trouver un regain d'intérêt à son travail, mais en vain. Pendant la classe, elle se surprenait à regarder par la fenêtre et à être obligée de demander à un élève de répéter sa question que, plongée dans sa rêverie, elle n'avait pas entendu. La perspective d'un nouvel hiver glacial et d'une nouvelle année d'enseignement avec toute sa routine la déprimait.

Elle adorait le Montana, et si Ed avait été encore là, elle aurait été heureuse d'y rester. Mais à la vérité, c'était surtout Ed qui s'y sentait chez lui. Elle ne se voyait pas passer sa vie ici. Bien sûr, il y avait aussi Amy qui n'avait connu que cet environnement, mais elle était suffisamment jeune, intelligente et stable pour s'adapter n'importe où. A mesure que l'automne approchait et que les jours raccourcissaient, Julia devenait de plus en plus nerveuse et de plus en plus convaincue qu'il était temps de prendre un nouveau départ.

Dans sa frénésie de rangement et de ménage, elle avait retrouvé de grandes boîtes de photos que, depuis des années, elle se promettait de trier et de coller dans des albums. C'était tout à fait le genre de tâche qui convenait à un triste week-end d'automne, et Amy se montra tout excitée à cette idée. Elles allèrent à Missoula acheter six jolis albums, rentrèrent à la maison allumer un feu dans la cheminée et s'assirent par terre devant, les photos éparpillées autour d'elles.

Julia ne se souvenait pas qu'il y en avait autant de vieilles. Certaines remontaient même à avant sa rencontre avec Ed. Amy en découvrit plusieurs qui représentaient Julia et Linda déguisées en filles des rues pour une soirée costumée à Boston, et elle rit tellement que Julia crut qu'elle allait s'étouffer. Elle fit semblant de s'indigner.

« Je ne vois pas ce qu'il y a de si drôle. C'est comme ça qu'on s'habillait à l'époque. »

L'une des boîtes contenait des photos que Julia avait prises pour ses tableaux, et parmi elles, il y avait celles qu'elle avait ramenées de son voyage au Kenya l'été juste avant de connaître Ed. Amy était fascinée. Elles avaient déjà parlé de ses aventures africaines, mais la fillette voulait maintenant savoir l'histoire de chaque photo ainsi que tout ce que sa mère avait vu et fait au cours de son séjour là-bas. L'une d'elles montrait un lion paressant dans un arbre.

« Tu t'es approchée tant que ça ?

— Oui. Mais on était dans un camion, en sécurité, tu sais. De toute façon, ils mangent tellement de touristes qu'ils finissent par s'en dégoûter.

— On pourra aller un jour en Afrique ?

— Je ne vois pas ce qui nous en empêcherait. Un jour, oui. »

Peu de temps après, en triant de vieux magazines, Julia tomba sur celui où était paru l'article de Connor à propos de Sainte-Marie des Anges, le centre de réadaptation pour les enfants soldats d'Ouganda. Elle le mit de côté et le soir au lit, pendant qu'Amy dormait, blottie contre elle, elle le relut en veillant à tourner les pages sans faire de bruit. Elle contempla longuement la photo de Thomas, le garçon de dix ans traumatisé par ce qui lui était arrivé au point qu'il en avait perdu l'usage de la parole.

La première fois qu'elle l'avait vue, quelques mois avant la mort d'Ed, elle avait pleuré. Là, elle réussit à contenir ses larmes. Dans son article, Connor expliquait que le centre était principalement financé par une organisation humanitaire basée à Genève, mais que ses ressources restaient très insuffisantes et qu'on avait besoin en permanence « d'aide financière et matérielle ».

Julia interrompit sa lecture et songea d'abord qu'elle pourrait peut-être organiser une collecte de fonds à l'école, demander à ses élèves d'écrire aux enfants de Sainte-Marie et éventuellement créer une sorte de parrainage. Puis, poursuivant sa lecture, elle lut que la directrice du centre, sœur Emily, avait déclaré qu'elle manquait tout le temps de « personnel qualifié ». Julia sursauta.

C'était exactement son domaine. Elle repensa au désir qu'avait exprimé Amy d'aller en Afrique. Elle posa le magazine, éteignit la lumière, mais ne parvint pas à éteindre la petite flamme qui s'était allumée dans sa tête. Elle resta éveillée presque toute la nuit à y réfléchir.

Durant des jours, elle n'en parla à personne. C'était une idée absurde. Comment pourrait-elle les déraciner ainsi, obliger Amy à quitter l'école pour se balader en Afrique ? Sans oublier tous les dangers, les maladies. Non, c'était hors de question.

Pourtant, elle n'arrivait pas à se débarrasser du sentiment qu'il fallait le faire. Quelle expérience extraordinaire ce serait pour une enfant, voir un autre continent, connaître une nouvelle culture, rencontrer de nouvelles gens. Quelle belle aventure ce serait pour elles deux. Et puis, il ne s'agirait que de quelques mois, un an tout au plus. Un peu comme de longues vacances studieuses, comme à l'époque où elle travaillait pour JEUNE. Elle n'aurait même pas à démissionner de son poste à l'école ; Mrs. Leitner lui accorderait un congé sabbatique, elle en avait la certitude. Elles loueraient la maison, ce qui leur payerait le voyage. Et elles rentreraient, toutes deux enrichies du souvenir de leur séjour africain.

A force de tourner et retourner tout cela dans sa tête, Julia finit par transformer ce qui n'avait été au départ qu'une idée fantasque en affaire sérieuse susceptible de profiter à tout le monde, et qui n'était plus seulement possible, mais nécessaire.

Elle se rongea les sangs en se demandant comment aborder le sujet avec Amy, hésitant même à en parler avant d'avoir davantage approfondi la question. Après mûre réflexion, elle décida de ne plus tergiverser. Un soir qu'elles dînaient à la table de la cuisine autour du plat préféré d'Amy, des spaghettis à la sauce pesto, elle demanda :

« Tu te rappelles, tu as dit une fois que tu aimerais aller en Afrique ?

— Ouais.

— Tu le pensais vraiment ?

— Oui, bien sûr. Pourquoi ?

— Eh bien, j'y ai réfléchi. On devrait peut-être y aller.

— En vacances, tu veux dire ?

— Oui, oui, on prendrait des vacances. On pourrait faire un safari, voir les animaux.

— Hé, m'man ! tu parles sérieusement ? Waouh !

— Et je me disais aussi que je pourrais peut-être travailler un peu là-bas.

— On... on habiterait en Afrique ?

— Peut-être. Mais juste pour quelque temps.

— C'est-à-dire ?

— Je ne sais pas, quelques mois.

— Où ça ? »

Julia avait posé le magazine sur la table, et elle le poussa vers sa fille. Amy y jeta un coup d'œil, puis retourna à ses spaghettis.

« Je l'ai déjà vu, dit-elle. C'est là que tu travaillerais ?

— Si on veut de moi, oui. Tu as lu l'article ?

— Bien sûr. Je lis tout ce que Connor écrit. C'est là qu'il habite ? »

Julia éclata de rire. « Oh ! non ! Je crois qu'il n'a fait qu'y passer. Je ne sais même pas où il est en ce moment. D'où était la dernière carte postale que tu as reçue de lui ? »

Amy fronça les sourcils et réfléchit un instant, plissant son petit nez. « De... d'Inde, je crois. L'Ouganda, c'est comme le Kenya ?

— C'est juste à côté. Il paraît que c'est encore plus beau. On l'appelle la Perle de l'Afrique.

— La Perle de l'Afrique ?

— Oui. Alors, qu'est-ce que tu en penses ?

— De quoi ?

— De l'idée que toi et moi, on aille aider ces enfants en Ouganda ?

— Moi aussi, j'aiderais ?

— Tu sais, je suis persuadée qu'il y a un tas de choses à faire. »

Amy haussa les épaules. « Super.

— Tu veux dire que ça te plairait ?

— Ouais. Je peux avoir encore des spaghettis ? »

Julia chercha le numéro de téléphone de l'ONG genevoise et l'appela. Une femme efficace à l'accent français répondit que oui, ils avaient besoin, et même désespérément besoin, de personnel qualifié à Sainte-Marie. Elle informa Julia que l'organisation avait un bureau à New York dont elle lui communiqua les coordonnées.

Julia téléphona à Linda pour connaître sa réaction, s'attendant plus ou moins à être traitée de folle. De fait, Linda posa quelques questions, réfléchit à peine une demi-seconde, puis s'écria : « Vas-y, fonce, ma vieille. » Et pourquoi ne pas venir à New York avec Amy pour Thanksgiving ? suggéra-t-elle. Julia pourrait en profiter pour se rendre au bureau de l'ONG et voir comment les choses se présentaient.

Ce que Julia oubliait de dire, c'est qu'elle n'avait soufflé mot de ce projet à sa mère qui, depuis qu'elle savait que son ex-mari lui avait rendu visite, lui battait un peu froid. Quand elle l'appela pour lui annoncer qu'elle venait à New York, au lieu d'être contente, sa mère se vexa tout de suite en apprenant qu'elles habiteraient chez Linda dans Greenwich Village et non chez elle à Brooklyn. Julia essaya de lui expliquer que c'était le premier voyage à New York d'Amy depuis qu'elle était bébé, et qu'elles préféraient être à Manhattan, au cœur de la ville, pour jouer les touristes — l'Empire State Building, la statue de la Liberté, le patin à glace sur Rockefeller Plaza, et cetera.

« Tu sais, ajouta-t-elle imprudemment, tout ce que je n'ai pas fait quand j'étais petite.

— Comme si c'était de ma faute ! répliqua sa mère. Tu ne voulais jamais. Quoi qu'il en soit, fais comme tu veux. Va chez Linda, je suis sûre que vous y serez beaucoup mieux. Ça m'est égal. »

Ce qui, naturellement, voulait dire que ça ne lui était pas égal du tout. Julia réussit cependant à l'amadouer en lui promettant qu'elles viendraient dîner chez elle pour Thanksgiving. De mauvaise grâce, sa mère invita également Linda.

Julia écrivit au bureau new-yorkais de l'ONG, joignant son curriculum vitæ. Elle s'interrogea longuement pour savoir si, à ce stade, elle devait mentionner qu'elle serait accompagnée de sa fille de huit ans, et elle finit par décider qu'il valait mieux faire preuve de franchise. Une femme au ton officiel mais néanmoins amical l'appela deux jours plus tard. Elle espérait, dit-elle, que Julia se rendait bien compte que Sainte-Marie était situé théoriquement dans une zone de guerre (même si, depuis plus d'un an, le calme régnait dans la région), que la nourriture et le logement étaient plus que précaires, et que la paye ne l'était même pas, puisque, en d'autres termes, elle était inexistante.

Julia demanda si elle pourrait venir avec Amy. C'était inhabituel, mais le cas s'était déjà produit, répondit la femme. Naturellement, ce serait aux risques et périls de Julia qui devait bien comprendre que l'organisation ne pouvait en aucune manière être tenue pour responsable de ce qui pourrait arriver à l'enfant. Julia comprenait fort bien, et elles prirent rendez-vous.

Thanksgiving n'avait jamais été la fête favorite de Julia. Elle lui évoquait surtout des disputes familiales. Les oncles, tantes, cousins et cousines se réunissaient, et une fois liquidée la dinde traditionnelle, ils commençaient régulièrement à se quereller. Elle espérait que cette année, ce serait différent.

Elles arrivèrent à New York le mercredi soir, et le lendemain, sous une pluie glacée, Linda les conduisit à Brooklyn dans sa BMW noire flambant neuve. C'était dans ce quartier que Julia avait grandi, mais tout en montrant à Amy les endroits qu'elle reconnaissait, racontant ses exploits de jeunesse, elle se sentait étrangement détachée, comme si elle parlait du passé de quelqu'un d'autre. La petite maison de sa mère avec son jardinet n'avait pas changé, mais Julia avait l'impression de ne plus avoir aucun lien avec elle, ni même avec son ancienne chambre où les tableaux qu'elle avait peints durant son adolescence étaient toujours accrochés aux murs et où ses peluches alignées sur le rebord de la fenêtre lui adressaient des regards lourds de reproches.

Sa mère avait également invité David, le cousin de Julia, et sa famille. Brad avait neuf ans, soit un an de plus qu'Amy, et Becky, cinq ans. Julia avait toujours été proche de David, mais n'avait jamais vraiment sympathisé avec sa femme, Liz. Petite et vive, toujours impeccablement vêtue, celle-ci était chef de bureau et traitait le monde entier comme s'il était sous ses ordres. Elle élevait ses enfants avec une perfection ostentatoire, de sorte qu'en sa présence, Julia avait toujours l'impression de ne pas être à la hauteur.

C'était la première fois qu'ils se revoyaient depuis les funérailles, et l'attitude de Liz, alors que des mois s'étaient écoulés, était toujours empreinte d'une compassion doucereuse qui donnait envie à Julia de hurler : *Bon, d'accord, Ed est mort, mais maintenant on va très bien, alors comporte-toi normalement, bon sang !* De fait, elle se contentait de sourire et de bouillir intérieurement. Et pour ne rien arranger, Maria, dans son nouveau rôle de Mère Blessée, ignorait Julia et ne tarissait pas d'éloges sur Liz qui, naturellement, était arrivée à l'aube pour l'aider à faire la cuisine, qui avait apporté des cadeaux pour tout le monde et qui, pour résumer, était un véritable ange.

Serrés autour de la table dans la salle à manger exiguë, ils avaient presque terminé le repas quand Linda lâcha la bombe en parlant des projets africains de Julia. Celle-ci était trop loin pour lui donner un coup de pied sous la table et avant qu'elle réussisse à détourner la conversation, sa mère s'écria :

« Quoi ! Tu vas partir travailler avec Amy en *Afrique ?*

— Maman, ce n'est qu'un projet.

— C'est l'idée la plus absurde que j'aie jamais entendue ! Tu as perdu la tête ou quoi ?

— Excuse-moi, formula Linda avec ses lèvres à l'intention de Julia. Je croyais qu'elle était au courant.

— *En Afrique !*

— Maria, tu sais, il paraît que c'est très beau, là-bas, intervint David.

— Si ça ne te dérange pas, je préférerais qu'on en parle plus tard, dit Julia, jetant un regard vers les enfants qui, pressentant une dispute entre les adultes, étaient tout yeux et tout oreilles.

— Pourquoi t'aimes pas l'Afrique, mamie ? demanda Amy.

— L'Afrique, c'est là qu'y z'ont fait *Le Roi Lion,* déclara Becky avec autorité.

— Non, dit Brad.

— Si.

— *Le Roi Lion,* c'est un dessin animé, crétine. C'est rien que des dessins.

— Eh ben, c'est là qu'y z'ont fait les dessins. Et puis, je suis pas une crétine. »

Elle voulut pincer la cuisse de son frère, mais il lui tapa sur le bras et elle poussa un hurlement. Amy ne faisait pas attention à eux. Elle avait le regard fixé sur sa mère.

« Ça suffit, les enfants, dit Liz. Qui veut encore de la glace ? »

Les trois enfants tombèrent dans le panneau, et elle les conduisit avec diplomatie dans la cuisine dont elle referma la porte derrière elle.

« Tout le monde a le sida en Afrique ! déclara aussitôt Maria.

— Il doit quand même y avoir une ou deux personnes qui ne l'ont pas, dit David, adressant un clin d'œil de connivence à Julia.

— Et les parents d'Ed, qu'est-ce qu'ils en pensent ? Je présume qu'ils sont déjà au courant, *eux !* »

L'attaque était justifiée. Julia leur en avait en effet parlé l'autre jour au téléphone, comme ça, sans insister.

« Ils étaient tout... excités.

— Excités, vraiment ?

— Oui, vraiment. Maman, s'il te plaît. On en reparlera plus tard. De toute façon, ça ne se fera probablement pas. »

Affirmer que les parents d'Ed avaient été excités était tout à fait exact, mais plutôt dans le sens d'agités, nerveux, inquiets, encore que leur réaction eût été relativement modérée. Ed avait coutume de dire que sa mère parlait avec des sous-titres qui disaient précisément le contraire de ce qui sortait de sa bouche. Il était certes plus facile de lire ces sous-titres quand on était assis en face d'elle, mais au fil des ans, Julia avait appris à les déchiffrer aussi au téléphone. Quand elle avait appelé l'autre soir pour évoquer ce projet de manière aussi vague que possible, elle comprit tout de suite à la longueur et au poids du silence de sa belle-mère que celle-ci la croyait devenue folle.

« Eh bien Julia, voilà une chose très *intéressante*.

— Vous ne trouvez pas que c'est de la folie ?

— De la folie ? Bien sûr que non. Je suis persuadée que vous avez réfléchi à tous les risques que vous couriez en amenant Amy là-bas. »

Julia répondit du ton mesuré qu'elle réservait en général aux parents de ses plus mauvais élèves.

« Oui, naturellement. Mais on peut les réduire au minimum. Et je pense sincèrement que ce qu'elle retirera de l'expérience compensera largement les quelques risques qu'il peut y avoir. »

Terminant la conversation, Susan avait conclu avec un soupir qu'elle ne doutait pas un instant que sa belle-fille agirait pour le mieux. Julia était peut-être paranoïaque, mais il lui avait semblé lire dans ses paroles un sous-titre signifiant qu'elle filait sur-le-champ voir un juge pour obtenir un ordre d'internement.

Liz avait maintenant installé les enfants avec leurs glaces dans le séjour devant une vidéocassette. Et pour ne rien manquer du spectacle, elle s'était empressée de revenir s'asseoir à la table. Prends le parti de ma mère, se dit Julia. Et je te découpe en morceaux. Maria était pareille à un chien qui ne veut pas lâcher son os. En l'espace de cinq minutes, elle passa du sida à la malaria, puis à la guerre, à la famine, aux serpents et enfin aux crocodiles.

« Et les cannibales ? » marmonna Julia, en adepte de la rhétorique.

Linda pouffa de rire. Maria lui décocha un regard méprisant qui se fit glacial lorsqu'il se porta sur Julia.

« Pardon, qu'est-ce que tu as dit ?

— Tu as oublié les cannibales. »

Elle dévisagea sa fille puis, image même du martyr et de la vertu outragée, elle baissa les yeux, redressa le menton et se leva.

« Si tout le monde a fini, dit-elle, je vais débarrasser. »

Cinq longues et pénibles heures plus tard, de retour à l'appartement, Julia s'assura qu'Amy dormait, puis alla s'installer à côté de Linda sur le grand canapé en cuir. Toutes deux avaient déjà sérieusement entamé une bouteille de Jack Daniel's. Linda les resservit.

« A faire enfin la connaissance de ta mère, je comprends pourquoi vous cultivez si bien les sentiments de culpabilité dans la famille. On dirait qu'elle les a inventés.

— Oh, elle ne le pensait pas. C'est de ma faute...

— Tu vois ce que je voulais dire ? »

Julia sourit.

« Ecoute, Julia, reprit Linda. Ne passe pas ton temps

à te torturer. D'abord, rien ne te dit qu'on te donnera le boulot. Tu te décideras à ce moment-là. De toute façon, c'est ta vie. Tu es la seule à savoir ce qui est le mieux pour ta fille et toi. Et en tout état de cause, le changement ne peut jamais faire de mal. Tiens, regarde-moi. J'étais une anar avec du rouge à lèvres noir et maintenant, je suis une avocate avec une BMW noire. Génial, non ? »

Elles parlèrent jusque tard dans la nuit. De la famille, des amis, du travail et, enfin, des hommes. En particulier de la quête incessante de Linda en vue d'en trouver un avec qui elle supporterait de passer ne serait-ce qu'un an à défaut d'une vie entière. Elle ajouta que les seuls qui lui plaisaient étaient toujours soit gays, soit mariés. Et puis, de but en blanc, elle demanda à Julia si elle avait des nouvelles de Connor.

« Pas récemment, répondit Julia. Amy a reçu une carte postale d'Inde il y a quelques mois, mais depuis, plus rien. Il a même oublié son anniversaire. C'est la première fois que ça lui arrive. »

Linda se versa une nouvelle rasade de bourbon et considéra un instant son amie.

« Que veut dire ce regard plein de sous-entendus ? »

Linda haussa les épaules. « Rien.

— Allez, explique-toi.

— Eh bien, disons qu'il n'est pas nécessaire d'être télépathe pour deviner les sentiments que vous avez l'un pour l'autre.

— Ne sois pas ridicule. Pour autant que je m'en souvienne, c'est toi qui as eu le coup de foudre.

— Je ne le nie pas. Qui ne l'aurait pas ?

— Eh bien, moi, déjà. C'était le meilleur ami de mon mari, n'oublie pas ! Comment peux-tu seulement imaginer une chose pareille ?

— Hé, ne le prends pas sur ce ton ! Je voulais juste savoir si tu avais des nouvelles de lui.

— Eh bien, je n'en ai pas. »

Il y eut un long silence. Linda alluma une de ses fines cigarettes et, calant sa tête contre le dossier du canapé, souffla un nuage de fumée vers le plafond.

« C'est pour ça que tu veux aller en Afrique ? »

Julia explosa : « Nom de Dieu ! Linda ! qu'est-ce que tu as, ce soir ? Quelle idée ! Bien sûr qu'il n'a rien à voir là-dedans. Comment peux-tu croire ça ?

— Oh, excuse-moi, ma chérie !

— Tu sais, Linda, des fois, vraiment... »

Elles passèrent à autre chose, mais la conversation ne tarda pas à languir. Julia alla se coucher. Elle se sentait un peu ivre et plus que stupide d'en avoir ainsi rajouté. En vérité, Connor était un sujet qu'elle se refusait depuis longtemps à aborder. Certes, c'était le père d'Amy et certes, il n'avait jamais cessé d'habiter ses pensées, mais dans un tout petit coin de son esprit qu'elle ne se permettait pas d'explorer. Quand Linda l'avait défiée si ouvertement, elle avait eu l'impression qu'on ravivait une vieille blessure.

Allongée aux côtés de sa fille, preuve vivante du lien qui l'unissait à Connor, Julia s'avoua que son amie avait raison. Elle avait beau répugner à l'admettre, elle savait au fond d'elle-même que son désir de partir pour l'Afrique était bien entendu en rapport avec Connor. Elle n'était pas idiote au point d'imaginer qu'elle le retrouverait, et de toute façon, elle ignorait dans quelle partie du monde il se baladait. Non, c'était quelque chose de plus complexe qui l'attirait là-bas. Elle voulait voir ce qu'il avait vu, emmener leur enfant dans un endroit qui l'avait ému, et cette émotion qu'ils auraient tous ressentie, d'une certaine manière, les rapprocherait. Même s'il était devenu à présent un étranger et qu'il ne l'aimait plus, elle partagerait au moins cela avec lui.

26

Connor se réveilla en sursaut et, l'espace d'un moment, ne se souvint plus où il était. Immobile, il écouta, les yeux fixés sur les plis de la moustiquaire baignant dans les premières lueurs de l'aube. Il entendit des ordres aboyés et des soldats courir sur le sol de terre battue. Alors, il se rappela.

Il perçut le bruit d'un moteur qui peinait en montant la côte, venant du camp établi en contrebas, au bord du fleuve. Il se leva en hâte, écarta la moustiquaire et saisit son jean et sa chemise qu'il avait roulés en boule pour lui servir d'oreiller. Le temps que le véhicule s'arrête dans un grondement de moteur, cependant que le pinceau de ses phares illuminait l'ouverture de la hutte, Connor était habillé et secouait ses bottes au cas où des scorpions y auraient élu domicile.

« *Muzungu !* Debout ! Venez tout de suite ! »

C'était Okello, le jeune colonel arrogant qui lui avait servi de chaperon au cours de ces douze longues journées d'attente. Il connaissait parfaitement le nom de Connor, mais il se faisait une règle de l'appeler *muzungu*, le mot qui, en swahili, signifiait « homme blanc ». Ils avaient éprouvé dès leur première rencontre une profonde antipathie mutuelle, et Connor ne se donna pas la peine de répondre.

« *Muzungu !* Debout ! Habillez-vous ! »

Il incendia le jeune soldat qui montait la garde toute la nuit devant la hutte de Connor. Il était censé être là pour le protéger, mais Connor savait fort bien que c'était en réalité pour l'empêcher de se glisser dans le camp afin de parler aux enfants soldats enlevés à leurs parents.

Okello s'encadra sur le seuil et jeta un coup d'œil à l'intérieur de la hutte. Les deux Colt automatiques argentés qu'il portait à la ceinture luisaient à la lumière des phares. Puissamment bâti, âgé d'environ vingt-cinq ans, il devait mesurer près d'un mètre quatre-vingt-dix. Connor n'avait jamais vu ses yeux, dissimulés en permanence derrière des lunettes noires à effet miroir qu'il portait même maintenant, alors qu'il faisait encore nuit, et c'était sans doute la raison pour laquelle il n'avait pas repéré Connor qui, assis dans un coin sur le sol de terre battue, laçait ses bottes. Okello s'avança vers la moustiquaire qu'il enfonça légèrement de la pointe de la canne à pommeau de corne qui ne le quittait jamais. Connor l'avait vu s'en servir pour punir un soldat qui avait dû lui déplaire.

« *Muzungu !* Réveillez-vous ! »

Connor se releva, prit son sac photo et, au petit bruit qu'il fit alors, Okello pivota d'un bloc.

« Venez ! Tout de suite !

— Vous pourriez me dire où vous avez appris les bonnes manières ?

— Quoi ?

— Rien, rien. Que se passe-t-il ?

— Vous verrez.

— C'est Makuma ? Il est là ?

— Venez, dépêchez-vous ! »

Le terrain grouillait de soldats. Certains finissaient de s'habiller en courant, tandis que tout autour, les gradés lançaient des ordres. A l'arrière de la jeep d'Okello étaient installés deux de ses sbires, l'air de bandits de comédie avec leurs lunettes de soleil, leurs foulards de flibustiers et leurs cartouchières croisées sur la poitrine. L'un tenait un M 16 au creux du bras et l'autre un lance-roquettes de 90 mm. Connor leur adressa un grand sourire.

« Bonjour, messieurs. Je vois qu'on est boulot, boulot, ce matin. »

Comme d'habitude, leurs regards le traversèrent comme s'il n'existait pas.

« Oui, j'ai dormi comme un bébé. Merci de vous en être inquiété. »

Ce n'était peut-être pas très malin de les asticoter ainsi, mais il aurait bien aimé leur arracher ne serait-ce que l'ombre d'un sourire. A priori, ce ne serait pas pour aujourd'hui. Il grimpa sur le siège passager, tandis qu'Okello se mettait au volant, injuriant de nouveau la sentinelle, semblait-il. Il enclencha brutalement la première, démarra en trombe dans un nuage de poussière et fonça à travers la foule des soldats qui s'écartèrent en hâte sur son passage.

Dans le demi-jour aux reflets violets, ils longèrent la piste qui montait en serpentant vers le plateau. Au milieu des cahots, les phares éclairaient des bosquets d'acacias et d'eucalyptus ainsi que le dos des uniformes élimés des soldats qui allaient dans la même direction. La piste était pleine de pierres et creusée d'ornières. Okello, la main appuyée sur le klaxon, hurlait des insultes à ceux qui ne dégageaient pas assez vite le passage. De temps en temps, la Jeep accrochait ou bousculait un soldat, ce qui rendait Okello encore plus furieux, au point qu'il le cinglait avec sa canne.

Une heure et demie plus tard, les soldats étaient alignés sur le plateau au sol desséché parsemé de rares touffes d'herbe. Il y en avait des rangées et des rangées, deux mille peut-être, estima Connor, ou peut-être même plus, tous l'arme à l'épaule. Il y avait aussi des véhicules blindés, des camions transports de troupes, un déploiement d'artillerie et de mitrailleuses, le tout apparemment prêt pour inspection. Durant les jours où il attendait, on lui avait interdit de parler aux soldats les plus jeunes et même maintenant, Okello lui ordonna de rester à distance et de ne pas les photographier. Connor promena son regard sur la mer de visages, à la recherche de celui pour lequel il était venu, un visage qu'il n'avait jamais vu mais qu'il était pourtant sûr de reconnaître. Ils étaient trop nombreux, cependant, et la lumière encore trop faible.

En tout cas, il pouvait constater combien certains des soldats étaient jeunes, armés de fusils trop grands pour eux. Ceux de devant portaient des treillis, pour la plupart en loques et dans lesquels ils flottaient. Quant à ceux qui étaient derrière, on aurait dit qu'ils avaient pêché dans les poubelles qui un T-shirt sale et déchiré, qui un haut de pyjama et un pantalon effrangé et crasseux. Certains étaient chaussés de bottes, d'autres de sandales taillées dans des pneus, mais la majorité étaient pieds nus. Presque tous les soldats étaient des garçons, mais il y avait aussi quelques filles parmi eux, ainsi que d'autres, blotties au milieu du groupe de pauvres femmes qu'on avait enlevées pour servir de cuisinières, de porteuses et d'esclaves sexuelles réservées aux soldats plus âgés. Tous se tenaient là, à présent, hommes, femmes et enfants, les yeux levés comme si un grand secret allait leur être dévoilé.

Les dernières étoiles scintillaient dans le ciel qui, passé par toutes les nuances de rose et de violet, flamboyait, devenu orange vif, au-dessus des montagnes sombres qui se dressaient au loin à l'est et derrière lesquelles le soleil ne tarderait pas à apparaître. Connor n'avait pas besoin de demander la raison de ce rassemblement. Il ne pouvait y en avoir qu'une : Daniel Makuma, le Saint, le mystique, le prophète et chef spirituel des Guerriers de Dieu, allait descendre du ciel. C'était le moment que Connor attendait depuis des mois, et il ne put réprimer un frisson d'excitation.

Les mythes et les légendes qui entouraient le personnage étaient si nombreux qu'il était difficile de discerner le vrai du faux. Tout ce qu'on savait avec certitude, c'est que c'était un Acholi du nord de l'Ouganda, qu'il avait quarante-deux ans et que c'était un lointain cousin rebelle de Joseph Kony, le fameux chef de l'Armée de la Résistance de Dieu qui faisait régner la terreur dans les autres secteurs du nord du pays. Tous deux se prétendaient les héritiers légitimes d'Alice Lakwena, la prêtresse guerrière acholi qui, quinze ans plus tôt, s'appuyant sur sa religion, mélange détonnant de christianisme et de magie locale, avait failli renverser le gouvernement ougandais. La rébellion avait été écrasée dans le sang, et Lakwena avait tout simplement disparu.

Les partisans de Makuma affirmaient que, à l'instar de cette dernière, il était un médium qui communiquait avec le monde des esprits, souvent par l'intermédiaire de l'âme des animaux, et que le Saint-Esprit, *Tipu Maleng,* lui était apparu dans une vision pour lui ordonner de poursuivre la guerre sainte contre « l'esprit malin » qui gouvernait le pays.

A cette fin, et durant plus d'une décennie, il avait peuplé les rangs de son armée de délinquants avec des enfants kidnappés et, à partir de camps de base comme celui-ci, établi dans le sud du Soudan, il les envoyait au nom de Dieu piller, incendier, violer et massacrer de l'autre côté de la frontière dans le pays qu'il disait aimer et vouloir sauver. Et tout cela avec la bénédiction du gouvernement islamique de Khartoum qui lui fournissait des armes à condition qu'il les utilise également contre la SPLA, l'Armée de Libération du peuple soudanais, engagée depuis près de vingt ans dans sa propre guerre civile.

Connor ne connaissait que trop bien les méthodes de l'armée de Makuma. Il avait photographié les décombres des villages incendiés au cours de ses raids, dénombré les morts et rencontré des gens soupçonnés d'être des dénonciateurs à qui l'on avait coupé les lèvres et les oreilles pour servir de leçon aux autres.

Jusqu'à présent, Makuma n'avait jamais reçu un seul journaliste ou photographe occidental, et il avait fallu que Connor use de toute son astuce et de toute sa persévérance pour se frayer un chemin au travers du labyrinthe de secret et de paranoïa aménagé autour du Saint par ses sbires.

Il avait commencé par se rendre à Nairobi où les Guerriers de Dieu avaient ouvert un bureau discret dans une sinistre arrière-salle au-dessus d'une agence de voyages. Il dut patienter trois semaines, sans doute le temps qu'on fasse une enquête sur lui. Il téléphonait tous les deux jours, jusqu'à ce que, finalement, on lui dise que sa demande d'interview était toujours à l'étude et qu'il devait aller à Khartoum. Connor se sentit aussitôt découragé. Là-bas, les Américains étaient à peu près aussi populaires que la malaria, mais il lui fut précisé qu'on s'occupait de lui obtenir un visa auprès de l'ambassade du Soudan. Il fallut encore trois semaines d'attente avant que le visa n'arrive.

A Khartoum, les choses ne s'arrangèrent pas. Au bureau des Guerriers de Dieu, on le traita comme une espèce d'insecte agaçant qu'on chasse d'un revers de main. Tous les jours, on lui disait de revenir le lendemain. On lui faisait remplir des formulaires, on lui réclamait son passeport, son curriculum vitæ, la liste des questions qu'il avait l'intention de poser. Et quand, au bout de trois semaines, il réussit enfin à obtenir un rendez-vous avec un personnage apparemment important, on lui annonça sans prendre de gants qu'il ne devait plus revenir ici, mais rester à son hôtel. Sa demande d'interview était toujours à l'étude. Il serait informé de leur décision en temps utile. Ménager les médias occidentaux ne paraissait pas être le souci majeur des Guerriers de Dieu.

Après avoir passé un mois à errer dans les rues et à s'entretenir avec les cafards dans sa chambre d'hôtel, la réponse lui parvint enfin. Au cœur de la nuit, on frappa à sa porte et deux hommes armés de mitraillettes lui ordonnèrent de faire ses bagages et de les suivre. Ils le fourrèrent à l'arrière d'un camion et le conduisirent à une base militaire située en dehors de la ville où attendait un avion-cargo anonyme, prêt à décoller. On l'installa au milieu d'un tas de caisses, dont quelques-unes semblaient contenir de la nourriture et le reste, des armes et des munitions. Le vol fut long et épuisant. Il n'y avait ni véritables sièges, ni hublots. L'atmosphère était si confinée et il faisait si chaud que Connor faillit à plusieurs reprises s'évanouir. Il ne revit la lumière du jour que sur ce même plateau où il se tenait à présent. Bien entendu, personne ne lui indiqua l'emplacement exact du camp, mais il pensait qu'il devait se trouver quelque part dans l'extrême sud du Soudan, non loin de la frontière nord de l'Ouganda.

Cette fois, il finit par perdre patience. On lui avait laissé croire que Makuma serait là, mais il n'en était rien. A quel moment il viendrait, à condition qu'il vienne, personne ne le savait ou ne voulait le dire. Il était clair que le brutal colonel Okello n'avait pas été mis au courant de sa venue, de sorte qu'il fit tout pour lui rendre les choses difficiles. Il voulut même lui confisquer ses appareils photo et ne recula que devant l'explosion de colère de Connor. A vrai dire, ils ne lui servaient à rien, car il était virtuellement assigné à résidence dans sa hutte et interdit de photos. Il ne pouvait même pas aller pisser ou se promener sans une escorte armée.

Naturellement, tout le monde, Okello compris, supposait qu'il était là pour photographier et interviewer Makuma. Ce qui lui convenait parfaitement. C'était ce qu'il voulait qu'on croie. Sa véritable mission, la promesse qu'il s'était faite après la révélation qu'il avait eue cette nuit-là sur la côte des Squelettes, devait demeurer secrète jusqu'à ce qu'il puisse la révéler à Makuma en personne.

Lorsque le soleil apparut au-dessus des montagnes, un murmure courut parmi la foule. L'un des sbires d'Okello échangea quelques paroles avec un interlocuteur à l'aide d'une radio à ondes courtes et, soudain, il poussa un cri et leva le bras. Connor regarda dans la direction indiquée et vit les feux d'un avion qui brillaient, telles deux étoiles jumelles, et approchaient du plateau.

L'appareil décrivit un cercle au-dessus d'eux et, comme sur un signal, le soleil s'arracha des montagnes, faisant étinceler ses ailes argentées. Quelques instants plus tard, le plateau et ses occupants baignèrent dans une lumière dorée. Connor ne manqua pas d'admirer le sens de la mise en scène de cet homme. A voir les visages illuminés de ces enfants volés dont la vie avait été plongée dans les ténèbres les plus noires par ce même homme qui désirait passer auprès d'eux pour Celui qui apporte la lumière, Connor se rendait compte à quel point ils étaient impressionnés.

Okello lui adressa un petit signe de tête, et Connor photographia l'avion maintenant en approche finale. La piste d'atterrissage avait la forme d'une immense croix marquée par des pierres blanchies à la chaux, et au moment où il toucha le sol, l'avion projeta une ombre, également en forme de croix, qui glissa sur l'autre, laissant derrière elle des nuages de poussière scintillant dans le soleil. L'appareil ralentit, tourna, puis revint en roulant lentement. Le colonel Okello hurla un ordre. Le son des tambours retentit et toutes les femmes et les filles poussèrent un long cri aigu. Okello demanda à Connor de le suivre et se dirigea vers l'avion en compagnie d'un comité d'accueil composé d'officiers de haut rang.

L'avion s'immobilisa. La porte s'ouvrit, l'escalier se déplia et une frêle silhouette, toute de blanc vêtue, se découpa dans le soleil. Les acclamations jaillirent des rangs des soldats, si fortes qu'elles couvrirent les tambours et les hululements des femmes. Makuma se tint un instant en haut des marches, les bras levés, et Connor zooma sur son visage souriant.

A travers l'objectif, il distingua un homme mince d'une grande beauté, aux traits fins et à la moustache soigneusement taillée. Au bout d'une longue chaîne passée autour de son cou pendait une lourde croix en or, et dans ses yeux brillait une lueur angélique. Il baissa les bras et descendit l'escalier prudemment, délicatement presque, suivi par un petit groupe de conseillers et de gardes du corps.

Okello s'avança vers lui. Makuma lui ouvrit les bras et les deux hommes s'étreignirent. Une jolie jeune fille en treillis vert impeccable attendait avec une guirlande de fleurs et, sur un signe d'Okello, elle fit un pas en avant pour la glisser autour du cou de Makuma. Au moment où il baissait la tête, il se tourna en direction de Connor et fixa un instant son regard sur l'objectif. Au cours de cette fraction de seconde, Connor surprit, ou crut surprendre, dans ses yeux un éclat froid qui tranchait avec le sourire d'ange flottant sur ses lèvres.

Le colonel Okello s'apprêtait à conduire le petit groupe pour une tournée d'inspection quand Makuma se dirigea brusquement vers Connor. Celui-ci prit une dernière photo, puis abaissa son appareil et serra la main tendue de Makuma.

« Je suis désolé que vous ayez dû attendre si longtemps. Je crois savoir que vous êtes ici depuis un certain nombre de jours. »

Il avait une voix douce, et son anglais était très précis.

« Ce n'est pas grave. Le colonel Okello et moi avons passé du bon temps ensemble.

— Vous m'en voyez ravi. Un peu plus tard, j'espère trouver un moment pour répondre à vos questions.

— Je l'espère aussi. Il y en a une très importante que j'aimerais vous poser. »

On vint le chercher au coucher du soleil. Deux des hommes de main d'Okello le conduisirent vers la piste qui longeait la crête surplombant le camp que Connor n'avait pas été autorisé à visiter. A travers le rideau d'eucalyptus, il distingua le lit de boue craquelée d'une rivière à sec qui décrivait des méandres, bordée de huttes de terre à moitié effondrées ainsi que de tentes et d'abris de fortune. Le paysage était voilé par la fumée qui s'élevait des feux de camp, et une odeur de cuisine imprégnait l'atmosphère dorée, à laquelle se mêlait l'odeur chaude de cette terre rouge d'Afrique que Connor aimait tant.

A l'extrémité de la crête, à l'ombre des arbres et dissimulé sous un filet de camouflage, le campement des officiers était un lieu bien plus salubre que celui qu'il dominait. C'était un ensemble constitué de huttes à toits d'herbe et de tentes spacieuses qui, supposa Connor, provenaient sans doute du pillage de quelque convoi humanitaire. La jeep s'arrêta et Okello s'avança à sa rencontre.

« Le Saint est fatigué et nous avons beaucoup de choses à voir avec lui, dit-il. Vous avez vingt minutes, pas une de plus. Et pas de photos sans son autorisation. »

Connor ne se donna pas la peine de discuter. Okello le précéda à travers un dédale d'allées qui serpentaient au milieu des tentes et des huttes. Dans nombre d'entre elles s'entassaient des caisses d'armes et de munitions ainsi que des sacs de cinquante kilos de sorgho et de lentilles frappés du tampon de diverses ONG. Ils arrivèrent enfin à une sorte de cour en terre battue où deux soldats de Makuma montaient la garde devant une hutte beaucoup plus vaste que les autres. Okello le laissa là. Les deux hommes inspectèrent son sac photo, le fouillèrent, puis l'un d'eux écarta le rideau tendu devant la porte et lui fit signe d'entrer.

Il faisait sombre à l'intérieur et il régnait une étrange odeur, mélange d'encens et de moisi ou de pourri, presque. Connor ne distingua d'abord qu'une table à tréteaux encombrée d'un tas d'objets et entourée de trois fauteuils de toile sur laquelle brûlait tout bas une lampe à gaz. Le sol de terre battue était recouvert de nattes et de peaux de bêtes. Il n'y avait aucune trace de Makuma.

Au milieu du halètement des générateurs, on entendait de la musique, des chœurs, semblait-il. Hormis le peu qu'il avait appris d'Ed, Connor ne connaissait rien au classique, mais il fut frappé par la beauté de ce morceau. La musique provenait d'un lecteur de CD portable branché à deux petits haut-parleurs posés sur la table. Connor s'approcha et aperçut une pile de compacts à côté, Mozart, Bach et Brahms. Le reste de la table était jonché de documents divers ainsi que d'une carte à grande échelle du nord de l'Ouganda étalée, maintenue ouverte par le poids de lunettes sans monture.

A mesure qu'il s'accoutumait à la pénombre, Connor constata que les parois de la hutte étaient tapissées d'étoffes rouge foncé et de peaux de bêtes contre lesquelles s'adossaient des branches de bois blanc écorcé. Puis il distingua l'éclat de plusieurs paires d'yeux. S'avançant, il vit que des oiseaux étaient perchés sur ces branches, ainsi qu'une véritable ménagerie d'animaux morts. Il y avait des têtes empaillées d'éléphant, de buffle, de zèbre et de plusieurs espèces d'antilopes dont les yeux de verre semblaient le dévisager. Entassées par terre comme du bois de chauffage, il y avait des défenses et des cornes de toutes tailles et de toutes formes. Et dans un coin se dressait une lionne flanquée d'un léopard et d'un guépard, cependant que le long du mur un crocodile, les mâchoires grandes ouvertes, sur le dos duquel s'empilaient caméléons, lézards et serpents lovés, paraissait les regarder.

Tout au fond, il y avait une ouverture tendue d'une peau de zèbre par où filtrait un peu de lumière. Connor s'avança sans bruit et, par la fente, il aperçut Makuma. Toujours habillé de blanc, il priait, agenouillé devant un petit autel logé dans une alcôve, surmonté d'une croix en or et de deux cierges. Au moment où il se demandait s'il ne devait pas se retirer discrètement et revenir un peu plus tard, Connor vit l'homme se signer. Il s'empressa de regagner le centre de la pièce et se retourna à l'instant où Makuma écartait la peau de zèbre. Il tenait à la main une petite Bible reliée de cuir noir et n'eut l'air nullement surpris de trouver Connor devant lui.

« Que savez-vous des croyances de mon peuple, Mr. Ford ? demanda-t-il.

— Le peuple acholi ? Pas grand-chose, je le crains. »

Makuma alla poser sa Bible sur la table, puis il indiqua à Connor l'un des fauteuils de toile. Les deux hommes s'assirent.

« Il en était de même des premiers hommes blancs qui sont arrivés ici, poursuivit Makuma. Vous connaissez le terme *jok ?* Non ? C'est difficile à traduire, mais disons qu'en gros, il signifie "pouvoir spirituel". Un *jok* peut être bienfaisant ou malfaisant en fonction de nombreux facteurs qui tous ont des noms différents. Quand les premiers missionnaires européens sont venus, ils ont cru qu'ils parviendraient à sauver davantage d'âmes s'ils habillaient leur message d'un vernis de croyances acholi. Aussi, ils ont donné à leur dieu chrétien le nom d'un *jok*. Ils l'ont appelé *Jok Rubanga*. Malheureusement, ce n'a pas été un grand succès, car il existait déjà un *Jok Rubanga* : l'esprit responsable de la méningite cérébro-spinale. Peut-être ces pauvres hommes avaient-ils été mal conseillés. A moins que ce soit la preuve qu'il ne faut pas faire appel aux esprits qu'on ne comprend pas. Vous croyez en Dieu, Mr. Ford ?

— Tout dépend de ce que vous entendez par Dieu.

— Donc, vous n'y croyez pas. »

Connor haussa les épaules. Si c'était la conclusion qu'il en tirait, libre à lui. Makuma s'adossa dans son fauteuil, croisa les mains et considéra son vis-à-vis avec un sourire à la fois condescendant et vaguement menaçant.

« Aimez-vous Bach ?
— C'est ce que vous écoutez ?
— *La Passion selon saint Jean.*
— C'est beau.
— Oui. Vous croyez qu'une musique pareille pourrait exister s'il n'y avait pas Dieu ?
— Il me semble que beaucoup de choses existent, bonnes ou mauvaises, et cela que Dieu le veuille ou non. Vous me permettez d'enregistrer cet entretien ?
— Oui, si vous voulez. »

Connor sortit son magnétophone de sa poche et le posa à côté de la Bible.

« Donc, si je comprends bien, reprit Makuma, vous ne croyez pas en Dieu, mais vous croyez au bien et au mal ?
— Je sais que les hommes sont capables de l'un comme de l'autre.
— Et vous vous estimez capable de les distinguer ?
— Le bien du mal ? Oui.
— Mais si Dieu n'existe pas, comment est-ce possible ? »

Connor ne s'était attendu à rien de pareil. Il avait longuement réfléchi à la meilleure manière de présenter l'offre qu'il était venu faire, et il savait combien il était important de ne pas se laisser gagner par la colère. Après toutes ces années, il n'ignorait pas que sa première impulsion était toujours d'attaquer de front ceux qui avaient commis des horreurs dont il avait été témoin. C'était idiot et dangereux. Et s'ils essayaient de l'embarquer dans une espèce de débat intellectuel comme le maire assassin rwandais l'avait fait et comme Makuma tentait à présent de le faire, ils ravivaient une vieille blessure. Il avait l'impression de redevenir cet adolescent qui n'avait pas fréquenté l'université, ce qui ne contribuait qu'à alimenter sa colère.

C'était ce qui était en train de se produire et il n'y pouvait rien. En réponse à la question de Makuma, il ouvrit son sac fourre-tout et en tira la photo, celle de Thomas, le garçon muet de Sainte-Marie. Il la tendit à Makuma qui, après une seconde de réflexion, la prit. Il chaussa ses lunettes et l'étudia.

« Je la connais, dit-il. J'ai lu l'article et les mensonges que vous avez écrits. »

Il l'énonça simplement, sur un ton où ne perçait ni accusation ni sentiment d'amertume. Il rendit la photo à Connor qui refusa de la prendre. Il bouillait de rage intérieure.

« Vous me demandez comment j'arrive à distinguer le bien du mal ? Alors, je vais vous l'expliquer. Ce qu'on a fait à cet enfant était mal. Vos soldats ont tué sa mère et son père, l'ont enlevé et forcé à revenir assassiner le reste de sa famille et ses amis, puis à incendier son propre village. Après quoi, ils l'ont abandonné dans la brousse pour l'y laisser mourir. A vos yeux, est-ce mal ? ou alors votre Dieu a-t-il un autre nom pour désigner cela ? »

Makuma reposa la photo sur la table, puis ses lunettes. Il joignit les mains comme pour prier, porta l'extrémité de ses doigts à son menton et dévisagea longuement Connor. Son sourire s'était évanoui. La musique enflait et semblait prendre maintenant des accents inquiétants. S'exhortant à ne pas céder à la colère, Connor soutint son regard.

« Celui, quel qu'il soit, qui vous a raconté cela a menti, déclara Makuma d'une voix calme. Nous n'enlevons pas les enfants qui luttent pour notre cause. Ils nous rejoignent par centaines de leur plein gré. Pourquoi ? Uniquement parce qu'ils désirent nous aider à débarrasser notre pays du mal qui s'est emparé de lui. Quand ils sont trop jeunes, nous ne les laissons pas combattre...

— Ce sont des foutaises, et vous le savez parfaitement !

— ... nous ne les laissons pas combattre, mais nous nous occupons d'eux et leur permettons de nous aider autrement. Nombre d'entre eux sont en effet des orphelins. Leurs parents ont été assassinés par les soldats du gouvernement. Et c'est le gouvernement qui torture et massacre mon peuple, qui incendie nos villages et qui, ensuite, grâce à des Occidentaux crédules comme vous, en rejette sur nous la responsabilité.

— J'ai vu vos hommes à l'œuvre de mes propres yeux.

— Alors, vos yeux vous ont trompé. Dites-moi, avez-vous fait tout ce chemin pour m'interviewer ou pour m'insulter ? »

Connor hésita. La musique s'était tue et l'on n'entendait plus que le ronronnement des générateurs et le sifflement assourdi de la lampe à gaz. Bien que ce soit sans doute trop tard, il sortit une feuille de papier de sa poche et la tendit à Makuma.

« Voici une liste d'enfants que vos soldats ont kidnappés dans la région de Karingoa. Il y en a soixante-treize. Le dernier de la liste, Lawrence Nyeko, est le frère jumeau de Thomas, le garçon qui figure sur la photo que je vous ai montrée. Je vous en prie, prenez-la. »

Makuma n'esquissa pas un geste, aussi Connor se pencha et plaça la liste devant lui. Makuma, les yeux toujours rivés sur Connor, n'y jeta même pas un regard.

« Maintenant, poursuivit Connor, je suis prêt à vous interviewer, à vous photographier et tout le reste. Vous pourrez raconter ce que vous voulez, présenter votre version des faits, tout ce qui vous chantera. Je veillerai à ce que ce soit publié tel quel. Si je suis venu vous voir, c'est pour vous faire une proposition. »

Il s'interrompit et désigna la liste.

« Je ne sais pas quelle valeur vous attachez à ces enfants. S'ils sont dans l'état de ceux qui se sont échappés et que j'ai pu voir, je soupçonne qu'ils ne vous sont pas d'une grande utilité. Et peut-être que certains d'entre eux ne sont pas ici, mais ceux qui le sont, je voudrais vous les acheter. »

Makuma le regarda, manifestement estomaqué. Puis il éclata de rire.

« Comment se fait-il que les Américains s'imaginent toujours que tout est à vendre ?

— Tout ce que j'essaye d'acheter, c'est leur liberté.

— Avec quel argent ?

— Le mien. »

Le rire de Makuma se fit méprisant.

« Vous n'avez pas besoin de me croire. Ça m'est égal. Quoi qu'il en soit, l'argent est versé sur un compte à Nairobi. Je vous donne deux mille dollars pour chacun des enfants figurant sur cette liste. »

Connor s'attendait à essuyer un refus outragé, mais Makuma demeura imperturbable. Il se contenta d'appeler l'un des gardes à qui il fit signe d'approcher. Il lui dit quelques mots en acholi, puis lui remit la liste ainsi que la photo de Thomas. L'homme ressortit aussitôt.

« Au nom de qui ou de quelle organisation agissez-vous ? demanda ensuite Makuma.

— Je vous l'ai déjà dit, en mon nom propre. Personne d'autre que moi n'est au courant. Et personne ne le sera si c'est ce que vous désirez. »

Makuma réfléchit un moment. Connor l'étudia pour tenter de savoir ce qu'il pensait, mais son visage resta impénétrable. Il consulta sa montre.

« Laissez-moi à présent, dit-il. Nous en reparlerons demain matin. »

Connor demeura longtemps éveillé et, allongé sur sa natte, il ne cessa de repenser à la manière dont l'entretien s'était déroulé. Il se maudissait de s'être ainsi laissé mettre en colère par Makuma. Il avait pourtant décidé de se montrer courtois, de présenter sa proposition avec calme, et au lieu de cela, il avait compromis ses chances en agressant tout de suite son interlocuteur. Aussi folle qu'ait été son idée, elle méritait au moins qu'il la défende de son mieux. La seule chose qui le consolait, c'est que même si Makuma aurait bien voulu le tuer sur-le-champ, c'était maintenant son offre seule qui comptait. Soit il l'acceptait, soit il la refusait. Alors que le ciel pâlissait, il finit par s'endormir.

Pour la première fois depuis longtemps, il rêva de Julia. Ils étaient sur une rivière qui ressemblait un peu à ce bout de la Salmon River qu'ils avaient descendu des années auparavant. Il y avait de part et d'autre les mêmes parois à pic, mais la roche n'était pas grise, elle était de ce rouge qu'on ne trouve qu'en Afrique, et les arbres qui s'élançaient à la rencontre des nuages étaient ceux d'une forêt pluviale. Connor était dans un canoë chargé de tout l'équipement et Julia devant lui, dans un autre, en compagnie d'Amy et d'Ed. Amy laissait sa main traîner dans l'eau, et il régnait une atmosphère de paix et de bonheur. Julia se retourna et lui adressa un sourire qu'il lui rendit. Il n'éprouvait nul chagrin ni crainte d'une séparation.

Il leva les yeux vers les parois de la falaise, car il savait qu'il devait y avoir là, quelque part, des peintures rupestres, mais il n'en vit pas. Quand il baissa le regard, le canoë de Julia disparaissait dans la courbe d'un méandre. Ed, avec ses lunettes noires, lui jeta un coup d'œil par-dessus son épaule et lui fit signe de se dépêcher. Soudain, Connor se rappela qu'il y avait des rapides un peu plus loin, ainsi qu'une grande chute d'eau, et qu'il avait oublié de leur dire qu'il fallait aborder sur la berge et franchir ce passage à pied en portant les canoës. Il entendait déjà le tonnerre de la cascade. Il cria pour les avertir, mais ils ne pouvaient pas l'entendre, aussi il se mit à pagayer à toute allure pour tenter de les rattraper, leur hurlant de s'arrêter, tandis que le rugissement de l'eau se faisait de plus en plus fort.

Le grondement le réveilla. C'était la jeep d'Okello qui s'arrêtait devant la hutte. Une seconde plus tard, l'homme s'encadrait sur le seuil, criant *muzungu ! muzungu !* comme si on était de nouveau hier, ce que Connor aurait bien voulu, afin de pouvoir présenter son offre autrement.

Il s'aperçut aussitôt que l'atmosphère avait changé. Comme il franchissait la porte, Okello lui donna une bourrade dans le dos. Connor se retourna et lui lança d'un ton furieux :

« Qu'est-ce qui vous prend ?

— Montez ! »

Ses deux sbires assis à l'arrière souriaient, mais pas du genre de sourire que Connor avait en vain essayé de leur arracher depuis des jours. Ils semblaient apprécier une plaisanterie dont lui ne connaissait pas la teneur. Ils s'engagèrent sur la piste tortueuse qui menait au camp inférieur. Dans les arbres, les oiseaux gloussaient comme si eux aussi étaient au courant.

Le camp était encore plus misérable qu'il ne paraissait l'être depuis la crête. La terre rouge était transformée en boue et les abris de fortune étaient pitoyables. Des vautours se nourrissaient, perchés sur les tas d'ordures. Une odeur de crasse et de misère humaine planait dans l'air étouffant.

Connor, jetant un coup d'œil derrière lui, s'aperçut qu'une autre jeep les suivait. Makuma, installé devant, la tête haute, gratifiait tous ceux qu'ils croisaient d'un sourire patelin accompagné d'un geste auguste de la main. Ils traversèrent le camp et s'arrêtèrent à la lisière d'une clairière boueuse où se tenait un groupe de soldats parmi les plus jeunes que Connor avait eu l'occasion de voir lors de la parade. Ils devaient être une quarantaine dont l'âge semblait s'échelonner de neuf à seize ans. Presque tous étaient des garçons. Au moment où Makuma sortait de sa jeep, un ordre retentit et ils se mirent au garde-à-vous, portèrent l'arme et lancèrent une espèce de cri de guerre. Tout le monde descendit de voiture et Connor, debout à côté du capot, regarda Makuma s'avancer vers lui d'un pas nonchalant.

« Voici vos enfants prétendument kidnappés, déclara-t-il. Il y en a quarante-deux. Dix-neuf de ceux qui figurent sur votre liste ne sont pas là, car ils servent au sein d'unités en campagne. Pour des raisons de sécurité, je ne peux vous fournir davantage de précisions. Quant aux douze derniers noms, nous ne savons rien à leur sujet. Ils ont sans doute été enlevés ou tués par les forces gouvernementales.

— Je croyais vous avoir entendu dire hier soir que les plus jeunes ne servaient pas en tant que soldats. Certains de ces gosses ne doivent pas avoir plus de neuf ou dix ans.

— Ce n'est pas une question d'âge, mais d'état d'esprit. S'ils désirent ardemment combattre pour notre cause, quel droit avons-nous de les en empêcher ?

— Vous permettez que je prenne quelques photos ?

— Non.

— Pour des raisons de sécurité, je présume ?

— Naturellement.

— Une photo montrerait au moins à leurs parents qu'ils sont en vie. Je n'ai jamais vu aucun de ces enfants et je voudrais un moyen de les identifier. »

Makuma adressa un signe à Okello qui aussitôt prit la liste et commença à faire l'appel. L'un après l'autre, les enfants soldats répondirent présents. Connor contemplait le spectacle en secouant la tête. Il ne doutait pas un instant qu'il s'agisse d'une mise en scène. Le dernier nom était celui du frère de Thomas, Lawrence Nyeko.

« Laissez-moi lui parler », dit Connor.

Makuma fit de nouveau signe à Okello, et on leur amena l'enfant. Makuma sortit la photo de Thomas.

« Il vous la faut peut-être pour vous assurer que c'est bien lui. »

Connor n'en avait pas besoin. Il savait que c'étaient de vrais jumeaux, et même de loin, la ressemblance était frappante. L'enfant était vêtu d'un treillis en loques bien trop grand pour lui, et comme il approchait, Connor nota ses omoplates saillantes et ses poignets décharnés couverts de plaies. Il s'arrêta devant eux et salua Okello. Il avait beau s'efforcer de se comporter en soldat adulte, une peur enfantine se lisait dans son regard qui allait nerveusement de Makuma à Okello et à Connor. Ce dernier lui sourit, mais l'enfant ne lui rendit pas son sourire.

« Lawrence ? »

Le garçon leva les yeux vers Okello et sa canne à pommeau de corne qu'il paraissait bien connaître. Okello lui parla doucement en acholi et Lawrence jeta un nouveau coup d'œil en direction de Connor qui lui tendit la main en disant :

« Jambo. Jina langu ni Connor.

— Il ne parle pas swahili, intervint Okello. Ni anglais. Uniquement acholi. »

L'enfant regarda la main offerte, puis Okello qui lui fit signe qu'il pouvait la prendre. Sa petite main était froide et on ne sentait que les os. Connor lui présenta la photo de Thomas. Lawrence consulta Okello du regard pour savoir ce qu'il devait faire.

« Demandez-lui s'il sait qui c'est. »

Okello s'exécuta et Connor entendit le nom de Thomas dans la réponse du garçon, mais ne comprit pas le reste. Il se maudit de n'avoir appris que quelques mots d'acholi. Okello traduisit :

« Il dit que c'est son frère Thomas, un traître qui est mort en lâche.

— Non, il n'a pas pu dire ça. Mais si c'est le cas, dites-lui que ce n'est pas vrai et que son frère est vivant. »

Okello se tourna vers Makuma, et Connor le dit lui-même à l'enfant en swahili, mais il était clair qu'il ne comprenait pas. Une lueur de panique brillait dans ses yeux. Il craignait sans doute déjà d'avoir dit quelque chose qu'il ne fallait pas. Okello lui adressa de nouveau la parole, et lorsque le garçon répondit, sa voix se fêla et il dut s'interrompre un instant.

« Il dit que vous mentez », traduisit Okello.

Connor en avait assez de cette comédie. « Vous me racontez des histoires. J'ignore ce que vous dites, l'un et l'autre, mais n'importe quel imbécile verrait que cet enfant est terrifié.

— Je crois que c'est vous qui le terrifiez », déclara Makuma. Il prononça quelques mots à l'intention de Lawrence qui écouta, puis secoua la tête avec force.

« Qu'est-ce que vous lui avez dit ?

— Que vous êtes venu pour l'acheter. Je lui ai demandé s'il voulait bien être vendu. »

Connor se traita d'idiot pour avoir cru naïvement qu'il réussirait.

« Je vais leur poser à tous la question, reprit Makuma.

— Mais bien sûr, ne vous gênez surtout pas. »

Makuma passa le bras autour des épaules de Lawrence et le fit pivoter afin qu'il se retrouve face aux autres enfants, puis il parla pendant à peu près une minute. A son ton, Connor pouvait deviner ce qu'il disait. Il imaginait la rhétorique de bazar enrobée d'un tissu de mensonges. Son discours s'acheva sur ce qui était à l'évidence une question, et tous les enfants demeurèrent silencieux, trop effrayés pour seulement oser se regarder. Il répéta sa question et n'obtint toujours pas de réponse. Il se tourna alors vers Connor, l'air suffisant, un petit sourire de regret aux lèvres.

« Je leur ai demandé s'ils acceptaient que vous les achetiez, et vous voyez ? Pas un seul ne le veut.

— Expliquez-leur que je compte les ramener chez eux. Qu'ils retrouveront leurs familles. Dites-leur. »

Makuma reprit la parole, mais Connor ne savait que trop bien qu'il disait tout autre chose, aussi s'adressa-t-il lui-même aux enfants en swahili d'une voix forte. Okello lui ordonna d'arrêter et comme Connor n'obéissait pas, il lui cingla le dos avec sa canne. Connor se rua sur lui, mais deux de ses sbires lui saisirent les bras et Okello le cingla de nouveau, en plein visage cette fois, puis il lui donna un coup de poing dans l'estomac qui chassa tout l'air de ses poumons.

Connor tomba à genoux et Okello lui décocha un coup de pied dans la poitrine qui l'envoya s'étaler dans la poussière. Sa tête heurta violemment le sol. Il resta allongé là, tandis que les visages ricanants se penchaient au-dessus de lui, se découpant contre le bleu cobalt du ciel. On le frappa une nouvelle fois, et la dernière chose qu'il entendit avant de sombrer dans l'inconscience, ce fut Makuma qui poussait le cri de guerre des Guerriers de Dieu, imité automatiquement par les enfants.

27

La ville de Karingoa était située à l'entrée d'une vallée dans cette région de l'Ouganda où la plaine aride de l'Est, plantée d'acacias, commençait à ondoyer et à se couvrir de végétation luxuriante à mesure qu'elle s'étendait vers le Nil Albert ainsi que vers les jungles et les montagnes du Congo. La ville se composait d'une unique rue bordée de boutiques en terrasses avec une église à un bout et un poste de police à l'autre. A l'époque lointaine où la paix régnait encore, c'était une modeste bourgade endormie de quelques milliers d'âmes où chaque jour un grand nombre d'habitants de la région venaient vendre leurs produits au marché. Depuis, ils s'y étaient établis, de sorte que la population de Karingoa avait été multipliée par cinquante, alors que, à des kilomètres à la ronde, les fermes et les villages, pillés et incendiés, étaient désertés.

Le gouvernement avait créé des camps « protégés » et poussait les réfugiés à s'y installer, mais beaucoup résistaient, car les camps étaient loin et infestés de maladies, sans compter que les rebelles y faisaient des incursions la nuit pour enlever les enfants et voler le peu qu'ils possédaient. Aussi, ils affluaient dans Karingoa et son camp sordide qui, à présent, s'étalait sur plus d'un kilomètre de part et d'autre de la ville. De là, ceux qui en avaient le courage pouvaient au moins retourner en cachette dans leurs villages pour semer ou récupérer un peu de leur récolte. Et en arrivant, ils découvraient souvent des enfants qui, abandonnés par les rebelles ou leur ayant échappé, se terraient dans la brousse, morts de peur, ou erraient parmi les ruines à la recherche de leur famille, pareils à des fantômes.

Le centre de réadaptation de Sainte-Marie des Anges, qui recueillait nombre de ces enfants, se trouvait légèrement au sud, près des bidonvilles de Karingoa. Vu de l'entrée en stuc délabré, l'ancien couvent avait une allure fière et imposante. Haut de trois étages, il se dressait au bout d'une allée de terre rouge légèrement en pente, bordée de flamboyants et, un peu plus loin, de palmiers et d'immenses manguiers envahis par les roussettes qui, au crépuscule, déployaient leurs larges ailes parcheminées et faisaient un bruit d'enfer en se nourrissant. Les murs du couvent et de la chapelle adjacente, blanchis à la chaux, disparaissaient en partie sous les bougainvillées violettes. C'est seulement lorsqu'on approchait que l'impression d'architecture coloniale triomphante commençait à se dissiper.

Les murs s'écaillaient, couverts de taches d'humidité provoquées par l'eau qui, lors des deux saisons des pluies annuelles, débordait des gouttières en mauvais état longeant le toit dont la plupart des tuiles étaient cassées. La façade du bâtiment était percée de six grandes fenêtres à chaque étage, toutes munies de moustiquaires déchirées et de volets à lattes sur lesquels ne restaient plus que quelques traces de peinture verte qui ressemblaient davantage à des moisissures. Devant le couvent, l'allée s'élargissait pour former une cour d'où, en montant quatre larges marches de ciment fissuré, on accédait à deux lourdes portes. Avant la guerre, quand Sainte-Marie était encore une école de filles, ces portes étaient toujours ouvertes. Aujourd'hui, elles demeuraient en permanence fermées, et la nuit, on les verrouillait.

Derrière le bâtiment principal étaient disséminées plusieurs petites constructions. Les cuisines, d'où s'élevaient constamment un brouhaha de voix et des bruits de vaisselle, se trouvaient près d'une cour entourée d'un muret où se dressaient trois grands papayers ombrageant un puits équipé d'une pompe à bras. Des poulets et des canards décharnés grattaient la terre à la recherche de reliefs de nourriture cependant que des chiens encore plus décharnés étaient couchés sous les tables à tréteaux installées dans une vaste tente ouverte sur un côté qui faisait office de salle à manger.

Il y avait aussi des entrepôts, une clinique, un atelier et un garage renfermant un assemblage hétéroclite de véhicules en état de délabrement plus ou moins avancé, dominés de manière quelque peu surréaliste par un autobus rouge à deux étages qui, venu d'Angleterre une décennie auparavant, avait accompli un voyage épique destiné à collecter des fonds. On l'avait surnommé Gertrude et, grâce aux soins attentifs de George, l'ancien jardinier, mécanicien et glorieux homme à tout faire, il pouvait encore rouler. A côté se trouvait un terrain de terre rouge parsemé de touffes d'herbe desséchées où, dans le soleil de fin d'après-midi, des enfants jouaient au football et au basket. Et au-delà, s'étendaient cinq ou six hectares de vergers, un véritable jardin d'Eden envahi d'orangers, de bananiers, de manguiers et d'avocatiers.

Observant ce panorama de sa fenêtre du troisième étage, Julia se rappelait combien tout cela lui avait paru étrange à leur arrivée trois mois plus tôt, et avec quelle rapidité elles en étaient venues à se sentir ici comme chez elles.

Amy et elle avaient pris leur leçon quotidienne d'acholi avec sœur Emily et, comme d'habitude, Julia s'était sentie honteuse devant sa fille. Celle-ci, en effet, le parlait presque couramment, tandis qu'elle butait encore sur les phrases les plus simples et commettait des fautes qui déclenchaient les hurlements de rire d'Amy et même un sourire bienveillant de la part de sœur Emily. La leçon terminée, Amy s'était précipitée dehors pour aller jouer au basket alors qu'elle aurait dû rester faire ses devoirs, mais Julia n'avait pas eu le cœur de lui interdire ce plaisir. Elle la voyait qui appelait la balle et qui, ses boucles blondes dansant dans les rayons poussiéreux du soleil, courait avec les autres filles.

Elles partageaient une chambre vaste mais spartiate. Du haut plafond pendait un ventilateur hors d'usage, et sur les murs vert clair, de petits geckos roses aux pattes adhésives et aux yeux bulbeux restaient parfois accrochés des heures durant sans bouger. Le mobilier se composait de deux lits à cadre métallique poussés l'un contre l'autre sous une grande moustiquaire, d'un bureau en bois muni de tiroirs, de deux chaises et d'une énorme armoire qui sentait la naphtaline. Leur seul luxe consistait en une douche et un lavabo dissimulés derrière un paravent dans un coin de la pièce. Les toilettes communes se trouvaient au fond du couloir.

Julia consulta sa montre. Il lui restait une demi-heure avant le début du cours d'anglais qu'elle donnait depuis peu un soir sur deux avant le dîner. C'était un cours facultatif, mais comme elle avait réussi à le rendre vivant et amusant, de plus en plus d'élèves y assistaient. Elle se déshabilla, prit une douche et, ravie de sentir couler sur sa peau un filet d'eau fraîche, elle se lava les cheveux sous le regard d'un gecko collé près du plafond. Puis, enveloppée dans une serviette, elle alla s'asseoir au bureau pour finir sa lettre à Linda, éclairée par la lumière oblique.

Dans sa dernière lettre, son amie lui demandait si elle avait des nouvelles de Connor et si les gens de Sainte-Marie savaient où il était. Non, ils ne savaient pas. Néanmoins, il s'était manifesté auprès de sœur Emily. Cet automne, environ six mois plus tôt, il lui avait téléphoné de Nairobi pour demander une liste des enfants de la région enlevés par les Guerriers de Dieu. Il n'avait pas fourni d'explications et sœur Emily n'en avait pas réclamé. Elle supposait que c'était pour un article.

A la manière dont les autres religieuses et les conseillers parlaient de lui, il était évident qu'ils aimaient beaucoup Connor. Sur les murs du hall étaient accrochées des photos d'enfants qu'il avait prises. Julia crut comprendre qu'il envoyait régulièrement de l'argent ainsi que des colis de vêtements, et que lors de sa dernière visite, il avait apporté un équipement vidéo et une chaîne hi-fi. Naturellement, Julia avait mentionné qu'il était le parrain d'Amy mais, pour une raison qu'elle ne s'expliquait pas, elle n'avait pas dit qu'il était également son père.

Elle avait éprouvé un tel soulagement en apprenant qu'on avait eu des nouvelles de lui qu'elle avait failli éclater en sanglots. Connor était vivant ! Peu après, cependant, elle s'était sentie blessée qu'il n'eût pas pris contact depuis si longtemps avec elle, ni avec Amy. Elle supposait qu'il ignorait la mort d'Ed car, sinon, il n'aurait pas manqué de se manifester. Julia ne parlait de ses sentiments à personne, pas même à Linda. Connor appartenait au passé et elle s'était promis de consacrer sa vie au présent et de ne pas laisser les souvenirs et la nostalgie la lui gâcher.

Il y avait quarante-deux pensionnaires à Sainte-

Marie, dont deux tiers de garçons. Sur les neuf conseillers, sept étaient des religieuses originaires de la région de Karingoa. Toutes avaient fréquenté le couvent au temps où c'était une école et avaient été ensuite formées par l'ONG pour travailler auprès d'enfants traumatisés. Bien que catholiques, elles veillaient à ce que la religion ne pèse pas trop afin que les petits protestants n'aient pas l'impression d'être exclus.

Les deux autres étaient une joviale Suissesse divorcée d'une cinquantaine d'années nommée Françoise et un jeune Ecossais adorable et passionné, Peter Pringle, qui servait également de médecin du centre. Affublé d'une tignasse de cheveux roux frisés, il commençait à s'attacher un peu trop à Julia. Il s'asseyait toujours à côté d'elle pendant les repas et rougissait chaque fois qu'elle le surprenait à la regarder. Toute l'équipe était logée au troisième étage, tandis que les enfants dormaient au deuxième dans des dortoirs séparés pour filles et garçons. La chambre de Peter Pringle était contiguë à celle de Julia et d'Amy, et elles l'entendaient parfois à travers la cloison mal chanter sous la douche d'obscures chansons folkloriques, ce qui provoquait des fous rires étouffés chez Amy. Elle l'avait surnommé Poil-de-carotte et s'amusait à l'imiter qui déclarait à Julia un amour éternel.

Elle termina sa lettre, s'habilla, puis rassembla les objets dont elle avait besoin pour son cours. Elle ne s'exprimait qu'en anglais, et si on lui posait une question en acholi, elle feignait de ne pas comprendre, ce qui, du reste, était souvent le cas. Elle préférait en général axer la leçon sur un thème précis, et ce soir, ce serait une visite au marché. Elle avait réuni un panier de choses que les enfants pourraient faire semblant de vendre, d'acheter et de marchander : des oranges, des bananes, des pinces à linge et des peignes. Les boîtes d'allumettes étaient destinées à figurer l'argent. C'était le chahut garanti.

Dans l'escalier, elle croisa Amy qui revenait du basket, bras dessus, bras dessous avec Christine, une Acholi de dix ans qui avait été détenue plus d'un an par les rebelles et atrocement violée. Arrivée à Sainte-Marie deux mois auparavant, elle commençait petit à petit à se remettre. Amy et elle étaient devenues très proches. Toutes deux étaient couvertes de poussière.

« Tu veux bien que Christine monte dans notre chambre ? demanda Amy.

— Bien sûr. Mais n'oublie pas tes maths, jeune fille. »

Les gamines grimpèrent les marches quatre à quatre.

« Je sais, lança Amy par-dessus son épaule. Je les ferai plus tard. On va écrire une pièce.

— Très bien. A tout à l'heure. Et prends une douche.

— Ouais », grogna Amy.

La leçon d'anglais se déroula devant une assistance record composée de quinze enfants et de deux religieuses qui le parlaient correctement mais désiraient réviser leurs connaissances. A la grande surprise de Julia, Thomas, le garçon que Connor avait photographié, était venu aussi, lui qui n'avait pas prononcé un mot depuis près de deux ans qu'il était à Sainte-Marie. Il avait légèrement grossi depuis l'époque de la photo mais demeurait frêle et fragile. Il avait une façon de rentrer le menton qui lui donnait en permanence l'air de regarder par en dessous. Personne ne savait comment le prendre. La plupart des enfants ne restaient au centre que deux ou trois mois avant de retourner dans leur famille. On avait envoyé Thomas chez l'un de ses oncles, mais il était revenu deux semaines plus tard, plus perdu et plus solitaire que jamais.

Au cours de leurs séances du matin, Julia, à l'exemple d'autres avant elle, s'était efforcée de l'amener à dessiner. Parfois, il prenait un crayon et demeurait ainsi, le crayon suspendu au-dessus de la feuille de papier, comme s'il essayait de trouver le courage de commencer. Mais il n'y arrivait pas. Le blocage, quel qu'il soit, était trop fort.

Pendant toute la leçon d'anglais, assis au fond dans un coin, il observa ce qui se passait, et quand vint son tour de s'approcher pour acheter quelque chose à l'étal du marché, il se borna à secouer la tête. Julia prit deux ou trois objets qu'elle lui apporta, et elle réussit à lui faire désigner un peigne qu'il paya à l'aide de cinq allumettes. Tout le monde l'acclama et il sourit de l'un de ces sourires timides si rares chez lui.

Ce que ses élèves apprirent ce soir-là, Julia n'en avait aucune idée, mais tous s'amusèrent beaucoup, ce qui était sans doute le plus important. Elle finit le cours épuisée et entendit avec soulagement la cloche sonner pour annoncer le dîner.

En sortant, elle eut la surprise de voir deux soldats dans le hall qui s'entretenaient à voix basse avec sœur Emily. A leurs uniformes, Julia reconnut des membres de l'UPDF, la Force de défense du peuple ougandais, l'armée gouvernementale qui possédait un camp au nord de la ville. Les soldats, de quelque bord qu'ils soient, n'étaient jamais les bienvenus à Sainte-Marie. La seule vue d'un uniforme ou d'une arme pouvait frapper de terreur le cœur des enfants en voie de guérison, et certains avaient subi presque autant de violences de la part de l'UPDF que de la part des rebelles. Comme elle s'approchait, Julia entendit l'un des deux hommes prononcer le nom de Makuma mais, s'apercevant de sa présence, il se tut jusqu'à ce que, arrivée en haut de l'escalier, elle fût hors de portée de voix.

Ils en étaient à la moitié du repas dans la tente servant de salle à manger quand sœur Emily les rejoignit. C'était une femme mince et élancée qui ne devait pas être loin de la quarantaine mais que ses manières douces faisaient paraître sans âge. Elle portait le titre officiel de Directrice du programme de réadaptation, mais pour les enfants, elle était la mère que nombre d'entre eux avaient perdue, et ils l'appelaient ainsi. On la voyait presque toujours en compagnie d'un ou plusieurs des enfants les plus jeunes accrochés à son bras ou à la robe de son habit blanc.

L'équipe de conseillers mangeait à une table séparée, mais la nourriture était la même pour tout le monde. Ce soir, il y avait du pain de maïs, du manioc bouilli et un ragoût de bœuf épicé. On avait laissé une place pour sœur Emily qui vint s'asseoir cependant qu'une des cuisinières posait une assiette devant elle. Depuis le début du repas, ils s'interrogeaient sur la présence des soldats, et maintenant, ils se taisaient, attendant une explication. Sœur Emily fit semblant de ne rien remarquer. Elle se signa, puis commença à manger. Au bout d'un moment, elle leva les yeux sur les visages interrogatifs et feignit l'étonnement :

« Qu'est-ce que vous avez tous ? Vous avez avalé votre langue ? »

Elle sourit et reprit une bouchée.

« Bon, poursuivit-elle alors. Ce n'est rien. De simples rumeurs. D'après certains renseignements, Makuma aurait rassemblé une importante armée de l'autre côté de la frontière et préparerait une nouvelle offensive. Les soldats pensent que c'est la raison pour laquelle le calme règne depuis quelques mois. Personne ne connaît ses intentions, mais il semblerait que ses maîtres de Khartoum le pressent d'utiliser cette force contre les rebelles de la SPLA au Soudan et non, ainsi qu'il le préférerait sans doute, contre l'Ouganda.

— Alors, pourquoi les soldats sont venus vous l'annoncer ? » s'étonna Françoise.

Sœur Emily haussa les épaules. « Parce qu'on ne peut jamais être absolument sûr. Ils veulent poster quelques soldats ici à titre de précaution, installer un camp dans les vergers.

— Et qu'avez-vous répondu ? demanda Pringle.

— D'après vous ? J'ai répondu non, bien entendu. Comment réagiraient les enfants devant des soldats qui circuleraient partout ? Nous avons nos propres gardes, et de toute façon, qu'avons-nous besoin de soldats alors que nous avons le courageux Peter Pringle pour nous défendre ? »

Tout le monde éclata de rire. Pringle devint cramoisi. Sœur Emily prit une nouvelle bouchée.

« Julia, ce ragoût est délicieux, non ? Je parie que vous n'en avez pas de meilleur en Amérique. »

C'était signe que le sujet de la guerre était clos. Julia sourit.

« Non, en effet. »

Après le dîner, l'équipe des conseillers et les enfants avaient coutume de se réunir dans la salle de récréation pour jouer, faire de la musique ou regarder une vidéocassette. Ce soir, pour la énième fois, ils étaient plantés devant l'une de celles que Julia et Amy avaient apportées, *Le Roi Lion.* Julia l'avait vu des centaines de fois, aussi elle prévint Amy qu'elle montait dans sa chambre lire un peu.

Traversant le hall plongé dans le noir, elle vit sœur Emily qui écrivait à la lueur d'une lampe, installée à son bureau dans la petite pièce près de l'entrée. Entendant les pas de Julia, elle leva la tête et sourit.

« Julia, vous avez un instant ?

— Bien sûr. »

Elle entra et sœur Emily lui indiqua une chaise en

face d'elle. Posé sur le bureau, il y avait un plateau contenant une théière de porcelaine bleue ainsi que deux tasses, un petit pot de lait et un petit bol de sucre. Les volets étaient fermés et les murs nus à l'exception d'un crucifix en bois au-dessus de la tête de la religieuse et d'une Vierge au-dessus de celle de Julia.

« Prendrez-vous un peu de thé ?

— Volontiers, merci.

— C'est du thé Lipton, celui que boit Sa Majesté la Reine d'Angleterre en personne, dit-on. Je crains que ce soit l'un de mes vices.

— Je ne qualifierais pas cela de vice. A la rigueur, si vous ajoutiez un doigt de whisky. »

Sœur Emily éclata de rire, puis elle servit une tasse qu'elle posa devant Julia avant de lui proposer du sucre et du lait.

« Non, merci, je le bois nature, dit Julia.

— Nous sommes tous tellement occupés que nous n'avons parfois même plus le temps de nous parler. Je voulais simplement m'assurer que tout allait bien avec votre travail et le reste.

— Je n'ai aucun problème, je vous remercie.

— Vous faites des merveilles ici, vous savez.

— C'est que je prends mon travail à cœur.

— Etes-vous heureuse ? »

La question ne manqua pas d'étonner la jeune femme.

« Bien sûr. Pourquoi ? Aurais-je l'air de ne pas l'être ?

— Oui. Vous semblez parfois si triste.

— Triste ? Eh bien, je... excusez-moi.

— Vous n'avez pas à vous excuser. Devant les enfants et les autres, vous paraissez toujours heureuse, mais il m'arrive de vous observer quand vous croyez que personne ne vous voit, et vous avez parfois l'air un peu triste.

— C'est à cause de la forme de mon visage. Dès mon enfance, on n'a pas arrêté de me demander ce que j'avais, pourquoi j'avais la mine allongée. Et je répondais toujours, mais rien, je suis née comme ça. »

Sœur Emily sourit, manifestement guère convaincue par cette explication. Elles sirotèrent leur thé en silence.

« Il paraît que vos cours d'anglais rencontrent un grand succès », reprit la religieuse.

Julia rit. « Je sais, nous devons faire du tapage. Mais c'est vrai, les enfants sont formidables. J'aimerais pouvoir apprendre leur langue aussi rapidement qu'ils apprennent la mienne.

— Mais vous parlez très bien acholi, maintenant.

— Oh, non ! C'est Amy qui est douée. Les cellules cérébrales de la jeunesse, je présume.

— Les enfants l'adorent. Sa présence leur est très profitable. C'est une gamine superbe. Elle ressemble beaucoup à son père. »

Julia fronça les sourcils. « Vous voulez dire...

— Je vous demande pardon, oui, je veux dire... comment l'appelle-t-elle, déjà ? Son “père biologique”.

— Amy vous a parlé de Connor ?

— Oui. Pourquoi ? Elle n'était pas censée le faire ?

— Non... je veux dire, si. Il n'y a aucun problème. C'est juste que je ne savais pas.

— Elle est très fière de lui. Et lui, il doit être très fier d'elle. C'est un homme bien.

— Oui, je sais. »

Elle ignorait pourquoi, mais ce sujet la mettait mal à l'aise. Elle avait l'impression que la religieuse en savait davantage qu'elle. Elle but une gorgée de thé et préféra détourner la conversation.

« Vous pensez donc que la guerre va reprendre ?

— Je ne crois pas. Karingoa n'a jamais été un

objectif important pour les rebelles. S'ils lancent une attaque, ce sera plutôt sur Kitgum ou Gulu. »

Plus tard dans la soirée, couchée à côté d'Amy dans le cône éclairé que formait la moustiquaire, cependant que les grenouilles et les insectes jacassaient dehors comme une machine électronique devenue folle, Julia ne put s'empêcher de repenser à ce que sœur Emily avait dit.

« Tu trouves que j'ai l'air triste ? » demanda-t-elle à sa fille.

Amy posa son livre pour étudier un instant sa mère. « Maintenant, tu veux dire ?

— Non, en général.

— Ouais, des fois. Probablement quand tu penses à papa.

— Ah bon ?

— Je me trompe ?

— Non. »

Amy vint se nicher contre elle.

« Il se serait plu ici, dit-elle.

— Oui, je crois. »

Julia lui caressa les cheveux, et elles demeurèrent un long moment silencieuses.

« Maman ?

— Oui, ma chérie ?

— Tu crois que tu te remarieras un jour ?

— Je ne sais pas. » Elle s'interrompit. « Ça dépend s'il veut de moi. »

Amy se souleva sur un coude et considéra un instant sa mère, plissant son petit nez.

« Qui, il ? »

Julia prit un air faussement timide. Amy la chatouilla sous le bras.

« Allez, dis-moi. Qui ?

— Poil-de-carotte, bien sûr. »

Amy hurla de rire.

« Chut, sinon il va nous entendre », fit Julia.

Toutes deux eurent cependant du mal à maîtriser leur hilarité. Elles finirent par reprendre leurs livres, mais Amy s'endormit presque aussitôt sur le sien. Julia le lui enleva doucement des mains, puis éteignit la lumière. Venant de l'autre côté de la ville lui parvenait le battement assourdi des tambours. Allongée dans les ténèbres chaudes et humides, les yeux grands ouverts, écoutant le rythme lointain de la musique et le bruissement aigu des insectes, elle s'efforça de chasser de son esprit l'image de Connor.

28

On lui avait ôté sa montre, aussi il guettait à chaque fois l'aube pour mesurer le temps qui s'écoulait. Dès que le jour filtrait par la fenêtre, il glissait la main sous sa natte pour prendre l'éclat de pierre qu'il cachait là, puis il soulevait la moustiquaire et traçait soigneusement un nouveau trait vertical sur le mur de boue séchée de la hutte.

Ce matin, c'était le dernier d'une série de sept traits, si bien qu'il le fit plus long que les autres. Il y en avait à présent huit, qui ressemblaient à un banc de squelettes de poissons, chacun composé de sept arêtes et séparé du suivant par une sorte d'épine dorsale ; une arête égale un jour, une épine dorsale égale une semaine. Cinquante-six jours. Soixante-dix s'il comptait les quatorze où il avait attendu l'arrivée de Makuma. Il remit la pierre sous la natte et resta un long moment à contempler les poissons.

Il ignorait toujours le sort que Makuma lui réservait. Le premier jour de son emprisonnement, Okello l'avait photographié avant de lui confisquer tout son matériel ainsi que son magnétophone, ses carnets et ses stylos. Au fil des ans, Connor avait lu assez d'articles sur les prises d'otages pour ne pas ignorer qu'une simple photo d'identité ne suffisait jamais à obtenir une rançon. Même les plus stupides des kidnappeurs le savaient. Il fallait fournir la preuve que l'otage était encore en vie, par exemple le photographier ou le filmer tenant entre ses mains un journal dont on pouvait lire les titres ou la date. Sur les photos que le colonel avait prises, avec son visage en sang et couvert d'ecchymoses à la suite des coups qu'il avait reçus, il devait avoir l'air à moitié mort. En voyant cela, personne ne se précipiterait à la banque prendre l'argent réclamé.

C'était Makuma lui-même qui lui avait fourni l'indice lui permettant de penser qu'il chercherait en effet à tirer de l'argent de lui. Reprenant connaissance, étendu dans la poussière, il avait entendu l'homme dire en ricanant qu'il obtiendrait certainement un meilleur prix d'un photographe américain que d'une poignée d'enfants décharnés. Ensuite, il n'avait plus entendu personne en parler et n'avait plus revu Makuma. Pour ce qu'il en savait, le Saint avait réintégré son paradis.

Au début, on l'avait claquemuré dans cette hutte. Au cours de la bagarre, il avait récolté deux côtes fêlées, et les premiers jours, la douleur fut si vive et la chaleur si étouffante qu'il ne cessait de s'évanouir. On lui glissait à boire et à manger sous la porte et il lui fallait user de toutes ses forces pour ramper jusque-là ou jusqu'au seau qui lui servait à faire ses besoins. Les mouches qui se posaient sur son visage tuméfié le rendaient à moitié fou, mais il finit par ne plus avoir assez d'énergie pour les chasser. Et puis, un matin, Okello entra en compagnie d'un officier que Connor ne connaissait pas et qui semblait avoir une formation de médecin. Il l'examina, manifestement choqué par son état. Il semblait aussi jouir d'un certain prestige, car Connor l'entendit ensuite s'adresser dehors à Okello d'un ton furieux.

A dater de cet instant, ses conditions de détention s'améliorèrent considérablement. La nourriture devint meilleure et plus abondante, et on lui donnait de l'eau propre en quantité suffisante pour qu'il puisse faire sa toilette et laver ses vêtements. Deux fois par jour, on l'autorisait à sortir prendre un peu d'exercice. L'officier revint le voir à plusieurs reprises et parut satisfait de le trouver en bonne voie de rétablissement. Il lui apporta des comprimés contre la malaria et de l'iode pour purifier l'eau. Lors de sa dernière visite, il lui laissa une Bible ainsi qu'une lampe à pétrole. Connor le remercia et demanda s'il pouvait avoir un stylo et du papier, mais l'homme lui répondit que ce n'était pas possible.

Maintenant qu'il allait mieux, il ne voyait plus qu'Okello qui, de fait, venait surtout pour se moquer de lui. Connor entendait la jeep s'arrêter, puis le garde ôter le cadenas qui condamnait la porte à lattes de bois. Okello hurlait alors *muzungu !* et Connor s'avançait sur le seuil, clignant des yeux dans le soleil pour apercevoir le colonel qui, affalé sur le siège de sa jeep, le regardait en ricanant ou bien qui se pavanait comme un paon en faisant les cent pas, cinglant ses bottes de sa canne, cependant qu'il accusait Connor d'être un espion de la CIA ou parfois, selon le jour de la semaine, des Anglais, du Mossad, du gouvernement ougandais, ou de tous à la fois.

« Nous avons réuni des preuves contre vous, lui avait-il dit lors de sa dernière visite qui remontait à deux jours. Des preuves concluantes. Nous savons où vous avez été, de qui vous dépendez, quels sont vos contacts à Kampala et à Nairobi. Nous savons tout. Nous savons que vous avez été envoyé par la CIA pour prendre des photos qui permettront à nos ennemis de nous attaquer.

— Oui, absolument.
— Vous ne niez pas !
— A quoi bon ? Il semblerait bien que vos agents de renseignement aient démasqué le complot. Bien sûr, la CIA possède des satellites capables de photographier le moindre centimètre carré de terrain de la région et même quelque chose d'aussi minuscule que votre cerveau. Mais pourquoi se donner la peine d'employer tout ce matériel sophistiqué quand on peut envoyer plus utilement un agent déguisé en photographe, n'est-ce pas ? »

L'ironie n'était pas le fort d'Okello qui paraissait ne jamais savoir comment réagir face à ce genre de discours. Cette fois, il se lança dans une longue diatribe, menaçant d'exécuter Connor qui subissait sans broncher ses injures. Mais quand le colonel lui enfonça le bout de sa canne dans la poitrine et lui hurla des insultes, la figure presque collée contre la sienne, de sorte qu'il sentait son haleine et ses postillons asperger son visage, il fallut à Connor toute sa maîtrise de soi pour ne pas lui balancer un coup de poing, ce qui était probablement ce qu'Okello attendait. S'il avait besoin d'un prétexte pour le frapper, c'est qu'il avait dû recevoir l'ordre de ne pas le maltraiter sans raison, ce qui, d'une certaine manière, réconfortait Connor. Il n'en restait pas moins que ces confrontations le laissaient à chaque fois tremblant de rage.

Tenir le compte des jours était la seule entorse qu'il s'autorisait par rapport à la règle qu'il s'était fixée, car il savait très bien que noter le passage du temps était le plus sûr moyen de le ralentir. Il s'efforçait de se concentrer sur les détails de sa vie quotidienne, le nettoyage de la hutte, sa toilette, ses exercices. Tous les matins et tous les soirs, il s'asseyait, jambes croisées, pendant une heure ou plus et, immobile, les yeux fermés, tâchait de faire le vide dans son esprit.

Des sentinelles armées montaient la garde devant la hutte vingt-quatre heures sur vingt-quatre. On leur avait visiblement donné l'ordre de ne pas lui parler, et seule l'une d'entre elles, un grand jeune homme prénommé Vincent qui prenait régulièrement la relève pour la nuit, semblait prête à courir le risque de l'enfreindre. Il connaissait quelques mots d'anglais et quand il était sûr que personne ne se trouvait dans les parages, il interrogeait Connor sur l'Amérique et lui apprenait un peu d'acholi. Il l'aida même à se couper les cheveux et à tailler sa barbe.

Sinon, en dehors des moustiques, des araignées, des scorpions et de la visite occasionnelle d'un rat, il n'avait pour compagnie que sa Bible. Il l'avait déjà lue de la première à la dernière page et il recommençait, plus lentement cette fois, savourant les histoires. Ni son père ni sa mère n'avaient attaché beaucoup d'importance à la religion, et tout en ayant une vague connaissance des Evangiles, il n'avait jamais eu conscience des trésors que recelait l'Ancien Testament.

Il relut l'histoire de Daniel, des lions et de ses trois compagnons, Sidrach, Misach et Abdénago, jetés dans une fournaise ardente où l'ange du Seigneur était descendu pour les sauver. Et dans les Livres de Samuel, il s'attarda sur l'amitié entre Jonathan et David, puis sur l'amour de ce dernier pour Bethsabée dont il avait fait périr le mari afin de pouvoir l'épouser. Connor se passa et se repassa ces histoires dans sa tête comme si c'étaient des films, et la nuit, après avoir reposé la Bible et éteint la lampe, il réfléchissait à leur signification et aux leçons qu'il pourrait en tirer.

Quand il pensait aux raisons qui l'avaient conduit en ce lieu, il savait que beaucoup considéreraient sa mission comme une folie et ses méthodes comme irresponsables. Il aurait peut-être été plus intelligent d'avoir, au fil des ans, donné des nouvelles à ceux qui l'aimaient, et il regrettait les souffrances et les inquiétudes que sa disparition avait dû leur causer. D'un autre côté, il n'ignorait pas que cette espèce de voyage initiatique relevait de son destin personnel et qu'on lui imposait, encore qu'il ne sache ni qui ni quoi, de l'accomplir seul et sans véritable plan établi.

Il ne percevait son destin que par bribes qui tourbillonnaient dans son esprit comme les pièces d'un puzzle flottant à la surface de l'eau : l'orignal et sa ramure enflammée, la marche à travers le désert le long de la rivière invisible, les peintures rupestres, celles de la caverne à ciel ouvert ainsi que celles dans la chambre de Julia, et puis l'histoire du koudou, du squelette de la baleine et du vieux lion aux yeux éclairés par la lueur du feu. Toutes ces images avaient un lien entre elles et parfois, durant les moments de calme, à la périphérie de sa vision, les pièces du puzzle semblaient flotter si près les unes des autres qu'il croyait être sur le point de distinguer l'image reconstituée et de comprendre enfin. Mais quand il tentait de les examiner de plus près, les pièces se remettaient à danser et à dériver. Il finit par réaliser que quelle que soit la vérité, elle ne procédait pas de l'esprit mais de l'être, et qu'il la connaîtrait en vivant et non en regardant.

Au cours de ces deux dernières semaines, lorsque les gardes le faisaient sortir pour ses exercices matinaux et sa promenade du soir au milieu des eucalyptus, le tenant en permanence sous la menace de leurs armes, il avait constaté qu'il y avait maintenant beaucoup plus de soldats et de véhicules qu'à son arrivée. La nuit, il entendait le ronronnement des avions qui atterrissaient et décollaient sur le plateau. Quelque chose semblait se préparer. Il avait interrogé Vincent, mais celui-ci ou ne savait pas ou ne voulait rien dire.

Ce soir, cependant, tout était plus tranquille. Le garde qui l'accompagnait était nouveau. Nerveux et agressif, il n'arrêtait pas de lui crier de ne pas prendre trop d'avance, et il l'obligea à faire demi-tour bien plus tôt que les autres. Quand Connor voulut discuter, il se mit en colère et lui enfonça le canon de son fusil dans les reins. Puis, au lieu de le laisser manger devant la hutte comme Vincent et la plupart des autres soldats le faisaient afin qu'il puisse voir le coucher de soleil, cet apprenti tyran le poussa à l'intérieur et cadenassa la porte.

Il arrivait de temps en temps que certains cherchent ainsi à affirmer leur autorité et, en général, Connor essayait de ne pas y prêter trop attention. Mais ce soir, alors que les ténèbres envahissaient la hutte, il se mit à broyer du noir. Il se sentait floué, amer, et il se surprit à s'apitoyer sur son sort. Il tâcha de réfléchir, mais il avait l'esprit trop embrumé. Il ralluma sa lampe et ouvrit la Bible sur l'Exode où, un peu plus tôt, il avait relu l'histoire des dix plaies que Dieu avait envoyées sur l'Egypte pour permettre aux enfants d'Israël de trouver la liberté mais, incapable de se concentrer, il s'aperçut qu'il relisait sans cesse le même verset. Il se déshabilla, souffla la lampe et demeura allongé dans l'obscurité, plus proche du désespoir qu'il ne l'avait été depuis des semaines. Il finit par sombrer dans un sommeil agité.

Il se réveilla au milieu de la nuit, conscient qu'il se passait quelque chose à l'extérieur. Il écarta sa moustiquaire et regarda autour de lui. Le clair de lune projetait un carré de lumière zébré par les lattes sur le sol en terre battue. Une ombre le traversa soudain, et Connor distingua des voix. L'une était celle du garde qui paraissait furieux, comme s'il défiait quelqu'un. Connor se leva et, tout nu, s'approcha de la porte pour jeter un coup d'œil par les lattes.

La cour, barrée par l'ombre allongée d'un palmier, baignait dans le clair de lune argenté. La chaise du garde, au dos de laquelle la clé du cadenas pendait au bout d'une ficelle, était vide. Connor percevait toujours les voix, mais ne voyait pas d'où elles venaient. Il se déplaça un peu et, tendant le cou, il aperçut les deux hommes.

Le garde se tenait devant un soldat beaucoup plus petit que lui. Il lui enfonçait le canon de son fusil dans la poitrine et semblait proférer des menaces. Une silhouette déboucha soudain de l'ombre et s'avança en silence vers les deux soldats. C'était un homme aussi grand que le garde, tenant à la main un long objet qui brilla un instant dans le clair de lune. Connor vit alors qu'il s'agissait d'une machette. Elle étincela de nouveau lorsqu'il la leva et l'abattit sur la nuque de la sentinelle. Le bruit fut horrible et Connor devina qu'il avait dû pratiquement trancher la tête de l'homme dont les genoux fléchirent. Il tomba et une tache sombre s'élargit sur le sol de terre battue.

Les deux autres lui prirent son fusil et son couteau, puis ils se précipitèrent vers la hutte. Le plus grand portait un sac en bandoulière. Connor alla prendre sur la natte son jean et sa chemise qui lui servaient d'oreiller et s'empressa de les passer. Il entendit un murmure de voix suivi du bruit métallique de la clé dans le cadenas. La porte s'ouvrit à la volée et l'homme à la machette s'encadra sur le seuil. Le clair de lune éclaira un instant son visage. Connor reconnut Vincent.

« Mettez vos bottes, vite, dit celui-ci à voix basse. Prenez vos affaires. »

Connor s'exécuta sans perdre de temps en questions inutiles.

Il enfila ses bottes, puis réunit ses maigres possessions dans son T-shirt de rechange dont il fit un ballot.

Moins d'une minute plus tard, il était prêt à partir. Vincent avait traîné le corps du garde vers la hutte et Connor l'aida à le porter à l'intérieur. L'autre soldat, qui avait fini de recouvrir de poussière la tache de sang, s'avança vers eux. C'était Lawrence Nyeko. Le garçon avait l'air terriblement effrayé. Il dit quelque chose en acholi et Vincent se tourna vers Connor :

« Il veut savoir si c'est vrai que son frère est vivant.

— Oui, c'est vrai », confirma Connor.

Lawrence hocha la tête.

« Restez derrière moi et surtout, ne faites pas de bruit, murmura Vincent. S'ils nous voient, ils nous tueront. »

Ils traversèrent la cour au pas de course et s'enfoncèrent dans l'ombre des arbres le long de l'arête qui surplombait le camp. Vincent marchait devant, suivi de Lawrence et de Connor. Il y avait une piste, mais ils restèrent à côté, se frayant un chemin au milieu des pierres et des broussailles cependant que les insectes bourdonnaient autour d'eux et que les rayons de lune filtraient par intermittence au travers du feuillage des arbres.

Vincent portait l'AK-47 du garde qu'il levait parfois en l'air pour leur faire signe de s'arrêter. Ils se figeaient alors sur place, scrutant la pénombre mouchetée, osant à peine respirer. A un moment, ils dérangèrent quelque gros animal qui poussa un grognement inquiet, puis fila à grand bruit dans la brousse. Vincent se tourna vers eux et sourit. Une autre fois, ils entendirent un camion approcher sur la piste et des voix de soldats. Ils se plaquèrent aussitôt au sol, le visage pressé contre la terre odorante, tandis que le pinceau des phares trouait la nuit au-dessus d'eux.

Lorsqu'ils atteignirent l'extrémité de la crête, la lune était descendue dans le ciel, si bien qu'à présent, l'obscurité les enveloppait. Le camp des soldats se trouvait maintenant loin derrière eux sur leur droite et, au travers des arbres, Connor ne parvenait à distinguer que les contours du lit à sec de la rivière qui serpentait vers l'est.

Ils marchèrent longtemps. Deux ou trois heures, peut-être, sans s'arrêter un instant. C'est seulement en arrivant dans une petite clairière d'herbe pâle parsemée de rochers, alors que les premières lueurs de l'aube blanchissaient l'horizon, que Vincent fit halte. Il sortit un papier de sa poche et le tendit à Connor. Il faisait assez clair pour voir qu'il s'agissait d'une carte rudimentaire tracée au charbon.

« Suivez la rivière vers l'est, mais pas de trop près, expliqua Vincent. Restez sur les hauteurs, parmi les arbres. Et ne voyagez que de nuit.

— Karingoa est loin ?

— Je ne sais pas. Peut-être à une centaine de kilomètres au sud. Mais n'allez pas par là. Entre ici et la frontière, il y a d'autres camps et beaucoup, beaucoup de soldats. Une grande guerre se prépare. Dirigez-vous vers l'est. Dans trois ou quatre jours, vous franchirez sans danger la frontière.

— Vous ne venez pas avec nous ?

— Je ne peux pas. Prenez ça. »

Il donna à Connor son petit sac à dos.

« Il y a un peu de nourriture et un peu d'eau. »

Puis il lui tendit le fusil. Connor refusa d'un geste.

« Emportez-le !

— Je me sens plus en sécurité sans. »

Vincent, à l'évidence, ne comprenait pas, et il insista pour qu'ils prennent au moins la machette qui, constata Connor, était encore maculée de sang séché. Vincent posa la main sur l'épaule de Lawrence et lui dit quelques mots en acholi. Le garçon hocha la tête et murmura une réponse. Connor devina que c'étaient des remerciements.

Il tendit la main et Vincent la lui serra.

« Merci », dit-il.

Vincent sourit. « Allez, maintenant. Rendez cet enfant à son frère. »

Ils partirent chacun de leur côté. Connor ne regarda pas derrière lui avant d'avoir atteint la lisière de la clairière. Là, il se retourna, mais Vincent avait déjà disparu au milieu des arbres.

29

A Sainte-Marie des Anges, le signal du réveil était accueilli avec joie. Au petit matin, l'air était toujours frais et limpide. A mesure que le jour se levait, les oiseaux se mettaient à chanter, à siffler et à se chamailler dans la jungle des vergers. Durant environ une heure, le monde leur appartenait, jusqu'à ce que, à six heures, les religieuses se mettent à leur tour à chanter dans la chapelle. Julia, encore couchée, écoutait, avec Amy endormie à côté d'elle. La plupart du temps, elle ne reconnaissait pas les paroles, car il s'agissait de messes africaines si belles et si intenses que les oiseaux eux-mêmes renonçaient à rivaliser.

Lentement, l'ancien couvent s'éveillait à la vie. On entendait d'abord le murmure des voix des enfants en provenance des dortoirs, puis le bruit des portes qu'on ouvrait et refermait, suivi des pas qui couraient dans les couloirs et les escaliers. Peu après, la cour résonnait des cris et des rires des pensionnaires qui la traversaient pour se laver à la pompe. D'habitude, c'était le moment où Amy émergeait des brumes du sommeil en se frottant les yeux. Julia et elle restaient ensuite à bavarder jusqu'à ce que, de l'autre côté de la cloison, Pringle entonne sous la douche quelque ballade écossaise, signal auquel toutes deux se levaient pour prendre également leur douche.

Aujourd'hui, le rituel ne fut pas respecté. En effet, au moment où Pringle lançait sa première note, on entendit un hurlement qui sembla repris par tout le monde. Julia et Amy bondirent de leurs lits, se précipitèrent à la fenêtre et ouvrirent en hâte les volets. Un groupe d'une dizaine d'enfants excités se tenaient dans la cour, bientôt rejoints par d'autres, tandis que des cuisines débouchaient une escouade de serveuses et de cuisinières armées de poêles à frire et de balais.

« Qu'est-ce qu'ils disent ? demanda Julia.

— Je n'arrive pas à entendre. Viens, on va voir. »

Le temps qu'elles arrivent, tous les enfants étaient rassemblés dans un coin. Françoise était là, de même que Peter Pringle dont les cheveux roux encore mouillés gouttaient sur son T-shirt. Il se tourna vers elles et s'écria :

« C'est un serpent, un python, je crois.

— Il a emporté un canard, ajouta Françoise.

— Waouh ! Maman, on va regarder ! »

Peu d'animaux donnaient à Julia la chair de poule et même en leur présence — en particulier celle d'araignées —, elle essayait toujours, en tout cas devant Amy, de faire bonne figure et de paraître décontractée. A Missoula, quand sa fille regardait, elle se faisait un devoir d'ôter à mains nues de la baignoire de grosses araignées velues comme si de rien n'était, puis de les porter dehors pour les relâcher en disant quelque chose du genre : « Allez, file, ma belle », alors qu'en son for intérieur, elle avait envie de hurler. Mais sur l'échelle de la terreur, rien, absolument rien ne pouvait être comparé aux serpents. Et voilà que sa fille la tirait par la manche à travers la foule en direction d'un monstrueux reptile.

« Amy, reste ici ! N'approche pas ! »

Elles se frayèrent un passage jusqu'au premier rang et là, à quatre ou cinq mètres, dans un recoin, s'efforçant de se dissimuler sous un buisson d'hibiscus mauves, se terrait le python. Il mesurait à peu près un mètre cinquante, mais aux yeux de Julia, il en faisait au moins le triple. Il avait une grosse bosse derrière la tête, sans doute constituée par son petit déjeuner, feu le canard. Comment il avait réussi à glisser le volatile dans sa vilaine petite bouche, Dieu seul le savait. Deux parmi les garçons les plus âgés avaient pris des bâtons et essayaient de déloger l'animal terrifié de sa cachette.

« Waouh ! s'exclama Amy. Qu'est-ce qu'il est beau !

— Franchement, ce n'est pas le mot qui me viendrait à l'esprit. »

La peau du serpent était jaune vert, criblée de taches rondes couleur chocolat et bordées de blanc. Les enfants encourageaient de leurs cris les deux garçons. Sœur Emily fendit alors la foule, accompagnée du vieux George, le jardinier, qui tenait à la main un fusil qu'Amy repéra aussitôt.

« Vous n'allez pas le tuer ? »

Le vieux jardinier se tourna vers elle avec un grand sourire. « Tu aimes les serpents ?

— Ouais, ils sont gentils. Ne le tuez pas. Maman ? »

Julia ne savait quoi dire. Sœur Emily elle-même paraissait perplexe. Pour se protéger, le python s'était lové et balançait la tête de droite à gauche. Les deux garçons ne se laissèrent pas intimider. L'un d'eux réussit à le saisir avec son bâton et à l'extraire de sa cachette. Tous les enfants leur hurlèrent de le tuer. Sœur Emily s'avança, leva les bras et réclama le silence, mais au milieu du tumulte, personne ne l'entendit ni ne lui prêta attention.

Les garçons poussaient l'animal du bout de leurs bâtons, et quand il tenta timidement de se défendre, ils se mirent à le frapper. Amy agrippa le bras de Julia.

« Maman ! Dis-leur d'arrêter ! » gémit-elle.

Julia allait éloigner sa fille lorsqu'un enfant la bouscula au passage et se précipita vers le python. Il tenait un bout de toile à la main. Il écarta les deux garçons et se tourna face à la foule. C'était Thomas Nyeko.

Il se plaça près du serpent et, l'espace d'un instant, il régna un silence total. Les deux autres garçons étaient plus âgés et plus grands que lui. L'un d'eux brandit son bâton et s'approcha dans l'intention de finir le travail. Quelques enfants se remirent alors à hurler. Thomas s'interposa. Il ouvrit la bouche et poussa un cri. Le garçon se figea sur place. C'était la première fois qu'on entendait la voix de Thomas et un frisson courut parmi l'assistance. Le garçon baissa son bâton et Thomas, arrêtant de crier, se mit soudain à parler, s'adressant à tous.

Julia ne saisit pas tout, mais on lui expliqua par la suite ce qu'elle n'avait pas compris. Il commença par dire qu'il y avait eu assez de cruautés et de meurtres, qu'eux tous en avaient déjà beaucoup trop vu. Il fallait que cela cesse. Ils avaient tous eu faim et avaient volé pour manger, précisément ce qu'avait fait le serpent. Ils devaient respecter son courage et le laisser vivre. Il pivota alors, jeta la toile sur le python et s'agenouilla à côté de lui pour l'en envelopper. Après quoi, le soulevant dans ses bras, il se remit debout et s'avança vers la foule qui s'écarta sur son passage. Tout le monde le regarda en silence se diriger vers les arbres.

Jusqu'à ce jour, on ne connaissait de l'histoire de Thomas et de son frère jumeau que les bribes glanées d'une part auprès des voisins qui avaient été témoins de leur enlèvement puis de leur retour, transformés en démons sanguinaires, avec les hommes de Makuma qui avaient massacré, pillé et incendié le village, et d'autre part auprès des soldats gouvernementaux qui, plus tard, l'avaient découvert errant dans la brousse, nu et à moitié mort. Dans les semaines qui suivirent l'épisode du python, il raconta lui-même ce qui lui était arrivé.

Chaque enfant du centre avait vécu plus que son lot d'horreurs, et Julia savait qu'il ne fallait pas essayer de juger de leur degré, mais ce qu'avait connu Thomas dépassait l'entendement. L'histoire finit par émerger d'un déluge de mots et de dessins au fil des nombreuses séances tant en tête-à-tête avec un conseiller qu'en travail de groupe avec les autres enfants.

Quand les Guerriers de Dieu avaient envahi une nuit son village, ils les avaient contraints, Lawrence et lui, à regarder pendant qu'ils violaient et torturaient leur mère. Après quoi, ils les forcèrent à l'achever eux-mêmes à coups de massue, puis à faire subir le même sort à leur père et à leurs jeunes frères et sœurs. Le chef des rebelles leur dit qu'ainsi ils deviendraient des hommes. Ensuite, en compagnie des autres enfants enlevés, ils durent marcher des jours et des jours sans pratiquement rien manger ni boire jusqu'à un vaste camp situé au-delà de la frontière soudanaise. Là, on donna comme « épouses » les plus jolies des petites filles aux soldats plus âgés. Les garçons et le reste des filles reçurent une formation de soldats.

Daniel Makuma en personne leur parla longuement du monde des esprits et de la manière dont *Tipu Maleng* les protégerait pendant les combats. Il leur ordonna de s'enduire de beurre de karité qu'il avait lui-même béni et sur lequel les balles ennemies rebondiraient. Au cours de la bataille, ils devaient courir droit sur l'ennemi en tirant, et quiconque se coucherait pour viser ou pour se cacher serait un lâche qui serait exécuté.

Leur première mission consista à retourner finir de brûler leur propre village et à tuer leurs amis et voisins. Ce qui, dit Makuma, les libérerait de tout lien terrestre et permettrait à *Tipu Maleng* de les recevoir en son sein et de les protéger. Avant l'attaque, on distribua à Thomas et aux autres enfants soldats des drogues destinées à soutenir leur courage mais, avoua-t-il, elles n'étaient pas nécessaires. Il savait parfaitement ce qu'il faisait. Il désirait tuer tous ces gens parce qu'ils avaient été témoins des meurtres qu'il avait déjà commis. En les assassinant et en incendiant le village, Lawrence et lui espéraient effacer toute trace et tout souvenir de leur premier et bien plus horrible crime.

Au camp, raconta-t-il, quand un enfant désobéissait à un ordre, on obligeait les autres à le tuer à coups de gourdin ou de machette. En cas de refus, ils connaissaient le même sort. C'est après l'un de ces meurtres que Thomas perdit l'usage de la parole. Il dit qu'il avait eu l'impression que Dieu lui ôtait soudain toutes ses forces. Lors de la dernière bataille, comme il ne pouvait plus servir à rien, le commandant l'abandonna dans la brousse. Son frère, conclut-il, était plus courageux que lui.

Les semaines durant lesquelles Thomas se livra petit à petit à ces révélations furent éprouvantes pour tout le monde, enfants comme conseillers, ce qui contribua à les souder davantage encore. Certains parmi les garçons plus âgés, qui s'étaient montrés réticents à l'idée d'évoquer leurs propres forfaits, confessèrent à leur tour leurs crimes, encouragés par l'exemple de Thomas. Un matin, au cours de l'une des séances de groupe de Julia, l'un de ceux qui avaient voulu tuer le python, un garçon nommé Alex, avoua qu'il avait participé à plusieurs viols. A la stupéfaction de Julia, il ajouta que l'une de ses victimes avait été Christine, la copine d'Amy. Le groupe ne se composait que de garçons, aussi Julia put demander à Alex s'il accepterait de s'excuser auprès d'elle et il répondit que oui. Christine, consultée, se déclara prête à l'écouter.

Au début de leur séjour à Sainte-Marie, Julia s'était efforcée de protéger sa fille des horreurs qu'avaient connues les enfants, mais Amy s'était si bien intégrée que c'était devenu pratiquement impossible. Christine lui avait raconté une bonne partie de ce que lui avaient fait subir les soldats rebelles (à l'exception des viols, s'avéra-t-il), et Amy avait posé à Julia beaucoup de questions embarrassantes. Placée devant le choix d'essayer de minimiser les choses afin de ne pas traumatiser sa fille ou d'aborder franchement le problème, avec les risques que cela comportait, Julia avait tranché en faveur de cette dernière solution. Depuis, toutes deux avaient eu de longues discussions à propos de ce qui pouvait pousser des gens apparemment ordinaires, normaux, à commettre des actes aussi épouvantables.

Si on lui avait demandé de justifier sa décision, elle aurait répondu qu'aux Etats-Unis, les enfants de l'âge d'Amy voyaient tous les jours des atrocités aux informations télévisées, mais qui paraissaient comme irréelles, et où bourreaux et victimes étaient anonymes et vite oubliés. Ici, à Sainte-Marie, en revanche, elles étaient bien réelles. Et Amy connaissait les noms des victimes. Elle leur tenait la main, elle jouait avec elles, elle les regardait redécouvrir les joies simples de l'amour et de l'amitié. Elle était témoin de faits qui relevaient du miracle. Ce qui, voulait se persuader Julia, constituait un rare privilège que ni elle ni sa fille, ni aucun autre n'oublieraient jamais.

Elle s'interrogeait malgré tout pour savoir s'il conviendrait qu'Amy assiste aux excuses que devait faire Alex à Christine. Elle alla prendre conseil auprès de sœur Emily.

« Amy est ce que certains appellent une “vieille âme”, dit la religieuse. Elle possède une force intérieure et une sagesse bien au-delà de son âge. Elle fait partie de notre famille et Christine la considère comme une sœur. Puisque vous me demandez mon avis, je dirais que ce serait une erreur de l’exclure. »

Ce soir-là, après le dîner, tous les enfants et l’équipe de conseillers se réunirent dans la salle de récréation. Sœur Emily annonça qu’Alex avait quelque chose à dire. Le garçon s’avança. Les yeux rivés au sol, tordant entre ses mains le pan de sa chemise en loques, il confessa d’une toute petite voix ce qu’il avait fait. Julia écouta, un bras passé autour des épaules de sa fille qui, tout en jetant de temps en temps un coup d’œil sur Alex, ne quittait pratiquement pas son amie du regard.

Alex demanda pardon et ajouta qu’il ne se pardonnerait jamais son geste. Il se mit alors à pleurer, et nombreux furent ceux parmi les personnes présentes qui eurent du mal à retenir leurs larmes. Christine, quant à elle, conserva une attitude digne. Lorsqu’il se tut, un lourd silence plana un instant sur l’assistance, puis Christine, la gorge nouée, hocha imperceptiblement la tête. Sœur Emily l’étreignit et fit de même avec Alex. Certaines blessures sont trop profondes pour guérir tout de suite, songea Julia. Si tant est qu’elles guérissent un jour. De toute façon, Christine en garderait éternellement les traces, mais peut-être que les paroles du garçon auraient au moins contribué à les cicatriser.

Le lendemain, Peter Pringle dut aller chercher à l’aéroport d’Entebbe du matériel médical arrivé par avion de Genève. Il revint avec des nouvelles à méditer.

En raison d’un problème avec la douane, il avait passé la nuit chez des amis à Kampala. Un diplomate anglais et sa femme invités à dîner n’avaient pratiquement parlé que de la guerre au nord, disant que le calme relatif qui régnait depuis près de deux ans allait prendre fin. Selon des renseignements fiables parvenus au cours de ces dernières vingt-quatre heures, Makuma et son armée seraient en route. Et leur objectif ne serait pas, ainsi que tout le monde l'aurait supposé, d'attaquer la SPLA au Soudan. Ils se dirigeraient vers le sud, vers la frontière.

Pendant le trajet de retour, raconta Pringle, il avait vu d'importants convois de troupes et d'artillerie gouvernementales, et en approchant de Karingoa, il avait croisé une première file de réfugiés avec leurs enfants et leurs maigres possessions serrées dans des ballots.

Deux soirs plus tard, allongée sur son lit, alors qu'il faisait trop chaud et qu'elle était trop nerveuse pour dormir, Julia entendit ce qu'elle prit d'abord pour un lointain coup de tonnerre. Les pluies auraient déjà dû venir et la terre était si sèche que même la perspective d'un orage lui paraissait agréable. Son soulagement fut de courte durée. Quoiqu'elle n'eût jamais entendu le bruit d'un pilonnage d'artillerie, elle ne mit pas longtemps à comprendre que l'orage annoncé était d'une nature bien différente.

30

Ils se conformèrent aux instructions et ne voyagèrent que de nuit. La carte se révéla trop sommaire pour être utile, mais comme le ciel était clair, Connor put se guider d'après les étoiles ainsi que le croissant de lune qui les éclipsait le temps de son parcours et projetait des ombres cendrées sur un paysage parfois lunaire lui aussi. A mesure qu'ils montaient en altitude, l'air devenait plus rare et plus frais, et leur progression plus difficile. Ils marchaient parfois des kilomètres parmi les éboulis et les buissons d'épineux pour se retrouver, trompés par l'obscurité, au pied d'une falaise infranchissable ou au bord d'un ravin aux profondeurs insondables. Ils devaient alors revenir en arrière et faire un long détour avant de poursuivre leur marche vers l'est.

Quand ils étaient contraints de redescendre, ils s'efforçaient de rester sous le couvert des arbres ou dans l'herbe à éléphants souvent plus haute qu'eux. De toute façon, ils veillaient à demeurer à l'écart des routes et des pistes, car nombre d'entre elles étaient minées et gardées. Ils contournaient les villages, déserts à l'exception des corbeaux et des vautours perchés sur les crânes et les squelettes blanchis du bétail éparpillés dans les champs à l'abandon. Les Dinkas qui vivaient dans la région avaient souffert des exactions commises par les rebelles, tant ceux de Makuma que ceux de Joseph Kony et son Armée de la Résistance de Dieu. La deuxième nuit, ils aperçurent un convoi de camions militaires qui se dirigeait vers le sud, soulevant un tourbillon de poussière qui scintillait dans la lueur des phares. Dissimulés dans l'ombre, Lawrence et Connor le regardèrent passer pendant plus d'une heure. D'après le garçon, il s'agissait probablement des troupes de Kony. A en croire les rumeurs, Makuma et lui se seraient alliés en vue de l'invasion projetée.

Dès que le ciel commençait à pâlir, ils se mettaient en quête d'un abri pour la journée, un coin ombragé au milieu des rochers ou une clairière dans la jungle où ils pourraient se reposer en sécurité. Les vivres et l'eau que Vincent leur avait donnés leur durèrent à peine deux jours. Si Lawrence n'avait pas été si décharné et si faible, ils auraient pu les économiser davantage. L'eau, ils la partagèrent, mais Connor laissa presque toute la nourriture au garçon, et il employa l'iode pour traiter les plaies que celui-ci avait aux bras et aux pieds.

La plupart des fossés de drainage qu'ils franchissaient étaient à sec, mais certains contenaient encore juste assez d'eau pour leur permettre de survivre. Au camp, les enfants essayaient de compenser leurs maigres rations en mangeant tout ce qu'ils trouvaient dans la brousse, et Lawrence avait appris à reconnaître les arbres et les plantes dont les feuilles étaient comestibles. Quand ils en rencontraient une, il la montrait du doigt, et ils s'arrêtaient pour se contraindre à manger. Ils se nourrissaient également de certaines racines et parfois même d'écorces. Connor avait eu l'occasion de goûter d'étranges aliments, mais jamais rien d'aussi mauvais. Tout était amer et avait la consistance d'un plastique râpeux, de sorte qu'il devait mâcher une éternité avant de pouvoir avaler. Lawrence, habitué à cette nourriture, regardait en souriant Connor qui luttait pour ne pas vomir.

Ils parlaient peu et presque uniquement pour décider de la direction à prendre ou de l'endroit où s'arrêter pour la journée. En une seule occasion, Lawrence évoqua son frère. Il avait cru Thomas mort, et il questionna Connor pour savoir où et quand il l'avait vu pour la dernière fois, puis il réclama des détails. Il espérait que Connor ne se trompait pas et que ce n'était pas le fantôme de Thomas qu'il avait vu, car le pays était maintenant davantage peuplé de fantômes que d'êtres de chair et de sang. Connor lui apprit que son frère était devenu muet, sur quoi Lawrence hocha solennellement la tête. Il le savait et ce jour-là, il avait pensé que la même chose allait lui arriver. Il ajouta que Thomas et lui étaient « la moitié l'un de l'autre ». Connor ignorait si c'était ainsi que les Acholis désignaient les jumeaux, ou bien s'il y avait un sens plus profond.

L'aube du sixième jour les trouva qui longeaient une vallée boisée et sinueuse. La marche nocturne avait été pénible. Ils étaient épuisés et affamés. Les oiseaux commençaient à chanter et d'énormes papillons blancs surgis de l'herbe à éléphants voletaient devant eux dans le demi-jour. Un troupeau d'antilopes d'une espèce inconnue de Connor passa parmi les arbres, les oreilles et la queue frémissantes, et une fois de plus, il regretta de ne pas avoir accepté le fusil que Vincent lui avait offert de prendre. Ils choisirent un endroit où se reposer, puis Connor, la bouteille en plastique à la main, abandonna un instant le garçon pour se mettre en quête d'eau.

En s'enfonçant dans la vallée, il entendit le bruit d'une rivière qu'il ne tarda pas à apercevoir en contrebas entre les arbres. Il y avait une cascade et un plan d'eau en dessous, entouré de pierres. Il descendit et s'accroupit pour remplir la bouteille, le regard rivé sur une brindille qui tournoyait lentement à la surface. Le contact de l'eau était frais et agréable sur sa main. Ils pourraient venir se baigner et laver leurs vêtements couverts de boue puis les sécher au soleil pendant qu'ils dormiraient.

S'il n'avait pas été ainsi perdu dans ses pensées, il aurait peut-être vu dans le miroir de l'eau deux yeux qui l'observaient. En effet, de l'autre berge, dissimulée au milieu des arbres, une silhouette solitaire ne le quittait pas du regard tandis qu'il se redressait, se désaltérait, puis grimpait la pente pour aller chercher Lawrence.

Le temps qu'ils boivent à satiété, se lavent, lavent leurs vêtements, puis remontent, nus et dégoulinants, vers leur cachette, le soleil était presque levé. Ils étendirent leur lessive sur les broussailles et s'installèrent dans l'herbe pour dormir.

Connor se réveilla avec l'impression qu'un insecte s'était posé sur son cou. Etendu sur le dos, il sentait le soleil chauffer son torse nu. Les yeux toujours fermés, il leva paresseusement la main pour chasser l'intrus, et rencontra l'acier tranchant d'une lame.

Il ouvrit les paupières et vit la silhouette dressée au-dessus de lui qui se découpait dans l'éclat éblouissant du soleil. L'espace d'un instant, il crut que c'était Lawrence. Puis, clignant des yeux, il constata qu'il s'agissait en réalité d'un homme et que la lame qui se pressait contre sa gorge était la pointe d'une lance. L'homme, grand et large, avait un regard féroce. Le crâne rasé, il ne portait en tout et pour tout qu'un pagne. Connor s'aperçut alors qu'il était accompagné de cinq ou six autres, tous armés de lances et de machettes. Il voulut se redresser, mais ils poussèrent un cri et il se rallongea aussitôt. Tendant le cou, il vit que deux lances étaient pointées sur la gorge de Lawrence. L'enfant avait l'air terrifié.

Les hommes criaient avec une telle excitation que Connor mit du temps à réaliser qu'ils parlaient un genre de swahili. Il réussit à comprendre qu'on les suspectait d'être des rebelles. Il les entendit prononcer à plusieurs reprises le nom de Makuma ainsi que celui de Kony. L'un d'eux était en train de vider par terre le contenu du sac. La vue de la machette et de la Bible de Connor sembla renforcer leurs soupçons.

On les fit se relever, et il était clair à la manière dont ils détaillèrent Connor de haut en bas qu'ils n'avaient pas eu souvent l'occasion de voir un homme blanc tout nu. Il garda les yeux fixés sur celui qui paraissait être le chef et qui le tenait toujours sous la menace de sa lance, pressée contre sa poitrine. Connor, tâchant de masquer sa peur, le salua en swahili :

« Shikamoo. »

C'était la forme respectueuse en principe réservée aux anciens, mais ils n'eurent pas l'air impressionnés, car ils recommencèrent à crier et à les accuser d'être des espions de Makuma. Connor sentit la pointe de la lance percer sa peau et un filet de sang couler le long de sa cage thoracique. Il attendit qu'ils se taisent puis, le plus calmement possible, il tâcha de leur expliquer qu'ils n'étaient pas des espions de Makuma mais au contraire des prisonniers qui s'étaient échappés.

Ils se mirent alors à parler tous en même temps, et d'après ce que Connor parvint à saisir, il apparaissait qu'il avait suffisamment semé le doute dans leurs rangs pour qu'on ne les tue pas sur-le-champ. L'un des hommes s'empara du treillis en loques de Lawrence qui séchait sur les buissons et le jeta à la figure du garçon, demandant en criant pourquoi, s'il n'était pas un rebelle, il en portait l'uniforme. Connor intervint pour signaler que l'enfant ne parlait pas swahili. L'homme continua comme s'il n'avait pas entendu. Le chef lui ordonna de laisser le garçon tranquille, puis il se tourna vers Connor et lui dit de s'habiller et de les suivre avec Lawrence.

Durant une heure peut-être, une lance dans les reins, on les conduisit le long de la rivière jusqu'à une clairière surplombant le cours d'eau où se dressaient quelques huttes de terre et d'herbe, ombragées par des acacias et des borasses. La nouvelle de leur capture les avait sans doute précédés, car une troupe d'enfants nus se précipita à leur rencontre, hurlant *muzungu ! muzungu !* et se bousculant pour toucher les bras de Connor. L'un d'eux sauta même pour essayer de lui attraper les cheveux.

On les fit asseoir par terre à l'ombre des palmiers, gardés par deux de leurs ravisseurs, tandis qu'une nuée de femmes et d'enfants les dévisageaient en jacassant et en pouffant. Soudain, le silence se fit et la foule s'écarta pour laisser passer le chef accompagné d'un homme âgé qu'on semblait traiter avec un grand respect.

« Shikamoo », l'accueillit Connor.

L'ancien hocha la tête. *« Marahaba. »*

Puis il demanda d'où ils venaient, et Connor lui raconta de son mieux leur histoire dans un swahili hésitant. L'homme ne le quitta pas du regard pendant toute la durée de son récit. Lorsqu'il eut fini, le vieil homme voulut savoir s'ils avaient rencontré d'autres soldats au cours de leur voyage, et Connor lui parla du convoi militaire. Après quoi, l'ancien demanda à quand remontait leur dernier repas, et Connor lui expliqua que depuis trois jours, ils n'avaient mangé que des feuilles. Le vieil homme ordonna à la foule de se disperser, puis sans un mot, sans rien laisser paraître des conclusions qu'il avait tirées de cet entretien, il partit, mais quelques minutes plus tard, une femme leur apporta un pichet d'eau et deux bols remplis d'une épaisse bouillie sur lesquels ils se jetèrent.

Vers la fin de l'après-midi, des soldats arrivèrent, et aux questions qu'ils posèrent, Connor déduisit qu'ils appartenaient à la SPLA. Leur commandant voulait connaître tous les détails sur le camp de Makuma, combien d'hommes il comptait et quel armement ils possédaient. Connor et Lawrence lui dirent tout ce qu'ils savaient. L'homme leur demanda pourquoi, si leur destination était Karingoa, ils se trouvaient si loin à l'est, et Connor répondit qu'on les avait prévenus que des troupes se massaient à l'ouest et que c'était seulement ici qu'ils pourraient franchir la frontière sans danger.

Au crépuscule, on les emmena dans une hutte dépouillée et on leur donna de nouveau à manger. Par l'ouverture gardée par une sentinelle, Connor vit les soldats discuter avec l'ancien et quelques autres hommes, mais ils étaient trop loin pour qu'il puisse entendre ce qu'ils disaient. Lawrence était assis, affalé contre la paroi, l'air de nouveau perdu, les yeux rivés au sol. Connor s'installa à côté de lui, entoura ses épaules de son bras et s'efforça de lui remonter le moral en parlant de Thomas, de Sainte-Marie et de tout ce qu'on y faisait. Son acholi était si rudimentaire et si mauvais que le garçon ne tarda pas à sourire de ses fautes et à le corriger.

Lawrence lui demanda ce qu'on mangeait là-bas. Des feuilles, répondit Connor. Mais à volonté. L'enfant éclata de rire. Connor lui demanda alors quels étaient ses plats préférés. Lawrence réfléchit un moment avant de répondre avec un grand sérieux que c'était la viande de chèvre rôtie et le *matoke,* une purée de plantains. Encore que, un jour son père avait rapporté un pot de beurre de cacahuètes qu'ils avaient mangé sur du pain de maïs chaud, et finalement, c'était peut-être ça qu'il préférait.

Il s'endormit, la tête sur la poitrine de Connor.

Les soldats les réveillèrent à l'aube et les conduisirent hors du camp sans dire pour quelle destination. Connor constata bientôt qu'ils se dirigeaient vers le sud en longeant le lit de la rivière. La vallée était couverte d'une forêt touffue qui rendait la progression difficile, et quand ils s'arrêtèrent pour se reposer, le soleil était haut dans le ciel et ils étaient trempés de sueur. Ils se rafraîchirent et se désaltérèrent dans la rivière. Les soldats leur donnèrent du pain de sorgho qu'ils mangèrent à l'ombre en regardant les oiseaux jaunes et écarlates effleurer la surface de l'eau à la recherche d'insectes.

Le commandant vint annoncer à Connor qu'ils étaient près de la frontière ougandaise et qu'il avait envoyé une patrouille prendre contact avec les forces gouvernementales qui la gardaient. Une demi-heure plus tard, les hommes étaient de retour en compagnie d'un sergent de l'UPDF et de deux jeunes soldats. Le sergent salua gravement Connor et lui posa ces mêmes questions auxquelles il avait déjà plusieurs fois répondu. Le commandant de la SPLA rassembla ses hommes et s'en fut sans autre explication.

De l'autre côté de la frontière, une Land Rover les attendait pour les conduire le long de chemins de terre à travers la savane. A la tombée de la nuit, ils arrivèrent à une caserne située en bordure d'une petite ville. Connor voulut en savoir le nom, mais le sergent refusa de le lui dire. Là, ils furent séparés. On introduisit Connor dans une pièce au sol de ciment, aux murs nus et aux fenêtres munies de barreaux qui ne contenait qu'une table et deux chaises. Il s'assit et attendit longtemps jusqu'à ce qu'entre un jeune commandant à l'uniforme impeccable qui prit place en face de lui sur l'autre chaise et lui posa toujours les mêmes questions auxquelles s'ajoutèrent de nombreuses autres.

Il parlait un anglais précis et avait des manières brusques qui contrastaient avec la lenteur et le soin qu'il mettait à noter chacune de ses réponses. Lorsque Connor lui raconta sa tentative avortée en vue de racheter les enfants soldats, il parut étonné.

« Mais vous êtes photographe ! Pourquoi vouloir faire une chose pareille ?

— Je ne sais pas, répondit Connor en haussant les épaules.

— Moi, je crois que vous savez très bien.

— Vous tenez vraiment à ce que je vous explique ? Eh bien, je pense que c'est lié au fait que durant toutes ces années, j'ai gagné ma vie en photographiant les malheurs des autres. Au début, on se dit que les photos serviront à quelque chose, et puis on s'aperçoit qu'elles ne changent strictement rien. D'une certaine manière, je voulais rembourser, vous comprenez ? *Faire* quelque chose au lieu d'assister en spectateur. »

C'est la seule réponse que l'homme ne se donna pas la peine de noter.

Ensuite, on emmena Connor dans une espèce de prison militaire où il retrouva Lawrence qui l'attendait dans la cellule. Le garçon sembla soulagé de le voir. On l'avait interrogé, dit-il, mais on ne l'avait pas frappé.

Il y avait deux étroits lits de camp. Depuis près de trois mois, Connor n'avait pas couché dans un vrai lit, et bien que le matelas fût dur et bosselé, et la couverture, toute pelée, il eut l'impression de dormir dans un cinq-étoiles.

Le lendemain matin, on le conduisit de nouveau devant le commandant qui, cette fois, se montra plus amical. Il avait passé plusieurs coups de téléphone, dont un à l'ambassade américaine à Kampala d'où on avait réussi à joindre Harry Turney à son agence de New York et même la mère de Connor dans le Montana.

« Tout le monde vous croyait mort. Vous aviez disparu depuis longtemps, plus longtemps que vous ne me l'avez dit.

— Je voyageais.

— Où ?

— Un peu partout. En Australie, en Inde. »

Il ne fournit pas d'autres détails, et le commandant ne lui en réclama pas.

« Tout à l'heure, nous allons vous emmener, le garçon et vous, à Kampala.

— Mais c'est à Karingoa qu'on va.

— Impossible. Les rebelles ont effectué une percée au sud. Les combats font rage. L'armée a bouclé toute la région. Vous ne pourriez même pas atteindre Gulu. »

Connor demanda s'il pouvait appeler Sainte-Marie afin de les prévenir pour Lawrence, mais le commandant lui répondit que toutes les communications avec Karingoa étaient coupées.

Assis sur le lit, contemplant par la fenêtre les jardins de l'hôtel, Connor attendait que la standardiste le rappelle. Deux marabouts s'agitaient avec frénésie au-dessus d'une rangée de flamboyants, et il se demandait s'ils se battaient, jouaient ou bien s'accouplaient. Peut-être les trois à la fois.

On était en fin d'après-midi, et après l'effervescence de ces dernières heures, il se sentait soudain épuisé. Il avait passé la journée à courir dans Kampala pour s'entretenir avec des fonctionnaires du gouvernement, des responsables d'organisations humanitaires et des gens de l'ambassade américaine, sans compter qu'il ne cessait de s'interroger pour savoir ce qu'il allait faire de Lawrence. Les services de l'ambassade devaient lui fournir un nouveau passeport. On lui permit de téléphoner à sa banque de Nairobi pour se faire envoyer de l'argent. Entre-temps, afin d'acheter des vêtements pour Lawrence et lui, il avait emprunté la somme nécessaire au seul véritable ami qu'il possédait dans la capitale ougandaise.

Geoffrey Odong était un journaliste dont il avait fait la connaissance lors de son premier séjour ici, avant de se rendre au Rwanda. D'un ou deux ans plus jeune que Connor, intelligent et ambitieux, il était maintenant rédacteur adjoint du principal journal du pays. C'étaient sa femme Elisabeth et lui, tous deux des Acholis, qui l'avaient mis au courant des événements qui se déroulaient au nord ainsi que du formidable travail accompli à Sainte-Marie des Anges. Elisabeth était employée à mi-temps par une radio locale et, avec leurs trois filles, ils habitaient une modeste maison au pied de l'une des sept collines de la ville.

Connor les avait appelés la veille dès son arrivée après un voyage d'une journée étouffant et cahoteux à l'arrière d'un camion de l'armée. Geoffrey vint aussitôt les chercher et insista pour qu'ils passent la nuit chez eux. Elisabeth, épouvantée devant leur maigreur, les obligea à manger jusqu'à ce que Lawrence paraisse sur le point d'éclater. Leur fille aînée était à peu près du même âge que lui, et après s'être observés timidement, les deux enfants avaient commencé à jouer ensemble. La maison était petite, et Connor se sentit gêné qu'on ait dû installer les filles dans le séjour pour qu'il renne leur chambre. Le lendemain, il réussit à faire dmettre à Elisabeth qu'il serait préférable qu'il loge u Sheraton. Elle finit par accepter à condition que awrence reste chez eux.

Le luxe anonyme et aseptisé que ce genre d'hôtels ugeaient nécessaire d'offrir n'avait jamais particulièement séduit Connor. Après ces longues semaines de rivation, la chambre avec son décor ostentatoire lui onnait l'impression d'être un visiteur débarqué d'une utre planète. L'air frais et le ronronnement du climatieur le séparaient du monde extérieur. Il se sentait omme échoué là. Les hectares de collines verdoyantes t de jardins bien entretenus, la circulation silencieuse, es grands immeubles de bureaux, tout lui semblait un eu irréel.

Plus étrange encore lui semblait le visage que, dans a lumière crue de la salle de bains, lui renvoyait la lace. Il avait demandé au concierge un rasoir et de a crème à raser, et après être resté vingt bonnes ninutes sous la douche (ce luxe-là, il n'y renoncerait as), il avait rasé sa barbe broussailleuse et regardé merger petit à petit une version étrangère de luinême, dotée de lèvres blanches et minces, de joues reuses et de cheveux longs en bataille qui lui donaient l'air d'un prédicateur fou.

Une serviette enroulée autour de la taille, l'autre utour des épaules, il se demandait si la standardiste ne avait pas oublié ou si le numéro à New York était oujours occupé. Dans les flamboyants, les deux maraouts avaient été rejoints par quatre autres. Ils poursuiaient leur étrange ballet et Connor n'arrivait toujours as à comprendre ce qu'ils faisaient. Le radio-réveil osé sur la table de nuit marquait quatre heures dix, ce ui signifiait qu'il était neuf heures dix du matin à New ork et sept heures dix dans le Montana. Comme sa mère ne se levait en général pas avant huit heures, il avait préféré appeler d'abord Harry Turney. Le téléphone sonna enfin. La standardiste lui annonça qu'il avait New York en ligne et lui passa la communication. Il demanda Harry Turney et patienta un instant.

« Turney, à l'appareil.

— Donc, on ne t'a pas encore viré.

— Bon Dieu ! Connor ! D'où sors-tu ?

— Je t'ai manqué ?

— Nom de Dieu de nom de Dieu !

— Tu sais, je crois bien que c'est la première fois après toutes ces années que je t'entends jurer.

— Ah bon ? Tu vois, je réserve ça pour les grandes occasions. Mais merde, qu'est-ce que tu as foutu durant tout ce temps ? Est-ce que tu te rends compte, Connor ? Comment tu as pu faire une chose pareille ? Si tu tiens à te faire enlever et tuer, ça te regarde, mais tu aurais pu au moins avoir la correction de dire où.

— Harry, je suis désolé.

— Tu peux l'être ! Tu as appelé ta mère ?

— J'allais le faire.

— Mais qu'est-ce qui te prend ? Raccroche et fais-le tout de suite. Je te rappellerai. J'ai au moins mille messages pour toi. Donne-moi ton numéro. »

Connor s'exécuta, puis raccrocha. Il se sentait pris en faute comme un petit garçon. Il appela la standardiste et lui communiqua le numéro de sa mère. En attendant, il s'habilla, enfila sa chemise et son pantalon neufs.

Sa mère se montra beaucoup plus indulgente. Elle était depuis longtemps habituée aux disparitions de son fils, et même si celle-ci avait duré cinq fois plus longtemps que les précédentes, elle ne s'était pas inquiétée, affirma-t-elle. Connor ne la crut pas une seconde.

Elle voulut savoir quand il rentrerait. Bientôt, répon

dit-il. Dès qu'il aurait trouvé le moyen de réunir les deux frères jumeaux. Il demanda des nouvelles du ranch. Elle avait embauché un jeune homme d'Augusta, un garçon consciencieux et travailleur qui l'aidait pour le bétail. Sinon, le train-train habituel, dit-elle.

« Tu as été au courant pour Ed, bien sûr.

— Au courant de quoi ? »

Il y eut un long silence à l'autre bout du fil, et il reposa la question.

« Eh bien, il est mort. A Noël, il y a deux ans. J'avais presque oublié que tu ne t'étais manifesté auprès de personne depuis tout ce temps-là. »

La nouvelle assomma Connor. Sa mère lui raconta ce qui était arrivé et le choc que cette mort avait représenté pour tout le monde. Connor, assis sur le lit, se taisait, l'esprit embrouillé.

« Et Julia et Amy ? finit-il par demander.

— Eh bien, elles ne doivent pas être loin de l'endroit où tu es.

— Quoi ! ?

— Elles sont en Afrique.

— En Ouganda ?

— Oui. Du moins, je crois que c'est l'Ouganda. Pour ne rien te cacher, je me mélange un peu avec tous les pays où tu circules. En tous cas, elle est partie aider ces pauvres gosses que tu photographiais, tu sais, ceux qu'on enrôle comme soldats. Elle a emmené Amy.

— A Karingoa ? Sainte-Marie des Anges ?

— Ouais, c'est ça. J'ai reçu une carte il y a un mois. Sa mère a fait tout un cinéma à cause d'Amy, mais on dirait qu'elles sont très bien là-bas. »

Il y eut un nouveau silence.

« Connor, tu es toujours là ?

— Oui. »

La gorge étreinte par l'émotion, il réussit dans un murmure à promettre à sa mère qu'il la rappellerait, puis il coupa la communication.

Une heure plus tard, il arpentait nerveusement le box qui servait de bureau à Geoffrey Odong au journal. Par la porte ouverte, il voyait l'agitation gagner la salle de rédaction à mesure que l'heure du bouclage approchait. Geoffrey était calé dans son fauteuil derrière son bureau sur lequel s'entassait une montagne de papiers. Depuis vingt minutes, il s'entretenait au téléphone avec un de ses vieux amis du temps de l'université qui était officier supérieur au sein du commandement nord de l'UPDF.

Connor, à travers ce qu'il entendait, se doutait déjà de la réponse. Geoffrey finit par raccrocher et, l'air désolé, il secoua la tête.

« Rien à faire, dit-il. Il y a des barrages sur toutes les routes du secteur. Tu n'irais même pas jusqu'à Gulu. Ils ne laissent passer personne, et à plus forte raison les journalistes.

— Qu'est-ce qui se passe à Karingoa ?

— D'après lui, l'avance des rebelles a été stoppée mais je ne suis pas sûr qu'il dise la vérité. Ils attaquent sur deux fronts, Makuma au nord-ouest et Kony à l'est

— A quelle distance de Karingoa sont-ils ?

— Une trentaine de kilomètres, prétend-il. Je pense qu'ils sont plus près. Il dit qu'une majorité de la population est déjà partie. Il a beau affirmer qu'ils contrôlent la situation, j'ai l'impression que le gouvernement a considérablement sous-estimé la puissance militaire des rebelles. »

Connor se tourna et regarda par la fenêtre la rue en contrebas. Un camion s'était renversé et son chargement de bananes vertes était répandu sur la chaussée bloquant les voitures, les taxis et les bus qui tou-

klaxonnaient à n'en plus finir. Une femme habillée en jaune vif qui portait un gros paquet en équilibre sur la tête et conduisait un petit enfant par la main se faufilait gracieusement au milieu de tout ces encombrements. Éclairés par les derniers rayons du soleil, ils baignaient dans une lueur dorée, cependant que leurs ombres allongées semblaient danser derrière eux.

« Geoffrey, il faut que j'aille là-bas.

— Impossible. Et de toute façon, ils ont sans doute été déjà évacués.

— Telle que je connais sœur Emily, ils seront les derniers à partir. »

Connor fit face à Geoffrey.

« Tu connais quelqu'un qui pourrait m'y amener en avion ?

— Ne dis pas de sottises.

— Tu connais quelqu'un, oui ou non ? »

31

Pour la troisième fois, les soldats gouvernementaux vinrent leur demander de partir, et pour la troisième fois, sœur Emily refusa. Fuir le diable, dit-elle, ne fait que renforcer son pouvoir. Sainte-Marie des Anges résistait aux menaces et aux raids de Makuma sur la ville depuis plus d'une décennie, et ce n'était pas maintenant qu'elle céderait devant lui.

Au début, le calme et la confiance qu'elle affichait avaient été contagieux. Elle affirma aux enfants et à toute l'équipe qu'ils n'avaient rien à craindre, que les tirs d'artillerie qu'ils entendaient la nuit provenaient des forces gouvernementales qui bombardaient les positions des rebelles pour les repousser. C'était déjà arrivé dans le passé et cela arriverait encore. Si la situation devenait trop dangereuse, ils pourraient tous s'entasser dans Gertrude, le bus à deux étages, et être loin en quelques minutes. Chacun parut rassuré et reprit courage.

A mesure que les jours s'écoulaient et que le son des canons se rapprochait, on comprit qu'il s'agissait d'autre chose qu'un simple « raid ». Sur la route qui passait devant les portes du couvent, la file de réfugiés ne cessait de grossir. De l'aube au crépuscule, c'était maintenant un véritable flot composé de déshérités et de personnes une nouvelle fois déplacées, de miséreux en guenilles, qui avançaient, le regard vide, et que croisaient les camions de l'UPDF bourrés de soldats qui fonçaient vers le nord, en direction du front.

Julia avait à plusieurs reprises trouvé des enfants qui, agglutinés aux fenêtres, regardaient ce qui se passait dehors, et bien qu'elle fît son possible pour apaiser les inquiétudes qu'ils exprimaient, elle commençait en son for intérieur à les partager. C'était surtout pour Amy qu'elle se faisait du mauvais sang. Sa fille avait d'abord paru totalement insouciante. Avec le sentiment de culpabilité qu'elle cultivait en permanence, Julia avait réussi à se reprocher de nouveau d'avoir entraîné la fillette dans cette aventure. Sa mère avait eu raison. Peut-être devraient-elles partir avant qu'il ne soit trop tard. Toujours attentive aux humeurs de Julia, Amy semblait deviner les pensées qui la tourmentaient, de sorte qu'elle manifestait à son tour des signes d'angoisse. Elle était plus silencieuse et ne quittait pratiquement pas sa mère. Elle dormait mal, se blottissait contre elle et demandait souvent si les tirs se rapprochaient.

La nuit dernière, après la troisième visite des soldats et une fois tous les enfants couchés, sœur Emily avait réuni Julia, Françoise et Peter Pringle dans son bureau. Elle leur avait servi une tasse du thé préféré de Sa Majesté la Reine d'Angleterre, puis annoncé tranquillement que chacun devait se considérer libre de partir.

« Je continue à croire qu'il n'y a aucune raison de s'alarmer, poursuivit-elle. Le lieutenant m'a assuré que les rebelles avaient été repoussés, mais il continue à insister pour que nous évacuions le couvent. Je lui ai demandé pourquoi, et il m'a répondu qu'il ne pouvait malgré tout pas garantir notre sécurité. J'ai dit que Notre Seigneur Jésus y veillerait. »

Elle agita le doigt et plissa les yeux.

« Je soupçonne qu'en fait, c'est parce qu'ils veulent

utiliser les lieux pour y loger des soldats. Il y a deux ans, c'était pareil. Ils ont créé la panique et beaucoup de gens sont partis. » Elle haussa les épaules et sourit. « Et après... ils sont revenus. »

Elle but une gorgée de thé.

« Makuma ressemble à un chien effrayé qui aboie férocement. On s'enfuit, il vous pourchasse. On ne bouge pas, et c'est lui qui s'enfuit. Mais Julia, si vous vous faites du souci pour Amy, vous devriez partir. George peut vous conduire à Gulu, et de là, vous pourrez gagner Kampala sans difficulté. On comprendrait tous. »

Elle se tourna vers Pringle et Françoise, puis reprit :

« La même chose est valable pour vous. Vous nous manqueriez, bien sûr, mais nous pourrions nous débrouiller. »

Il y eut un court silence. Pringle s'éclaircit la voix.

« Je ne peux parler qu'en mon nom propre, dit-il. Mais tant que les enfants et vous restez, je reste. »

Devant cette déclaration simple et pleine de courage, Julia se sentit honteuse.

Cette nuit, pour la première fois depuis une semaine, l'artillerie se taisait. Amy dormait d'un profond sommeil, tandis que Julia ne cessait de se reprocher sa faiblesse et sa stupidité. Comment avait-elle pu, ne serait-ce qu'un moment, envisager d'abandonner ces enfants ? N'était-ce pas ce qu'elle avait fait avec Skye des années auparavant ? Une fois suffisait.

Elle finit par s'endormir et se réveilla le lendemain matin forte d'une nouvelle résolution.

Malheureusement, l'accalmie ne dura pas. Au coucher du soleil, les tirs reprirent, plus violents et plus proches que jamais, accompagnés à présent d'un grondement sourd qui, leur apprit Peter Pringle, provenait des tirs au mortier. Alors qu'ils s'installaient dans la tente pour le dîner, une Land Rover blanche arriva à toute allure et s'arrêta en dérapant devant les cuisines, soulevant un nuage de poussière. Deux personnes, un homme et une femme, sautèrent à terre et se dirigèrent vers eux à grandes enjambées. Julia les reconnut. C'était un couple de Danois travaillant pour une organisation humanitaire qui venaient parfois manger avec eux, mais on voyait bien qu'aujourd'hui, c'était un tout autre motif qui les amenait.

Ils arrivèrent devant la table de l'équipe. Sœur Emily se leva, imitée par tous, et ils entourèrent le couple. L'homme, la respiration haletante, s'efforçait en vain de dissimuler son inquiétude. Les enfants, soudain silencieux, avaient le regard braqué sur eux.

A voix basse, il leur annonça que Makuma avait enfoncé les défenses des troupes gouvernementales qui se repliaient en désordre. Les rebelles étaient à moins de quinze kilomètres et progressaient vers le nord de la ville, pillant et incendiant tout sur leur passage.

L'homme, en manches de chemise, avait les deux coudes plantés sur la table de part et d'autre de sa bière. Il caressait son épaisse moustache blonde et fixait Connor de ses yeux bleus qui ne cillaient pas. Il avait des bras impressionnants, tout bronzés, et sur le gauche, au-dessus de sa lourde Rolex en or, était tatoué un aigle aux ailes déployées qui, supposait Connor, devait être l'emblème de quelque corps militaire d'élite. Son cou était plus large que sa tête aux cheveux coupés en brosse, et une touffe de poils blonds dépassait de l'échancrure de son polo vert foncé.

Il n'avait fallu à Geoffrey que trois coups de téléphone pour dénicher l'homme dont Connor avait besoin. Et, lui dit-il ensuite, son rôle s'arrêtait là.

Johannes Kriel dirigeait une petite compagnie d'aviation et, selon les rumeurs, il s'occupait surtout de contrebande, de trafic d'armes et autres activités illicites. On avait donné pour instructions à Connor de se rendre au Parkside Inn près de l'ancien parc de stationnement des taxis et de s'installer à une table sur la terrasse. Kriel le retrouverait là.

En arrivant, l'homme ne dit pas bonjour ni ne tendit la main. Avec son accent sud-africain, il commanda au serveur une Nile Special, puis il s'assit et demanda aussitôt à Connor ce qu'il désirait. Il écouta sans rien laisser paraître de ses pensées. Mais maintenant que Connor avait fini, son sourire condescendant parlait pour lui.

« On ne vous a peut-être pas signalé qu'il y avait une guerre là-haut ?

— Amenez-moi le plus près que vous pourrez sans courir de risques, c'est tout.

— Sans courir de risques ? Makuma a toute une batterie de putains de missiles sol-air thermoguidés.

— Vous le savez ?

— Je le sais. »

Il but une gorgée de bière.

« Vous envisagiez ça pour quand ? demanda-t-il.

— Pour tout de suite.

— Ce soir ? Vous vous imaginez que je vais atterrir dans cette putain de brousse en pleine nuit ?

— Vous n'aurez pas à atterrir.

— Hein ?

— Je sauterai. Vous pouvez me procurer un parachute ? »

Kriel plissa les yeux. « Vous vous foutez de ma gueule ?

— Pas du tout. Vous pouvez ou pas ?

— Peut-être. » Il sourit. « Quant à savoir s'il s'ouvrira, c'est une autre affaire.

— Je vous offre deux mille dollars. »

L'homme éclata de rire, détourna le regard et prit une nouvelle gorgée de bière. De sous la terrasse jaillirent les accents d'une musique de rap si forte que l'air se mit à vibrer. Elle provenait d'une voiture blanche qui s'était garée le long du trottoir. Le conducteur, le bras à la portière, marquait le rythme en tapant de la main sur la carrosserie.

« Pour dix mille, je pourrais commencer à y réfléchir. »

Ils tombèrent d'accord sur six mille, mais l'affaire faillit capoter lorsque Connor expliqua qu'il n'avait pas la somme ici et qu'il devait téléphoner à sa banque de New York pour faire virer l'argent sur le compte de Kriel.

Il monta avec l'homme dans une Range Rover noire qui attendait, conduite par un chauffeur. Ils sortirent de la ville, puis se dirigèrent vers le sud et ensuite vers l'ouest. Ils roulèrent environ une demi-heure pratiquement sans échanger une parole jusqu'à ce que la banlieue cède la place aux broussailles. Ils arrivèrent enfin à un petit aérodrome privé entouré d'un haut grillage et gardé par des hommes en armes qui saluèrent et laissèrent aussitôt passer la voiture en reconnaissant Kriel.

Ils s'arrêtèrent devant un petit bureau éclairé par un tube de néon tremblotant et occupé par une colonie de moustiques. Kriel demanda à Connor le nom de sa banque et composa lui-même le numéro pour être sûr qu'il n'y ait pas d'arnaque. Après quoi, il tendit le téléphone à Connor, inscrivit ses coordonnées bancaires et se pencha pour écouter avec attention pendant que Connor donnait ses instructions pour le transfert.

Une fois l'opération terminée, il abandonna Connor aux moustiques pour aller chercher le parachute dans la réserve derrière le bâtiment. Durant son absence,

Connor appela Geoffrey qui essaya à nouveau de le convaincre de renoncer à son projet.

« Dis-moi, répliqua Connor. S'il s'agissait d'Elisabeth et de l'une de tes adorables fillettes, tu ne ferais pas la même chose ?

— Je ne sais pas sauter en parachute.

— Tu vois, moi, je n'ai pas cette excuse.

— Depuis combien de temps tu n'as pas sauté ?

— Assez longtemps. »

Connor la chargea de dire à Lawrence qu'il serait de retour dès que possible. Si jamais il ne revenait pas, il fit promettre à Geoffrey de veiller à ce que le garçon retrouve son frère.

« Je me souviens que tu m'avais déjà parlé de cette femme il y a longtemps, lors de notre première rencontre. Tu dois l'aimer beaucoup. »

Geoffrey avait prononcé cette dernière phrase sur un ton interrogatif, et Connor hésita, car c'était d'une certaine manière une question capitale. Il estima qu'il devait la vérité à son ami.

« Je l'ai toujours aimée, dit-il simplement. Et je l'aimerai toujours. »

Kriel revint, un sac de toile plein de taches à la main. Quand il le laissa tomber, un nuage de poussière en jaillit.

Il sourit. « Ça fait un sacré bout de temps qu'il a pas servi », dit-il.

Connor réclama une lampe de poche, et lorsque Kriel lui en eut déniché une, il porta le sac dehors et l'ouvrit. Il accrocha l'extrémité du parachute au mur et le tendit pour l'inspecter. C'était un vieux modèle à commande d'ouverture manuelle et à voilure ronde de vingt-six pieds de diamètre, équipé d'un harnais de coton et de toile qui avait connu des jours meilleurs. Il vérifia chacune des vingt-deux suspentes depuis les sangles jusqu'aux attaches. Ce n'était pas formidable, mais ça devrait aller. Kriel, les bras croisés, adossé au montant de la porte, un petit sourire narquois aux lèvres, le regardait faire.

« J'espère que vous n'allez pas jouer les difficiles.

— Non, ça ira. Vous avez un ventral ? »

Kriel éclata de rire. « A votre place, mon vieux, je ne m'en inquiéterais pas. Vous vous ferez probablement descendre avant même d'avoir touché le sol.

— Je suppose que ça veut dire que vous n'en avez pas. »

Pendant que Connor repliait soigneusement le parachute, Kriel rentra dans le bâtiment. Lorsqu'il ressortit, il portait un 9 mm automatique à la hanche, un fusil semi-automatique et un blouson en nylon noir qu'il lança à Connor.

« Mettez ça. Avec votre putain de chemise, vous faites une trop belle cible. »

Moins d'une demi-heure plus tard, ils roulaient sur la piste à bord d'un Cessna 206 anonyme. Dans la carlingue, on avait tout ôté à l'exception des deux sièges de devant, sans doute pour faire de la place aux objets de contrebande qu'il transportait d'habitude. Il y avait une porte de chargement à l'arrière, aussi Connor aurait moins de mal à sauter qu'il ne l'avait craint.

Ils décollèrent vers le sud, virèrent au-dessus des eaux noires du lac Victoria qui semblaient s'étendre à l'infini, puis mirent cap au nord. Sur leur droite, les lumières de Kampala scintillaient dans l'air chaud de la nuit. C'était le premier moment de calme depuis qu'il avait eu sa mère au téléphone, et Connor se rendit compte que, tout à son désir de rejoindre Julia et Amy, il n'avait même pas accordé une pensée à son ami Ed qu'il ne reverrait jamais. Tandis que les lumières de la ville s'éloignaient puis disparaissaient et que le petit

Cessna s'enfonçait dans les ténèbres menaçantes, un immense chagrin lui serra le cœur.

Les branches des flamboyants bordant l'allée raclèrent le toit du bus avec un bruit si fort, si affreux, que certains des enfants assis à l'étage supérieur poussèrent un cri de terreur et se baissèrent comme s'ils craignaient que le toit se fende à l'exemple du couvercle d'une boîte de conserve.

Julia, entourant Amy de son bras, occupait la banquette du fond en haut de l'escalier. Par la fenêtre sur sa gauche, elle vit les formes sombres des roussettes s'envoler des manguiers et, jetant un coup d'œil pardessus son épaule, elle distingua le visage déterminé de Peter Pringle au volant du camion qui les suivait. La plupart des enfants et des membres de l'équipe de psychologues avaient pris place dans le bus, et les autres s'étaient entassés à l'arrière du camion. Derrière venaient encore deux camions plus petits qui transportaient les cuisinières, les serveuses et les aides-cuisiniers, mais Julia ne parvenait à apercevoir que les piles de bagages ficelés sur le toit qui oscillaient dans les cahots. Chacun des quatre gardes chargés de la sécurité avait été affecté à un véhicule.

Lorsque le bus arriva aux grilles du couvent, il dut s'arrêter, car sur la route régnait un désordre indescriptible. La majorité des réfugiés marchaient ou couraient cependant que des voitures et des camions se faufilaient au milieu d'eux, tous klaxons hurlants. Des gens accrochés aux flancs et aux toits des véhicules repoussaient à coups de poing et de pied ceux qui tentaient de grimper à bord. Un homme sur un vélo s'efforçait de pédaler, un bébé sur un bras, tandis que deux poulets suspendus tête en bas à sa ceinture battaient frénétiquement des ailes. Et au milieu de toute cette confusion, soulevant un voile de poussière rouge, les camions de l'armée en déroute passaient dans un grondement infernal, bourrés de soldats épuisés, blessés, commotionnés ou morts.

Apercevant le convoi des enfants de Sainte-Marie, des réfugiés se précipitèrent en criant et en agitant les bras. Et quand le bus s'engagea sur la route, ils se mirent à cogner sur la carrosserie et à hurler de plus belle. Julia entendait le garde et sœur Emily qui, à l'étage inférieur, tâchaient de les écarter en répétant sans cesse qu'il n'y avait pas de place. Amy tremblait de peur.

« Maman !

— Ne crains rien, ma chérie, ne crains rien. Tout va bien. »

Qu'aurait-elle pu dire d'autre ? La gamine avait été si courageuse pendant qu'elles faisaient leurs bagages puis aidaient les autres enfants à se préparer. Julia lui caressa les cheveux et la sentit qui se nichait plus étroitement contre elle.

Le bus se trouvait maintenant sur la route et George, le jardinier, seul dans l'étroite cabine du chauffeur, les mains sur le klaxon, engagea Gertrude au milieu de la foule des réfugiés. Julia regarda de nouveau derrière elle. Pringle et les autres camions avaient à leur tour franchi le portail. Et plus loin, pour la première fois, elle aperçut les éclairs produits par les obus qui explosaient. Au nord, l'horizon entier semblait en feu.

Un bruit de pas résonna sur l'escalier métallique et sœur Emily apparut. Elle souriait comme s'ils étaient partis pour une agréable journée d'excursion. D'un ton enjoué, elle demanda aux enfants pourquoi, contrairement à leur habitude, ils étaient si calmes. Ils se retournèrent dans leurs sièges et la dévisagèrent, mais seuls quelques-uns murmurèrent une vague réponse. Imperturbable, la religieuse arrêta son regard sur Julia et Amy blottie contre sa mère. Elle fit une grimace à la fois triste, drôle et compatissante.

« Amy, j'ai l'impression qu'une petite chanson serait la bienvenue. Qu'est-ce qu'on pourrait chanter, d'après toi ? »

La fillette haussa les épaules et ne répondit pas. Sœur Emily ne s'avoua pas vaincue :

« Pourquoi pas une de ces chansons anglaises que tu nous as apprises ? Une de ton film, *Le Roi Lion.* Non ? Alors, « Le sous-marin violet » ?

— Jaune. »

Sœur Emily fronça les sourcils. « Tu es sûre ? Il me semble pourtant bien que c'est violet.

— Non, c'est jaune !

— Bon, tu as peut-être raison. Alors, si on chantait celle-là ? »

La religieuse avait à l'évidence oublié l'air et elle attendit que Julia commence. Et comme les talents de chanteuse de sa mère avaient toujours été pour Amy un sujet d'hilarité et de plaisanterie, il suffit que Julia entonne quelques mesures pour que la gamine se mette à sourire puis à pouffer, imitée aussitôt par Christine et Thomas assis un peu plus loin qui ne se moquaient plus seulement de Julia mais aussi de Sœur Emily, laquelle avait retrouvé l'air mais pas les paroles. A chaque refrain de la chanson des Beatles, elle donnait au sous-marin une couleur différente, et Amy chantait d'autant plus fort pour la corriger, jusqu'à ce que, rangée après rangée, les enfants se joignent à elle, et bientôt tout le bus, y compris l'étage inférieur, reprenait la chanson.

Julia se rendait bien compte que cette gaieté forcée permettait, naturellement, d'échapper à la réalité. En effet, les regards des enfants étaient maintenant tournés les uns vers les autres et non plus vers la foule des réfu-

;iés qui, sur leur passage, criaient et tentaient désespé-
ément de s'accrocher au bus. Mais, comme disait Ed
ıvec son ironie coutumière, fermer de temps en temps
es yeux ne faisait pas de mal. Son devoir la portait
ers ceux qu'elle était en mesure de protéger, et Amy
n premier. Voyant combien la chanson remontait le
noral des enfants, elle commença à se sentir elle-
nême plus forte. Après « Le sous-marin jaune », ils
ntamèrent une deuxième chanson, suivie d'une troi-
ième et puis d'une autre encore. Se retournant, Julia
it que Pringle et ses passagers chantaient eux aussi.

Tout finira bien, songea-t-elle. Nous allons nous en
ortir.

La nuit était claire et les étoiles brillaient que
'éclipsait pas le mince croissant de lune. Ils volaient
ans feux et, pendant la première heure, ils restèrent à
ne altitude élevée, cependant que le paysage se dérou-
iit loin en dessous d'eux et que les eaux calmes du lac
yoga luisaient comme de l'obsidienne.

Ils étaient assis côte à côte, Connor à droite, et la
ıeur des instruments de bord entre eux se reflétait sur
canon du fusil de Kriel accroché au-dessus de sa tête.
ous deux avaient des casques sur les oreilles afin de
ouvoir s'entendre malgré le rugissement du moteur,
ıais, de fait, ils parlaient peu, Kriel se contentant d'in-
iquer parfois le nom de l'endroit qu'ils survolaient.

Lorsque les lumières de Lira disparurent sur leur
auche, le paysage qu'ils parvenaient à apercevoir se fit
ncore plus désolé. Il y avait des nuages devant eux, et
riel déclara que Connor avait de la chance, car si le ciel
ait resté clair, ils auraient constitué une trop belle cible,
bien qu'il aurait dû sauter bien avant le lieu prévu. Il
oulut ensuite savoir où il avait pratiqué le parachutisme,
Connor le lui expliqua en quelques mots.

Les nuages arrivaient, poussés par un léger vent d'ouest. Les premiers étaient blancs et cotonneux, détachés les uns des autres, et Connor vit leur ombre, ainsi que celle de l'avion, filer sur la terre aride. A mesure qu'ils avançaient vers le nord, les nuages s'amoncelaient et se faisaient plus épais et plus noirs, bientôt sillonnés d'éclairs.

Ils se trouvaient encore à une bonne centaine de kilomètres au sud de Karingoa quand ils virent les premiers signes de la guerre. Compte tenu de la couverture nuageuse, ils volaient plus bas et, par une trouée, ils distinguèrent les phares d'une longue file de camions qui roulaient sur une route. Aussitôt, Kriel vira pour s'éloigner et reprit de l'altitude. Quand ils aperçurent de nouveau la route, elle leur parut bien plus encombrée, et les lumières semblaient progresser beaucoup plus lentement. Ils montèrent au-dessus des nuages. Vers le nord, une lueur rouge s'élargissait et s'intensifiait cependant qu'ils approchaient. L'ancien parachutiste du feu qu'était Connor sut aussitôt de quoi il s'agissait.

Devant eux, la masse de nuages ne tarda pas à rougeoyer comme un immense chaudron de sorcières, et Kriel mit le cap à l'ouest pour les contourner. Un peu plus loin, les nuages se déchirèrent, dévoilant la ville de Karingoa ainsi que les flammes qui la menaçaient au nord. Avant que la brèche se referme, ils eurent le temps de voir les éclairs et les traits de lumière rouge des tirs d'artillerie qui zébraient le ciel.

« Je connais un tas de putains de façons stupides de mourir, mais celle-là les bat toutes. Je refais un passage et je fous le camp de là en vitesse. Et si vous tenez absolument à sauter, vous avez intérêt à aller vers l'arrière. »

Connor consulta les instruments de bord et se livra

un rapide calcul. Ils volaient à cent dix nœuds et à ıne altitude de dix-huit cents pieds, soit beaucoup plus ıaut qu'il ne l'aurait souhaité. Le parachute permettait le sauter dès quatre cents pieds, et moins longtemps il esterait suspendu dans les airs, moins il courrait le isque de se faire repérer.

« Jusqu'où vous pouvez descendre ? demanda-t-il.

— Pas plus que ça, mon vieux. Ils ont des putains le joujoux en bas, et Dieu sait ce qu'ils trafiquent. 'est un miracle qu'ils nous aient pas déjà tiré dessus.

— Vers l'est, on serait masqués par la fumée et ous pourriez descendre un peu. »

Kriel secoua la tête, marmonna un chapelet d'obscé-ıités, mais il mit quand même le cap à l'est. Pendant ıu'ils contournaient l'amas de nuages incandescents, Connor dégrafa sa ceinture de sécurité et ôta son asque. Alors qu'il s'extirpait de son siège, Kriel tendit a main derrière lui.

« Bonne chance, mon vieux. »

Connor serra la main offerte et le remercia.

« Et maintenant, magnez-vous le train », reprit Kriel.

Connor se dirigea vers la porte de chargement, s'ac-rochant de son mieux au milieu des turbulences, tandis ıue le Cessna virait sur l'aile et plongeait dans le nuage. l vérifia son harnais puis s'accroupit devant la porte et aisit la poignée. Son cœur battait à se rompre. Il repensa la dernière fois où il s'était tenu ainsi, le jour de l'in-endie sur Snake Mountain. Il lui semblait qu'une éter-ıité s'était écoulée depuis. Il se rappela qu'Ed et lui vaient sauté en dernier, et que son ami regardait les arachutes des autres se déployer en dessous de lui dans ciel, mort d'inquiétude à l'idée que Julia se trouvait ıuelque part en bas au milieu des flammes. Exactement omme maintenant.

« Seize cents ! » hurla Kriel.

Connor agrippa la poignée et planta fermement ses pieds de part et d'autre de la porte pour ne pas être aspiré par l'appel d'air.

« Okay ! cria-t-il. J'ouvre ! »

Sans se retourner, Kriel leva le pouce.

La porte s'ouvrit brusquement et, un instant plus tard, le pilote descendit de quelques pieds en dessous des nuages, si bien que Connor eut un vague aperçu de l'endroit où il allait atterrir. Ils devaient être à deux ou trois kilomètres à l'est de Karingoa, et à travers la fumée, il pouvait constater que les quartiers nord brûlaient, embrasant le ciel. Une file de camions, venant du nord, se dirigeaient vers la ville. La fumée et la lueur de l'incendie ne lui donnaient guère le loisir d'étudier attentivement le terrain. Il connaissait bien Karingoa, mais pas trop ses alentours. Il n'arrivait qu'à distinguer des étendues de jungle parsemées de taches grises qu'il supposait être des champs.

« Okay ! lança Kriel. On est à quatorze cent cinquante. Je vous descends à douze cents, mais pas plus bas. Vitesse, cent nœuds. Tenez-vous prêt. »

Connor se prépara, une main au-dessus de la porte, et se plaça dans l'ouverture de manière à ce que les pointes de ses bottes dépassent dans le vide. Il avait les genoux tremblants et il frissonnait, mais ce n'était ni de peur ni de froid. Et puis, une fraction de seconde plus tard, il eut l'étrange impression que quelqu'un se tenait à côté de lui. Ce ne pouvait pas être Kriel, il le savait. Il se retourna. Personne. La présence, cependant, semblait plus tangible, et qu'elle fût réelle ou le produit de son imagination enfiévrée, il sut sans l'ombre d'un doute que c'était Ed.

« Douze cent cinquante ! »

Connor ferma son poing droit et le porta à sa poitrine.

« Salut, vieux frère, murmura-t-il dans le rugissement du vent. Cœurs de feu !

— Douze cents ! Saute, espèce de cinglé ! »

Connor se projeta de toutes ses forces dans la nuit noire et sentit aussitôt le souffle brûlant de l'air sur son visage.

« Un.. »

Il tombait en tourbillonnant et, levant les yeux, il vit e Cessna se cabrer, puis remonter en flèche vers les nuages.

« Deux... »

Afin éviter au maximum de servir de cible, il attendrait le plus possible avant de tirer la poignée d'ouverture. Il estima qu'il avait cinq secondes, pas une de plus. Il étendit les bras comme des ailes pour se placer dans la bonne position.

« Trois... »

Il avait baissé la tête et le vent lui fouettait les yeux qui se mirent à pleurer. Il ne voyait plus que des ténèbres.

« Quatre... »

Il chercha la poignée et, ne la trouvant pas, il éprouva l'espace d'un instant un sentiment de panique. Puis sa main la rencontra et il l'agrippa.

« Cinq... »

Il tira un coup sec. Il sentit un léger choc au moment de l'ouverture du parachute extracteur, entraînant celle du parachute principal, puis il encaissa de son mieux le coup à la poitrine et aux épaules à l'instant où la voiture se déployait et l'air s'engouffrait. Après quelques econdes de silence absolu, les bruits commencèrent à lui parvenir. Il entendit le ronronnement lointain du Cessna, le grondement des tirs d'obus de mortiers, puis e crépitement des mitrailleuses.

Il empoigna la commande des suspentes qui, de

toute façon, ne lui serviraient pas à grand-chose, car il n'avait pas la moindre idée de l'endroit où il pourrait se poser. Il fallut quelques secondes avant que ses yeux cessent de pleurer et quelques autres pour qu'il s'aperçoive que s'il ne voyait toujours rien, c'était à cause de la fumée qui lui laissait un goût âcre dans la bouche et lui piquait les yeux et le nez. Il leva la tête et vit des tourbillons s'élever vers la corolle orange et blanche de la voilure.

Même avec la fumée, le parachute devait constituer une belle cible et il y avait toutes les chances pour qu'on le repère. Il ne lui restait qu'à espérer que les tireurs éventuels seraient loin et maladroits. Au cours de toutes ces années de reportage dans les zones de guerre, il avait plusieurs fois risqué sa vie, mais jamais il ne s'était senti aussi impuissant et vulnérable. Il avait à de nombreuses reprises défié la mort qui, perverse, avait refusé de l'emporter. Peut-être savait-elle et avait-elle toujours su qu'il attachait bien peu de prix et d'importance à sa vie.

Pourtant, cependant qu'il descendait en flottant dans l'obscurité envahie de fumée, il comprit que les données avaient changé. Maintenant, il ne lui était plus égal de mourir. Il avait deux bonnes raisons de vivre et elles étaient quelque part en bas, au milieu des flammes et de la fumée. Si elles n'avaient pas péri, il les trouverait. Sinon, il accueillerait la mort à bras ouverts.

Alors qu'il était encore à quelque quatre-vingts pieds du sol, la fumée se dissipa. Sur sa gauche, il entendit des cris et, le temps d'une seconde, il distingua, à trois ou quatre cents mètres de là, des hommes qui couraient dans sa direction. Regardant en dessous de lui, il vit comme au travers d'un zoom la cime de palmiers géants se précipiter vers lui. Il semblait y avoir un espace dégagé de l'autre côté, et il espérait qu'il s'agissait d'une clairière. Il tira avec force sur les suspentes, leva les genoux le plus haut possible, et un instant plus tard, il s'enfonçait jusqu'à la poitrine dans les frondes, puis tombait au travers. Ses bottes prirent brutalement contact avec le sol. Il fit plusieurs roulés-boulés et s'immobilisa sur le dos. La voilure retomba doucement sur lui comme un linceul.

Il éprouva une vive douleur à l'épaule droite, mais ses jambes n'avaient rien et c'était le principal. Il saisit un bout de la voilure, entreprit de la ramener, puis s'interrompit pour écouter. Il entendit les voix, mais comme les arbres étouffaient le son, il eut du mal à estimer à quelle distance elles se trouvaient. En tout état de cause, il savait qu'il ne disposait que de très peu de temps pour se libérer du parachute et disparaître.

La clairière était en réalité une espèce de champ cultivé, et la végétation autour avait l'air très touffue. Il se battit avec les boucles de son harnais qui étaient d'une sorte qu'il ne connaissait pas, et l'une d'elles semblait coincée. Les voix d'hommes s'étaient rapprochées. Il aurait dû s'entraîner à les défaire à bord de l'avion, et il se maudit de ne pas y avoir pensé. Il finit cependant par se libérer et courut vers le couvert des arbres.

Arrivé là, il n'entendit plus que le bruit assourdissant des grenouilles et des insectes. Les broussailles étaient denses, et il dut parfois ramper pour se frayer un passage au milieu de cet enchevêtrement. Il n'avait qu'une vague idée de la direction où il allait. D'après le bref aperçu qu'il avait eu de la ville en feu, il pensait se diriger vers le sud. De temps en temps, il s'arrêtait et, retenant sa respiration haletante, il tendait l'oreille, mais ne percevait plus que le sifflement cinglant des branches qu'il venait d'écarter devant lui.

Au moment où il commençait à se croire un peu moins en danger, il effaroucha des oiseaux perchés tout près qui s'envolèrent sous son nez en criant et en battant frénétiquement des ailes. Connor crut que son cœur allait exploser. Il les insulta à voix basse et accéléra l'allure, car il était certain que ses poursuivants les auraient entendus. Que ce soient des hommes de Makuma ou de l'UPDF, peu importait. Les uns comme les autres le tueraient probablement sans lui laisser le temps d'expliquer pourquoi il était ainsi tombé du ciel.

Quelle distance il parcourut au milieu des broussailles, il n'avait aucun moyen de le savoir. A travers le rideau d'arbres, il lui arrivait d'apercevoir la ville en flammes et, enfin, à la vue du grand château d'eau qui s'élevait non loin de la place du marché, il put se repérer plus sûrement. Les bombardements avaient cessé. De petites silhouettes de soldats se découpaient parfois, illuminées par le brasier, cependant qu'ils couraient à travers champs, tirant à hauteur de hanche comme Makuma le leur avait appris. Deux d'entre eux tombèrent, touchés par l'ennemi. Un hélicoptère de combat les survola un instant. Les flammes d'un orange malsain se reflétèrent sur ses flancs pendant qu'il mitraillait le sud de Karingoa. Une grande confusion régnait, mais Connor, à en juger par ce qu'il voyait, pensait que les rebelles avaient réussi à s'emparer de la ville tandis que les forces gouvernementales résistaient encore dans quelques poches.

A mesure qu'il se dirigeait vers le sud, les arbres commencèrent à lui masquer les maisons, et bientôt, il ne distingua plus que la lueur de l'incendie dans le ciel. A travers les ténèbres rougeoyantes, il aperçut enfin ce qu'il cherchait : une bande horizontale plus claire au-delà de laquelle se dressait la masse sombre des arbres. C'était le mur de derrière du couvent. Il franchit le fossé et, les mains plaquées contre les pierres blanchies à la chaux qui s'effritaient, la tête baissée, il s'efforça de reprendre son souffle. Il était hors d'haleine, en nage, les mains et le visage en sang, couverts d'égratignures provoquées par les épines, les feuilles coupantes et autres plantes. Il crevait de chaud dans le blouson noir de Kriel, mais il préféra le garder, car il le rendait moins facile à repérer. Il se reposa un bref instant, puis il escalada le mur sur lequel il avait laissé ses empreintes ensanglantées et sauta dans le verger.

Le couvent brûlait, de même que la chapelle. Dissimulé parmi les orangers, Connor vit les flammes lécher avidement les fenêtres du premier étage. L'un après l'autre, les volets en bois s'écrasaient au sol dans une gerbe d'étincelles. Il s'attendait à trouver des soldats, mais les lieux avaient l'air déserts et on n'entendait que les grondements et les craquements du feu.

Il demeura un long moment à regarder. Il tâcha de se représenter Julia et Amy ici, dans le couvent encore intact, mais ces images paraissaient appartenir à un autre monde. Il traversa le terrain de jeu au milieu des débris enflammés, passa devant les cuisines pillées et les lambeaux fumants de la tente servant de réfectoire, puis il contourna ce qui restait de la chapelle où de petites flammes couraient comme des démons le long des chevrons carbonisés. Devant le bâtiment principal, il effraya un chien efflanqué qui tenait quelque chose dans sa gueule et qui fila dans les manguiers.

Connor remonta l'allée bordée de flamboyants sans jeter un coup d'œil derrière lui. Approchant du portail, il constata que la route était bloquée par deux camions renversés, tous deux en feu. Un instant plus tard, il entendit le crépitement d'une mitrailleuse lourde et plongea parmi les manguiers, butant presque aussitôt sur un soldat.

L'homme était couché dans l'herbe à l'abri du mur, son fusil d'assaut pointé sur le portail. A son uniforme, Connor pensa qu'il devait appartenir à l'UPDF. Il y avait non loin six ou sept autres soldats, tous dans la même position. Connor voulut se relever, mais ils lui crièrent de s'aplatir, et à peine s'exécutait-il qu'une grenade explosait entre les grilles.

« Vite ! vite ! »

Ils avaient tous bondi sur leurs pieds et couraient dans l'allée. Sans plus réfléchir, Connor s'élança à leur suite. Alors qu'ils franchissaient le portail et que la fumée se dissipait, la mitrailleuse entra de nouveau en action et Connor vit les balles soulever la poussière tout autour de lui, s'écraser contre les colonnes de stuc et ricocher sur les arbres en miaulant. Personne ne semblait touché et, pliés en deux, ils se précipitèrent parmi les buissons. Lorsqu'ils atteignirent le mur d'enceinte du couvent, ils s'aidèrent les uns les autres, sans oublier Connor, à passer par-dessus pour sauter dans les broussailles. L'un des hommes portait des galons de sergent sur la manche. Il agrippa l'épaule de Connor.

« Vous êtes un des professeurs ? »

L'espace d'un instant, Connor ne comprit pas ce qu'il voulait dire. Le sergent désigna du pouce le couvent en feu.

« Un professeur d'ici ? précisa-t-il.

— Oui.

— Venez maintenant. Vite. »

Environ un kilomètre et demi plus loin, un petit convoi de camions les attendait sous le couvert d'immenses eucalyptus. La route était encaissée entre les collines plantées de jungles inextricables. Les officiers criaient des ordres et les voix stridentes s'élevant des radios à ondes courtes ne contribuaient qu'à augmenter le sentiment de panique naissante. Tous avaient manifestement hâte de partir.

Connor était le seul civil et le seul étranger parmi eux, mais personne n'avait l'air de s'en préoccuper, aussi il resta près du jeune sergent et monta en compagnie de ses hommes à l'arrière de l'un des camions. Dès qu'ils étaient pleins, les véhicules démarraient, et bientôt ce fut au tour de celui où Connor avait pris place qui s'éloigna dans un tourbillon de poussière, laissant derrière lui les décombres fumants de Sainte-Marie des Anges.

Les rebelles semblaient avoir contourné la ville pour tenter de couper la route de la vallée. En effet, sur les crêtes des collines jaillissaient de temps en temps des éclairs et des explosions, et à la lumière des phares, on voyait que la chaussée était creusée de trous d'obus et semée de débris de toutes sortes ainsi que de carcasses noircies de voitures et de camions. Il y avait aussi des cadavres, et Connor les regardait défiler, en proie à un sentiment croissant d'angoisse. Il ne cessait de se répéter, tout en y croyant de moins en moins, que les deux êtres qu'il aimait plus que tout au monde étaient quelque part en lieu sûr.

Certains des soldats serrés autour de lui étaient blessés et, apparemment trop épuisés ou choqués pour parler, ils se contentaient de fixer d'un regard vide les ténèbres environnantes ou le plancher trépidant. Le soldat assis en face de lui ne devait pas avoir plus de seize ans. Saignant d'une blessure à la tête, il frissonnait, et Connor ôta son blouson pour lui en couvrir les épaules.

Peu de temps après, un grondement déchira l'atmosphère, qui les fit tous tressaillir. Connor leva les yeux et vit trois avions de chasse qui, rasant les arbres, filaient vers Karingoa. Un instant plus tard, on entendit les explosions de leurs missiles dont l'écho roula parmi les collines et dans la vallée. Le bruit s'était à peine tu que, dans un rugissement, de nouveaux avions apparurent dans le ciel, suivis par d'autres qui, tous, lâchèrent leurs chargements de mort. Bientôt les camions s'enfoncèrent dans la vallée et les bombardements se réduisirent à un murmure étouffé, tandis qu'au loin le ciel rougeoyait.

Il ignorait combien de temps il avait sommeillé, mais quand il se réveilla, l'aube pointait à l'horizon. Dans le camion, la plupart des soldats dormaient encore. Les nuages de plomb étaient bas, et dans l'atmosphère humide, on sentait une odeur de pluie. L'esprit encore embrumé, Connor jeta un coup d'œil sur la route derrière lui et promena son regard sur la file des camions qui ralentissaient pour contourner un groupe de véhicules incendiés.

C'est alors qu'il le vit. Le vieux bus à impériale du couvent.

Il bondit sur ses pieds et hurla au chauffeur de s'arrêter, réveillant les soldats autour de lui qui grognèrent et lui crièrent de se rasseoir. Il hurla de nouveau, mais soit l'homme ne l'entendit pas, soit il n'en tint pas compte, car il commença à accélérer. Connor escalada les jambes des soldats qui l'insultèrent, mais il s'en moqua. Arrivé au fond du camion, il se mit à cogner sur la vitre de la cabine du chauffeur, puis sur le toit.

« Arrêtez ! Arrêtez, nom de Dieu ! »

L'homme parut mécontent et lui cria quelque chose que Connor ne comprit pas, aussi il continua à taper jusqu'à ce que le camion ralentisse et, alors qu'il roulait encore, il se hissa par-dessus les ridelles et sauta sur la route. Il tomba, mais se releva aussitôt. Le chauffeur descendit et l'agonit d'injures, imité par quelques soldats, mais Connor n'y prêta pas attention.

« Le bus ! C'est le bus du couvent ! Ma famille ! »

Il se précipita sur la chaussée en courant. Le camion venant vers lui klaxonna, mais Connor poursuivit comme si de rien n'était. Le bus ne devait pas se trouver à plus de cent cinquante mètres, mais qui lui parurent autant de kilomètres. Gertrude était incliné sur le côté, une roue dans le fossé, dans un équilibre précaire, comme si le moindre souffle de vent risquait de le renverser. Connor s'aperçut tout de suite que le bus avait été incendié. Les vitres avaient explosé, le toit et l'étage supérieur étaient tout tordus et noircis, et seuls ses flancs conservaient encore quelques traces de peinture rouge cloquée. L'avant et la grille de radiateur écrasés ne formaient plus qu'un amas de tôles, et dans la cabine du chauffeur, recroquevillé sur lui-même comme si dans la mort il cherchait encore à se protéger, se trouvait un corps carbonisé, méconnaissable.

Connor se préparait à découvrir d'autres cadavres à l'intérieur, mais il n'y en avait pas, ni dans les deux étages, ni dans la carcasse du camion qui était juste derrière.

Le sergent et deux de ses hommes arrivaient pour le ramener au véhicule.

« Il ne faut pas rester là, dit-il.

— Vous n'avez qu'à continuer.

— Non, venez. C'est dangereux ici. »

Il posa la main sur l'épaule de Connor, mais celui-ci l'écarta distraitement en lui disant à nouveau de partir. Des images du drame qui avait dû se jouer ici défilaient dans sa tête. Mais comme il n'y avait qu'un seul cadavre, peut-être que par miracle les autres s'en étaient tirés sains et saufs. Peut-être qu'ils avaient été recueillis par d'autres véhicules.

« Venez, répéta le sergent. Vous ne pouvez plus rien faire.

— Ils sont peut-être ici, quelque part.

— Où ? Regardez autour de vous, il n'y a personne. »

Un camion passa dans un grondement, donnant un coup de klaxon qui résonna lugubrement. Connor se retourna et contempla l'étendue impénétrable de jungle qui couvrait la colline dont le sommet disparaissait dans les nuages. Eprouvant un profond sentiment de perte et de désespoir, il s'avança d'une démarche hésitante vers les broussailles qui bordaient la route et, levant son visage vers le ciel, il hurla :

« Julia ! »

Le cri se répercuta dans la vallée et il hurla plusieurs fois son nom à pleins poumons, de sorte que les échos se télescopèrent. Et lorsque le dernier mourut, il parcourut du regard le paysage environnant, mais ne distingua pas le moindre mouvement.

La pluie se remit alors à tomber, lentement au début, en lourdes gouttes qui s'écrasaient sur le sol ainsi que sur sa figure et ses épaules, tandis que montait l'odeur de terre assoiffée.

« Venez », dit le sergent avec douceur.

Incapable de parler, Connor secoua la tête.

« Elle est peut-être dans l'un des camps. »

Connor baissa tristement les yeux. Il pleuvait plus fort à présent, et ses cheveux et sa chemise étaient déjà trempés. Les autres soldats qui attendaient dans le camion découvert les appelaient d'un ton où perçaient la colère et l'impatience.

« Venez, maintenant », redit le sergent.

Il posa de nouveau la main sur l'épaule de Connor qui, cette fois, n'eut même pas la volonté de la repousser. Abattu, il se laissa conduire vers le camion.

Ils avaient parcouru quelques dizaines de mètres, quand il sembla soudain que les cris des soldats changeaient de nature. Le sergent jeta un coup d'œil derrière lui, puis s'arrêta.

« Regardez », dit-il.

Connor se retourna. La pluie tombait dru maintenant et, les yeux noyés de larmes, il ne vit d'abord rien, et puis la silhouette debout dans les broussailles se détacha et s'approcha de lui.

« Connor ? »

A travers le rideau de pluie, sa voix lui parvint, toute petite, frêle et incrédule :

« Connor, c'est vraiment toi ? »

Il s'avança, les jambes si flageolantes qu'il faillit trébucher. Elle était sur la route à présent et marchait vers lui.

« Julia ? »

Ils s'immobilisèrent à deux ou trois mètres l'un de l'autre et se regardèrent comme s'ils se trouvaient chacun face à un fantôme. Sa robe de coton était déchirée, son visage maculé de boue et ses cheveux courts tout dégoulinants. Même dans ses rêves, elle ne lui avait jamais paru aussi belle.

« Tu... comment tu... ? balbutia-t-elle.

— J'ai appris que tu étais là. Il fallait que je te rejoigne. »

Elle esquissa un geste, puis son visage se décomposa. Il fit un pas vers elle et la prit dans ses bras, la sentant trembler de tous ses membres. Il voulut lui ouvrir un peu son cœur, mais il ne trouva pas les mots ni même la voix pour le faire. Il pressa sa tête contre sa poitrine et lui caressa les cheveux. Elle leva lentement les bras et l'enlaça comme pour s'accrocher à lui de toutes ses forces. Elle voulut dire quelque chose, mais aucun son ne sortit de sa gorge, et elle se mit à sangloter si fort qu'il crut que son corps allait se briser.

Par-dessus l'épaule de Julia, il vit alors les autres qui émergeaient des arbres, pareils à des bêtes traquées. Il reconnut Pringle, le médecin rouquin, sœur Emily tenant deux enfants par la main, suivis par d'autres, encadrés par les religieuses. Et puis, qui les dépassait, courant sur la route vers sa mère, il vit Amy, la fille qu'il n'avait plus tenue dans ses bras depuis qu'elle était bébé, devenue une grande et jolie gamine dont le visage sale et inquiet était surmonté d'une masse de cheveux blonds et bouclés trempés par la pluie.

« Maman ? »

Julia la serra contre elle et commença à expliquer qui était Connor, mais la fillette semblait l'avoir déjà deviné. D'un geste hésitant, elle saisit la main de son père. Et dans la pluie qui tombait à verse et transformait la route en torrent, tous trois s'ancrèrent l'un à l'autre comme si rien ne pouvait plus jamais les séparer.

32

C'était l'une de ces matinées claires et limpides du Montana où la neige fraîche brillait dans le soleil comme du satin cousu de paillettes et où les montagnes se découpaient avec tant de netteté contre le bleu du ciel qu'on parvenait à distinguer la moindre fissure couverte de givre. Julia suivit les chiens sur les planches de la nouvelle véranda et referma la porte de la cuisine derrière elle. Le bois brut sentait encore la résine. Son haleine formait de petits nuages et la jeune femme resta un moment à contempler les montagnes au travers de la frange de stalactites qui pendaient du toit, alors que les deux jeunes colleys gambadaient et se bousculaient autour d'elle.

« Du calme, les chiens. Couchés. Allez, couchés ! »

Elle descendit les marches et, se protégeant les yeux de l'éclat du soleil sur la neige, elle regarda avec attention. Les chevaux avaient laissé deux traces parallèles qui partaient de l'écurie, longeaient le corral et montaient à flanc de colline pour disparaître parmi les arbres. Supposant qu'ils reviendraient par le chemin habituel, elle releva son col et se dirigea vers la rivière.

La maison qu'ils avaient bâtie se trouvait dans un repli de terrain au milieu des collines à une vingtaine de kilomètres à l'est de la grande paroi calcaire des Rocheuses.

C'était une modeste et basse construction en bois qui, avec les volutes de fumée qui s'échappaient de la cheminée en pierres et le soleil qui tachetait les troncs clairs des trembles se dressant derrière, semblait faire depuis toujours partie du paysage. Il leur avait fallu plus d'un an pour l'achever, et tandis que chaque poutre, chaque clou, chaque chevron et chaque traverse se mettaient en place, ils édifiaient petit à petit leur vie.

Le retour avait été difficile.

Durant les quelques jours qu'ils passèrent à Kampala avant de repartir pour les Etats-Unis, Julia et Amy, encore sous le choc, demeurèrent enfermées dans leur chambre d'hôtel à panser leurs plaies pendant que Connor courait à droite à gauche à travers la ville pour tout régler. Il désirait aider sœur Emily à trouver un nouveau foyer pour les enfants de Sainte-Marie, puis il avait réuni les deux frères, Thomas et Lawrence Nyeko, que ses amis, les Odong, avaient décidé d'adopter. Il s'occupa même d'organiser les obsèques de George, le pauvre jardinier, qui avait pris de plein fouet l'obus de mortier et qui, par miracle, avait été le seul mort à déplorer lors de la fuite de Karingoa. Aussi Julia et Connor eurent-ils à peine un instant à eux. La compagnie aérienne elle-même sembla conspirer contre eux. Impossible de leur attribuer trois sièges côte à côte, de sorte que tout le vol de retour, Connor voyagea seul dans son coin.

Après cette odyssée mémorable — l'appel désespéré qu'il avait lancé dans la jungle, le spectacle de Connor si maigre, sale et accablé devant la carcasse calcinée du bus, leurs retrouvailles à tous trois, accrochés les uns aux autres sous la pluie comme des naufragés —, Julia s'était imaginé que tout était résolu et que, une fois dans le Montana, Connor, Amy et elle, enfin réunis, formeraient la famille idéale telle qu'on la décrit dans les contes de fées. Malheureusement, ce ne fut pas aussi simple.

Pendant leur séjour en Afrique, la maison de Missoula avait été louée à des étudiants de troisième cycle de l'Université du Montana. C'étaient des amis d'amis, et ils l'avaient laissée en parfait état, mais ils en avaient modifié l'agencement, et l'odeur, l'atmosphère avaient tellement changé qu'Amy fondit aussitôt en larmes. Ce n'était plus chez elle, dit-elle.

Une fois qu'elle eut retrouvé ses jouets, ses livres et ses copines, elle se sentit un peu mieux. Quant à l'atmosphère, ou bien elle se dissipa, ou bien elles finirent par s'y habituer. Seulement, il y avait quelque chose de plus fort que rien ne pouvait faire disparaître. La présence d'Ed était partout, dans chaque pièce, et pas uniquement dans les photos — prises pour la plupart par Connor —, mais presque palpable.

Julia se rendait compte que Connor devait la percevoir davantage encore qu'elle. Elle s'efforçait de la minimiser, de se convaincre qu'ils avaient la bénédiction d'Ed qui ne voulait que leur bonheur et non pas les enfermer dans les tristes souvenirs du passé, mais elle ne parvenait pas à franchir cette espèce de fossé mental. Elle savait que Connor et elle devraient en parler, mais elle craignait que cela ne les entraîne sur un terrain dangereux.

Il resta deux jours pour les aider à s'installer et à se retourner. Il était évident qu'il se sentait mal à l'aise. Après tout ce qu'elle venait de vivre, Amy avait en permanence besoin de réconfort, et Julia ne l'aurait à aucun prix laissée dormir seule, même si l'enfant l'avait demandé. Connor couchait dans la petite chambre d'ami. Dès que sa fille s'était endormie entre ses bras, Julia se demandait si elle ne devait pas aller le retrouver, mais elle avait trop peur qu'Amy ne se réveille et ne s'aperçoive de son absence. De plus, elle n'était pas sûre que Connor le désirât. Le troisième matin, il partit pour le ranch de sa mère et peut-être était-ce le fruit de son imagination, mais il sembla à Julia qu'il était soulagé de quitter la maison. Pour lui dire au revoir, il l'embrassa, mais sur la joue, comme un frère.

Au cours de ces premières et si mornes journées, Julia eut le sentiment que tout le panorama de leurs existences s'était modifié et que, pour leur jouer une cruelle plaisanterie, on ne leur avait pas donné de carte ou de boussole pour s'orienter.

Dans les semaines qui suivirent, Connor téléphona tous les jours, vint souvent les voir et elles passaient les week-ends au ranch avec sa mère et lui. On était au début du printemps, Connor emmenait Amy se promener à cheval, et quand il commença à faire plus chaud, tous trois partirent parfois en randonnée. Connor offrit à Amy un appareil photo et lui montra comment s'en servir, puis, au bord de la rivière, il lui apprit à pêcher à la mouche.

Il ne se comportait pas du tout comme Ed avec la fillette. Amy et Ed étaient tous deux exubérants, loquaces et extravertis, si bien qu'on avait parfois l'impression d'entendre deux comiques rivaliser dans un talk-show. Connor était plus posé. Il parlait moins et se contentait souvent d'écouter en souriant, fixant la gamine de ses yeux bleu clair.

A les voir devenir de plus en plus proches, Julia se réjouissait pour tous les deux, mais elle ne parvenait pas à étouffer une pointe de jalousie, car entre Connor et elle, les relations prenaient davantage le tour d'une amitié fraternelle. De temps en temps, néanmoins, lors d'un regard ou d'un frôlement, elle éprouvait la certitude qu'il la désirait autant qu'elle le désirait, mais ni l'un ni l'autre ne paraissait vouloir ou pouvoir franchir le pas. De toute façon, avec Amy qui avait encore tellement besoin d'attention et le souvenir d'Ed si vif et omniprésent, l'occasion semblait ne devoir jamais se présenter.

Lors d'une douce soirée de mai, Connor arriva sans prévenir. Julia, qui avait passé l'après-midi à bêcher des plates-bandes, était en nage, pleine de terre. Il se rendait à Hamilton, expliqua-t-il, voir Chuck Hamer et certains de ses vieux copains parachutistes du feu, et il passait dire bonjour. Il espérait qu'il ne la dérangeait pas. Pas du tout, répondit Julia, et elle s'excusa de le recevoir dans cet état.

« Mais non, tu es très bien comme ça », dit-il.

Amy, descendue au bord de la rivière pêcher un poisson pour le dîner, entendit la voix de Connor. Elle se retourna et agita la main. Connor lui répondit de même.

« Tu veux une bière ? demanda Julia.

— Oui, si tu m'accompagnes. »

Elle alla les chercher et en profita pour essayer de s'arranger un peu dans la glace du vestibule, mais c'était sans espoir. Elle pensait qu'il aurait rejoint Amy sur la berge, mais il l'attendait sur la terrasse. Ils burent leurs bières, baignant dans la lumière soyeuse du crépuscule.

« Je regardais ce qui avait changé, dit-il. Tu as ôté la balustrade de corde.

— Oui, oui. Tu sais, elle n'était plus tellement utile.

— Ça donne une plus grande impression d'espace.

— Oui, en effet. »

Il hocha la tête, et ils restèrent un moment silencieux. Ce qu'ils se seraient dit ensuite, Julia ne le saurait jamais, car à cet instant, Amy attrapa un poisson, poussa une exclamation, et tous deux se précipitèrent vers la rivière. Suivant les conseils de Connor, elle amena sa prise sur la berge. C'était une truite arc-en-ciel, mais trop petite pour qu'on la garde. Connor la décrocha avec précaution de la mouche, puis la remit doucement à l'eau. La petite truite s'attarda un instant, comme si elle ne parvenait pas à croire à sa liberté retrouvée, puis elle fila dans un éclair argenté.

Début juin, Amy semblait avoir récupéré presque tout son entrain et son assurance. Elle commença à dormir dans sa chambre, même si, en pleine nuit, il lui arrivait encore de venir se glisser dans le lit de Julia. Un soir au dîner, elle annonça que le week-end prochain, son amie Molly organisait une soirée d'anniversaire et l'invitait à passer la nuit chez elle.

« Tu es d'accord ? demanda-t-elle timidement.

— D'accord ? Bien sûr que je suis d'accord.

— C'est vrai ?

— Oui, tu sais, moi aussi, j'irais bien passer la nuit.

— Avec Connor ? »

Julia faillit s'étrangler. Elle rit un peu trop fort et se sentit rougir.

« Mais non, ma chérie, dit-elle. Ce n'est pas ce que je voulais dire. Tu sais, je plaisantais.

— Oui, mais tu peux, hein. Ça me dérange pas. »

Julia, muette de saisissement, ne savait plus où se mettre. Amy poursuivit :

« Tu vois, moi, je croyais qu'on allait, je sais pas, vivre tous les trois ensemble.

— C'est ce que tu désires ?

— Bien sûr ! Je l'aime. C'est pas mon papa, mais c'est mon père. »

Julia ne put en entendre davantage. Elle se leva et prit sa fille dans ses bras, toutes deux pleurant et riant en même temps. Etreignant sa mère, Amy continua :

« Toi aussi, tu l'aimes. Je le vois bien quand tu le regardes.

— Ah bon ? Tu le vois ?

— Ouais. Et lui, quand il te regarde, c'est pareil.

— Ah ? »

Amy se dégagea des bras de sa mère, renifla et sécha ses larmes.

« Pourquoi vous êtes si bêtes tous les deux ? » demanda-t-elle.

Julia haussa les épaules.

« En tout cas, reprit Amy après réflexion, moi, je couche chez Molly, d'accord ?

— D'accord.

— Bon. »

Julia appela Connor le soir même et lui demanda de but en blanc ce qu'il faisait vendredi soir.

« Eh bien, j'ai un rendez-vous, répondit-il.

— Oh, fit Julia, interdite.

— Avec Amy et toi. Vous ne venez pas ce week-end ?

— Amy est invitée à un anniversaire. » Elle déglutit. « Tu sais, toutes les filles passent la nuit là-bas.

— Ah.

— Aussi, je pensais t'inviter et te préparer un bon petit repas. Peut-être un barbecue si le temps reste au beau.

— Rien que tous les deux ?

— Oui. »

Il y eut un silence. Est-ce qu'il la faisait marcher ou pas ?

« Tu sais, tu n'es pas obligé, reprit-elle. C'était juste une idée comme ça. Tu as peut-être quelque chose d'autre à faire.

— Quelle heure ?

— Je dois la conduire à six heures.

— Je serai là à sept. »

L'attente fut interminable, mais vendredi finit par

arriver. Julia avait l'impression d'être une collégienne qui se préparait pour son premier bal, et devant Amy, elle tâchait de feindre l'insouciance. Elle changea les draps et mit des fleurs sur l'une des tables de chevet. Sur l'autre, il y avait des photos encadrées d'eux trois, Amy, Ed et elle. Julia nota qu'il lui faudrait penser à les enlever quand miss Je-vois-tout serait partie pour son anniversaire. Elle alla faire les courses en ville où elle se fit épiler les jambes et couper les cheveux. A son retour, Amy lui dit combien elle la trouvait jolie et, s'efforçant de paraître décontractée, Julia répliqua : « Tu sais, c'est l'été, tout ça, et avec les cheveux courts, on a moins chaud. » Amy eut un petit sourire entendu et ajouta que les fleurs dans la chambre aussi, elle les trouvait jolies.

Plus tôt dans la semaine, Julia avait voulu s'acheter une nouvelle robe, mais toutes celles qu'elle avait vues étaient soit trop chic, soit trop chamarrées. Aussi, fouillant au fond de son placard, elle avait déniché la vieille robe bleu clair qu'elle avait mise lors de la fête-surprise organisée pour le retour de Connor il y avait si longtemps. Elle la porta à nettoyer et quand elle la récupéra, elle avait l'air comme neuve.

Elle déposa Amy chez Molly à Missoula dix minutes en avance et faillit se faire prendre pour excès de vitesse sur la route du retour. Comme il faisait beau et chaud, elle avait décidé qu'ils dîneraient dehors. Elle avait déjà dressé la table et disposé des bougies tout autour de la balustrade de la terrasse. Pour le repas, elle avait prévu des steaks de thon accompagnés de salade et de pommes de terre nouvelles, puis des framboises à la crème. Connor préférerait sans doute de la bière, mais à tout hasard, elle avait mis du vin et du champagne au frais. Elle alluma le barbecue, puis se précipita dans la salle de bains.

Elle prit une douche puis, debout devant la glace, elle se passa sur tout le corps une crème hydratante à cinquante dollars, cadeau de Linda. Compte tenu des premières atteintes de l'âge, pour une femme de trente-cinq ans (bon, d'accord, un peu plus, si on cherchait la petite bête), elle se trouvait encore pas mal du tout. Elle consacra un temps fou à choisir ses dessous tout en se traitant intérieurement d'idiote et en essayant, mais en vain, de calmer les battements de son cœur. Elle avait les bras et les épaules déjà bronzés, aussi finit-elle par se décider pour un soutien-gorge en satin couleur crème et slip assorti.

La robe lui allait à merveille. Un peu de fard à paupières et de mascara, pas de rouge à lèvres. Quoique... peut-être juste un soupçon. Non, finalement, non. Allumer la lampe de chevet. Mais est-ce que ça ne va pas paraître un peu trop ? Seigneur, si après les bougies, les fleurs et le champagne, il n'avait pas compris le message avant de monter dans la chambre, c'était à désespérer. Qu'est-ce que ferait Linda à sa place ? Elle devrait peut-être l'appeler. Non, il ne fallait tout de même pas exagérer. Eteindre la lampe ou pas ? Et puis, quelle importance !

Elle descendit et mit un CD de Spencer Lewis intitulé *A Sense of Place*. Connor en avait parlé le jour du baptême, du moins lui semblait-il. En tout cas, c'était une musique douce et légère, parfaitement adaptée à la situation.

Il était sept heures cinq quand elle entendit son pick-up s'engager dans l'allée. Elle s'examina une dernière fois dans la glace du vestibule, puis ferma les yeux et demeura un instant immobile.

« Ed ? murmura-t-elle. C'est bien ce qu'on fait, non ? Dis-moi que c'est bien. »

Elle prit son silence pour un acquiescement.

Connor portait une chemise de toile couleur saumon à boutons-pression en nacre, et son vieux jean délavé avait l'air de sortir de la blanchisserie. Il avait mis ses plus belles bottes et son plus beau chapeau qu'il enleva comme il s'avançait vers elle sur l'allée sans la quitter une seconde des yeux. Il tenait à la main une bouteille de champagne et sous son bras était glissé un bouquet de bleuets. Arrivé à quelques pas d'elle, il s'arrêta et la regarda, son habituel petit sourire aux lèvres.

« Je me souviens de cette robe.

— Oui. Eh bien, ils sont tous là à t'attendre. Chuck Hamer et les autres, prêts à te faire une nouvelle fois la surprise. Mais aujourd'hui, j'ai préféré te prévenir.

— Merci.

— De rien.

— Tu es si belle que je n'arrive pas à détacher les yeux de toi. »

Julia sentit sa gorge se serrer. Elle sourit et soutint son regard.

« Tu sais, tu n'es pas obligé... de détacher les yeux, je veux dire. »

Il lui tendit les fleurs.

« Merci », dit-elle.

Elle avait une si petite voix qu'elle l'entendit à peine. Elle essaya de maîtriser le tremblement qui s'était emparé d'elle, mais n'y parvint pas. Il s'avança à la toucher, et elle sentit son odeur de propre tandis qu'il respirait son parfum à elle et baissait le regard sur son visage. Elle entrouvrit la bouche, la leva lentement vers la sienne et, au moment où leurs lèvres se joignaient, le silence tomba, comme si le monde s'arrêtait soudain de tourner.

Ils avaient l'un et l'autre les mains tellement encombrées, qui de fleurs, qui d'un chapeau et d'une bouteille, que seules leurs bouches se touchaient. Sans un mot, Julia s'écarta, conduisit Connor dans la maison. Et sans l'avoir un seul instant prémédité, au lieu de se diriger vers la terrasse, elle l'entraîna dans l'escalier qui montait à sa chambre. Elle posa les fleurs sur la table de nuit à côté de celles qui s'y trouvaient déjà et s'aperçut avec horreur qu'elle avait oublié d'enlever les photos sur l'autre table de nuit. Elle se traita d'imbécile et envisagea une seconde de le faire maintenant, mais elle se ravisa. S'il les avait remarquées, il ne paraissait pas y attacher d'importance.

Il laissa tomber la bouteille de champagne et son chapeau sur le fauteuil, puis il se tourna vers elle. Ils étaient tout près l'un de l'autre, les yeux dans les yeux. Il lui caressa les bras du bout des doigts, puis remonta jusqu'à ses épaules. Il se pencha et l'embrassa dans le cou, promenant ses lèvres sur sa gorge.

Après quoi, il la fit lentement pivoter, embrassa la petite tache sur sa nuque, puis descendit cran par cran la fermeture éclair de sa robe qu'il fit glisser le long de ses hanches et de ses cuisses. Elle se retourna et l'embrassa avec passion. Il lui caressa les seins puis en effleura la naissance de ses lèvres. Alors qu'il passait les mains dans son dos pour lui dégrafer son soutien-gorge, elle le sentit qui se mettait à trembler. Elle l'aida et le regarda qui ne la quittait pas des yeux cependant qu'elle faisait glisser son soutien-gorge sur ses épaules.

Soudain, elle le vit tressaillir. Son regard venait de se poser sur les photos.

« Connor, ce n'est pas grave, souffla-t-elle. C'est nous qui comptons à présent. Nous avons sa bénédiction. »

Il hocha la tête. Elle l'embrassa de nouveau et il se détendit. Tout sentiment d'inquiétude, de culpabilité ou autre parut alors le quitter. Il lui caressa de nouveau les seins pendant qu'elle entreprenait de lui déboutonner sa chemise. Elle le sentait déjà prêt.

« Oh, Connor, murmura-t-elle. Il y a si longtemps que je te désire.

— Moi aussi, Julia. J'ai rêvé de toi comme ça. Des milliers de fois.

— J'ai rêvé de toi, moi aussi. »

Il l'allongea sur le lit. Elle le regarda ôter ses bottes et le reste de ses vêtements. Il ne la quitta pas des yeux, comme si tout cela était naturel. Dans les rayons obliques du soleil couchant, Julia se rendit compte à quel point il était devenu mince. Sa peau claire portait la trace de nombreuses cicatrices dont elle lui demanderait un jour de lui raconter l'histoire. Il s'agenouilla devant elle, passa ses mains puis ses lèvres sur l'intérieur de ses cuisses et lui enleva doucement son slip de satin. Il lui embrassa le ventre et, comme elle s'ouvrait à lui, il descendit entre ses jambes.

Ensuite, il se coucha sur elle, et à peine fut-il en elle que Julia jouit en grandes vagues successives qui lui arrachèrent un cri qui sembla ne devoir jamais s'arrêter. Puis elle le sentit qui venait à son tour, au plus profond d'elle-même, comme s'il avait enfin trouvé sa place, là où il aurait dû être depuis toujours et où il serait à jamais. Elle se mit alors à sangloter si fort que tout son corps parut se briser. Les larmes ruisselaient sur ses joues. Connor les embrassa et, doucement, frotta son visage contre le sien afin de mêler ses larmes aux siennes.

« Promets-moi, réussit-elle enfin à dire dans un souffle. Promets-moi que tu ne repartiras jamais.

— Je te le promets. »

Il y avait près de trente centimètres de neige fraîche qui crissait sous la semelle des bottes de Julia. Les colleys couraient devant et jouaient à se poursuivre au milieu des arbres, revenant de temps en temps voir si elle était toujours là. Les berges verglacées de la rivière brillaient, et au milieu, l'eau écumante coulait lentement, comme si elle hésitait à se transformer en glace.

Elle suivit les chiens au travers des saules et des merisiers jusqu'au bord de la rivière, longea un barrage de castors et continua après le coude d'où l'on bénéficiait d'une large vue sur la vallée. Ils étaient là, à près d'un kilomètre de distance, qui venaient au pas vers elle.

Trop absorbés dans leur conversation, ils n'avaient pas remarqué sa présence. Debout à la lisière des peupliers, elle les regardait s'avancer vers elle. Amy portait un vieux poncho en laine rouge, des jambières de cuir usées, cadeau de sa grand-mère, et un chapeau de cow-boy ayant appartenu à Connor dont il avait rembourré l'intérieur pour qu'il lui aille. Il était presque aussi taché que celui dont il était lui-même coiffé, assorti à son vieux blouson de toile Carhartt. Connor montait un alezan un peu plus grand que le beau cheval pie qu'il avait offert à sa fille pour Noël. Chevauchant côte à côte avec les montagnes en toile de fond, on aurait dit deux desperados.

Ce furent les chiens qui trahirent sa présence. Ils se précipitèrent vers les chevaux, et dès que Connor les aperçut, il leva la tête et chercha Julia du regard. Elle agita la main, et ils lui répondirent de même avant de prendre le trot. Les chevaux approchaient plus vite maintenant, et leurs sabots soulevaient de petits nuages de neige sous le nez des chiens qui couraient derrière.

Arrivés près d'elle, ils s'arrêtèrent.

« Maman ! On a vu des traces de loup !

— C'est vrai ?

— Ouais, un peu plus haut, après l'ancienne ferme.

— Tu sais, tu as intérêt à faire attention avec ce manteau rouge. »

Toutes deux éclatèrent de rire. Connor descendit de cheval et s'avança vers Julia, tenant son alezan par la bride.

« Eh, Mrs. Ford, je croyais que tu étais censée rester au lit bien au chaud.

— Par une journée pareille ? Tu plaisantes. »

Il posa sa main sur son ventre rebondi et l'embrassa tendrement sur les lèvres.

« Tu veux venir ? demanda Connor. Je t'aide à te mettre en selle et tu montes en amazone.

— Mais oui, bien sûr, parce que je suppose que tu veux que j'accouche ici.

— Moi, je n'y tiens pas », intervint Amy.

Julia était enceinte de huit mois. Ils savaient déjà que c'était une fille et savaient même comment ils allaient l'appeler. Son premier prénom serait Emily et son deuxième, Skye.

Amy entra dans le lit peu profond de la rivière et partit devant, cependant que son petit cheval pie faisait jaillir des éblousures d'eau glacée. Connor enlaça Julia, et ils longèrent ainsi la berge au milieu des peupliers en direction de la maison. Le cheval derrière eux soufflait doucement.

Julia se demandait de temps en temps ce qui se serait passé si Amy n'avait pas pris l'initiative de se rendre à cet anniversaire. Dans la vie, les choses importantes n'arrivent jamais par hasard. Pourtant, même quand elles doivent arriver, il faut parfois attendre un long moment et, peut-être, leur donner un petit coup de pouce.

REMERCIEMENTS

Tous mes remerciements à ceux qui m'ont aidé dans mes recherches : Priscilla Robinson, Rod Whitty, Huw Alban Davies, Suzanne Laverty, Dave Mills, Bruce Weide, Pat Tucker, Jeanette Ingold, Jim Marks, Bob Maffit, Dan Pletscher, Dave Friend, Chris Thomas, Jeremy Mossop, Janey King, Sam Davis, Geoffrey Kalebbo, Philip Jones Griffiths, Charles Glass, Gavin Smith, Larry Stednitz et Garrett Munson et « Alternative Youth Adventures ». Pour leur soutien et leurs encouragements, je remercie Linda Shaughnessy, Larry Finlay, Sally Gaminara, Irwyn Applebaum, Nita Taublib, Tracy Devine, Caradoc King et Charlotte Gordon Cumming.

Enfin, pour leur aide et leur patience bien au-delà du simple devoir, je remercie particulièrement deux parachutistes du feu de Missoula, Wayne Williams et Tim Eldridge.

Composé par Nord Compo à Villeneuve-d'Ascq

Impression réalisée sur Presse Offset par

BRODARD & TAUPIN

GROUPE CPI

19939 – La Flèche (Sarthe), le 20-08-2003
Dépôt légal : septembre 2003

POCKET – 12, avenue d'Italie - 75627 Paris cedex 13
Tél. : 01.44.16.05.00

Imprimé en France

NICHOLAS EVANS

Jicholas Evans est né en 1950 en Grande-Bretagne, rès du Pays de Galles. Il se passionne dès l'enfance our l'équitation, les westerns et les livres de Jack ondon. Il commence des études de droit à l'université 'Oxford et découvre le théâtre. Il s'oriente ensuite vers journalisme, et fait ses premières armes dans un jour-al de Newcastle, avant de devenir grand reporter à ondres, où il se spécialise dans les sujets concernant Amérique et le Moyen-Orient. Au début des années uatre-vingt, il se tourne vers la production, entre à la lévision britannique, et reçoit de nombreux prix pour s films, des portraits d'artistes. Encouragé par ses iirs, il s'essaie avec succès à la fiction : les téléfilms et s séries qu'il écrit et produit sont également couronnés ar de nombreux prix.

'est lors d'un séjour dans le sud-ouest de l'Angleterre l'un maréchal-ferrant lui raconte l'histoire des "horse hisperers" – ces hommes qui parlent à l'oreille des evaux pour les calmer – que tout commence : icholas Evans conçoit un projet de film qui n'aboutit is et décide alors d'en faire un roman. C'est ainsi qu'il rit en 1994 *L'homme qui murmurait à l'oreille des evaux*, dont le manuscrit est acheté par des éditeurs glais et américains avant même qu'il ne soit achevé. succès est immédiat, dès sa parution en 1995, et tend au monde entier. L'adaptation cinématogra-ique, avec Robert Redford dans le rôle principal, nnaîtra le même engouement.

cholas Evans vit actuellement à Londres en compa-ie de son épouse et de ses deux enfants.